Yilin Classics

Как закалялась сталь

钢铁是怎样炼成的

[苏联] 尼·奥斯特洛夫斯基 著

曹缦西 王志棣 译

译林出版社

图书在版编目(CIP)数据

钢铁是怎样炼成的 /（苏）奥斯特洛夫斯基著；曹缦西，王志棣译．—南京：译林出版社，2018.10（2024.1 重印）
（经典译林）
ISBN 978-7-5447-7463-5

Ⅰ.①钢… Ⅱ.①奥… ②曹… ③王… Ⅲ.①长篇小说-苏联 Ⅳ.①I512.45

中国版本图书馆 CIP 数据核字（2018）第 171454 号

书　　名　钢铁是怎样炼成的
作　　者　[苏联]尼·奥斯特洛夫斯基
译　　者　曹缦西　王志棣
责任编辑　冯一兵
责任印制　颜　亮
原文出版　Издательство《Известия》,1965 г.
出版发行　译林出版社
地　　址　南京市湖南路 1 号 A 楼
邮　　箱　yilin@ yilin. com
网　　址　www. yilin. com
印　　刷　南京爱德印刷有限公司
开　　本　880 毫米×1230 毫米　1/32
印　　张　13
插　　页　4
字　　数　355 千
版　　次　2018 年 10 月第 1 版
印　　次　2024 年 1 月第 20 次印刷
书　　号　ISBN　978-7-5447-7463-5
定　　价　39.00 元

译林版图书若有印装错误可向出版社调换
市场热线：025-86633278　　质量热线：025-83658316

导读

本书作者尼古拉·阿列克谢耶维奇·奥斯特洛夫斯基(1904—1936),他在这个名字之外还有一个名字——保尔·柯察金,也就是长篇小说《钢铁是怎样炼成的》的主人公。但奥斯特洛夫斯基本人多次反对大家把他的生活经历等同于保尔·柯察金的。他说《钢铁是怎样炼成的》——是一部长篇小说,而不是一部传记,不是共青团员保尔·柯察金的传记,但他又补充说,“我在这个形象中加入了一些自己的生活经历,这样在构成长篇小说的基础中就有不少实际的材料了”。尼古拉·奥斯特洛夫斯基的生命本身就是一种功绩,他是一个意志坚强、勇气非凡的人,把自己的命运同祖国的命运紧密相连。

奥斯特洛夫斯基1904年生于乌克兰一个贫困工人家庭,童年时代他很少得到学习机会,从十一岁起就开始工作了。在国内战争年代他经常帮助革命者,1919年他加入了共青团。后来他自愿地、瞒着家人悄悄来到前线,在那里参加了很多战斗。他有两次身负重伤,结果右眼再也看不见东西了。鉴于健康状况,奥斯特洛夫斯基只好退伍,当时他才只有十六岁。他后来一边学习,一边工作,主持一个共青团机构的工作。但是他的健康恶化了,疾病彻底将他击倒了,把他牢牢地困在了病床上。三年之后奥斯特洛夫斯基完全失明了,于是一场争夺生命权利的激烈战斗开始了。“我现在被困在了病床上,并不表示我是个病人,这不对,这是胡说八道!我完全是个健康的小伙子。说我双腿不能动弹,双眼什么也看不见——那完全是误会,是愚蠢的玩笑。”奥斯特洛夫斯基在给朋友的信中这样写道。此时对于他来讲,一切手术,一切疗养都于事无补了。即使没有任何康复的希望,奥斯特洛夫斯基也没有向命运投降,新的计划在他的脑中产生了,该计划的目的就是要充实自己的生活,这是证明自己的生命价值所必需的。1930年秋他开始写自己的书,这是一本自白之书,一本传记之书,书中的主人公就是不惧死亡的保尔·柯察金。

双目失明的奥斯特洛夫斯基写作是很困难的,常常从一行滑到另一行上,从一个字母窜到另一个字母上。于是他只好尝试借助镂花板写作,但是这种方法没有加快工作速度,于是他开始向自己的妻子和朋友们口授。1933年夏天他完成了自己这部关于英雄的小说。

1935年《真理报》上出现了一篇题为"勇气"的特写,它是由著名的苏联记者柯里佐夫撰写的,记述了奥斯特洛夫斯基的生活经历。从此千百万人知道了那位小说家,了解到他那无法治愈的疾病以及他那令人惊叹的不屈不挠的坚强品格。透过保尔对革命的执着精神,读者看到了一个人民的英雄,看到的是一个英勇无畏的、一心为自由而战的个人,他从实际生活中走进了文学中,又经过作家天才的创作,从书页上转化成拥有巨大力量的文学形象,再回到生活中,成为人们仿效的榜样。这位年轻作家创作的小说情节紧张,扣人心弦;热情奔放,激荡人心,充满了奋斗激情,也充满了深刻思想。他的成功是令人目眩的,但是更加辉煌的、更加让人惊讶的是他作为一个人取得的胜利,是他的精神、他的意志对严重疾病的胜利。

奥斯特洛夫斯基的第二本书——《暴风雨所诞生的》——描述的是经过革命的疾风骤雨锻炼的一群年轻人。作家于1936年夏完成了这部著作。遗憾的是他生前没有看到自己的著作变成铅字。英雄的生命于1936年12月22日陨落了。

他在《钢铁是怎样炼成的》里写的那段话:"人最宝贵的是生命。生命属于人只有一次。人的一生应当这样度过:当他回首往事的时候,不会因为碌碌无为、虚度年华而悔恨,也不会因为为人卑劣、生活庸俗而愧疚。这样,在临终的时候,他就能够说:'我已把自己整个的生命和全部的精力献给了世界上最壮丽的事业——为人类的解放而奋斗……'"正是他一生的写照。

下面具体谈谈《钢铁是怎样炼成的》这部小说。

该小说所描写的"非常时期"包括第一次世界大战,二月革命和十月革命,国内战争,与破坏行为、盗匪和小资分子的斗争,给党的反对派的回击,国家的工业化阶段。这些事件形成了书中主人公们的性格和心理,对这些正在形成新的社会关系的人的命运也产生了重大影响。

书中涉及很多人物(将近两百个),所有这些角色都可以归入两个相互对立的阵营中去。在这两股势不两立的力量的斗争中,锻造出一种新人,形成了关于生活的新观念,也形成了新的道德。小说着力表现了第一代共产主义青年经过了各种各样的生活考验,在战争的火线上总是勇往直前,从而锻炼出自己特有的性格。尼古拉·奥斯特洛夫斯基在解释这部长篇小说名字的含义时说:"锻炼钢铁要经过高温,然后急剧冷却的过程,只有经过淬火它才会变得坚固,从而无所畏惧。我们这一辈人就是在斗争和可怕的考验中得到锻炼的,学会了在生活的考验面前保持不倒。"作者也面临着同样艰巨的任务,他要在很大的广度上把握现实,在小说中容纳大量的历史事件,以及在建设社会主义的国家里正发生的社会生活现象。

在小说的各个篇章里活跃着大量的人物,其中有很多是一笔带过的。但不管是小说中经常碰到的角色,还是我们仅仅在某个片段里遇见的人物,它们都构成了某个特定社会阶层的集体面貌,形成了我们对他们的整体印象。这两类人物都有助于我们分清那对立的两个阵营。其中的一个阵营里是保尔·柯察金和他的同志们,而在另一个营垒中是凶恶的革命敌人和革命叛徒。次要人物有助于我们更好地理解那个发生巨大和巨多事变的时代,那个时代的震荡和大量事件影响了千百万人的命运。在小说中革命运动的广泛性正是通过大量人物的并行的命运表现出来的。

保尔·柯察金及其身边的战友们的生活和理想在某种程度上重现了作

者的生活和精神面貌，正好构成了年轻战士的典型形象，而“年轻战士”几乎就是那一辈青年的代名词。朱赫来、潘克拉托夫、丽达、谢廖扎·布鲁兹扎克、伊万·扎尔基等人虽然各有个性，但是他们的性格还是具有某些共同的东西，这种共同性总是在一个又一个的人物身上重复地表现出来，这样，作者就充分而鲜明地揭示出布尔什维克的青年近卫军的特征来了。

党在革命中的作用是通过群体形象来表现的，其中包括朱赫来、伊格纳季耶娃、钳工托卡列夫等人。虽然他们在该长篇小说中不是经常出现，而且他们每个人的形象只是两三笔就勾勒出来，但是他们一起形成了关于党在革命和国家建设中的作用的印象，组成了共产党员类型化的形象，即他们是广大群众的组织者和教育者。

一心要留在为共产主义而奋斗的战斗队伍中的强烈渴望主宰着保尔·柯察金。同折磨人的病痛的战斗打响了。这里展现出保尔的英雄主义和他处境中的悲剧性因素，因为他在这场战斗中屡败屡战。但是这一悲剧中的乐观主义表现在“精神对肉体的胜利”，表现在找到了回归到战斗大军的道路，在于个人和社会的融合，在于积极参与国家生活，以一个作家—战士的火热语言教育和培养年轻一代共产主义者。

奥斯特洛夫斯基在自己的主人公身上，在他的性格和行动中，表现了新类型个人的特征，这种新人是英雄基因的承担者，是为实现人民的理想而奋斗的共产主义战士，作者据此创造了正面人物形象，其精神建构和社会行为能够成为一种标准，成为仿效的范例。

在苏联文学的正面人物的画廊里，保尔·柯察金占有特殊的位置：在他的身上集中体现了社会主义新人的主要特征。保尔·柯察金仿佛吸取了富尔曼诺夫和金、格拉德科夫和法捷耶夫的主人公们的所有特征，体现了同时代人的完整的性格，也是他固有的那些特点：灵魂的纯净，富有战斗精神，朴实无华以及非常突出的英雄主义。

保尔·柯察金是正面主人公的典型，他以其一生实际的例子直接教育人如何生活、奋斗并取得胜利。这样一个在自己身上体现了共产主义道德标准的艺术形象在人民中间已经成为普通名词，对广大群众产生了巨大影响，并证明了这一形象的真正的人民性。

保加利亚作家柳德米尔·斯托亚诺夫在自己的《论文学、艺术和文化》一书中有这样几句话："文学创作中最难的是——创造一种合理而真实的新类型的人，在他身上成千上万的读者能找到自己，找到自己的命运、自己的生活。保尔·柯察金就是这种新的类型、新的人，千百万读者感觉到的就是这种魔力，他们喜欢他，在某种程度上把他当作自己，或是跟自己近似的人。"

第 一 部

第1章

“节前去我家补考的人，都站起来！”

脸上皮肤松弛，身穿长袍，颈上挂着沉重十字架的虚胖子恶狠狠地盯着全班的学生。

六个学生——四男两女，从座位上站了起来。神父的一对小眼睛盯着他们，凶光毕露，孩子们畏惧地看着这个穿长袍的先生。

“你们坐下。”神父向两个女孩挥了挥手。

两个女孩立即坐下，轻松地吐了口气。

“你们这几个活宝，到这儿来！”

瓦西里神父站起身来，推开椅子，走到相互紧靠在一起的孩子们面前。

“你们这些坏家伙，谁会抽烟？”

四个孩子轻声答道：

“神父，我们不会抽烟。”

神父的脸涨得通红。

“不会抽烟，小滑头，那么面团里的烟末是谁撒的？不会抽烟？好，我们现在就来瞧一瞧！把口袋翻出来！快！听见没有？马上把口袋翻出来！”

三个孩子开始把口袋里的东西掏出来，放在桌子上。

神父仔细检查每条衣缝，想找出烟草的碎末，但一无所获。于是，他转向第四个小孩。这个孩子长着一对黑眼睛，穿着灰衬衣、蓝裤子，膝盖上还打着补丁。

“你怎么像个木头似的，站着不动？”

黑眼睛小孩掩藏着内心的仇恨，瓮声瓮气地说：

“我没有口袋。”他用双手摸了摸缝合的衣缝。

“呵——，没有口袋！你以为我不知道糟蹋面团这种坏事是谁干的！你以为你现在还能留在学校里？不，亲爱的，这回可饶不了你。上次是因为你母亲求我，才把你留下的，这次可该了结啦。从教室里滚出去！”他使劲揪住小孩的一只耳朵，把他推到走廊里，然后关上了教室的门。

教室里鸦雀无声，学生们个个吓得缩成一团，谁也不清楚，为什么要把保尔·柯察金赶出学校；只有保尔的好朋友谢廖扎·布鲁兹扎克知道：那天六个不及格的学生在神父家里等着补考，保尔在厨房里将一小撮烟末撒在神父家为复活节准备的面团里了。

被赶出门外的保尔坐在最后一级台阶上。他想：他可怎么回家呢？母亲在税务检查员家里当厨娘，从清早忙到深夜，为他操碎了心，现在对她怎么交代呢？

泪水哽住了保尔的喉咙。

“我现在怎么办呢？都是这个该死的神父。我干吗要给他撒烟末呢？是谢廖扎叫我干的，他说：‘我们来给这个讨厌的恶鬼撒点儿烟末。’我们就撒了，谢廖扎倒没事儿，我可肯定要被赶出学校了。”

保尔与瓦西里神父早就结下怨仇。一次，保尔因为和米什卡·列夫丘科夫打架，受到处罚，他被留在学校，“不准吃午饭”。老师担心他一个人在教室里胡闹，便把他领进高年级教室，让他坐在后排。

高年级的教师瘦瘦的，穿着黑色上衣，正在讲解地球、天体。他说，地球已经存在数百万年，恒星也与地球相似。听到这儿，保尔惊讶地张大了嘴巴，他差点想站起来报告老师：“《圣经》里不是这样写的”，但终因害怕被赶出教室而没敢说话。①

《圣经》课上，神父总给保尔打五分，因为他能背诵所有的祈祷词，还有新约和旧约，甚至上帝在哪一天创造了何物他也记得清清楚楚。保尔打定主意要向神父问个明白。刚上《圣经》课，神父才在椅子上落座，保尔便举手要求发言，得到允许后，他站起来说：

---

① 见附注1。

“神父，为什么高年级的老师说地球已经存在几百万年了，而《圣经》里却说是五千……”神父那尖锐、可怕的喊叫立刻使他像泄了气的皮球：

“你说什么，孽种，你就是这样学《圣经》的?!”

保尔还未及答话，神父就揪住他的两只耳朵，把他的头往墙上撞去。一会儿，被撞得头晕目眩、吓得魂不附体的保尔已被扔进了走廊。

这天，保尔也被母亲狠狠地剋了一顿。

第二天，母亲来到学校，请求瓦西里神父让保尔回校上课。从此，保尔恨透了神父，既恨又怕。保尔从不允许别人欺负他，即便稍加侮辱，他也不能原谅，他当然忘不了神父的这顿无端毒打，他把仇恨埋在心底，深藏不露。

瓦西里神父常常欺负保尔：为了一点小事，动辄就把他赶出门外；一连几个星期，天天罚他站墙角，从来不提问他，从而造成复活节前他只好与不及格的学生一起到神父家里去补考。就是在那儿的厨房里，保尔将烟末撒在了为复活节准备的面团里。

没有人看见，但神父还是猜到了是谁干的。

……下课了。孩子们拥进院子，围住保尔。保尔愁眉苦脸，一声不吭。谢廖扎·布鲁兹扎克留在教室里没有出来：他感到自己有责任，但又没有办法帮助保尔。

校长叶夫列姆·瓦西里耶维奇从教师休息室敞开的窗户里探出头来。听到他那浑厚低沉的嗓音，保尔浑身战栗：

“让柯察金马上到我这儿来!”

于是，保尔心怦怦乱跳地走进了教师休息室。

车站饭馆的老板已经上了年纪，脸色苍白，淡色的眼睛毫无生气。他向站在一旁的保尔扫了一眼，问道：

“他多大啦?”

“十二岁。”母亲答道。

“行，让他留下吧。条件是这样：工钱每个月八个卢布，当班日管饭，上班干一天一夜，在家歇一天一夜——可别偷东西。”

“不会，不会。他不会偷东西的，我担保。”母亲惊慌地说。

“好。那今天就开始干吧!”老板吩咐道。他转过身去，对旁边一个站在柜台后面的女招待说:“济纳,把这小家伙带到洗碗间去,告诉弗萝夏,让他顶替格里什卡。”

女招待扔下正在切火腿的刀子,对保尔点点头,穿过店堂,向通往洗碗间的边门走去。保尔紧随在她身后,母亲与他一起匆匆走着,在他耳旁悄声嘱咐:

“保夫卢什卡,你要好好干哪,可别丢脸。”

她以忧郁的目光看着儿子进了里屋,才向店门走去。

洗碗间里正在紧张地干活:桌上的盘碟刀叉堆得高高的,几个妇女用搭在肩上的毛巾擦拭着这些餐具。

一个比保尔略大的男孩,棕红色的头发乱蓬蓬的,正在摆弄两只很大的茶炊。

洗涤餐具的大木盆里盛满开水,开水散发出热气,洗碗间里雾气腾腾。刚进房间,保尔看不清女工的脸。他站在那儿,不知所措。

女店员济纳走到一位洗碗女工面前,搭住她的肩膀说:

“弗萝夏,新来了一个小伙计,给你们的,让他顶替格里什卡,你安排他干活。”

济纳指着被称为弗萝夏的女工,对保尔说:

“她是这儿的领班,她让你干什么,你就干什么。”说完,转身向店堂走去。

“是。”保尔低声答道,并用询问的目光看着站在面前的弗萝夏。弗萝夏擦擦额头上的汗珠,从头到脚将他打量一番,仿佛在估量他究竟能干些什么。她卷起从胳膊上滑下的袖子,用非常悦耳、低沉的嗓音说道:

“亲爱的,你的活儿很简单:一大早就把这口大锅里的水烧开,要让锅里一直有开水;木柴当然要你自己劈,这些茶炊也是你的活。还有,活儿紧的时候,擦擦这些刀叉,倒倒脏水。活儿可不少,亲爱的,你会累得满头大汗。”她说话带有科斯特罗姆地方口音,重音总是落在“a”上;她的这种乡音,她那张长着一只小翘鼻子的、红扑扑的脸庞使保尔感到亲切愉快。

“看来,这个阿姨还不坏。”他暗暗思忖,于是壮起胆子问弗萝夏:

“那我现在干什么呢,阿姨?”

说完这句话,他就讷讷起来:洗碗间里女工的响亮笑声淹没了他最后的话语：

“哈哈哈！……弗萝夏有了个侄儿啦……”

“哈哈！……”弗萝夏本人笑得最欢。

因为蒸汽弥漫，保尔没有看清她的脸。其实，弗萝夏只有十八岁。

浑身感到不自在的保尔转身问那个男孩：

“我现在该干什么？”

小男孩只是嘻嘻笑道：

“你还是问阿姨吧，她会对你说得一清二楚的，我在这儿是临时帮帮忙的。”说着，便转身跑进了厨房。

“到这儿来，帮我擦叉子。”保尔听到一个已经不年轻的洗碗女工的嗓音。“你们干吗笑得这么厉害？这个孩子说什么好笑的啦？哎，拿着，”她递给保尔一块毛巾，“用牙咬住一头，另一头用手拽紧，再把叉齿在上面擦来擦去，要擦得一丁点儿脏都没有。这件事我们这儿可顶真呢，老爷先生们都特别注意叉子，要是他们发现有脏斑，那就糟了——女老板马上把你赶走。”

“什么女老板？”保尔被弄糊涂了。“你们这儿的老板不就是雇我的那个男人嘛。”

洗碗女工又笑了起来：

“孩子，我们的老板只是个摆设，他是个窝囊废。这儿真正做主的是老板娘。她今天不在。你在这儿干几天就知道了。”

洗碗间的门开了，三个堂倌分别抱着一大摞用过的餐具走了进来。

其中一个宽肩膀、斜眼、长着一张四方大脸的人说：

“干活麻利点，十二点的车马上就到了，你们还这样磨磨蹭蹭的。”

见到保尔，他问：

“这是谁？”

“新来的。”弗萝夏答道。

“呵，新来的。”说着，他用一只手重重地压在保尔的肩上，将保尔推到两只茶炊前：“当心，这两只茶炊时时刻刻都得有水，你要把它们伺候好。可现在，瞧，一只火灭了，另一只也只剩一口气了。今天先饶了你，如果明天还是这样，你就得挨耳光。懂了吗？”

保尔没有说话，赶紧张罗茶炊。

保尔的劳动生活就此开始。这干活的第一天，他干得比以往任何时候都更卖力，因为他明白，这里不比家里：在家里可以不听妈妈的话；可这里，斜眼已经说得清清楚楚——如果不听话，就得挨耳光。

保尔脱下一只靴子盖住炉筒，把炉火吹旺，能盛四桶水的大肚茶炊立即火星四溅；他抓起脏水桶，飞快地将脏水倒进污水池；他给烧水的大锅添柴，把湿毛巾放在水已烧开的茶炊上烘干——让他干什么，他就干什么。深夜，累得筋疲力尽的保尔才走到下面的厨房里去。上了年纪的洗碗女工阿尼西娅看着保尔消失在门后，说：

"瞧这孩子，真有点怪，像个疯子似的干个不歇，看来，也是逼得没办法才让他出来干活的。"

"是啊，小伙子挺不错的。"弗萝夏说，"这样的人就不用别人催了。"

"很快就会累得不能这样干啦，"卢莎不同意地说，"一开始都很卖力的……"

保尔忙碌了一个通宵，彻夜未眠，疲惫不堪。早晨七点，他把烧开了的茶炊交给了接班的，这是个眼神凶恶的胖男孩。

男孩看到该干的活儿，保尔都已干了，两个茶炊也已烧开。他把双手往口袋里一插，从牙缝里挤出唾沫发出滋滋声，斜着白眼，以傲慢、蔑视的目光看着保尔，用不容反驳的口气喝道：

"喂，笨蛋，明天六点来接班。"

"干吗六点？"保尔问，"应该七点换班。"

"谁想七点换班，就让他七点换班，但你得六点钟来。要是你再啰唆，就给你的脑袋上来个肿块纪念纪念。真了不起，小崽子，刚来就摆臭架子。"

刚刚交班的洗碗女工好奇地注意着这两个孩子的对话。男孩那蛮横的腔调和挑衅的举止激怒了保尔，他向前逼近一步，本想狠狠揍他一下，又怕第一天上工就被开除，才没有动手。他脸色阴沉地说：

"你放客气点，别骂人，要不会够你受的。明天我七点来。打架我也会，而且不比你差，如果想试试，那就来吧。"

对手往大锅边让了一步，吃惊地看着怒气冲冲的保尔，他没有料到会碰上如此强硬的回敬，有点措手不及。

“好吧,走着瞧吧。”他低低地嘟囔了一句。

第一天顺顺当当地过去了。回家的路上,保尔感到他用诚实的劳动换取了休息,因而心里很踏实、轻松。现在,他也干活了;现在,谁也不会说他是寄生虫了。

早晨的太阳正从锯木厂高大厂房的后面懒懒地升起。马上就到保尔的家了,就在列辛斯基庄园的后面。

“母亲一定起来了,而我才下班回家。”保尔想着,一面吹着口哨,加快了脚步。“虽然我被学校赶了出来,不过还不算太糟糕。反正那可恶的神父总是要挑我的刺儿,现在我可不用理他了。”保尔一面走着,一面思忖。在打开栅栏小门时,他又想起:“还有那个黄毛小子,一定要给他一记耳光,一定要揍他。”①

母亲正在院子里忙着烧茶炊。看见儿子回来,她忐忑不安地问:

“怎么样?”

“挺好的。”保尔答道。

母亲好像还有什么事要关照他,可他已经明白了:从房间敞开的窗户里他已经看见了哥哥阿尔青宽阔的脊背。

“是阿尔青回来了吗?”他窘迫地问道。

“昨天回来的,不走啦。以后在机务段干活。”

保尔迟疑不决地打开了房门。

背对着他坐在桌旁的庞大身躯转了过来,哥哥那双严峻的眼睛从黑黑的浓眉下面注视着保尔。

“呵,回来啦,撒烟末的英雄?了不起,你干的好事!”

保尔感到与刚回到家的哥哥的交谈肯定不妙。

“阿尔青什么都知道了,”保尔想,“阿尔青会对我又骂又打的。”

保尔有点害怕阿尔青。

但是阿尔青显然不打算揍他。他双手撑着桌子坐在凳上,用既像嘲讽,又似蔑视的目光注视着保尔。

“那么你是说,你已经大学毕业,所有功课都学会了,现在该去洗碗

---

① 见附注2。

啦?”阿尔青说。

保尔死死盯住一块裂了缝的地板,专心打量突出的钉帽。阿尔青从桌后站起身来,进了厨房。

“看来不会挨揍了。”保尔松了口气。

喝茶时,阿尔青心平气和地向保尔询问教室里发生的事情。

保尔原原本本地说了一遍。

“现在就这样捣蛋,以后怎么得了呢?”母亲心事重重地说,“我们可拿他怎么办呢?他这副样子究竟像谁呀?我的上帝,这个孩子让我多遭罪啊。”她抱怨开了。

阿尔青将空杯从身边移开,转向保尔说:

“老弟,既然事情已经发生,那就算啦。往后可得注意点,上班时别要花招,把该做的事情都做好。如果你再从那里被赶出来,我就要狠狠地收拾你,你给我好好记住。别再让妈妈操心。鬼东西,钻到哪儿,哪儿就出事,就捅娄子。这下可该收心啦。等你做满一年,我就想办法让你到机务段去当学徒,老待在洗碗间里不会有出息的,得学点手艺。现在你还太小,等一年以后,我一定去求人,也许会收你的。我已经调到这儿来,以后就在这儿干活。妈妈不再做工了,不能让她再弯腰曲背去伺候那班畜生。不过,保尔,你得争气,做个有出息的人。”

他挺直了魁梧的身子,站了起来,穿上挂在椅背上的上衣,对母亲匆匆说了一句:

“我有点事,出去个把小时。”他弯腰穿过门楣,走了出去。已经到了院子里,在经过窗户时,他又说:

“我给你带了一双靴子和一把刀子,妈妈会拿给你的。”

车站饭馆的生意昼夜不停。

这里是五条铁路的交会点。车站上人满为患,只有夜里,在两趟列车的间隙时刻,才能清静两三个小时。成百上千辆军用列车驶进车站,又从这儿开往四面八方,从前线开过来,往前线开过去;从前线运来的是断肢伤残人员,送往前线的是一批批一律穿着灰色军大衣的新兵。

保尔在这里辛辛苦苦地干了两年。两年来,他看到的只有厨房和洗碗间。在很大的、用作厨房的地下室里工作异常紧张，干活者共有二十多人，十个堂倌马不停蹄地来回奔跑于餐厅和厨房之间。

保尔得到的工钱已经不是八个，而是十个卢布了。两年来，他长大了，壮实了。这段时间他吃了不少苦头：先在厨房里当下手，烟熏火燎地熬了半年，后又回到洗碗间。这是那个有权有势的厨子头把他赶走的，因为他不喜欢这个固执的小男孩，常常掴他的耳光，又怕这犟小子说不定哪天突然捅他一刀。要不是保尔特别能干活，他早就被赶走了。保尔干活最多，从来不知疲倦。

在餐馆生意的高峰时刻，他拿着托盘，着了火似的，一步跳过四五级台阶在厨房和餐厅间上下奔跑。

夜里，每当饭馆两个餐厅里的忙碌停息下来，堂倌们便聚集在下面厨房的小贮藏室里，开始玩纸牌，打九点，滥赌一气。保尔不止一次看到摊在桌上的大堆赌资。他们有如此之多的钞票，保尔并不感到奇怪，他知道，他们每个人当班一昼夜就能捞到三四十卢布的小费，是每个客人给上半个、一个卢布凑起来的。有了钱，他们就狂饮滥赌。保尔非常憎恨他们。

"该死的畜生，"他心里想，"像阿尔青这样的一等钳工，才赚四十八个卢布，而我只拿十卢布，可他们一昼夜就能捞上这么多，凭什么呢？端端盘子罢了。而且还把这些钱喝光、赌光。"

保尔认为他们和老板是一路货色，与他们格格不入，视若仇敌。"别看这班下流东西在这儿低三下四地伺候别人，可他们的老婆孩子在城里却过着饭来张口、衣来伸手的好日子。"

他们常把穿着中学生制服的儿子带来，也把在养尊处优中变得肥胖的老婆带来。保尔想："他们的钱也许比被他们伺候的先生还要多。"他对夜里发生在厨房隐蔽的角落里和饭馆仓库里的事情也不大惊小怪，因为他知道，如果那些洗碗女工和女招待不肯为几个卢布就把肉体卖给这儿任何一个有权有势的人，那她们是不可能在这儿干得长的。

保尔窥视到生活的最深处，看见了生活的底层。他追求新事物，渴望新的体验，然而，向他袭来的却是腐烂的臭气、沼泽地般的潮气。

阿尔青未能把弟弟安排到机务段去当学徒，那儿不收十五岁以下的少年。保尔期待着离开餐馆的日子。那座被烟熏黑的大石头房子——机车库对他有着极大的吸引力。

保尔常到阿尔青那儿去，和阿尔青一起检查车厢，尽力帮他干活。

在弗萝夏离开饭馆后，保尔感到格外愁闷。

那个爱笑的、活泼的姑娘已经不在这儿了，此时保尔才深深体会到他与弗萝夏结下的友谊多么深厚。现在，早晨走进洗碗间，听到栖身在此的、从难民中招来的女工尖厉的吵骂声，保尔觉得心里空荡荡的，十分孤寂。

夜间休息的时候，保尔蹲在敞开的小炉门前，往蒸锅的炉膛里添着柴火。他眯起眼睛看着火苗——炉火的暖气使他感到十分舒服。洗碗间已经只剩下他一个人了。

他的思绪不知不觉回到不久前发生的事情，想起了弗萝夏，当时的情景又清晰地浮现在眼前。

那是一个星期六，夜间休息的时候，保尔从楼梯上下来到厨房里去。出于好奇，拐弯时他爬上柴垛，往通常聚赌的地方小贮藏室里看去。

那儿正赌得起劲，激动得满脸通红的扎利瓦诺夫正在坐庄。

楼梯上响起脚步声。保尔回头一看：普罗霍尔下楼来了。保尔连忙钻到楼梯下面，等他走到厨房里去。楼梯下面黑洞洞的，普罗霍尔看不见他。

普罗霍尔转过弯，向下走去，保尔看到了他的大脑袋和宽阔的脊背。

楼梯上面又传来匆忙的、轻轻的脚步声，接着保尔听到一个熟悉的嗓音：

“普罗霍尔，等一等。”

普罗霍尔停住脚步，回头向上面看了看。

“什么事?”他含糊不清地嘟囔了一句。

楼梯上的脚步声已经到了下面，保尔认出这是弗萝夏。

弗萝夏抓住堂倌普罗霍尔的一只衣袖，压低嗓音，吞吞吐吐地说：

“普罗霍尔，中尉给你的那些钱呢?”

普罗霍尔猛地甩开了她的手。

“什么？钱？难道我没给你?”他恶狠狠地说。

“可他给了你三百卢布呀。”弗萝夏的嗓音里包含着压抑的哭泣声。

“你说三百卢布?”普罗霍尔用挖苦的口吻说，“怎么，你想统统拿去?

尊贵的太太，一个洗碗女工，要价未免太高了吧？我看，我给你的那五十卢布已经够了，你得知足，那些比你干净又有文化的女人还挣不到这么多呢。陪人睡上一夜，就挣到整整五十卢布，你得为此谢天谢地啦。世上可没傻瓜。好了，我再给你十个、二十的，当然，你要是放乖巧些，还会挣到钱的，我给你当靠山。”说完这些活，普罗霍尔转身走进了厨房。

“无赖，坏蛋！”弗萝夏追着对他喊道，倚在柴堆上，呜呜哭了起来。

保尔站在楼梯下面听到了这番谈话，看见弗萝夏浑身哆嗦，用头猛撞柴垛，当时的心情真是无法形容。保尔没有出来，他沉默着，使劲抓住楼梯的铁栏杆，脑海里掠过一个清清楚楚、再也赶不走的想法：

“这班该死的把她也卖了。哎，弗萝夏，弗萝夏……”

保尔内心深处对普罗霍尔的仇恨更深、更强烈了，周围的一切令他厌恶，令他憎恨。“哎，要是我有力气，我就把这个下流坯揍死！为什么我没有阿尔青那样高大，那样强壮呢？”

炉膛里的火光忽隐忽闪，红色的火舌颤抖着，交融成淡蓝淡蓝的、长长的螺旋圈；保尔觉得，仿佛是一个人对他吐出舌头，嘲笑他，讥讽他。

屋子里静悄悄的，只有炉膛里不时发出哔剥声，还有水龙头均匀的滴水声。

克里姆卡把最后一只擦得锃亮的平底锅放上架子，擦了擦手。厨房里空无一人，当班厨师和女工都在更衣室睡觉。每天夜里，厨房里可以歇息三个小时，这个时刻，克里姆卡总是在上面与保尔一起消磨时光，这个厨房里的小伙计与黑眼睛的锅炉工结成了好友。克里姆卡来到上面，看见保尔蹲在敞开的炉门前面；保尔看到墙上那熟悉的、头发蓬乱的身影，头也不回地说：

“克里姆卡，坐下吧！”

克里姆卡爬上整齐的柴堆，躺了下来，看看一声不吭坐着的保尔，笑着问道：

“怎么，你在对着火苗施魔法？”

保尔不情愿地将目光移开火苗，一对发亮的大眼睛看着克里姆卡。克里姆卡觉得，在他的眼里深藏着忧郁，这种忧郁的神情克里姆卡还是第一次在伙伴的眼里看到。

“保尔，你今天好像有点怪。”沉默片刻，他又问：“发生什么事情了吗？”

保尔立起身来，在克里姆卡身旁坐下。

“什么事也没有。”他瓮声瓮气地答道，“克里姆卡，我在这儿真难受。”他把放在膝盖上的双手握成拳头。

“你今天这是怎么啦？”克里姆卡用双手支起身体问道。

“你说是今天怎么啦？我一直就是这样，从刚来这儿打工开始。你看看这儿是怎么回事！我们像骆驼一样拼命干活，得到的回报却是谁想打就打，得不到一点保护。老板雇我和你是给他们做工的，可是随便什么人都可以打我们，只要他有力气。你就是能够分身，也不能一下子把所有的人都伺候得周周到到，只要有一个伺候不到，那就得挨揍。你就是拼命想把事情干好，让别人都挑不出刺儿，跑东颠西，总还是有小闪失，那又是一顿……”

克里姆卡害怕地打断了他的话头：

“你别这么大声说话，要是有人进来，会听见的。”

保尔跳了起来：

“让他听见好了，反正我要离开这儿，就是在铁路上扫雪也比这儿强。这儿……这儿是坟墓，全是一批无赖、骗子，可他们个个有钱！他们不把我们当人看待，对姑娘想干什么，就干什么；要是哪个姑娘漂亮点，不肯顺从，立刻就把她赶走。她们又能去哪儿呢？雇来的人都是无家可归，饿着肚子的人呀！为了找个饭碗，只好留在这儿，好歹在这儿还能混口饭吃。为了填饱肚皮，什么都得干哪。”

保尔说话时愤愤不平，仇恨满腔。克里姆卡担心别人听见他们的谈话，站起来关上了通往厨房的门，保尔却只管渲泄积累在心中的一切：

“就说你吧，克里姆卡，挨打的时候总不还口。你为什么不吭气呢？”

保尔在桌旁的木凳上坐下，疲乏地用手托着头。克里姆卡往炉膛里添了些柴火，也在桌旁坐下。

“今天我们不读书啦？”他问保尔。

“没书读了，”保尔说，“书亭没开门。”

“怎么，今天那儿没卖书？”克里姆卡感到奇怪。

“宪兵把卖书的抓走了，还在那儿搜到了什么东西。”保尔说。

“为什么？”

“听说是因为搞政治。”

克里姆卡困惑不解地看了看保尔。

“这个政治是什么意思?”

保尔耸耸肩膀:“鬼才知道!听说要是有人反对沙皇,那就是政治。”

克里姆卡吓得哆嗦了一下。

“难道会有这样的人吗?”

“不知道。”保尔回答。

门开了,睡眼蒙眬的格拉莎走进了洗碗间。

“你们怎么还不睡觉,小伙计?趁火车没来,你们还能睡上个把小时。去吧,保尔,我给你照看大锅。”①

保尔没有料到,他这么快就离开了车站饭馆;离开的原因也是他始料不及的。

那是正月里一个严寒的日子,保尔上完班准备回家,但接班的小伙子还没来。保尔去找老板娘,说他要回家,但老板娘不放他走。累了一天一夜的保尔只好接着干第二个昼夜;夜里,他已经完全累瘫了。休息时,他还得把几口大锅里的水装满烧开,为三点钟到达的那辆火车做好准备。

保尔拧开龙头,但不见有水流出:显然水塔没有送水。保尔没有关上龙头,往柴堆上一倒就睡着了:他实在太困了。

几分钟后,龙头里咕嘟、咕嘟流出水来。水流进水槽,继而满溢出来,沿着瓷砖流到洗碗间的地上。和平时一样,这儿一个人也没有;水越流越多,满屋的积水又从门下窜向饭馆的餐厅。

一股股水流从熟睡旅客们的衣物箱笼下悄悄流过,谁也没有发觉。后来,积水流到睡在地上的一位旅客身上,他跳了起来,大喊大叫,这时大家才慌忙抢救各自的东西,乱成一团。

积水仍在不断地上涨。

在另一个大厅里收拾桌子的普罗霍尔听到旅客的叫喊声,急忙跑了过来,他跳过积水,跑到门前,使劲把门打开。原来被门挡住的积水一下子冲

① 见附注3。

进了餐厅。

惊呼声更响了。值班堂倌跑进洗碗间，普罗霍尔冲到睡着的保尔面前。

拳头雨点般一个接一个落在了保尔的头上。他忍受着剧烈的疼痛，被打得昏沉沉的。

保尔刚刚醒来，还不清楚所发生的事情；他的眼里直冒火星，周身火辣辣的。

被打得遍体鳞伤的保尔好容易才挨到了家。

早晨，双眉紧锁、脸色阴沉的阿尔青向保尔详细询问了所发生事情的经过。

保尔如实说了一遍。

"是谁打的？"阿尔青低沉地问。

"普罗霍尔。"

"好，你躺着吧。"

阿尔青穿上皮外套，一句话没说就出去了。

"我能见一见堂倌普罗霍尔吗？"一个陌生的工人问格拉莎。

"他马上就来，您等一等。"她说。

身材魁梧的工人倚在门框上：

"好，我等一等。"

普罗霍尔端着放有大摞餐具的托盘用脚踢开门走进洗碗间。

"他就是普罗霍尔。"格拉莎指着他说。

阿尔青向前迈了一步，把手重重地按在普罗霍尔的肩上，瞪着他问道：

"你凭什么打我的兄弟保尔？"

普罗霍尔想把肩膀挣脱出来，但狠狠的一拳已经把他打倒在地；他想爬起来，可比第一拳更重的打击使他钉在地上，再也动弹不得。

吓坏了的洗碗女工们躲在一边。

阿尔青转身走了出去。

普罗霍尔被打得满脸是血，在地上打滚。晚上，阿尔青没有从机务段回家。

母亲打听到：阿尔青被关进了宪兵队。

六天以后的晚上，阿尔青回来了，当时母亲已经睡觉了。他走到坐在床上的保尔面前，亲切地问：

“怎么样，兄弟，好了吗?”说着就在旁边坐下。“常常有比这更糟的事情。”沉默片刻，他又说：“没关系，你到配电站去干活吧，我已经替你说过了，到那儿去学点本事。”

保尔用双手紧紧地握住阿尔青的大手。

第2章

一个震撼人心的消息旋风般地传遍整个小城：“沙皇被推翻了！”

人们不敢相信。

一列火车在暴风雪中慢慢驶进月台，从车上跳下来两个穿着军大衣、背着步枪的大学生和一队系着红袖章的革命士兵，他们逮捕了车站上的宪兵、老上校和警备队队长。这下子，城里的人都相信了：数千人沿着白雪覆盖的街道拥上了广场。

他们一遍又一遍地听着这些新鲜的字眼：自由、平等、博爱。

热热闹闹的，充满激情与欢乐的日子已经过去，城里恢复了平静，唯有在由孟什维克和崩得分子占据的市参议会大楼上空飘扬的红旗表明着所发生的变化，其余一切照旧。

严冬将尽，一支近卫军骑兵团在城里驻扎下来。每天早晨，他们都派骑兵小分队到车站上去抓从西南战线跑出来的逃兵。

这些骑兵生活富足，个个身体健壮，红光满面；军官多半是伯爵或公爵，他们的肩章是金色的，马裤的镶边是银色的，一切都和沙皇时代一样，仿佛从来没有发生过革命。

一九一七年快要过去了，在保尔、克里姆卡和谢廖扎·布鲁兹扎克看来，什么也没有发生，当老板的还是那班家伙。直到阴雨绵绵的十一月才出现了一些不同寻常的情况：车站上来了一批又一批人，大多是从战场上回来的士兵，他们都有一个奇怪的称号："布尔什维克"。

这个响当当的、有力的称号是怎么来的，谁也不知道。

骑兵团要想抓住前线的逃兵并不容易。车站玻璃被武器击碎的情况越来越多，从前线溜回来的人成群结队，遇到阻挡，他们便以刺刀相拼。到了十二月初，已是整车整车的士兵拥过来了。

骑兵团封锁了车站，准备截住列车，但遭到机枪的猛烈射击。对死亡已经司空见惯的人们从车厢里拥了出来。

穿着灰色大衣的军人把骑兵团赶进市内，然后又回到车站。于是，一列又一列火车呼啸而去。

一九一八年的春天，三个好朋友在谢廖扎·布鲁兹扎克家里玩了一会纸牌便走了出来，又拐进柯察金家的小院，往草地上一躺。他们都感到无聊：平时常玩的那些把戏都已腻了。他们开始考虑，如何更有意思地消磨这天的时光。这时，背后传来了马蹄声，一个人骑着马疾驰而来。骏马一跃便跨过了公路与院子低矮栅栏之间的壕沟。骑马人对躺在地上的保尔和克里姆卡挥了挥马鞭，说：

"喂，我的小伙子们，过来！"

保尔和克里姆卡跳起身来，向栅栏跑去。骑马人满身尘土，歪戴在后脑勺的军帽和一身保护色制服上面都蒙着厚厚的尘土，在结实的军用皮带上挂着支纳卡式转轮手枪和两颗德国式手榴弹。

"孩子们，拿点水来喝喝！"骑马人请求道。在保尔进屋取水时，他问注视着他的谢廖扎："小伙子，告诉我，现在城里是什么人掌权？"

谢廖扎急忙讲起城里的情况：

"我们这儿已经两个星期没人管事了，自卫队在掌权，夜里，老百姓轮流值班守城。那你们是什么人？"他也提出了问题。

"呶，知道事儿越多，老得越快。"骑马人笑着答道。

保尔从屋里走了出来,两手捧着一杯水。

骑马人贪婪地一饮而尽,把茶杯还给保尔,扯扯缰绳,立即策马向林间空地奔去。

“他是什么人?”保尔困惑不解地问克里姆卡。

“我怎么知道呢?”克里姆卡耸耸肩膀。

“一定又要换政府了,所以列辛斯基一家昨天都跑了。既然有钱人往外溜,那就说明游击队要来了。”谢廖扎确定无疑地解决了这个政治问题。

他的理由十分充分,因此保尔和克里姆卡立即同意了他的猜测。

三个伙伴未及仔细谈论这件事情,公路上又传来马蹄声。他们一起拔腿向栅栏跑去。

远处,林务官的房子隐约可见。正是从森林里,从这所房子的后面出现了人群和马车,而在公路附近则有十五个骑兵,手上都横端着步枪。走在前面的两人,一个已是中年,穿着保护色弗伦奇式军上衣,腰间扎着军官武装带,胸前挂着望远镜;与他并肩而行的就是孩子们刚刚见到的骑士。中年人的军上衣上别着红色的花结。

“我说对了吧?”谢廖扎用胳膊碰碰保尔。“瞧,红花结,游击队。肯定是游击队,我敢发誓……”他兴奋地大叫一声,小鸟般越过栅栏,来到街上。

保尔和克里姆卡紧随其后。他们三人一起站在公路边上,看着骑马过来的队伍。

骑士们已经来到跟前。刚才见过的那个人对他们点点头,用马鞭指着列辛斯基家的房子,问:

“这幢房子是谁家的?”

保尔努力跟上骑士,边走边说:

“这儿是律师列辛斯基家的房子,他昨天就跑了。看来,他怕你们……”

“你怎么知道我们是什么人?”中年人脸上露出笑容。

保尔手指红花结答道:

“这是什么? 一看就明白了……”

居民们拥上街头,好奇地注视着这支开进城里的队伍。三个好友也站在路边,目送着风尘仆仆、神色疲倦的红军战士。

队伍中唯一的一门大炮在石子路上咕辘咕辘地开过去了，装着冲锋枪的几辆马车也已驶走。这时，小伙子们跟在了游击队队伍的后面，直到队伍在市中心停下，解散到各个住户家里以后，他们才各自回家。

红军司令部就设在列辛斯基家中。当天晚上，在大客厅里的四脚雕花餐桌旁围坐着四人：指挥部的三个成员和已经上了年纪、头发斑白的指挥官布尔加科夫同志。

布尔加科夫把省地图摊在桌上，用指甲在地图上画着路线，对坐在对面的一个高颧骨、长有一口结实牙齿的指挥员说：

"叶尔马琴科同志，你说应当在这儿打上一仗，可我主张明天早晨撤走。夜里撤走固然更好，但是大家都太累了。我们的任务是抢在德国人之前赶到卡扎京。用我们目前的兵力去拼，这是不明智的……一门大炮、三十发炮弹、二百个步兵和六十个骑兵——这就是我们的实力……可德国人是一股铁的洪流。我们要和其他后撤的红军会合起来才能作战。同志们，我们还必须考虑到，除了德国人，路上还有各种反革命匪徒。我的意见是，明天一早开拔，开拔之前炸毁车站后面的小桥。德国人要把小桥修复起来，需要两三天的时间，这样，他们沿着铁路线的推进就会得到遏止。同志们，你们的看法呢？让我们做出决定。"他对坐在桌旁的指挥员说。

坐在布尔加科夫侧边的斯特鲁日科夫咬了咬嘴唇，看看地图，又看看布尔加科夫，终于艰难地把憋在喉咙口的话挤了出来：

"我……我支……支持布尔加科夫。"

穿着工装上衣，最年轻的指挥员也表示同意：

"布尔加科夫说得对。"

只有叶尔马琴科，就是白天保尔和他的朋友见过的那个人，否定地摇摇头：

"那我们干吗要组织队伍？难道是为了不开一枪就从德国人面前撤走？依我看，我们应当在这儿和他们干上一仗，真讨厌再这样溜之大吉了……如果我能做主，我一定要在这儿打一仗。"他猛地推开椅子，站起身来，在房间里走来走去。

布尔加科夫以不以为然的目光看了看他：

"叶尔马琴科，打仗要有战果，明明知道是去送死，还要让人们去做无谓的牺牲,这种事情我们不能干。这种做法也很可笑。敌人有整整一个师的兵力,还有重炮和装甲车跟着我们……叶尔马琴科同志,不能要孩子脾气……”接着,他转向另外两人,做了结论:“就这样决定了——明天早晨撤走。”

布尔加科夫继续主持会议:“下一个问题是联络。既然我们是最后一批撤退,敌后的组织工作就落在我们肩上。这里是重要的铁路枢纽,城里有两个车站,我们要安排可靠的同志在车站工作。现在我们就决定一下,把谁留下来,大家提名吧。”

“我想,应当把水兵朱赫来留在这里。”叶尔马琴科走近桌旁说,“第一,朱赫来是本地人;第二,他是钳工,又是电工,可以在车站里找到工作;没有人知道他是我们队伍里的人,因为他要夜里才能赶到。他是个有头脑的小伙子,能够胜任这里的工作。依我看,他是最合适的人选。”

布尔加科夫点了点头。

“对,我同意你的意见,叶尔马琴科。你们不反对吧?”他问其他两人。“不反对。好,就这么定了。我们给朱赫来留下一些钱,还有委任书。”

“同志们,现在谈第三个,也是最后一个问题,”布尔加科夫接着说,“这是关于处理城里存放的武器的问题。这里有整整一个仓库的步枪,一共两万支,还是沙皇时期打仗留下来的。这些枪支堆放在一个农民家的板棚里,被人遗忘了。这件事是板棚的主人向我报告的,他想把这批枪支弄走……把这批枪支留给德国人,那当然是万万不可的……我的想法是把它们烧毁,而且现在就动手,赶在早晨出发前全部办妥。不过,烧起来也有危险,板棚在城郊,周围都是穷人的房屋,恐怕要殃及他们。”

身体壮实、胡子拉碴的斯特鲁日科夫动了动身子,说:

“干……干吗……烧掉?我……我想把……把武器分……分给居民。”

布尔加科夫立刻转过身来,对他说:

“你说要分掉?”

“对,好主意!”叶尔马琴科兴奋地喊道,“分给工人和其他居民,谁想要就给谁,至少在他们忍无可忍时可以对德国佬骚扰骚扰。明摆着的事情,德国人来了,日子会很难过的。到了走投无路时,人们就会拿起武器。斯特鲁日科夫说得对,分掉。要是能运一部分枪支到农村去就更棒了,农民会藏得更加隐蔽。一旦德国佬敲诈勒索，嗨，这些枪支就派上大用处了！”

布尔加科夫笑了：

“不过德国佬会命令把枪支上缴，大家还会交出去的。”

叶尔马琴科反驳道：

“不会所有的人都交出去的。有的人交，有的人就不交。”

布尔加科夫以探询的目光将大家扫视一遍。

“把枪分掉，把枪分掉。”年轻的工人也支持叶尔马琴科和斯特鲁日科夫。

“好，那就把枪支分发出去。”布尔加科夫也同意了。他说着，从桌旁站了起来。“现在，所有的问题都解决了。早晨之前，我们还可以休息一下。等朱赫来到了，让他到我这儿来一趟，我和他谈谈。叶尔马琴科，你去查查岗吧！”

其他人走了以后，布尔加科夫走进与客厅相邻的原房主的卧室，他把大衣铺在床垫上，躺了下来。

早晨，保尔从配电站下班回家，他在这儿做司炉助手已经有一年了。

城里洋溢着一股不同寻常的活跃气氛，保尔立刻就感觉到了：沿路他碰见越来越多扛着一支、两支甚至三支步枪的居民。保尔不知发生了什么事情，急忙向家里奔去。在列辛斯基庄园旁边他看见昨天遇见的那些人正在上马，准备外出。

保尔跑进屋里，匆忙洗了把脸，听母亲说阿尔青还没回来，就又冲了出来，向住在本城另一头的谢廖扎·布鲁兹扎克家奔去。

谢廖扎的父亲是个副司机，他有一座小小的房子和一份小小的家当。谢廖扎也不在家，他的母亲，一个白白胖胖的妇女，不满地看看保尔：

“鬼知道他在哪儿！天刚亮就出去了，中了邪似的，说是什么地方在发枪，他肯定就在那儿。真该收拾收拾你们这班拖着鼻涕的勇士，实在太胡闹了，真没办法，才比那瓦罐高上两寸，也要去领枪。你告诉他这个小无赖，哪怕他只带一粒子弹回家，我也要把他的脑袋拧下来。什么乱七八糟的东西都往家里拖，你还得为他担惊受怕。你干什么，也想到那儿去？”

保尔已经不再听谢廖扎母亲的唠叨，早就窜到街上去了。

在路上，保尔又看见一个人，两肩各扛一支步枪。他急忙走上前去：

“大叔，告诉我，你从哪儿搞到的？”

“是在维尔霍维那大街那儿发的。”

保尔拼命向维尔霍维那大街跑去。跑过两条街，他撞上一个男孩拖着重重的、带刺刀的步枪。保尔拦住他，问：

“你在哪儿拿到的枪？”

“在学校对面，游击队发的，不过已经没有了，全拿光了。发了整整一夜，现在只剩一堆空箱子。我这是第二支了。”他扬扬得意地说。

这个消息让保尔十分沮丧。

“哎呀，真倒霉！应当不回家，直接去那儿就好了！”他绝望了。“我怎么错过了这么好的机会？”

突然，保尔心生一计，他猛然转过身来，三窜两跳就追上了刚刚走过去的男孩，使劲夺下他手中的枪，并用不容反驳的口吻说道：

“你已经有了一支，够了。这一支给我。”

光天化日之下的抢劫激怒了男孩，他向保尔扑了过去。但保尔后退一步，举起刺刀，吼道：

“走开！否则刺刀就要见你的血！”

男孩气得哭了起来，他虽然愤愤不平，但又无可奈何，只得骂骂咧咧地转身跑了。保尔心满意足，拔腿奔回家去；他跳过栅栏，跑进小板棚，把得来的枪支放在屋顶下的梁架上，然后开心地吹着口哨，进了屋门。

舍佩托夫卡城的中心地段是市区，四郊是一片农舍，在乌克兰，像舍佩托夫卡这样的小城里，夏日的夜晚十分迷人。

在这夏日迷人的、幽静的夜晚，青年人都走出家门，姑娘们，小伙子们，在自家台阶旁，在花园、庭院里，甚至就在大街上，坐在建筑用的圆木堆上，他们三五成群，对对双双，到处荡漾着歌声和笑声。

空气里弥漫着浓郁的花香，星星犹如萤火虫一般，在天空深处时隐时闪，而人声可以传得很远很远……

保尔喜欢拉他的手风琴。他会深情地把音色悦耳动听的维也纳双键手风琴放在膝上，灵活的手指轻轻触动琴键，由上而下迅速地拨出一串连续的滑音，低音键一声和鸣，手风琴便奏出了豪放、嘹亮的乐曲……

手风琴张张合合，不停地扭动。听着这委婉、悠扬的乐曲，怎么能不想跳舞呢？你的双脚会不由自主地活动起来。手风琴起劲地演奏着——生活在世界上多么美好！

今天晚上特别欢快，一群活泼爱笑的年轻人聚集在离保尔家不远的圆木堆上，笑得最响的是保尔的邻居加林娜，这个石匠的女儿喜欢和男孩子一起唱歌跳舞，她的嗓音低沉、圆润。

保尔有点怕她，因为她伶牙俐齿，能说会道。她和保尔并排坐在圆木上，紧紧搂着保尔，哈哈笑个不停：

"咳，你呀，豪放的手风琴手！可惜还是个没有长大的毛头小伙子，要不就可以做我称心如意的男人了。我就喜欢拉手风琴的，他们让我的心都陶醉了。"

保尔满面羞红，幸好是晚上，别人看不见。他挪动一下身子，想离加林娜远些，但加林娜紧紧搂着他不放。

"你想往哪儿躲啊，亲爱的？真是个小女婿呢。"她开玩笑地说。

保尔的肩上感觉到她那富有弹性的胸部，这使他局促不安，心旌摇曳。周围的笑声打破了街道上惯有的寂静。

保尔用一只手抵住加林娜的肩头，说：

"你妨碍我拉琴了，离远一点。"

又是一阵哄笑，有人挑逗，有人取笑。

玛鲁霞过来解围了：

"保尔，拉一首忧郁的曲子吧，要能打动人心的。"

手风琴的风箱悠悠展开，保尔的手指轻轻弹动。这是一首大家都很熟悉的家乡民歌。加林娜带头唱了起来，玛鲁霞和其他人随声附和：

远离家乡的纤夫，
回到亲爱的小屋。
这里多么温暖，
这里多么欢畅。
让我们带着忧伤，

　　把甜蜜的歌儿唱。

年轻人嘹亮的歌声传向远处，飘进树林。

“保尔。”这是阿尔青的声音。

保尔合拢手风琴，按上皮扣。

“在叫我呢，我走了。”

玛鲁霞央求他说：

“再坐会儿，还早着呢。”

保尔却着急了：

“不，我们明天再玩吧，现在该走了，阿尔青叫我呢。”他穿过街道，跑回家去。

保尔打开房门，看见桌旁坐着阿尔青的同事罗曼，还有一个不认识的人。

“你叫我吗？”保尔问。

阿尔青对保尔点点头，转向那个陌生人说：

“他就是我的兄弟。”

陌生人向保尔伸出粗糙的大手。

阿尔青对弟弟说：“是这么回事，保尔，你不是说你们配电站的电工病了吗？明天你去打听一下，那儿收不收懂行的人替代他。如果他们需要，你就来告诉我。”

陌生人插话说：

“不，我和他一起去，我自己和老板谈。”

“当然要人啦。就因为斯坦科维奇病了，今天就没开工。老板跑来两次，想找个人顶替一下，但没找到。他又不敢把配电站交给司炉一个人。我们的电工得的是伤寒病。”

“瞧，事情已经十拿九稳了。”陌生人又对保尔说，“明天我来找你，我们一起去。”

“好。”

保尔碰上陌生人的目光，他那灰色的眼睛安详而专注地打量着他，这坚定、凝视的眼神看得保尔有点不好意思。从上到下扣得整整齐齐的灰色上衣紧紧绷在陌生人宽大、强壮的脊背上，显然，衣服已经嫌小。陌生人的脖子粗短健壮，浑身充满力量，犹如一棵苍劲的老橡树。

告别时，阿尔青说：

"暂时再见，朱赫来，明天你和我的弟弟一起去一趟，事情就办成了。"

游击队撤走三天以后，德军就进了城。几天来车站上一直冷冷清清，火车头的一声长鸣向人们通告了德国人的来临。消息不胫而走，顿时传遍全城：

"德国人来了。"

全城犹如被捅开的蚂蚁窝，忙乱起来。虽然人们早就知道德国人一定会来，但总还将信将疑。可现在这些可怕的德国人不是即将来临，而是已经来了，进城了。

居民们都贴着栅栏，倚在小门边：他们不敢出来。

德国人沿着路的两侧排成单行列队行进，将马路中间空着。他们身着暗绿色制服，平端着枪，枪口插着刀子般宽宽的刺刀；头上戴着沉重的钢盔，身上背着鼓鼓的行囊。他们的队伍像一根长带，接连不断地从车站开进城里，一路小心谨慎，随时准备应付抵抗。其实，当时没有人打算反抗。

走在队伍前面的是两个端着毛瑟枪的军官，担任翻译的黑特曼①军官走在大路的中间，他穿着蓝色的乌克兰外套，戴着毛皮高帽。

德军在市中心的广场上列成方阵，接着鼓声咚咚；少数居民壮起胆子围拢过来。穿着乌克兰外套的黑特曼军官走上一家药店的台阶，高声宣读了城防司令科尔夫少校的两项命令：

1. 本市全体居民，限在二十四小时之内，交出所有武器，违者枪决。
2. 本市宣布戒严，每晚八时起禁止通行。

城防司令　科尔夫

---

① 这是一九一八年奥地利—德国占领军的傀儡斯科罗帕茨基在乌克兰的伪政权的称号。

从前是市参议会所在地，革命后是工人代表苏维埃的办公室现在成了德军司令部。门前的台阶上站着一名卫兵，他头上的钢盔已经换成缀有巨鹰帝国徽章的军帽。这儿的院子里已经辟出一块地方用以堆放收缴的武器。

白天，不断有害怕被枪决的居民上缴武器，成年人没有露面，送武器去的都是小孩。德军没有扣留任何人。

那些不愿当面交枪的人夜里干脆把武器扔在路上；第二天清晨，德军巡逻兵把枪支捡起来，放上军用马车，运进司令部。

中午十二点以后，上交武器的期限已过，德军开始清理他们的战利品：上交枪支共一万四千支。这就是说，还有六千支枪德军未能收回。而后，他们又挨家挨户搜查一遍，但收效甚微。

第二天拂晓，在郊外一个犹太人的老墓地上，两名铁路工人被枪决，因为在他们家里搜出了隐藏的枪支。

一听到命令，阿尔青就匆忙赶回家来。他在院子里遇见保尔，立刻抓住他的肩膀，小声而严肃地问道：

"你有没有从仓库里带什么东西回来？"

保尔本想瞒住枪支的事情，但不愿对哥哥撒谎，于是和盘托出。

他们一起走进板棚。阿尔青拿下放在梁架上的步枪，抽出枪栓，卸下刺刀，然后抓住枪筒举起来，使劲向栅栏的木桩上砸去。枪托被砸成碎块，四处飞散，剩余的部分被远远扔到花园后面的荒地上。阿尔青又把刺刀和枪栓扔进了粪坑。

做完这一切，阿尔青转身对弟弟说：

"保尔，你已经不是小孩子了，你该明白，枪可不是闹着玩的。我郑重地对你说：不准带任何东西回家。你知道，为这种事情连命都可能送掉的。你小心点，可别骗我。要是你把这种东西带回家，被搜出来，头一个被抓去枪毙的是我；你还是个毛孩子，他们不会碰你。现在就是这么个鬼年代，懂吗？"

保尔答应不带任何东西回家。

他们穿过院子往屋里走的时候，看见一辆马车在列辛斯基家门旁边停了下来，律师和他的妻子，还有他们的孩子内莉和维克托正在下车。

“鸟儿又飞回来了。”阿尔青恨恨地说，“哼，好戏又开场啦。让雷劈死他们！”说着，进了屋子。

保尔为步枪的事情整天都不开心。这天，他的朋友谢廖扎正在一个被废弃的旧板棚内，使出浑身的力气，在墙边用铁锹拼命挖土。他终于挖好一个大坑，把领到的三支崭新的步枪包在破布内，埋了进去。他不愿意把枪交给德国人。昨天夜里，他翻来覆去折腾了一夜，怎么也舍不得把枪丢掉，于是，想出这个办法。

他用土把坑填平，又将虚土压得结结实实，然后弄来一堆垃圾和破烂堆在挖过的地方。他挑剔地把自己的劳动成果检查一遍，直至感到十分满意，才从头上摘下帽子，擦去额头上的汗珠。

“好了，现在让他们搜吧。就是找到了，他们也搞不清这是谁家的板棚。”

严峻的朱赫来在配电站已经干了一个月了，保尔不知不觉与他成了亲密的朋友。

朱赫来常对这个司炉的助手讲解发电机的构造，并让他实际操作。

朱赫来喜欢这个机灵的小伙子。空闲的日子，朱赫来常去看望阿尔青。他不苟言笑，但善解人意，总是耐心地听他们谈论各种家常琐事，特别是在母亲抱怨保尔淘气时，他更是如此。他善于好言安慰玛丽亚·雅科夫列夫娜，常常使她丢开自己的烦恼和痛苦，振作起来。

有一次，保尔走过配电站的院子时，朱赫来在木柴堆中间叫住他，笑着问道：

“母亲说你喜欢打架，她说你就像一只好斗的公鸡。”朱赫来赞许地哈哈大笑。“打架并不一定是坏事，只是必须明白，应当打什么人，为什么打他。”

保尔弄不清楚朱赫来是在嘲笑他，还是说的真心话。他说：

“我从不平白无故地打架，我总是有道理的。”

朱赫来出其不意地提议说：

“要不要我教你真正的打法？”

保尔惊讶地看着他：

“什么是真正的打法?”

“那你看着。”

朱赫来给保尔上了短短的第一课，使他开始领略英国拳击的招式。

学习英国拳击可不是一件轻而易举的事情，但保尔掌握得很好。虽然他不止一次地被朱赫来的拳头打翻在地，但这个徒弟既很勤奋，又有一股韧劲。

这天，天气很热。保尔从克里姆卡那儿回来后，在房间里转悠了一阵，由于无事可做，他决定到他最喜欢的地方——屋后花园角落上岗棚的屋顶上去。他穿过院子，进了花园，走进板棚，踩着突出的地方，一步步爬上棚顶，又从覆盖在板棚上方浓密的樱桃树枝中钻了过去，费力地爬到棚顶中央，迎着太阳躺了下来。

岗棚有一面对着列辛斯基家的花园，爬到棚顶的边缘，就可以看见整个花园和房子的一个侧面。保尔从棚顶上探头望去，他看见了院子的一角和停在那儿的四轮马车；他还看见住在列辛斯基家中的那个德国中尉的勤务兵正在用刷子给他的主子清理衣物。保尔曾多次在庄园门口见过这个中尉。

中尉矮墩墩的，红脸膛，留着一小撮短短的小胡子，戴着夹鼻眼镜，军帽的帽舌是漆皮的。保尔知道中尉住在窗户对着花园的那个厢房里，从棚顶上看得清清楚楚。

当时，中尉正坐在桌旁写信。过了一会儿，他拿着写好的信走了出去。他把信交给勤务兵，然后沿着花园小径向临街的小门走去。在凉亭旁边他停住了脚步——显然是在和别人讲话。内莉·列辛斯卡娅从凉亭里走了出来。中尉挽住她的胳膊，与她一起从小门出去了。

保尔把这一切都看在眼中。他还看见勤务兵走进中尉的房间，把军服挂上衣架，打开面对花园的窗户，把房间打扫干净后走了出去，随手关上了门。这时，保尔已快要进入梦乡。他又看见勤务兵已经到了拴有几匹马的马厩里。

保尔从打开的窗户里清清楚楚地看到整个房间：桌上放着一些皮带，还有一件发亮的东西。

受到强烈好奇心的驱使，保尔蹑手蹑脚地从屋顶攀上樱桃树，顺着树干溜入列辛斯基家的花园。他弓着身子，连跳几步就来到敞开的窗户底下。保尔偷眼往房间里看去，只见桌上放着刀剑佩带和枪套，套里装着一支绝好的、十二响曼利赫尔手枪。

保尔顿时惊喜得屏住了呼吸，他的内心斗争了片刻，但还是胆大包天地跳进房间，抓住枪套，从里面拔出那支崭新乌亮的手枪，又匆忙回到花园。他警惕地看看四周，把手枪塞进口袋，又穿过花园爬上了樱桃树。保尔像猴子一样灵活，飞快地爬上棚顶，又回头张望一下，只见勤务兵正若无其事地与马夫聊天，花园里静悄悄的……

他溜下板棚，冲回家去。

母亲正在厨房里忙着做饭，对保尔没有留意。

保尔从箱子后面抓起一块破布，塞进口袋，人不知鬼不觉地溜出了屋门，穿过花园，跳过栅栏，上了通往树林的大路。他用一只手抓住不时重重撞他大腿的手枪，拼命向已经倒塌了的老砖瓦厂跑去。

他的双脚好像腾空似的，耳边响着呼呼的风声。

老砖瓦厂里没有一点声响。已经开始塌陷的木板房顶、一堆堆破砖碎瓦和残缺不全的砖窑显得满目凄凉。这儿杂草丛生，只有他们三个好友有时聚在这儿玩耍。保尔知道几个秘密地方，那儿可以隐藏偷来的宝贝。

保尔从砖窑的缺口钻了进去，小心地回头望了望：大路上空无一人，只有松林发出轻轻的声响，微风卷起路边的尘土，空中弥漫着浓郁的松脂气味。

保尔把手枪包在破布里，放在炉底的一个角落里，然后盖上一堆破砖。钻出炉膛，他又用砖头封住炉口，做了记号，然后才慢悠悠地回家。

他的双腿一直在微微发抖。

“会惹祸吗？”他感到一阵恐慌，心都紧缩起来。

只是为了不待在家里，保尔早早来到配电站。他从看门人那儿拿了钥匙，打开安放发电机房间的大门。他擦风箱，往锅炉里装水，生炉子，心里却一直在想：

“不知现在列辛斯基家里情况怎么样了？”

已经很晚了，大概十一点，朱赫来来找保尔，把他叫到院子里，低声问道：

“为什么今天有人到你家里去搜查？”

保尔吓了一跳：

“搜查？”

朱赫来沉默片刻，又说：

“是的，事情不太妙。你知道他们在搜什么吗？”

保尔当然清楚地知道他们寻找什么，但他不敢说出偷枪的事情。他吓得浑身发抖，战战兢兢地问：

“把阿尔青抓走了吗？”

“没有抓人，不过把家里统统翻了个底朝天。”

听到这句话，保尔才稍稍放心，但仍处于惊恐之中。几分钟内，他们各自想着自己的心事：一个知道搜查的原因，为由此产生的后果提心吊胆；一个不知底细，因而开始警觉起来。

“真见鬼，是不是他们对我的情况有所觉察？阿尔青对我的情况一无所知，为什么会到他家去搜查呢？必须更加谨慎行事。”这是朱赫来的想法。

他俩默默分手，回到各自的岗位上。

在列辛斯基的庄园里则乱作一团。

中尉发现手枪不翼而飞，便把勤务兵叫来询问；当确认手枪已经丢失，平时处事稳重、待人彬彬有礼的中尉甩手对着勤务兵就是一记耳光，勤务兵被打得趔趄一下，重又挺直身子，认罪地眨着眼睛，恭顺地听候处罚。

被叫来查问的律师也很激愤，他为在他家里发生如此不愉快的事件向中尉连连道歉。

当时在场的维克托对父亲说出了他的判断，他认为手枪可能是被邻居偷走的，最大的嫌疑犯就是小流氓保尔·柯察金。父亲急忙将儿子的想法报告了中尉，中尉立即下令派值勤兵搜查。

搜查毫无结果。这次偷枪事件使保尔确信，即使做出这类冒险行为有时也能安然无事。

第3章

冬妮亚站在敞开的窗前，百无聊赖地看着熟悉而心爱的花园，看着花园四周的微风中飒飒抖动的高大、挺拔的白杨。真难以置信，她离开这个可爱的花园已整整一年了。她觉得，离开这些儿时就十分熟悉的地方，仿佛只是昨天的事情，而今晨就已乘车回到这里。

这里的一切依旧：仍然是一排排修剪整齐的马林果灌木丛；仍然是按几何图形排列的小径，小径上种着妈妈喜爱的蝴蝶花；花园里清清爽爽，整整齐齐，处处显示出造诣颇深的园艺师那学究式的风格。冬妮亚觉得那些整洁的、几何图案形的花径缺乏情趣。

冬妮亚拿起没有读完的小说，打开凉台的门，走下台阶，来到花园；她又推开油漆小门，向车站附近水塔旁的池塘慢慢走去。

她穿过小桥，上了大路。大路上绿树成荫，右边是被密密的垂柳环抱的池塘，左边是一片树林。

冬妮亚本想到池塘那边的老采石场去。突然，她看见下面池塘边伸出一根钓竿，于是，停住了脚步。

她从一根弯曲的柳树枝上面，俯下身子，用手分开柳树的枝条，看见一个皮肤黝黑的大男孩，赤着双脚，裤腿一直卷到膝盖上面，身旁放着一个装有蚯蚓的锈铁罐。大男孩专心致志地干着他的事情，没有发现冬妮亚注视的目光。

“难道这儿能够钓到鱼吗？”

保尔不高兴地回头张望了一下。

他看到一个陌生的姑娘手抓柳枝站在那儿,低低地俯向水面。她穿着领子上有蓝条的白色水兵衫和浅灰色短裙,带着花边的袜子紧紧裹住匀称、黝黑的双腿,脚上是棕色便鞋。栗色的头发束成一根粗粗的辫子。

拿着钓竿的手微微颤了一下,鹅毛管浮子往下沉了沉。平静的湖面泛起浅浅的波纹,向四周散开。

身后激动的嗓音小声说道:

“上钩啦,您瞧,上钩啦……”

保尔慌了手脚,猛地举起钓竿,在溅起的水花中拉出来的是在鱼钩上转动的蚯蚓。

“真倒霉,现在还钓个屁!该死的,谁让她上这儿来的。”保尔恼怒地想着。为了掩饰自己的笨拙,他把鱼钩向远处的水面抛去;可鱼钩恰巧抛在不该扔的地方:两棵牛蒡草之间,这里的草根会绊住鱼钩。

保尔意识到自己的失策,他头也不回地朝坐在上面的姑娘低声埋怨:

“您叫什么?鱼都给您吓跑了。”

从上面传来嘲弄、讥讽的回话:

“您的这副尊容早就把鱼吓跑了。哪有大白天钓鱼的?哎,您真是个聪明绝顶的渔夫!”

虽然保尔竭力想表现得体面些,但对方未免太过分了。他站起身来,把帽子拉到额头上——这是他发泄时的习惯动作——挑选着最客气的字眼,说道:

“小姐,您是不是最好能从这儿滚开。”

冬妮亚眼睛稍稍眯了起来,闪烁着一些笑意,说:

“我是不是妨碍您啦?”

她的语气已经不带嘲讽,而是友好的、和解的。保尔本想对这个不知从哪儿钻出来的“小姐”乱骂一通,现在也消气了。

“好吧,如果您想看,那就看吧,地方多着呢。”说完,他又坐了下来,看着浮子:浮子紧贴在牛蒡草上,显然,鱼钩钩在草根上了。保尔不敢起钩,心里暗暗嘀咕:

“如果钩住了,那就拉不下来了,她肯定会笑我。她要走开就好了。”

但是,冬妮亚却在微微摇晃的、弯倒的柳树枝上坐得更舒服些,把书摊放在膝头，开始观察这个皮肤黝黑、长着一双黑眼睛的野小子；初次见面，他就对她很不客气，现在又故意对她不加理睬。

保尔在镜面般的水中清晰地看见坐在树上的那个姑娘的身影。她在看书，于是，他就开始轻轻拽那被钩住的钓线。浮子向下沉去，钩在草根上的钓线被拉紧了。

“真的给钩住了，该死的！”保尔心里想着，眼睛一斜，看见了水中一个顽皮的笑脸。

两个年轻人、中学七年级学生穿过水塔旁的小桥走了过来，一个是机务段段长——苏哈里科工程师十七岁的儿子，生性愚笨，游手好闲，长着一头浅发，满脸雀斑，学校里给他取了个绰号叫麻子舒拉。这时，他手持高级鱼竿，嘴里流里流气的叼着一支香烟。走在他旁边的是维克托·列辛斯基，一个娇生惯养、身材高挑的年轻人。

小苏哈里科挤眉弄眼地弯身对维克托说：

“这小妞儿有点味道，这周围还找不到像她这样的，我告诉你，她是个风——流——女——郎。她在基辅读六年级，到父亲这儿来过夏天的；她的父亲是我们这儿的林务官。她和我妹妹丽莎很熟。我还给她塞过一封小情书，当然喽，全是漂亮动人的词句。我说：我已经发疯了，我期待着您的回音，心里突突跳个不停。我还在纳德松的诗歌里抄了几句合适的放了进去。”

“结果怎么样？”维克托兴致勃勃地问。

舒拉不无困窘地说：

“她当然要装模作样，摆摆架子喽，说什么别浪费纸张了。这种事情开头总是这样的，在这方面我可是个老手。告诉你，我嫌麻烦，懒得老去献殷勤，拍马屁。还不如晚上到修理棚去，花上三个卢布就能泡上这样的妞儿，那才叫棒呢，而且一点也不忸怩。我和瓦利卡·吉洪诺夫去过，他是铁路上的工头，你认识吗？”

维克托鄙夷地眯起眼睛：

“舒拉，你还干这种下流事？”

舒拉猛吸一口烟，啐一口唾沫，讥讽地回敬道：

“呵，多么了不起的正人君子！其实，你们干的那些事情我们也知道。”

维克托打断他的话，问道：

“那你能介绍我和她认识吗?”

“当然可以,趁她还没走,我们快点过去。昨天早晨她在这儿钓鱼的。”

舒拉和维克托走到冬妮亚面前。舒拉扔掉嘴角的香烟,学着时髦派头,深深鞠了一躬:

“您好,图曼诺娃小姐。您在钓鱼,是吗?”

“不,我在看别人钓鱼。”冬妮亚回答。

“对了,你们还不认识吧!”舒拉拉着维克托的手,匆匆地说,“这是我的朋友维克托・列辛斯基。”

维克托不好意思地把手伸给冬妮亚。

“您今天怎么不钓鱼呢?”舒拉尽力找出话题。

“我没有带钓鱼竿。”冬妮亚说。

“我马上再拿一副来,”舒拉热切地说,“您先用我这一副,我马上就拿来。”

他履行了介绍维克托与冬妮亚认识的许诺,想留下他们两个单独在一起。

“不,我们会打搅别人的,这儿已经有人在钓鱼了。”冬妮亚答道。

“打搅谁?”舒拉问,“呵,就是他?”这时他才看见坐在灌木丛中的保尔。“瞧,我马上就让这小子走开。”

冬妮亚还未及阻拦,他已经到了坡下,走到正在钓鱼的保尔面前:

“马上收起你的钓竿,滚开!”见到保尔毫无动静地继续钓鱼,他又催促道:“快滚!快滚!”

保尔抬起头,愤愤地看着舒拉:

“你小声点,干吗扯着嗓子乱叫?”

“什——么!”舒拉大动肝火,“你还顶嘴,该死的东西!从这儿——滚开!”他抬起脚来朝装着蚯蚓的铁罐猛地一踢,铁罐在空中翻了几翻,咚的一声掉进水里,激起的水花溅到冬妮亚的脸上。

“舒拉,你真不害臊!”冬妮亚喊道。

保尔跳了起来。他知道舒拉的父亲是机务段段长,阿尔青就在他的手下干活;如果他往那棕红色的肥脸揍上一拳,这小子必然要向父亲告状,那样事情就会牵连到阿尔青。只是因为这一点,保尔才克制住自己,没有立即还手。

舒拉却以为保尔要动手打他，于是向前扑了过去，用两手对着保尔的胸口猛力一推。站在池边的保尔双手一扬，身子晃了晃。但保持了平衡，没有掉下水去。

舒拉比保尔大两岁，是远近闻名的打架王，最爱惹是生非。

保尔的胸口挨了一下，他已忍无可忍了。

“好啊！动真的啦！那就来吧！”他抬起手猛地一挥，往舒拉脸上狠狠打了一拳。接着，没等舒拉回过神来，又紧紧抓住他的学生制服，把他拖到水中。

舒拉站在齐膝的水中，锃亮的皮鞋和裤子都被浸透，他使出浑身的力气，想挣脱保尔铁钳般的双手。保尔把舒拉拖入水中以后，又跳上岸来。

暴跳如雷的舒拉在保尔身后又扑了上去，恨不得将保尔撕成碎片。

保尔上岸以后迅速转过身来，面对扑过来的舒拉，想起拳击口诀：

“左脚站稳，右腿使力，微微弯曲，手身并发，自下往上，猛击下颌。”

打！……

只听到牙齿咯咯作响，舒拉感到下巴处剧烈疼痛，舌头也被咬破。他惨叫一声，双手在空中乱舞乱抓，然后就扑通一声，笨重地跌入水中。

岸上的冬妮亚大笑起来：

“太棒了！太棒了！”她拍着双手叫道，“打得真漂亮！”

保尔收起钓竿，拉断了钩在牛蒡草上的钓线，跳上大路。

临走的时候，他听见维克托对冬妮亚说：

“这是大名鼎鼎的流氓保尔·柯察金。”

车站上日趋动荡。铁路沿线传来消息，说铁路工人正在准备罢工，邻近一个大车站上，机务段的工人已经有所动作。德国人逮捕了两名司机，怀疑他们运送呼吁书；德军在乡下横征暴敛，逃亡的地主又纷纷返回庄园，这都引起与农村有着千丝万缕联系的工人们的极大愤慨。

黑特曼伪政权警备队的鞭子不断抽打着农民的脊背。省内游击队活动大大开展，布尔什维克组织的游击队已达十支之多。①

---

① 见附注4。

这些日子朱赫来一直很忙，留在城里以后，他已做了大量工作。他结识了许多铁路员工，经常参加青年人的聚会，建立了由机务段的钳工和锯木工参加的坚强组织。他也曾试探过阿尔青，问他对布尔什维克的事业和布尔什维克党的看法，身强力壮的阿尔青回答他说：

“你知道，费奥多尔，关于这些党啊，派啊，我不大搞得清楚。不过，如果需要，我随时都会尽力帮忙。对我，你可以放心。”

费奥多尔对此已很满意，他知道阿尔青是自己人，说到就能做到。“看来，吸收他入党，条件还不成熟。没关系，在目前这种情况下，他会很快提高觉悟的。”朱赫来想。

费奥多尔已从配电站转到机务段上工，这样更便于进行工作，因为在配电站他很难了解铁路上的情况。

当时，铁路运输十分繁忙，德国人把从乌克兰掠夺的一切：燕麦，小麦，牲口……装进成千上万节车皮运往德国。

黑特曼警备队突然从车站抓走了报务员波诺马连科，在队部对他进行严刑拷打。显然，他供出了阿尔青在机务段的同事罗曼·西多连科，说他进行过煽动。

上班时，两个德国人和一个黑特曼官员——车站警卫长助理来抓罗曼。他们走近罗曼的工作台，那个黑特曼一语未发，抬手就往罗曼的脸上抽了一鞭。

“畜生，跟我们走！到那儿再和你算账！”说着，他狞笑一声，死死抓住罗曼的衣袖，“走，到我们那儿去煽动吧！”

在邻近钳台上干活的阿尔青扔下锉刀，将庞大的身躯逼近黑特曼，强忍住涌上心头的愤恨，沙哑地说：

“竟敢打人？你这恶棍！”

黑特曼后退一步，同时伸手去解枪套；短腿矮个子的德国兵也从肩上拿下插着宽刺刀的步枪，顶上枪栓。

“不许动！”他用德语大吼一声，只要阿尔青一动，他随时都会开枪。

高大的阿尔青束手无策地看着这个矮小丑陋的德国兵，无计可施。

两个人都被抓走了。一小时后，阿尔青被放了回来，罗曼则被关进了存放行李的地下室。

十分钟后，整个机务段都停了工，工人们聚集在车站公园，扳道工和材料库的人员也来了，群情激愤，有人还写了呼吁书，要求释放罗曼和波诺马连科。

这时，黑特曼带着一群警备队员冲进花园，他挥舞着手枪，大声嚷道：

“如果再不散开，统统地抓起来，还得枪毙几个！”

群情更加激愤。工人们义愤填膺的叫喊声逼使他退回车站。这时，车站警卫长召来的几辆载满德国兵的卡车已经沿着公路从市内开来。

工人们这才四散回家。所有的人都罢工了，连车站值班员都离开了岗位。这是朱赫来的工作成果，也是车站上的第一次群众示威活动。

德国人在月台上架起了一挺重机枪，它就像一头虎视眈眈的猎犬。一个德国军士蹲在机枪旁边，手按着扳机。

车站上空无一人。

当天夜里大搜捕开始了。阿尔青也被抓走了；朱赫来夜里没有回家过夜，幸运逃脱。

被抓来的人全都关押在大货仓里，德国人提出最后通牒：立即复工，或者被送交战地法庭。

沿线的铁路工人几乎都罢工了，一天一夜没有一辆火车通过。在一百二十公里开外的地方强大的游击队正在进行战斗，他们切断了铁路线，炸毁了几座桥梁。

夜里，一辆运送德军的列车进了站。进站后，司机、副司机和司炉都跑离了机车头。除了这辆军用列车，车站上还有两辆列车急等起程。

货站沉重的铁门打开了，担任车站警卫长的德军中尉和他的助理带着一群德国兵走了进来。

警卫长助理点名叫道：

“柯察金，波利托夫斯基，布鲁兹扎克，你们三人一组，马上去开车。违者就地处决。去不去？”

三个工人没精打采地点点头。他们被押上了机车。这时，警卫长助理已经在宣布第二组司机、副司机和司炉的人员名单。

机车生气似的呼哧呼哧响着，冒出点点火星，喘着粗气，冲破黑暗，沿着铁轨驰向夜色茫茫的远方。阿尔青往炉里添加煤块，又一脚踢上小炉门，拿起放在木箱上的茶壶呷了口水，对上了年纪的司机波利托夫斯基说：

“你说，我们真的开车送他们去吗，大叔？”

波利托夫斯基双眉紧锁，愤怒地眨了眨眼睛：

“刺刀戳在你的背上，还能不开吗？”

“扔下机车，跳车跑吧。”布鲁兹扎克提议说，一面偷眼看看坐在煤水车上的德国兵。

“我也这么想，”阿尔青轻声说，“就是这个家伙在背后盯着。”

“是啊。”布鲁兹扎克不置可否地拖长声音，一面把头伸向窗外。

波利托夫斯基走近阿尔青，压低嗓音说：

“我们不能把他们送过去，你明白吗？那边正在打仗，起义的人已经把铁轨炸了。要是我们把这些狗杂种送过去，他们很快就会把起义的人打垮。你知道，就是在沙皇时代，罢工的时候我也从不开车，现在我也不会干。把敌人送过去打自己人，这是一辈子的耻辱。机车上原来的人都跑了，这可是拿生命冒险的事情，可他们这些小伙子还是跑了。我们无论如何也不能把火车开过去，你说呢？”

“你说得对，大叔。不过怎么对付这个家伙呢？”他用目光示意后面的德国兵。

司机皱起眉头，用麻絮擦去额头的汗，发红的眼睛看看气压表，仿佛想从那儿找到答案，解决这个令人头疼的问题。接着，他恶狠狠地、带着无奈的愤怒咒骂一声。

阿尔青又端起茶壶喝了口水。他俩有着相同的想法，却谁也不想先说出来。阿尔青想起了朱赫来的问话：

“兄弟，你对布尔什维克党和共产主义思想有什么看法？”

阿尔青是这样回答的：

“我随时可以提供帮助，对我，你可以放心。”

“哼，这个忙帮得真不错，把讨伐兵送去了……”

波利托夫斯基在工具箱上弯下身来，紧靠着阿尔青，鼓起勇气说：

“这个人必须干掉，你明白吗？”

阿尔青浑身一颤。波利托夫斯基咬牙切齿地补充说道：

“没有其他办法。先给他一家伙，再把调节器操纵杆往炉里一扔，等机车减速,我们跳车就跑。”

阿尔青如释重负地说:

“好吧。”

阿尔青又转身将所做的决定告诉了布鲁兹扎克。

布鲁兹扎克没有立即做出反响。他们每个人都冒着极大的风险,因为三家的亲人都留在城里,尤其是波利托夫斯基,他那大家庭里还有九个人呢!但他们都清楚地意识到:不能把火车开过去。

“好,就这么干。”布鲁兹扎克说,“但是,谁来干……”他没有把话说完,但阿尔青已经明白了。

阿尔青转身对着正在摆弄调节器的老人点点头,示意布鲁兹扎克同意他们的做法。想起那个伤脑筋的、尚未解决的难题,他又凑近波利托夫斯基问道:

“那我们怎么下手呢?”

波利托夫斯基看看阿尔青,说:

“你先动手。你最有力气。用铁棍狠敲一记——他就完了。”老人十分激动。

“我恐怕不行。我下不了手。他是个当兵的,仔细想想,他并没有罪过,他也是给刺刀逼来的。”

波利托夫斯基瞪了他一眼:

“你说他没罪?那我们也没罪过嘛,我们也是被逼来的。但我们送去的是讨伐队,这些没有罪过的人会开枪打死我们的游击队,那些游击队员又有什么罪过?!哎,你这个糊涂虫!……壮得像头熊,可是脑袋不开窍……”

“那好吧。”阿尔青抓起铁杆,哑声说道。但波利托夫斯基低声阻拦了他:

“还是我来吧,我更有把握。你拿铲子到煤水车上去扒煤。如果有必要,再给那德国佬一铲子。我现在装着过去砸煤块。”

布鲁兹扎克点点头:

“就这么干,老人家。”说着,站到调节器那儿。

德国兵戴着一顶镶红边的无檐呢帽,把步枪夹在两腿之间,坐在煤水车的边上抽烟，不时看看在机车上忙碌的三个人。

阿尔青爬上去扒煤时，哨兵对他没有留意；后来，波利托夫斯基装着要从煤水车的边上扒下大煤块，用动作示意他挪开一些，他也顺从地溜了下来，走到机车司机室的门边。

铁棍击碎了德国兵的头盖骨，发出短促的、沉闷的声响；听到这声响，阿尔青和布鲁兹扎克仿佛被火烧着似的，大吃一惊。德国兵的身体像个口袋似的倒在过道上，灰色的无檐呢帽很快被血渗透，步枪也当啷一声撞在了铁板上。

“完了。”波利托夫斯基扔下铁棍，悄声说道。他的脸抽搐了一下，又说：“现在我们已经没有退路了。”

他的话戛然而止，但立即又打破压抑着三个人的沉闷空气，大声喊道：

“把调节器拧下来，快！”

十分钟之后，一切准备就绪。无人操纵的机车仍在缓缓地行驶。

铁路两边浓重的树影晃晃悠悠地映入机车头的光环，随即又消失在伸手不见五指的黑暗之中。机车头灯力刺夜幕，但夜色茫茫，它只能照亮前面十米远的地方。机车头仿佛已经筋疲力尽，呼吸越来越缓慢了。

“跳车，阿尔青！”阿尔青听到波利托夫斯基在他身后的喊声，便松开紧握的扶手。瞬间，粗壮的身体随着惯性向前飞去，接着，双脚着地，却未能站稳，他紧跑两步，栽倒了，重重地翻了个筋斗。

另外两人也立即从机车两侧的踏脚上跳了下来。

布鲁兹扎克全家愁眉不展。谢廖扎的母亲安东尼娜·瓦西里耶夫娜四天来坐卧不宁，魂不守舍。丈夫音讯全无。她只知道，她的丈夫和柯察金、波利托夫斯基一起被德国人抓去开车了。昨天黑特曼警卫队来了三个家伙，嘴里骂骂咧咧的，十分粗暴地将她审问一通。

从他们的话语中，她朦朦胧胧地猜到，一定发生了什么不祥的事情。但她不知根底，因而焦虑万分。警卫队一走，她就扎起头巾，打算去找保尔的母亲玛丽亚·雅科夫列夫娜，期望从那儿打听到丈夫的消息。

正在收拾厨房的长女瓦利娅看见母亲要出门，便问：

“妈妈，你去哪儿？远吗？”

安东尼娜·瓦西里耶夫娜泪汪汪地看着女儿,说:

“我到柯察金家去,也许在那儿能打听到你父亲的消息。等谢廖扎回来,你让他上车站到波利托夫斯基家去问问。”

瓦利娅亲热地搂住母亲的双肩,把她送到门口,安慰她说:

“你别太担心,妈妈。”

玛丽亚·雅科夫列夫娜像往常一样,亲切地接待安东尼娜·瓦西里耶夫娜。她们俩都想从对方那里打听到一些消息,但交谈了几句,又都失望了。

夜里,柯察金家也遭到搜查,他们在搜捕阿尔青。临走,他们命令玛丽亚·雅科夫列夫娜:只要儿子回来,必须立即向警卫队报告。

警卫队夜里的搜查把玛丽亚·雅科夫列夫娜吓坏了,当时只有她一人在家,因为保尔夜里总是在配电站干活的。

保尔清晨回到家里,听母亲说夜里德国人曾来搜捕阿尔青,不由得忧心忡忡,很为哥哥担心。虽然弟兄俩性格迥然不同,阿尔青看上去十分严厉,但相互间感情深厚,这是一种深藏不露的爱。保尔十分清楚,只要需要,他可以毫不犹豫地为哥哥赴汤蹈火,做出任何牺牲。

他没有顾得上休息,立即跑到车站机务段去找朱赫来,但没有找到;而那些他所认识的工人对未归者的下落也一无所知。司机波利托夫斯基家的人同样什么也不知道。保尔在院子里看见波利托夫斯基的小儿子鲍里斯。鲍里斯告诉他,夜里他的家也被搜查过,是来抓他的父亲的。

保尔未能给母亲带回任何消息,他疲乏地在床上躺下,很快进入惊恐不安的梦乡。

瓦利娅听见敲门声,回过头来。

“谁呀?”她边问边拨开门钩。

门口站着一头乱蓬蓬火红色头发的克里姆卡,显然他是跑来的,气喘吁吁,满脸通红。

“你妈在家吗?”他问瓦利娅。

“不在,出去了。”

“去哪儿啦?”

“可能是去柯察金家。”瓦利娅看到克里姆卡打算离开,急忙抓住他的衣袖。

克里姆卡迟疑不决地看看瓦利娅说:

“是这样,你知道,我有事情找她。”

“什么事?”瓦利娅紧追不放。“嗯,快说,你这头红毛熊,快说呀,真把人急死了。”她用命令的口吻说。

克里姆卡把朱赫来的一切叮嘱抛诸脑后,忘却了朱赫来曾严格命令他只能把纸条交给安东尼娜·瓦西里耶夫娜本人。他从口袋里掏出一张又脏又皱的纸条递给瓦利娅。他无法拒绝谢廖扎的姐姐,这个浅色头发的瓦利娅。克里姆卡与这个可爱的姑娘在一起时总是难以把握住自己;当然,朴实的小厨子即使对自己也绝对不肯承认他喜欢瓦利娅。他把纸条交给瓦利娅,瓦利娅急忙读了起来:

亲爱的安东尼娜,别担心,一切均好。我们都平安无事。很快你会得到详细的消息。向另外两家报个平安,让他们不要着急。阅后即毁。扎哈尔

读完纸条,瓦利娅差点扑到克里姆卡身上。

“红毛熊,我的亲爱的,你这是从哪儿弄来的?告诉我,你是从哪儿弄来的?你这小笨熊?”她一个劲地刨根问底,不知所措的克里姆卡不知不觉又做了一件错事。

“这是朱赫来在车站上交给我的。”他突然想起,这是不该说出来的,于是又补充道:“不过他交代我不要交给别人。”

“好,好,”瓦利娅笑了,“我不会告诉任何人。现在快跑吧,小红熊,到保尔家去,我妈也在那儿呢。”

她在克里姆卡的背上轻轻一推,克里姆卡火红色的脑袋很快就消失在栅栏门外。

三个人都没有回家。晚上,朱赫来来到柯察金家,把机车上发生的事情统统告诉了玛丽亚·雅科夫列夫娜,他竭力安慰心惊胆战的母亲,告诉她,他们三人已在一个很远的偏僻村落安顿下来,住在布鲁兹扎克亲戚家中;在

那儿非常安全，但是现在还不能回来。不过德国人的日子并不好过，时局很快就会发生变化。

机车事件使三家人的关系更加亲密，他们总是欣喜万分地相互传阅偶尔捎回的纸条。但是，他们家里都变得孤寂、凄凉了。

有一次，朱赫来装作偶然路过，进来看看波利托夫斯基家的老太婆，并给她一些钱：

“大娘，这是您的丈夫捎来的，不过您要小心，千万别说出去。”

老大娘感激不尽地握住他的手：

“呵，谢谢您，要不，我们真难熬了，孩子们已没东西吃了。”

这些钱是从布尔加科夫留下的经费中提取的。

“对，对，应当再看看形势的发展。虽然罢工失败了，工人们在枪口的威逼下复了工，但斗争之火已经燃起，它就再也扑不灭了。这三个人真是好样的，这就是无产阶级。”在从波利托夫斯基家回机务段的路上，朱赫来兴奋地想着。

在雀沟村外有一座破旧的铁匠铺子，面对大路的墙壁已被熏黑。波利托夫斯基站在熊熊燃烧的炉火旁边，眯缝着眼睛对着火苗，用长把钳子翻动着已经烧得通红的铁块。

阿尔青来回拉着吊在横梁上的、皮风箱的拉杆。

波利托夫斯基的大胡子里藏着宽厚的笑容，他说：

“现在，有手艺的人在村子里能混得下去，可干的活儿多的是。瞧，干上一两个礼拜，我们就能往家里捎点腌肉和面粉了。孩子，庄稼人对铁匠一向很看重，我们在这儿能过上好日子，就像是资产阶级，嘻嘻。扎哈尔可是另一码事了，他的农民思想更重，和他的叔叔挖地去了。是啊，这也可以理解。我和你，阿尔青，一无房子二无地，全靠两只肩膀一双手，就像眼下说的那样，是地道的无产阶级，嘻嘻。可扎哈尔脚踩两只船，一只脚踩在机车上，另一只脚踏在农村。”他用钳子将赤热的铁块翻转一下，又严肃地、沉思地补充说道：“孩子，我们的情况很糟。如果不能很快把德国佬打败，我们只好溜到叶卡捷琳诺斯拉夫或者罗斯托夫去，否则被他们抓住肯定要给吊死。”

“是这么回事。”阿尔青嘟囔了一声。

“也不知家里的情况怎么样？黑特曼那帮家伙会不会不放过他们？”

“大叔，娄子已经捅了，家里的事情就别多想了。”

波利托夫斯基从炉子里夹出泛着蓝光的、通红的铁块，迅速把它放在铁砧上。

“来吧，好孩子，用力锤！”

阿尔青抓起铁砧旁沉重的铁锤，举过头顶，又使劲砸了下去。一股闪亮的火花随着嘶嘶的响声在铁匠铺内四处飞溅，瞬间照亮了铺内黑暗的角落。

波利托夫斯基随着阿尔青锤打的节奏，一次又一次地翻动着赤热的铁块。于是，铁像一块烤软的蜡，服服帖帖地被锤薄了。

从敞开的门口吹进来阵阵温暖的夜风。

下面是一片深色的湖水；环抱湖水的苍松点头似的晃动着枝叶繁茂的树梢。

“这些松树就像活人一样。”冬妮亚心里想道。她躺在花岗岩石岸边低洼的草地上。在洼地后面，高高的岸上是一片松林；下面，就在这悬崖的脚下是一汪湖水；四周峭壁投下的阴影使湖边的水更加阴暗。

这是冬妮亚心爱的角落。这儿距车站一俄里[①]，过去是破旧的采石场，现在已经荒废了。泉水从深深的基坑内涌出来，于是现在变成了三个活水湖。冬妮亚突然听到在下面的斜坡处有拍水声。她抬起头来，用手拨开树枝，向下看去：一个黝黑的身影正一屈一伸地使劲从岸边向湖心游去。冬妮亚只能看见他那黑里透红的脊背和乌黑的头发。他一会儿双臂速划，像海象那样噗噗吐水，不时又转身翻个筋斗，或者扎个猛子潜到水下；后来他终于累了，于是舒展双臂，微微弯着身子，静静地仰卧在水面上，眯起眼睛对着明亮的阳光。冬妮亚放下树枝。“这可有失体面。”——她自己也感到好笑，于是又专心看起书来。

冬妮亚专心致志地读着维克托借给她的一本书，没有发现有人翻过松

---

① 一俄里等于一·〇六公里。

林与洼地之间的岩石。直到一块小石头从那人脚下落到她的书上,她才猛地一惊,抬起头来,看见了站在洼地上的保尔·柯察金。与冬妮亚的不期而遇也使保尔感到突然,并有些困窘。他想走开。

冬妮亚看看保尔湿漉漉的头发,猜到了:“原来刚才游泳的人就是他。”

“我吓着您了吗?我不知道您在这儿,我不是故意到这儿来的。”保尔说着,伸手攀住突出的岩石。他也认出了冬妮亚。

“您并没有打扰我。如果您愿意,我们可以聊聊。”

保尔惊讶地看着冬妮亚:

“我和您有什么可聊的呢?”

冬妮亚笑了:

“干吗您老站着?坐下嘛,坐这儿。”她指着一块石头说,“告诉我,您叫什么名字?”

“我叫保夫卡·柯察金。”

“我叫冬妮亚。您看我们已经相互认识了嘛。”

保尔不好意思地揉着帽子。

“您叫保夫卡?”冬妮亚打破了沉默。“干吗叫保夫卡?这不好听,还是叫保尔好,我以后就叫您保尔。您常到这儿来……”她本来想说“洗澡吗”,但又不想公开她看见保尔游泳的秘密,于是改口说,“散步吗?”

“不,不常来,偶尔有空才来。”保尔说。

“那您是不是在哪儿做工?”冬妮亚追问。

“我在配电站烧锅炉。”

“您告诉我,您在哪儿学会了打架的技巧?”冬妮亚突然提出这个意料不到的问题。

“您干吗要管我打架的事情。”保尔不满地嘟囔了一句。

“您别生气,保尔。”她已感觉到保尔的不满。“我只是很感兴趣。那一下打得可真棒!不过,不该打得那么厉害。”说着,她哈哈大笑起来。

“您可怜他了,是吗?”保尔问。

“才不呢,一点也不可怜他。相反,舒拉就是该揍。上次那个场面真让我开心极了。人家说您经常打架。”

“谁说的?”保尔警觉起来。

“呶,就是维克托说的。他说打架是您的家常便饭。”

保尔的脸色阴沉下来。

“维克托这个恶棍,娇生惯养的公子哥儿,那天没碰他,他真该谢天谢地呢。他说我的那些坏话,我都听见了。只是不愿意弄脏我的手,才没揍他。”

“保尔,你干吗要骂人呢?这样不好。”冬妮亚打断了他的话。

保尔顿时失去了兴致,他想:

“真见鬼,我干吗要和这个女怪物闲扯?她就会支派别人,一会儿不喜欢保夫卡这个名字,一会儿又是‘不要骂人’。”

“您为什么那么恨维克托呢?”冬妮亚问。

“别看他是大男人,一股娘娘腔,老爷的娇宝贝,没心肝的东西!看见这种人,我的手就发痒!总是骑在别人头上,仗着有钱,就能胡作非为。我可不把这些有钱的人放在眼里。只要他敢碰我一下,那就够他受的。这种人,就该用拳头教训他们。”他愤愤不平地说。

冬妮亚后悔提起了维克托的名字,她看出,保尔与那个娇生惯养的中学生早就不和。于是,她转向一般性的话题,开始询问保尔的家庭和工作情况。

保尔不知不觉地开始详细回答姑娘的询问,已经不再急于离开了。

“那您为什么不继续上学呢?”冬妮亚问。

“我被他们从学校赶出来了。”

“为什么?”

保尔的脸红了:

“我往神父家的面团里撒了烟末,就为这事,他们把我赶出来了。那神父凶极了,真让人没法过日子。”保尔把事情的经过统统告诉了冬妮亚。

冬妮亚好奇地听着。保尔已不再拘束,他像对待老朋友似的又把哥哥没有回家的事情告诉了冬妮亚。他们亲切、愉快地交谈着,谁也没有注意,他们在这洼地上已经坐了几个小时。保尔终于想起他该上工了,于是急忙跳了起来:

“我该去上工了。净在这里闲聊,可我该去烧锅炉了。现在这下子达尼拉又要发火了。”他又不安地说,“那就再见吧,小姐,现在我必须赶快冲到城里去了。”

冬妮亚也立刻站起身来，穿上外衣。

“我也该走了。咱们一起走吧。”

“哦，不，我得跑。您和我走不到一起。”

“不，我们一起跑，比一比，看谁跑得快。”

保尔藐视地看了看她：

“赛跑？您哪是我的对手！”

“那就等着瞧吧。我们先从这儿出去。”

保尔跳过一块岩石，又把手递给冬妮亚，把她拉了过去，他们一起来到林中一条通往车站的宽阔、平坦的大道上。

冬妮亚在路的中央停了下来。

“好，现在开始。一、二、三，追我吧！”她旋风般地向前冲去，只见两只皮鞋的后跟迅速地闪动着，蓝色的外套随风飘舞。

保尔也奋起直追。

“马上就能追上她。”保尔想着，紧跟着飘动的外衣飞跑。可是，一直跑到大路的尽头，在离车站不远的地方，他才追上冬妮亚。保尔冲了过去，紧紧抱住她的双肩，喘着粗气，开心地喊道：

“抓住了，小鸟给抓住了。”

“您把手放开，怪疼的。”冬妮亚挣扎着说。

他俩站在那儿，气喘吁吁，心怦怦直跳。刚才一阵猛跑，冬妮亚已经累得力不可支，她仿佛无意似的，轻轻靠在保尔身上，从而显得更加亲密。虽然这仅是瞬间，但却是十分难忘的时刻。

“以前没人追得上我。”她说着，挣开了保尔的双手。

他们很快就分手了，保尔对冬妮亚挥挥帽子，就向城里奔去。

保尔打开锅炉房的门，已在炉旁忙碌的锅炉工达尼拉生气地转过身来：

“你还可以来得再晚一点。你是不是要我给你生炉子？”

保尔只是高兴地拍拍老师傅的肩膀，认错地说：

“眨眼的工夫炉子准能生好。”说着，便在柴堆旁干起活来。

午夜，达尼拉躺在柴堆上，发出阵阵鼾声。保尔给发动机各个部件上了油，用棉纱头擦擦手，从抽屉里拿出第六十二分册《朱泽培·加利波第》，埋头看起书来。这是一本扣人心弦的小说,记述了具有传奇色彩的那不勒斯"红衫党"领袖加里波第许许多多惊险的故事。

"她抬起美丽无比的蓝眼睛对公爵瞟了一眼……"

"她也有一对蓝眼睛,"保尔想起了她,"她有点特别,与那些有钱人家的孩子们不一样。而且跑得快极了。"

保尔沉湎于对白天与冬妮亚见面情景的回忆,没有听见发动机逐渐增大的响声。发动机因压力过大而抖动,大飞轮疯狂地快速旋转,连水泥基座也激烈颤动起来。

保尔向压力计瞄了一眼:指针已经越过警戒红线,超出好几度了。

"糟糕!"保尔跳下箱子,冲向排气阀,把摇杆转了两圈,于是锅炉房后面发出了嘶嘶的响声:蒸汽沿着排气管放到河里去了。保尔又将摇杆放下,把皮带套上带动水泵运转的轮子。

保尔回头看看达尼拉:老锅炉工仍然张大嘴巴酣睡着,鼻子里不断发出可怕的鼾声。

半分钟后,压力计的指针回到了原处。

与保尔分手以后,冬妮亚走回家去,一路上仍然在回想着刚才与这个黑眼睛青年的相遇,并为此感到由衷的快乐。

"他是多么热情,多么倔强!而且根本不是我想象的那种粗野的人。至少他与所有这些还像流口水的小孩那样无能的中学生完全不同……"

他属于另一种类型,来自另一个社会。他的生活圈子是冬妮亚从未接触过的。

她想:"我能让他听我的,这将是令人愉快的友谊。"

快到家的时候,冬妮亚看见丽莎,列辛斯基家的内莉和维克托坐在花园里。维克托在看书。他们正在等她。

冬妮亚和他们打了招呼,在板凳上坐下。他们漫无边际地瞎聊起来。其间,维克托凑近冬妮亚,轻轻地问:

"那本小说您看完了吗?"

"呵,对了,小说!"冬妮亚猛地想起,"我把它……"她差点脱口说出,她把书忘在湖边了。

“怎么样,您喜欢这本小说吗?”维克托注意地看着她。

冬妮亚思考片刻,用脚尖在小径的沙土上画着莫名其妙的图形,然后抬起头来,瞥了维克托一眼,说:

“不喜欢,我已经开始看另一本小说了,它比你带给我的那本更有意思。”

“呵,原来如此。”维克托扫兴地拉长了话音。“那作者是谁?”他问。

冬妮亚炯炯有神的眼睛以嘲弄的目光看着他,说:

“没有作者……”

“冬妮亚,请客人们进来吧,茶已准备好了!”冬妮亚的母亲站在阳台上招呼着。

冬妮亚挽起两个姑娘的手臂向屋里走去,维克托跟在后面。他苦苦思索着冬妮亚刚才说的那番话,不明白究竟是什么意思。

一种从未有过的、朦朦胧胧的感情已经悄悄潜入保尔的生活,这种感情非常新鲜,又令人莫名其妙地激动不安,它让这个顽皮的、有着叛逆性格的小伙子心神不宁。

冬妮亚是林务官的女儿。在保尔看来,林务官与律师列辛斯基是同类人物。

在贫穷和饥饿中长大的保尔,对待他心目中的富人都怀有敌意。现在,他小心谨慎地对待着自己的这份感情。他知道,冬妮亚不比石匠的女儿加林娜。她不像加林娜那样纯朴,容易理解,她不是自己人,因而他对冬妮亚并不信任。只要这个漂亮的、受过教育的姑娘敢对他这个锅炉工有任何一点嘲笑、轻慢的举动,他随时会给予坚决的回击。

保尔与林务官的女儿已有一个星期没有见面。今天,他决定再去湖边。他故意从冬妮亚的家门前面经过,希望能够看见她。他沿着庄园栅栏慢慢走着,在花园的尽头,终于看见了那熟悉的水手衫。他拾起栅栏边的一颗松果,瞄准白衬衫扔了过去。冬妮亚迅疾回过头来,看见是保尔,她跑到栅栏边,愉快地笑了笑,把手伸给保尔。

“您终于来了。”她高兴地说,“这段时间,您到哪儿去啦?后来我又去过湖边,我把书忘在那儿了。我以为您也会来的。过来,到我家花园里来。”

保尔拒绝地摇了摇头：

“不去。”

“为什么？”她惊讶地扬起了双眉。

“嗯，您的父亲，他会生气的。您也会为我而挨骂。他会问您，为什么要把这个笨蛋带进花园？”

“保尔，您真是胡说八道。”冬妮亚生气了。“马上进来。我的父亲绝对不会说什么的，不信等会儿您自己就知道了。进来吧。”

她跑过去打开了栅栏小门，保尔犹豫不决地跟在她的身后走了进去。

他们在花园里一张桌腿埋在土里的圆桌旁坐下。冬妮亚问：

“您喜欢看书吗？”

“非常喜欢。”保尔活跃起来。

“在读过的书当中，您最喜欢哪一本？”

保尔想了一下，说：

“《朱泽帕·加利波第》。”

“是《朱泽培·加利波第》。”冬妮亚纠正道，“您很喜欢这本书吗？”

“很喜欢。我已经看完六十八本了。每次领了工钱，我就买五本。加利波第，可真了不起！”保尔赞叹道，“他是个了不起的英雄，我知道！他和敌人拼了无数个回合，每次都是他占上风。他还周游列国！哎，如果他现在还活着，那我就去投奔他了。他把有手艺的人组织起来，一起为穷人拼搏。”

“要不要看看我们家的藏书？”冬妮亚说着，拉起他的手。

“不，我不进去。”保尔断然回绝。

“您干吗这么执拗？是不是害怕？”

保尔看看自己的光脚板实在太脏了，他搔搔后脑勺，说：

“您妈妈，或者您父亲会不会把我赶出来？”

“还说这种话！我可真要生气了。”冬妮亚发脾气了。

“干吗生气？列辛斯基家就不让我们进屋，只让我哥哥待在厨房里说话。有一次，我有事去找他们，内莉都没有让我进房间，大概是怕我弄脏他家的地毯。鬼知道。”保尔笑了。

“走吧，走吧。”她抓住保尔的双肩，友好地把他推上阳台。

冬妮亚领着保尔穿过餐厅，走进房间。房间里有一只很大的橡木书橱。她打开橱门，保尔看见了一排排整齐的书，约有几百本。他从未见过这么多的书，这笔财富令他惊羡不已。

"我们现在就来给您找一本有趣的书。您要答应，以后常到我们这儿来借书，好不好？"

保尔高兴地点点头。

"我就是喜欢看书。"

他们亲切、愉快地在一起度过了几个小时。冬妮亚还把保尔介绍给她的母亲。原来这也并不那么可怕，保尔对冬妮亚的母亲也产生了好感。

冬妮亚把保尔领进她自己的房间，拿出了她的书和课本。

梳妆台边有一面不大的镜子。冬妮亚把保尔推到镜前，笑着说：

"您的头发怎么这么乱？您从来不理发，不梳头吗？"

"头发太长了，我就把它剃光。别的还能怎么办呢？"保尔不好意思地分辩道。

冬妮亚笑着从梳妆台上拿起一把梳子，动作麻利地将他那蓬乱的头发梳理得整整齐齐。

"瞧，现在就完全不同了。"她打量着保尔。"头发应当好好梳理，要不您就像个野人。"

冬妮亚又用挑剔的目光看看保尔那因褪色变成红褐色的衬衣和破旧的长裤，不过什么话也没说。

保尔已经觉察到她的目光，他为自己的这身打扮感到很不自在。

告别时，冬妮亚邀请保尔常来她家，并约定两天后一起去钓鱼。

保尔猛地一蹬便从窗子里跳进花园：他不愿意再穿过那些房间，也不愿意再看见冬妮亚的母亲。

阿尔青离家以后，家里的日子难以维持了，只靠保尔的工钱不够开销。

玛丽亚·雅科夫列夫娜决定和保尔商量商量，她是否再去找一份活儿干干，而且列辛斯基家正好要雇一个厨娘。但是，保尔坚决反对：

"您别去，妈妈。我再去找一份工作。锯木场要人搬运木板，我到那儿去干半天，这样我们就够用了。你千万别去打工，要不阿尔青会生我的气，埋怨我自己不想办法,还让妈妈出去干活。”

母亲再三说明她必须出去打工的道理,但保尔执意不肯,母亲只好让步了。

第二天,保尔就去了锯木场。他的活儿是把刚锯好的木板摊开晾晒。在那儿,他遇见了两个熟人,一个是同学米什卡·列夫丘科夫,另一个是瓦尼亚·库利绍夫。保尔和米什卡两人干计件工,收入相当不错。保尔白天在锯木场干活,晚上去配电站。

过了十天,保尔领回了工钱。把钱交给母亲时,他踌躇着走了几步,终于请求说:

“妈妈,给我买件缎纹布的衬衫吧,深蓝的,就像我去年穿的那件,你还记得吗?这要花去一半的工钱。我以后再挣,你别担心。你看,我这件已经旧了。”他这样解释着,仿佛因为自己的请求感到歉疚。

“好的,好的,保夫鲁沙,我今天就去买料子,明天就做好。真的,你连一件新衬衣都没有。”她疼爱地看着儿子。

保尔在理发店旁停住了脚步,他摸摸口袋里的一个卢布,走了进去。

理发匠是一个活泼、机灵的小伙子,看见有人进来,他习惯性地朝椅子点了点头,说:

“请坐。”

保尔在宽大、舒适的椅子上坐下,从镜子里看见了自己慌张而窘困的面孔。

“用推子推推?”理发匠问。

“好,呵,不,就是,您还是剪剪吧。嗽,你们这叫什么?”他做了个无可奈何的手势。

“知道了。”理发匠笑了。

十五分钟以后,保尔仿佛受了一场折磨,浑身是汗地走出了理发店,不过,头发已经梳剪得整整齐齐:为了制服这不驯服的、蓬乱的头发,理发匠不厌其烦地摆弄了很长时间,水和梳子终于使他大功告成:头发变得柔顺、平伏了。

到了街上,保尔轻松地叹了口气,把帽子拉得更低一点。

“要是母亲看见了,她会怎么说呢?”

保尔没有如约前去钓鱼,冬妮亚为此很不高兴:

“这个小司炉工做事马马虎虎的。”她懊恼地想。可是,保尔一连几天没有露面,她又开始感到寂寞。

一天,她正要出去散步,母亲悄悄推开她的房门,说:

“冬妮亚,有客人找你,可以进来吗?”

站在门口的是保尔,可冬妮亚起初没有认出来。

保尔穿着崭新的蓝衬衫,黑裤子,靴子也擦得亮亮的;此外,冬妮亚一下子就注意到,他已经理了发,头发不再像从前那样蓬乱地竖在头上了——这个黝黑的小锅炉工完全变了样。

冬妮亚本想表示自己的惊讶,但为了不让已经很不自在的保尔更加拘泥不安,就装作没有看到这些惊人的变化。

冬妮亚开始责备保尔:

“您怎么不害羞!您为什么没有去钓鱼?您就是这样遵守诺言的吗?”

“这些天我一直在锯木厂做工,来不了。”

他不能说出,正是为了给自己买这身衬衫和裤子,这些天,他一直拼命干活,已经精疲力竭了。

但是,冬妮亚已经猜到了,她对保尔的不满也随之烟消云散。

“我们到池塘那边去散步。”冬妮亚建议说。他们一起走进花园,然后上了大路。

保尔已经把冬妮亚视为挚友,他把在中尉家偷枪的事情,这件绝大的秘密告诉了冬妮亚,并答应她近日内带她到远处的森林里去打枪。

“你要小心,可别把我卖了。”保尔突然改口,用“你”来称呼冬妮亚。

“我绝不把你的秘密告诉任何人。”冬妮亚郑重地保证。

第4章

尖锐、残酷的阶级斗争席卷着乌克兰[1]。越来越多的人拿起武器，每次战斗都能吸引新的斗士。

对于市民们来说，安详平静的日子已经成为遥远的过去。

猛烈的炮火旋风般地震撼着破旧的房屋，市民们蜷缩在小地下室的墙根，蜷缩在自挖的壕沟内。

形形色色的彼得留拉匪帮，大大小小的头目，诸如什么戈卢布、阿尔汗格尔、安格尔、戈尔季，还有数不清的其他匪徒，犹如潮水一般，渗透在全省各地。

过去的军官，右翼和"左翼"的乌克兰社会革命党成员，总之，所有横下一条心的冒险主义分子纠集一批亡命之徒，就都自封为首领，纷纷称王称霸；有时，他们打着彼得留拉匪帮的黄蓝双色旗，在力所能及的范围内抢夺政权。

"总头目彼得留拉"的师、团就是由这批乌合之众，加上富农分子和科诺瓦列茨指挥的加里西亚攻城团拼凑而成。红色游击团以迅雷不及掩耳之势对社会党和富农组成的这批渣滓发动攻击。于是，乌克兰大地在成千上万的马蹄声和重炮炮轮下颤抖。

动荡的一九一九年四月，被吓得胆战心惊、麻木迟钝的市民们清晨揉着睡意蒙眬的眼睛，推开自家窗户，提心吊胆地询问起得更早的邻居：

---

① 见附注5。

“阿夫托诺姆·彼得罗维奇,城里是什么政府?”

阿夫托诺姆·彼得罗维奇束着裤带,神情紧张地东张张西望望,然后回答说:“阿法纳西·基里诺维奇,还不知道呢。夜里有部队开来了。再看看吧,要是他们抢犹太人的东西,那就是彼得留拉;如果是‘同志们’,那一听讲话,也就知道了。我正在注意看哪,想弄弄清楚,究竟该挂谁的像,可别闹乱子啊。你听说了吗,我的邻居格拉西姆·列昂季耶维奇随随便便就把列宁像挂上了。恰巧奔过来三个人,哪知道是彼得留拉手下的,一看见那肖像,抓住他就打!抽了二十鞭子呢!一边打还一边骂:‘狗娘养的,看你那副共产党的嘴脸,我们要剥你的皮,抽你的筋!’他叫呀,喊呀,解释呀,那些人根本就不理睬。”

看见有当兵的从大路上过来,居民们就关上窗户,躲了起来,世道不太平呀……

工人们面对彼得留拉暴徒的黄蓝双色旗,内心憎恨不已,但他们无力抵抗这股主张乌克兰独立的沙文主义狂潮。只有当红军部队毫不留情地击退来自四面八方的黄蓝双色旗,像楔子一样插进城里来时,他们才能活跃起来。心爱的红旗在市政府的上空仅仅飘扬一两天,部队一开走,随之而来的仍然是黑暗。现在掌握市内大权的是戈卢布上校,号称外第聂伯师的“光荣和骄傲”。

昨天,两千名亡命之徒组成的队伍耀武扬威地开进城来。上校老爷骑着黑色的高头大马走在队伍的前面。四月的太阳暖融融的,但他还披着高加索毛毡斗篷,戴着扎波罗热哥萨克的红顶羔皮帽,穿着束腰、无领、胸部有子弹夹的长袍,并且佩戴全副武装:短剑和镶银的马刀。

上校老爷戈卢布是个美男子:双眉漆黑,白皙的皮肤因酗酒略略泛黄,嘴里叼着一只烟斗。革命前,上校老爷在一家糖厂的种植园当农艺师,但他觉得这种生活令人乏味,与哥萨克头目的赫赫地位无法相比。于是,在革命席卷全国的浑水大潮中,他摇身一变,成为上校老爷戈卢布。

在城里唯一的剧院内为进驻者举行了热烈的欢迎晚会,拥护彼得留拉的知识分子“精华”都出席了,他们是一些乌克兰的教师,神父的两个女儿——长女美人儿阿尼亚和次女金娜,小地主、小贵族,彼托茨基公爵过去的下属,还有一群自诩为“自由哥萨克”的小市民以及乌克兰社会革命党的余孽。

剧场里挤得满满的。女教师、神父的女儿和小市民的夫人们打扮得花枝招展，她们穿着鲜艳的乌克兰绣花民族服装，戴着珠光宝气的项链，饰着五彩缤纷的飘带。她们的身旁围着一群军官。军官的马刺叮当作响，其装束完全模仿古老的扎波罗热哥萨克的画像里的人物。

军团乐队开始演奏。舞台上正在忙乱地准备上演《纳扎尔·斯托多里雅》①。

但是没有电。司令部的人将这个情况报告了上校老爷。上校老爷正打算出席，让晚会增光添彩。听了副官——从前的俄军少尉波良采夫，现在改用乌克兰姓的哥萨克少尉帕利亚内察的报告，漫不经心，却又威风凛凛地抛了一句：

“让电灯亮起来，你就是掉脑袋，也要把电工找到，让他送电。”

“是，上校大人。”

哥萨克少尉帕利亚内察没有掉脑袋，他找到了电工。

一个小时后，两名彼得留拉分子押着保尔到配电站去。

他们用同样的方式找到了电工和机务员。

帕利亚内察十分干脆：

“如果到七点钟还不来电，我把你们三人统统吊死！”他用手指着铁杆说。

这个简单明了的命令奏了效，到了指定的时间，电灯亮了。

晚会正开得热闹，上校老爷带着他的女伴来到会场。他的女伴是他下榻的小酒馆老板的女儿，一位胸部丰满、头发呈金黄色的妙龄少女。

酒馆老板很有钱，他曾让女儿在省城中学受过教育。

上校老爷在台前的贵宾席落座后，示意可以开演。于是，帷幕立即升起，观众看见了匆忙跑离舞台的导演的背影。

演戏过程中，参加晚会的军官及他们的女伴在剧院酒吧里开怀畅饮无孔不入的帕利亚内察搞来的上等私酒，狂吞暴饮以各种方式弄来的美味佳

---

① 《纳扎尔·斯托多里雅》是乌克兰作家谢甫琴科（一八一四——一八六一）于一八四三年撰写的剧本。

肴。演出快结束时,他们都已酩酊大醉了。

帕利亚内察跳上舞台,矫揉造作地挥手示意,并用乌克兰语宣布:

"诸位先生,舞会现在开始。"

大厅里响起一片掌声,大家起身,走到院子里去,调来担任晚会警戒的彼得留拉士兵拖走椅子,腾出场地。

半个小时以后,剧院里人声嘈杂,热闹非凡。

兴致勃勃的彼得留拉军官与热得满脸通红的当地美人儿们疯狂地跳着戈帕克舞①,他们沉重的舞步震撼着破旧剧院的古墙。

就在这时,一支骑兵队从磨坊那边向城里跑来。

城边架着机枪,设有彼得留拉岗哨。哨兵发现了正在行进的骑兵,警觉起来,急忙扑向机枪,咔嚓一声推上枪栓,尖锐的喊声冲破了深夜的静寂:

"站住! 什么人?"

两个模糊的身影从暗处走了出来,其中一人走近岗哨,用醉醺醺的喑哑的声音吼叫起来:

"我是头目帕夫柳克,后面是我的队伍。你们是戈卢布的人吗?"

"是的。"一个军官迎上前去答道。

"我可以把队伍安置在哪儿?"帕夫柳克问。

"我现在就去打电话,请示司令部。"军官说完,便消失在路边的小屋里。

一会儿,他从屋里跑了出来,命令道:

"弟兄们,撤掉机枪,给头目老爷让路。"

帕夫柳克拉住缰绳,在灯火辉煌,一片热闹景象的剧院门口停了下来。

"呵呵,这儿挺快活。"他转身对身旁的哥萨克大尉说:"古克马奇,下马,我们也去乐一乐,找两个称心的娘们玩玩,这儿的娘们多得很哪。喂! 斯塔列日科,把弟兄们安排到各家各户住下! 我们留在这儿,卫队跟着我。"说着,他跳下马来,笨重的身躯压得高大的马摇晃了一下。

在剧院入口处,两名佩带武器的彼得留拉士兵拦住了帕夫柳克。

"票呢?"

---

① 戈帕克舞是粗犷、活泼的乌克兰民间舞蹈。

帕夫柳克不屑一顾地看看他们，用肩膀一拱，推开了一个士兵。在他身后的十二个人随后也同样闯了进去。他们的马匹就拴在附近的栅栏旁。

来者立即引起会场的注意，高大臃肿的帕夫柳克特别引人注目。他穿着上等料子的弗仑奇式军官制服，蓝色近卫军长裤，戴着茸茸的毛皮高帽；毛瑟枪斜挎在肩，衣袋里插着一颗手榴弹。

“这个人是谁?”站在舞圈外的人们交头接耳，低声询问。这时，戈卢布的副官正领着一帮人跳着豪放的密里查舞[1]。

副官的舞伴是神甫的长女。她跳得正欢，裙子在飞快的旋转中像扇子般张开，不太雅观地露出了丝织内裤，逗得过着军营生活的士兵们乐不可支。

帕夫柳克用肩膀推开人群，走进舞圈。

帕夫柳克浑浊的眼睛盯着神甫长女的大腿，用舌头舔舔干燥的嘴唇，穿过舞圈，径直走到乐队跟前，靠着栏杆，用力甩了一下柳条马鞭，喊道：

“来一个劲头大的戈帕克!”

乐队指挥未加理睬。

这时，帕夫柳克猛一挥手，对着指挥的后背抽了一鞭。

指挥好像被蜇了似的，跳了起来。

音乐声顿时中断，全场鸦雀无声。

“真野蛮!”酒馆老板的女儿愤愤不平。“你不能允许这种事情发生。”说着，她紧张地抓住坐在身边的戈卢布的胳膊。

戈卢布神色凝重地站起来，踢开面前的椅子，两步一跨就到了帕夫柳克面前，站住了。他立即认出了帕夫柳克。就是这个帕夫柳克，曾与他争夺本县的地盘，至今还有一笔账没有算清呢。

就在一个星期之前，帕夫柳克采用最卑劣的手段，暗算过上校老爷。

情况是这样的：红军不止一次重创戈卢布的队伍。正当戈卢布与红军酣战之时，帕夫柳克不从背后袭击布尔什维克，却乘机闯入一个小镇，打下了红军没有装备重武器的哨卡，设下严密的防线，在镇内进行了极其疯狂的洗劫。当然，作为“货真价实”的彼得留拉匪帮，他们屠杀的目标是犹太

① 是俄罗斯、乌克兰、白俄罗斯的一种民间舞蹈。

居民。

就在这个时候,红军已经彻底击溃了戈卢布队伍的右翼,而后撤走了。

现在,这个蛮横无理的骑兵大尉又闯进这儿,并且竟敢当着他,上校老爷的面,鞭抽他的乐队指挥。不,他决不能善罢甘休。戈卢布明白,如果他现在不驯服这个趾高气扬的小头目,他在军中必将威信扫地。

他们俩虎视眈眈地对峙了片刻。

戈卢布一手紧紧握住马刀柄,另一只手摸着衣袋里的手枪。他大声吼道:“你这混蛋,竟敢打我的人!”

帕夫柳克的手也在轻轻移向毛瑟枪的枪套。

“放松点,戈卢布大人,放松点,否则您会栽跟头的。您别惹我,小心我发火。”

事情已经到了忍无可忍的地步。

“把他们抓起来,拉出去,每人二十五鞭子,狠狠地抽!”戈卢布叫道。

军官们像一群猎犬,从各个角落扑向帕夫柳克一伙。

啪的一声,犹如电灯泡摔破在地板上的响声——有人放了一枪。

随后,剧场内大打出手,犹如两群疯狗乱咬。在这场混战中,他们相互砍杀,揪头发,卡脖子,那些吓得要死的太太小姐像猪一样尖叫着,不再抱成一团,而是东躲西藏了。

几分钟后,戈卢布的人解除了帕夫柳克及其部下的武装,边打边拽,先拖进院子,然后再扔到街上。

帕夫柳克在争斗中丢了毛皮高帽,被打得鼻青脸肿,武器也给缴了——他简直气疯了。他带着手下的人跳上马,沿着大街飞奔而去。

晚会中断了。经过这场厮斗,谁也没有心思再寻欢作乐。太太小姐们断然拒绝跳舞,要求送她们回家。但戈卢布执意不允:

“不准任何人离开剧院,加强门卫!”他下了命令。

帕利亚内察立即执行命令。

剧场内喧闹声四起,戈卢布置之不理。他固执己见地说:“诸位先生、太太、小姐,我们今天跳个通宵。我先带头跳一圈华尔兹。”

音乐声重又响起,但是彻夜狂欢的计划未能实现。

上校搂着神甫的女儿还未跳完一圈,哨兵冲进来大声报告:

“剧场被帕夫柳克的人包围了。”

舞台旁边临街的窗户玻璃咔嚓一声被打得粉碎。机枪的圆形枪筒怪模怪样地从窗框外伸了进来，笨拙地左顾右盼，瞄准慌乱逃窜的人群；人们一齐拥向剧场的中央，躲避这个魔鬼。

帕利亚内察对准天花板上那只一千瓦灯泡开了一枪，灯泡像炸弹一样，砰的一声炸开，碎玻璃纷纷落在人们的身上。

场内顿时漆黑一片。帕夫柳克的部下在外喊道：“统统出来！到院子里来！”接着是一连串粗野的谩骂。

女人们发出歇斯底里的怪叫。戈卢布在场内来回跑窜，声嘶力竭地发号施令，力图把惊慌失措的部下集中起来。院内一片枪声和呐喊声——这一切汇成难以形容的嘈杂。谁也没有注意，帕利亚内察像条泥鳅似的溜了出去，从后门窜到悄无人影的另一条街上，向戈卢布的司令部奔去。

半小时后，城内正式开战，呼呼的射击声和嗒嗒的机枪声接连不断，划破静寂的夜空。惊慌失措、不知根底的居民急忙跳出热乎乎的被窝，脸贴着窗户向外张望。①

射击声逐渐稀疏，只有城边上的一挺机枪还像条狗似的，不时吠上两声。

战斗渐渐平息，已经是黎明时分……

就要杀害犹太人的风声不胫而走，传遍全城，也传到了犹太人居住区。这些开着歪歪斜斜小窗户的、又矮又小的房屋搭在河边肮脏的陡岸上，犹太贫民拥挤不堪地住在这被称作房屋的盒子里。

谢廖扎·布鲁兹扎克在印刷厂上班已有一年多了。这里的排字工、印刷工都是犹太人。谢廖扎和他们亲如一家，相处得很好，大家齐心协力，共同对付扬扬自得、大腹便便的厂主布柳姆施泰因。在印刷厂的厂主与工人之间不断发生摩擦，厂主布柳姆施泰因一心只想多榨取工人的血汗，少支付工资，因此，印刷厂的工人曾不止一次地罢工，一罢就是两三个星期。厂里共有十四名工人，谢廖扎年纪最小，但摇圆盘印刷机，每天也得摇上十二个

---

① 见附注6。

小时。

今天,谢廖扎发现工人们情绪不安。最近几个月来时局动乱,印刷厂只收到零星的订单,印刷一些彼得留拉总头目的告示。

身患肺病的排字工门德尔把谢廖扎叫到一边:

“城里要开始大屠杀了,你知道吗?”

谢廖扎惊讶地瞪着眼睛:

“不,不知道。”

门德尔把瘦骨嶙峋、肤色泛黄的手放在谢廖扎的肩上,像父亲一样,坦率地说:

“要有一场大屠杀,这是的的确确的。犹太人又要遭殃了。我想问问你:在这场灾难中,你想不想帮助自己的伙伴们?”

“当然想帮助,只要我能做得到。门德尔,你说吧。”

排字工们都在注意倾听他们的谈话。

“谢廖扎,你是个好小伙子,我们信得过你,再说,你的父亲也是工人嘛。现在你就跑回家去和父亲商量一下,能不能让几个老人和妇女到你家去避一避。谁到你家去,我们来商量决定。然后再问问家里的人,还有什么人家可以安排。这些匪徒暂时还不会对俄罗斯人下手的。谢廖扎,快去吧,不能再拖了。”

“好的,门德尔,你尽管放心。我马上到保尔和克里姆卡家跑一趟,他们肯定会接受的。”

“等一会儿!”门德尔叫住要走的谢廖扎,不放心地问:

“保尔和克里姆卡是什么人?你对他们很了解吗?”

谢廖扎自信地点点头:

“当然了解,我的哥们儿。保尔·柯察金,他的哥哥是钳工。”

“呵,是阿尔青。”门德尔悬着的心放了下来。“这个人我认识,我和他在一起住过,靠得住的。快去吧,谢廖扎,尽快给我们一个回音。”

谢廖扎飞快地跑走了。

在帕夫柳克和戈卢布两阵对立的第三天,虐杀犹太人的暴行开始了。

败将帕夫柳克被赶出小城,他夹起尾巴溜进了邻近的地方,又占了小小的一块地盘。在这场夜战中,他一共损失二十人,戈卢布方面的损失也大抵如此。

他们匆匆忙忙地将死者运送到墓地，当天就草草埋葬，没有举行任何仪式，因为这种事情实在没有什么可炫耀之处。两个头目就像两条野狗，厮咬一阵，再举行什么隆重的葬礼，确实有失体面。帕利亚内察本想大操大办，同时宣称帕夫柳克是赤匪。但是，以神甫瓦西里为首的社会革命党委员会不同意这种做法。

那天夜间的冲突在戈卢布的队伍里引起不满。这种不满情绪在戈卢布的警卫连内尤其强烈，因为他们的损失最重。为了平息不满情绪，提高士气，帕利亚内察建议戈卢布来一次“消遣”——这是他对屠杀犹太人的谑称。他以部队的不满情绪为由，向戈卢布证明“消遣”的必要性。起先，上校老爷不愿意在举办他与酒馆老板女儿的婚礼之际破坏城里的安宁，但帕利亚内察的危言耸听起了作用，他同意了。

由于上校老爷已经加入了社会革命党，因此，大屠杀这一举措确实让他有点难堪。他的对手又会散布流言，制造舆论，说他戈卢布是大虐杀的高手，并且一定会到“总”头目那儿去说三道四。不过，戈卢布暂时还无须十分仰仗“总”头目，他的军饷全靠自己筹措。再说，“总”头目自己也十分清楚，他的手下是一批什么货色，他本人也不止一次地要求将所谓征集的钱财上交，以满足政府财政上的需求。至于大虐杀的高手这个美名，戈卢布早就受之无愧了，这次行动，不过是小小的添加剂而已。

大屠杀是从清晨开始的。

拂晓前，灰蒙蒙的晨雾弥漫着小城。街道上空无一人，死气沉沉。这些街道像一根潮湿的麻布带子杂乱无章地缠绕着破落、拥挤的犹太人居住区。小屋的窗户上都挂着窗帘或百叶窗紧闭，不透一丝亮光。

从外面看来，仿佛家家户户都沉浸在拂晓前的梦乡。其实屋里的人并没有睡觉，他们都穿好衣服，挤在一个小房间里，等待大难临头。只有年幼无知的孩子在母亲的怀抱里无忧无虑地酣睡着。

这天早晨，戈卢布的卫队长——皮肤黝黑、长得像吉卜赛人、脸上刻有紫色刀疤的萨洛梅加苦苦地叫喊戈卢布的副官帕利亚内察，想把他叫醒。

帕利亚内察正睡得昏昏沉沉，总是无法摆脱荒谬的梦境。他梦见一个面目狰狞的驼背妖怪，不断伸出爪子抓他的喉咙，使他整夜不得安宁，直到现在,还挣扎不停。当他终于抬起痛得要炸开的脑袋,他才明白,这是萨洛梅加在叫他。

“快起来,瘟神!”萨洛梅加晃着他的肩膀。“已经不早了,该动手啦!你怎么不让酒把你灌死?”

帕利亚内察完全清醒了,他坐起身来,因胃部灼痛扭歪了脸,吐了口苦痰。

“动手干什么?”他那昏昏沉沉的眼睛瞪着萨洛梅加。

“动手干什么！干犹太人呀。忘啦?”

帕利亚内察想起来了,他真的忘得一干二净。昨天晚上,上校老爷带着未婚妻和一群酒鬼溜到城外的庄园,在那儿,他们喝得酩酊大醉。

大屠杀期间戈卢布最好离开城市回避一下。这样,事发之后,他就可以说,这是一场他不在时发生的误会。帕利亚内察则可以随心所欲地大干特干了。呵,这个帕利亚内察,真是“消遣”方面的大专家。

帕利亚内察往头上浇了一桶冷水,这才恢复了思维的能力。接着,他在司令部里跑东窜西,下达了一系列的命令。

警卫连的官兵都已上马,考虑周密的帕利亚内察为了防止出现复杂情况,命令设置岗哨,掐断工人住宅区、车站与城市的联系。

在列辛斯基家的花园里也架起一挺机枪,枪口朝向大路。

一旦工人胆敢干涉,他们就用子弹对付。

一切准备就绪,帕利亚内察和萨洛梅加也跳上马背。

刚要出发,帕利亚内察又想起一件事,急忙命令道:

“停下！差点忘了。准备两辆大车,我们还得费心给戈卢布弄点嫁妆,哈哈哈！……照老规矩,第一份到手的财物归司令,而第一个美人儿,哈——哈——哈,就归我副官喽！明白了吗？大蠢货!”最后一句话是对萨洛梅加说的。

萨洛梅加眨了眨略略发黄的眼睛说:

“美人儿多的是,大家都有份。”

上路了。走在前面的是副官帕利亚内察和萨洛梅加,后面是散乱的警卫连。

晨雾已经消散,前面到了富克斯百货商店,商店的招牌已经锈迹斑斑。

帕利亚内察在这幢两层楼房前拉住了缰绳。

他那匹细腿的灰马不安分地踩着路面的石头。

“呶，上帝保佑，我们就从这儿开始吧。”帕利亚内察说着，从马上跳下来。“喂，弟兄们，下马！”他转身对围拢过来的骑兵们说：“好戏开场了，弟兄们，可别去砸人家的脑袋，收拾他们的机会多得很；女人也是，如果瘾头不大，熬到晚上再干吧。”

有个骑兵露出满嘴的大牙，不满地说：

“这不对劲，少尉老爷，要是她心甘情愿呢？”

周围哄堂大笑。帕利亚内察以赞许的目光看着说话人：

“当然喽，如果她心甘情愿，那你就干吧。这事儿谁也无权禁止。”

帕利亚内察赶到紧闭的商店门前，使劲踢了一脚，但结实的橡木门纹丝不动。

不该从这儿下手。帕利亚内察手持军刀，拐过弯，向富克斯的住家门口跑去，跟在他后面的是萨洛梅加。

起初，屋里的人听到了街上的马蹄声。当马蹄声在铺子附近停止，随即又从墙外传来说话声时，他们的心仿佛被揪了出来，身子也吓得瘫软了。这时，屋里只有三人。

大财主富克斯昨天就带着妻子和几个儿女逃出了城，只把十几岁的女仆，一个文静胆小，受尽折磨的姑娘丽娃留在这儿看家。富克斯怕丽娃一人不敢住在这空荡荡的大屋子里，便叫她把两位老人——父母亲接来，他们三人可以一起住在这儿，直到富克斯全家回来。

起初丽娃并不十分愿意留下，但老谋深算的富克斯花言巧语地安她的心，说大屠杀也许不会发生。再说，他们从穷人身上又能榨到什么呢。他还答应回来后赏钱给丽娃买衣服。

现在，他们三人留心听着外面的动静。他们忧心如焚，却又心怀侥幸，那些人只是路过？或许他们自己听错了，那些人不是停在他们的门前？或许只是一种错觉？但是，外面传来了敲打店门的声音，所有的希望顿时破灭。

老父亲佩萨赫满头白发，他像受到惊吓的孩子，瞪着蓝色的眼睛，站在通往店铺的门边，轻轻祈祷，他以狂热信徒的全部虔诚祈求万能的耶和华让这所房子免遭不幸。站在旁边的老太听他喃喃细语，没有听见越来越近的脚步声。

丽娃蜷缩在最里面的一个房间里，躲在橡木大橱的后面。

粗暴、猛烈的撞门声吓得两个老人浑身打战。

“开门！”又是一阵更猛烈的撞击，还夹杂着恶狠狠的咒骂声。

两位老人连抬手拨下门闩的力气都没有了。

外面的人用枪托频频击门，被闩着的门不停地震动，最后终于裂开了。

房间里立刻挤满了带有武器的骑兵，他们在各个角落里搜寻。通往商店的门被枪托一撞便掉了下来，那伙匪徒拥了进去，打开了外面的大门。

大抢劫开始了。两辆马车上已经堆满了布料、鞋子和其他战利品，萨洛梅加驱车将这些东西送到戈卢布的公馆。回来的时候，他听到一声惨叫。

帕利亚内察安排自己的部下去抢劫商店的东西，自己却走进内宅。他那野猫般的绿色眼睛在三人身上瞄了一圈，然后对两个老人吼道：

“滚出去！”

父亲和母亲都没有动弹。

帕利亚内察向前逼近一步，慢慢地抽出军刀。

“妈妈！”丽娃发出撕心裂肺的叫喊。

这就是萨洛梅加听到的喊声。

帕利亚内察转过身来，对听到喊声匆忙赶来的同伙急促地说：

“把他们弄出去！”他指着那两个老人。两个老人被使劲地拖出门外。帕利亚内察又对刚刚进屋的萨洛梅加说：“你们在门外站会儿，我要和这个小丫头谈点事情。”

佩萨赫听见屋内一声凄厉的叫喊，急忙向门边扑去，但胸口遭到沉重的一击，被打回墙边，老人痛得连气都喘不上来；这时，平素一向温和柔顺的托伊芭像头母狼似的紧紧抓住萨洛梅加：“呵！你们在干什么？”

她冲到门口，枯瘦的手指像钳子一样死死抓住萨洛梅加的上衣，使他无法挣脱。

恢复神志的佩萨赫也奔过来帮忙。

“放了她，放了她吧！……哎哟，我的女儿呀！”

他俩一起把萨洛梅加从门边推开。萨洛梅加凶狠地从腰间拔出纳甘式转轮手枪，用包着铁皮的枪柄对着佩萨赫的头部砸了下去，老人一声未吭就倒下了。

房间里又断断续续地传出丽娃的哀叫。

近似发狂的托伊芭被拖到外面，揪心的凄厉叫喊和求救呼声在街道上回荡。

屋里的叫喊声却停息了。

帕利亚内察从屋里走了出来，目光避开已经抓住门把手的萨洛梅加，拦住他说：

“别去了，她已经断气了：我用枕头把她稍稍捂了一下。”说着，他跨过佩萨赫的尸体，一脚踩进浓稠的血泊之中。

他来到外面，咬牙切齿地说：“开市不利。”

其他人默默地跟在他的后面。在房间里的地板上，在台阶上，他们的脚留下了一个个血印。

城里已是一片混乱。匪徒因分赃不均像野兽般相互格斗，有的甚至拔刀相见。几乎处处都在厮打。

容量为十维德罗①的大酒桶被他们从啤酒馆里滚上了街道。

接着又挨家挨户进行搜查。

没有人起来反抗。他们搜寻每间小屋，翻遍各个角落，然后满载而归，身后只留下一堆堆翻得乱七八糟的破衣烂衫和从被撕破的枕头和被子里飞出的绒毛。第一天共死亡两人：丽娃和她的父亲。但是，即将来临的黑夜还会带来无法逃避的死亡。

傍晚，这群贪婪的豺狼纵情狂饮，因酒性发作变得神志不清的彼得留拉匪帮等待着夜幕降临。

黑夜里，他们可以为所欲为；在夜幕中他们更容易草菅人命。豺狼也喜欢黑夜，豺狼也是专门袭击无法逃脱的人。

许多人都忘不了这可怕的两夜三天：许多生命被摧残、被毁灭，许多青年在这血腥的日子里熬白了头！伤心的泪水汇成河流，而那些侥幸活下来的人心情抑郁，他们为那无法洗刷的奇耻大辱备受煎熬，为失去亲人而极度

---

① 俄国液量名，一维德罗等于一二·三升。

悲痛。又有谁能断定,他们比死者幸运?深巷里躺着许多年轻姑娘的尸体,她们受尽凌辱,伤痕遍体,蜷缩着身子,双手痉挛地向后伸着,对世界的一切已经无动于衷。

只有在铁匠纳乌姆的小屋里,当这些畜生扑向铁匠年轻的妻子萨拉的时候,他们受到了无情的回击。这个二十四岁、身强力壮的铁匠练就一副钢筋铁骨,保护了自己的妻子,使她免受侮辱。

小屋内进行了短暂、猛烈的搏斗,两个彼得留拉匪徒的脑袋像烂西瓜一样开了花。面对无法避免的灾难,怒不可遏的铁匠无所畏惧,拼死捍卫两个人的生命。于是,感到有危险的匪徒纷纷逃到河边,长时间不停地扫射。纳乌姆的子弹快要打完了,他用最后一颗子弹结束了妻子萨拉的生命,自己则端着刺刀,准备冲出去拼命。但是,刚刚踏上台阶,就被雨点般的子弹击中,沉重的身躯倒下了。

周围村子里的一些壮汉骑着膘肥体壮的大马来到城里,他们把看中的东西装上马车,并由在戈卢布队伍里当差的儿子或亲戚护送,匆匆忙忙地运回家中。

谢廖扎和父亲已将印刷厂的一半人员隐藏在他们的地下室里和阁楼上。当谢廖扎穿过菜园返回院子时,他看见一个人在公路上奔跑。

这是一个犹太老人,穿着一件满是补丁的长衫,没戴帽子。他吓得面无人色,甩动着双手,气喘吁吁地跑着。在他身后,一个骑着灰马的彼得留拉匪徒飞快地追赶着,并弯下身体准备出击。老人听到身后的马蹄声已经逼近,就举起了双手,仿佛这样可以保护自己。谢廖扎冲上大路,奔到马跟前,用自己的身体挡住老人,大吼一声:

“住手! 强盗,狗杂种!”

骑在马上的匪徒并不愿意住手,他用马刀对着谢廖扎长着淡黄色头发的脑袋上砍去。

第5章

红军部队顽强地步步紧逼，“总”头目彼得留拉的队伍节节败退。戈卢布的团队也被召上前线，城里只留下少量后方警卫和司令部。

人们又开始活动。犹太居民利用这暂时的平静，掩埋了死者的遗体，犹太居民区的小屋里重现生机。

寂静的夜晚，隐隐约约可以听到远处的轰隆声：战斗就在不远的地方进行。

铁路工人纷纷离开车站，走村串乡，寻找工作。

中学停课。

城里宣布戒严。

丑恶的、阴沉的夜。[①]

夜，漆黑一片，即便把眼睛睁得大大的，也伸手不见五指。人们只能盲目地摸索着走动，随时都有跌入壕沟、摔破脑袋的危险。

市民们都清楚，在这种时候应该待在家里，无事不要点灯：灯光会招惹不速之客。最好就待在暗处，这样更安稳些。但是，不安分的人总是有的。那就随他们去走动吧，这与市民们无关，市民们不会参与，请放心，他们决不会参与。

就在这样一个夜晚，有个身影在活动。

---

① 见附注7。

这个身影蹩到柯察金家门前,小心翼翼地敲敲窗框。没有任何反应。他又敲了一次,敲得更重、更有力。

保尔正在做梦。他梦见一个不像人的可怕怪物将机枪对准着他,他想逃跑,但又无处可逃。那挺机枪已经发出了可怕的嗒嗒声。

窗上的玻璃被不停的敲击声震得当当响。

保尔从床上跳了起来,走到窗前,想看清来人。但是,他只能看见一个模糊的黑影。

这时只有他一人在家:母亲到大女儿家去了,女婿在制糖厂开机车;阿尔青在邻村当铁匠,靠挥舞铁锤挣饭吃。

敲窗的人只会是阿尔青。

保尔决定打开窗户。

"谁?"他向暗处问了一句。

窗外的身影晃动着,一个压低了的粗嗓门回答说:

"是我,朱赫来。"

他用两只手在窗台上一撑。于是,朱赫来的脑袋就和保尔的脸一般高了。

"我到你这儿来住一宿,行吗,小兄弟?"他低声说道。

"当然行,"保尔亲切地说,"那还用问吗?你就从窗台上爬进来吧。"

朱赫来粗壮的身躯从窗户里挤了进去。

进来后,朱赫来随手关好窗户,但没有立即离开。

他站在那儿凝神听着窗外的动静。这时月亮从乌云里钻了出来,照亮了大路;朱赫来借着月光仔细察看路上的情况,然后转身对保尔说:

"我们会不会把你妈妈吵醒?她已经睡觉了吧?"

保尔告诉朱赫来家中只有他一人。朱赫来这才感觉自在些,说话也响了:

"小兄弟,这帮吃人的东西正在认真对付我呢,要查办最近车站上发生的事情。如果弟兄们团结得更紧些,我们本来可以在大屠杀期间好好招待招待这批'灰皮狼'的。但是,你知道,人们还没有下决心去上刀山下火海,所以就失败了。现在他们盯上我了。已经设过两次埋伏。今天我差点被抓住。刚才我回家去,当然是从后门走的。站在板棚那儿一看:

有个家伙在花园里，身子贴在树上，但刺刀露出了他的马脚。我拔腿就跑，咚咚咚咚就跑到你这儿来了。小兄弟，我想在这儿住上几天，你不反对吧？那好极了。”

朱赫来呼哧呼哧拽下溅满泥土的长筒靴子。

朱赫来的到来使保尔十分高兴。近来配电站没有开工，保尔一人待在冷冷清清的屋里，十分无聊。

他们躺下睡觉了。保尔很快进入梦乡，而朱赫来一直在抽烟。而后，他又从床上起来，光着脚轻轻走到窗前，向外面看了好久，才又回到床上，终因疲乏而睡熟了。他的一只手塞在枕头下面，按在沉甸甸的柯尔特式手枪上，把枪焐得暖乎乎的。

自那天朱赫来夜间突然来借宿以后，保尔与他一起生活了八昼夜，这对保尔产生了很大的影响。他第一次从朱赫来那儿听到许多激动人心的、重要的新鲜事，这对于年轻锅炉工的成长，有着决定性的意义。

朱赫来已经两次遭到伏击，如今，他像困在笼中的猛兽，无法进行活动。他对蹂躏乌克兰大地的“黄蓝旗”匪帮怀着满腔愤怒和刻骨仇恨。在这迫不得已的空闲时刻，他将自己的情感向保尔尽情渲泄，保尔则听得如痴如醉。

朱赫来说话简单明了，通俗易懂。对他来说，没有任何悬而不决的事情，他对自己的生活道路具有坚定的信念。于是，保尔也开始明白，所有那些乱七八糟挂着红色招牌的党派，譬如：社会革命党、社会民主党、波兰社会党等原来都是工人的死敌，只有一个政党是革命的，是不屈不挠地同所有财主进行斗争的，这就是布尔什维克党。

以前，保尔在这个问题上一直糊里糊涂。

于是，这个魁梧强壮、饱经海洋风暴的波罗的海舰队水兵，一九一五年就加入俄国社会民主工党的坚定的布尔什维克费奥多尔·朱赫来向保尔讲述了残酷的生活真理，年轻的锅炉工两眼看着朱赫来：

“小兄弟，小时候我也和你一样，生性倔强，浑身是劲，就是不知道往哪儿使。我家里很穷，看到那些老爷的小孩吃香喝辣，穿绫罗绸缎，心里恨得咬牙；我常常使劲揍他们。但有什么用呢？结果只能是挨父亲毒打一顿。单枪匹马地干，改变不了这个世道。保夫鲁沙，你完全有条件成为一个为工人事业奋斗的优秀战士，只是现在还太年轻，阶级斗争的观念还比较薄弱。小兄弟，我给你指明一条真正的道路，因为我相信，你会有出息的。我最看不惯那些胆小怕事、低声下气的家伙。现在全世界都着火了，奴隶起来造反，他们要彻底推翻旧生活。但是，为了达到这个目的，必须有一群勇敢的弟兄，他们不是娇生惯养的公子哥儿，而是意志坚强的战士，他们面对战斗不会像蟑螂躲避阳光那样逃之夭夭，而是大胆拼搏。"

朱赫来握紧拳头，在桌上使劲敲了一下。

他站起身来，把双手插进衣袋，皱着眉头，在房间里来回踱步。

无所事事的生活煎熬着朱赫来，他非常后悔留在这个小城，并且认为继续待下去已经没有意义。所以，他下定决心穿过前线，去寻找红军部队。

城里还有一个留下开展工作的九人党小组。

"没有我，工作可以照常进行。我不能再闲着不干事了，已经浪费了十个月，时间够长了。"他恼怒地思忖。

有一次保尔问他："费奥多尔，你究竟是什么人？"

朱赫来立起身来，把双手插进口袋，没有立即明白这个问题的含义：

"难道你不知道我是什么人？"

"我想，你是布尔什维克，要不就是共产党。"保尔轻轻答道。

朱赫来哈哈笑了起来，逗趣地拍打着箍着条纹水兵衫的宽阔的胸脯：

"小兄弟，这是明摆着的事情，这是真的，就像布尔什维克就是共产党，共产党就是布尔什维克，这也是事实。"他顿时变得严肃起来："既然你已经知道了，那么，你得记住，如果你不想让他们挖掉我的肠子，你在任何地方对任何人都不能说出这件事，知道吗？"

"知道。"保尔斩钉截铁地回答。

这时，院子里传来说话声，没有敲门，门就被推开了。朱赫来的手马上伸进口袋，但立即又抽了出来：走进房间的是头上缠着绷带的谢廖扎·布鲁兹扎克，他瘦了，脸色苍白。瓦利娅和克里姆卡跟在他的身后。

"你好，鬼东西。"谢廖扎微笑着把手伸给保尔。"我们三人到你这儿来串串门。瓦利娅不放我一个人来，不放心；克里姆卡又不放瓦利娅一个人来，也是不放心。别看他一头红毛，脑袋倒还清楚，知道让什么人独自到哪儿去是危险的。"

瓦利娅开玩笑地用手掌捂住他的嘴巴。

"胡说八道，"她笑着说，"他今天总跟克里姆卡作对。"

克里姆卡憨厚地笑着，露出雪白的牙齿：

"你拿病人有什么办法？脑袋瓜挨了一刀，当然要胡说八道嘛。"

大家一起笑了起来。

谢廖扎还未完全复原，就倚在保尔的床上。朋友们热烈地交谈起来。从不垂头丧气的乐天派谢廖扎此时心情压抑、沉闷，他向朱赫来陈述了彼得留拉匪徒砍他的经过。

朱赫来认识他们三个人，他多次去过谢廖扎的家里。他很喜欢这些年轻人：虽然在斗争的旋涡中他们还未确定自己的道路，但已鲜明地表现出他们的阶级倾向。小伙子们讲述了大家把犹太人藏在家中，帮助他们摆脱大屠杀厄运的经过。朱赫来一直注意地听着，他也讲了很多，谈论布尔什维克党人，谈论列宁，帮助年轻人理解当前发生的种种事件。

保尔送走客人的时候，夜已经深了。

朱赫来每天傍晚出去，深夜才归，因为离开这儿之前，他必须与留下的同志商谈，确定今后的工作。

这天夜里朱赫来没有回来。早晨醒来，保尔看见床铺是空的。

保尔产生了某种模糊的预感，他赶紧穿好衣服，走了出去。他锁好门，把钥匙放在约定的地方，就去找克里姆卡，希望能从他那儿打听到朱赫来的消息。克里姆卡的母亲矮矮胖胖的，一张大脸上满是麻子，她正在洗衣服。保尔问她是否知道朱赫来在哪儿，她没好气地说：

"怎么，我的任务就是专门看着你的那个朱赫来吗？就是因为他这个该死的鬼东西，佐祖利哈的家里给翻得底朝天啦。你还要找他干什么？你们这伙人在干什么呀？什么狐朋狗友……克里姆卡，你……"她一面说，一面狠狠地搓洗衣服。

克里姆卡的母亲是个刀子嘴，爱吵吵闹闹的。

保尔从克里姆卡家里出来，又去找谢廖扎，把自己的担心告诉他。瓦利娅听后插嘴说：

"你担心什么呢？他也许住在朋友家里了。"但可以听得出来，她对此也并不十分自信。

保尔在布鲁兹扎克家坐卧不安,虽然他们竭力留他吃饭,但他还是走了。①

快到家门的时候,他满心希望能在屋里见到朱赫来。

门仍然锁着。他呆呆地站在那儿,心情沉重:真不想走进这个空荡荡的家。

他在院子里踌躇了一会儿,接着,在一种模糊冲动的驱使下,走进板棚。他爬上屋顶,拂去蜘蛛网,从那个秘密角落里取出包在破布中的沉甸甸的曼利赫手枪。

他走出板棚,向车站走去。口袋里的枪沉沉的,保尔心里有点紧张。

关于朱赫来的情况仍然一无所获。回来的路上,经过熟悉的林务官家的庄园时,他放慢了脚步,怀着一种连自己也说不清楚的期望向各处的窗户看去,但花园里和屋子里都未见人影。走过庄园,他情不自禁又回头看看花园里的小径。小径上铺着去年的枯叶,荒芜的花园满目凄清。显然,勤快的主人已经很长时间没有侍弄花草了。深院大宅的孤寂令人更加惆怅。

与冬妮亚的最后一次别扭闹得最厉害,那是约一个月之前偶然发生的。

保尔把双手深深插进口袋,慢慢向城里踱去,一路上回想起那次龃龉的经过。

那天,冬妮亚与保尔在路上偶然相遇,冬妮亚邀保尔到她家去玩。她说:

"我的父亲和妈妈要到博利尚斯基家去庆祝命名日,家里只有我一人。保夫鲁沙,到我家来吧,我们一起读列昂尼德·安德烈耶夫写的一本很有意思的书《萨什卡·日古廖夫》。我已读过一遍,不过,非常乐意和你一起再读一遍。晚上,我们会过得十分愉快的。你来吗?"

她那顶白色小帽紧紧箍住浓密的栗色头发,一双大眼睛以期待的神情看着保尔。

"我一定来。"

他们分手了。

保尔急忙赶到配电站。一想到今天整个晚上都和冬妮亚在一起,仿佛

---

① 见附注8。

炉火烧得更旺,木柴的噼啪声也响得更欢了。

晚上,听到他的敲门声,冬妮亚打开了宽大的正门,略带歉意地说:

“我来了几个客人。我没有想到他们会来,保夫鲁沙。不过,你不能走。”

保尔转身想走。

冬妮亚抓住保尔的一只衣袖,说:“我们进去吧。让他们和你认识认识,会有好处。”她用一只胳膊搂着保尔,带他穿过餐厅,来到她的房间。

走进房间,她面带微笑,对坐在桌边的几个年轻人说:

“你们还不认识吧?这是我的朋友保尔·柯察金。”

房子中央的小桌子周围坐着三个人:黝黑俏丽的中学生丽莎·苏哈里科,她生着一张任性、动人的小嘴,梳着娇媚的发式;另一个是保尔不认识的小伙子,细高的个子,穿着讲究的黑色上衣,润发剂把头发抹得光滑油亮,灰色的眼睛里显出寂寞无聊的神情;坐在他们中间的是穿着非常时髦的中学制服的维克托·列辛斯基。冬妮亚推开门的时候,保尔第一眼看见的就是他。

维克托也立即认出了保尔,他那两道箭一般的细眉毛惊讶地扬了上去。

保尔在门口默默不语地站了几秒钟,用不友好的目光瞪着维克托。冬妮亚急于打破这令人尴尬的静默,她边请保尔进来,边对丽莎说:

“我来给你介绍一下。”

丽莎慢慢站起身来,以好奇的目光细细打量着保尔。

保尔陡然转身,飞快地穿过昏暗的餐厅,向门口走去。冬妮亚跑了出去,在门口的台阶上,才追上保尔。她一把抓住保尔的双肩,激动地说:

“你干吗要走?我是有心想让他们与你认识认识。”

保尔把她的手从肩上甩开,不客气地说:

“没必要把我放在这帮家伙面前展览,我和他们坐不到一块儿。也许你喜欢他们,但是我恨他们。我不知道你和他们是朋友,否则,我是绝对不会到你这儿来的。”

冬妮亚克制住心中的气愤,打断他的话,说:

“你有什么权利这样和我说话?我从来就没有问过你和什么人交朋友,和什么人来往。”

保尔走下通往花园的台阶，斩钉截铁地说：

“那就尽管让他们来吧，我可再也不会登门了。”说着，向栅栏门跑去。

以后，他与冬妮亚再也没有见面。在大肆屠杀犹太人期间，保尔和电工一起忙着把逃命的犹太人安置在配电站躲避起来，和冬妮亚的口角早被抛诸脑后。可是，今天他却非常希望见到冬妮亚。

朱赫来的失踪和回家后的孤寂感使他的心情十分压抑。灰蒙蒙的公路像一条带子拐向右方，路面上残留着春雨的泥泞，还有堆积着褐色泥浆的坑坑洼洼。

路边有一座房子，墙面已经剥落，像长满疥癣一样。公路拐过这所莫名其妙矗立在那儿的房子，分成了两股岔道。

十字路口供应矿泉水的售货亭已被毁坏，门破了，招牌倒竖着。维克托·列辛斯基正在这儿与丽莎告别。

维克托把丽莎的一只手握在自己手中，含情脉脉地看着她的眼睛，问：

“您一定会来吧？您不会骗我吧？”

丽莎娇媚地答道：

“我一定来，一定，不骗您。”

她用卖弄风情的眼睛对他妩媚地一笑，走了。

丽莎刚走出十步，就看见两个人从拐弯处上了大路，走在前面的是身体敦实、宽胸厚背的工人，他的上衣敞开着，露出了里面的条纹水兵衫，黑色的压舌帽低低地压至额际，一只眼睛又紫又肿。

他的双腿微微弯曲，迈步有力，穿着短筒黄色皮靴。

在他身后三步远的地方，是一个身穿灰色军服、腰间挂着两个子弹盒的彼得留拉匪徒，他端着步枪，刺刀尖几乎抵着前者的后背。

匪徒戴着毛茸茸的皮帽，一对细细的小眼睛警觉地盯着被捕者的后脑，被烟熏黄的小胡子向两边翘着。

丽莎稍稍地放慢了脚步，走到公路的另一边。这时，在她后面的保尔也已上了大路。

当他向右拐弯往家里赶的时候，也看到了那两个人。

他的双脚仿佛被钉在了地上：走在前面的那个人是朱赫来，他一眼就认出来了。

“难怪他没有回来!”

朱赫来越走越近了。保尔的心怦怦狂跳,脑子里闪过一连串想法,但就是理不出一个头绪。时间太短促了,一时拿不定主意。只有一点是明确无疑的:朱赫来这下子完了。

保尔看着走过来的朱赫来和彼得留拉匪徒,焦虑万分,心里乱成一团。

“怎么办?”

在最后时刻他才想起口袋里的手枪:等他们走过去,对着那个端枪的背上开一枪,朱赫来就得救了。瞬间做出的决定使他拿定了主意。他拼命咬紧牙齿,咬得发疼。他记得,昨天朱赫来刚对他说过:“为了达到这个目的,必须有一群勇敢的弟兄……”

保尔飞快地向后瞟了一眼:通往城里的路上静悄悄的,连个人影也没有。前面的路上,一个穿着短风衣的妇女急匆匆走了过去,她不会碍事的。十字街口另一侧大街的情况,他看不见,只有远处通往车站的路上有几个行人。

保尔走到公路的边上。朱赫来在他们相距只有几步远的时候才看见了保尔。

他用一只眼睛对保尔瞥了一眼,浓重的双眉震颤了一下。这突然的相遇使他不由自主地停下了脚步,以致后背已经顶上刺刀的刀尖。

押送兵用刺耳的尖细嗓音吼了起来:

“快走,快走! 小心我拿枪托揍你!”

朱赫来又大步向前走去。他想对保尔说话,但又克制住自己,只是挥了挥手,仿佛是打个招呼。

为了不引起黄胡子卫兵的注意,在朱赫来从身边经过时,保尔故意向旁边转过身去,仿佛他对眼前的一切无动于衷。

实际上,他的脑海中忧虑重重:“如果我这一枪打得不准,那子弹就可能射中朱赫来……”

彼得留拉匪徒已经走到他的身旁,难道还能再犹豫吗?

结果,当黄胡子卫兵走到与保尔并排的时候,保尔突然向他扑去,抓住他的枪,使劲向下压去。

刺刀尖碰在石头上,发出铿锵声。

出其不意的袭击将这个卫兵吓呆了。但他立即清醒过来,拼命往回夺枪。保尔把整个身体压在枪上,紧抓不放。突然,啪的一声响,子弹打在石头上,蹦起来,又落到路旁的沟里了。

听到枪声,朱赫来往旁边一闪,又回过头来。这时,押送兵正狂怒地从保尔手中夺枪。他抓着枪打转,用来扭绞保尔的双手,但保尔还是没有松手。气急败坏的彼得留拉匪徒猛地将保尔推倒在地,可仍然未能把枪夺回,因为保尔摔倒的时候,把押送兵也拖倒在马路上。在这个时刻,任何力量都不能让保尔放下手中的武器。

朱赫来两个箭步就跳到他们旁边,挥起铁拳,向押送兵的头上打去。接着,彼得留拉匪徒的脸上又遭到重重的两击,他顿时松开躺在地上的保尔,像一只沉重的口袋倒在了壕沟里。

也是这双强有力的手,把保尔从地上拉了起来。

维克托离开十字路口已有百步左右,他一面走着,一面用口哨吹着歌曲《美人的心捉摸不定》,沉醉于与丽莎见面的情景之中。丽莎答应第二天到废弃的砖厂里去与他幽会,这也使他陶醉不已。

中学里迷恋追逐女生的公子哥儿们都说丽莎·苏哈里科在谈情说爱方面是个什么都敢干的姑娘。

自命不凡、厚颜无耻的谢苗·扎利瓦诺夫有一次告诉维克托,说他已经占有了丽莎。虽然维克托并不完全相信谢苗的话,但丽莎毕竟是个漂亮诱人的对象。他决定明天要证实一下,谢苗的话是否确实。

“只要她来赴约,我就要大胆果断。接吻,她是不会拒绝的;如果谢苗这小子撒谎……”他的思路被打断了。迎面过来两个彼得留拉匪徒,他闪过一边,给他们让路。一个匪兵骑着短尾巴的小马,手里摇晃着水袋——显然是去给马饮水;另一个匪兵穿着紧腰细褶短外衣,肥大的蓝裤子,一只手抓住骑马人的膝盖,正兴致勃勃地讲着什么事情。

维克托让他们走过去以后,刚要继续向前,公路上传来的枪声又使他停住了脚步。他回头一看:骑马的匪兵扯了扯缰绳,朝枪响的地方策马奔去;另一人手握军刀,紧随其后。

维克托也跟在他们后面跑了过去。在快到公路的时候,又听见一声枪响。这时,骑马人慌慌张张地从拐弯处向维克托冲来,不停地用双腿和水袋击马催行。跑到第一所士兵的住房,刚跨进大门,他就对院子里的人大声嚷道:

“弟兄们,快拿枪,我们一个弟兄被打死了!”

刹那间,几个人扣动着扳机从院子里跑了出去。

他们抓住了维克托。

公路上已有好几个人,丽莎也在其中,她是被抓来当证人的。

当朱赫来和保尔从丽莎身旁跑过去时,她吓得呆住了,站在原地未动。她认出袭击彼得留拉匪徒的青年竟是冬妮亚曾想介绍他们认识的保尔,十分惊异。

朱赫来和保尔跳过一家院子的栅栏。这时,骑马人已经上了公路,发现了持枪逃跑的朱赫来和竭力挣扎、想从地上爬起来的押送兵。于是,他策马向栅栏那边驰去。

朱赫来回头朝他开了一枪,骑马人吃了一惊,急忙掉头就跑。

押送兵艰难地嚅动着被打破的嘴唇,讲述了刚才发生的一切。

“你真是个笨蛋,居然能让犯人在眼皮子底下溜掉?这下你的屁股少不得要挨二十五下揍了。”

押送兵气呼呼地顶了一句:

“就你聪明!从眼皮子底下放走了!谁能料到,哪来个狗崽子,像疯子一样扑到我的身上?”

丽莎也受到盘问,她的证词与押送兵所说的情况相同,只是没有说出她认识那个袭击押送兵的人。被抓来的人都被押送到司令部。

直到傍晚,警备司令才下令释放他们。

警备司令甚至提出亲自送丽莎回家,但她谢绝了。警备司令身上散发出一股酒气,而且她感到,这个建议是不怀好意的。

送丽莎回家的是维克托。

到车站还有很长的路程,维克托挽着丽莎的胳膊走着,庆幸刚才发生的事件给予他的机会。

“您知道,是谁救了那个犯人吗?”快到家的时候,丽莎问维克托。

“我怎么知道呢。”

“您还记得那天晚上,冬妮亚想介绍我们认识的那个年轻人吗?”

维克托停下了脚步:

“您是指保尔·柯察金吗?”他惊讶地问。

“对,好像是姓柯察金。他当时莫名其妙地跑了,您还记得吗?没错,就是他。”

维克托怔怔地站在那儿。

“您不会搞错吧?”他问丽莎。

“不会,我清清楚楚记得他的长相。”

“那您为什么不告诉警备司令?”

丽莎气愤地说:

“您以为我会做出这种卑鄙的事情?”

“怎么是卑鄙呢?告发袭击押送兵的人您认为这就是卑鄙?”

“那您认为这是高尚?您把他们的所作所为都忘了。难道您不知道学校里有多少犹太人的孩子成了孤儿?您还希望我向他们告发柯察金?谢谢!真没想到!”

维克托没有料到丽莎会做出这样的回答,他并不愿意与丽莎争吵,于是赶紧改变了调子:

“您别生气,丽莎,我只是开个玩笑。我还不知道您是一个原则性很强的女孩。”

“您的这个玩笑开得并不好。”丽莎冷冷地答道。

在丽莎家门口分手时,维克托问:

“明天您来吗,丽莎?”

他听到的回答是模棱两可的:

“不知道。”

在回城的路上,维克托边走边暗暗思忖:“您小姐认为这是不正派的举动,可我的看法完全不是这样。当然,对谁把谁放走了这件事情本身我并不感兴趣。”

维克托出身波兰名门列辛斯基家族,对争斗的双方都很厌恶。反正波兰军队即将开进,那时就会建立真正的政权,完全属于贵族阶层的、波兰立陶宛王国的政权。但是,这个机会能够让他除掉可恶的柯察金:他们会活活砍下他的脑袋。

维克托家只有他一人留在城里，寄住在任糖厂副厂长的姨父家中。他的父母亲和内莉早就去了华沙，父亲西吉兹蒙德·列辛斯基在那儿有着显赫的社会地位。

维克托来到司令部，走进了敞开的大门。

过了一会儿，他便带着四个彼得留拉匪徒向柯察金家走去。

“就是这儿。”他指着有灯光的窗子轻轻说。随后，转向站在身边的骑兵少尉，问道：“我可以走了吗？”

“请便。我们自己能够对付。谢谢您的帮助。”

维克托沿着人行道迈着大步飞快地走了。

又一拳打在保尔的背上，他被推入黑暗的牢房，张开双手扑倒在墙边。他的双手摸到一张像是床板的硬物，便坐了下来。保尔受尽折磨，遍体鳞伤，心情十分压抑。

他没有料到会被逮捕。“那帮匪徒怎么会知道是我干的呢？谁也没有看见我呀。他们会拿我怎么办？朱赫来在哪儿？”

保尔是在克里姆卡家中与朱赫来分手的。他去找谢廖扎，朱赫来留在那儿，等到夜幕降临后逃离小城。

“幸好我把枪藏在老鸦窝里了，”保尔想，“要是他们发现了枪，那我就完蛋了。他们究竟怎么会知道是我呢？”这个找不到答案的问题让他伤透了脑筋。

彼得留拉匪徒在柯察金家没有得到多少好处：保尔的哥哥把自己的衣服和手风琴带到乡下去了，母亲也提走了自己的箱子，因而在墙边屋角进行搜查的匪徒没有捞到多少油水。

然而从家里到司令部这一路上的遭遇，保尔是无法忘却的。漆黑的夜，伸手不见五指；天空乌云密布，押解他的匪徒接连不断地、心狠手辣地从左右和后边对他拳打脚踢。他昏昏沉沉、机械地迈着步子。

门外传来说话声：隔壁就是卫兵室。门底下透进一条亮光。保尔站起身来，沿着墙壁，摸索着走了一圈。在板床的对面，他摸到一扇窗子，上面装有结实的齿状栅栏。保尔用手摇了摇——纹丝不动。显然，这儿以前是个小仓库。

接着，他又悄悄走到门边，留心听听外面的动静，然后轻轻按了按门把手。讨厌的门吱地响了一下。

“该死的东西，没上油！”保尔骂了一句。

从打开的门缝里，他看见了搁在木板床边上的两只皮肤粗糙、五趾张开的脚。他又把门把手轻轻一按，门又毫不掩饰地吱吱叫了起来。一个睡眼惺忪、头发蓬松的家伙从板床上坐了起来，一面用五个指头猛挠长满蚤子的脑袋，一面絮絮叨叨地骂了起来，嗓音是懒洋洋的，单调无味。骂了一通以后，他伸手摸了一下放在床头的步枪，萎靡不振地吆喝道：

“把门关上，再往我这儿瞧，看我不揍你的……”

保尔将门掩上了。隔壁的房间响起一阵狂笑。

这天夜里，保尔思绪万千。他，柯察金，参加斗争的第一次尝试就很不顺利。刚迈出第一步，他就被抓住关了起来，像一只关在笼中的老鼠。

保尔坐在那儿，心神不定地、迷迷糊糊地睡了。蒙眬中脑海里浮现出母亲的身影：她那瘦削的、满是皱纹的脸庞，那双十分熟悉的、慈祥的眼睛。“幸好她不在家，不能再增加她的痛苦了。”

一块四四方方的、灰色的光从窗口射到地板上。

黑暗渐渐隐退，曙光已经来临。

第6章

在古老的大房子里，只有一个拉上窗帘的房间亮着灯光。院子里，系在链子上的狗特列佐尔威严而低沉地吠叫起来。

睡梦中，冬妮亚听见了母亲压低的嗓音：

“没有，她还没睡，进来吧，丽莎。”

女友轻盈的脚步和亲切、热烈的拥抱驱走了冬妮亚的睡意。

冬妮亚脸上洋溢着懒洋洋的微笑。

“丽莎，你来得太好了，我们家今天可高兴呢。爸爸昨天已经脱离了危险期，今天一直安安稳稳地睡着。我和妈妈几夜没合眼，今天也休息了一下。丽莎，快把外边的新闻一件一件地告诉我。”冬妮亚把女友拉近身边，坐在长沙发上。

“呵，新闻可多啦！不过，有些事情我只能告诉你一个人。”丽莎笑着、调皮地看看冬妮亚的母亲叶卡捷琳娜·米哈伊洛夫娜。

冬妮亚的母亲是位颇有风度的太太，虽然已有三十六岁的年纪，举止却像少女般灵活；她有着一双灰色的、透着灵气的眼睛，容貌虽不算漂亮，但朝气蓬勃，招人喜欢。她笑了笑，把椅子推近沙发，开玩笑地说：

“我很愿意走开，让你们俩单独留下，不过要在几分钟之后。现在你先说说可以公开的消息吧。”

“第一件新闻：我们再也不用上学了。校委会已经决定给七年级的学生发毕业证书。我真开心透了，”丽莎眉飞色舞地说着，“我最讨厌那些代数和几何，我们干什么要学这些东西？也许，男生还会继续上学，不过到哪儿去上学，他们自己都不清楚。现在，到处是战场，处处在打仗，真可怕！我们总是要出嫁的，做妻子，是不需要代数的。”说到这儿，丽莎大声笑了。

叶卡捷琳娜·米哈伊洛夫娜陪她们坐了一会儿，就回到自己房间去了。

丽莎往冬妮亚那边挪了挪，搂着女友，低低地向她讲述了发生在十字街口的冲突。

“亲爱的冬妮亚，你想想，我当时多么惊讶，我看到那个逃跑的人是……你猜猜，是谁？”

听得入神的冬妮亚表示不解地耸了耸肩膀：

“柯察金！”丽莎不假思索地脱口而出。

冬妮亚浑身一颤，痛苦地将身体缩成一团。

“是柯察金？”

丽莎对自己的话所产生的效果十分满意，又开始描述她与维克托争吵的经过。

丽莎只顾讲她的故事，没有注意，冬妮亚的脸色变得多么苍白，而她那细细的手指不断神经质地拨弄着蓝色衬衫；丽莎不知道，由于惊恐，冬妮亚的心紧缩起来；她也不知道，冬妮亚那双漂亮眼睛上的浓浓的睫毛为何如此不安地颤动。

关于那个醉醺醺的哥萨克少尉的故事，冬妮亚已经听不进去了，她的脑海中只有一个想法："维克托·列辛斯基已经知道是谁干的了。丽莎为什么要告诉他呢？"她不知不觉地将这句话说了出来。

"告诉什么？"丽莎不解地问。

"你为什么要告诉维克托，那个人是保夫鲁沙。我是说柯察金呢？维克托会出卖他的……"

丽莎反驳道：

"不会！我想不会。他究竟有什么理由这样做呢？"

冬妮亚猛地坐直了身子，双手把膝盖捏得生疼：

"丽莎，你什么都不明白！他和柯察金是死对头，而且，还有另外一层原因……你把保夫鲁沙的事告诉了维克托，真是大错特错了。"

直到此时，丽莎才发觉了冬妮亚的不安，而无意间说出的"保夫鲁沙"这个亲密的称呼使她原本只是模糊猜测的东西得到了证实。

丽莎不由得也感到了自己的过失，不好意思地缄默了。

她想："原来这件事是真的。真怪，冬妮亚竟会突然爱上了……一个什么人？一个普普通通的工人……"她很想谈谈这个话题，但出于礼貌，还是克制着自己，没有开口。为了尽量弥补自己的过失，她握住冬妮亚的双手，问道：

"冬妮亚，亲爱的，你很着急吗？"

冬妮亚答非所问地答道：

"不，也许维克托的人品并不像我想象的那么坏。"

说话间，他们的同班同学，憨厚老实的小伙子杰米扬诺夫来了。

在杰米扬诺夫到来之前，两个姑娘一直话不投机。

送走两位同学，冬妮亚倚在栅栏上，久久地独自站在那儿，凝望着昏暗的、通向城里的大路。永远自由自在的风儿带着冷飕飕的潮气和春天的霉味吹在她的身上。远处,城里居民的小窗户里闪耀着暗红色、惨淡的灯光。这就是那个令她感到格格不入的城市。就在这个城市里,在某个屋顶下,她那不安分的朋友恐怕还不知道自己已身陷险境。也许,他已经把她忘了。自从他们最后一次见面以来,已经过去了多少时日？那件事是他不对。不过这一切早已被抛之九霄云外。明天她要去见他,那激动人心的、美好的友谊定会恢复。冬妮亚深信不疑,他们一定会言归于好。但愿这一夜平平安安！然而,夜色预示着某种不祥,它仿佛窥视着,等待着……好冷啊!

冬妮亚往路上看了最后一眼,走进了屋子。她躺在床上,裹进被子,一直期望着这一夜平平安安,并怀着这种不安慢慢睡去。

清晨,家里的人都还在熟睡,冬妮亚就醒了。她急忙穿好衣服,为了不惊醒别人,轻手轻脚地走进院子里,解开毛茸茸的大狗特列佐尔身上的链子,带着它进城了。她在柯察金家的门前犹豫不决地停留了片刻,然后,推开栅栏门,走进院子。特列佐尔摇晃着尾巴,跑在前面……

就在这天早晨,阿尔青也从乡下回来了,他是和他的雇主铁匠一起乘大车来的。他把挣来的一袋面粉扛在肩上,走进院子。铁匠拿着剩下的零碎物品跟在他的身后。在敞开的门边,阿尔青放下肩上的口袋大声喊道:

"保尔!"

但是,无人回答。

"把东西放进屋里去吧,干吗愣在那儿!"铁匠走过来说。

阿尔青把东西放在厨房,进了屋——他顿时惊得目瞪口呆:房间里乱七八糟,一塌糊涂,破旧的衣服扔得满地都是。

"真是见鬼!"阿尔青莫名其妙,转身对铁匠含糊地嘟囔了一句。

"确实乱七八糟。"铁匠附和道。

"小家伙跑哪儿去了?"阿尔青已经要发火了。

家里空空荡荡,无人可问。

铁匠告别后,赶着马车走了。

阿尔青走到院子里,四处察看。

"真不明白,这是怎么回事？家里的门开着,保尔却不在家。"

这时,他的身后传来脚步声。阿尔青转过身去:一条大狗竖着耳朵站在他的面前,有个年轻姑娘正从栅栏门那儿走来。

“我要见见保尔·柯察金。”她打量着阿尔青，低低地说。

“我也要找他，鬼知道他跑到哪儿去了！我刚刚才到，大门敞开着，可没他的人影。您找他有事吗？”他问那个姑娘。

姑娘没有回答，却反问道：

“您是保尔的哥哥阿尔青吗？”

“是啊，有什么事吗？”

但是姑娘没有回答他的问题，只是惊恐不安地看着敞开的大门。“我为什么昨天不来？会不会已经出事了？会不会？……”压在她心头的负担更重了。

“您回来的时候，门开着，而保尔却不在家？”她问阿尔青，阿尔青一直注视着她。

“您到底有什么事要找保尔？”

冬妮亚走到他面前，向周围看了看，急促地说：

“确切情况我不知道，不过，如果保尔不在家，那他就是被捕了。”

“因为什么？”阿尔青打了一个寒噤。

“我们到房间里去吧！”冬妮亚说。

阿尔青默默地听着。当冬妮亚把知道的情况和盘托出以后，他绝望了。

“唉，倒霉透顶！本来日子就不好过，还又活见鬼……”他心情沮丧地嘟囔道，“现在就清楚了，为什么被翻得乱七八糟。这个小家伙真是让鬼迷住了心窍……现在到哪儿去找他呢？那您，小姐，究竟是谁家的？”

“我是林务官图曼诺夫的女儿。我认识保尔。”

“呵……”阿尔青拉长着声音，但听不出其中的含义。“瞧，拖回来一袋面粉喂这个小家伙的，可出了这种事情……”

冬妮亚看着阿尔青，阿尔青看着冬妮亚，两人都没有说话。

“我走了。您也许能找到他，”与阿尔青告别时，冬妮亚轻轻地说，“晚上我再来找您，听您的消息。”

阿尔青默默地点了点头。

窗前，一只从冬眠中苏醒过来的干瘪的苍蝇嗡嗡叫着。一个年轻的农村姑娘坐在破旧的沙发边上，双手撑着膝盖，茫然的目光盯着肮脏的地板。

城防司令嘴角叼着香烟,龙飞凤舞地写完公文,然后在“舍佩托夫卡城防司令哥萨克少尉”的下面得意地加上了花哨的签名,字尾处还随心所欲地绕了个钩。这时,门口传来马刺的响声,城防司令抬起头来。

站在他面前的是胳膊上缠着绷带的萨洛梅加。

“什么风把你吹来啦?”城防司令向他表示欢迎。

“风倒是不赖,胳膊都他妈的给博贡的人打断啦。”

萨洛梅加对女人在场毫不介意,破口大骂起来。

“那你是到这儿来治伤疗养的?”

“治伤疗养的事等到下辈子再说吧,现在前线吃紧,我们都快被压得没气啦。”

城防司令用头示意有农村姑娘在旁,不让他再说下去:

“我们以后再谈吧。”

萨洛梅加重重地在凳子上坐下,摘下嵌着帽徽的军帽。帽徽上镶着珐琅的三叉戟,这是乌克兰人民共和国的国徽。

“是戈卢布派我来的,”他开始低声说道,“西乔夫狙击师就要开过来了,看来这里要惹大麻烦啦,我必须来整顿整顿。也许总头目还会过来,还有什么外国佬一起来,当心别让这里的人说漏嘴,兜出上次‘消遣’的事。你在写什么?”

城防司令将香烟移到另一个嘴角,说:

“我这儿关着一个小杂种。你知道,那个朱赫来让我们逮着了,记得吗,就是那个煽动铁路工人与我们作对的家伙。”

“那后来怎么样?”萨洛梅加感兴趣地往前凑了凑。

“后来,你知道,奥梅利琴科这个蠢货,就是那个驻站警备官,他只派了一个哥萨克押送朱赫来到我们这儿来,那个关在我这儿的小杂种竟在光天化日之下拦截了他。他俩缴了哥萨克的枪,打落了他的门牙,然后溜之大吉。朱赫来至今无影无踪,而这个小东西已经落在我的手中。看看这些材料吧。”他把一沓写好的文件推到萨洛梅加面前。

萨洛梅加用没有受伤的左手翻着,将这些文件浏览一遍,然后盯着司令问道:

“你从他嘴里什么口供都没弄到?”

城防司令焦躁地拽拽帽檐。

“已经干了五天啦,就是不开口。老是一句话:‘我不知道,不是我放的。’真是个地地道道的小土匪。你知道,那个押解兵认出了他,差点没把这个小兔崽子掐死,我好容易才把他拉开。就是因为这个小混蛋,车站上的那个哥萨克挨了奥梅利琴科二十五军棍,心里恨透了。没有必要再把他关在这儿了,我正要往上面递送呈文,报请了结——把他毙了。”

萨洛梅加轻蔑地啐了一口,说:

“要是他落在我的手里,准得开口。搞逼供,可不是你这个小神甫干得了的事情,从教会学校出来的人能当什么城防司令?你给他尝过通条的滋味了吗?”

城防司令勃然大怒:

“你太放肆了;还是把这些嘲笑留给你自己吧。我是这儿的城防司令,不用你来多管闲事。”

萨洛梅加看看怒气冲冲的司令,哈哈大笑:

“哈——哈……小神甫,别动肝火,要不肚子会炸的。我才不管你和你的那些屁事呢。你最好还是告诉我,到哪儿去搞两瓶酒喝喝吧。”

城防司令冷笑一声:

“那倒可以。”

“至于这个家伙,”萨洛梅加用手指指公文说,“如果你想把他结果了,就得把十六岁改成十八岁。喏,就在这儿弯个钩儿,要不可能会不批的。”

仓库里关着三个人。一个是留着大胡子的老头,他穿着破旧的外套和一条肥大的麻布裤子,蜷着两条细腿,侧身躺在木板床上;他被捕的原因是住在他家的彼得留拉士兵拴在草棚里的马不翼而飞了。地上坐着一个上了年纪的女人,她长着一双狡黠的小贼眼和尖细的下巴,她以酿、卖私酒为生,被指控偷窃手表和其他贵重物品。窗台下面的角落里,把头枕在皱巴巴的帽子上、迷迷糊糊睡着的是柯察金。

又有一个年轻女人被带进仓库。她像农妇那样系着花头巾,大大的眼睛流露出惊恐不安。她站了一会儿,然后在酿私酒的女人身旁坐下。

酿私酒的女人以探究的目光把新来的人打量一番,又快言快语地问:

“姑娘,你也坐牢?”

没有听到回答,她又继续问道:

“你犯了什么事被关到这儿来啦?啊?是不是也酿私酒呀?”

农村姑娘站了起来,看看这个啰唆得叫人讨厌的老太婆,轻言答道:

“不,我是因为我哥哥的事被抓来的。”

“那他犯了什么事?”老太婆非要刨根问底。

老头子插话了:

“你干什么老缠着她?人家兴许心里正难受呢,你还在那儿唠叨个没完。”

老太婆迅速转过身来,对着木板床那边说:

“谁要你来教训我?我又不是和你说话!”

老头子啐了一口:

“我是让你别总缠着人家。”

仓库里安静下来。农村姑娘把大头巾铺在地上,用胳膊枕着头躺下了。

酿私酒的女人开始吃东西了。老头把双腿垂在地板上,不慌不忙地卷了一支烟,抽了起来。仓库内弥漫着一团团难闻的烟气。

那老婆子嘴里塞得满满的,一面吧嗒吧嗒地吃着,一面发牢骚:

“让人安安静静地吃顿饭,行不行?讨厌的臭烟味,没完没了地抽。”

老头嘿嘿一笑,挖苦地说:

“你怕掉肉?马上连门都要挤不进去啦。该给那个小伙子吃点。只知道往自己肚子里塞。”

老婆子气恼地摆摆手,说:

“我跟他说:吃点吧,可他不想吃。我的事情不用你多嘴,我又不是吃你的。”

年轻姑娘转向卖私酒的老婆子,对着保尔那边扬扬头,问:

“您知道他是为什么坐牢吗?”

听到有人与她讲话,老婆子高兴了。她顿时回答道:

“这个家伙是本地人,是老妈子柯察金娜的小儿子。”

她弯下身子,贴在姑娘的耳边,低低地说:

“他放走了一个布尔什维克，是个水兵，就住在我的邻居佐祖利哈家。”

年轻姑娘想起了城防司令的话：“我正要往上面递送呈文，报请了结——把他毙了。”

一列列军用列车不断开进车站，西乔夫狙击师的队伍乱哄哄地从车上拥了下来；由四节包着钢皮的车厢组成的装甲列车“扎波罗热哥萨克号”沿着铁轨缓缓爬行。大炮从平车上拖了下来，马匹从货车上拉了下来。骑兵队就地整鞍上马，挤过尚未列队的步兵，来到车站广场整队待发。

官长们前吆后喝，叫着各自分队的番号。

车站犹如一只蜂窝，到处嗡嗡作响。混乱嘈杂的人群渐渐组成一块块方队，这股全副武装的人流很快便向城里拥去。直到黄昏，西乔夫狙击师的辎重车还在公路上轧轧作响，随军人员拖拖沓沓地向城里开去。队伍的尾巴是司令部的警卫连，一百二十个人直着嗓子大叫：

为什么喧闹？
为什么叫嚷？
因为彼得留拉
开到了乌克兰……

保尔站了起来，走近小窗。透过黄昏茫茫的暮色，街上传来了车轮的轰隆声、嘈杂的脚步声和众多嗓音的歌声。

他听见身后有人轻轻说：

“看来是部队进城了。”

保尔转过身去。

说话人是昨天关进来的那个姑娘。

他已听她讲过自己的情况，酿私酒的女人终于如愿以偿。原来，这个姑娘住在离城七俄里的农村，她的哥哥格里茨科是红色游击队员，苏维埃政权期间担任贫农委员会主席。

红军撤退的时候，格里茨科在腰间扎上武装带，也跟着走了。现在他们全家简直给搞得鸡犬不宁，仅有的一匹马也被牵走了；父亲被抓进城来，在牢里吃尽苦头。村长也领教过格里茨科的厉害，出于报复，他总是把什么人都领到格里茨科家中住宿，终于弄得他家一贫如洗。前天，司令到村里抓人，村长又把司令领进她家。司令看中了这个姑娘，第二天清晨就带她进城来“审问”。

保尔睡不着，他辗转反侧，再也无法平静，“以后会怎么样？”这个无法摆脱的思绪始终萦回在脑海。

他那被打伤的身体阵阵刺痛。那个押送兵兽性大发，狠狠地揍了他一顿。

为了摆脱令人苦恼的思绪，保尔开始注意身旁两个妇女的悄语交谈。

姑娘低声细语地叙述着那个警备司令如何对她进行纠缠、威逼和利诱，在碰了钉子以后，又如何暴跳如雷，发狂地说：“我要把你关进地牢，你别想再从我这儿出去。”

黑暗笼罩着整个仓库，夜，令人窒息的、不平静的夜已经来临。保尔又想到难以预测的明天。才是第七个夜晚，却仿佛已经过去了几个月的时间。保尔躺在硬邦邦的地上，浑身一直疼痛。这时仓库里只有三个人：老头像是睡在家里的热炕上，在木板床上打着呼噜；他能随遇而安，因此夜夜睡得又香又甜。酿私酒的女人被哥萨克少尉放出去弄酒了。赫里斯季娜和保尔都躺在地上，靠得很近。昨天，保尔从小窗户里看到谢廖扎在街上站了很长时间，忧郁地盯着牢房里的这些窗户。

“他大概已经知道我被关在这儿了。”

接连三天都有人送来几块酸酸的黑面包，但没有说送面包的人是谁。两天来，司令接连不断地对他进行审讯。这究竟是怎么回事呢？

审讯的时候，保尔什么也没说，把一切推得干干净净。他自己也不明白，为什么他要沉默。他想做一个勇敢的人，坚强的人，就像他读的书中所描述的那些人一样。不过，被捕的那天夜里，在带到磨坊那座高大房子附近时，他听见一个匪兵说：“少尉先生，干吗还要把他带去，从背后来颗子弹，不就完啦！”当时，他心里真是害怕。是啊，十六岁就死掉，真是太恐怖了！死了，那就再也活不过来啦！

赫里斯季娜也在想心事。她比这个小伙子知道的情况更多，他大概还不清楚……可她已经听见了。

保尔睡不着,整夜翻来覆去。赫里斯季娜从心底里对他十分怜悯。但她也有自己的苦处:她忘不了城防司令那心惊肉跳的威胁:"我明天再和你算账。要是还不依我,那就把你送到警卫室去,哥萨克们可不会饶了你的。你看着办吧。"

"呵,多么痛苦!而且不可能得到任何人的怜悯!是格里茨科参加红军,她有什么过错?呵,活在这个世界上真是艰难啊!"

喉咙口隐隐作痛,无法解脱的绝望和恐惧向她袭来。于是,赫里斯季娜低低哭泣起来。

极度的愁苦和绝望使她浑身抽搐。

墙角里的身影晃动了一下,问:

"你这是怎么啦?"

赫里斯季娜低低地把自己的愁苦向这位寡言少语的难友统统倾吐出来。他听着,默默不语,只把自己的一只手放在赫里斯季娜的手上。

"这帮该死的东西,他们会把我折磨死的,"她咽下泪水,带着本能的恐惧感轻轻地说,"我完了,我斗不过他们呀。"

他,保尔,又能对这个姑娘说什么呢?他找不到适当的言辞,无话可说。生活犹如一个铁环,箍得人喘不过气来。

"明天不让他们把她带走,跟他们斗一场!他们会将他打得死去活来,或者用军刀往脑袋上一砍——那就完蛋了。"为了至少给这个受着痛苦折磨的姑娘一点安慰,保尔温柔地抚摩着她的手。哭泣的姑娘渐渐平静下来。门口的哨兵偶尔例行公事地对过路人吆喝一声:"谁!"又恢复了平静。老头依然睡得很香;时间不知不觉溜了过去。当一双手将保尔紧紧搂住,并向身边拉去的时候,他还不知道是怎么回事。

"你听我说,亲爱的,"滚烫的双唇轻声说道,"我反正要被糟蹋了,不是那个军官,就是那帮士兵。你把我的身子拿去吧,亲爱的,不要让那狗东西先破我的身子。"

"你说什么呀,赫里斯季娜?"

有力的双臂依然紧紧搂抱着他,丰满的嘴唇热乎乎的,简直无法摆脱。姑娘的话单纯质朴,情深意切。他也理解导致姑娘说出这番话的根由。

于是,目前的一切突然消失了,门上的铁锁,红头发的哥萨克,城防司令惨无人道的毒打,七个令人窒息的不眠之夜都从记忆中消失了,瞬间留下的只有那热乎乎的双唇和被泪水略略沾湿的脸庞。

突然,保尔想起了冬妮亚。

“怎么能把她忘了呢?……那双奇妙的、可爱的眼睛。”

他得到了足够的力量,终于挣脱出来。他晕乎乎地站起身来,抓住了窗上的铁栅栏。赫里斯季娜的双手摸到了他。

“你这是怎么啦?”

她的问话中包含着多么深厚的情意!他弯下身子,紧紧握住她的手,说:

“我不能,赫里斯季娜。你是个好姑娘。”他还说了些连他自己也不明白的话。

为了打破令人无法忍受的寂静,保尔直起身体,走到木板床跟前,在床沿上坐下,去拉那老头:

“大爷,给支烟抽抽。”

姑娘裹着头巾,坐在角落里失声痛哭。

第二天,城防司令来了,哥萨克带走了赫里斯季娜,她用眼睛与保尔告别,流露出责备的神情。牢门在她的身后砰的一声关上了,保尔的心头更加沉重、更加抑郁。

一直到黄昏,老头也没能引保尔说出一句话。卫兵和司令部的人员都换了班。晚上,又进来一个新的犯人,保尔认出他是糖厂的木匠多林尼克。他矮小敦实,穿着褪色的黄衬衫,套着破旧的上衣。进来时,他很仔细地将仓库扫视一遍。

一九一七年二月,当革命的浪潮也波及这个小城时,保尔见过多林尼克。在多次颇有声势的游行活动中,他只听到过一个布尔什维克的声音,这就是多林尼克。当时,多林尼克爬到路边的墙头上,向士兵们发表演说。至今,保尔仍记得他说的最后几句话:

“士兵们,紧紧依靠布尔什维克吧,他们决不会出卖你们!”

此后,保尔再也没有看见过他。

来了新的难友,使老头十分高兴。显然,他觉得整天一声不吭地坐着非常难受。多林尼克坐到他的床边,和他一起抽起烟来,并详细询问各方面的情况。

接着,他又走到保尔的面前:

“那你做了什么好事?”他问保尔,“你是怎么被关进来的?”

保尔只作了十分简单的回答。多林尼克认为,保尔对他不信任,因而不愿多说话。但是当他得知保尔的罪名后,那双充满着智慧的眼睛惊讶地盯着保尔,在他身旁坐了下来。

“这么说,是你把朱赫来救了?原来是这么回事,我还不知道你被捕了。”

保尔感到十分突然,他用胳膊撑起身体:

“哪个朱赫来?我什么也不知道。这是他们硬给我安上的罪名。”

多林尼克面带微笑,向他更凑近一些:

“得了吧,小兄弟,在我面前别不承认啦,我知道的情况比你还多呢。”

为了不让老头听见,他压低了声音说:

“是我亲自把朱赫来送走的。他大概已经到那边了。他把这件事情原原本本都告诉我了。”

多林尼克默默思忖了片刻,又补充说:

“你是个好小伙子,没说的。不过,他们把你抓来了,知道了所有情况,这事儿可不太妙,可以说,简直糟透了。”

他脱下上衣,铺在地上,然后坐了下去,背靠着墙,又动手卷第二支纸烟。

多林尼克的最后几句话使保尔完全明白了他的身份,显然,是自己人。既然是他送走了朱赫来,这就是说……

傍晚时分,保尔已经知道多林尼克被捕的原因:他在彼得留拉匪徒中间进行宣传鼓动,正在散发省革委会号召士兵投诚、加入红军的传单时当场被抓获的。

多林尼克比较谨慎,他向保尔披露的东西不多,他想:

“谁知道呢?他们也许会用通条拷打这个小伙子,而他还太年轻呀。”

晚上,准备睡觉时,他用简短的话语说出了心中的担心:

“保尔,我和你的情况可以说是糟透了。结果会怎样,我们再看看吧。”

第二天,仓库里又关进来一个犯人,他是闻名全市的理发匠什廖马·泽尔策尔，长着大大的耳朵，细细的脖子。他焦躁地，伴着各种手势告诉多林尼克：

“啾，是这么回事，富克斯、布卢夫施泰因、特拉赫滕贝格准备捧着面包和盐巴去欢迎他。我说，你们想这么干就这么干吧，不过，这是以所有犹太居民的名义，可是谁会签名？对不起，一个也没有。他们有他们的盘算，富克斯有一家商店，布卢夫施泰因有一座磨坊。我有什么？别的穷光蛋又有什么呢？我们这些穷人一无所有。啾，我就是好嚼舌头，爱多嘴。今天，我给一个哥萨克刮胡子，他是不久前刚来的。我问他：‘彼得留拉总头目知道不知道上次大屠杀的情况？他会接待犹太人的代表团吗？’唉，这个爱嚼舌头的毛病给我惹过多少次麻烦！你猜怎么着，等我给他刮了脸，扑了粉，一切都做得妥妥帖帖以后，他怎么对待我的？他站起来，不但不付钱，反而说我进行煽动，反对政府，把我抓来了。”泽尔策尔用拳头捶打着自己的胸脯：“这算什么煽动？我究竟说什么啦？我只不过问问人家……就为这还要抓我坐牢……”

泽尔策尔焦躁不安地扭动着多林尼克衬衣上的纽扣，一会儿抓住他的左胳膊，一会儿又抓住他的右胳膊。

听着泽尔策尔气愤的叙述，多林尼克不由得笑了。等泽尔策尔讲完，他一本正经地说：

“唉，什廖马，你是个聪明的小伙子，怎么干出这种蠢事，偏偏在这种时候随便乱说呢？我可真不愿意让你到这种地方来。”

泽尔策尔领悟地看看他，绝望地挥了挥手。这时，仓库的门开了，保尔认识的那个酿私酒的女人又被推了进来。她恶狠狠地骂着押送她的哥萨克兵：

“让大火把你们和你们的司令统统烧死！让他喝了我的酒不得好死！”

卫兵在她身后把门砰的一声关上，接着，又听见他在外面上了锁。

老太婆在板床上坐下。老头子戏谑地说：

“是不是又回到我们这儿来啦，啰唆婆子？好吧，请坐请坐，真是贵客驾临。”

老太婆不高兴地对老头瞟了一眼，抓起包袱，就在多林尼克旁边的地上坐下。

匪徒们从她那儿搞到几瓶自酿酒,又把她押了回来。

突然,门外的警卫室里传来叫喊声和来回走动的脚步声,一个尖锐的声音发着命令。仓库里的人不约而同地转过头去,倾听门外的动静。

广场上,在有着一座古老钟楼的、平平常常的小教堂旁边发生了对于本城居民来说非同一般的事情:西乔夫狙击师的部队全副武装地排成矩形方阵,从三面把广场围了起来。

前面,从教堂的台阶开始,三个步兵团列成像棋盘式的方阵,一直延伸到学校的围墙。

那片灰灰的、看上去脏兮兮的人群是战斗力最强的彼得留拉"政府军"的士兵,他们把枪靠在腿上,头戴怪诞的俄罗斯钢盔,就像是劈成一半的南瓜,身上还挂满子弹带。

这个师团的上等军服和军靴都是过去沙皇军队的贮备品,其中多半成员是顽固反对苏维埃政权的富农。他们被调进这个城市,保卫具有战略意义的、极其重要的铁路枢纽。

五条闪亮的铁轨从舍佩托夫卡市向不同的方向伸展出去。对于彼得留拉来说,丢掉这个城市就等于失去一切。"政府军"控制的地盘已经很小,小小的文尼察已经成为彼得留拉匪帮的首府。

总头目彼得留拉决定亲自检阅部队。在他到来之前,一切都已准备就绪。

新兵团被安排在不显眼的地方——广场后面的一个角落上。这些新来的年轻人赤着双脚,穿着各种颜色的衣服。他们来自乡村,有的是半夜从炕上被拉来的,有的是在街上被抓来的。没有一个人愿意打仗,他们说:

"我们可不是傻瓜。"

彼得留拉军官最大的本领就是把征集的士兵押送进城,编成连队或独立分队,然后发给他们武器。

可是,第二天就有三分之一的新兵消失得无影无踪,往后,人数仍会一天天减少。要是给他们发放靴子,那真是一件大蠢事,再说也没有那么多的靴子可发。于是,上面发了一道命令:应征入伍者必须自备鞋袜。这道命令的效果是惊人的:不知道这些新兵从哪儿弄来那些只有用铁丝或者绳子,才能绑在脚上的破破烂烂的鞋子。

于是,只好让他们赤着脚来参加检阅。

步兵的后面是一字排开的戈卢布的骑兵团。

骑兵挡住了严严实实的好奇的人群:大家都想看这次检阅。

大头目要亲自驾临!这可是城里的稀罕事情,因而谁也不愿放过这个不花钱的参观机会。

教堂的台阶上站着一群校官,神甫的两个女儿,几个乌克兰教师,一帮"自由"哥萨克和微微驼背的市长——总之,都是经过精心挑选的"社会各界"的代表人物。站在他们当中的还有穿着切尔克斯式长袍的步兵总监,他是阅兵式的总指挥。

教堂里,瓦西里神父也穿上了复活节才穿的法衣。

接待彼得留拉的准备工作十分隆重。黄蓝两色旗拿来了,升起了,新兵将面对旗帜举行效忠宣誓。

师长乘着一辆细长的、油漆剥落的福特牌轿车,前往车站迎接彼得留拉。

步兵总监把仪表堂堂、留着两撇精心拳曲的小胡子的切尔尼亚克上校叫上前去:

"带上一个人去检查一下司令部和后勤机关,看看是否都收拾得干净整齐;如果有犯人,您就查问一下,把无关紧要的废物统统赶走。"

切尔尼亚克顺从地将两只靴跟一碰,拉上身旁的军官,骑马疾驰而去。

步兵总监彬彬有礼地问神甫的长女:

"午餐怎么样了?都准备好了吗?"

"是的,警备司令在那儿精心照料呢。"神甫女儿答道,两只眼睛盯着英俊的总监。

突然,人群骚动起来:一个人紧贴在马背上,沿着公路狂奔,他挥着手大声喊道:

"他们来啦!"

"各——就各——位!"总监高声发号施令。

军官们匆忙归队。

当福特牌轿车在教堂台阶旁呼哧呼哧喘气时,乐队奏起了《乌克兰仍在人间》的乐曲。

“大头目彼得留拉本人”跟在师长后面，笨拙地走出了汽车。他中等身材，颧骨突出的脑袋稳稳地安放在紫红色的脖子上，身着用上等近卫军蓝色呢料缝制的短上衣，腰束黄皮带，皮带上的麂皮套中插着一支精巧的勃朗宁手枪，头戴保护色克伦斯基军帽，帽上嵌有用珐琅制作的三叉戟帽徽。

彼得留拉毫无英武之气，看上去，完全不像是个军人。

他脸上挂着某种不满意的神情，听完了步兵总监的简单报告。然后，市长走上前去，对他致欢迎词。

彼得留拉心不在焉地听着，眼光穿过市长的头部，眺望着排列整齐的队列。

“开始检阅吧！”他向总监点头示意。

彼得留拉登上旗杆旁不大的检阅台，向士兵们做了十分钟的演讲。

讲话的内容空洞无力，而彼得留拉讲得也不慷慨激昂，显然，这是旅途疲劳所致。演讲在士兵们公式化的“光荣！光荣！”欢呼声中结束了。彼得留拉走下检阅台，用手帕擦去额上的汗珠，然后在总监和师长的陪同下，检阅部队。

经过新兵队列的时候，他神经质地不断咬着嘴唇，鄙夷地眯起眼睛。

检阅结束前，新兵参差不齐的队伍一排接着一排依次走到黄蓝色旗帜前面，先吻站在旗杆旁的瓦西里神甫手中捧着的《圣经》，再吻旗的一角。就在这时，突然发生了一件意外的事情。

谁也不知道怎么会有一个代表团来到广场，走到彼得留拉面前。富有的木材商布卢夫斯泰因双手捧着面包和盐走在前面，紧跟其后的是百货商店的老板富克斯，另外还有三位大富贾。

布卢夫斯泰因毕恭毕敬地弯下腰去，把托盘献给彼得留拉。站在彼得留拉身边的中校将托盘接了过去。

“国家元首，犹太居民向阁下表示我们最诚挚的感谢和敬意，恭请阁下收下我们的贺书。”

“好。”彼得留拉含糊不清地应了一声，眼光在贺书上匆匆地溜着。

这时，富克斯插话了：

“我们极其恭顺地请求阁下能够允许我们从事经营，保护我们免遭屠杀。”富克斯终于挤出这句难以启齿的话来。

彼得留拉恶狠狠地沉下脸来：

“我的部下从来不搞屠杀，这一点您应当记住。”

富克斯无可奈何地把双手一摊。

彼得留拉气愤地耸了耸一只肩膀，这个来得不是时候的代表团惹怒了他。他转过身去，在他背后站着的是不时咬着黑色小胡子的戈卢布。

“上校先生，他们控告的是您的哥萨克兵。请您弄清情况，采取措施。”彼得留拉说着，转向总监，命令道：“开始检阅。”

倒霉的代表团无论如何也没料到会碰上戈卢布，他们匆忙溜之大吉。

现在，观众全神贯注地观看着检阅仪式开始前的准备。尖锐的口令声响起。

戈卢布不动声色地贴近布卢夫斯泰因，压低嗓门一字一顿地说：

“滚开，你们这班异教徒！否则，我要把你们做成肉饼！”

军乐响了，第一批部队开始通过广场。在从彼得留拉面前走过时，士兵们机械地高呼着“光荣”，然后沿着公路，转向侧面的街道。在队伍的前面是穿着崭新的草绿色军装的中校，他们像散步那样轻松、随意地走着，手里还挥舞着手杖。这种军官摆弄手杖，士兵举着步枪通条的行军式时尚是由西乔夫师开创的。

走在最后面的是新兵，他们步伐混乱，相互碰撞，因而队伍乱糟糟的，很不协调。

赤脚走路的声音轻轻的。中校们使出浑身解数想维持好队伍的秩序，但这是白费心机。在第二连走过来时，右边排头、穿着麻布衬衫的一个年轻小伙子，惊讶地张着嘴巴，盯着大头目，走了神，一脚踩在坑洼里，扑通一声，重重地摔倒在马路上。

步枪滚落下来，撞击在石头上发出哗啦啦的响声。小伙子想站起来，但是后面的人又将他撞倒了。

观看者哈哈大笑。整个队伍都被搅乱了，他们乱七八糟地走过广场。不幸的小伙子抓起步枪，快步赶上了自己的方阵。

彼得留拉转开身去，回避了这个令人不快的场面。没有等到队伍走完，

他就向汽车走去。总监跟在他的身后,谨慎地问道:

“头领阁下不留下用膳吗?”

“不。”彼得留拉不客气地断然拒绝。

谢廖扎·布鲁兹扎克、瓦利娅和克里姆卡也在教堂高高的围墙后面,挤在人群中间观看检阅。

谢廖扎双手紧紧握住铁栏杆,他那充满仇恨的眼睛盯着行走在下面的队伍。

“瓦利娅,我们走吧,杂货铺就要收摊了。”谢廖扎离开铁栏杆时,用挑衅的口气大声说道,好让所有的人都能听见。大家都回过头来惊讶地看着他。

他却毫不在乎地向栅栏门走去,跟在他后面的是瓦利娅和克里姆卡。

切尔尼亚克上校带着哥萨克大尉奔到警备司令部门前,从马上跳了下来,把马交给了勤务兵。他们快步走近警卫室。

“司令在哪儿?”切尔尼亚克对勤务兵厉声问道。

“不知道,”勤务兵懒洋洋地答道,“他出去了。”

切尔尼亚克扫视着这个肮脏的、一点没有收拾的警卫室。警卫室的哥萨克们横七竖八、逍遥自在地躺在被褥凌乱的床上,就在校官进来以后,他们也没有起身的打算。

“这儿简直就是猪圈!”切尔尼亚克吼叫起来。他冲着躺着不动的人大声斥责:“你们干吗都像怀崽的母猪似的躺着?”

有个哥萨克兵坐了起来,打了个饱嗝,然后不客气地闷声闷气地回敬道:

“你吼什么?还轮不到你在我们这儿吼呢。”

“什么?”切尔尼亚克跳到了他的面前,“你在和谁说话,畜生?我是切尔尼亚克上校!听见没有,狗崽子?马上给我爬起来,否则统统吃军棍!”上校在警卫室跑来跑去,大发雷霆。“马上把脏东西统统清扫出去,把床铺收拾好,把你们的鬼脸整出个人样来。看看你们像什么样子?根本不像哥萨克,倒像是大路边的强盗。”

他怒火冲天,无处发泄,猛地一脚踢翻了泔水桶。

大尉也不甘落后，一面破口大骂，一面挺有威力地挥舞着那根由三根带子编成的马鞭，将那些懒鬼赶下床来。

“大头目正在阅兵，说不定还会上这儿来。赶快行动！”

眼看事情变得十分严重，并且真有吃军棍的可能——切尔尼亚克这个名字是无人不晓的，于是，哥萨克们就像被黄蜂蜇了似的，东跑西奔起来。

工作紧张地开展起来了。

“还得去看看犯人的情况，”大尉建议说，“谁知道那儿关了些什么人？如果大头目过来看一看，也许会闹出笑话。”

“钥匙在谁那儿？”切尔尼亚克问当班的，“马上把门打开。”

班长急忙赶上前去，把锁打开。

“司令在哪儿？难道还要让我等他很久吗？马上去找他，让他到这儿来。”切尔尼亚克命令道，“叫卫兵到院子里集合整队……为什么枪没有上刺刀？”

“我们昨天刚来换班。”班长解释说。

说完，他冲向门外去寻找警备司令了。

大尉一脚踹开仓库的门，有几个人从地板上坐了起来，其余的人依旧躺着。

“把门全打开，”切尔尼亚克命令道，“这儿光线太暗。”

他仔细审视着犯人们的脸。

“你是为什么被抓来的？”他严厉地问那个坐在木板床上的老头子。

老头子欠起身来，提了提裤子，他被厉声喝问吓得糊里糊涂，结结巴巴地喃喃说道：

“我自己都不知道。抓来了，那就坐牢了呗。马拴在院子里丢了，其实这又不是我的过错。”

“谁的马？”大尉插话问道。

“公家的。住在我家里的人用马换酒喝了，反而把罪名加在我的头上。”

切尔尼亚克飞快地将老头从头到脚打量一番，不耐烦地耸耸一只肩膀：“收拾好你的东西，从这儿滚出去！”他喊道，一面转向酿私酒的女人。

老头子一下子还不敢相信真的把他放了，他眨巴着视力很弱的眼睛，问那大尉：

“那你们是真的放我走吗？”

大尉点了点头：“滚吧，滚吧，快滚！”

老头匆忙从木板床上解下自己的口袋，侧着身子溜出门去。

“你是怎么被抓进来的？”切尔尼亚克已经在讯问酿私酒的女人了。

女人吞下一口肉饼，用爆豆子似的快语说道：

“长官先生，我被抓进来真是冤枉啊。我是个寡妇，他们喝了我自己酿的酒，结果还让我坐牢。”

“怎么，你是卖私酒的？”切尔尼亚克问。

“哪是卖呀，”女人委屈地说，“司令他拿了我四瓶酒，一个子儿也没给。所有的人都是一个样：光喝酒，不付钱。这算是做买卖？”

“够啦，收拾你的东西见鬼去吧。”

女人没要他重复这个命令，抓起篮子，感激地弯着腰，向门边退去：

“长官先生，愿上帝保佑您健康长寿。”

多林尼克瞪着眼睛看着这出喜剧。犯人们都不清楚这是怎么回事，但有一点明明白白：来人是有权处置犯人的大官。

“你是怎么回事儿？”切尔尼亚克问多林尼克。

“站起来回上校老爷的话！”大尉吼道。

多林尼克慢慢地、艰难地从地上站起身来。

“我在问你是为什么坐牢的！”切尔尼亚克又问一遍。

多林尼克对着上校拳曲的小胡子，刮得干干净净的脸，而后又对着他那顶崭新的、嵌有珐琅质帽徽新军帽的帽檐看了片刻，脑中闪过一个令人兴奋的念头：“万一能混过去呢？”

“我是因为晚上八点钟以后在街上走路被抓的。”他想出这个理由，就说了出来。

他等待着对方的反应，心情极其紧张。

“你干吗夜里在外面乱逛？”

“不是夜里，才十一点左右。”

说这话的时候，他心里不敢相信居然有可能蒙混过关。

当听到简短的一声：“开路吧。”他的双膝颤抖了一下。

多林尼克匆忙向门外走去，连上衣都忘记拿了。这时，大尉已经在查问下一个人了。

保尔是最后一个。他坐在地板上，眼前发生的一切使他感到莫名其妙：他甚至都没搞清楚，多林尼克怎么也被放了。他搞不明白这是怎么回事。所有的人都被放了。多林尼克，多林尼克……他说，他被捕的原因是在外面走路……保尔终于明白了。

上校开始用老一套的问话审问瘦削的泽尔策尔：

"你是为什么被捕的？"

面色苍白、心情焦躁不安的理发匠冲动地说：

"他们说我搞煽动，我真不明白，我算搞了什么煽动。"

切尔尼亚克警觉起来：

"什么？煽动？你煽动什么？"

泽尔策尔不解地把双手一摊：

"我不知道。我只不过说有人让大家在代表犹太人递给总头目的请愿书上签名。"

"什么请愿书？"大尉和切尔尼亚克向泽尔策尔逼近一步。

"请求不要再搞屠杀。你们知道，我们这儿有极可怕的屠杀，老百姓都很害怕。"

"明白了。"切尔尼亚克打断了他的话。"我不会给你们写请愿书的，犹太鬼！"他转向大尉，吩咐说："这个家伙必须送得远远的。把他押到总部去。我要亲自和他谈谈，看看到底是谁要递请愿书的。"

泽尔策尔还想分辩，但大尉把手猛地一挥，鞭子抽在泽尔策尔的背上。

"住口，你这畜生！"

泽尔策尔疼得扭曲着身子，倒在角落里。他的双唇颤抖着，拼命忍住，才没有号啕大哭。

这时，保尔站了起来：仓库里的犯人只剩下他和泽尔策尔了。

切尔尼亚克站在保尔面前，黑色的眼睛打量着他。

"喂，你是怎么给关进来的？"

上校立即听到了回答：

"我从马鞍子上割下一块皮，做了鞋底，就为这个，哥萨克兵把我带到这儿来了。”满怀着获得自由的强烈愿望,他又补充说道:“我要是知道,这是不许可的……”

上校漫不经心地看了看保尔:

“鬼知道这个警备司令搞的什么名堂,净抓这些人!”他转身向门边走去,并大声说道:“你可以回家了。告诉你父亲,让他好好揍你一顿。好了,快走吧!”

保尔简直不相信这是真的,激动的心几乎要跳出胸膛,他抓起多林尼克忘在地上的上衣,向门边冲去。他跑过警卫室,从正在向外走去的切尔尼亚克身后溜进院子,再从院子的小门来到大街上。

仓库里只剩下一个不幸的泽尔策尔,忧愁与孤寂揪着他的心。他环顾四周,本能地向门口走了几步,但一个哨兵走进警卫室,关上仓库的门,落了锁,然后就在门边的凳子上坐了下来。

切尔尼亚克在台阶上得意地对大尉说:

“幸好我们到这儿来看了看。瞧,这儿净关着一些废物,我们真该把那警备司令关上两个星期。怎么样,我们走吧?”

院子里,班长已经集合好自己的队伍。一见上校出来,他跑上前去报告:

“上校先生,一切照您的吩咐,集合完毕。”

切尔尼亚克一只脚踩进马镫,轻捷地跳上马鞍;大尉折腾了半天才跨上那匹有恶习的马。切尔尼亚克拉紧缰绳,对班长说:

“告诉司令,我把他塞在这儿的那些废物统统放了。你对他说,就凭他在这儿的所作所为,我要关他两个星期的禁闭。牢里还关着一个人,马上把他押到总部,加强警卫。”

“是,上校先生。”班长举手敬礼,答道。

上校和大尉用马刺驱马,向广场疾驰而去。广场上,阅兵式已近尾声。

保尔一口气跳过七道栅栏后停下了:他再也没有力气往前跑了。

在那又闷又湿的仓库里饿了这些天,他的身体变得衰弱了。现在不能回家;到布鲁兹扎克家去也不行:万一被人知道了,那他们全家都要遭殃。究竟到哪儿去呢?

他不知道该怎么办，只管向前跑着，跑过许多菜园和庄园的后院，直到胸脯撞在一道栅栏上，他才清醒过来。定睛一看，他愣住了：在高高的木栅栏后面就是林务官家的花园。他那疲倦的双腿最终把他带到这儿来了！莫非是他自己打算跑到这儿来的？不是。

那他怎么恰恰就跑到林务官家的庄园来了呢？

这是无法回答的问题。

应当找个地方喘口气，然后考虑下一步的去处；花园里有一座木凉亭，在那儿谁也不会看见他。

保尔纵身一跳，用一只手抓住木板的顶端，攀上栅栏，翻身溜进花园。他回头看了看那树群后面隐约可见的住宅，向木凉亭走去。可是凉亭的四面几乎都是敞着的；夏天还有野葡萄藤缠绕遮掩，现在处处都是光秃秃的。

他正要转回木栅栏那儿去，但为时已晚：在他身后传来了疯狂的狗吠声。一条大狗离开屋子，沿着落满树叶的小道向他冲了过来，威严的叫声响彻整个花园。

保尔做好了自卫的准备。

大狗扑了上来，被保尔一脚踢了回去。但这条大狗又想扑上前去。很难预料，这场搏斗将如何收场，幸好这时传来了保尔熟悉的、银铃般的叫声：

“特列佐尔，回来！”

在小路上跑着的是冬妮亚，她抓住特列佐尔颈上的皮带圈把狗拉开，对靠在栅栏旁的保尔说：

“您怎么跑到这儿来啦？狗会咬着您的。幸好我……”

她顿时愣住了，两只眼睛瞪得大大的：这个不知从哪儿冒出来的青年多么像保尔啊！

栅栏旁的身影稍稍动了一下，轻轻地问：

“你……您不认识我了吗？”

冬妮亚欢快地叫喊一声，一个箭步冲到保尔面前：

“保夫鲁沙，是你呀！”

特列佐尔把冬妮亚的叫声当作攻击的信号，它猛地一跳，向前蹿了过来。

“走开！”

特列佐尔被冬妮亚踢了几脚,委屈地夹起尾巴,拖着步子慢慢向庄园走去。

冬妮亚握住保尔的双手,问:

“你自由啦?”

“你都知道啦?”

冬妮亚抑制不住内心的激动,急促地答道:

“我都知道,是丽莎告诉我的。那你怎么会在这儿?他们把你放了吗?”

保尔疲乏地回答说:

“他们搞错了才放我走的,我是跑出来的。大概现在已经在搜捕我了。我是无意间跑到这儿来的,想在凉亭里休息一下。”接着,仿佛道歉似的,他又补充说:“我实在太累了。”

怜悯,炽热的柔情,惊恐和欢乐一起袭上冬妮亚的心头,她握住保尔的双手,对他看了一会儿,说:

“保夫鲁沙,亲爱的,亲爱的保尔,我的可爱的好人儿……我爱你……你听见了吗?……你真是个犟孩子,那次你为什么要走呢?现在你到我们家去,到我那儿去,我无论如何也不放你走了。我们这儿很清静,你需要住多久就住多久。”

保尔没有应允,他摇了摇头:

“如果他们在这儿搜到了我,会造成什么后果?我不能到你们家去。”

冬妮亚更紧地握住保尔的手指,她的睫毛颤动着,双眼闪着泪花:

“如果你不去,那你以后别想再见到我。现在,阿尔青也不在家,他被押着去开火车了,所有的铁路工人都被征用了。你能到哪儿去呢?”

保尔明白她的担心,但又怕连累他心爱的姑娘。连日来的遭遇使他身心疲惫,真想休息一下,加之饥饿难当,他终于答应了。

保尔已经坐在冬妮亚房间的沙发上了。这时,冬妮亚正在厨房里与妈妈谈话:

“妈妈,我有事告诉你。现在,保尔正在我房间里坐着,你记得吗?就是我的那个同学。我什么都不瞒你。他被捕过,因为他放走了一个布尔什维克水手。现在他跑出来了,但又没地方可去。”她的嗓音颤抖了。“我求求你,妈妈,现在就让他住在我们家吧。"①

冬妮亚以恳求的目光看着妈妈。

妈妈以探究的目光注视着女儿的眼睛:

"好的,我不反对。那你把他安排在哪儿呢?"

冬妮亚的脸上泛起红晕,她难为情地、激动地答道:

"我把他安排在我房间里的沙发上,暂时可以不惊动爸爸。"

冬妮亚的母亲直视着女儿的眼睛:

"这就是你流泪的原因吗?"

"是的。"

"他还完全是个孩子。"

冬妮亚不安地扯着衬衫的袖子:

"是的。但是,如果他不逃出来,他们照样会把他当作大人枪毙的。"②

保尔的到来使冬妮亚的母亲叶卡捷琳娜·米哈伊洛夫娜十分担心。他被捕过,可冬妮亚显然十分喜欢他,而她对保尔的情况又一无所知,这些都令她苦恼不安。

冬妮亚却像主人一样,热情地张罗起来:

"妈妈,他该好好洗个澡了,我现在就去准备,他实在脏得就像个烧大炉的了;他已经很长很长时间没有洗脸了。"

她来回忙碌着,烧水,准备衣服,然后不做任何说明,拉住保尔的手,就把他拖进浴室。

"你要把身上的衣服全部脱掉。换的衣服在这儿。你的衣服该洗了。你就穿这一套。"她指着椅子说,那儿放着叠得整整齐齐的白色条纹领子的蓝色海军衫和喇叭裤。

保尔吃惊地四处看看。冬妮亚笑嘻嘻地说:

"这是我化装用的衣服,你穿起来一定合适。呶,快洗吧,我走了。趁你洗澡,我去准备点吃的。"

她砰的一声把门关上。保尔只好服从,他迅速脱下衣服,钻进澡盆。

① 见附注9。

② 见附注10。

一小时以后，女儿、母亲和保尔三人一起坐在厨房里吃饭。

饿了好几天的保尔不知不觉已经吃完了第三盘。起初，在叶卡捷琳娜·米哈伊洛夫娜面前还有点拘谨，后来看到她态度热情，也就感觉自在了。

吃完饭，他们一起聚在冬妮亚的房间里。保尔应叶卡捷琳娜·米哈伊洛夫娜的要求，把自己受磨难的经过讲述了一遍。

"那您打算今后怎么办呢?"叶卡捷琳娜·米哈伊洛夫娜问。

保尔思忖了片刻，说：

"我想见见阿尔青，然后离开这里。"

"去哪儿?"

"我想去乌曼，或者去基辅，自己也不清楚，不过，一定要离开这里。"

保尔不敢相信，一切竟变化得如此迅速：早晨还蹲在牢里，可现在却和冬妮亚坐在一起，身上穿着干干净净的衣服，最主要的是——他已经获得了自由。

生活有时就是这样变幻莫测，一会儿阴云密布，一会儿阳光灿烂。如果不是存在着再次被捕的危险，那他现在真是个幸福的小伙子。

然而，正是现在，当他坐在这宽敞、安静的屋子里时，他仍有被捕的可能。必须离开，不能留在这里。

可是，他真舍不得离开这儿。该死！以前读英雄加利波第的传记时多么带劲！当时他多么羡慕这位英雄，因为他的一生艰难困苦，在世界各地遭到搜捕。而他，保尔，在可怕的磨难中才度过七天就仿佛过了一年似的。

看来，保尔并不是什么了不起的英雄。

"你在想什么呢?"冬妮亚弯下身子，问他。保尔觉得她的那对暗蓝色的眼睛深不可测。

"冬妮亚，要我告诉你赫里斯季娜的事情吗? ……"

"讲吧。"冬妮亚愉快地说。

"……她就再也没有回来。"保尔艰难地说出最后这句话。

房间里静得只听见时钟有节奏的嘀嗒声。冬妮亚低着头，拼命咬住嘴唇，不让自己哭出声来。

保尔看了看她。

“我今天就得离开这里。”他坚决地说。

“不,不,你今天哪儿也不去!”

她那纤细、温暖的手指插进保尔蓬乱的头发,温柔地抚弄着……

“冬妮亚,你要帮帮我。你要到机务段去打听一下阿尔青的情况,再送张条子给谢廖扎。我有一支手枪放在老鸦窝里。我不能去拿,但谢廖扎该去把它拿出来。你能办成这些事吗?”

冬妮亚立起身来。

“我马上就去找丽莎,再和她一起到机务段去。你写条子吧,我去送给谢廖扎。他住在哪儿?如果他想见你,要不要告诉他你在哪里?”

保尔考虑了一下,回答说:

“让他晚上亲自送到花园里来吧。”

冬妮亚很晚才回到家中,保尔已经呼呼入睡了。冬妮亚的手刚一碰他,他就醒了。冬妮亚高兴地笑着:

“阿尔青马上就来。他刚刚回来。丽莎的父亲为他做保,才放他出来一个小时。机车就停在车库里。我不能告诉他你在这里,我只告诉他,有重要的事情转告。瞧,他来了。”

冬妮亚跑去开门。阿尔青简直不敢相信自己的眼睛,一动不动呆在门口。阿尔青进来以后,冬妮亚把门关上,这样,躺在书房里害伤寒病的父亲就听不见他们的谈话了。

阿尔青张开双臂把保尔紧紧搂在怀里,弄得保尔的骨头都咯咯响了。

“好兄弟,亲爱的保尔!”

最后决定保尔第二天动身。阿尔青设法把他送到谢廖扎的父亲老布鲁兹扎克的机车上,随车去卡扎京。

生性刚强的阿尔青因兄弟下落不明,极为兄弟担心,心神不定,痛苦不堪。现在,他简直高兴极了。

“就这样,明天早晨五点钟你到材料库去。火车头在那儿上完木柴,你就坐上去。真想和你再聊会儿,但我该回去了。明天我送你。我们已被编成铁路员工大队,就像德国鬼子在的时候一样,总是受到监视。”

阿尔青告别后就走了。

暮色很快降临，谢廖扎该到花园里来了。保尔等着他，在昏暗的房间里来回走动。冬妮亚和她的母亲待在她父亲那儿。

保尔和谢廖扎在黑暗中见了面，他们紧紧握住对方的手。和谢廖扎一起来的还有瓦利娅。他们轻声交谈着。

“手枪我没能拿来。你家院子里尽是彼得留拉的人，还停着一辆马车，架起木柴生了火。根本不可能爬到树上去。真是倒霉。”谢廖扎解释说。

“随它去吧，”保尔安慰他说，“也许这样更好些：路上万一给查出来，会掉脑袋的。不过，你一定要把枪拿走。”

瓦利娅走到他的面前：

“你什么时候动身？”

“明天，瓦利娅，天一亮就动身。”

“你说说，你是怎么逃出来的？”

保尔低声地、迅速地把经过情况告诉了他们。

他们很亲热地相互告别，谢廖扎没有开玩笑，他心里不是滋味。

瓦利娅克制住自己，难过地说：“保尔，一路平安！别忘了我们。”

他们走了，很快消失在夜幕之中。

房间里寂静无声，只有时钟发出嘀嗒、嘀嗒清晰的响声。保尔和冬妮亚都没有睡意，因为再过六小时他们就要分别，也许这就是永别。难道在这短短的时间内，他们能够完全倾吐各自心中的千言万语吗？

青春，无限美好的青春！这时，朦胧的情欲刚刚萌动，只在激烈的心跳之中模糊地感觉到它；这时，无意间碰及女友的胸脯，手会惊惧地颤抖并急忙移开，而青春的友谊是道堤坝，拦住最后一步的行动！还有什么能比心爱的姑娘搂着脖子的双手使人更感到亲切？！还有姑娘的吻，那炙热的、犹如电击般的热吻！

这是他们相识以来的第二个吻。除了母亲，没有人爱抚保尔，相反，他却常常挨打挨骂，因此，这种温存给他留下更深的印象。

在残酷的、备受折磨的日子里保尔不知道什么是欢乐，而这个偶然邂逅的姑娘就是他最大的幸福①。

---

① 见附注 11。

他嗅到她头发上的气味,仿佛也看见了她的眼睛。

“我真爱你,冬妮亚! 可我说不出来,我不会说。”

他的思绪迷乱了,停止了:多么柔顺的身体! ……然而,青春的友谊超过一切。

“冬妮亚,等这种混乱的局面结束,我一定会成为一个电工。如果你不拒绝,如果你确实是认真的,不是闹着玩的,那我将是你的好丈夫,我决不会打你。如果我欺负你,那我就不得好死。”

他们不敢搂着睡觉,生怕被母亲看见,会引起她的猜疑,就分开了。

他们信誓旦旦,表示永不相忘,然后渐渐进入梦乡。这时,天已破晓。

清晨,叶卡捷琳娜·米哈伊洛夫娜叫醒了保尔。

他顿时跳起身来。

保尔在浴室里换上自己的衣服,蹬上靴子,披上多林尼克的短外衣。这时,母亲已经叫醒了冬妮亚。

他们在潮湿的晨雾中飞快地向车站走去,又绕过车站走到柴堆那儿。阿尔青在已经装满木柴的机车旁等着他们,心里已经着急了。

威武的机车头在嗤嗤作响的蒸汽中慢慢开了过来。

布鲁兹扎克在机车里朝窗外张望着。

他们急忙告别。保尔紧紧抓住机车台阶上的铁扶手爬了上去。他转回身来:岔道口上站着两个熟悉的身影——高大的阿尔青,在他身旁的是苗条、娇小的冬妮亚。

晨风猛烈地来回拽动着她的衣领,吹拂着她那栗色的鬈发。她在向他挥手。

阿尔青偷眼看看忍住哭泣的冬妮亚,深深叹了口气:

“要不我是个大傻瓜,要不就是这两个人出毛病了。嗨,保尔,真有你的,你这个小子!”

列车已经转过弯去,阿尔青转身对冬妮亚说:

“呶,怎么样? 咱们可以算是朋友了吧?”冬妮亚纤细的小手立时握在他那宽厚的手掌中。

远处传来火车加快速度的轰隆声。

第7章

整整一个星期,被壕沟和蜘蛛网般的带刺铁丝网围绕的舍佩托夫卡城日夜处于轰隆隆的枪炮声中,只在深夜里才能得到片刻的宁静;但这片刻的宁静偶尔又被令人胆战心惊的射击声打破,那是敌对双方在互相刺探对方的秘密。清晨,车站上的炮位旁边又忙碌起来。大炮张着黑洞洞的大嘴,不断发出凶狠、可怕的吼声。士兵又匆忙将另一组炮弹填入它的口中。炮手拉动发火栓,大地随之震动起来。炮弹呼啸着飞向离城三俄里远的、被红军占领的乡村,落下来发出震耳欲聋的爆炸声,掀起大块大块被炸碎的泥团。

红军的炮队设在古老的、波兰式修道院的院子里。这座修道院坐落在村子中央高高的土丘上。

炮队政委扎莫斯金同志惊跳起来。他刚才枕着炮架睡了一觉。他紧一紧挂着沉甸甸手枪的腰带,留神倾听炮弹的呼啸,等它爆炸。接着,他在院子里大声喊道:

“明天再接着睡吧！同志们,起床——!”

炮兵们都睡在大炮旁边,他们像政委一样敏捷地跳了起来。只有西多尔丘克一人不乐意地抬起睡眼惺忪的脑袋,懒洋洋地不想起身。

“这帮畜生,天还没亮,就汪汪乱叫。真是群讨厌的东西。”

扎莫斯金哈哈大笑起来:

“西多尔丘克,这帮家伙太不自觉,也不考虑考虑,你还没睡够呢。”

西多尔丘克不满意地嘟囔着起身了。

几分钟之后,修道院里炮声轰鸣,炮弹在城里爆炸了。一个彼得留拉军官和电话兵挤坐在瞭望台上，这座瞭望台是用木板在糖厂高耸的烟囱上搭成的。

他们是从烟囱里面的铁架子爬上去的。

整个城市犹如托在掌上一般清楚分明，他们就从这儿指挥炮兵射击。他们能够看见围城红军的每个行动。今天，布尔什维克特别活跃，从望远镜中可以监察到红军各个部队的动静：一列装甲列车不停地扫射着，同时沿着铁路线缓慢地驶向波多尔站。装甲列车的后面是步兵散兵线。红军多次发起进攻，意欲攻下这座小城，但西乔夫的部队隐蔽在战壕内，死守道口，各个战壕都喷射出猛烈的炮火，周围一片疯狂的枪声。在冲锋的时候，枪声更加密集，汇成一片怒吼。布尔什维克在这枪林弹雨之中，经受不住非人的紧张局面，又撤退下来，战场上只留下僵硬的尸体。

今天对小城的攻击越来越顽强，愈来愈频繁，密集的炮声掀起阵阵气浪。从糖厂烟囱的高处可以清楚地看到，布尔什维克散兵线匍匐在地；虽然磕磕绊绊，但却不可阻挡地向前推进着，他们几乎就要占领车站了。西乔夫师调集所有兵力投入战斗，但仍然堵不住车站上打开的缺口。布尔什维克战士已经置生死于度外，他们奋不顾身地冲入车站附近的街道。经过短促、拼死的战斗，红军把守卫车站的西乔夫师三团的士兵打得落花流水，他们从最后的阵地——城郊的花园和菜园里退出，慌慌张张、七零八落地向城里狼狈逃窜。红军部队不给他们以喘息的机会，以刺刀相拼，扫清了敌人的零星阻击部队，最后占据了所有街道。

谢廖扎全家和近邻一起躲在地窖里。但是现在任何力量也无法阻挡谢廖扎，他一定要出去。尽管母亲再三阻拦，他还是跑出了阴森森的地窖。萨盖达奇内号装甲车正轰隆隆地从他家门前驶过，边逃边向四周扫射。跟在装甲车后面纷纷逃窜的是惊慌失措的彼得留拉败兵。有个西乔夫部队的匪兵跑进了谢廖扎家的院子，慌慌张张地卸下子弹袋，扔掉钢盔和步枪，翻过栅栏，躲进菜园子里去了。谢廖扎决心看看外面的情况。彼得留拉士兵在通向西南车站的马路上跑着，装甲车掩护他们退却。通往城里的公路空空荡荡。突然，一名红军战士跳上大路，卧倒在地，向公路的另一端射击。接着又出现了第二个、第三个……谢廖扎看见他们弯着身子，边走边开枪。其中有个皮肤黝黑、两眼通红的中国人，他只穿一件衬衫，腰缠机枪子弹带，双手举着手榴弹，毫无隐蔽地跑着；手提轻机枪、冲在最前面的红军战士还是个稚气未脱的年轻人。这是打进城里的第一批红军战士。谢廖扎顿时心花怒放。他奔上公路，扯着嗓门使劲高喊：

“万岁，同志们！”

由于他突然冲了过来，那个中国人差点将他撞倒。中国人正要狠狠地向谢廖扎扑过去，但看到他脸上兴奋的神情，就站住了。

“彼得留拉的人跑到哪儿去啦？”中国人气喘吁吁地冲着他问道。

然而，谢廖扎已经顾不上听他讲话。他飞快地跑进院子，抓起西乔夫败兵扔下的子弹带和步枪，又奔过去追赶队伍。直到攻进西南车站时，他才被人发现。那时，部队已经截住几列满载武器和弹药的列车，把敌人赶进了树林，正在驻地休息、整顿。年轻的机枪手走近谢廖扎，惊奇地问：

“同志，你从哪儿来的？”

“我是本地人，就住在城里。早就盼着你们来啦。”

红军战士团团围住了谢廖扎。

“我认得他，”中国人高兴地笑着说，“就是他大声喊的：同志们，万岁！他是布尔什维克，自己人，小伙子，好样儿的！”他赞许地拍拍谢廖扎的肩膀，补充说道。

谢廖扎的心欢乐地跳着：他们已经把他当作自己人了，他和他们一起为争夺车站与敌人拼了刺刀。

小城活跃起来。受尽折磨的居民从地下室和地窖里爬了出来，冲到门边，去看进城的红军队伍。安东尼娜·瓦西里耶夫娜和瓦利娅发现了行进在红军队伍中的谢廖扎。他没戴帽子，腰间束着子弹带，肩上挎着步枪。

安东尼娜·瓦西里耶夫娜两手轻轻一拍，又急又恨。

谢廖扎，她的儿子，居然也参加打仗了。呵，这会惹麻烦的呀！背着枪，在全城人面前大摇大摆，这还了得！以后可怎么办呢？

想到这些，安东尼娜·瓦西里耶夫娜无法克制自己，大声叫喊起来：

“谢廖扎，你给我回去！马上回家！坏小子，看我不好好收拾你！要打仗，到我这儿来打吧！”说着，她向儿子走去，要把他拉下来。

但是，谢廖扎，她的那个不止一次被她揪耳朵的谢廖扎却威严地瞅她一眼，又羞又恼地涨红了脸，断然回绝：

“别叫！我就在这儿，哪儿也不去！”他脚不停步地走过去了。

安东尼娜·瓦西里耶夫娜勃然大怒：

“好啊！你就是这样和你的娘老子说话！看你以后再敢跨进家门。”

“那我就不回去。”谢廖扎头也不回地大声说道。

安东尼娜·瓦西里耶夫娜不知所措地站在路边。这时，一队队晒得黝黑、满身尘土的战士正从她的身边走过。

“大妈，别哭，我们还要推你的好儿子当政委呢！”一个洪亮的嗓音打趣地说。

队伍里响起愉快的笑声。前面传来嘹亮、和谐的歌声：

同志们，勇敢向前进，
在斗争中百炼成钢，
为开辟自由的道路，
挺起胸膛走上战场！

整个队伍应声附和，歌声高亢、响亮。在这雄壮的歌声中，也有谢廖扎嘹亮的嗓音。他找到了新的家庭，而在这个新的家庭里，他也是战斗的一员。

列辛斯基庄园的大门上钉着一块白色硬纸板，上面写着简短的三个字“革委会”。

旁边贴着一张火红色的宣传画，画面上的红军战士逼视着观看者，并用一只手指指着他，下面的标题是：

“你参加红军了吗？”

夜里，政治部的工作人员将这些不开口的宣传员张贴在墙上，同时贴出了革委会的第一号告舍佩托夫卡全体居民书：

同志们：

无产阶级军队已占领本市，苏维埃政权已恢复。全体居民不必惊慌，血腥的刽子手已溃逃。为了不让他们卷土重来，为了把他们彻底消灭，希望你们踊跃参加红军，全力支持劳动人民政权！本市军权属卫戍司令部司令员，政权属革命委员会。

革命委员会主席
多林尼克

在列辛斯基庄园里进进出出的都是新人。昨天,多少人为“同志”这个字眼流血牺牲;今天,这个称呼已经随处可闻。“同志”——这是多么激动人心的字眼!

多林尼克废寝忘食地工作着。

这个木匠正忙着筹建革命政权。

别墅里一个小房间的门上贴着一张纸条,上面用铅笔写着:“党委会”。在这儿工作的是伊格纳季耶娃,她是一位冷静、沉着的女同志,政治部委派她和多林尼克组织苏维埃政权。

仅仅过去了一天,工作人员已经坐在桌旁干起来了,打字机嗒嗒嗒地响着,粮食委员会也已成立。粮食委员特日茨基是个灵活、急性子的人,他以前是糖厂的助理技师。在苏维埃政权建立之初,他就以波兰人的执着无情揭露、猛烈抨击隐藏在工厂管理部门中那些内心仇视布尔什维克的上层贵族分子。

在全厂大会上,特日茨基义愤填膺地用拳头敲着讲台的栏架,慷慨激昂地用波兰语对在场的工人们说:

“当然,过去的时代已经一去不复返了,我们的父辈和我们自己,一生一世为波托茨基当牛做马的日子受够了。我们为他们建造宫殿,而显贵的伯爵大人对我们的回报少得可怜。他让我们饿着肚皮,却又不至于饿死,好替他们卖命。要让我们忍饥挨饿地替他们卖命。

“波托茨基伯爵和桑古什卡公爵家族骑在我们的脖子上作威作福已经多少年啦?难道我们波兰人不是和俄罗斯人、乌克兰人一样,有许多人都受波托茨基的压迫吗?可是现在,伯爵老爷们的走卒却在这些工人中间散布谣言,胡说什么苏维埃政权的铁拳将要用来对付波兰人。

“这是可耻的诽谤,同志们!各个不同民族的工人还从未获得过像今天这样的自由。

“所有的无产者都是亲兄弟,而那些贵族老爷们,请你们相信,我们是要给他们点厉害瞧瞧的。”

他用手在空中画了个圆弧，又使劲敲了一下讲台的栏架。

“是谁挑拨我们的民族关系？是谁要迫使我们的弟兄流血？自古以来，国王和贵族就唆使波兰农民去攻打土耳其人，总是一个民族去袭击、去毁灭另一个民族，造成多少冤死的灵魂，造成多少苦难！究竟是谁需要这样做？难道是我们吗？如今，这一切很快就要结束了，这些坏蛋的末日已经来临。布尔什维克已向全世界提出使资产阶级胆战心惊的口号——全世界无产者，联合起来！只有各国工人都成为亲兄弟，我们才能得到解放，我们才能期望过上幸福的生活。同志们，参加共产党吧！

“波兰也会建立共和国的，但必须是苏维埃共和国，没有波托茨基之流的共和国。他们将被彻底消灭。苏维埃的波兰由我们当家做主。你们谁不认识布罗尼克·普塔希茨基？革委会已经任命他为我们工厂的委员了。不要说我们一无所有，我们要做天下的主人！同志们，我们也会有快乐幸福的日子！千万不要听信这些隐蔽在暗处的毒蛇的鬼话！只要我们工人阶级相互信任，我们就能将全世界各民族紧密地团结起来！”

这些新鲜的话语是一个普通工人出自内心深处的、纯朴的呼声！

当他走下讲台的时候，青年人报以热烈的欢呼声。年长者却不敢溢于言表。谁知道呢？也许明天布尔什维克又撤退出去，那时就得为自己的每一句话付出代价，即使不被推上绞架，也一定会被工厂开除。

教育委员是身材瘦削而匀称的中学教师切尔诺佩斯基。目前，在本地教育界只有他一人忠于布尔什维克。革委会的对面驻扎着特别大队，队里的红军战士担任革委会的警卫工作。晚上，在花园里，在大门的前面架着一挺装好子弹带的、虎视眈眈的马克沁机枪，旁边是两个端着步枪的战士。

伊格纳季耶娃同志来到革委会。一个年轻的小红军战士引起她的注意。她上前问道：

“同志，您多大啦？”

“快十七了。”

“是本地人吗？”

小战士愉快地微笑着：

“是的，我是前天打仗时才参军的。”

伊格纳季耶娃仔细地打量着他。

“您的父亲是干什么的?”

“火车副司机。”

这时,多林尼克和一个军人走了进来。伊格纳季耶娃对他说:

“瞧,我为共青团区委找到了领头的,他是本地人。”

多林尼克迅速地将谢廖扎打量一番。

“你是谁家的孩子?”

“布鲁兹扎克家……”

“呵,是扎哈尔的儿子!好,你就干吧,把小兄弟们拢在一起。”

谢廖扎惊讶地看看他们,说:

“那大队的事情怎么办?”

多林尼克已经跨上台阶,他匆匆答道:

“这件事由我们安排。”

第二天下午,乌克兰共产主义青年团委员会就成立了。

新的生活来得突然而迅速,它占据了谢廖扎的整个身心,把他卷入旋涡之中。谢廖扎把自己的家完全抛诸脑后,虽然他的家就在附近。

他,谢廖扎·布鲁兹扎克,已经是布尔什维克的人了。他无数次从口袋里掏出乌克兰共产党(布)印制的小白卡,上面写着:“谢廖扎,共青团员,团区委书记。”如果还有人表示怀疑,那么,在他的制服外面的皮带上还挂着令人肃然起敬的带帆布枪套的手枪——这是好朋友保尔送给他的礼物,这是最具说服力的委任状。真可惜,保夫鲁沙不在这里。

谢廖扎为执行革委会的各项指示日夜奔波。这时,伊格纳季耶娃正在等他,他们要一起去火车站,到政治部领取发给革委会的书报和宣传品。他急忙来到街上,政治处的一名工作人员已经备好小汽车,在那里等候着他们。

到达车站的路程很远。苏维埃乌克兰一师的司令部和政治处就设在车站上的列车内。伊格纳季耶娃利用路上的时间详细询问了谢廖扎的工作情况:

“你在自己的部门做了哪些工作?组织建立起来了吗?你应当对你的朋友,那些工人子弟多做宣传鼓动工作。要在最短的时间内建立共产主义青年小组。明天我们就起草一份共青团宣言,把它打印出来。然后把青年人召集到剧院去召开一次大会。还有,我要介绍你和政治部的乌斯季诺维奇同志认识认识,她好像是做你们青年工作的。”

丽达·乌斯季诺维奇原来是一个十八岁的姑娘,乌黑的头发短短的,穿着一件崭新的茶色制服,腰间束着细细的皮带。谢廖扎从她那儿学到许多东西。她还答应帮助他开展工作。分手时,她给他一包书籍、宣传品,还特意送给他一本小册子——共青团的纲领和章程。

当他们回到革委会的时候,天已经很晚了。瓦利娅一直在花园里等他。见到谢廖扎,她就冲着他责怪起来:

“你真不害羞!怎么,你完全脱离家庭啦?为了你,母亲天天哭,父亲生闷气。这样下去,准要闹得一塌糊涂。”

“瓦利娅,不会的。我实在没有时间回家,真的没时间。今天也去不了。我正好想和你谈谈,走,到我屋里去吧。”

瓦利娅认不出弟弟了,他完全变了。他精神抖擞,仿佛有人给他上足了发条。让姐姐在椅子上坐下,谢廖扎立刻开门见山地说:

“我要你参加共青团。不懂?就是共产主义青年联盟。我是团的书记。不信?呶,拿去看看!”

瓦利娅看了他的证件,不好意思地看看弟弟,说:

“那我在团里做什么呢?”

谢廖扎把双手一摊:

“做什么?怕没事儿干吗?亲爱的姐姐,我忙得连睡觉的时间都没有呢。应当大力进行鼓动。伊格纳季耶娃说,我们要把所有青年人集中到剧院,给他们谈谈苏维埃政权的问题。她说,我应当讲话。我想,这可不行,因为,你知道的,我不会演说。就像通常说的那样,肯定会砸锅。呶,怎么样,你说说,想入团吗?”

“我不知道。如果我也入团,母亲肯定要气疯了。”

“瓦利娅,先别管妈嘛,”谢廖扎反驳道,“这些事情她还搞不清楚,她只想把自己的孩子圈在身边,对苏维埃政权她是不会反对的。相反,她会同情苏维埃。不过,她希望在前线作战的是别人,而不是她的子女。难道有这样的道理吗?你还记得朱赫来怎么对我们说的吗?你瞧保尔,他就不管他的母亲怎么样。现在我们已经有了在世上好好生活的权利。怎么样,瓦利娅,难道你会不愿意?要是你也入团那该多棒!你做女孩的工作,我就做男孩的工作。克里姆卡,那个红毛鬼,今天我就要让他动起来。你到底怎么说,瓦利娅,和我们一道干还是不干?我这儿有本关于这个问题的小册子。"

他从口袋里掏出小册子递给瓦利娅。瓦利娅目不转睛地盯着兄弟,轻轻地问:

"如果彼得留拉的人再打回来怎么办呢?"

谢廖扎还从未考虑过这个问题。

"我嘛,当然和大家一起撤退。不过你怎么办呢?母亲确实会非常难过的。"他沉默了。

"谢廖扎,你把我的名字登记上去,但不要让母亲知道。除了你和我以外,不要让其他人知道。我什么都可以帮你干。还是这样办好一些。"

"你说得对,瓦利娅。"

伊格纳季耶娃走进房间。

"伊格纳季耶娃同志,这是我的姐姐瓦利娅,我们刚刚谈了入团的事情。她倒是很合适的,但是,您知道,母亲那一关不太好过。能不能让她秘密入团?万一我们不得不撤走,我当然拿起枪就跑,但她舍不得母亲。"

伊格纳季耶娃坐在桌边仔细地听着。

"好,这样做更妥当些。"

剧院里挤满了叽叽喳喳的年轻人,他们都是看到城里到处张贴的关于召开集会的告示后跑来的。糖厂工人管弦乐队演奏着乐曲,剧场里多数是中小学生。

他们来到剧院与其说是为了开会,不如说是为了看戏。

帷幕终于升上去了,站在台上的是刚从县里赶来的县委书记拉津同志。拉津个头不大,瘦瘦的,长着尖尖的小鼻子。他的出现吸引了全场的注意,大家带着浓厚的兴趣听他演说。他谈到全国的斗争形势,号召青年人团结在共产党的周围。他像一个真正的演说家,在他的讲话中用了很多诸如"正统马克思主义者""社会沙文主义"等字眼,而听众当然还弄不明白这些概念。演讲结束时,全场报以热烈的掌声。他让谢廖扎接着讲话,自己先退场了。

谢廖扎担心的事情果然发生了：他怎么也说不出话来。“说什么？谈哪方面的事呢？”他苦苦思索，想说，却又找不到话题，因而窘迫不安。

伊格纳季耶娃解救了他：她从讲台后面轻轻地说：

“说说组织支部的事情。”

谢廖扎立即谈起实际工作。

“同志们，演讲的内容你们都已听到了，现在我们应当建立支部。有谁支持？”

会场上一片寂静。

丽达·乌斯季诺维奇跑上前来给他撑腰，她开始向听众讲述莫斯科青年组织的情况。谢廖扎狼狈地站在一边。

到会者对组织支部的冷漠态度令谢廖扎气恼，他不时愤愤地看看大厅里的听众，而听众并没有认真地听丽达讲话。扎利瓦诺夫以蔑视的眼光看着丽达，对丽莎·苏哈里科悄悄低语；坐在前排的高年级女生，鼻子上扑着白粉，狡黠的眼睛东张西望，交头接耳地议论着。在靠近舞台入口的角落里，坐着几个红军战士，其中也有谢廖扎认识的年轻的机枪手。他坐在舞台前沿的栏杆上，不断焦躁地扭动身子，憎恨地注视着打扮入时的丽莎·苏哈里科和安娜·阿德莫夫斯卡娅，这两人正毫无顾忌地与献殷勤的男生打情骂俏。

丽达感觉到听众的心不在焉，于是草草结束了讲话，把讲台让给了伊格纳季耶娃。伊格纳季耶娃讲话从容，语气平和，听众们终于安静下来。

“青年同志们，”她说，“你们每个人都会认真考虑刚才在这里听到的讲话内容。我相信，你们当中一定会有不少同志不是以旁观者的姿态，而是作为积极的参与者投身革命。革命的大门对你们敞开着，参加不参加，取决于你们自己。我们希望你们谈谈自己的看法。愿意发言的同志请到台上来。”

大厅里又是一阵静寂。突然，后排中有人喊道：

“我想说几句。”

长得像头小熊，眼睛微微斜视的米沙·列夫丘科夫挤上前去：

“既然是这么回事，应当给布尔什维克撑腰，我不反对。谢廖扎了解我，我报名参加共青团。”

谢廖扎高兴地笑了。

他立刻冲到台前,说:“同志们!瞧,我说过嘛。米沙是自己人,他的父亲是扳道工,被火车压死了,后来米沙就失学了。别看他中学没有毕业,但对我们的事业,一听就明白了。”

大厅里响起喧哗声,怪叫声。中学生奥库绍夫要求发言,他是药铺老板的儿子,头上有一绺精心卷起的蓬发。他拉拉中学生制服,说道:

“对不起,同志们,我不明白究竟要我们干什么。要我们搞政治!那我们什么时候上学呢?我们总得读完中学吧。如果是组织什么体育协会啦,俱乐部啦,大家可以聚在一起,看看书,那就另当别论了。而搞政治,那以后会掉脑袋的。对不起,我想,不会有人愿意干这种事情的。”

厅内爆发出一阵笑声。奥库绍夫跳下讲台,坐了下来。这时,年轻的机枪手已经站在讲台上了。他怒气冲冲地把制帽往额头上拉了拉,愤怒的目光一排排扫视过去,然后使劲喊道:

“笑什么,你们这帮混蛋!”

他的眼睛仿佛是两块燃烧的煤炭。他深深吸了口气,气得浑身发抖,接着说道:

“我叫伊万·扎尔基。我没爹,也没娘,从小就是无家可归的流浪儿,靠讨饭过日子,晚上就缩在人家的墙根边,忍饥挨冻,从来没有安身的地方,过着猪狗不如的日子,哪能与你们这些娇生惯养的少爷、小姐相比。苏维埃政权建立以后,红军收留了我,把我当作全排的儿子,供我吃穿,教我学文化,最主要的是使我懂得了人生的意义。他们把我培养成一名布尔什维克,我至死不变。现在我有明确的斗争目标:为了我们自己,为了穷人,为工人政权而奋斗。可你们呢?在这儿放肆地大笑,却不知道在城郊还躺着二百个牺牲的同志,他们永远地走了……”扎尔基的嗓音犹如绷紧的琴弦,清脆动听。“他们为了我们的幸福,为了我们的事业,毫不犹豫地献出了生命……全国到处有人流血牺牲,前线也是这样,这种时候,你们倒在这儿逍遥自在。”他突然转过身来对主席团的成员说道:“同志们,你们却指望他们,”他用手指指台下,“找来这么一帮人,难道他们能够理解吗?不可能!饱汉不知饿汉饥嘛。这儿只有一个人愿做我们的同志,因为他是穷人,是个孤儿。”他突然愤怒地冲着大厅里的人喊道:“没有你们,我们照样前进,我们不再乞求别人,我们不需要你们这种人!你们只配挨机枪的子弹!"他气呼呼地喊出最后一句话,就从台上跳了下来,目不斜视地径直向出口处走去。

主席团的成员都没有留下来参加晚会。在去革委会的路上,谢廖扎沮丧地说:

"真是一塌糊涂!扎尔基说得对!找这些中学生来开会,一事无成,反而闹了个不痛快。"

"这也并不奇怪,"伊格纳季耶娃打断他的话,"他们当中几乎没有无产阶级的青年,大多是小资产阶级,或是城里的知识分子,小市民。应当在工人中间进行工作,你要把锯木厂和糖厂作为依靠对象。不过,召开一次大会总还有点好处的,学生当中也有好同志。"

丽达表示同意伊格纳季耶娃的看法,她说:

"我们的任务,谢廖扎,就是把我们的思想、我们的口号灌输到每个人的意识中去。党必须使劳动人民重视每一个新的事件,我们将要多次召开群众大会,讨论会和代表大会。政治部正准备在车站举办夏天露天剧场,这两天宣传车就要来了,到时我们会全力开展工作。您要记住,列宁说过:如果我们不能吸引千百万劳苦大众参加斗争,我们就不能取得胜利。"

夜已经深了,谢廖扎送丽达回车站去。分手时,谢廖扎紧紧握住她的手,过了一会儿才松开。丽达微微地笑了笑。

回城的路上,谢廖扎顺路回家去了一趟。

他默默地忍受了母亲的责骂,没有顶嘴。但是,当父亲开口说话时,他立即转为进攻,顿时把扎哈尔·瓦西里耶维奇说得哑口无言:

"爹,你说说,德国人在家的时候,你们罢工,还在机车上打死了押车的德国兵,当时你为家庭考虑过吗?考虑过的,但你还是这么做了,这是因为你的工人阶级的良心要你这么做。我明白,如果我们必须撤退,因为我的缘故,你们会被搜捕;但如果我们胜利了,那我们就翻身了。我不能待在家里。爹,这一点你很理解,那干吗还要吵吵闹闹呢?我干的是好事,你应当支持我,帮助我,可你还发脾气。爹,我们不要再说了,这样,妈妈也就不会再骂我了。"他温和地微笑着,那对纯净的、碧蓝的眼睛自信地看着父亲。他相信他是正确的。

扎哈尔·瓦西里耶维奇局促不安地坐在凳子上。他的脸上露出了笑容,在好久没有刮的又硬又密的胡须间露出微微泛黄的牙齿。

"你这小子,用良心来压我?你以为你挎上了手枪,我就不能用鞭子抽你?"

不过,他的话中并没有威胁的口气。他不好意思地犹豫片刻,后来,坚定地把粗糙的手伸给儿子,补充说道:

"好好闯吧,谢廖扎,既然已经上了坡,我就不再挡你了。只是不要把我们撇开不管,常回来看看。"

夜。一条亮光从微开的门缝里泻出来,洒在台阶上。在一间摆有柔软的长毛绒沙发的大房间内,五个人坐在宽大的律师桌旁。正在召开革委会会议,参加人员是多林尼克,伊格纳季耶娃,戴着哥萨克皮帽、样子像吉尔吉斯人的肃反委员会主席季莫申科和另外两名委员——傻大个儿、铁路工人舒季克和扁鼻子的机务段人员奥斯塔普丘克。

多林尼克俯身在桌上,固执的目光盯着伊格纳季耶娃,用沙哑的嗓音一字一顿地说:

"前线要给养,工人要吃饭。我们刚来,投机商和市场上的贩子就把物价哄抬上去了。他们不收苏维埃纸币,做生意只用沙皇尼古拉的旧币或者克伦斯基政府发行的纸币。今天我们就要制定固定价格。我们心里都清楚,任何一个投机商都不会愿意按固定价格出售商品,他们必然要把东西隐藏起来。这样,我们就要进行大搜查,把这些吸血鬼囤积的商品全部征收过来,没有讨价还价的余地。我们不能允许工人挨饿的状况继续下去。伊格纳季耶娃同志提醒我们不要做得太过分,我认为,这是她的知识分子软弱性的表现。你别生气,伊格纳季耶娃同志,我是实事求是,有什么说什么。而且,问题的症结并不在那些小商小贩身上。今天我得到消息,在旅馆老板鲍里斯·索恩的家里有一个秘密的地窖。还在彼得留拉匪徒占领本城之前,许多大店主就把大量商品囤积在那里。"他带着嘲讽的微笑,意味深长地看了看季莫申科。

"你从哪儿知道的?"季莫申科慌忙问道。他很沮丧,因为搜集这些情报本来应当是他季莫申科的职责,但多林尼克总是走在他的前面。

“嘿——嘿——”多林尼克笑了。“兄弟,什么都瞒不过我的眼睛。我不仅知道地窖的事情,”他继续说道,“我还知道,昨天你和师长的驾驶员一起喝了半瓶私酒呢。”

季莫申科在椅子上坐不住了,微微泛黄的面孔涨得通红。

“你这神通广大的瘟神!”他只好表示佩服。说着,瞟了一眼双眉紧锁的伊格纳季耶娃,又赶紧缄口不语了。“这个鬼木匠!他有自己的一套肃反班子呢。”季莫申科看看革委会主任,暗自思忖。

“我是从谢廖扎·布鲁兹扎克那儿了解到的,”多林尼克继续说,“他好像有个朋友,以前在餐馆当过伙计,就是这个伙计听厨师们说,以前餐馆里所需要的东西全部由索恩供应,数量不限。昨天谢廖扎又得到准确情报,确实有个地窖。但在哪儿,暂时还不清楚。季莫申科,你带上几个弟兄,还有谢廖扎,今天一定要去把地窖找出来。如果成功了,我们就有东西分给工人,供应部队了。”

半个小时以后,八个武装人员走进旅馆老板家中,还有两个守在门口。

老板活像一只大酒桶,是个矮墩墩的胖子,满脸的胡子,又短又硬。他拐着一条木头假腿,脸上堆满谄媚的笑容,用喉音很重的沙哑嗓子问道:

“什么事啊,同志们?这么晚了,有什么事吗?”

索恩的几个女儿站在他的身后。他们披着睡衣,被季莫申科的手电筒照得眯起眼睛。在隔壁房间里,粗壮的老板娘哼哼唧唧地穿着衣服。

季莫申科的解释只有两个字:

“搜查。”

他们认真检查了每一块地板,仔细搜查了堆满木柴的大板棚,储藏室,厨房,面积很大的酒窖,然而连秘密地窖的蛛丝马迹都没有发现。

厨房隔壁的小房间是酒馆女佣住的地方。这时,她睡得很酣,没有听见来人。谢廖扎轻轻把她叫醒。

“你是什么人?这家的用人吗?”他问睡眼惺忪的姑娘。

她将被子拉到肩头,用一只手挡住电筒的灯光。对发生的事情还摸不着头脑,只是惊疑地回答:

“是啊。你们是什么人?”

谢廖扎说明身份后便走开了,让她穿好衣服。

季莫申科正在宽敞的饭厅里盘问老板。老板喘着粗气,激动得唾沫四溅:

“你们想要干什么?我没有别的地窖,你们这是白白浪费时间。告诉你们,是浪费时间。我以前是开过旅馆,但我现在也是穷光蛋了。彼得留拉那帮家伙把我的东西抢光了,还差点没把我打死。我非常欢迎苏维埃政权。我所有的东西都在这儿,你们都看见了。”他不时地张开那又短又肥的胳膊,布满血丝的眼睛不住地从季莫申科的脸上溜向谢廖扎,又从谢廖扎身上移开,瞅着某个墙角或天花板。

季莫申科急得直咬嘴唇:

“那您是打算继续隐瞒下去?给您最后一次机会,快说出地窖在哪儿。”

“啊呀,军人同志,您这是怎么啦,”老板娘插话了,“我们自己也饿着肚子呢!我们的东西都被抢光啦。”她想装哭,可是挤不出一滴眼泪。

“饿肚子?!家里还雇着女佣呢。”谢廖扎说。

“啊呀!那哪能称女佣呀!我们是收留了一个穷姑娘,她没人可以依靠。让赫里斯京娜自己说吧。”

“好吧,”季莫申科已经失去忍耐,他大声喊道,“再搜!”

天色已经发白,老板家里仍在进行不达目的誓不罢休的搜查。十三个小时的行动毫无结果,这使季莫申科十分恼怒。他本来已经打算停止搜查了。这时,正要走开的谢廖扎听见女佣在她的小房间里轻轻地说道:

“肯定在厨房里,在壁炉的里面。”

十分钟以后,被拆毁的壁炉后面露出了地窖的铁门。

一个小时以后,一辆载重量为两吨的卡车满载着木桶和口袋,从老板家开走了。

炎热的中午,玛丽亚·雅科夫列夫娜挎着一个小小的包袱,从车站回到家里。阿尔青把保尔的情况告诉了她,她一面听,一面伤心地流泪。艰难困苦的日子简直度日如年。因为没法养活自己,她就去给红军洗衣服,这样,战士们为她争取到一份口粮。

一天傍晚,阿尔青快步走过窗户,推开房门,在门槛边就喊了起来:

“保尔有消息了！”

保尔在信中写道：

亲爱的阿尔青哥哥：

告诉你，好哥哥，我还活着，就是受了点伤。我的大腿中了一颗子弹，不过快要好了。大夫说没有伤着骨头。别为我担心，很快就没事了。我可能会有假期，那我出院后一定回来。母亲那儿我没去成，结果现在成了科托夫斯基骑兵旅的一名红军战士。您一定知道英勇得出了名的科托夫斯基。像他这样的人，我还从未见过。我对这位司令员特别钦佩。妈妈回来了吗？如果她在家，请向她转达小儿子最热烈的问候，并请她原谅，我总是叫她操心。

你的弟弟

阿尔青，到林务官家中去一趟，将信中的内容告诉她。

玛丽亚·雅科夫列夫娜又哭了很长时间，她那糊涂儿子居然连医院的地址都没有写上。

谢廖扎常到车站上那列写着“政治部宣传鼓动处”的蓝色客车车厢里去，丽达和梅德韦杰娃就在这节车厢里的一个小包厢内上班。梅德韦杰娃叼着一支香烟，嘴角藏着调皮的微笑。

共青团区委书记谢廖扎不知不觉与丽达亲近起来。每次离开车站，带走的不仅是一卷卷宣传品和报纸，还有一种难以名状的、由于短暂的会见产生的欢愉之感。

露天剧场上每天都挤满了工人和红军战士。铁轨上停着贴满彩色招贴画的十二军宣传列车。宣传车上热火朝天，昼夜忙个不停：这儿设有印刷厂，排印各种报纸、传单和布告。前线就在附近。一天晚上谢廖扎偶然来到剧场，他在红军战士中找到了丽达。

深夜，谢廖扎送她回车站上政治部工作人员宿舍去。突然，他自己也感到十分意外地问道：

“丽达同志,为什么我总是想看见你?”接着,他又补充说:“和你在一起非常愉快! 每次见面以后,我都感到精神更加振奋,有使不完的劲,想不停地工作下去。”

丽达停住了脚步。

“你听着,布鲁兹扎克同志,让我们约法三章,往后你别再这样抒发情感了,我不喜欢这样。”

谢廖扎像受到申斥的中学生一样,满脸绯红。

“我只是把你当作好朋友才说这番话的,”他回答说,“可你对我却……我说了什么反革命的言论吗? 乌斯季诺维奇同志,今后我当然不会再说了。”

他急匆匆地握了握她的手,拔腿就朝城里跑去。

谢廖扎接连几天没有再去车站。当伊格纳季耶娃叫他去时,他就以工作繁忙为由,加以推托。不过,他也确实很忙。

一天深夜,革委会委员舒季克在回家的路上遭到枪击,这条街上的居民多半是糖厂的波兰高级职员。事发之后,进行了搜查,查出了毕苏斯基分子[①]的组织“射手”的武器和文件。

丽达到革委会来参加会议,她把谢廖扎叫到一边,平心静气地问道:

“怎么,小市民的自尊心作怪啦? 怎么能把私人的事情搅和到工作上去呢? 同志,这是绝对不可以的。”

于是,谢廖扎只要有机会,又往绿色车厢那儿去了。

一次,县里召开代表大会,热烈的争论持续了两天。第二天,谢廖扎和代表们一起带着武器,到河对岸的森林里追剿扎鲁德内部下残留的彼得留拉匪徒,跑了一天一夜。回来之后,他在伊格纳季耶娃那儿碰上丽达。谢廖扎送她回车站去。告别时,把她的手紧紧地、紧紧地握在自己的手中。

丽达不高兴地抽回了自己的手。此后,谢廖扎又有很长时间没有去宣

---

① 波兰毕苏斯基在政治上的拥护者(一九一八年起)。毕苏斯基(一八六七——一九三五),波兰社会党右翼活动家,一九〇六年起为波兰社会党革命派的领导人。一九一九——一九二二年为国家“元首”。一九二〇年领导反对苏联的军事行动。

传处的车厢。在需要与丽达见面时也故意回避。丽达执意要他对自己的行为做出解释,他用力把手一挥,粗声粗气地说:

“我和你有什么可说的?你又会给人扣帽子,什么小市民啦,背叛无产阶级啦。”

高加索红旗师的列车驶进车站,三个肤色黝黑的军官来到革委会办公室。腰间扎着模压皮带的瘦高个儿以强制的口吻对多林尼克说:①

“废话别说,给我弄一百车草料。马都快饿死了。”

谢廖扎和两个红军战士被派去征集干草。不料,在村子里突然遭到富农匪帮的袭击。富农分子解除了红军战士的武装,把他们打得半死。由于谢廖扎年龄尚小,富农分子手下留情,所以他的伤势轻一些。后来,贫农委员会的成员把他们送回城里。

又派了一支队伍来到村里。第二天,征集干草的任务终于完成了。

谢廖扎不愿惊动家里的人,就在伊格纳季耶娃的房间里卧床调养。丽达也来探望。这天晚上,谢廖扎第一次感受到她的握手是那么热情,那么温柔。而他是不敢这样和她握手的。

一个炎热的中午,谢廖扎来到车厢,把保尔的来信念给丽达听,并向她讲述了保尔的事情。临走的时候,他不在意地说了一句:

“我到森林里去,在湖里洗个澡。”

丽达放下手中的工作,拦住他说:

“等一等,我们一起去。”

他们来到湖边。平静的湖水光滑如镜,透明而温暖的湖水散发出清新的气息,十分诱人。

“你到路口去一下,我要洗澡。”丽达以命令的口吻说。

谢廖扎在小桥旁的石头上坐下,仰面对着太阳。

在他的身后传来溅水声。

透过树丛,他看见冬妮亚和宣传列车的政委丘扎宁沿着大路走来。英

---

① 见附注 12。

俊的丘扎宁穿着帅气的弗伦奇式军服,束着军官武装带,蹬着咯吱咯吱响的软革皮靴。他挽着冬妮亚的胳膊,和她边走边谈。

谢廖扎认出了冬妮亚:保尔的纸条就是她送来的。冬妮亚的目光也盯着谢廖扎,显然,也认出了他。当冬妮亚和丘扎宁走到与他并排时,他从口袋里掏出一封信,对冬妮亚说:

"同志,请等一下。我这儿有封信,其中有一部分内容是与您有关的。"

他把一张写得满满的信纸递给冬妮亚。冬妮亚抽出手,开始看信,信纸在她手中微微颤动。把信还给谢廖扎时,冬妮亚问:

"您还知道他的其他情况吗?"

"不知道。"谢廖扎答。

后面响起丽达踩在鹅卵石上的声响。丘扎宁看见丽达,急忙转身对冬妮亚说道:

"我们走吧。"

但是丽达已经叫他了,言语间带有讥讽、蔑视的口吻:

"丘扎宁同志,宣传车上的人找了您一整天啦。"

丘扎宁愤愤地瞟了她一眼:

"没关系,我不在,他们照样办事。"

丽达看着冬妮亚和政委的背影,说:

"什么时候才能把这个骗子赶出去!"

橡树浓密的树冠摇晃着,飒飒作响。清澈凉爽的湖水令人神往。谢廖扎也不禁跳入水中,洗了个痛快。

上岸以后,他看见丽达坐在距林间小道不远的一棵被伐倒的橡树上。

谢廖扎和丽达,一边絮絮交谈,一边走向林子的深处。前面是一块林中空地,长满茂盛的野草,他们决定在这儿休息一下。树林里静悄悄的,只有橡树在窃窃私语。丽达躺在柔软的草地上,头枕着弯起的手臂,匀称的双腿藏在高高的草丛中,脚上是一双打着补丁的旧鞋。谢廖扎的目光偶然掠过她的双脚,看见了她皮鞋上整整齐齐的补丁,再看看自己的靴子,脚趾已经从窟窿里露了出来。他不禁笑了。

"你笑什么?"

谢廖扎指指靴子:

“穿着这样的靴子,我们怎么去打仗?”

丽达没有讲话,她嘴里咬着草茎,心里想着其他事情。

“丘扎宁是个坏党员。”她终于说话了。“我们所有的政治工作人员全都穿得破破烂烂,而他只顾自己。他是到我们党里来混混的……现在,前线的形势确实相当严峻,我们的国家还得经受长期的、残酷的斗争。”静默了片刻,她又说:“谢廖扎,我们不仅要进行口头上的宣传,还要拿起枪去战斗。你知道吗,党中央已做出决议,要动员四分之一的共青团员上前线。我想,谢廖扎,我们在这儿不会待很久了。”

谢廖扎听着,惊讶地发现,她的声音中包含着不同寻常的音调。丽达那双又黑又亮、水汪汪的眼睛一直注视着他。

谢廖扎几乎忘情了,差点要对她说:她的眼睛就像一面镜子,他从里面可以看见一切;不过,他及时控制住了自己。

丽达撑起手臂,欠起身来。

“你的手枪呢?”

谢廖扎难过地摸摸空空的皮带:

“上回在村子里被富农匪帮抢走了。”

丽达把手伸进制服口袋,掏出一支锃亮的勃朗宁手枪:

“看见那棵橡树吗,谢廖扎?”她用枪口指着离他们约有二十五步远的一棵有深深裂痕的树干,然后举起手枪,与眼睛相平,几乎没有瞄准,就把子弹射了出去。被击碎的树皮纷纷落下。

“看见了吗?”她得意地说,接着又开了一枪,树皮又纷纷落在草地上。

“给你,”她把枪递给谢廖扎,逗弄地说,“让我们看看你的枪法如何。”

谢廖扎开了三枪,只有一枪没有命中。丽达笑着说:

“我没想到你会打得这么好!”

她把手枪放下,在草地上躺了下来。制服上衣清楚地勾勒出她那富有弹性的胸部。

“谢廖扎,过来。”她轻轻说道。

他把身子朝她挪近了点。

“看见天空吗? 天空是碧蓝色的。你的眼睛也是碧蓝的。这种颜色不好。你的眼睛应当是灰色的,像钢铁那样。碧蓝色显得过分温柔了。”

说着,她突然搂住谢廖扎长着浅色头发的头,不由分说地吻住他的嘴唇。①

两个月过去了,秋天已经来临。

暮色悄悄降临,乡村淹没在夜幕中,朦朦胧胧。师参谋部的报务员正俯身在电报机上收报,随着电报机发出急促断续的响声,他用手指夹出从机上滑出来的细长的纸条,然后迅速地将这些点和短线译成文字,写在公文纸上:

师参谋长并抄送舍佩托夫卡市革委会主任:兹命令接报后十小时内疏散市内所有机关,留一个营驻守,划归战区指挥官、N团团长指挥。师参谋部、政治部、所有军事机关撤至巴兰切夫车站。执行情况,及时通报。

师长(签名)

十分钟后,一辆闪耀着车灯的摩托在舍佩托夫卡市寂静的街道上飞驰,噗噗地喷着气,停在了革委会门前。通讯员将电报交给革委会主任多林尼克。大家立即开始行动起来,特别警卫队整装待发。一个小时以后,载着革委会财物的马车已经启程,然后在波多尔车站装上火车。

听完电报内容,谢廖扎跟在通讯员后面跑了出去,问道:

"同志,能带我去车站吗?"

"坐在后面吧,抓牢点。"

在距离已经挂好的车厢十步远的地方,谢廖扎抱住丽达的双肩,带着一种即将失去最最亲爱的无价之宝的感受,轻轻地说:

"再见了,丽达,我亲爱的同志!我们还会见面的,你千万别把我忘记。"

他觉得自己快要哭出来了,非常担心克制不住。该走了,不能再说下去了,他只紧紧地握住她的手,把她的手都握疼了。

---

① 见附注13。

第二天早晨,被丢弃的城市和车站空空荡荡。最后一列火车拉响了最后一声汽笛,仿佛在与这个城市告别。车站外面,铁轨的两边布下了由留守营组成的警戒线。

枯黄的树叶纷纷下落,树林变得光秃秃的。蜷曲的落叶被秋风掀起,在马路上旋转、飘荡。

谢廖扎身穿军大衣,身上束着帆布子弹带,和十个红军战士一起,守卫着糖厂附近的十字街口,等候波兰军的到来。

阿夫托诺姆·彼得罗维奇敲敲邻居格拉西姆·列昂季耶维奇的门。格拉西姆·列昂季耶维奇还没穿好衣服,打开门探出头来问道:

“出了什么事?”

阿夫托诺姆·彼得罗维奇指着持枪行进的红军战士,对朋友使了个眼色,说:

“走啦。”

格拉西姆·列昂季耶维奇忧虑地看看他,问:

“你知道波兰人用的是什么旗子?”

“好像是一只独头鹰。”

“哪儿可以搞到?”

阿夫托诺姆·彼得罗维奇愤愤地搔了搔后脑勺。沉思片刻后,他说:

“他们倒不要紧,说走就走了。可我们就苦了,还得大伤脑筋,想法迎合新政权哪!”

突然,嗒嗒嗒的机枪声击破了沉寂。车站那边响起火车的汽笛声,同时传来大炮的轰隆声。接着,沉重的炮弹悲惨地呼啸着,呻吟着,高高飞起,划破长空,落在工厂后面的大路上,蓝色的烟雾吞没了路边的灌木丛。神情严峻的红军队伍沿街默默撤退,不时回头张望。

一颗冷冰冰的泪珠沿着谢廖扎的脸颊滚了下来。谢廖扎急忙将它擦去,回头看看身后的同志,还好,没有被别人发现。

走在谢廖扎身旁的是又高又瘦的锯木厂工人安捷克·克洛波托夫斯基。他把手指按在步枪的扳机上,脸色阴沉,忧心忡忡。他的眼睛碰上了谢廖扎的视线,便掏出了心窝里的话:

“我们家里的人要遭殃了,特别是我家的人。他们会说:他是波兰人，还去反对波兰兵团。他们准会把我父亲赶出锯木厂，用鞭子抽他。我要父亲和我们一道走，但他舍不得丢下这个家。哎，这帮该死的东西，赶快和他们拼吧！”安捷克烦躁地往上推了推滑在眼睛上的红军钢盔。

……谢廖扎默默地告别这座平平常常、肮脏难看的小城，告别那些简陋的房屋和高低不平的街道。再见啦，我的亲人们！再见啦，瓦利娅！再见啦，转入地下的同志们！凶狠残暴的异族侵略者——波兰白军已经逼近了！

机务段的工人们穿着油迹斑斑的衬衫，目送着红军战士，眼神忧伤、悲凉。

“同志们，我们一定还要回来的。”谢廖扎激动地喊道。

第8章

拂晓前，晨雾霭霭；河水朦朦胧胧，微微闪光，拍击着河边的鹅卵石，潺潺作响。靠近两岸的河水仿佛静止不动，呈灰色，时而闪现微光。河中央黑沉沉的，波浪起伏，肉眼就能看见滚滚流水匆匆而下。这是一条美丽的、雄伟壮观的河流，果戈理的无与伦比的佳作“第聂伯河，优美无比……”正是为它而作。峭壁耸立的右岸向河面倾斜，仿佛是行进中面对宽阔河流戛然而止的高山覆盖着河水。左岸的下方是一片光秃秃的沙土，这是第聂伯河在春汛退走以后淤积下来的。

河边，五名战士钻进狭窄的战壕，并排躺在圆头的马克沁机枪旁，这是第七步兵师的“秘密”前哨。谢廖扎·布鲁兹扎克面朝河水，紧靠机枪侧身躺着。

昨天，由于连续战斗而筋疲力尽的战士抵挡不住波军大炮暴风雨般地猛射,从基辅撤出,转到第聂伯河的左岸,建筑工事防守。

但是,撤退、重大的伤亡以及基辅的丢失都使战士们的情绪受到严重影响。七师曾经英勇地冲出重围,穿过森林,来到马林站附近的铁路线上,用极其猛烈的炮火击溃了占领马林站的波兰部队,把他们逼进森林,扫清了通往基辅道路上的障碍。

如今,美丽的基辅已被迫放弃,红军战士们心情沉重,愁眉不展。

波兰人把红军部队赶出达尔尼察,在第聂伯河左岸铁路桥附近占据了一个不大的基地。

但是,无论他们如何加强攻势,却再也无法向前推进一步,他们遭到红军猛烈的反击。

谢廖扎眼望奔流的河水,思绪不禁又回到昨天的情景。

昨天,中午时分,他和大家一样,怀着满腔怒火,给波兰白军以狠狠的回击;也就是昨天,他第一次与一个没长胡子的波兰士兵面对面刺刀相拼。波兰兵端着步枪,枪上插着长长的、像马刀一样的法国刺刀,嘴里胡乱喊叫着,像兔子那样一蹦一跳地向他扑来;短短一瞬间,谢廖扎看见了他那睁得大大的、杀气腾腾的眼睛;一眨眼的工夫,谢廖扎已用刺刀尖击中了波兰兵的刺刀,那闪闪发亮的法国刺刀被摔在一边。

波兰兵倒下了。

谢廖扎的手没有发软,他知道,他以后还会杀人。他,这个懂得温柔地爱,善于珍视和保持友谊的谢廖扎还会杀人。他这个小伙子心不狠,手不辣;但他知道,这些被世界寄生虫派遣来的士兵被欺骗,被驱使,他们是带着野兽般的仇视心理践踏着他的可爱的祖国。

而他,谢廖扎,之所以要杀人正是为了让地球上的人们不再相互残杀的日子早日来临。

帕拉莫诺夫拍拍他的肩膀:

“我们走吧,谢尔盖,我们很快会被发现的。”

保尔·柯察金驰骋在祖国的疆场上已有一年,坐过机枪车、炮车,也骑过被割掉一只耳朵的灰马。他长大了,强壮了,他在痛苦和磨难中成长。

被沉甸甸的子弹袋磨破出血的皮肤早已长好,而步枪皮带磨出来的老茧已经硬得脱不掉了。

一年来，保尔经历了许多可怕的事情。他和成千上万的战士一样，穿着破衣烂衫，但始终怀着火焰般的热情，为捍卫本阶级政权走遍祖国各地，英勇斗争。只有两次，他被迫离开了革命的风暴。

第一次是因为大腿受伤；第二次是因为在严寒的一九二〇年二月患了伤寒，发高烧，病了很长时间。

斑疹伤寒造成十二军各师团大量减员，严重程度比波兰军的枪炮更加可怕。十二军分布地区较广，几乎遍及整个乌克兰北部，阻拦波兰部队，不让他们继续向前推进。保尔刚刚痊愈，就回到了自己的部队。

当时，保尔所在的团驻守着卡扎京——乌曼支线上的小站弗龙托夫卡附近的阵地。

车站建在树林里，楼房不大，旁边还有一些倒塌的、已被居民丢弃的小屋。在这一带根本没法过日子，因为两年多来，一直停停打打，总是激战不断。这段时间内，各路部队都曾光顾过弗龙托夫卡站。

重新酝酿的重大举措已趋成熟。就在人员大幅度减少，部分军团已被瓦解的第十二集团军迫于波兰军队的重压，向基辅方向撤离之时，无产阶级共和国已在准备给予被胜利冲昏头脑的波兰白军以致命的打击。

久经沙场的骑兵第一集团军各师从遥远的北高加索向乌克兰转移，这是史无前例的大行军。第四、六、十一和十四骑兵师相继向乌曼地区靠近，在离我方前线不远的地方集结；在走向决战的途中，他们还扫清了沿途的马赫诺匪帮。这是一万六千五百把军刀，这是一万六千五百名在草原酷热中经受了风吹日晒的英勇战士！

红军最高司令部和西南战线指挥部的关注焦点在于严守秘密，不让毕苏斯基分子觉察这个处于准备阶段的具有决定意义的战斗行动，共和国司令部和各条战线指挥部都谨慎小心地掩蔽着这支庞大骑兵队的集结。

乌曼战区已经不再进行积极的军事行动。从莫斯科到前线司令部——哈尔科夫的直线联络一直不断，所有命令再从哈尔科夫传给第十四和第十二集团军司令部。狭长的电报纸上打出了用密码下达的命令①："切勿引起

---

① 见附注14。

波军对骑兵部队行动的注意。”只有在波兰军队的推进可能将布琼尼的骑兵部队卷入战斗的情况下，才采取一些积极的军事行动。

篝火的棕红色的火苗颤抖着，褐色的烟圈盘旋着向上升腾。害怕烟雾的蚊虫一群群地嗡嗡地过来，嗡嗡地过去，急速地飞动。战士们围着篝火，在稍远的地方坐成半圆形，篝火映照在他们脸上，抹上了一层紫铜色。

篝火旁边，几只军用饭盒埋在浅蓝色的炭灰里。

饭盒里的水已在冒泡。突然，一条火舌贼溜溜地从燃烧的木柴下面钻了出来，上蹿的火苗舔着了一个人乱蓬蓬的头发，他赶紧把头一甩，不满意地咕哝了一句：

“呸，真见鬼！”

周围的人都笑了。

一个穿着呢军装、留着一小撮胡子的、上了年纪的红军战士刚刚对着火光检查了枪筒，用低沉的声音说：

“这个小伙子钻到学问堆里去了，火烧着了头发都不知道。”

“柯察金，把你读的东西也给我们讲讲吧。”

年轻的红军战士摸摸那绺烧焦的头发，微笑地说：

“真的，安德罗休克同志，真是本好书，我一拿起来就怎么也放不下了。”

柯察金身旁坐着一个翘鼻子的青年，正在专心致志地修理弹药盒上的皮带。他用牙咬断一根粗线，好奇地问：

“那本书是写谁的？”他一面把剩余的线缠到别在军帽上的针上，一面又补充说道：“要是讲的爱情故事，那我倒挺感兴趣。”

周围响起一阵哄笑。马特维丘克抬起剪成平顶的头，调皮地眯起一只狡黠的眼睛，对他说：

“当然喽，谈情说爱，真是件美事！谢列达，你是个漂亮的小伙子，跟画上的人一样！不论我们走到哪里，都会有成群的姑娘跟在你的身后跑断脚脖子。你只有一个地方美中不足，就是鼻子像个猪拱嘴。不过还是可以矫正的，只要在鼻子尖上挂一枚十磅重的诺维茨基手榴弹，一夜工夫，鼻子就不会翘了。”

又是一阵哄笑，吓得拴在机枪车上的几匹马打起了响鼻。

谢列达懒洋洋地转过身来,说:

“漂亮不漂亮倒没关系,关键在于脑袋瓜子!”他极富表情地敲敲自己的前额,又说:“别看你的舌头能说会道,你本人却是个木头——不折不扣的大傻瓜,你这个木头连两只耳朵都是冷冰冰的。”

眼看两人就要抬杠,班长塔塔里诺夫赶忙把他们劝开:

“得了,得了,伙伴们,干吗咬来斗去的呀? 还是让柯察金给我们念段精彩的吧。”

“念吧,保夫鲁沙,念吧。”周围的人一起喊了起来。

柯察金把马鞍推近篝火,在上面坐了下来,把放在膝盖上的一本不大的厚书打开。

“同志们,这本书是《牛虻》,我是从营政委那儿借来的。这本书让我很受感动。要是大伙儿能安安静静地坐着,我就念。”

“快念吧,那还用说! 没人捣蛋!”

当团长普济列夫斯基同志和政委一起骑马悄悄走近篝火时,他看见十一双眼睛全神贯注地看着念书的人。

普济列夫斯基回过头来,指着这群战士,对政委说:

“团里的侦察兵有一半在这儿。那里有我的四个人,还是稚嫩的共青团员,但个个都不愧是好战士。你看那个在念书的,还有那个,看见吗? 那个眼睛长得像小狼似的,这两人是柯察金和扎尔基,一对好朋友,但相互之间一直暗暗较劲,在比高低。以前柯察金是我这儿的头号侦察兵,现在可碰上非常厉害的对手啦。你瞧,他们正在做政治工作,做得十分自然,但影响很大。有人给他们取了个好名字:青年近卫军。”

“念书的那个人是侦察队的政治指导员吗?”政委问。

“不是,政治指导员是克拉默。”

普济列夫斯基驱马向前走去。

“同志们,你们好!”他大声喊道。

所有的人一起转过身来。团长轻捷地从马背上跳下,走到坐着的战士们跟前。

“在烤火呢,朋友们?”他问道,略像蒙古人的一对细眼睛眯了起来,满脸笑容,刚毅的面庞显得不像平时那样严峻了。

战士们像欢迎自己的好朋友一样，热烈、友好地欢迎团长的到来。政委仍骑在马上，他打算到别的地方去。

普济列夫斯基把带套的毛瑟枪推到背后，在保尔的马鞍旁边坐了下来，提议说：

“我们来抽口烟，怎么样？我这儿有点好烟叶。”

他卷了一支烟抽了起来，转身对政委说：

“你走吧，多罗宁，我就留在这儿。如果司令部有事找我，请告诉我。”

多罗宁离开以后，普济列夫斯基对柯察金说：

“继续念吧，我也听听。”

保尔念完最后几页，把书放在膝盖上，沉思地看着火苗。

有好几分钟，谁都没有说话。牛虻的死深深震动了大家，战士们还沉浸在自己的激动的情绪之中。

普济列夫斯基抽着烟，等待大家发表感想。

“这个故事真悲壮，”谢列达打破了沉默，“这说明世界上真有这样的人。原本是人所无法忍受的，但如果是为了某个信念，他就什么都能做到。”

他说着，显得十分激动，《牛虻》这本书给他留下了很深的印象。

原先在白色教堂给鞋匠打下手的安德留沙·福米乔夫气愤地喊道：

“那个神父硬把十字架往牛虻嘴边塞，要是给我碰上，这个该死的，我马上叫他送命！”

安德罗休克用棍子将军用饭盒往篝火边推了推，十分自信地说：

“如果你知道为什么而死，那死就不同寻常了，这时，人会产生一股力量。如果你感到真理在你一边，那你一定会死得从容，英雄主义正是这样产生的。我认识一个小伙子，他叫波赖卡。在敖德萨，白匪把他包围了，他怒火中烧，一个人向整个排扑了过去，乘敌人还够不着用刺刀捅他，他就往脚下扔了一颗手榴弹。手榴弹爆炸了，他被炸成碎片，可周围的敌人也给炸倒了一大片。从外表看，他不过是个普普通通的人，不会有人为他写书，可这样的人是值得写的。在我们的弟兄当中，了不起的人很多很多。”

他用匙子在饭盒里搅了搅，撮起嘴唇，尝了尝舀起的茶水，又接着说：

“也有人死得像条癞皮狗，死得不明不白，毫无光彩。我们在伊贾斯拉夫利城下打过仗。这是一座非常古老的城市，还是基辅大公时期建造的，在戈伦河岸上。那儿有座天主教堂,像座堡垒,很难攻下。那天我们向那儿冲去,大家排成散兵线,钻进几条小巷,向前逼近。我们的右翼是拉脱维亚人。我们走出来,也就是跑到了大路上,一看,在一座小院子附近有三匹马,拴在栅栏上,全都备着鞍子。

“啵,明摆着的事情,我们想,这回准能当场抓住几个波兰佬。我们大概有十个人冲进了院子,他们拉脱维亚人的连长拿着毛瑟枪跑在最前面。

“冲到门跟前——门敞开着。我们进去了。本来以为是波兰兵在里面,结果根本不是,原来是我们自己的三个侦察兵,他们比我们先到,正在那儿干很不像样的事情。事实就摆在面前:他们在欺负一个妇女。这儿是一个波兰军官的家。啵,他们就是把军官的老婆按倒在地上。那个拉脱维亚连长一见这种情况,用拉脱维亚语大喝一声,马上有人上去把这三个家伙揪住,拖到了院子里。我们只有两个俄罗斯人,其余全部都是拉脱维亚人。连长姓布雷迪斯。尽管我听不懂他们的话,但看得出来,他们要把这三个人毙了。这些拉脱维亚人性格倔强。他们把那三个家伙拖到石头马厩跟前。我想,这下可完了,肯定要把他们崩掉!三个人当中有一个粗粗壮壮的小伙子,长相十分难看,他手抓脚踹,拼命挣扎,不肯就范,还祖宗八代地乱骂一气,说为个娘们还要枪毙!另外两个人也在求饶。

“我看着这一切,浑身发凉。我走到布雷迪斯面前,对他说:‘连长同志,把他们送军事法庭吧,有必要让他们的血弄脏你的手吗?城里的战斗还没结束,我们却在这儿与这些人算账。’他陡然转过身来,看着他那副神情,我当时就后悔不该多话,他的两只眼睛可真叫虎视眈眈,还把毛瑟枪对着我的牙齿。别看我打了七年的仗,胆量还没完全练出来,心里害怕了。我看得出来,他会不由分说就把我打死。他用俄语向我叫喊着,我大体上能够明白,意思是我们的旗帜是用鲜血染红的,而这帮人是全军的耻辱,土匪的下场就是死路一条。

“我不忍心看下去,赶紧从院子里跑了出去。身后传来了枪声。我想,那三个家伙完蛋了。等我们再向前冲的时候,城市已经掌握在我们手中。瞧瞧,居然发生了这种事情,死得像条瘟狗。这几个人是在梅利托波尔附近加入我们队伍的,以前在马赫诺匪帮里干过,是一群乌合之众。”

安德罗休克把饭盒放在脚边,打开装面包的背囊,接着说:

“我们队伍里混进来这些败类,你也不可能把所有的人都看透,看上去好像是在为革命卖力气,其实是害群之马。当时看在眼里,我心里真难受,直到现在都忘不了。”他说完了,开始喝起茶来。

骑兵侦察员们直至深夜才躺下睡觉。酣睡的谢列达大声打着呼噜,普济列夫斯基头枕着马鞍睡了,而政治指导员克拉默还在笔记本上写东西。

第二天,保尔侦察回来,将马拴在树上,把刚喝完茶的克拉默叫到跟前,对他说:

“指导员,我有个想法,你看怎么样。我想跳槽,跳到骑兵第一集团军去,他们那儿会有一番轰轰烈烈的事业,他们积聚了那么多人,总不至于是闹着玩儿吧。可我们总在一个地方闲待着。”

克拉默惊讶地看了看他,说:

“什么跳槽?你把红军当成什么啦?电影院?这像什么话?如果我们大家都从这个部队到那个部队跳来跳去,那可就热闹了!”

“在哪儿打仗,还不都一样。”保尔打断了克拉默的话。“在这儿是打仗,在那儿也是打仗,我又不是开小差躲到后方去。”

克拉默断然拒绝了他的请求,说:

“那么,依你看,还要不要纪律?你呀,保尔,什么都不错,就是有点无政府主义,想干什么就干什么。而党团组织是建立在铁的纪律上的,党高于一切,每个人不应当想去哪儿,就去哪儿,应当是哪儿需要,就在哪儿。普济列夫斯基并不同意你调动吧?那就到此为止。”

高高瘦瘦的克拉默脸色泛黄,说得激动了,开始咳嗽起来。印刷厂的铅尘已经牢牢地吸附在他的肺叶上,他的脸颊常常显出病态的红晕。

等克拉默平静下来,保尔小声地,但却十分坚定地说:

“你说的话都是对的,但我还是要到布琼尼的骑兵队去,我是走定了。”

第二天傍晚,篝火旁边已经没有保尔的身影了。

在邻村小山岗上,一群骑兵围成圆圈聚集在学校旁边的空地上。一个布琼尼部队的战士坐在机枪车的后面,他长得很结实,帽子推在后脑勺上,拉着手风琴。手风琴声很响,但常常走调,拉错拍子,使得穿着红色肥大马裤在圈子里跳着疯狂的戈帕克舞的剽悍骑兵也总是踏不上舞步。

好奇的姑娘们和村里的小伙子们坐在机枪车上，攀在附近的篱笆上，观看这些刚刚开进村庄的骑兵战士热烈地跳舞。

“托普塔洛，使劲跳哇！使劲踩哇！哎，加油啊，老兄！拉手风琴的，使劲拉呀！”

但是，这位手风琴手能够扳弯马蹄铁的粗壮手指按起琴键来十分笨拙。

“可惜阿法纳西·库利亚布卡让马赫诺匪帮砍死了，”一个晒得黝黑的骑兵说，“他可是一流的手风琴手，他是我们骑兵连的排头，小伙子真不错，是个好战士，手风琴又拉得呱呱叫。”

保尔也站在圈子里面。听到小伙子说的最后几句话，他挤到机枪车跟前，把手放在手风琴风箱上。手风琴顿时不响了。

“你干吗？”拉手风琴的战士对保尔斜了一眼。

托普塔洛也站住不跳了，周围发出不满的叫喊声。

“那儿怎么啦？干吗不给拉？”

保尔伸手拉住手风琴的皮带，说：

“来，给我试试。”

手风琴手用不信任的目光看了看这个陌生的红军战士，迟疑地从肩上卸下皮带。

保尔照习惯的姿势将手风琴放在膝盖上，然后猛地一拉，波浪状的风箱像扇子般张开。他的手指在琴键上迅速滑动，立刻奏出了欢快的乐曲：

喂，小苹果，
你往哪儿滚哪？
滚进肃反委员会，
你就别想回来啦。

托普塔洛立即随着熟悉的旋律跳了起来，他像鸟儿一样，张开双手，飞快地绕着圈子，做着各种令人眼花缭乱的动作，豪放地用手拍打皮靴、膝盖、后脑勺、前额，又用手掌拍打鞋底，发出很大的声响，最后拍打自己张大的嘴巴。

手风琴那急骤奔放的旋律激励着他，催赶着他，于是，托普塔洛像绕圈

的陀螺，交替伸出两腿，飞快地旋转起来，同时气喘吁吁地喊道：

“依，哈，依，哈！”

一九二〇年元月五日，布琼尼第一集团军经过几次短促而激烈的战斗，突破了波兰第三和第四集团军交接处的防线，歼灭了堵截红军萨维茨基将军的骑兵旅，继续向鲁任方向挺进。

波军司令部为了堵住这个决口，心急慌忙地组织了一支突击部队，五辆刚从波格列比谢车站卸下的坦克立即开赴作战地点。

但是，骑兵第一集团军已经绕过敌军准备反攻的地点扎鲁德尼齐，出其不意地出现在波军的后方。

于是，科尔尼茨基将军的骑兵师匆忙出动，跟踪追击骑兵第一集团军。波军司令部认为，骑兵第一集团军的突进目标是具有极其重要战略意义的后方据点卡扎京，因而命令科尔尼茨基骑兵师从后方包抄骑兵第一集团军。但是，这一举措未能缓和波兰白匪军的处境：虽然第二天他们堵住了战线上的决口，在骑兵第一集团军的后面又将战线连接起来，但强大的骑兵队伍已经突破他们的后方，摧毁了敌军的一些后方基地，就要向波军的基辅集群发起猛攻。各骑兵师在挺进途中拆毁了许多不大的铁路桥梁，破坏了铁路线，用以切断波兰军队的退路。

骑兵第一集团军司令员从俘虏的口供中得知，波军有一个集团军司令部设在日托米尔，实际上，前线司令部也设在这里，他决定要占据日托米尔和别尔季切夫这两个重要的铁路枢纽和行政中心。六月七日凌晨，骑兵第四师已经向日托米尔进发。

保尔已经代替牺牲了的库利亚布卡，成为骑兵连的排头兵。战士们不愿意放走这个出色的手风琴手，集体提出请求，于是，保尔就被编入这个连队。

在临近日托米尔城的时候，骑兵连像扇面似的散开，快马加鞭，马刀在阳光的映照下，银光闪闪。

大地在呻吟，战马喘着粗气，战士们立在马镫上飞奔。

大地在马蹄下飞快地后退，建有许多花园的大城市已经展现在他们面前。战士们冲过城郊的花园，闯入市中心。“杀啊！”——可怕的、像死神一样令人毛骨悚然的喊叫声回荡在空中。

惊慌失措的波军几乎没有反抗,地方卫戍部队被彻底击溃。

保尔伏在马背上向前疾驰,在他旁边是骑着细腿黑马的托普塔洛。

保尔亲眼看见这个剽悍的布琼尼战士挥起马刀,毫不留情地砍倒了一个还未来得及举起步枪的波兰兵。

骑兵连行进在石子路上,马蹄发出嘚嘚的响声。突然,在十字路口出现了一挺机枪,就架在路的中央,三个穿蓝军装、戴四角帽的波兰兵俯身守在机枪旁边。还有一个领子上镶着蛇形金绦的军官,看见红军骑兵过来了,立即向前举起了手中的毛瑟枪。

托普塔洛和保尔都已无法勒住战马,他们只得迎着死神的魔爪直向机枪冲了过去。军官向柯察金开了一枪……没打中……子弹像一只麻雀,嗖的一声从保尔的面颊旁飞了过去。那个军官被马的胸脯顶出去很远,仰面向后倒下,头部撞到石头上。

就在这一瞬间,机枪急忙发出疯狂而粗野的狞笑声,托普塔洛被数颗黄蜂般的子弹击中,连人带马应声倒下。

保尔的坐骑惊恐地嘶叫着,竖起前蹄,猛地一跳,带着保尔越过倒在地上的人,径直对着机枪旁边的波兰兵奔去。于是,马刀在空中画了一个闪光的弧形,砍进一顶蓝色的四角军帽。

军刀重又挥舞在空中,正要向另一个脑袋落下,可焦躁的战马已经窜到一边去了。

骑兵连队犹如咆哮的山洪,涌上十字街头,几十把战刀在空中不停地飞舞、砍杀。

监牢狭长的走道上叫喊声响成一片。

挤得满满的牢房里,受尽煎熬、极度衰竭的犯人骚动起来了:城里在打仗——难道可以相信,这是即将获得自由的信号?真的是从天而降的自己人冲进来了吗?

枪声已经在监牢的院子里响起来了,走廊里传来匆忙的脚步声。突然,传来了一声十分亲切的、亲切无比的话语:“同志们,出来吧!”

保尔跑到紧关着的牢门跟前,门上只有一个小小的窗户,几十双充满期待的眼睛从这儿注视着外面。保尔用枪托猛砸铁锁,砸了一下又一下。

“等一下,我来炸掉它。”米罗诺夫拦住保尔,从衣袋里掏出一颗手榴弹。

排长齐加尔琴科一把抢过手榴弹,说:

“快住手,疯子!真犯傻!钥匙马上就拿来。砸不动,我们就用钥匙开嘛。”

这时,看守已经在手枪的威逼下,被带进了走道。走道里挤满了衣衫褴褛、蓬头垢面的但却欣喜若狂的人群。

保尔打开宽大的牢门,冲进牢房:

“同志们,你们自由啦!我们是布琼尼的队伍,城市已经被我们师占领啦。”

一位妇女眼泪汪汪地扑在保尔身上,就像抱住自己的亲人一样,号啕大哭。

骑兵师解救了被波兰白匪军关押在石头牢房里的五千零七十一名布尔什维克,他们本来随时都有可能被拉出去枪毙或被推上绞刑架;还解救了两千名红军政治工作人员。对于战士们来说,这比任何战利品更加宝贵,比任何胜利更值得庆贺;而对于七千名革命者来说,漫漫黑夜顿时变成了阳光烂灿的六月艳阳天。

有一个脸色黄得像柠檬的犯人兴高采烈地跑到保尔面前,他是萨穆伊尔·列赫尔,舍佩托夫卡印刷厂的排字工人。

保尔听着萨穆伊尔的陈述,脸上蒙着一层阴影。萨穆伊尔向保尔讲述着发生在家乡舍佩托夫卡极其悲壮的流血事件,他的话像一滴滴熔化的金属,灼痛了保尔的心。

“一天夜里,我们突然全部被抓了起来,因为无耻的内奸出卖了我们。我们全都落在军事宪兵队的魔爪之中,他们拷打我们,保尔,打得可真厉害啊!我遭的罪要比其他人少些,因为刚打了几下,我就昏死过去了。其他同志的身体要比我结实。我们没什么可隐瞒的,宪兵队已经掌握了一切,比我们知道得更清楚,我们的每一个行动他们都知道。

“我们当中出了叛徒，他们还能不知道吗！那段日子说起来真是一言难尽，叫人揪心哪！保尔，有许多人你都是认识的：瓦利娅·布鲁兹扎克，县城的罗扎·格里茨曼，她还完全是个孩子，才十七岁，多好的姑娘，一双眼睛总是充满信任的目光；还有萨沙·本沙夫特，知道吧，就是我们那儿的排字工，一个整天乐呵呵的小伙子，总拿老板画漫画的，呶，就是他；另外还有两个中学生——诺沃谢利斯基和图日茨。这些人你都认识。其他的同志是从县城和镇上抓来的，总共逮捕了二十九人，其中有六个女的。大伙儿受尽了极其残忍的摧残，瓦利娅和罗扎在被抓的第一天就被奸污了。这些畜生，想怎么干，就怎么干，直到把她们折磨得半死，才拖回牢房。从那以后，罗扎说话就有点前言不搭后语，几天以后，完全疯了。

“那帮野兽不相信她真的疯了，说她是装疯卖傻，每次提审都要把她毒打一顿。把她拉出去枪毙的时候，那样子真不能看。脸给打得发紫发黑，两只眼睛痴痴呆呆的，完全像个老太婆了。

“瓦利娅·布鲁兹扎克一直到最后一分钟始终表现很好。他们死得英勇，就像真正的战士。我不知道，他们的这股力量是从哪儿来的？保尔，难道我能把他们死难的情况重述一遍吗？不能，他们死得十分惨烈，无法用言语表达……瓦利娅当时被卷入最危险的事情：是她与波军司令部的报务员保持联系，还派她到县里做过联络工作，搜捕时在她那儿还查到了两枚手榴弹和一支勃朗宁手枪。手榴弹就是那个奸细给她的，这都是事先安排好的圈套，要给她加上蓄谋炸毁波军司令部的罪名。

“哎，保尔，我真不想讲最后那几天的情况。既然你要我讲，那我就说吧。军事法庭作出判决，判处瓦利娅和另外两人绞刑，其他人全部枪决。

“那些被我们做过策反工作的波兰士兵也受到审判，比我们早两天。

“一个年轻的班长，报务员斯涅古尔科，战前在洛济当过电工，被判处死刑，他的罪名是背叛祖国，在士兵中间进行共产主义宣传。他没有要求赦免，在判决后二十四小时后就被枪毙了。

“瓦利娅作为斯涅古尔科犯罪事实的见证人，也被法庭传唤。她告诉我们，斯涅古尔科承认他进行过共产主义思想的宣传，但断然否认他背叛祖国。他说：‘我的祖国是波兰苏维埃社会主义共和国。是的，我是波兰共产党党员，当兵是被迫的。因而，我要让和我一样被你们赶上前线的士兵们擦亮眼睛,明辨是非。你们可以因为这一点把我绞死,但是我从来没有背叛过我的祖国,我永远也不会背叛我的祖国。不过,我的祖国不同于你们的祖国;你们的祖国是地主、贵族的,而我的祖国是工人、农民的。我深信,工人农民的祖国必将建立,在这个祖国里,谁也不会认为我是叛徒。'

"判决以后,我们所有的人就被关在一起了。临刑前,又把我们转到监狱。夜里,他们在监狱对面,在医院旁边竖起了绞架;在树林边上,稍稍过去一点,在路边的陡坡上,又选了一块地方作为执行枪决的刑场,还在那儿给我们挖了一个大坑。

"城里张贴了判决书,大家都知道了这件事情。波兰人决定在大白天当众处决我们,杀鸡儆猴,好让大家害怕他们。第二天一清早就开始把人从城里往绞架那边赶。有些人出于好奇,虽然心里害怕,但还是来了。绞架周围是密密麻麻的人群,一眼望去,人头攒动。你知道,监狱四周插着木栅栏,绞架就竖在离监狱不远的地方,因而我们都能听见那儿嘈杂的人声。在后面的街上架起几挺机枪,整个地区的宪兵队,包括骑兵和步兵,都被调来了,整整一个营的兵力封锁了菜园和街道。他们给处以绞刑的人单独挖了一个坑,就在绞架旁边。我们静静地等待着最后的时刻,偶尔交谈几句。一切的一切前一天都说了,也已经相互诀别过了。只有罗扎缩在牢房里的角落里自言自语,嘟嘟囔囔,不知道说些什么。瓦利娅因被糟蹋,又挨了毒打,被折磨得不能走动,大部分时间都躺着。镇上的两个女党员是一对亲姐妹,她们搂抱着相互告别,忍不住放声痛哭。从县里抓来的斯捷潘诺夫是个年轻的小伙子,像摔跤运动员一样力大无比,被捕的时候使劲挣脱,打伤了两个宪兵。他一再告诫姐妹俩:'不该流泪,同志们!要哭就在这儿哭吧,到了那儿就别再哭了。别让那帮狗东西幸灾乐祸。既然他们不会放过我们,既然我们注定要牺牲,那就让我们死得像模像样,我们谁也不能下跪。同志们,记住,我们一定要死得像个人样!'

"提我们的人来了,走在最前面的是侦缉处长什瓦尔科夫斯基,他是一个残忍的没人性的色情狂,简直就是一条疯狗。要是他自己不去强奸,就让宪兵动手,自己站在一边看着取乐。从监狱到绞架的路上,宪兵队排列成行,这些黄狗子,因为他们制服上的穗带是黄色的,所以我们都这样叫他们——都拿着亮晃晃的大刀。

“他们用枪托推啊，搡的，把我们赶到院子里，四人一排站好队，然后打开大门，把我们押了出去。先让我们站在绞架前面，目睹自己的同志走上绞架，然后就轮到我们自己了。绞架很高，是用几根圆木搭成的。绞架上面吊着三个粗绳子的活套，下面是带小梯子的平台，平台支撑在一根向后倾斜的木桩上。人群不停地蠕动，发出几乎听不见的一点声响。所有的目光都凝固在我们身上，我们也在寻找自己的亲人。

“在稍远一点的台阶上聚集着一群波兰小贵族，他们手中还拿着望远镜，其中也有军官。他们是来看布尔什维克怎样被推上绞刑架的。

“脚下的白雪松松软软，树林一片白茫茫，树枝像挂满了棉絮。雪花飘飘扬扬，缓缓落下，碰到我们灼热的脸便融化了。绞架下面的平台也盖上了一层白雪。我们大家几乎都只穿着内衣，但没有人感到寒冷，斯捷潘诺夫甚至都没注意到他脚上只穿着一双袜子。

“绞架旁边站着军事检查官和其他高级军官。最后，他们把瓦利娅和另外两位被处以绞刑的同志从监狱里押了出来。他们三个人互相搀扶着，瓦利娅走在中间，她根本就走不动了，是旁边的两个同志架着她，而她记着斯捷潘诺夫的话：死就要死得像个人样，自己挣扎着向前走动。她没有穿大衣，只穿了一件针织外套。

“侦缉处长什瓦尔科夫斯基显然不想让他们互挽着胳膊，用力推了他们一下。瓦利娅不知道说了句什么，一个骑马的宪兵顿时扬起马鞭，对着她的脸狠狠抽去。

“人群中有个女人发出凄厉的叫喊，疯狂地叫着，拼命向前挣扎，想冲过警戒线，走到三个人跟前，后来被宪兵抓住，拖走了。她可能是瓦利娅的母亲。走到离绞架不远的地方，瓦利娅唱了起来。我从来没有听见过如此热情洋溢的歌声，只有视死如归的人才能这样满怀激情地歌唱。瓦利娅唱的是《华沙工人之歌》，那两个同志也跟着唱了起来。宪兵用马鞭抽打他们，抽得可狠啦，像发了疯似的，可他们仿佛毫无知觉。宪兵把他们推倒在地，像拖口袋似的把他们拖到绞架跟前，慌慌张张地宣读了判决书，就把绞索套在了他们的脖子上。这时，我们齐声唱起了《国际歌》：

起来！饥寒交迫的奴隶……

“那帮家伙从四面八方向我们扑了过来。我只看见一个匪兵用枪托推倒了平台的支柱，三个同志都给绞索吊了起来……

“我们十个人已经站在墙边准备受刑，这时向我们宣读了判决书，说将军开恩，将我们的死刑改判为二十年苦役。其余十六个人都被枪毙了。”①

萨穆伊尔扯开衬衣的领口，仿佛领子勒得他喘不过气来。

“被绞死的三个同志在绞架上吊了三天，绞架旁边日夜都有卫兵看守。后来又有新的犯人被押进我们的牢房。他们说：第四天，身体最重的托博利金吊着的绳子断了，这才把其他两人也放了下来，就地埋了。

“不过绞架一直竖在那儿，在把我们往这儿押的时候，我们还看见了呢。绞索还挂在上面，他们还想残害我们的同志。”

萨穆伊尔沉默了，呆滞的目光凝视着远方。保尔都没有发觉，萨穆伊尔已经讲完了。

保尔仿佛清晰地看到了那三个人的身体吊在绞架上，默默无语地来回晃动着，脑袋歪在一边，样子十分可怕。

街上响起了尖厉的集合号，号声唤醒了陷入沉思的保尔。他轻轻地，声音低得几乎听不见，对萨穆伊尔说：

“我们走吧，萨穆伊尔。”

被俘的波兰士兵，在骑兵的押解下，从大街上走过。团政委站在监狱的大门旁边，正在往军用笔记本上写一道命令。

“给您，安季波夫同志，”他把写好的命令交给矮壮结实的骑兵连长，“派一个班，把全部俘虏押往沃伦斯基新城那边。把伤兵包扎好，安置到马车上，也往那个方向送。送到离这儿约二十俄里的地方就让他们滚蛋吧。我们没有时间去理会他们。请注意，不允许有任何虐待俘虏的行为。”

保尔跨上马鞍，转身对萨穆伊尔说：

“你听见了吗？他们把我们的同志吊死，我们却要送他们回老家，还不许虐待。这哪能做到？”

---

① 见附注15。

团政委回过身来，逼视着保尔。保尔听见团政委仿佛在自言自语，但他的口气却是坚定而严厉的：

“虐待缴了械的俘虏是要枪毙的，我们可不是白军！”

保尔离开监狱大门的时候，想起了曾对全团宣读过的革命军事委员会的命令，命令的结尾处写道：①

“工农国家热爱自己的红军，并以红军而骄傲。工农国家要求：在红军的旗帜上不允许染上任何污点。”

“不允许染上任何污点。”保尔翕动着嘴唇，低低地说。

第四骑兵师占领了日托米尔。就在这个时候，已经编入戈利科夫突击部队的第七步兵师第二十旅正在奥库尼诺沃村周围强渡第聂伯河。

由第二十五步兵师和巴什基尔骑兵旅组成的突击部队奉命渡过第聂伯河，然后在伊尔沙车站附近切断基辅至科罗斯坚的铁路线，以此截断波军逃离基辅的唯一退路。舍佩托夫卡的共青团员米什卡·列夫丘科夫就在这次渡河战役中牺牲了。

部队在摇晃的浮桥上跑步前进。这时，从山背后飞出一颗炮弹，炮弹从战士们的头顶上凶狠地呼啸而过，落在水中炸成碎片。就在这一瞬间，米什卡栽到搭浮桥用的小船底下，被河水吞没，再也没有上来。当时只有戴着一顶掉了帽檐的旧军帽，长着一头浅发的红军战士亚基缅科吃惊地大声叫了起来：

“这可真要命哪，米什卡掉到水里去了！连影儿都没有，这下完了！”他停住脚步，惊恐地盯着黑沉沉的河水。但是，后面的人撞在他的身上，推着他：

“傻瓜，张着嘴巴看什么？快往前冲！”

当时根本无暇顾及自己同志的死活；他们这个旅已经落后了：其他几个旅早就占领了右岸。

四天以后，谢廖扎才知道米什卡已经牺牲。这时，他们旅经过激战已经攻下布恰车站，随即转向基辅，抵挡着波军的凌厉攻势；波军企图以猛烈的攻击冲出基辅，向科罗斯坚突围。

---

① 见附注16。

亚基缅科在谢廖扎身边趴下。他停止了猛烈的射击,好不容易才打开灼热的枪栓,然后把脑袋贴在地面上,转身对谢廖扎说:

“枪要喘口气,像火一样滚烫!”

在枪炮的轰鸣声中,谢廖扎只能勉强听见他说的话。在枪炮声稍稍平息的时候,亚基缅科仿佛顺便提起似的说:

“你的伙伴淹死在第聂伯河了。我都没有看清楚他是怎么掉下去的。”说完,他用手摸摸枪栓,从子弹带里取出一排子弹,仔细小心地把子弹推进弹仓。

攻打别尔季切夫的第十一师在城里遭到波军的顽强抵抗。

大街小巷展开了血腥的战斗。波军机枪疯狂地扫射,企图阻挡骑兵前进。但是,别尔季切夫还是被红军攻占,于是,被击溃的波军残余纷纷逃窜。在车站上,波军的多列火车被截获。然而,对于波军来说,最可怕的打击莫过于军火库的爆炸,这儿原有一百万发炮弹,是波方全军的弹药基地。军火库爆炸的时候,市内的玻璃震得粉碎,房屋像纸板糊的一样,摇晃不定。

日托米尔和别尔季切夫的失守使波军处于腹背受敌的处境。于是,他们分成两股,拼命杀出一条路来,冲出钢铁般的包围圈,仓皇逃离基辅。

保尔已经完全感觉不到个人的存在,这些日子,日日夜夜都在进行激烈的战斗。他,柯察金,融合在集体之中,和每个战士一样,仿佛忘记了“我”字,脑子里只有“我们”:我们团,我们骑兵连,我们旅。

战局犹如飓风般发展迅猛,每天都有新的进展。

布琼尼的骑兵以排山倒海之势,马不停蹄地向前挺进,给敌人一个又一个的打击,使波军后方溃不成军,濒于毁灭。骑兵师的勇士们满怀胜利的喜悦,奋不顾身地向波军后方的心脏——沃伦斯基新城不断发起极其猛烈的冲锋。

马队像冲击陡岸的巨浪,冲上去,退回来,再冲上去,“杀啊!”的叫喊声震天动地。

波军设防,架了密密的铁丝网,城里的卫戍部队也拼死抵抗,可这一切都未能挽救波军的败局。六月二十七日清晨,布琼尼的骑兵部队渡过斯卢奇河,冲进沃伦斯基新城,并继续向科列茨镇的方向追击波军。就在这个时候，第四十五师[1]已经在新米罗波利附近渡过斯卢奇河，而科托夫斯基的骑兵连则向柳巴尔镇发起了攻击。

骑兵第一集团军的电台收到战线司令的命令，命令他们全力以赴，攻占罗夫诺。红军各师的强大攻势锐不可当，直打得波军七零八落，四散逃命。

一天，旅长派保尔到停放装甲列车的车站去办公事。在那儿，他竟遇见了一个没有想到会遇见的人。当时，马已经跑上路基，在前面一辆灰色车厢旁边，保尔拉住了缰绳。装甲列车威风凛凛地停在那儿，藏在车内的大炮露出黑洞洞的炮口，俨然一副不可侵犯的架势。列车旁边有几个满面油污的身影忙碌着，他们正在揭开保护车轮的沉重的钢甲。

"请问装甲列车的指挥员是谁?"保尔问一个穿着皮上衣、提着一桶水的红军战士。

"就在那儿。"战士向火车头那边指了指。

保尔走到机车头旁边，问：

"请问，谁是指挥员?"

一个脸上长着麻子、从上到下都穿着皮衣的人转过身来，说：

"我就是。"

保尔从口袋里掏出公文袋。

"这是旅长的命令，请在封套上签字。"

指挥员把封套放在膝盖上签字。在火车头中轮旁边，有个人提着油壶在干活，保尔只能看见他宽阔的后背，还有露在皮裤口袋外面的枪柄。

"签好了，拿去吧。"穿皮衣的人将封套交给保尔。

保尔抖抖缰绳，已经准备离去。这时，在机车旁干活的人挺直身子，转了过来。就在这一瞬间，保尔像被一阵风刮倒似的，从马上跳下，喊道：

"阿尔青，哥哥!"

满身油污的火车司机立即放下油壶，使劲而笨拙地一把抱住年轻的红军战士。

"保夫卡！坏东西！真的是你吗?"阿尔青喊道，简直不相信自己的

[1] "第四十五师"原为"亚基尔的第四十五师"。亚基尔是红军高级将领。

眼睛。

装甲列车指挥员惊奇地看着这个场面。炮兵战士都笑了起来：

“瞧，弟兄俩喜相逢了！”

八月十九日，在利沃夫地区的一次战斗中，保尔丢了军帽。他勒住马。前面，几个骑兵连已经与波军的散兵线厮杀开了。杰米多夫从小洼地的灌木丛中飞奔出来，又向下面的河边冲去，一面高声喊道：

“师长给他们打死啦！”

保尔哆嗦了一下。列图诺夫，他那英勇的师长，舍身忘己的好同志牺牲了。难以遏止的狂怒袭上保尔的心头。

他使劲用马刀背拍了一下已经疲惫不堪、满嘴是血的战马格涅德科，向厮杀得最激烈的地方冲去。

“砍死这帮畜生！砍死他们！打死这些波兰贵族！他们杀死了列图诺夫！”混战之中，无法看清对方，他挥起军刀，对准身穿绿色军服的人劈了下去。师长的牺牲，激起骑兵连战士对敌人的无限仇恨，他们砍死了整整一个排的波军。

他们追赶逃跑的波军，来到一片开阔的空地，这时，敌方的大炮向他们开火了：榴霰弹在空中炸开，把死亡洒向人间。

一团绿火像镁光一样在保尔的眼前闪过，耳旁响起一声巨雷，通红的铁块灼伤了他的头部。保尔只觉得天旋地转，那么可怕，那么不可思议。接着，他感到大地向旁边倾斜，翻了过去。

保尔像是一根稻草，轻飘飘地从马鞍上往下倒去。翻过战马格涅德科的头，重重地摔倒在地上。

顿时，周围一片漆黑。

第9章

章鱼的一只眼睛鼓鼓的,有猫头那么大,呈暗红色;眼睛的中央发绿,不时闪变出各种光泽。章鱼的几十条触须蠕蠕而动,犹如一团小蛇,弯弯曲曲,盘成圆圈,鱼皮上的鳞片令人讨厌地沙沙作响。章鱼在游动。那些触须在他身上慢慢爬动起来,冰凉冰凉的,又像荨麻一样刺人。章鱼伸出刺钩。刺钩像水蛭一样,死叮在他的头上,痉挛性地一张一缩,吮吸着他的血液。他感到血液从自己的身体不断流进逐渐膨胀起来的章鱼体内。刺钩仍在吸呀,吸呀,而他的头部,就是刺钩叮的地方,疼得难以忍受。

从很远很远的地方,传来了说话的声音:

"现在他的脉搏怎么样?"

有个女人的声音更轻地回答:

"他的脉搏一百三十八,体温三十九度五,一直在说胡话。"

章鱼消失了,但是刺钩叮过的地方仍然很疼。保尔觉得有人把手指按在他的手腕上。他很想睁开眼睛,但眼皮沉甸甸的,怎么也抬不起来。怎么会这么热呢?大概妈妈把炉子生得很旺。又有人在什么地方说话了:

"现在的脉搏一百二十二。"

他又想睁开眼睛。可是,心里火烧火燎的,闷得喘不过气来。

喝水,多么渴啊!他真想马上站起来,喝个痛快。不知为什么,他却站不起来:刚想挪动一下身体,他就觉得这身体是别人的,不是自己的,根本不听使唤。妈妈马上就会端水来的,他要告诉她:"我想喝水。"有个东西在他身边晃动,是不是又是章鱼爬来了?就是它,那红颜色是章鱼的眼睛……

他又听见从远处传来轻轻的声音：

“弗萝夏，拿点水来。”

“这是谁的名字？”保尔竭力回想着，但刚一思索，他又陷入了昏沉沉的黑暗当中。当他从黑暗的深渊里漂浮上来，他又想起：“我要喝水。”

他又听到了说话的声音：

“他好像慢慢苏醒过来了。”

那温和的嗓音已变得更清晰、更近了：

“伤员同志，您要喝水吗？”

“我怎么成了伤员？这不是对我说话吧？对了，我得了伤寒病，就是这么回事。”于是他第三次想睁开眼睛。这次，他终于成功了，眼睛睁开了一条细缝，他首先感到在头部上方有一个红色的球体，但这个球体被一个黑色的东西挡着。这个黑色的东西向他弯了下来，接着，他的嘴唇碰到了玻璃杯的硬口，沾上了水珠，令人神清气爽的甘露。心里火烧火燎的感觉逐渐平息。

他心满意足地低低说道：

“现在可真舒服。”

“伤员同志，您能看见我吗？”

问话的就是那个向他弯下身来的黑糊糊的人影。这时，他又渐渐昏睡过去，但还是回答了一句：

“看不见，但听得见……”

“谁能料到，他居然还能活过来？可是，您瞧，他终于挣扎着活过来了。多么惊人的生命力。尼娜·弗拉基米罗夫娜，您真值得骄傲，这完全是您护理的结果。”

一个女人激动地说：

“呵，我太高兴了！”

经过十三天的昏迷，柯察金终于恢复了知觉。

年轻的身体不肯消亡，体力正在逐渐恢复。这是他第二次获得生命，一切都显得那么新鲜，那么不同寻常。只是头部沉甸甸的，被困在石膏模子里，不能动弹，他也没有力气移动脑袋。但是，身体已经恢复了知觉，手指也能伸能屈了。

部队诊所的医生尼娜·弗拉基米罗夫娜坐在自己四四方方的房间里的小桌子旁边，翻看着厚厚的、淡紫色封面的笔记本，笔记本里是她用纤巧的斜体字写的简短日记：

一九二〇年八月二十六日

今天救护列车给我们送来一批重伤员。一个头部受了重伤的病员被安置在病室角落里靠窗口的病床上，他才十七岁[①]。我拿到了他的病历。病历口袋里还放着从他的衣服口袋里找到的各种证件。他叫柯察金，保尔·安德烈耶维奇。证件有：一个已经磨破的乌克兰共产主义青年团团员证，号码是九六七，[②]一张撕破的红军战士证，还有一张摘抄的团部嘉奖令，上面写着：红军战士柯察金英勇完成侦察任务，特此嘉奖；还有一张纸条，显然是他本人写的：

"如果我牺牲了，请同志们通知我的亲属：舍佩托夫卡市，铁路机务段钳工阿尔青·柯察金。"

这个伤员从八月十九日被弹片击中以后，一直处于昏迷状态。明天，阿纳托利·斯捷潘诺维奇要给他做检查。

八月二十七日

今天检查了柯察金的伤口。伤口很深，颅骨被打穿，头部整个右半边麻痹，右眼充血，眼睛肿胀。

阿纳托利·斯捷潘诺维奇为防止发炎，本想摘除他的右眼，不过我劝他，只要有希望消肿，就不要采取这个措施。他同意了。

我提出这个建议，纯粹出于对外貌美观的考虑。如果小伙子能够恢复生命，为什么要摘除一只眼睛，使他破相呢？

这个伤员不停地说胡话，辗转不安，必须一直有人在他身边值班。我在他身上花了许多时间。我很可怜他，他是那么年轻。如果我能做到，我一定把他从死神手中夺过来。

---

① 见附注17。

② 见附注18。

昨天下班以后,我在病房里又待了几个小时。他的伤势最重,我注意听他在昏迷中说些什么。有时候他的呓语就像清醒时的讲述,从中我了解到他生活中的许多事情,但有的时候却是在狠狠地骂人,那些骂人的话可真难听。不知为什么,我听他说这些不堪入耳的脏话,心里很难过。阿纳托利·斯捷潘诺维奇说他已无法救活了。老头儿气呼呼地嘟囔着:“我真不明白,他几乎还是个孩子,部队怎么能收呢?真是岂有此理。”

八月三十日

柯察金仍然处于昏迷状态。现在他躺在特别病房里,那儿都是一些快要死的伤员。护理员弗萝夏坐在他的身边,几乎寸步不离。原来,她认识他,他们以前在一起打过工。她对这个伤员多么尽心尽力啊!现在我也感到,他已经无法挽救了。

九月二日

现在是夜里十一点钟。今天对我来说是一个极其美好的日子:我的病人柯察金恢复了知觉,活过来了。危险期过去了。最近两天我一直没有回家。

又有一个伤员救活了,此时,我简直无法表达内心的快乐!在我们的病房里又少了一次死亡。在我极其劳累的工作中,最大的快乐就是病员的康复,他们像孩子一样,对我十分依恋。

他们的友谊真挚、质朴,所以当我们分别的时候,有时我忍不住要掉泪。这显得有点可笑,但这是我的一片真情。

九月十日

今天我替柯察金给他的亲人写了第一封信,他在信中写道,他只受了一点轻伤,马上就可以痊愈,并回家看看。他失血很多,脸色像纸一样苍白,身体还十分虚弱。

九月十四日

柯察金第一次笑了,他的微笑十分动人。平时他不苟言笑,这和他的年龄很不相称。他的身体复原之快,达到令人惊讶的程度。他和弗萝夏是老朋友,我经常看见弗萝夏坐在他的床边。看得出来,她常常向柯察金讲我的情况,当然是过分夸奖了我。因此,每次我走进病房,他都对我报以浅浅的微笑。昨天,他问我:

“大夫,您的手上怎么青一块紫一块的?”

我没有说,这是他昏迷期间死命抓住我的手留下的伤痕。

九月十七日

柯察金额头上的伤口看上去好多了。换药时,他表现出来的令人难以置信的、极大的忍受力真让我们这些医生感到吃惊。

通常在换药时,伤病员都会哼哼几声,发发小脾气,柯察金却一声不吭。在给他的伤口抹碘酒的时候,他把身体绷得像琴弦一样笔直,常常疼得失去知觉,但自始至终没有哼过一声。

如果柯察金发出呻吟声,那就表明他失去了知觉,这已是众所周知的事情了。他为什么能够如此顽强? 我真不明白。

九月二十一日

今天柯察金第一次坐在轮椅上,被推到医院宽大的阳台上。他面对花园,眼神里饱含着何等的喜悦!他呼吸着清新的空气,又是多么贪婪!他的脸上还缠着绷带,只露出一只眼睛。这只眼睛炯炯有神,灵活好动,兴致勃勃地观看着周围的世界,仿佛从来没有见过似的。

九月二十六日

今天我被叫到下面的接待室去,那儿有两个姑娘找我。其中一个长得十分漂亮。她们请求会见柯察金。这两个姑娘是冬妮亚·图曼诺娃和塔季扬娜·布拉诺夫斯卡娅。冬妮亚这个名字我很熟悉,因为柯察金在昏迷中不止一次提到过她。我允许她们进去见他。

十月八日

今天,柯察金第一次独立行走,在花园里散步了。他不止一次地问我,什么时候可以出院。我告诉他,快了。每逢探病的日子,两个姑娘都来看望他。现在我知道了,为什么柯察金从来不呻吟,而且决不会呻吟。我问过他,他回答我说:

"您读一读《牛虻》就知道了。"

十月十四日

柯察金出院了。我们非常亲切地相互道别。他眼睛上的绷带已经拆了,前额还包扎着。他的一只眼睛瞎了,但从外表上看不出来。同这个好同志分手,我心里很难过。

总是这样:伤员痊愈了,离开我们走了,而且希望不再回来。分别的时候,柯察金说:

"还不如左眼瞎了呢。我现在怎么开枪?"

他仍然一心想着前线。

保尔出院以后,最初一段时间住在冬妮亚寄宿的布拉诺夫斯基家里。

他立即试图吸引冬妮亚参加社会活动。有一次,他邀请冬妮亚参加市里共青团的会议,冬妮亚同意了。但是,等她换完衣服,走出房间以后,保尔却咬紧了嘴唇:她打扮得那么雅致,那么讲究,保尔都不敢把她带到他的伙伴们那儿去了。

就为这件事情,他们之间产生了第一次冲突。保尔问冬妮亚为什么要这样打扮,她生气了:

"我从来就不喜欢和别人一样。如果你觉得带我去不方便,那我就不去好了。"

在俱乐部里,大伙儿都穿着褪色的制服和上衣,唯独冬妮亚打扮入时,惹人注目。保尔看在眼中,心里很不是滋味。同志们都把冬妮亚看作外人。冬妮亚也感觉到了,于是,她用轻蔑而带有挑衅的目光看着大家。

在货运码头担任共青团书记的装卸工潘克拉托夫宽宽的肩膀,穿着粗帆布衬衫。他把保尔叫到一边,不客气地看了看他,又对冬妮亚瞟了一眼,问道:

"怎么,这位漂亮小姐是你带来的?"

“是的,是我。”柯察金生硬地答道。

“唔……”潘克拉托夫拉长了话音,“她那副模样对我们可不大合适,倒像是资产阶级小姐。怎么会放她进来的?”

保尔的太阳穴怦怦地跳了起来。

“她是我的同伴,是我把她带进来的,懂吗? 她对我们并没有敌意,只是她的打扮嘛,那倒确实有点问题。不过,也不能总以穿戴取人吧。什么人可以带进来,这我清楚,同志,没什么值得你挑剔的。”

他本来还想再说几句难听的话,但忍住了,因为他知道,潘克拉托夫讲的话代表着大家的意见。于是,他把满肚子的气统统发泄在冬妮亚的身上:

“早就跟她说过! 见什么鬼,要出这种风头!”

这天晚上是保尔和冬妮亚之间的友谊破裂的开端。保尔注意到,似乎十分牢固的友谊出现了裂痕,内心既痛苦,又惊诧。

又过去了几天。每一次见面,每一次谈话,只能使他们的关系越来越疏远,越来越冷淡。冬妮亚庸俗的个人主义已经让保尔难以忍受。

他们俩心中都很清楚: 感情的破裂已不可避免。

这一天,他俩双双来到铺满褐色枯叶的库佩切斯基公园,作一次最后的交谈。他们站在陡岸边的栏杆旁,下面是滚滚的第聂伯河,灰暗的流水时时闪出微光;一艘拖轮逆流而上,慢吞吞地从高大雄伟的桥下驶出,它的轮翼无力地拍击着水面,后面还拖着两艘大肚子的驳船。落日的余晖在特鲁哈诺夫岛上抹上一层金黄色,房屋上的玻璃也被映照得红彤彤的。

冬妮亚面对落日金黄色的余晖,神情忧郁地说:

“难道我们的友谊就像这即将消失的太阳一样,也要消失吗?”

保尔目不转睛地看着她,双眉紧锁,轻轻地说:

“冬妮亚,这个问题我们已经谈过。你当然知道,我以前是爱你的,就是现在,我对你的爱还可以恢复,不过有个条件: 你必须和我们站在一起。我现在已经不是从前的那个保夫鲁沙了①。如果你认为,我首先应当属于你,然后才能属于党,那我只能做一个坏丈夫,因为我必须首先属于党,然后才属于你和其他的亲人。”

---

① 见附注 19。

冬妮亚惆怅地凝视着蓝色的河水，双眼泪水盈盈。

保尔从侧面看着她那熟悉的面庞和栗色的头发。曾几何时，她是那么可爱，那么亲近！一股怜悯之情涌上心头。

他轻轻地把手搭在她的肩膀上，说：

"把束缚你的一切统统抛开吧。站到我们这边来，让我们一起去消灭那些老爷。我们那儿有许多好姑娘，她们和我们一起承受残酷斗争的全部压力，和我们一起忍受种种艰难困苦。她们的文化程度也许还不如你，那么，你为什么，究竟为什么就不愿意和我们在一起呢？你说，丘扎宁想使用暴力占有你，但他是一个败类，不是战士；你说，他们对你不友好。那你干吗要打扮成那个样子，就像去参加资产阶级的舞会呢？那天你说，我不要和他们一样，穿那脏兮兮的军便服。这是虚荣心在作怪。你有勇气去爱一个工人，却不能热爱他们的思想。和你分手，我感到非常遗憾，我也希望对你留下美好的印象。"

他沉默了。

第二天，保尔在街上看到了由省肃反委员会主席朱赫来签发的命令，他的心怦然一动。他赶紧跑去找这个老水兵，但不放他进去。他死缠活赖，弄得卫兵差点把他抓起来。最后终于如愿以偿。

这次见面使保尔和朱赫来都很兴奋。朱赫来的一只胳膊已被炮弹炸断。当时，他们就把工作问题谈妥了，朱赫来说：

"既然你暂时不能上前线，那我们就一起来消灭反革命吧。明天你就来上班。"

与波兰白军的战争结束了。红军几乎已经打到华沙城下，但物力和人力都已耗尽，且又远离后方基地，无法得到及时的补充，因而未能攻破最后的防线，重又撤了回来。波军把红军从华沙的撤离称为"维斯瓦河上的奇迹"。波兰贵族地主的白色政权幸存下来，建立一个波兰苏维埃社会主义共和国的理想暂时未能实现①。

遍地血迹的国家需要休整。

---

① 见附注20。

保尔没有能够见到亲人,因为舍佩托夫卡市重又落入波兰白军的手中,成为双方的战线分界地。和平谈判正在进行。保尔日日夜夜都在肃反委员会里工作,完成各种任务。他住在朱赫来的房间里。听说舍佩托夫卡市重又落入波兰人手中,保尔十分担忧。

“费奥多尔,如果谈判的结果是维持现状,那我的母亲不是就给划到边界外面了吗?”

朱赫来安慰他说:

“边界大概会沿哥伦河划分,因此舍佩托夫卡市还会属于我们的。很快就会知道的。”

许多师团从波兰前线向南方转移。利用共和国喘息的机会,弗兰格尔悄悄地从克里米亚的巢穴里爬了出来。以前,当共和国集中全部兵力用于波兰前线的时候,弗兰格尔的部队却从南向北推进,沿着第聂伯河,悄悄逼近叶卡捷琳诺斯拉夫省。

现在,与波兰的战事已经结束。于是,国家调集部队,派往克里米亚,去捣毁这最后一个反革命的巢穴。

满载士兵、车辆、给养和大炮的军用列车,经过基辅,开往南方。这一区段的铁路肃反委员会简直忙得不可开交:军用列车源源不断地涌来,常常造成堵塞,使得各个车站都挤得水泄不通,整个交通则处于中断状态,因为腾不出线路。收报机吐出的狭长纸条上常常都是最后通牒式的电文,命令为某某师让道。打满密码的小纸带没完没了地爬出来,每份电文上都写着:“十万火急……军事命令……立即让道。”而且,几乎每份电报上都要提及:违令者送交革命军事法庭,依法制裁。

负责疏散堵塞现象的机构就是区段铁路肃反委员会。

各个部队的指挥员常常冲进肃反委员会,挥舞着手枪,要求根据某某司令员某某号电文的命令,将他们的列车立即发走。

如果回答他们说,这个无法办到,他们连听都不愿意听:“豁出命来,也要把我们的车发走!”于是,开始大吵大骂。遇到特别复杂的情况,便立即将朱赫来请来。只要朱赫来一到,已经吵得面红耳赤,恨不得要动刀动枪的双方都会平静下来。

朱赫来钢铁般魁伟的身躯,他的冷静、沉着以及不容反驳的坚定口气都会使他们把已经拔出的手枪塞回枪套。

保尔经常离开房间到站台上去工作，尽管他的头疼得像针扎一样。肃反委员会的工作损坏了他的神经。

有一天，保尔在装满弹药箱的敞车上突然看见了谢廖扎·布鲁兹扎克。谢廖扎从敞车上跳下，猛地扑在他身上，差点没把他撞倒，又紧紧将他抱住：

“保夫卡！你这个鬼家伙，我一下子就认出来了。”

朋友俩一时不知该问什么，该说什么。是啊，在分别后的日子里，他们经历了多少事情啊！他们匆忙向对方问长问短，可还没有等到对方回答，自己却又讲开了。他们连汽笛声都没有听到，直到火车轮子已经开始滑动，才松开了相互拥抱的胳膊。

有什么办法呢？刚刚才见面，又要分别了。火车已经在慢慢加快速度。谢廖扎担心赶不上火车，最后向保尔喊了一句什么，就匆忙向月台跑去。加温车厢的门敞开着，他一把抓住门把手，立即有几只手接住他，把他拽了进去。保尔站在原地，目送列车渐渐远去。直到这个时候，他才想起，谢廖扎还不知道瓦利娅已经牺牲的消息，因为谢廖扎离开故乡以后一直没有回去过。保尔沉浸在意外相逢的惊喜之中，竟忘了将这件事告诉他。

“让他安心地走吧，不知道也好。”保尔心里想道。他万万没有想到，这次见面竟是他与朋友的诀别。这时，谢廖扎正站在车顶上，任凭强劲的秋风向他的胸膛袭来。他也没有料到，死神正在前面等候着他。

“坐下来吧，谢廖扎。”多罗什科劝他说。这个红军战士军大衣的背上有个烧破的窟窿。

“没关系，我和风是老朋友了，让它吹个痛快吧。”谢廖扎笑着回答。

一个星期以后，在第一次战斗中，谢廖扎就在乌克兰秋天的原野上牺牲了。

远处飞来一颗流弹。

流弹击中了他，他浑身一颤。胸口撕裂般火辣辣地疼痛，他不由得向前跨了一步，身体轻轻晃了晃。他没有叫喊，只是伸开双臂，又将双手紧紧捂在胸前，身体向前倾斜，仿佛准备跳跃似的，僵硬的身体一下子摔倒在地上。他的那双蔚蓝色的眼睛一动不动地凝视着无边无际的草原。

肃反委员会紧张的工作环境对还没有完全康复的保尔产生了不利的影响，他的健康状况又趋恶化。脑部受伤的后遗症——头疼病发作的次数更加频繁。最后，在熬过两个不眠之夜以后，他终于失去了知觉。

面对这种情况，保尔去找朱赫来，说：

"费奥多尔，如果我想调换一个工作，你看是否妥当？我的最大愿望是到铁路工厂去，搞我的本行。在这儿，我总觉得力不从心。医务委员会说我不适合在部队工作，可这儿比前线更加紧张。这次清剿苏特里匪徒，连续作战两天两夜，简直把我完全累垮了。我应当脱离这种刀对刀、枪对枪的工作。费奥多尔，你知道，我现在连站都站不稳，哪能做一个称职的肃反工作人员。"

朱赫来关切地看看保尔：

"是的，你的气色不好。早就该解除你的工作了。这都怪我，考虑得不周到。"

这次谈话以后，保尔带着介绍信来到团省委。介绍信上写着，由团省委给柯察金另行分配工作。

一个故意把鸭舌帽压在鼻梁上的调皮、活泼的小伙子用眼睛扫了扫介绍信，愉快地对保尔眨眨眼睛，说：

"从肃反委员会来的？好地方。来吧，我们马上把你的工作安排一下，这儿正缺人呢。把你派到哪儿去呢？到省粮食委员会去，怎么样？不去？那就算了。码头上的宣传站，去不去？不去？呵，那你就错了，这可是个好单位，口粮额度最高。"

保尔打断他的话头，说：

"我想去铁路，到铁路工厂去。"

小伙子惊奇地看看他：

"去铁路工厂？嗯……我们那儿不缺人。这样吧。你去找乌斯季诺维奇，让她给你找个地方吧。"

保尔和这个皮肤黝黑的姑娘作了简短的交谈，最后决定：保尔作为不脱产干部，到铁路工厂担任共青团的书记。

就在这个时候，在克里米亚的大门旁，在这个半岛狭小的喉管处，在以前克里米亚鞑靼人与扎波罗热哥萨克古老的分界的地方，白匪军重建了一座戒备森严的要塞——佩列科普。

旧世界的残渣余孽已经无法逃脱灭亡的命运，他们从全国各地逃往克里米亚半岛，自以为躲在佩列科普要塞的后面绝对安全，仍然沉湎于花天酒地之中。

在一个多雨、潮湿的秋夜，数万名劳动人民的子弟跳进冰凉的湖水，要连夜涉渡锡瓦什湖，从背后偷袭龟缩在要塞内的敌人①。极其珍惜地将机枪顶在头上前进的伊万·扎尔基就是其中的一员。

凌晨，佩列科普慌成一团，混乱不堪，因为数以千计的红军战士已越过层层障碍，从正面冲了上去；在白匪军后方，就在科托夫斯基半岛上，渡锡瓦什湖的先头部队也已经登陆。扎尔基是最先到达石岸的战士之一。

空前激烈的血战开始了。白匪的骑兵犹如疯狂的野兽，向从水里上岸的红军战士猛扑过去。扎尔基一面用机枪拼命扫射，一面不停步地前进。敌方的人马在密集的弹雨中成堆地倒下。扎尔基以飞快的速度一个接一个地换着子弹盘。

数百门大炮的轰鸣震撼着佩列科普，仿佛大地已崩裂，陷入无底深渊。数千发炮弹疯狂地呼啸着，在空中来往穿梭，炸成无数碎片，造成大量伤亡。大地炸开了花，一个个泥团被抛向空中，黑色的雾团遮蔽了阳光。

匪穴已被砸烂。红军部队不断拥进克里米亚。在最后的战斗中表现英勇、使敌人闻风丧胆的骑兵第一集团军的各师也冲进了克里米亚。丧魂落魄的白匪军慌慌张张登上汽轮，离岸向外逃窜。

苏维埃共和国为战斗英雄颁发了金质红旗勋章。勋章佩戴在战士褴褛的军装上，佩戴在心脏跳动的地方。其中有一枚就佩戴在机枪手、共青团员伊万·扎尔基的制服上。

对波和约已经签订，正如朱赫来所料，舍佩托夫卡仍然属于苏维埃乌克兰，离这个城市三十五公里处的河流定为国界线。一九二〇年十二月，在一个难以忘怀的早晨，保尔动身返回故土，探望亲人。

---

① 见附注21。

他下了火车，踏上铺满白雪的站台，瞥了一眼“舍佩托夫卡Ⅰ”这个站牌，立即左拐，走进机车库。他去找阿尔青，但阿尔青不在这里。他裹紧身上的大衣，快步穿过树林，来到城里。

玛丽亚·雅科夫列夫娜听见了敲门声。她转过身来，口里喊道：“请进。”一个满身雪花的人走了进来。母亲定睛一看，认出了亲爱的儿子。她两手抓住胸口，从天而降的喜悦使她激动得一句话也说不出来。

她把自己瘦削的身体紧紧贴在儿子胸前，不停地吻他，脸上挂满幸福的泪水。

保尔把母亲拥在怀里，看着她那被愁苦和期待折磨得疲惫不堪、布满皱纹的脸庞。他没有说话，等待母亲平静下来。

这位苦难深重的母亲，如今眼睛里重又闪现出幸福的光芒。儿子回来以后的这些天里，她对儿子说也说不完，看也看不够。本来，她以为再也见不着保尔了。两三天以后，阿尔青肩上背着行军袋，半夜里也冲进了小屋。两个儿子的归来给母亲带来了无限的欢乐。

柯察金家小屋的主人都回来了，弟兄俩历经千辛万苦，经过严酷的考验，终于躲过死神，平安归来，重又团聚……

“往后，你们俩打算干什么呢？”玛丽亚·雅科夫列夫娜问两个儿子。

“我还去搞我的轴承，妈。”阿尔青答道。

保尔在家里只待了两个星期，他又返回了基辅：那儿有许多工作等待着他呢①。

---

① 见附注22。

第 二 部

第1章

午夜。最后一辆有轨电车早已拖着它那破旧的车身回厂了。淡淡的月光洒在窗台上，它那幽幽的光线照在床上仿佛是一幅淡蓝色的床罩，房间的其他地方也若明若暗。屋角里的一张桌子上，台灯罩下射出一圈灯光。丽达低着头在一本厚厚的笔记本上写日记。

削得尖尖的铅笔迅速移动着：

五月二十四日

我又想把自己的一些印象记下来。又是一块空缺。一个半月过去了，可是只字未记。这块空白只好让它留着了。

哪有时间写日记呢？现在夜深人静，我才动笔。丝毫没有睡意。谢加尔同志要去党中央工作了。这个消息使我们大家都很难过。我们的谢加尔同志是个非常好的人。现在我才明白，他和大家的友谊是多么宝贵。当然，谢加尔一走，辩证唯物论学习小组就会散掉。昨天大家在他那儿待到深夜，检查我们"辅导对象"的成绩。共青团省委书记阿基姆也来了，还有令人讨厌的登记分配部部长图夫塔。这人自以为无所不知，真叫人受不了。谢加尔兴高采烈。他的学生柯察金的党史知识掌握得很好，把图夫塔搞得十分难堪。是的，两个月的时间没有白费。既然获得了这样好的成绩，花费点精力就值得。听说朱赫来要调到军区特勤部去工作，调动的原因我不清楚。

谢加尔把他的学生交给了我。

"您来完成这件事吧，"他说，"别半途而废。丽达，不论是您还是他，相互都有可学习的地方。这个青年人还没有完全摆脱自发性。他热情奔放，往往感情用事，冲动起来就会走弯路。根据我对您的了解，丽达，您会是他最合适的辅导员。祝您成功。别忘了给我往莫斯科写信。"谢加尔临别时对我说。

中央新派来的索洛缅卡区委书记扎尔基今天来了。我在部队时就认识他。

明天德米特里就要把柯察金带来了。我想描写一下德米特里·杜巴瓦。他中等个子，健壮有力，肌肉发达。一九一八年入团，一九二〇年入党，是由于参加了"工人反对派"而被清除出团省委的三名委员之一。带他学习可真不容易。每天他都向我提出许多不着边际的问题，打乱了学习计划。他和我的另一个女学生奥莉加·尤列涅娃经常发生小小的争执。就在第一天晚上，他朝奥莉加从头到脚打量一番之后说：

"老太，你的制服可不配套。还需要一条皮裆马裤、马刺、一顶布琼尼军帽和军刀，要不然不伦不类，不文不武。"

奥莉加也不相让，我只好从中劝解。德米特里好像是柯察金的朋友。今天就写这些。该睡觉了。

酷热，大地懒洋洋的。车站天桥上的铁栏杆晒得发烫，由于炎热而萎靡不振、没精打采的人们在桥上走着。这些人不是旅客，多半是从铁路工人区进城去的人。

保尔从天桥高处的台阶上看到了丽达。她比他早到车站，正在向从天桥上下来的人群张望。

保尔在离丽达侧面两三步远的地方站住了。她没有发现他。保尔怀着一种莫名的好奇心仔细观察她。丽达穿了件条子衬衫，下面是普通的蓝布短裙，柔软的皮夹克搭在肩上，蓬松的秀发衬着晒黑了的脸蛋。她站在那儿头微微向后仰着，眼睛被强烈的阳光照得眯了起来。保尔第一次用这样的目光注视他的这位朋友和老师，也是第一次突然产生了这种想法：丽达不仅仅是一个团省委委员，而且也是……当他一察觉自己有这种"邪"念，心里就很不是滋味，于是，立刻上前去招呼她：

"我已经看了你有整整一小时了，可你却没有看见我。该走了，列车已经到了。”

他们穿过公务人员通道向月台走去。

昨天团省委指定丽达作为代表去参加一个县的共青团代表大会，并且派柯察金协助她工作。今天他们必须乘车出发，可这绝不是件轻松的事。火车班次极少，发车时，火车站由全权负责乘车事宜的五人委员会控制，没有他们所发的通行证，任何人无权进站。所有进出口都由这个委员会的纠察小队把守。挤得满满的列车也只能载走十分之一急切想上路的人，可是谁也不愿留下，因为发车机会太少，一等就是几天。于是，数千人冲往通道口，都想挤过去，走进那无法靠近的绿色车厢。在那些日子里，车站经常被围得水泄不通，有时还发生争吵和斗殴。

保尔和丽达挤来挤去，可是白费力气，就是进不了站台。

保尔熟悉车站的情况，知道所有的进出通道，于是，他就领着丽达从行李房穿过去。他们费了好大的劲才挤到了四号车厢跟前。车门前密密麻麻围着一堆人，一个肃反委员会的工作人员，热得满头大汗，挡在车门前面，无数次不断地重复这样的话：

“我不是跟你们说了吗？车厢里早挤得满满的了。车厢的连接板和车顶上是不准站人的。上面有命令。”

怒气冲冲的人群朝他使劲挤过去，把五人委员会发的四号车厢的乘车证塞到他的鼻子底下。每节车厢的门前都这样拥挤不堪，人们恶狠狠地一边挤，一边咒骂着、喊叫着。保尔看出来，按常规办事是上不了这趟车的，但是他们又非走不可，否则代表大会就不能召开了。

他把丽达叫到一边，把自己的行动计划告诉她：他先挤进车厢，然后打开窗户，把丽达从窗口拉进去。只能这样，别无他法。

“把你的皮夹克给我，它比任何证件都更管用。”

保尔拿过她的皮夹克，穿在身上，又把她的左轮手枪插在皮夹克的口袋里，故意让系着枪穗的枪柄露在外面。他把装了食品的袋子放在丽达的脚边，毫不客气地把别人左推右挡，一把抓住了车门的扶手。

“喂，同志，上哪儿去？”

保尔回头看了看那个矮矮壮壮的肃反工作人员，用一种不容许别人对他的权力有任何怀疑的口吻，一本正经地说：

“我是军区特勤部的。现在要检查一下你们这节车上的人是不是都有五人委员会发的乘车证。”

肃反工作人员看了看他的口袋,用袖口擦去额上的汗水,未加可否地说:

“好吧,只要你挤得进去,那就查吧!”

保尔用手,用肩,有时还用拳头连推带撞往里挤,他伸手抓住上铺的座板,把身子吊起来,从别人的肩膀上爬过去,尽管这样招来一片咒骂声,但总算挤到了车厢的中间。

“你这鬼东西往哪儿挤?这个该死的!”保尔从上面下来时,一脚踩在一个胖女人的膝盖上,她就冲着他骂开了。这个女人七普特①重的肥大身躯挤在下铺的边上,两腿中间还放了一只油桶。这类铁桶、箱子、袋子、筐子塞满了所有的铺位。车厢里闷得透不过气来。

保尔没有理睬这个胖女人的咒骂,而是问她:

“女公民,您的乘车证呢?”

“什么证?”那个女人对这个突然冒出来的检查员发火了。

一个贼头贼脑的家伙从上铺探出头来,用刺耳的粗嗓子嚷道:

“瓦西卡,哪来的这个家伙?给他点厉害,让他滚开!”

保尔头顶上方有个人应声而出。这是个结结实实的小伙子,胸脯上长满了毛,一双牛眼瞪着柯察金。看来,他就是瓦西卡了。

“你干吗?缠住女人不放。要你来查什么票?”

旁边的铺上荡下来八条腿,这几个人互相搂着坐在上面,起劲地嗑瓜子。看来他们是一帮见过世面的投机商贩,经常来往于铁路上的老手。保尔心想,没有时间跟他们纠缠,应该先把丽达接上车来。

“这是谁的箱子?”他指着车窗旁边的一只木箱,问一个上了年纪的铁路工人。

“喏,就是那个女人的。”铁路工人指指穿着褐色长筒袜的两条粗腿说。

必须把车窗打开,但是那个木箱碍事,又没地方可放。保尔一把抱起木箱,把它交给主人——那个坐在上铺的女人。

---

① 一普特等于一六·三八千克。

“女公民,请您拿一下,我要开窗子。”

“你干吗乱动别人的东西!”他刚把木箱放到她的膝盖上,这个塌鼻子的女人就尖声叫了起来。

“莫季卡,这是什么人要在这儿闹事?”她向邻座求援。那个人没有下来,就在上面用穿着凉鞋的脚在保尔的背上狠踢了一下。

“喂,你这只癞皮狗!乘我还没有给你身上戳个窟窿,快滚吧!”

保尔背上挨了这一脚,忍着没说什么。他咬紧嘴唇,使劲打开车窗。

“同志,请您稍微挪一挪。”他向那个铁路老工人请求说。

保尔把不知谁的一个桶推开,腾出地方,站到了车窗跟前。丽达正等在车厢旁边。她赶紧将旅行包递给他。保尔把包扔在那个两腿中间夹个油桶的女人的膝盖上,俯身抓住丽达的手,把她拉了上来。一个在车站值勤维持秩序的红军战士刚发现这个违纪行为,但还没来得及制止,丽达已经爬进了车厢。那个反应迟钝的红军战士只好骂了几声,走开了。

丽达一进车厢,那帮投机商贩立即大声起哄,弄得丽达很窘,有点不知所措,她连个放脚的地方都没有,只好抓住上铺的扶手,勉强站在下铺的边缘上。周围一片咒骂声,上面有个低哑刺耳的声音骂道:

“这个混蛋,自己钻进来不算,还拖来个小娘儿们!”

上面又有人尖声尖气地叫道:

“莫季卡,对准鼻梁给他一拳!”

塌鼻子女人老想把木箱放到柯察金的头上。周围的一副副面孔也全都充满敌意,流里流气。保尔真懊悔把丽达带到这儿来。但是,总得先安顿下来。

“公民,把你的袋子从过道上拿走,让这个同志站下来。”他对那个叫莫季卡的人说,但是对方的回答竟是一句不堪入耳的下流话,气得保尔勃然大怒,右眉上面的伤疤一阵阵刺痛。

“下流坯,你等着,我回头再来跟你算账,你跑不了。”他强忍怒气,对那个流氓说。可是,保尔的头又被上面的人踢了一脚。

“瓦西卡,再教训教训他!”四周的人也在起哄。

保尔心中压抑已久的满腔怒火终于爆发了。每遇这种情况,他的动作就会变得又猛又狠。

“怎么,你们这些搞投机倒把的家伙,居然想欺负人?”保尔用双手猛力一撑,仿佛被弹起来似的,立即跳到了上铺,对准莫季卡那张厚颜无耻的脸狠狠打了一拳。这拳头可真有劲,那家伙一下跌了下去,掉在过道上那些人的头上。

“统统滚下来,你们这帮混蛋,要不我把你们当狗一样统统毙了。”柯察金拿着手枪对着那四个人的脸晃来晃去,怒气冲冲地大声喝道。

这一下,局面完全不同了。丽达密切注视着周围的一切,要是有谁敢动保尔,她就马上朝他开枪。上铺很快腾空了,那个贼头贼脑的家伙也赶忙撤到邻近的铺位上去了。

保尔安排丽达在空位子上坐下,低声对她说:

“你在这儿坐着,我要去跟这帮人算账。”

丽达拦住他说:

“你还要去打架?”

“不是去打架。我马上回来。”他安慰她说。

保尔又打开车窗,跳到月台上。几分钟之后,他已到了县交通运输肃反委员会,站在他的老首长布尔迈斯特办公桌旁了。布尔迈斯特是拉脱维亚人,听了他的汇报之后,下令让四号车厢里的旅客全部下车,重新检查证件。

“我早说过,每次都是这样,旅客还没有上车,车里就已经挤满了做投机买卖的。”布尔迈斯特不满地嘟哝着。

由十个肃反工作人员组成的小队对整个车厢进行彻底的大检查。保尔按老习惯,帮着一起检查了整个列车。他离开肃反委员会以后,和那里的朋友们仍然有联系,而且在他当共青团书记期间,还派了不少优秀团员去县交通运输肃反委员会工作。检查完毕,保尔才回到丽达那儿。现在车上都是新的旅客——因公出差的干部和红军战士了。

保尔和丽达挤在车厢的顶端,只是在角落里留了一个上面的铺位给丽达,其他地方都堆满了成捆成捆的报纸。

“没关系,我们俩能挤得下的。”丽达说。

列车开动了。

窗外掠过胖女人的身影,她高高地坐在一大堆口袋上,只听她喊道:

“曼卡,我的油桶呢?”

丽达和保尔挤在一个狭小的铺位上,一捆捆报纸把他们同邻座隔开。他们一面开心地谈论刚才那个令人不太愉快的插曲,一面津津有味地大口大口吃着面包和苹果。

列车行驶缓慢。由于超载和失修,缺油的车身不时发出吱轧、咔嚓的响声,每到铁轨的接头处,就会震动摇晃。黄昏时分,车厢里暗下来了。暮色渐浓,夜幕遮住了敞开的窗子,车内漆黑一片。

丽达累了,她将头靠在包上,打起盹来。保尔耷拉着腿,坐在铺位上抽烟。他也十分疲乏,但没有地方可以躺下。夜间的清凉气息从窗外阵阵袭来。车身突然一震,丽达惊醒了,她看见保尔烟头上的火光,心想:"他会就这样一直坐到天亮,肯定是怕我拘束,不想和我挤在一起。"

"柯察金同志!请您把资产阶级那些俗套丢掉,躺下休息吧!"她开玩笑地说。

保尔在她身旁躺下,舒服地伸直了他那发麻的双腿。

"明天我们还有一大堆的工作要做。睡吧,你这个爱打架的小伙子。"她坦然地用胳膊搂住她的朋友,保尔感觉到她的头发轻轻地触着他的脸颊。

在保尔看来,丽达是神圣不可侵犯的。他们目标一致,她是他的战友和同志,政治上是他的引路人,然而她毕竟还是个女人。他第一次意识到这一点是在天桥附近,所以她的拥抱使他十分激动。保尔感觉到她深沉均匀的呼吸,她的嘴唇就在近旁,这就使他产生了一种想要找到她的嘴唇的不可克制的愿望。然而,他还是以他坚强的意志控制住了自己。

丽达好像猜到了他的感情,在黑暗中微微一笑。她已尝到过倾心相爱的欢乐和失去爱情的痛苦。她曾经将她的爱情先后献给两个布尔什维克,可是白卫军的子弹把他们两人都从她身旁夺走了:一个是高大强壮,刚毅英勇的旅长;另一个是长着一对明亮的、蓝眼睛的青年。

车轮的轧轧声很快就将保尔带入了梦乡。直到第二天早晨,他才被机车的吼叫声惊醒。

近来,丽达总是很晚才回到自己的房间。在难得打开的日记本里又增添了几篇简短的日记。

八月十一日

省代表大会已经结束。阿基姆、米海拉和其他同志都到哈尔科夫参加全乌克兰的代表大会去了。日常工作全部落在我的肩上。杜巴瓦和保尔都收到了列席团省委会议的证件。自从杜巴瓦担任佩乔拉团区委书记之后，晚上就不再来参加学习。他的工作忙极了。保尔还想学习，但有时我没有时间，有时他又到外地出差。由于铁路上局势越来越紧张，他们那里经常处于一种动员状态。扎尔基昨天来过，对我们挖走了他的人很不满意，他说，他们也很需要这些人。

八月二十三日

今天我经过走廊时，看到潘克拉托夫、柯察金和一个陌生人站在总务处门口。我走近去，听见保尔在说：

"那里几个家伙都是这路货色，一枪崩了都不可惜。他们说：'你们无权干涉我们的事情，有铁路林业委员会在这里做主，轮不上什么共青团来指手画脚。'弟兄们，瞧他们那副德性……那儿可真成了繁殖寄生虫的好地方啦！"

接着我就听到了一声不堪入耳的脏话。潘克拉托夫看见我，马上推了推保尔。保尔转过身来，看见是我，脸都发白了。他不敢正眼看我，拔腿就走，这下子他会很长时间不到我这儿来了，因为他知道，不论是谁这样骂人，我都不会原谅的。

八月二十七日

举行了一次常委会的内部会议。局势日益复杂化。暂时我还不能把全部情况记下来，因为不准许。阿基姆从县里回来了，脸色阴沉。昨天在捷捷列夫站附近一列运粮的专车又被人搞翻了。看来，我得干脆搁笔，不记日记了。老是这样断断续续，记得零零碎碎。我在等柯察金来。我见过他——他和扎尔基正在组织五人公社。

一天，保尔在厂里接到一个电话，丽达打来的。她告诉他，晚上有空，让他继续学习上一次没有学完的专题：巴黎公社失败的原因。

傍晚,保尔走到大学环行路上那所房子的门口,向上望了望,丽达的窗子里亮着灯光。他顺楼梯朝上跑去,像平常那样,用拳头敲了敲门,没等里面回答,就走了进去。

丽达的床,向来男同志连坐一坐都是不许可的,可这时却躺着一个穿军服的男子。桌上放着手枪、行军袋和带星的军帽。丽达坐在他的身旁,紧紧地搂着他。他们正兴致勃勃地交谈着……丽达笑容满面,对保尔转过脸来。

那个军人松开丽达的拥抱,站起身来。

丽达一面和保尔打着招呼,一面说:“我来介绍一下,这是……”

“达维德·乌斯季诺维奇。”军人紧紧地握着保尔的手,不拘礼节地做了自我介绍。

“他就像从天上掉下来似的。”丽达笑着说。

柯察金冷淡地和他握了握手,他感到说不出的委屈,眼睛里闪现出倔强的火花。他已看到,达维德袖子上缀着由四个方形组成的军衔标志。

丽达刚要说什么,但柯察金打断了她。

“我顺便跑来告诉你,今天我有事,要去码头卸木柴。你别等我了……你恰好又有客人。那我走了,大伙还在楼下等我呢。”

保尔突然闯进来,又突然消失在门外。楼梯上响起他那急促的脚步声,楼下的大门砰的一声关上,一切又静了下来。

“他今天大约有什么事不顺心。”丽达看到达维德露出困惑不解的目光,就估猜着对他解释说。

……下面,就在天桥底下,一台机车深深地喘了口气,从巨大的胸膛里喷出一串金色的火星。点点金星在空中飘洒飞舞,然后急剧上升,消失在烟雾之中。

保尔靠在桥栏杆上,凝视着道岔上不同颜色的信号灯,眯起了眼睛,自嘲自讽地盘问自己:

“柯察金同志,真是不可理解,为什么一发现丽达是有丈夫的,您就那么痛苦呢?难道她曾经说过她没有丈夫吗?即便说过,那又怎么样呢?为什么这事突然使您这么痛苦呢?亲爱的同志,您不是素来认为,你们之间除了同志的友谊之外,再没有什么别的了吗……您怎么可以忽略这一点呢?嗯?再说,要是这个人不是她的丈夫呢?达维德·乌斯季诺维奇,可能是哥哥，也可能是叔叔……如果真是这样，那你这个怪物真是莫名其妙地对人不恭。看来，你和其他男人一样，也不是个好东西。他是不是她的哥哥，打听一下就知道。假如真是她的哥哥或者叔叔，那今天的事你又怎么向她解释呢？得了，你再也不能上她那儿去了。”

汽笛的吼叫声打断了他的思路。

“时候不早，该回家了，别再胡思乱想了。”

在索洛缅卡（这是铁路工人区的名称）有五个人组织了一个小公社，他们是扎尔基、保尔、淡黄头发的乐天派、捷克人克拉维切克、机务段的共青团书记尼古拉·奥库涅夫，还有铁路局肃反委员会的代表斯乔帕·阿尔秋欣，不久前他还是修理厂的锅炉工。

他们搞到了一间屋子。一连三天，下班以后就去油漆、粉刷、擦洗。他们提着木桶来回奔跑，忙得不亦乐乎，邻居们觉得好像失火了似的。他们做了床架，再从公园里拾来许多枫叶，塞满袋子做床垫。第四天，房间布置停当，刚刚粉刷过的墙壁显得格外亮堂，墙上还挂了彼得罗夫斯基①的肖像和一张大地图。

两扇窗户之间有个搁架，上面摆了一堆书。两只钉上硬纸板的箱子做凳子，另一只大些的木箱就成了柜子。房间中央放了一张巨大的没有呢面的旧球台，这是他们从公用事业管理局扛来的。这张球台白天当书桌，晚上便是克拉维切克的床。大家把自己的东西全都搬来。善于管理的克拉维切克把公社里的全部资产列了一张清单，并想把清单钉在墙上，但遭到其他人一致反对，这才作罢。房间里所有的东西都是公共的财产。工资、口粮以及偶尔收到的包裹也都平分。只有武器还是各自的私人财产。全体公社社员一致决定：公社成员，违反取消私有制的规定并欺骗本社社员者，一律开除出社。尼古拉·奥库涅夫和克拉维切克坚持还要补充一条：并勒令立即强制迁出此室。

全区共青团的积极分子都出席了公社的成立仪式。他们从隔壁院子里借来一个很大的茶炊，把公社所有储存下来的糖精都用来沏了茶。喝完茶，

---

① 彼得罗夫斯基（一八七八——一九五八）是当时乌克兰中央执行委员会的主席。

大家齐声高唱：

茫茫大地被泪水洒遍，
我们一生受尽劳役的熬煎，
可是总会有这样的一天……

烟厂的塔莉亚·拉古京娜是合唱的指挥，她的红头巾稍稍歪向一边，眼睛就像一个淘气的男孩，从来还没有人能凑近去仔细端详这双眼睛呢。塔莉亚的笑声富有感染力，这个十八岁的糊烟盒女工以她那充满青春活力的目光注视着人生。她的手向上一挥，领唱的歌声就像号角一样响了起来：

唱吧，让我们的歌声传向四方，
我们的旗帜在全世界飘扬，
红旗飘扬，壮丽而辉煌，
我们的热血，像火一样放射光芒……

此起彼伏的谈笑声惊醒了沉睡的街道，直到深夜，他们才各自散去。

扎尔基伸手去接电话。

"轻一点，同志们，什么也听不见！"他朝挤进书记办公室的大嗓门的共青团员们喊道。

谈话声立刻压低了一些。

"喂，哪一位？啊，是您呀！是的，是的，马上。会议内容吗？还是那件事——搬运码头上的木柴。什么？没有，没有派他出去。在这儿。要叫他吗？好的。"

扎尔基向柯察金招手。

"乌斯季诺维奇同志找你。"他把话筒递给保尔。

"我以为你不在呢。晚上我恰好有空。你来吧！我哥哥顺路经过这儿，我和他有两年没见面了。"

果然是她哥哥！

下面的话保尔没有用心去听。他想起了那个夜晚和当天夜里他在天桥上所做的决定。是的,今天晚上应当上她那儿去,把联系他们的小桥烧掉。爱情给人带来许多困扰和痛苦,难道现在是谈情说爱的时候吗?

听筒里传来丽达的声音。

“你怎么了,没有听见我说的话吗?”

“不,不,我听着呢。好的。是的,开完常委会我就来。”

他把电话挂了。

他直直地盯着她的眼睛,手用力按住橡木桌子的边沿说:

“我大概不能再上你这儿来了。”

说完这句话,他看见丽达浓密的睫毛向上一颤,手中那支在纸上迅速书写的铅笔也停下了,一动不动地搁在打开的笔记本上。

“为什么?”

“越来越难挤出时间了。你自己也知道,我们的日子过得有多紧张。很可惜,但是只好先搁一搁……”

他琢磨了一下自己说的话,发觉最后那句说得不干脆。

“干吗兜圈子呢?这说明你没有勇气对准胸口狠狠打一拳。”

于是保尔坚决地接着说:

“此外,我早就想告诉你,你讲的东西,我不大理解。过去跟谢加尔同志学习的时候,我全能记住,而跟你在一起,就怎么都不行。每次从你这儿出去,我还得上托卡列夫那儿去补课,把学的东西弄个明白。我的脑袋瓜儿不灵。你应当另外找一个聪明一点的学生。”

他避开了她那专注的目光。

为了给自己堵死再来丽达处的退路,他又固执地说:

“因此,我们俩都不必再浪费时间了。”

他站起身来,小心地用脚将椅子挪开,目光下垂,看了看丽达那低着的头和灯光下变得苍白的脸。他戴上帽子,说:

“好吧,丽达同志,再见了。真不该这么长时间没有向你挑明。早就该说了,这是我的过错。”

丽达机械地伸出手来,保尔突然变得如此冷淡,使她非常惊讶,她只对他说：

“保尔，我不怪你。既然我不能令你满意，又不能让你理解，那么今天发生的事情，是我自己的责任。”

他迈着沉重的脚步，悄悄地将门掩上。走到大门口，他停住了脚步——现在还可以回去对她说清楚……但是为了什么呢？难道是为了让她当面奚落一番，然后再回到这大门口来吗？不！

铁路的尽头线上，破车厢和废弃不用的机车越积越多。木柴场空荡荡的，风卷着锯屑四处飞舞。

奥尔利克匪帮像猛兽一般经常出没于城市周围、林中小道和幽深的山谷。白天他们隐藏在近郊的村庄和林中的大养蜂场里，夜间则爬上铁路，伸出利爪破坏铁轨，干完罪恶勾当以后，再爬回自己的巢穴。

因此，列车经常出轨，车厢摔得粉碎，睡梦中的人们被碾成肉饼，宝贵的粮食同鲜血、泥土搅和在一起。

匪徒还不时袭击宁静的乡镇。母鸡吓得咯咯直叫，满街乱飞乱跑。常常是突然一声枪响，接着在乡苏维埃白房子附近对射一阵，啪啪的枪声就像踩断了干枯的树枝那样。匪徒们骑着高头大马在村子里横冲直撞，抓到人就砍。他们把军刀挥得呼呼直响，砍人就像劈柴一样。为了节省子弹他们很少开枪。

这类匪徒行动迅速，神出鬼没。到处都有他们的耳目，在神父的院子里，在建造讲究的富农住宅里，一双双眼睛紧紧盯着乡苏维埃的白房子，监视着那里的一举一动。此外，一条条无形的线从这里一直通往密林深处，源源不断地向那里供应子弹、新鲜猪肉、一瓶瓶淡蓝色的原汁酒；各种情报也悄悄地先传递给大小头目，然后通过极其复杂的联络网，送到奥尔利克本人那里。

这个匪帮总共只有二三百个亡命之徒，但一直都没能把他们捕获。他们经常化整为零，分成许多小股，在两三个县内同时活动。全部摸清他们的下落是难以做到的。这些人夜里是匪徒，白天却像安分的庄稼人，在自己的院子内慢慢腾腾地干活，不时喂喂马，或是脸上挂着得意的微笑在大门口一边吸烟袋，一边阴沉地注视着过往的红军骑兵巡逻队。

亚历山大·普济列夫斯基带领团队废寝忘食地在三个县里来回奔波，他们马不停蹄，顽强地追捕这些匪徒，有时也能发现他们的踪迹。

一个月之后，奥尔利克从两个县里撤走了他的喽罗。他们的活动地盘只剩下一个狭小的圈子了。

城里的生活一如既往。五个集市上充满喧嚷嘈杂的人声，在这里的人只有两种愿望：一是漫天要价，一是落地还钱。形形色色的骗子都在这儿大显身手。几百个眼尖手快的人像跳蚤一样在市场上跳来窜去，他们的眼神里什么都有，唯独没有良知。这里就像是一个大粪堆，聚集着城里所有的蛆虫，他们都一心想哄骗坑害那些初出茅庐的新手。班次极少的火车从车厢内放出成群结队扛着口袋的人，这些人全都拥向集市。

晚上，集市上空寂无人。白天生意兴隆的小巷、一排排黑洞洞的货架和摊位显得冷清萧条。

夜里，就是胆大的人也不全敢冒险潜入这死气沉沉的街区。这里，每个亭子后面都有潜在的危险。夜里常常突然响起枪声，仿佛用锤子敲了一下铁板，一个人立刻倒在血泊之中。等到在附近站岗的民警集合后赶来（他们从来不单独行动），除了一具蜷缩的尸体之外，已经什么人也找不到了，凶手早已离开现场，逃之夭夭，市场附近的居民却从梦中惊醒，被闹得不得安宁。集市对面有座“俄里翁”电影院，那里街道上灯火通明，人群熙熙攘攘。

电影院里，放映机嗒嗒地响着。银幕上争风吃醋的情敌在格斗。片子一断，观众们就尖声怪叫。市内和郊外的生活似乎都没有脱离常轨，就连革命政权的中枢机构——党的省委员会内也是一切如常。然而这种平静只是表面现象。

在这个城市里一场风暴正酝酿成熟。

许多人已经知道这场风暴即将来临，他们中有些人把步枪笨拙地藏在庄稼人的“长袍”下，从四面八方潜入城内；有些人装扮成小贩坐在火车顶上溜进城来，不上集市，却背了口袋照着暗记在心的地址去了指定的街道和住宅。

这些人都知道内情，可是，工人区的群众，甚至那里的布尔什维克却并没有觉察到已经逼近的风暴。

全城只有五个布尔什维克了解敌人准备行动的全部情况。

被红军赶到白色波兰境内的彼得留拉残匪,同驻华沙的外国使团紧密勾结,策划在这里组织一次暴动。

一支由彼得留拉残余匪徒拼凑起来的突击队已经秘密组成。

中央暴动委员会在舍佩托夫卡也建立了自己的组织,参加这个组织的有四十七人,其中多数过去就是顽固的反革命分子,只是因为当地的肃反委员会轻信了他们,他们才仍然逍遥法外。

这个组织的头子是瓦西里神父、温尼克少尉和一个彼得留拉的军官库兹缅科。神父的两个女儿、温尼克的兄弟和父亲以及潜伏在市执行委员会里的办事员萨莫特尼亚则为他们搜集情报。

他们计划在夜里发动暴乱:用手榴弹炸毁边防特勤处,释放囚犯,如果成功,还将占领火车站。

作为这次暴动中心的一座大城市里,白匪军官们正在十分秘密地集中,其他各路匪帮也都到城外的树林里集合。从这里派出可靠的"铁杆死硬分子"分别去罗马尼亚以及彼得留拉本人处取得联系。

水兵朱赫来在军区特勤部已一连六夜没有合眼了。他是了解全部情况的几个布尔什维克当中的一个。费奥多尔·朱赫来这时的心情,就像一个猎人死死盯住一头即将扑来的猛兽。

不能叫喊,不能惊动。必须击毙这头嗜血成性的野兽。只有这样才无后顾之忧,才能安心工作。千万不能惊动野兽。在这场你死我活的搏斗中,一个战士,只有保持冷静的头脑,具有铁的手腕,才能克敌制胜。

决定性的时刻越来越临近了。

就在这座城市的某个地方,在迂回曲折迷宫般的秘密接头地点里,暴乱分子做出决定:明天晚上行动。

不,就在今天夜里。五个掌握全部情况的布尔什维克决定抢先一步。

晚上,一列装甲车,不鸣汽笛,悄悄地从车库里开了出来,随后车库的大门又悄悄关上了。

密码电报由直通线路急速发往各地。电报所到之处,共和国的保卫者们都顾不上睡觉,立即出动,连夜直捣匪巢。

阿基姆打电话询问扎尔基:

"支部会议都布置好了吗?是吗?好的。你马上跟区委书记一起来开会。木柴问题比我们原先想的更糟。你来了我们再谈吧。"阿基姆讲得又快又果断。

"唉,这些木柴都快把我们全给弄疯了。"扎尔基嘟哝着说,把电话挂上。

古戈·利特克驾车飞快地将两位书记送来了,他们从汽车上下来,登上二楼,马上就明白,让他们来不是为了木柴问题。

办公室主任的桌子上放着一挺马克沁机枪,从特种勤务部队来的几个机枪手在那儿忙着。走廊上有本市的党团员积极分子站岗,他们都默不作声。省委书记办公室的房门紧闭着,里面正在举行的省委常委紧急会议已经接近尾声。

两架军用电话机的电线已通过临街的气窗接了进来。

人们说话时都压低了声音。扎尔基在房间里找到了阿基姆、丽达和米海拉。丽达还是当连队政治指导员时的那种装束:一顶红军盔形帽、草绿色的裙子,皮夹克上束着皮带,皮带上挂着一支沉甸甸的驳壳枪。

"这是怎么回事?"扎尔基惊讶地问丽达。

"万尼亚,是紧急集合演习。我们马上就上你们区里去。紧急集合的地点在第五步兵军官学校。同志们开完支部会直接就上那儿去。最重要的一点是我们的行动不能让别人发觉。"丽达对扎尔基说。

学校周围的小树林里静寂无声。

古老、高大的橡树默默地挺立着。池塘在牛蒡和水草的遮盖下已经进入梦乡,宽阔的林荫道早已荒芜。在树林中间,白色高墙的里面,便是从前的士官武备学校的楼房,如今这里已改为红军第五步兵军官学校。夜深了,楼上没有灯光。从外表看来,这里一切都很平静,过路人都会以为里面的人全在睡觉。但是,为什么那扇大铁门开着呢?还有,大门旁边那两个像大青蛙一样的庞然大物又是什么呢?从铁路工人区各处到学校里来的人都知道,既然夜里下令紧急集合,学校里的人是不可能睡觉的。他们都是开完支部会议,听了简短的通知以后,直接到这儿来的。一路上没有人说话,有的独行,有的两人一组,最多不超过三人。每个人的口袋里必定都有印着《共产党(布尔什维克)》或《乌克兰共产主义青年团》字样的证件。只有出示这种证件,才能走进那扇大铁门。

大礼堂里已经有许多人了。这里灯光明亮,窗子都用帆布篷遮住。集合在这儿的布尔什维克悠闲地抽着烟,打趣地谈论着紧急集合的种种规定,谁也没有觉得这是紧急集合,以为只不过是把大家召集起来,体验一下特种勤务部队的纪律,以防万一而已。但是有经验的军人,一进学校大院,就感到一种异常的气氛,不完全像是一次演习。一切都是悄悄地在进行,军校学员列队时的口令声轻得几乎像耳语,机枪都是用手抱来的,楼房里没有一点灯光。

"米佳,是不是有重要情况?"柯察金走到杜巴瓦跟前,悄悄地问他。

杜巴瓦和一个保尔不认识的姑娘并排坐在窗台上。两天前,柯察金在扎尔基那儿匆匆见过她一面。

杜巴瓦开玩笑地拍拍保尔的肩膀,说:

"你慌什么,是不是吓得魂不附体啦?没关系,我们会教会你们打仗的。怎么,跟她还不认识吗?"他朝姑娘点了点头,"她叫安娜,姓什么我也不知道。官衔嘛,是宣传站站长。"

姑娘一面听着杜巴瓦诙谐的介绍,一面仔细看着保尔。她用手理了理从紫丁香色头巾下垂下来的鬈发。

她和保尔的目光相遇了——双方默默地对视了好几秒钟。她那蓝黑色的眼睛挑战似的闪闪发亮,睫毛又长又密。保尔把视线转向杜巴瓦。他感到自己脸红了,不满意地皱起了眉,勉强微笑了一下,问道:

"你们俩究竟是谁给谁做宣传呢?"

大厅里一阵喧哗。中队长米海拉·什科连科①爬到椅子上,喊道:

"第一中队在这个大厅里集合,快,快,同志们!"

朱赫来,省执行委员会的主席和阿基姆走进了大厅。他们刚刚乘车到达。大厅里挤满了一排排的队伍。

省执行委员会主席登上教练机枪的平台,举起一只手,说道:

---

① 见附注23。

"同志们,我们把大家召集到这里是为了完成一项严肃而重要的任务。有个情况今天可以说了,可昨天还不能说,因为这是重要的军事机密。明天夜里,在我们这座城市里,以及在乌克兰的其他一些城市里,将要发生反革命武装叛乱。我们城里已经潜伏了许多反动军官,城市周围也集结了几股匪徒,一些阴谋分子已混进了我们的装甲营,当了驾驶员。但是,敌人的阴谋被肃反委员会发现了,所以我们现在要将党团组织全部武装起来。第一和第二共产主义大队要配合军校学员和肃反委员会的工作人员,跟这两支富有战斗经验的队伍一起行动。军校的队伍已经出发,同志们,现在你们也要出发了。十五分钟之内,领取武器,整好队伍,这次行动由朱赫来同志指挥。他会给指挥员们做具体部署。目前形势十分严峻,关于这一点无须多说。我们必须先发制人,今天就去制止明天即将发动的叛乱。"

一刻钟之后,武装起来的队伍已经在学校的院子里集合完毕。

朱赫来扫视着整装待发的队伍。

在队列前面三步远的地方,站着两个束皮带的人——大队长梅尼亚伊洛,一个高大强壮的乌拉尔铸工;旁边是政委阿基姆。左面是第一中队。队伍前面两步处,也站着两个人,中队长什科连科和政治指导员乌斯季诺维奇。在他们的后面是肃静的共产主义大队的行列,共三百名战士。

朱赫来发出命令:

"出发!"

三百人在寂静无人的街道上行进。

城里的人都已入睡。

在荒街对面的利沃夫大街上,队伍停了下来。他们就在这儿开始行动。

他们悄然无声地将这个地段包围起来。指挥部就设在一家商店的台阶上。

一辆小汽车从市中心沿着利沃夫大街奔驰而来,路面被车灯照得通亮,在指挥部旁边汽车停下了。

古戈·利特克送来的是他的父亲——本市卫戍司令。老利特克从车上跳下来,用拉脱维亚语向儿子匆忙交代了几句。汽车又猛向前冲,转眼就拐上德米特里耶夫大街,消失了。古戈·利特克全神贯注地注视着前方,一双手紧紧把住方向盘,不停地左右转动着。

哈哈,现在可用上了他小利特克开快车的本领了!没有人会因为他疯狂的急转弯而拘留他两天两夜了。

小利特克的汽车流星似的在街上飞驰。

瞬间,他就把朱赫来从城的这头送到了那头,朱赫来不禁称赞说:

“古戈,要是你今天像这样开法,还不出事,明天就奖你一块金表。”

古戈得意地说:

“我还以为,像这样开法,要关我十昼夜的禁闭呢……”

首先遭到打击的是阴谋分子的司令部。第一批俘虏和缴获的文件都送到了特勤部。

在荒街上有条也叫这个古怪名称的小巷,巷内十一号住着一个姓秋尔贝尔特的人。根据肃反委员会掌握的情报,此人在这次阴谋活动中扮演了一个不小的角色。他那里藏着预谋在波多尔区行动的军官团的名单。

卫戍司令老利特克亲自出马,来荒街逮捕秋尔贝尔特。秋尔贝尔特家的住房有几扇窗子对着花园,隔墙是从前的女修道院。家里没有找到秋尔贝尔特。据邻居们说,他这天没回来。他们进行了搜查,查到一箱手榴弹,还有军官团的名单和地址。老利特克下令设下埋伏之后,就待在桌旁翻看搜查到的材料。

在花园里站岗的是一名年轻的军校学员。他能看见灯火通明的窗户,一个人站在这个角落里心里不舒坦,有点害怕。他的任务是监视那堵高墙,但这儿与那扇能让人心安的、明亮的窗户相距很远,而鬼月亮又很少露面。黑暗中的灌木丛仿佛是人影在晃动。他用刺刀在周围探摸——什么也没有发现。

“干吗把我派在这儿?墙那么高,反正谁也爬不上去。我是不是去窗跟前看看?”那个学员想。他往墙头上看了看,就从散发着霉味的角落里走出来了。他在窗口只站了一会儿,当时老利特克正迅速整理文件,准备离开房间。就在此时,墙头上出现了一个黑影。他从上面看见了窗外的哨兵和房间里的老利特克。这人像猫一样敏捷地攀到树上,溜下了地。然后又像猫一样潜到哨兵跟前,一挥手,哨兵立即倒下。一把海军短剑从后面刺进了哨兵脖子,外面只剩下剑柄。

花园里一声枪响,包围这个地段的人仿佛触了电似的。

咚咚地响起一阵皮靴声,六个人朝这所房子奔来。

坐在圈椅里的老利特克死了,头倒在桌上,鲜血淋漓。窗户的玻璃已被打碎。但是,敌人没能把文件弄走。

修道院高墙附近响起了急促的枪声。凶手跳到街上,一面开枪回击,一面朝卢基扬诺夫广场逃跑。但他没能逃脱,一颗子弹追上了他。

通宵挨门逐户进行了搜查。几百名没有报户口的、证件可疑或藏有武器的人都被带到肃反委员会。那里已经组织了一个审查委员会,进行甄别审查。

有些地方,阴谋分子进行了武力抵抗。在日良街搜查一所房子时,安托沙·列别杰夫被人用枪打死了。

这天夜里,索洛缅卡大队牺牲了五人,肃反委员会里再也见不着老布尔什维克、共和国的忠实保卫者扬·利特克了。

暴动被制止了。

就在这天夜里,瓦西里神父、他的两个女儿和其他同伙在舍佩托夫卡全部落网。

一场风暴平息了。

但是,新的敌人又在威胁着这座城市——铁路濒临瘫痪,随之而来的将是饥饿和寒冷。

现在,粮食和木柴至关重要。

第2章

陷入沉思的朱赫来从嘴里取出短烟斗，小心地拨弄着里面的烟灰。烟斗灭了。

十多支烟卷冒出来的灰色烟雾飘浮在不大透光的吊灯罩下，缭绕在省执委会主席座椅的上方，朦胧的烟雾中，围着桌子坐在办公室各个角落里的人影，隐约可见。

托卡列夫坐在省执委会主席旁边，胸口贴着桌子。这老人气愤地捻着胡子，不时斜眼瞅一下那个秃顶的矮个子，那人大着嗓门儿正啰啰唆唆地废话连篇，就像鸡蛋壳一样，空洞无物。

阿基姆发现了托卡列夫斜视的目光，这使他回想起了童年：那时他们家有一只好斗的公鸡，"啄眼王"，每当准备猛扑时，就是这样斜着眼睛打量对手的。

省党委会议已经开了一个多小时了。那个秃头是铁路林业委员会的主席。

他一面用灵活的手指翻动文件，一面连珠炮似的说：

"就是由于这些客观原因才使省委和铁路管理局的决议无法执行。我再重复一遍，就是一个月之后，我们所能供应的木柴也不会超过四百立方米。至于要求完成十八万立方米这样的任务……这……"他在挑选他认为合适的字眼，"是乌托邦！"说完，把他那张小嘴紧紧一闭，现出一副委屈的神情。

一时大家都不说话。让人觉得，时间过得特别缓慢。

朱赫来用指甲敲敲烟斗,想把烟灰倒出来。托卡列夫打破了沉默,用他那浑厚的低音说道:

“废话不必多说。您的意思是铁路林业委员会过去没有,现在没有,今后也不会有木柴供应……是不是?”

秃头耸了耸肩膀。

“我很抱歉,同志。木柴我们已经采伐好了,但是没有马车运输……”他说了半句又停住了,用格子手帕擦了擦发亮的秃顶。由于好长时间摸不到口袋,只好焦躁地将手帕塞到了公文包下面。

“您究竟采取了哪些措施来运这木柴呢? 要知道,原来负责这项工作的那些与阴谋活动有牵连的专家早就被捕了,这已经过去好多天了。”坐在角落里的杰涅科说。

秃头转过身来对他说:“我已经三次向铁路管理局报告,没有运输工具就无法……”

“这我们已经听您说过了。”托卡列夫打断了他,讥讽地冷冷一笑,仇视地瞪了秃头一眼说:“您怎么,把我们当成傻瓜吗?”

这句问话使秃头感到背上一阵寒战。

“对反革命分子的活动,我可不能负责。”他轻声地回答说。

“那您当时是否知道,是在离铁路很远的地方砍伐树木?”阿基姆问他。

“我听说过有不正常现象。但我不能向领导报告别人管辖区里的事。”

“您那儿有多少职员?”工会理事会主席问他。

“两百人左右。”

“这些饭桶每年每人只砍一立方米木柴!”托卡列夫怒气冲冲地啐了一口。

“我们对铁路林业委员会的全体人员都发突击队员的口粮,而相应削减其他工人的口粮,可你们在干什么? 我们拨给你们工人的两车皮面粉,你们弄到哪里去了?”工会理事会主席继续追问。

四面八方纷纷向秃头提出一个个尖锐的问题,可他却一味支吾搪塞,就像应付纠缠不休的债主似的。

他像条鳗鱼似的滑来滑去,避免正面回答问题,眼光不停地四处溜动。他本能地感到大祸已快临头,既害怕,又焦躁,只想赶快离开这里回家。家里他那晚上靠保罗·德·科克①的小说消磨时间，风韵犹存的妻子正在等他回去共进丰盛的晚餐呢。

朱赫来一面继续注意听秃头的答话，一面在笔记本上写道："我认为这个人应当好好审查一下：这里不是一般的工作能力问题，我这儿已经有一些关于他的情况……不必再与他纠缠，让他走，我们好谈正事。"

省执委会主席读了递给他的条子，朝朱赫来点了点头。

朱赫来站起身来，到前厅去打电话。他回来时，省执委会主席已经读到决议的结尾部分：

"……鉴于铁路林业委员会领导人公然消极怠工，决定撤销其职务，并将此案交侦查机关审理。"

秃头本来预计的结果更坏。当然，因为怠工而被撤职，这说明已经怀疑他是否可靠，但这毕竟是小事一桩。至于博亚尔卡的事，他倒可以不必担心。因为这不在他的管辖区内。"呸，见鬼，我还以为这些人已经摸到什么情况了呢……"

他差不多已经放下心来，一面将文件收到公文包里，一面说：

"那好吧，我是个非党专家，因此你们有权利不信任我。但我问心无愧，要是我做得不够，那是因为我力不从心。"

谁也没有搭理他。秃头走出办公室，急忙下楼，轻松地舒了口气，把临街的门打开。

"公民，您贵姓？"一个穿军大衣的人问他。

秃头的心仿佛停止了跳动，打着嗝儿说：

"切尔……温斯基。"

这个不是自己人的秃头走了以后，十三个人在省执委会主席办公室里就紧紧地凑到一张大桌子的周围。

"你们看……"朱赫来用手指按着一张摊开的地图，"这是博亚尔卡车站，离这里七俄里是伐木区，那里堆着二十一万立方米的木柴。一支劳动大军在那儿干了八个月，付出了巨大的劳动。结果呢——这是一场骗局，铁路和城市还是得不到木柴。因为必须先从六俄里外的伐木区把木柴运到博亚

① 保罗·德·科克（一七九四——一八七一），法国小说家和戏剧家。

尔卡车站，为此至少需要五千辆马车运一个月，而且每天得运上两趟。最近的一个村庄离伐木区也有十五俄里，而且奥尔利克和他的那帮匪徒还经常在这一带活动。你们明白吗，这意味着什么？……你们看，按照计划，伐木应当从这儿开始，然后朝车站方向延伸，而这些坏蛋却反过来朝森林深处砍伐。他们的估计是对的：我们无法把伐倒的木柴运到铁路线上。确实，我们连一百辆大车也搞不到。你们看，他们就用这一招整治我们……这与暴动没有两样。”

朱赫来紧握的拳头沉重地落在那张蜡纸制成的地图上。

虽然朱赫来没有明说，但在场的十三个人都很清楚，面临着什么样的困境，有多可怕。冬季就在眼前。医院、学校、机关和成千上万的居民必将受到严寒的侵袭。火车站密密麻麻像个蚂蚁窝，人满为患，可火车一星期只能开一次。大家都陷入了沉思。

朱赫来松开了拳头说：

“同志们，只有一条出路：在三个月内从博亚尔卡车站筑一条小铁路到伐木场，全长七俄里，争取一个半月之内，这条铁路通到伐木场的边上。这件事我已考虑一个星期了。要完成这项工程，”由于喉咙过于干燥，朱赫来的声音变得沙哑了，“需要三百五十个工人和两名工程师。在普夏-沃季察有铁轨和七个火车头。是共青团员们在仓库里找到的。战前曾经想从那儿铺条小铁路通到城里。不过在博亚尔卡工人没地方可住，那里只有一座已经倒塌的林业学校。只好分批派人去，每批干两个星期，时间再长，人会受不了的。阿基姆，我们派共青团员去，怎么样？”

他没等对方回答，又继续说：

“共青团应当把能派出的人都派去：首先派索洛缅卡区的团员和城里的部分团员。任务十分艰巨，但是只要我们向同志们说清楚，唯有这样才能拯救全城和铁路，他们一定会完成任务的。”

铁路管理局长表示怀疑，摇了摇头。

“这么干未必会有结果。眼下是秋天，阴雨连绵，接着是冰天雪地，却要在那样荒凉的地方铺设六俄里的铁路。”他疲惫地说。

朱赫来没有回头看他，打断他的话坚决地说：

“安德烈·瓦西里耶维奇，你早该把伐木的事好好抓一抓的。这条专用线我们一定要建成。总不能坐着什么也不干,等着冻死。”①

最后几只工具箱装上了火车。乘务组人员也已各就各位。细雨蒙蒙。丽达的皮上衣湿得发亮,大滴透明的水珠从衣服上滚落下来。

丽达同托卡列夫告别时,紧紧地握了握他的手,轻声说:

“祝你们成功。”

老人灰白色眉毛下那对眼睛里露出亲切的神情,看了看她说:

“是呵,给我们出了一个大难题,这帮人心肠真毒!”他嘟哝着,把心里的想法都吐了出来:“你们在这儿多加注意,要是我们那儿遇上麻烦,那你们看准地方给他们施加一点压力。这些没有用的废物办起事来总是拖拖拉拉的。好了,我该上车了,姑娘!”

老人将短外衣紧紧裹上了。丽达在他临上车时仿佛不在意地问道:

“怎么,保尔不跟你们一起走吗?我怎么没看见他!”

“他同技术指导员昨天就乘检道车去了,给大家打前站。”

扎尔基、杜巴瓦沿着站台急急忙忙朝他们走来,与他们一起过来的还有安娜·博尔哈德,她把短上衣随随便便地披在肩上,纤细的手指上夹着一支已经熄灭的香烟。

丽达注意着走来的三人,又提了最后一个问题:

“保尔在你们那儿的学习怎么样?”

托卡列夫惊奇地对她看了一下。

“什么学习?小伙子不是由你辅导的吗?他不止一次提到你,总是夸个没完。”

丽达对他的话将信将疑。

“托卡列夫同志,真是这样吗?可他经常在我那儿学了,还要上你那儿去重新补课。”

老人笑起来了。

“上我那儿补课?……我连他的影子也没见过。”

汽笛响了。克拉维切克在车厢里喊道:

① 见附注 24。

“乌斯季诺维奇同志，快让我们的老爷子上车吧，这样可不行啊！没有他我们能干什么呢？”

这个捷克人本来还想说什么，但看到了那三个走近来的人，就不作声了。他的视线触到了安娜眼中流露出来的不安的神情，看到她临别时对杜巴瓦微微一笑，心中有点惆怅，就迅速离开了窗口。

秋雨淅淅沥沥下个不停。饱含水汽的深灰色云团在低空缓缓移动。深秋，大片大片的树变得光秃秃的。老榆树阴沉地站着，树皮的褶皱里长满褐色的苔藓。无情的秋天剥去了它们华丽的衣裳，它们只好裸露着干枯的身子。

小车站孤零零地隐没在树林里。一条新开的路基从石头砌成的卸货台通往森林。路基两边是蚂蚁般密集的人群。

脚下的黏泥讨厌地吧唧吧唧直响。路基两旁的人们疯狂地掘土，铁钎和铁锹碰在石头上，发出嘁喳咔喳的响声。

雨水像从筛子里流出一样，又细又密，下个不停，冰冷的雨点浸透了衣服。雨水冲坏了人们的劳动成果，泥浆如同稠粥般从路基上流下来。

湿透的衣服又重又冷，但是人们工作到很晚很晚才收工。

新开的路基一天天向森林延伸，越来越长。

在离车站不远的地方，有一座只剩空架的石头房子，显得十分凄凉。凡是能拆得下、砸得动、搬得走的，早被匪徒们抢劫一空。门窗成了大洞，炉门变成黑窟窿，破烂的屋顶上露出了房椽。

只有四个房间的水泥地原封不动地保存下来。夜里，四百个人和衣睡在上面，他们的衣服被雨淋得湿透，溅满泥浆。大家都在门口拧衣服，肮脏的泥水直淌。他们用不堪入耳的粗话咒骂这该死的天气和遍地的泥泞。大家一排排地躺在只铺着薄薄一层干草的水泥地上，紧紧地挤在一起，用体温互相取暖。衣服冒着热气，但是焐不干。雨水渗透遮挡窗洞的麻袋淌到地上。密集的雨点敲打着屋顶上残留的铁皮，发出急促断续的响声，风从破门缝里直往里吹。

厨房是一个破旧的板棚。早上，大家在那里吃点东西，就去工地。午饭就是素扁豆汤和一磅半像煤块一样的黑面包，天天如此，单调得要命。

这是城里所能供应的全部东西了。

技术指导员瓦列里安·尼科季莫维奇·帕托什金是一个高高个子的干瘦老头,两颊上有深深的皱纹。技术员瓦库连科矮矮胖胖,粗笨的脸上长着一个肉墩墩的大鼻子。他们两人被安置在站长家里。

托卡列夫住在车站的肃反工作人员霍列亚瓦的小房间里。霍列亚瓦的双腿很短,但像水银一样灵活。

工程队无比顽强地忍受着各种艰难困苦。

路基一天天地向密林深处延伸。

工程队里已有九个人开了小差。几天后,又跑了五人。

第二个星期,工地上遭到了第一次打击:城里开来的晚班火车没运面包来。

杜巴瓦把托卡列夫叫醒,告诉他这个情况。

工程队党组织的书记托卡列夫把他的长毛腿伸到地板上,使劲搔着胳肢窝。

"跟我们玩起把戏来了!"他一面迅速穿上衣服,一面自言自语地嘟哝着。

霍列亚瓦像球似的滚进房间来。

"赶快打电话到特勤部,"托卡列夫命令他,同时又提醒杜巴瓦,"面包的事,千万别说出去。"

不达目的决不罢休的霍列亚瓦同电话接线员吵了半小时之后,终于接通了给特勤部副部长朱赫来的电话。托卡列夫听着他和接线员对骂,急不可耐,两只脚的重心来回调换地站着。

"什么?面包没运到?我马上去查,是谁干的好事。"听筒里响起了朱赫来具有威慑力的声音。

"你说,我们明天让大家吃什么?"托卡列夫气呼呼地对着话筒大叫。

看来朱赫来正在考虑,过了好一会儿托卡列夫才听到回答:

"我们一定连夜把面包送来。我派小利特克开车去,他认识路。天亮前一定送到。"

天刚破晓,一辆溅满泥浆,装满一袋袋面包的汽车开到了火车站。彻夜未眠,脸色苍白的小利特克疲乏地从车上下来。

为修建铁路而进行的斗争越来越艰苦。铁路管理局通知,说没有枕木了。城里也找不到运输工具,无法把机车和路轨运往工地,而且那些机车还需要好好修理。第一批筑路工人的工作期限快到了,可换班的人还没着落,再让这些筋疲力尽的人留下来继续干下去,是不可能的。

积极分子在破板棚里开会。在暗淡的油灯光下,会议一直开到深夜。

第二天早上,托卡列夫、杜巴瓦、克拉维切克进城了,还带了六个人去修理机车,运铁轨。克拉维切克因为是面包师出身,被派到供应部去作检查员,其他的人都去了普夏—沃季察。

雨还是下个不停。

柯察金费了好大的劲才把一只脚从黏泥里拔了出来,他感到脚底下冰冷彻骨,知道是他那只靴子的烂底全掉了。来到这里以后,这双烂靴子让他吃了不少苦头:靴子总是湿漉漉的,走起路来里面的泥浆扑哧扑哧直响。现在靴底干脆掉了,他只好光脚泡在冷得刺骨的烂泥里,这只靴子害得他没法干活。保尔从烂泥里捡起那片靴底,绝望地看了看,可还是忍不住骂了起来,虽然他曾经发誓不再骂人。他拎着破靴子走进板棚,在行军灶旁坐下,解开满是污泥的包脚布,把那只冻得发麻的脚放到炉子跟前。

护路工的妻子奥达尔卡在厨房里的案板上切甜菜,她在这里给厨师当下手。造物主对这个一点不老的妇女特别慷慨:她的肩膀像男人一样宽厚,胸部丰满,大腿又粗又结实。她的刀功挺不错,一会儿案板上就有了一大堆切好的甜菜。

奥达尔卡不大客气地朝保尔看了一下,揶揄地说:

“怎么,坐在这儿等饭吃吗?还太早点儿。小伙子,看得出来,你是在逃避劳动。你把脚往哪儿伸?这里可是厨房,不是澡堂。”她就这样训斥保尔。

上了年纪的厨师走了进来。

“我的一只靴子全烂掉了。”保尔解释他来厨房的原因。

厨师看了看那只破靴,朝奥达尔卡那儿点了点头,说:

“她的丈夫可算得半个鞋匠,他能帮您缝起来。要不,没靴子可真要完了。”

奥达尔卡听到厨师这么说,又仔细看了看保尔,感到有点不好意思了。

“可我把您当成懒汉了。”她道歉地说。

保尔谅解地笑笑。奥达尔卡用行家的眼光仔细看了看那只靴子。

“这只靴子我那口子不会去补的——已经没法补了,可别把脚冻坏啦,我给您拿一只旧套鞋来吧,我们家阁楼上就有一只。哪儿见过吃这样大的苦呀!说不定那天来个寒暴,那你就惨了。”奥达尔卡同情地说。她放下刀子,走了出去。

不一会儿,她拿来一只高筒套鞋,还有一块粗麻布。保尔用粗布把脚包好,再把烤得暖乎乎的脚塞进套鞋,他没有说话,只用感激的目光瞧了瞧护路工的妻子。

托卡列夫憋了一肚子火从城里回来了,他把积极分子召集到霍列亚瓦的房间里,向大家讲了那些使人不快的事情。

“真是障碍重重。不论你到哪儿,轮子没停,可就是全在原地打转,事情没有一点进展。看来,那些坏家伙我们抓少了,他们可够我们抓一辈子的。”老人对大家说,“同志们,我对你们直说了吧:事情很糟。第二批的人还没落实,派多少人来也不知道。可是眼看就要上冻了。在这之前,拼死拼活也要把路筑过沼泽地,要不,以后地一上冻,用牙也啃不动。情况就是这样,同志们,城里那帮捣乱的家伙,自有人会收拾他们,但我们这里必须加倍提高速度。哪怕送命,也得把这条支线筑好,否则我们还算什么布尔什维克——全成窝囊废了。”托卡列夫说话的嗓音不像平时那样沙哑,而是坚决响亮,铿锵有声。那紧锁的双眉下,两只炯炯发亮的眼睛表现出他的倔强和决心。

“今天我们要召开一次党团员的内部会议,向同志们讲明情况,明天大家照常上工。非党非团的同志明天早上可以回去,党团员全部留下。这是团省委的决议。”他把一张叠成四折的纸交给潘克拉托夫。

保尔从潘克拉托夫的肩头望过去,看到了决议,上面这样写着:

团省委认为,全体共青团员应当留在工地继续工作,待第一批木柴运出之后,方可换班。共青团省委代理书记丽达·乌斯季诺维奇(代签)。

狭小的板棚里已无插足之地，一百二十个人把它挤得水泄不通。有的人靠墙站着，有的爬上桌子，有的干脆上了厨灶。

潘克拉托夫宣布会议开始。托卡列夫讲话的时间不长，但他的结束语使大家非常扫兴：

"明天，共产党员和共青团员都不能回城。"

老头的手在空中挥了一下，表示这个决定已无法更改。这个手势使大家回城、回家、摆脱这块烂泥地的希望成为泡影。会场上哄动起来了，一片叫嚷声，什么都听不清楚。人体的晃动使暗淡的灯光摇曳不定。昏暗中，人们脸上的表情无法看到。吵嚷声越来越大。有的人想象着"家庭的舒适"，有的人气呼呼地叫喊说，太疲劳了，还有更多的人沉默不语。只有一个人声明他要离队，从角落里传来了他那愤怒的谩骂声：

"真他妈的见鬼！我在这儿一天也待不下去了！把人打发来服苦役，起码也得有条罪名吧。凭什么把我们送来？把我们关在这儿两个星期了。够了！没人再当傻瓜了。让做决议的人自己来干。谁愿意那就让谁在这烂泥堆里打滚吧，我可只有一条命。我明天就走。"

这个大喊大叫的人站在奥库涅夫的背后。奥库涅夫擦了根火柴，想看看这个想开小差的人是谁。火柴一瞬间照亮了那张愤怒得变了形的脸和张大了的嘴巴。奥库涅夫认出他是省粮食委员会会计的儿子。

"你看什么？我不怕，我又不是贼。"

火柴熄了。潘克拉托夫笔直地站了起来。

"谁在那里胡说八道？谁认为党的任务是苦役？"他用沉重的目光扫视着周围的人，低沉地说，"同志们，我们无论如何不能回城，我们的岗位就在这里。如果我们从这儿逃跑，许多人就会冻死。同志们，我们早点做完，就可以早点回去。但是像刚才那种人，要从这儿逃跑，那是我们的思想和我们的纪律所不容许的。"

这个码头工人不爱长篇大论，但就是这短短的几句话也被那个人打断了：

"那么，非党非团的人可以走吗？"

"可以。"潘克拉托夫回答得十分干脆。

会计的儿子穿着城里人常穿的短大衣，他挤到桌子跟前。一张小小的硬卡片像只蝙蝠在桌子上方翻了个筋斗掉下来，撞在潘克拉托夫的胸口上，弹了一下，竖着落在桌上。

"这是我的团证，收回去吧，我可不愿为这张小卡片卖命。"

话音刚落，板棚里爆发出一片叱骂声。

"居然把团证扔掉?!"

"咳，你这出卖灵魂的家伙!"

"你混进团来是为了升官发财!"

"把他撵出去!"

"该用棍棒给你敲打敲打，你这只散播伤寒病菌的虱子!"

扔掉团证的那个家伙低着头朝门口挤去。大家像躲避鼠疫病人似的，让出路来。他一走出去，门就吱咯一声关上了。

潘克拉托夫用手指捏着被扔掉的团证，把它放到油灯的火苗上。硬纸片烧着了，蜷缩成一根发黑的小管子。①

森林里枪声响了一下。一个骑马的人迅速离开破旧不堪的板棚，钻进黑暗的林中。人们从学校和板棚里跑出来，有人无意中碰在一小块塞在门缝里的胶合板上。他们划了根火柴，用大衣的下摆挡住风，借着摇曳不定的火光，看到上面写着："统统滚出车站，从哪儿来，就滚回哪儿去。谁留在这里，就让他吃子弹。我们要把你们统统杀光，毫不留情。限你们明天晚上之前滚蛋。"署名是：大头目切斯诺克。

切斯诺克是奥尔利克匪帮里的人。

丽达房里的桌上，放着一本没有合上的日记。

十二月二日

早晨下了第一场雪。冷极了。在楼梯上遇到了维亚切斯拉夫·奥列申斯基，我们便一起走走。

"我就是喜欢初雪。冰雪严寒，一派迷人的景色，是不是?"奥列申斯

① 见附注25。

基说。

我想起了博亚尔卡,回答他说:“严寒初雪引不起我的兴致,相反,心情十分沉重。”我也说明了原因。

“这是您个人的感受。如果把您的想法引申下去,那么就该认为,比方说在战时,笑声和一切乐观的表现都是不能允许的了。但在生活里却不是这样。哪儿是前线,哪儿当然就有悲剧:那里的生命时时受到死神的威胁。但即使在那儿,也还有欢笑声。至于远离前线的地方,生活则依然如旧:笑声、眼泪、悲哀和欢乐、渴望欣赏景色,得到美的享受,还有心灵的激动、爱情……”

在奥列申斯基的话里很难辨别出,哪些只是开开玩笑的。奥列申斯基是外交人民委员部的特派员。一九一七年入党。他的衣着是西欧式的。胡子总是刮得光光的,还稍微洒点香水。他住在我们这幢楼里,在谢加尔的寓所里,傍晚常上我这儿来。跟他聊天很有意思,他了解西方,在巴黎住过多年,但我并不认为,我们会成为好朋友。因为他首先把我看作一个女人,然后才是党内的同志。诚然,他并不掩饰他的意图和想法,讲实话,他是有足够的勇气的。而且他献殷勤的方式也不粗鲁。他善于把这些做得很漂亮。但是我并不喜欢他。

对我来说,朱赫来带点粗犷的朴实比奥列申斯基的那种西欧派头要亲切得多。

经常收到来自博亚尔卡的短讯。每天筑路一百俄丈①。他们在冻土上砍出轨槽,然后将枕木铺进去。那里总共只有二百四十人。第二批派去的人倒有一半开了小差。条件确实艰苦。天寒地冻,他们往后怎么工作呢?……杜巴瓦去那儿已有一个星期了。在普夏-沃季察的八台机车只装配了五台。其余几台因为缺少零件无法修理。

电车管理处对杜巴瓦提出了刑事诉讼,控告他带了一队人强行扣留了所有从普夏-沃季察到城里的电车。他让车上的乘客全部下来,装上了窄轨铁路的路轨,然后沿着城里的电车线路把十九辆车的铁轨运到火车站。电车工人都全力支援他们。

---

① 俄国的旧长度单位,每俄丈合二·一三四公尺。

在火车站，留在索洛缅卡的共青团员连夜将铁轨装上了火车，杜巴瓦和他的伙伴们再把铁轨运到博亚尔卡。

阿基姆拒绝在执委会上讨论杜巴瓦的问题。杜巴瓦对我们说，电车管理处存在着严重的拖拉作风和官僚主义，他们最多只肯给两辆电车，连商量的余地都没有。可是图夫塔却教训杜巴瓦说：

“应该改掉游击作风了，现在再这样做，就要坐牢。难道不可以协商解决，非用武力不行吗?”

我还从未见过杜巴瓦这样厉害。

“你别老是说空话，你怎么不去协商解决呢？你这个喝墨水的寄生虫，只会坐在这儿，大发议论，废话连篇。我要是不把铁轨运到博亚尔卡，就得挨嘴巴子！真该把你派到工地上去，免得你在这儿碍手碍脚。该把你送到托卡列夫那儿去吃吃苦头!”杜巴瓦火冒三丈，整个省委大楼都能听到他的吼声。

图夫塔写了个报告，要求处分杜巴瓦，但是阿基姆要我出去，与他单独谈了约十分钟。图夫塔冲出阿基姆的房间时，满脸通红，怒气冲冲。

十二月三日

省委又从铁路肃反委员会那里接到了控告。潘克拉托夫、奥库涅夫，还有另外几个同志去莫托维洛夫卡火车站拆掉了空房子的门窗。当他们把这些东西装上车准备运走时，车站上的一个肃反工作人员要逮捕他们。可他们却解除了他的武装，直到火车开动了，才把退空了子弹的手枪还给他。门窗全运走了。铁路物资处又控告托卡列夫擅自从博亚尔卡的仓库里取走二十普特钉子。他把钉子作为报酬，分给农民，要农民把长块木头从伐木场里运出来。这些长块木头是当枕木用的。

我把这些情况告诉了朱赫来同志。他笑着说:“这些事情我们都会解决的。”

工地上十分紧张，每一天都很宝贵。为一些极细小的琐事也不得不施加压力。有时还得把一些妨碍工作的人拖到省委会去。工地上越轨的举动越来越多了。

奥列申斯基带了一只小电炉给我。我和奥莉加·尤列涅娃用它烘手，但房间里并未因此而暖和些。那么在森林里的人怎么熬过这样的夜晚呢?奥莉加说:“医院里很冷,病人们都不愿从被窝里出来。那里隔两天才生一次火。”

不,奥列申斯基同志,前线的悲剧也就是后方的悲剧!

十二月四日

雪下了整整一夜。有报告说,博亚尔卡工地全部被大雪封住了。工程停了,人们正在清除路上的积雪。今天省委做出决议:必须在一九二二年一月一日之前完成窄轨铁路建设的第一期工程,把铁路筑到伐木场边缘。听说当这一决议传达到博亚尔卡,托卡列夫的回答是这样的:“只要我们不全冻死,一定按期完工。”

没有听到关于保尔的任何消息。使人惊奇的是他没有发生像潘克拉托夫之类的“事件”。我至今还不知道,为什么他不想和我见面。

十二月五日

昨天匪徒开枪扫射,袭击了工地。

马蹄小心地走在松软的雪地上,偶尔踩着雪下的树枝,发出清脆的折裂声。听见响声,马就打个响鼻,闪到一边。但是,它那抿着的耳朵上挨了一下,于是又奔跑起来,追赶上去。

约有十个骑马的人越过了一片岗峦起伏的丘陵地。丘陵地的前面是一长条没被雪盖住的黑色土地。

骑马的人就在这里把马勒住。马镫碰得叮当作响。领头的那匹公马经过长途跋涉浑身冒汗,它使劲抖动了一下身体。

“他们来这儿的人真他妈的不少。”领头的人说,“我们主要是吓唬他们一下,把他们赶到外面来受受寒,头儿说了,一定得让他们明天全部滚蛋,要不,看来这些混蛋是会弄到木柴的……”

他们鱼贯而行,沿着窄轨铁道朝车站方向前进。慢慢地向林业学校旁边的空地靠近。不过没有走上空地,而是躲在树的后面。

一阵枪声打破了黑夜的寂静。雪团像松鼠似的从那棵在月光下变成银白色的桦树枝上滑了下来。树间冒出短枪的火星，子弹飞出树林，打落了破墙上的泥皮，把潘克拉托夫运来的窗玻璃也砸碎了，发出叮当的响声。

枪声惊醒了睡在水泥地上的人，他们马上跳了起来。但是，形似蟋蟀的子弹可怕地满屋乱飞。人们吓得又卧倒在地。倒下去的人又趴在别人身上。

“你上哪去?”杜巴瓦抓住了保尔的军大衣问道。

“出去。”

“躺下，傻瓜！你一露面，就会被打死的。”杜巴瓦急急地低声说。

他们两人紧挨着躺在房门口。杜巴瓦紧紧贴在地上，把握着枪的手伸到门边。保尔蹲着，紧张地用手指摸着左轮手枪上的弹槽。枪里还有五颗子弹。摸到空槽之后，他把弹槽转了过去。

射击声骤然停止，突如其来的寂静令人惊讶。

“同志们，有武器的人，都到这儿来。”杜巴瓦低声命令那些卧倒的人。

柯察金小心地把门打开。空地上一个人影也没有，只有雪花缓缓地飘舞着，纷纷落下。

森林里，十个骑马的人已挥鞭策马而去。

午饭的时候，一辆轨道车从城里飞驰而来。朱赫来和阿基姆从车上下来，托卡列夫和霍列亚瓦上前迎接他们。从轨道车上卸下一挺马克沁机枪，几箱机枪子弹和二十支步枪。

他们急匆匆地朝工地走去。朱赫来军大衣的下摆在雪地上划出一道道曲线。他走起路来像熊一样，左右摇晃；这是他的老习惯了，两条腿总像圆规似的叉开，仿佛脚下仍是鱼雷艇摇晃不停的甲板。高个子的阿基姆能跟上朱赫来的步子，托卡列夫不时只好跑上两步，才能跟上他们。

“匪徒的偷袭，这还不是大问题，现在有个山坡横在我们这条路的前面。实在叫人头痛，真该死！工程很大，要挖好多土方。”

托卡列夫站住了。他转身背着风，用两个手掌合成小船形状，点上烟，猛抽两口，又赶上了前面的两个人。阿基姆站在那儿等他。朱赫来没有放慢脚步，继续向前走着。

阿基姆问托卡列夫：

“你们能不能按期建成这条支线?”

托卡列夫没有立即回答。

“你知道,老弟,”他终于开口答道,“一般说来,是不可能建成的,但是不按期建成也不行。情况就是这样。”

他们赶上了朱赫来,三人并排走着。老钳工托卡列夫激动地说:

“瞧,问题的焦点就在这里。这里只有两个人,就是我和帕托什金心里清楚,在这样恶劣的条件下,加上人力和装备都极其缺乏,按期完工是不可能的。但是不论是谁,所有的人都知道,不建成这条路绝对不行。因此我才说:‘只要我们不全冻死,一定按期完工。’你们自己去看看,我们在这儿挖土已经快二个月了,第四班都快到期,可基本成员却始终没换过班,一直没有休息,硬是靠青春的活力才能支撑。要知道,他们中有一半人已经冻坏了。看看这些小伙子,真叫人心疼。他们是无价之宝……不止一个人会在这鬼地方送命的。”

从车站起,已经有一公里窄轨铁路铺好了。

再往前,大约有一公里半左右,是平整好的路基,上面挖了座槽,座槽里铺了一排长木头,就像是被风刮倒了的栅栏,这是枕木。再往前,一直到那个山坡,还只是一条平整的路。

在这里干活的是潘克拉托夫的第一筑路队,他们四十个人在铺枕木。一个蓄着红胡子的农民,穿了一双新树皮鞋,不慌不忙地从雪橇上把木头卸下来,扔在路基上。离这儿不远的地方,也有几辆这样的雪橇在卸木头。地上放着两根长长的铁杆,代替路轨,使枕木能够放平。为了把地基夯实,斧子、铁棍和铁锹全用上了。

铺放枕木是一件很费工夫的细活。每根枕木都必须埋放得结实稳固,使铁轨的压力均匀地分布在每根枕木上。

工地上只有筑路工长拉古京一人掌握铺放枕木的技术。他已五十四岁,但一根白发也没有,还留着一把乌黑的、分成两绺的大胡子。他主动留下,已经干第四期了。他和青年人一样忍饥挨饿,在队里深受人们敬重。这个党外人士(他是塔莉亚的父亲)每次都应邀参加党员大会,总是坐在荣誉席上。为此，老人十分自豪，发誓决不离开筑路工地。

“你们说，我怎么能把你们丢下不管呢？没有我，枕木铺不好的。这事需要眼力和实际经验。我这一辈子就是在俄罗斯各地跟枕木打交道……”每次换班时，他总是实心实意地说上这番话，也就一次又一次地留下来了。

帕托什金很信任他，对他负责的工段很少查看。当朱赫来他们三人走到干活的人跟前时，干得满头大汗、满脸通红的潘克拉托夫正用斧子砍挖安放枕木的槽。

阿基姆好不容易才认出了这个码头工人。潘克拉托夫瘦了，他那宽宽的颧骨显得更高更突出，没有好好洗过的脸显得又黑又憔悴。

“呵，省里的人来了！”说着，他把那只热乎乎湿漉漉的手伸给阿基姆。

铁锹的挖土声停了下来。阿基姆看到周围一张张脸都很苍白。人们脱下来的长短大衣都堆在旁边的雪地上。

托卡列夫和拉古京交谈几句之后，拉着潘克拉托夫，把同来的人领到掘土的地方去。潘克拉托夫和朱赫来并排走着。

“潘克拉托夫，你说说，你们在莫托维洛夫卡跟那个肃反人员是怎么回事？你们把人家的枪都缴了，是不是有点过分了？你是怎么想的？”朱赫来严肃地问这个不爱多话的码头工人。

潘克拉托夫难为情地笑了笑，说：

“我们是得到他的同意后才缴他的枪的，他自己让我们这样做的。你知道，这小伙子站在我们一边。我们把实际情况向他说明之后，他说：‘弟兄们，我没有权利准许你们搬走门窗，捷尔仁斯基同志有命令，严禁盗窃铁路上的财产。这儿的站长和我势不两立，这个坏蛋常常偷东西，我总去干涉他。如果我放过你们，他一定会报告上级，那我就要被送上革命法庭。因此你们还是先解除我的武装，然后开路。如果站长不向上报告，那事情到此了结了。’我们就这么办了。反正，我们运门窗又不是为自己！”

潘克拉托夫觉察到朱赫来的眼睛里露出了一点笑意，就又补充说：

“要处分就处分我们吧，那个小伙子，您可别去为难他了，朱赫来同志！”

“这件事情已经过去了。今后可不准再发生此类事件，这是破坏纪律的行为。我们完全可以采取组织措施粉碎官僚主义。好吧，现在让我们来谈谈更重要的事情。”于是，朱赫来开始仔细询问敌人偷袭的情况。

离车站四公里半的地方，人们挥动铁锹，狠狠地砍着冻土，他们要从堵住去路的山坡中间开出一条道来。

工地周围有七个人担任警戒。他们随身带着霍列亚瓦的马枪和柯察金、潘克拉托夫、杜巴瓦以及霍穆托夫的手枪。这是这个队伍所拥有的全部武器。

帕托什金坐在斜坡上，正仔细地往笔记本上记一些数字。工程技术人员就只剩下他一人了。他的助手瓦库连科害怕被土匪的子弹打死，宁可受审，早晨就开小差逃回城里去了。

“挖这段路要花费我们半个月时间，地已经冻了。”帕托什金小声对站在他面前的霍穆托夫说。霍穆托夫是个寡言少语、老是皱着眉头、行动迟缓的人。他听了帕托什金的话，生气地用嘴唇咬住胡子梢说：

“限我们二十五天之内全部完工，可开这段路您就准备要用半个月。”

“这个期限定得不切实际。当然，我这一生中从来也没有在这样的环境中，同这样一批人一起筑过路。因此，我也可能估计错误。我已经错过两次了。”

这时，朱赫来、阿基姆和潘克拉托夫朝正在掘土的地方走了过来。斜坡上的人发现他们了。

“你看，谁来了？”一个穿件破绒线衫、胳膊肘都露在外面的斜眼小伙子，铁路工厂的旋工彼佳·特罗菲莫夫，用臂肘撞了一下保尔，用手指指坡下走着的人说。一瞬间，保尔连手中的铁锹也没放下，就向山下冲去，军帽帽檐下的一双眼睛满含热情的笑意。朱赫来紧紧地握着他的手，握手的时间比其他人都长。

“你好呵，保尔！穿了这么一套七拼八凑的衣服，真叫人快认不出来了。”

潘克拉托夫苦笑了一下，说：

“他那五个脚指头倒是行动一致，统统露在外面。加上开小差的人临走又偷了他的大衣。幸亏他和奥库涅夫是同一个公社的，奥库涅夫就把自己的短上衣给他了。没关系，保夫鲁沙浑身热血，他可以在水泥地上躺个把星期,有没有干草无所谓,然后就‘进棺材’嘛。”码头工人怏怏不乐地对阿基姆说。

眉毛乌黑、鼻子略有些向上翘的奥库涅夫,眯起了他那双调皮的眼睛,反驳说:

“我们决不会让保夫鲁沙完蛋的。我们会投票表决,把他送到厨房去,到奥达尔卡那儿当后备火头军。要是他不犯傻,在那里他既能吃饱,也能取暖,靠着炉子也行,挨着奥达尔卡也行。”

一阵哄堂大笑盖住了他的说话声。

这天,大家第一次笑了。

朱赫来察看了斜坡,然后和托卡列夫、帕托什金一起乘雪橇到伐木场去了一趟,又回来了。大伙仍在斜坡上顽强地掘土。朱赫来看着飞舞的铁锹,看着人们由于拼命用劲而弯曲了的脊背,轻声对阿基姆说:

“不需要召开群众大会。这里谁也不用鼓动。托卡列夫,你说得对,他们确是无价之宝。钢铁就是这样炼成的。”

朱赫来看着劳动的人群,眼光里满含赞赏、深情和庄严的自豪。就在不久前,在反革命叛乱的前夕,他们当中部分人曾毅然背起钢枪;现在,他们又胸怀共同的目标:要把钢轨铺到有着大量木材的宝地——那里是温暖与生命的源泉。

帕托什金心平气和,但却不容置疑地向朱赫来证明,从小山包上开出一条通道必须用两个星期的时间。朱赫来一面听着他的计算,一面思量着办法。

“您把斜坡上的人撤走,让他们到前面去筑路;这个小山包我们另想办法。”

朱赫来在车站的电话机旁待了很长时间。霍列亚瓦在门口警卫。他听到朱赫来在屋里用低沉的声音说:

“用我的名义立即给军区参谋长打个电话,让他们马上把普济列夫斯基那个团调到筑路工地这个地段来。一定要把这个地区的匪徒肃清。另外,再从基地派一列装甲车和一些工兵爆破手来。其余的事情我自己安排。我今天夜里回去,十二点之前,让利特克把车开到火车站来。”

在板棚里,阿基姆简短地说了几句,接着朱赫来开始讲话。在亲切的交谈中,不知不觉一个小时就过去了。朱赫来告诉大家,必须在一月一日之前按期完工,不能延误。

"我们工地上现在要按战时状态组织工作。所有党员编成一个特勤中队由杜巴瓦同志担任队长。六个筑路小队都要承担定额任务:把没有完成的工程平均分成六段,每个小队负责一段。全部工程必须在一月一日之前结束。提前完工的小队有权休息,可以回城。此外,省执行委员会主席团还要向全乌克兰中央执行委员会呈报,给这个小队最优秀的工人颁发红旗勋章。"

各队的队长也确定了:第一队是潘克拉托夫同志,第二队是杜巴瓦同志,第三队是霍穆托夫同志,第四队是拉古京同志,第五队是柯察金同志,第六队是奥库涅夫同志。

"至于筑路工程的总负责人,"朱赫来结束他的发言时说,"也就是全队思想工作和组织工作的领导,那仍然由安东·尼基福罗维奇·托卡列夫同志担任,非他莫属嘛。"

仿佛是一群鸟儿突然扑着翅膀飞了起来,人们噼噼啪啪地鼓起掌来。到会者刚毅的脸上露出了笑容。素来严肃的朱赫来最后这句亲切而诙谐的话语缓和了会场专注的气氛,引起一阵轻快的笑声。

大约二十人左右簇拥着把阿基姆和朱赫来送上轨道车。

朱赫来同柯察金告别时,瞧了瞧他那只灌满了雪的套鞋,轻声说:

"我给你捎双靴子来。你的脚还没冻坏吧?"

"好像冻坏了——有点肿。"保尔答道。然后,想起了他早就提过的要求,就拉着朱赫来的袖子说:"你给我几发左轮手枪的子弹好吗?能用的我只剩下三发了。"

朱赫来抱歉地摇摇头,但当他看到保尔眼睛里流露出失望的神情,就不假思索地把他那支驳壳枪解了下来。

"这是我送给你的礼物。"

保尔起初简直无法相信,他居然能够得到如此贵重的、向往已久的礼物。可朱赫来已经把皮带挂在他的肩膀上了。

"拿着,拿着吧!我知道,你对这支驳壳枪早就眼红了。只是你要多加小心,可别伤了自己人。这儿还有这枪上的满满三夹子弹,一起给你。”

周围的人以羡慕的目光看着保尔。不知是谁喊了一声:

“保尔,我们来交换吧,用一双靴子再加一件短皮袄换你这支枪!”

潘克拉托夫也调皮地朝保尔背上推了一下,说:

“小鬼,跟他换双毡鞋吧。反正你穿这只套鞋是活不到圣诞节的。”

朱赫来将一只脚踏在轨道车的踏板上,给保尔开持枪许可证。

清晨,一列装甲车轰隆轰隆地驰过岔道口,开进车站,喷放出一团团白色的蒸气,好似蓬蓬松松的天鹅绒毛,徐徐上升,即刻又消失在清新、寒冷的空气之中 。从装甲车上下来了几个穿皮衣的人。几小时之后,三名工兵爆破手已在斜坡上深深地埋入了两个深蓝色、像大南瓜般的东西,从上面引出两根长长的导火线。放了几发信号枪之后,人们急忙四散开来,离开这危险的山坡。

导火线被火柴点着,顿时冒出荧荧的火光。

几百个人的心一下子都收紧了。一分钟、两分钟,多么难熬的等待……突然,大地震撼了,一股可怕的力量将小山顶炸得粉碎,把巨大的泥块抛向空中。接着,第二次的爆炸声又响了,比第一次更加厉害。骇人的轰隆声响彻密林,被炸碎的土块哗啦啦地往下直掉。

刚才还是山丘的地方,现在变成一个深坑,周围几十公尺内,像砂糖一样洁白的雪地上,落满了碎土。

人们立刻拿着镐和锹朝炸开的深坑跑去。

朱赫来走后,工地上立即展开了一场激烈的、争夺第一的竞赛。

离天亮还早,保尔不惊动任何人就悄悄地起身了,勉强移动着在冰冷的水泥地上冻得麻木的双脚,朝厨房走去。他烧开了沏茶的水,才回去叫醒他的队员们。

其他各队的人全都醒来时,外面天已大亮了。

在棚子里吃早茶时,潘克拉托夫挤到杜巴瓦和他的兵工厂的伙伴们坐的桌子跟前,气愤地说:

“米佳,看到了吧,保尔天刚亮就把他们队伍里的人叫起来了。现在大概已经铺好十俄丈了。听大伙说,那些从铁路工厂来的人被他鼓动得劲头十足,下决心十二月二十五日前就修好他们分担的地段。他这是想给我们一点厉害看看呵。但是,对不起,这个,我们还得走着瞧!”

杜巴瓦苦笑了一下。他很理解,为什么铁路工厂那个小队的举动会这样刺痛这位货运码头团委书记的心,就连他,保夫鲁沙的朋友,也受到震动:保尔招呼也不打,就向全大队发起挑战了。

“朋友归朋友,公事归公事——这里有个‘谁战胜谁’的问题。”潘克拉托夫说。

中午时分,柯察金小队正干得热火朝天,突然工作被打断了:站在枪架旁边的岗哨发现树林里有一队骑马的人就开枪报警。

“同志们,快拿枪,匪徒来了!”保尔喊了一声,扔掉铁锹,向挂着他那驳壳枪的大树奔去。

全队的人拿起武器,躺在路边的雪地里。前面几个骑在马上的人挥动着帽子,其中一人高声喊道:

“别开枪,同志们! 自己人!”

五十来个戴着缀有红星的布琼尼军帽的骑兵飞驰而来。

原来这是普济列夫斯基团里的一个排,到工地上来探望筑路工人。保尔看到排长的坐骑有一只耳朵被砍掉了,这引起了他的注意。那匹漂亮的额上有一片白斑的灰骒马不肯站着不动,一直在骑者身下“玩花样”。保尔奔了过去,一把抓住它的辔子。马吓得直往后退。

“小白斑,淘气鬼,想不到在这儿又见到你啦! 你没给子弹打死呵,我的独耳朵的小美人。”

他温柔地搂住马的细脖子,用手抚摩着它那不停地掀动的鼻孔。排长仔细看着保尔,终于认出来了。他惊奇地喊了一声:

“哎哟,原来是柯察金呀……这匹马你认出来了,怎么就没认出来我是谢列达呢! 你好,好兄弟!”

城里各部门想方设法,全力支持筑路工程,这对工程立刻起了很大作用。扎尔基把留在城里的团员都派往博亚尔卡,区委会里空了;索洛缅卡区里只留下女团员。扎尔基又在铁路专科学校想法动员了一批学生上筑路工地。

他在向阿基姆汇报这些情况时，半开玩笑半认真地说：

“只剩下我和清一色的女无产者了。我想让拉古京娜代替我的位置，门口挂上‘妇女部’的牌子，然后我就可以去博亚尔卡。你知道，一个男子汉在妇女中间转来转去挺不方便。姑娘们都用一种怀疑的眼光看着我。这群叽叽喳喳的喜鹊肯定私下经常议论我：‘他把所有人都打发走了，自己却留下，真是个滑头。’也许，还有更让人受不了的话。求求你，让我也去吧。”

阿基姆笑着拒绝了。

到博亚尔卡的人逐渐增加。六十个铁路专科学校的学生也已抵达。

朱赫来在铁路管理局弄到了四节客车，送到博亚尔卡，给刚去的工人当住房。

杜巴瓦的小队从工地上被调到普夏-沃季察去了，任务是将几辆窄轨机车和六十五辆窄轨铁路平车运到筑路工地。这项工作可以抵消他们所承担的筑路任务。

杜巴瓦在动身之前，向托卡列夫建议，将克拉维切克召回工地并由他负责新建的筑路小队。托卡列夫下达了这个命令，根本没有考虑使杜巴瓦想起这个捷克人的真正原因：从索洛缅卡来的人给杜巴瓦带来安娜的便条。

便条上的内容是这样的：

德米特里！我和克拉维切克给你们挑选了一大堆书。我们向你和博亚尔卡的全体突击队员致以热情的问候。你们都是好样儿的！愿你们身体健壮，精神饱满。昨天已将木柴仓库里最后一批存货发放完了。克拉维切克要我向你们问好。他真是个极好的小伙子！他亲自动手为你们烤面包。他对面包房里的人都信不过，他亲自筛面粉、用机器和面。不知他从哪儿搞到的好面粉，烤出来的面包真好，与我领的那种面包完全不同。晚上大伙都聚在我这儿，有拉古京娜、阿尔秋欣、克拉维切克。扎尔基有时也来。我们的学习略有进展，但更多的时间是在谈天，什么都谈，谈得最多的还是你们。姑娘们对托卡列夫拒绝她们去工地都很生气。她们相信自己能和大家一样吃苦耐劳。拉古京娜说：“我要穿上父亲的衣服，突然出现在老头儿跟前，让他试试看能不能把我从那儿撵走。”

也许她真会这样做的。替我问候那个黑眼睛的朋友。安娜

暴风雪突然袭来,灰色的云层布满了天空,低低地压着地面缓缓移动。大雪纷纷扬扬。傍晚,风刮得紧了,烟囱里发出呜呜的怒吼,树林里响起呼呼的哀号。大风追逐着机灵善变、飘忽不定的雪花儿,凄厉的怒啸声搅得森林不得安宁。

暴风雪咆哮不止,猖狂了一夜。虽然整夜都生着火,人们还是全身都冻僵了:车站上的破旧房屋根本无法保住暖气。

清晨,人们去上工的时候,脚陷在深深的雪地里迈不开步。然而一轮红日却高高挂在树梢,碧蓝的天空万里无云。

柯察金的小队正在铲除自己路段上的积雪。直到这时保尔才体会到,寒冷给人造成的痛苦竟会如此难以忍受。奥库涅夫给他的那件旧外套一点也不暖和,而那只套鞋里面总是有雪,并且好几次掉在了雪堆里。另一只脚上的靴子随时都有彻底完蛋的危险。因为睡在水泥地上,他的脖子上长了两个很大的痈疽。托卡列夫把自己的毛巾送给他做了围巾。瘦骨嶙峋的保尔双眼红肿,他狠狠地挥动着木锨在铲雪。

这时,一列客车慢慢地爬进了车站。奄奄一息的火车头好不容易才把它拖到这里:煤水车里一根木柴也没有,炉子里的余火眼看就要熄了。

"给木柴,我们就往前开;要是没有木柴,那就趁它还能开动,把车开到备用线上去!"司机朝车站站长大声喊着。

列车转到备用线上去了。停车的原因也通知了那些沮丧的旅客,挤得满满的车厢里发出一片叹息声和咒骂声。

"你们去跟在站台上走的那个老头儿讲讲,他是工地负责人。工地上有木头,是当枕木用的。他可以下命令用雪橇运些木头来给机车用。"车站站长给乘务员们出了主意,于是,乘务员们迎着托卡列夫走去。

"我们可以给你们一点木柴,但不能白给。要知道,这是我们的建筑材料。现在,工地让大雪封住了。你们车上有六七百个旅客,妇女、儿童可以留在车上,其他的人每人一把铲子,在这儿铲雪,一直干到晚上,这样就可以拿到木柴。假如不愿干,那就让他们在这儿坐等到新年吧。"托卡列夫对乘务员们说。

“同志们,看呵,来了一大群人!瞧,还有妇女!”有人在柯察金的背后惊奇地说。

保尔转过身去。

托卡列夫走到他跟前,说:

“给你一百个人,分配他们干活。要注意,别让他们偷懒。”

柯察金给这些新来的人分配工作。一个高个子的男人,穿着有皮领子的铁路制服大衣,戴着暖和的羔皮帽,气愤地转动着手里的铲子,与他旁边的青年女子说着话。这个女子戴着狗皮帽,帽顶还挂个铃铛似的小绒球。他说:

“我才不铲雪呢,谁也无权强迫我。假如请求我,那我作为一个铁路工程师,可以指挥指挥。铲雪,这不是你我该做的事。没有这样的规定,老头的做法是违法乱纪,我要控告他。谁是这里的工长?”他问身旁的一个工人。

保尔走上前去,问:

“公民,您为什么不干活?”

那男子用轻蔑的目光对保尔从头到脚打量了一番:

“您是这儿干什么的?”

“我是个工人。”

“那我跟您没什么可谈的,叫你们的工长来或者你们这儿的……”

柯察金皱着眉朝他看了一下。

“不愿意干就别干。可火车票上没我们画的记号您就别想上车。这是工地负责人的命令。”

“您呢,女公民,是不是也拒绝干活?”保尔转过身来对那个女子说。但是他顿时愣住了:站在他面前的竟是冬妮亚·图曼诺娃。

她好不容易才认出这衣衫褴褛的人是柯察金。站在她面前的保尔,衣服破破烂烂,鞋子古里古怪,颈子上围着一条肮脏的毛巾,脸好久没有洗了。只有那双眼睛还跟从前一样,炯炯有神。这正是他的眼睛。就是这个像流浪汉似的衣衫褴褛的人不久前还是她热恋的人儿。变化之大,真让人难以预料!

她不久前刚结婚,现在和丈夫乘车去一个大城市,她丈夫在那儿的铁路管理局里担任重要职务。可她竟在这种情况下遇到了少女时代的恋人,她甚至觉得不便与他握手。瓦西里会怎么想呢？柯察金如此潦倒，真让人心里不是滋味。看来，这个司炉工除了掘土之外，没有什么长进。

她满脸通红，犹豫不决地站着。铁路工程师十分气愤，因为他觉得这个穿得破破烂烂的小伙子，竟敢目不转睛地盯着他的妻子，真是放肆。他把手中的铲子一扔，走到冬妮亚跟前，说：

“冬妮亚，我们走吧，这个‘拉查隆尼’真叫人受不了！”

保尔读过《朱泽培・加里波第》这部小说，知道拉查隆尼是意大利语，意思是穷光蛋。因此，他粗声粗气地回敬铁路工程师说：“假如我是拉查隆尼，那么你就是还没受到好好制裁的资本家。”然后，他又把目光转向冬妮亚，冷冰冰地一字一句地说：“图曼诺娃同志，拿起铲子来，站到队伍里去，别学这头胖水牛的样。请原谅，我不知道他是您的什么人。”

保尔看着冬妮亚的那双毛皮雪靴冷冷一笑，又补充说：

“我看您还是别留下来，前两天土匪还来过呢。”

他转过身拖着啪嗒啪嗒的套鞋，回到同志们那儿去。

最后几句话显然对工程师也产生了影响。

冬妮亚说服了她的丈夫，工程师留下来铲雪了。

傍晚，收工以后，大家向车站走去。冬妮亚的丈夫直往前走，急忙去列车上抢占位子。冬妮亚停了下来，让工人们走过去。走在最后的是拄着铁铲、疲惫不堪的柯察金。

“保夫鲁什卡，你好。说实在的，我没想到你会弄成这个样子。难道你在政府里面就找不到一个比挖土好一些的差事吗？我还以为你早就当上了什么委员，或者跟委员差不多的什么首长呢。你的生活怎么搞得这么糟……”冬妮亚和他并排走着，一面这么说。

保尔站住了，用惊奇的眼光打量着冬妮亚：

“我也没料到你会变得这么……酸臭。”他终于找到了一个比较温和的恰当的字眼。

冬妮亚的脸一直红到耳根。

“你仍然这么粗鲁！”

柯察金将铲子往肩上一扛，迈开大步走了。走了几步，他才回答她说：

“图曼诺娃同志，说句不好听的话，我的粗鲁比起你们的彬彬有礼要让人舒服得多。我的生活没什么可担心的，一切正常。而你们的生活倒是变得比我预料的更加糟糕。两年前，你还好一些，那时，你还敢和一个工人握手。可现在呢，你浑身散发出一种难闻的樟脑丸味儿了。说良心话，我跟你现在已经没什么可谈的了。”①

保尔收到了阿尔青的来信。哥哥说，他很快就要结婚，要保尔无论如何回去一趟。

一阵风吹走了保尔手中那张白色信纸，它像鸽子一样飞向天空。他不能去参加哥哥的婚礼。在这种时候怎么能离开工地呢？昨天，潘克拉托夫这头熊已经赶过他们小队了，而且正以令人吃惊的速度继续前进。这个码头工人正使出浑身解数，争夺第一。他不再像以前那样沉静，而是不断地鼓动本队的“码头工人”，以一种疯狂的速度大干特干。

帕托什金看到这些筑路工人如何默默地顽强拼搏，惊讶地轻轻揉揉自己的太阳穴，自言自语：“这是些什么人哪？他们这种不可思议的力量是从哪儿来的？只要天气还能再晴上八天左右，我们就能把路筑到伐木场了。这么说来，确实是活到老，学到老，老了仍然学不了呀。这些人用自己的实际工作打破了一切常规和定额。”

克拉维切克从城里来了，还运来了他亲手做的最后一批面包。他同托卡列夫见面之后，就在工地上到处寻找柯察金。他们亲热地互相问候。接着，克拉维切克微笑着从袋子里取出一件瑞典精制的黄色面子的毛皮短大衣，拍拍那富有弹性的皮面，说：

“这是给你的。你猜得出是谁给的吗？呵，小伙子，你可真笨呀！这是丽达同志捎给你的，怕把你这个傻瓜冻死。这件短大衣是奥利申斯基同志送给她的，她一拿到手就交给我说，带给柯察金吧！阿基姆曾告诉过她，说你在冰天雪地里干活只穿了件夹克衫。奥利申斯基同志撇了撇嘴说：‘我可以给那位同志另外捎件军大衣去。’可丽达笑着说：‘没关系，他穿短大衣干活更方便嘛！拿去吧！’”

保尔惊奇地捧着这件珍贵的礼物，犹豫不决地把它套在冻得冰凉的身

① 见附注26。

上，那柔软的毛皮使他的前胸和后背很快就暖和了。

丽达在日记里写道：

十二月二十日

一连几天的暴风雪。又是刮风，又是下雪。博亚尔卡筑路大军所建的铁路眼看就要竣工了，然而严寒和暴风雪又阻止了他们。他们被淹没在深深的雪地里，挖掘冻土非常困难。只剩下四分之三公里了，但这是最艰难的一段。

托卡列夫报告：工地上发现伤寒，有三个人病倒了。

十二月二十二日

博亚尔卡没有来人参加省团委的全体会议。在离博亚尔卡十七公里的地方，匪徒们把一列运粮食的专列弄出轨了。根据粮食人民委员部全权代表的命令，筑路工程队全体人员都调到出事地点去了。

十二月二十三日

又有七个伤寒病人从博亚尔卡送回城里，其中有奥库涅夫。我当时正在车站。看到从哈尔科夫开来一列火车，从车厢连接处抬下来几具僵硬的尸体。医院里也很冷。该死的暴风雪！什么时候才能停呢？

十二月二十四日

刚从朱赫来那里回来。原来，消息是确实的：昨天夜里奥尔利克匪帮倾巢出动，袭击了博亚尔卡。我们的人和匪徒的战斗持续了两个小时。他们切断了交通线，直到今天早晨，朱赫来才得到确切的消息。匪徒被击退了。托卡列夫负了伤，胸部被子弹打穿。今天就能被送回来。弗朗茨·克拉维切克那天夜里担任警卫队长，他被砍死了。是他发现了匪徒，鸣枪发出警报。他边退，边阻击敌人，但没来得及逃到学校就被砍死了。筑路工程队里有十一个人受伤。现在那里有一列装甲车和两个中队的骑兵防守。

现在由潘克拉托夫担任筑路工地的主任。今天，普济列夫斯基团在格

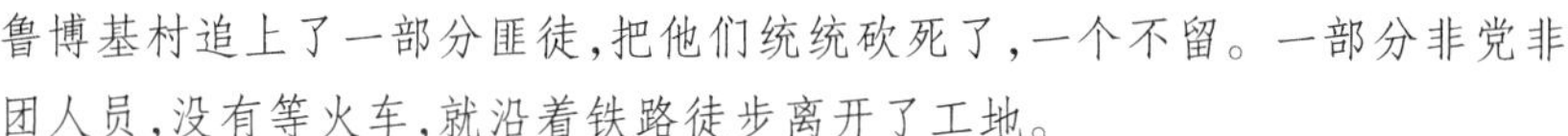

鲁博基村追上了一部分匪徒,把他们统统砍死了,一个不留。一部分非党非团人员,没有等火车,就沿着铁路徒步离开了工地。

十二月二十五日

托卡列夫和其他几个伤员已经送回,被安置在医院里。医生们保证要救活这位老人。他仍处于昏迷之中。其他人没有生命危险。

省党委和我们都接到了从博亚尔卡发来的电报:"为了回答匪徒的袭击,我们,参加今天群众大会的窄轨铁路建设者和'保卫苏维埃政权号'装甲列车、骑兵团的全体指战员共同向你们保证:克服重重困难,一月一日前定将木柴运进城里。我们决心全力以赴,完成任务。派遣我们的共产党万岁!大会主席柯察金,书记员别尔津。"

在索洛缅卡我们按军队的仪式为克拉维切克举行了葬礼。

日夜盼望的木柴已经指日可待。但是,工程进度十分缓慢,因为伤寒病每天都要夺走几十个急需的劳力。

柯察金醉汉似的,弯着腿,摇摇晃晃地走回车站,他发烧已有几天了,但今天比往常更加严重。

使筑路队丧失许多劳力的肠伤寒也悄悄地向保尔袭来,但是,他的健壮身体抵抗着,一连五天,他都挣扎着从铺着干草的水泥地上爬起来,和大家一起去上工。他穿着暖和的短皮大衣,冻坏的双脚套着朱赫来托人捎来的毡靴,但这一切都无济于事了。

他每走一步,都感到有什么东西猛刺胸口,疼痛难忍。浑身发冷,牙齿直打战,两眼昏黑。树木仿佛都成了古怪的旋转木马,围着他转悠。

他勉强走到车站。异常的喧哗声使他吃了一惊,仔细一看,那儿停着一列和车站一样长的平板车,上面载有小机车、铁轨和枕木。许多随车同来的人正在卸车。保尔又走了几步,终于失去平衡。他迷迷糊糊感到自己倒了下来,头撞在地上,灼热的面颊贴在冰凉的雪上,十分舒服。

几个小时以后,才有人偶然发现了他。他被抬进棚子里。柯察金呼吸很困难,已认不得周围的人了。从装甲列车上请来了一位医生,他的诊断是:肠伤寒并发大叶性肺炎。体温四十一度五。至于关节炎和颈子上的两个痈疽，已经不值一提，都只能算作小病了。伤寒加肺炎就足以把他送到另一个世界去了。

潘克拉托夫和随车回来的杜巴瓦竭尽全力挽救保尔的生命。

他们委托柯察金的同乡阿廖沙·科汉斯基把他送回家乡。

多亏柯察金小队全体队员的帮助，特别是霍列亚瓦施加了压力，潘克拉托夫和杜巴瓦才能把阿廖沙和不省人事的柯察金送进了挤得满满的车厢。车上的人担心斑疹伤寒传染，不让他们上车，对抗情绪非常强烈，并且威胁说，在路上要把这个伤寒病人扔下车去。

霍列亚瓦对那些阻拦将保尔送上车的人晃动着他的手枪，大声喊道：

“这个病人不传染！他非走不可，如果必要，我们就把你们统统赶下来！你们这些自私自利的家伙，记住，要是有人胆敢动他一根毫毛，我马上通知沿线各站把你们全部赶下车，关到牢里去。阿廖沙，保尔的这支驳壳枪给你，谁敢动他，你就朝谁开枪。”最后这句话是用来吓唬那些人的。

列车开走了。在空荡荡的站台上，潘克拉托夫走到杜巴瓦跟前，说：

“你说，他能活过来吗？”

没有回答。

“我们走吧，米佳，只能听其自然了。现在全部工作都得由我们俩负责了。今天夜里得把那些机车卸下来，明天早上就生火试车。”

霍列亚瓦分别打电话给他沿线各站做肃反工作的朋友，强烈请求他们别让车上的旅客把生病的柯察金弄下车，直到对方都肯定地表示决不容许此类事情发生之后，才去睡觉。

在一个铁路枢纽站上，人们从一列客车的车厢里抬出一具尸体，就放在月台上。死者是一个不知姓名的长着亚麻色头发的青年。他究竟是谁，死因是什么——谁也不知道。车站上的肃反工作人员想起霍列亚瓦的嘱托，赶忙跑过去阻拦，但当他们证实这个青年确已死亡，只得命令将尸体抬到停尸房。

他们又立刻打电话到博亚尔卡，告诉霍列亚瓦说他十分关心的那个朋友已经去世。

从博亚尔卡又发出一封简短的电报，向省委报告了柯察金的死讯。

阿廖沙·科汉斯基把病重的柯察金送到家之后，自己也发高烧，患了伤寒症,病倒了。

丽达在日记上写着:

一月九日

为什么心中如此难过?还没坐下来动笔,就哭过一场。谁能想到,丽达也会失声痛哭,而且还哭得如此伤心!难道眼泪只是意志薄弱的表现吗?今天流泪是出于痛彻肺腑的悲哀。为什么会发生这种事情?为什么恰恰发生在今天这个时刻,今天是取得胜利的大喜日子,可怕的严寒已被战胜,铁路各站都堆满了宝贵的木柴,我刚刚还参加了庆祝胜利的大会——市苏维埃为祝贺全体筑路英雄而举行的扩大会议。这是一个胜利,但是,有两个人为此献出了生命:克拉维切克和柯察金。

保尔的不幸使我发现了真情:他对于我,比我原先所想的更亲、更宝贵。

日记就写到这里为止了。我不知道,什么时候还会提笔再写。明天我要写信到哈尔科夫去,告诉他们我同意去乌克兰共青团中央委员会工作。

第3章

青春终于胜利了,伤寒没能夺去保尔的生命。保尔终于第四次跨过死亡的门槛,又重新回到人间。仅仅过了一个月,苍白消瘦的保尔已能起来,迈着软弱无力的步子,扶着墙壁摇摇晃晃地在房间里开始走动。他在母亲的搀扶下走到窗口,长时间地望着窗外那条道路。积雪已经融化,小水洼不时闪闪发光。外面已是冰消雪融的早春天气了。

正对窗户的樱桃树树枝上，歇着一只神气活现的灰胸脯的麻雀，它不时用狡猾的小眼睛不安地看看保尔。

“怎么样，我和你总算把冬天熬过来了吧？”保尔用手指敲敲窗子，轻声说道。

母亲吃惊地看了看他：

“你在那儿跟谁说话？”

“我在和麻雀说话……它飞走了，这狡猾的小东西。”他无力地笑了笑。

到了春光烂漫时，保尔开始考虑回基辅的问题。他的身体已经康复到可以走路了，但体内还潜伏着别的毛病。有一天，他在花园里散步，突然感到脊柱一阵剧疼，随即跌倒在地，他十分艰难地慢慢挪到屋里。第二天，医生给他做了仔细检查，摸到脊柱上有一个陷下去的深坑，惊讶地叫了一声，问道：

“您这儿是怎么搞的？”

“大夫，这是公路上的一块石头砸的。在罗夫诺城下的战斗中，一颗三英寸口径大炮的炮弹在公路上开了花，从身后……”

“那您后来怎么走路呢？这不碍事吗？”

“不碍事。当时躺了大约两个小时，就又骑马了。这是第一次发作。”

医生皱着眉，对那个深坑又做了仔细的检查。

“亲爱的，这可是个非常不好的东西，脊柱可不喜欢这种震动。但愿它以后不再发作。柯察金同志，穿上衣服吧！”

他掩饰不住自己沉痛的心情，满怀同情地看着他的病人。

阿尔青住在他妻子家里，妻子斯乔莎是个很丑的年轻女人，她家是贫穷的农民。有一天，保尔顺便去看阿尔青。一个邋遢的斜眼小男孩正在肮脏的小院里跑来跑去，他看见保尔，毫无礼貌地用眼睛盯着他，一只手指专心致志地掏着鼻孔，问道：

“你要干什么？是来偷东西的吧？最好还是走开，我妈可凶呢！”

这时，破旧的矮草屋的一扇小窗子打开了，阿尔青在叫他：

“保夫鲁什卡，进来吧！”

一个脸黄得像牛皮纸的老妇人拿着火叉在炉子跟前忙来忙去。她冷冷地瞟了保尔一眼，让他走过去，接着把铁锅敲得叮当直响。

两个梳着短辫的大女孩急忙爬上热炕，既怕见生人，又十分好奇地向外探头观看。

阿尔青坐在桌子旁边，有点不好意思。他的这门亲事，不论是母亲，还是兄弟保尔都不赞成。阿尔青是世代相袭的血统工人，不知为什么竟同相处已有三年的石匠的女儿，缝纫厂的漂亮女工加林娜断绝了关系，娶了难看的斯乔莎，入赘到这个没有男劳力的五口之家。每天从机务段下班之后，就把所有的精力都用在农活上，想重整这份衰败的家业。

阿尔青知道，保尔不赞成他离开老家，说他是投入了"小资产阶级自发势力的怀抱"。因此，他注意观察兄弟，看他对这儿的一切是什么态度。

他们俩坐了一会儿，说了一些无关紧要的、见面时常说的寒暄话，保尔就要起身告辞。阿尔青留住了他。

"再坐坐，和我们一起吃点东西吧，斯乔莎这就把牛奶拿来了。这么说你明天就走？保夫卡，你的身体还弱呢。"

斯乔莎走进房间，跟保尔打个招呼，就叫阿尔青到打谷场去帮忙搬东西。屋里就剩下保尔和那个不爱说话的老妇人了。窗外传来了教堂的钟声，老妇人放下炉叉，不满意地咕哝着：

"呵，我主耶稣，我成天忙这些该死的事情，连祷告都没有时间。"说着，她解下颈子上的头巾，斜眼瞧着客人，走到屋角，那里放着因年深月久而灰暗发黑、面带愁容的圣像。她捏着三个瘦骨嶙峋的指头，在胸前画了个十字。

"我们圣父的在天之灵，愿你获得圣者尊号……"她嚅动着干瘪的嘴唇，轻声念着。

院子里，小男孩突然跳到一只耷拉着大耳朵的黑猪身上，双手紧紧抓住猪鬃，一双赤脚拼命踢它，弄得那只猪一面打转，一面哼哼直叫。小男孩还高声吆喝着：

"驾，驾，开步走！吁！别胡闹！"

猪驮着小男孩满院子飞跑，想把他甩下来。但是那斜眼的小顽童却骑得很稳。

老妇人停止了祈祷，探头到窗外，喝道：

“看我来收拾你！摔死你这个捣蛋鬼！快下来，你这该死的！快给我滚下来，你这个疯小子！”

那只猪最后还是把骑在它身上的人甩了下来。于是，老妇人满意地回到了圣像跟前，做出满脸虔诚的模样，继续祷告：

“愿你的天国降临……”

小男孩哭哭啼啼地走到门口，他用袖子擦着跌伤的鼻子，疼得哼哼唧唧，带着哭腔说道：

“妈——妈——，我要甜馅饺子。”

老妇人恶狠狠地转过身来。

“你这个斜眼的鬼东西，让我祷告都做不成，狗崽子，我马上让你吃个够！她从长凳上抓起一根鞭子。男孩子顿时跑得没了影子。炉子后面的两个女孩忍不住扑哧笑了。

老妇人第三次重又开始祈祷。

保尔没有等哥哥回来，就站起身来走了。他在关栅栏门的时候，看见老妇人在边上的小窗户里探头探脑。她在监视他。

“阿尔青真是鬼迷心窍，怎么会被勾到这儿来的？现在他是到死都摆脱不掉了。斯乔莎每年生个孩子，阿尔青就会像甲虫掉在粪堆里越陷越深。搞不好连机务段的工作都会丢掉。”保尔走在小城空寂无人的街道上，闷闷不乐地想，“可我本来还想吸引他参加政治活动呢。”

令他感到高兴的是，明天他就要离开这里回到大城市去了，那里有他的朋友和他心爱的人们。那座城市以其雄伟的景象，勃勃的生气，川流不息、喧闹的人群，以及电车的轰鸣、汽车的喇叭声使他为之神往，而最具吸引力的还是那些巨大的石头厂房、煤烟熏黑的车间、机器以及滑轮发出的轻微的沙沙声。他向往那巨轮急速旋转、空气中散发着机油气味的地方，向往那早已习惯的一切。可是在这里，在这个僻静的小城里，当他在街上信步漫游时，心中却感到莫名的抑郁。因此，这座小城使保尔觉得陌生和乏味也就不足为怪了。甚至白天出去散步，心中也会觉得不痛快，比如，当他从那些坐在台阶上闲聊的饶舌妇们身旁走过时，常常听到她们急促地说：

“喂,老姐妹们哪,你们瞧,打哪儿跑出来这么个丑八怪?”

“看样子是个痨病鬼。”

“可你看他那件皮上衣好阔气,准是偷来的……”

还有许多种种令人厌恶的事情。

他早就把与这儿的联系连根拔掉了。对他来说,大城市变得更亲近、更可爱。那里有意志坚强、朝气蓬勃的伙伴们,有事业。

保尔不知不觉走到了松树林前,在岔路口站住了。右边是一所阴森森的老监狱,一道高高的尖头的木栅栏围绕着它,把它同松林隔开。监狱后面是医院的白色楼房。

就是这儿,在这个空旷的广场上,瓦利娅和她的同志们被处以绞刑。保尔在过去设置绞刑架的地方默默地站了一会儿,然后向陡坡走去。他顺坡而下,来到埋葬烈士的墓地。

不知是哪个有心人,给这小小的墓地围上了一道绿色的栅栏,还在一排排的墓前摆放了用枞树枝编的花圈。陡坡的上方耸立着一棵棵挺拔的松树。峡谷的斜坡上铺满了如茵的绿草。

这里是小城的边缘,又幽静,又凄凉。松林在轻轻地低语,正在复苏的大地散发出略带腐烂味的春天的气息。同志们就是在这里英勇就义的。为了使那些出身贫贱,生来为奴的人过上美好的生活,他们献出了自己的生命。

保尔缓缓地摘下帽子。悲痛,巨大的悲痛,充满了他的心。

人最宝贵的是生命。生命属于人只有一次。人的一生应当这样度过:当他回首往事的时候,不会因为碌碌无为、虚度年华而悔恨,也不会因为为人卑劣、生活庸俗而愧疚。这样,在临终的时候,他就能够说:“我已把自己整个的生命和全部的精力献给了世界上最壮丽的事业——为人类的解放而奋斗。应当赶紧生活,因为一场突如其来的疾病,一个意外的悲惨事件随时都有可能中断生命。”

保尔怀着这样的思想,离开了烈士墓地。

家里,忧伤的母亲正在给儿子打点行装。保尔仔细看着妈妈,发现她在偷偷流泪。

“保夫鲁沙，你不能留下不走吗？我已经老了，一个人过日子多难受啊。养儿育女，一长大就都飞了。城里有什么让你那么牵肠挂肚？这里也可以过日子嘛。莫不是你也看上了哪只短尾巴的雌鹌鹑了？反正你们什么都不跟我这个老太婆说。阿尔青娶亲的事，一点没告诉我，你是更不用说了。只有等你们病了，或者受伤了，我才能见到你们。”母亲一面把她儿子简单的几件零星用品放进干净的布袋里，一面轻声地诉说。

保尔抱住母亲的肩膀，把她拉到自己怀里：

“妈，没有雌鹌鹑！你老人家可知道，只有鹌鹑才找鹌鹑做伴。照你看来，我不成了雄鹌鹑了吗？”

他的话把母亲逗笑了。

“亲爱的妈妈，我暗暗发过誓，只要全世界的资产阶级没有肃清，我就不找女孩谈情说爱。你说什么，那要等很久吗？不，妈妈，资产阶级已经支撑不了很久啦……一个人民大众的共和国就要建立起来，要把你们这些干了一辈子活的老头和老太都送到意大利去，那个国家在海边，很暖和的。妈妈，那里从来就没有冬天。我们要让你们搬到资产阶级的宫殿里去住，让你们在阳光下把自己的老骨头晒得暖暖的。我们呢，再到美洲去解决那里的资产阶级。”

“孩子，你说的那种像故事里的好日子，我是活不到了……你那个在船上当水手的爷爷也是这样不安分，他像个真正的土匪，愿上帝饶恕我这样说。当年他在塞瓦斯托波尔打仗，回到家里来只剩下一只手和一条腿了……胸前倒是戴了两个十字勋章和两块挂在丝带上的五十戈比沙皇银币。但是，到老死的时候，还是穷得叮当响。他的脾气很倔，以前用木棒敲了一个当官老爷的头，为这事蹲了差不多一年的牢。十字勋章也帮不上忙，照样被关了起来。我看你呀，就像你爷爷，两人一个样儿。”

“妈妈，我们为什么分别的时候要弄得这么不开心呢？来，把手风琴递给我，我已经好久没碰它了。”

他把头靠在那排用珠母做的琴键上。奏出来的乐曲声中含有新的格调，这使母亲感到惊奇。

他的演奏和过去不同了。琴声里已经没有那种随心所欲的旋律，没有豪爽剽悍的音调，也没有曾经使这个青年手风琴手闻名全城的那种如醉似狂的奔放风格了。现在的乐曲声和谐悦耳,仍然富有力量,但比过去深沉多了。

保尔独自来到火车站。

他劝母亲留在家里:他不愿意让母亲在分别的时候又伤心流泪。

旅客们争先恐后地往车厢里挤。保尔占了一张上铺坐在那儿,看着过道上那些吵吵嚷嚷、激动不安的人群。

还和从前一样,大家都拖上来一个个的口袋,拼命往座位底下塞。

列车开动之后,人们才安静下来,并且像惯常那样,开始狼吞虎咽地吃东西了。

保尔很快就睡着了。

保尔想去的第一所房子坐落在市中心的克列夏季克大街上。他慢慢地沿台阶走上天桥。周围的一切都很熟悉,丝毫未变。他在桥上走着,一只手顺着光滑的桥栏杆轻轻摸过去。快要往桥下走时,他停住了脚步——这时桥上一个行人也没有。在那一望无际的高空中,展现出一幅令人目眩的壮丽夜景。黑暗仿佛是黑色的天鹅绒掩盖着地平线,无数的星星在眨眼,宛如点点磷火,闪闪烁烁,忽明忽暗;下面,在大地与天空衔接之处,黑暗中亮起了万家灯火,夜色里隐现出一座城市……

有几个人朝着保尔迎面走上桥来。他们激烈争论的声音打破了夜的寂静。保尔不再凝视城市的灯火,向桥下走去。

在克列夏季克大街的军区特勤部的传达室里,值班警卫队长告诉保尔,朱赫来早就不在这里了。

他提了许多问题仔细盘问保尔,直到他确信,这个小伙子确实和朱赫来很熟悉,才告诉他:朱赫来两个月之前已被调往塔什干,到突厥斯坦战线工作去了。保尔十分失望,他甚至没再仔细打听,就默默转身走了。到了街上,他突然感到非常疲倦,只得在大门口的台阶上坐了一会儿。

一辆有轨电车开了过去,街上充满了轰隆轰隆和叮叮当当的响声。人行道上,人流络绎不绝,多么热闹的城市啊:一会儿是妇女们幸福的欢笑声,一会儿是男人们只言片语低沉的交谈声,一会儿是年轻人高亢的说笑声,一会儿是老人们喉头咕噜作响的沙哑的嗓音。人们来来往往,川流不息,他们的脚步都是那样匆忙。电车里灯光明亮,汽车的头灯闪射着耀眼的光芒,附近电影院的广告牌周围也是灯火辉煌。到处是人,整条街上都是不绝于耳的嘈杂的人声。这就是大都市的夜呵。

大街上的喧闹和繁忙景象减轻了他因为朱赫来的离去而引起的惆怅。该去哪儿呢?回到索洛缅卡去吧,那里有许多朋友,但是太远了。于是,保尔自然而然地想起了离这儿不远的大学环行路上的那所房子。当然他应当现在就去那儿。本来嘛,除了朱赫来之外,他最想见的同志就是丽达了。到了那儿,他还可以在阿基姆或者米海拉那儿过夜。

还在远处就看到楼上拐角处的一扇窗子里亮着灯。他竭力保持平静,拉开了那扇橡木的大门。他在楼梯口上站了片刻,听到丽达房间里有人在说话,还有人在弹吉他。

"呵哈!就是说,现在连吉他也准弹了,规矩放松一点了。"柯察金想着,用拳头轻轻敲了敲门。他感到心情激动,便用牙齿咬紧了嘴唇。

开门的是一个额角上垂着鬈发的不认识的青年女子。她用带有疑问的目光打量着柯察金。

"您找谁?"

她没有关门。保尔扫了一眼房间里陌生的陈设,已猜到了对方会有什么样的回答。

"可以见见乌斯季诺维奇同志吗?"

"她不在这里,一月份她就去哈尔科夫了。我听说,后来又去了莫斯科。"

"那么,阿基姆同志是不是还住在这儿?他也搬走了吗?"

"阿基姆同志也搬走了。他现在是敖德萨共青团省委书记。"

保尔无可奈何,只好转身走了。回到这座城市来的喜悦心情已被冲淡了。

现在他必须认真考虑一下在哪里过夜的问题。

"再这样挨个儿去找老朋友,就是走断了腿,也找不到一个的。"他克制着内心的苦恼,闷闷不乐地嘟哝着。不过,他还是决定再去碰碰运气——去找潘克拉托夫。这个码头工人住在码头附近,去他那儿比去索洛缅卡要近些。

保尔已经疲惫不堪,最后总算走到了潘克拉托夫家的门口。他敲着那扇曾经油漆成赭色的门,下了决心:"如果他也不在,那我再也不跑了,干脆爬到一条小船上去过夜。"

来开门的是一个系着一条极普通头巾的老太太,头巾的两角在下巴底下打了个结。这是潘克拉托夫的母亲。

"大娘,伊格纳特在家吗?"

"刚来家。您找他吗?"

她没认出保尔来,回过头去喊道:

"根卡,有人找你!"

保尔跟她走进房间,把口袋放在地上。潘克拉托夫一面吃着面包,一面从桌旁回过头来说:

"既然是找我,那就坐下。讲吧,我得先把这一碗菜汤喝下去。从早晨到现在,除了水之外,什么还没下肚呢。"潘克拉托夫说着就拿起了一把大木匙。

保尔在他旁边的一把破椅子上坐下。他脱下帽子,习惯地用帽子揩揩前额,心想:

"难道我真变得那样厉害,连根卡都认不出我来了吗?"

潘克拉托夫往嘴里送了两勺菜汤,没有听见客人答话,就又转过头来说:

"喂,说吧,你那儿有什么事情?"

他手里拿了块面包,正想往嘴里送。突然,手在半路上停了下来,不知所措地眨眨眼睛。

"哎……等一下……呸!真是活见鬼!"

保尔看见潘克拉托夫的脸涨得通红,忍不住哈哈大笑。

"保夫卡!我们都以为你已经死了呢……等等,你叫什么名字?"

听到潘克拉托夫的叫喊声,他的姐姐和母亲从隔壁房间跑了过来。他们三人一起,终于认出来了:站在他们面前的确确实实是柯察金。

家里人早已睡了,潘克拉托夫还在向保尔讲述这四个月里发生的各种事情。

"去年冬天扎尔基、杜巴瓦和米海拉就上哈尔科夫去了。这些小子是专门去上共产主义大学的。万卡和米佳进的是预科班,米海拉上一年级。我们一共去了十五个人。我心血来潮,也去报了名。我想,脑子里也该装点东西,要不然也太清汤寡水了。但是你知道,考试委员会的人把我给难住了,事情就搁浅了。”

潘克拉托夫生气地哼了一声,继续说:

“开头我的事情很顺当,各种条件都合格,是党员,团龄也够了。至于经历和出身,那更不成问题。但到政治考试的时候,我就遇到麻烦了。

“我让考试委员会里的一个同志给坑苦了。他问了我一个小问题:‘潘克拉托夫同志,请你说说你对哲学的看法?’你知道,我在这方面一窍不通。当时我马上想起来了,我们以前有一个搬运工人,读过中学,是个流浪汉。他当搬运工人只是为了装装门面。有一次,他对我们说:从前,鬼知道什么时候,在希腊有那么一些自以为了不起的学者,大家都管他们叫哲学家。其中有一个怪家伙,姓名我已不记得了,好像是伊杰奥根①,他一辈子都住在木桶里,还有其他许多怪毛病……他们中间最了不起的一个学者,能够用四十种办法证明黑的就是白的,白的也就是黑的。总之,他们全是些喜欢胡说八道的人。你看,我想起了那个中学生讲的这些话,心中估摸这个考试委员是想从右翼包抄我吧,他狡猾地看着我呢。于是我就猛地给他来了一下。我说:‘哲学就是空口说白话,故弄玄虚。同志们,我才不愿意去学这种胡说八道的玩意儿呢。至于党史,那我倒是一心想学的。’这么一来,他硬要我说说,这些关于哲学的新奇见解是从哪儿来的。于是,我就把那个中学生的话再添油加醋说了一遍。那些考试委员们听了,全都哈哈大笑。我来火了。‘怎么,你们把我当傻瓜吗?’说完这句话,抓起帽子就回家了。

“后来,我在省委遇到了那个向我提问题的考试委员,他跟我谈了大约三个小时。原来,是那个中学生胡说八道,哲学其实是一门了不得的大学问呢。

“瞧,杜巴瓦和扎尔基都考上了。当然,杜巴瓦以前学习就不错,但是扎尔基并不比我强多少。不用说,这是他的勋章帮了忙。总之,我一个人落

---

① 系“Диоген”之误,指的是第欧根尼(Diogenes,公元前约四〇〇—前约三二五年),古希腊犬儒哲学家,安提西尼的门徒。

空了。后来就派我到这儿的码头上抓业务,代理货运主任。以前,为了青年们的事儿,我总是和码头上的头头们发生冲突;现在,自己也来当头头,抓工作了。有时候,要是碰上懒汉,或者磨磨蹭蹭、马虎大意的家伙,碍手碍脚,我就既以主任的身份,又以团委书记的身份去对付他。对不起,他们逃不过我的眼睛。好了,我的事,以后再谈吧。还有什么新闻没告诉你呢?阿基姆的情况你已知道了。团省委里的老同事现在只有图夫塔一人没有调动工作,还在老地方。托卡列夫在索洛缅卡担任区党委书记。你们公社的社员奥库涅夫在团区委工作。塔莉亚·拉古京娜是政治教育部部长。铁路工厂里,你原来的职位由一个叫茨韦塔耶夫的人担任了,这个人我不熟悉,只是在团省委里见到过。这小伙子看上去挺机灵,但有点爱面子。也许你还记得安娜·博尔哈德,她也在索洛缅卡,担任区党委的妇女部长。其他人的情况我已经告诉你了。保夫鲁沙,党组织派了很多人去学习,所有的老积极分子现在都在省党政干部学校学习,他们答应明年也把我送去。"

直到下半夜,他们才睡觉。第二天早上,柯察金醒来时,伊格纳特已不在家,他上码头去了。他的姐姐杜夏身体结实,长得很像弟弟,一面张罗他喝早茶,一面兴致勃勃地谈论各种琐碎小事。潘克拉托夫的父亲是轮船上的轮机手,出航去了。

柯察金准备出去,临走时杜夏提醒他说:

"可别忘了,我们等你回来吃午饭。"

团省委里还跟从前一样热闹。大门口进进出出,走廊上、房间里到处是人。办公室里不断传出打字机啪嗒啪嗒的声音。

保尔在走廊里站了一会儿,仔细观看,也许能找到熟人?结果一个也没有。于是,他走进书记办公室。省委书记穿着一件蓝色斜领衬衫,坐在一张大写字台后面。他瞟了柯察金一眼,又继续埋头写他的东西了。

保尔在他对面坐下,注意地观察这个接替阿基姆的人。

"有什么事?"穿斜领衬衫的书记写完了一页纸,在上面打了一个句号,然后问保尔。

保尔把自己的情况说了一遍,然后说:

"同志,我现在需要恢复团的组织关系,派我回铁路工厂去工作。请你下个指示办一办吧。”

书记往后一仰，靠在椅背上，犹豫不决地说：

“当然，团籍会恢复的，这没问题。但是再派你去铁路工厂，就不大方便了。那儿已经有茨韦塔耶夫在干了，他是这一届的团省委委员。我们派你到别处去吧！”

柯察金的眼睛眯起来了。他说：

“我到铁路工厂去不会妨碍茨韦塔耶夫工作的。我是到车间去干我的本行，不是当共青团书记。再说，我的身体还很虚弱，请求你不要派我去干别的工作。”

书记同意了，他在一张纸上草草写了几个字。

“请把这交给图夫塔同志，他会把一切都办妥的。”

在干部登记分配部里，图夫塔正在大骂他那个负责团员登记的助手。保尔在旁边听了一会儿，发现两人吵得难分难解，一时半会儿完不了，就拦住了正在发火的图夫塔说：

“图夫塔，你等会儿再跟他吵吧。给你书记写的条子，咱们先把我的证件办一办吧。”

图夫塔一会儿仔细看看条子，一会儿又看看保尔，看了半天，终于明白是怎么回事了。

“呵！原来你没死！现在该怎么办呢？你的名字已经从团员名册上注销了，是我亲自把你的登记卡寄到团中央去的。再说，你又错过了全俄团员登记。根据团中央的指示，凡是没有进行登记的人，一律取消团籍。因此，现在你只有一个办法——按照正常规定，重新履行入团手续。”图夫塔用一种没有商量余地的口吻说。

柯察金皱起了眉头，说：

“你还是老样子？一个年轻小伙子，却比省档案库的老耗子还要差劲。图夫塔，你什么时候才能有点人味呢？”

图夫塔一下子跳了起来，仿佛被跳蚤咬了一口。

“不用你来教训我，我是对工作负责。上面发指示是让我执行，不是让我违反。至于你侮辱我，说我是‘耗子’，我可要控告你的。”

图夫塔用威胁的口吻说着，同时故意示威似的把一卷未拆封的信件放到面前,摆出一副这事已不必再谈的神气。

保尔不慌不忙朝门口走去,但想起了什么,又回到桌旁,把放在图夫塔面前的那张书记写的条子拿了回去。图夫塔注视着保尔的一举一动。这个长着两只大招风耳的年轻"小老头",一副警觉戒备的样子,既盛气凌人,又吹毛求疵,真让人又可气又可笑。

"好吧,"柯察金以一种讥笑的口吻平静地说,"你当然可以给我扣上一顶'破坏统计工作'的帽子,可是,你倒是说说看,你用什么妙法来惩治事先没有递交申请书,突然就死了的人呢? 这种事儿谁都可能碰上,说病就病了,说死就死了,这方面的条令指示,大概还没有吧。"

"哈! 哈! 哈! 哈!"图夫塔的助手再也不能保持中立,忍不住哈哈大笑起来。

图夫塔手里的那支铅笔笔尖折断了。他把铅笔往地上一扔,还没来得及回击保尔,一大群人说说笑笑地走进了房间。他们中间有奥库涅夫。大家见了面,惊喜交加,没完没了地仔细询问保尔的情况。几分钟之后,又有一群青年人进来了,尤列涅娃也在其中。她有点不知所措,但十分高兴地、长时间紧紧地握住保尔的手。

大家又让保尔把他所发生的事从头讲述了一遍。同志们出自内心的喜悦,真诚的友谊和同情,热烈的握手,用力、友好地拍肩打背,使保尔把图夫塔抛诸脑后了。

最后,保尔把他同图夫塔的谈话也告诉了同志们。大家都气愤地叫了起来。奥莉加狠狠地瞪了图夫塔一眼,就到书记办公室去了。

"我们去找涅日丹诺夫! 他会使他开窍的。"奥库涅夫一面说,一面抱住保尔的肩膀,和同志们一起跟着奥莉加走了。

"应当把他撤职,送到码头上,在潘克拉托夫那儿当一年搬运工人。这图夫塔真是个最死板的条条主义者。"奥莉加气愤地说。

团省委书记宽厚地微笑着,倾听奥库涅夫、奥莉加和其他人所提出的撤换图夫塔的要求。

涅日丹诺夫安慰奥莉加说:"关于恢复柯察金团籍的事,不成问题,现在就给他签发团证。"他又接着说:"我也同意你们的意见,图夫塔是个形式主义者。这是他的主要缺点。但是,也得承认,他的工作还是很有条理的。

凡是我工作过的地方,团委的报表和统计工作都是个没有解决好的大难题,简直没有一个数字是可信的。而我们这儿的统计工作却很出色。你们自己也知道,图夫塔有时在他办公室里一直干到深夜。所以,我想:要撤换他随时都可以。但是,如果换上另外一个小伙子,人倒挺朴实,但对统计工作一窍不通,那么,官僚主义是没有了,可统计工作也完了。还是让图夫塔继续干吧。我来好好批评他一顿。一段时间内这会起作用的,以后看情况再定。"

"好,去他的,就这么办吧!"奥库涅夫同意了。"保夫鲁沙,我们上索洛缅卡去吧。今天我们在俱乐部召开积极分子大会。还没人知道你的情况呢,到时,我突然宣布:'现在请柯察金发言!'这多棒!保夫鲁沙,你真是好样儿的,没死掉。要不然,你对无产阶级还有什么用处呢?"奥库涅夫开玩笑地结束了他的话,用手抱住柯察金,把他推到走廊上。

"奥莉加,你来吗?"

"一定来。"

潘克拉托夫一家等柯察金吃午饭,但没等到,他直到夜里也没回去。奥库涅夫把保尔带回他的住所去了。他在苏维埃大厦里有个房间,他尽其所有,好好招待了保尔,然后将几沓报纸和两大本区团委会议记录放在保尔面前的桌上,说:

"这些东西你都看一下。你生伤寒病,白白耽误了不少时间,看看这些,了解一下过去和现在的情况。我晚上回来,然后我们一起上俱乐部去。如果累了,你就躺下睡一会儿。"

区团委书记奥库涅夫把许多文件、证明和公函分别塞进几个衣袋——他非常讨厌公文包,一直把它扔在床底下——然后又在房间里转了一圈,才走了出去。

傍晚,当他回来时,房间的地上摊满打开的报纸,床底下的一大堆书也被拖了出来,一部分叠得整整齐齐放在桌上。保尔坐在床上,正在看中央委员会最近的几封来信,这是他从奥库涅夫的枕头下面找到的。

"你这个强盗,瞧瞧,把我的房间弄成什么样子了!"奥库涅夫故意装出生气的样子喊叫着,"哎,同志,别忙,别忙!你可是在偷看机密文件啊!唉,真是引狼入室呀!"

保尔微笑着把信搁在一边,说:

"这一份恰好不是什么机密文件。你当灯罩用的那张倒确实是密件。边儿都给烤焦了。你看见没有?"

奥库涅夫拿下那张烤焦了的纸,看了看上面的标题,用手掌拍了一下自己的额头,说:

"我找了它三天,一直没有找到!犹如石沉大海,无影无踪。现在我想起来了,是前两天沃伦采夫用它当灯罩的,后来他自己也找得满头大汗。"奥库涅夫小心地将那张纸折好,塞到床垫下面。"以后我们会把一切都整理得井井有条的。"他自我安慰地说,"现在我们先吃点东西,然后去俱乐部。保夫鲁沙,来,坐下吧!"

奥库涅夫从一个口袋里取出一条用报纸包好的长长的鱼干,从另一个口袋里掏出两块面包,他将文件移到桌子边上,在空出来的地方铺上一张报纸,抓起鱼头,使劲在桌上摔打起来。

生性乐观的奥库涅夫坐在桌旁,一面不停地吃着,一面把最近的各种新闻告诉保尔,还不时插上几句笑话。

奥库涅夫带着保尔从工作人员进出的通道进了俱乐部的后台。在这个宽敞的大厅里,在舞台右侧的钢琴旁边,一群铁路上的共青团员紧挨着坐在一起。他们中间有塔莉亚·拉古京娜和安娜·博尔哈德。坐在安娜对面的是机务段的共青团支部书记沃伦采夫。他微微摇晃着身体,红润的脸像八月的苹果,头发和眉毛都是淡黄色的,身上穿了一件已经褪色的破旧不堪的黑皮夹克。

他的旁边是茨韦塔耶夫,两只胳膊很随便地支在钢琴盖上。这是个长着栗色头发、嘴唇轮廓分明的漂亮小伙子。他的衬衫领子敞着。

奥库涅夫走近他们的时候,听见了安娜说的最后几句话:

"有的人千方百计把吸收新团员的工作搞得复杂化,茨韦塔耶夫就是一个。"

"共青团可不是穿堂院,随便进进出出。"茨韦塔耶夫固执地,以一种粗鲁而蔑视的神情回答说。

“你们看,你们看,尼古拉今天容光焕发,活像只擦得雪亮的茶壶!”塔莉亚一看见奥库涅夫,就叫起来了。

奥库涅夫被拖进人群,大家七嘴八舌地问道:

“你到什么地方去了?”

“快开会吧!”

奥库涅夫伸出一只手,示意大家安静。

“弟兄们,别着急。托卡列夫马上就来了,他一到我们就开会。”

“瞧,他来了。”安娜说。

果然,区党委书记托卡列夫正朝他们走来。奥库涅夫迎了上去。

“老爷子,我们先上后台去一下。我让你见一个熟人,你一定会大吃一惊!”

“有什么了不得的事呢?”老人嘟哝着,用力抽了口烟。奥库涅夫拉住他的手,把他拖走了。

奥库涅夫拼命摇着手里的铃,连那些爱说话的人也赶紧停止了谈话。

托卡列夫背后,在绿色松枝扎成的框子里,放着《共产党宣言》的天才作者的画像,看上去像头雄狮。奥库涅夫宣布开会的时候,托卡列夫注视着站在后台过道上的柯察金。

“在开始讨论团组织当前的任务之前,有位同志要求破例让他先说几句话。托卡列夫和我认为,应当让他发言。”

会场里响起了表示赞同的喊声,于是奥库涅夫突然提高嗓音宣布:

“现在请保尔·柯察金致辞!”

大厅里一百个人当中至少有八十人认识柯察金,因此,当舞台上出现了这个大家所熟悉的身影,当这个脸色苍白的高个子年轻人开始讲话的时候,大厅里响起了热烈的掌声和欢呼声。

“亲爱的同志们!”柯察金说话的声音是平和的,但是却掩盖不住他内心的激动。

“朋友们,我终于又回到你们这儿,回到自己的战斗岗位上来了。我回到这里,感到非常幸福。我在这里看到了许多老朋友。我在奥库涅夫那里看了一些材料,了解到我们索洛缅卡的共青团组织增加了三分之一的新同志,铁路工厂和机务段里没人再去干打火机这种私活了,大家还从废车堆里把报废的机车拖出来进行大修。这就表明,我们的国家正在复兴,我们的力量在不断壮大。活在世界上是可以大有作为的。你们说,在这样的时候,难道我能去死吗?”柯察金脸上洋溢着幸福的笑容,两眼炯炯发光。

柯察金在一片欢呼声中走下舞台,朝博尔哈德和塔莉亚坐着的地方走去,迅速地和几个人握握手。朋友们挤了一下,让出位子,保尔坐下了。塔莉亚把手放在保尔的手上,紧紧地握住它。

安娜的眼睛睁得大大的,睫毛在轻轻地颤动,目光中露出惊喜的神情。

日子过得飞快,没有一天是平平淡淡的,每天都有新的内容。早晨,保尔在安排一天的日程时,常常苦于时间太少,总有一些想干的事情不能办成。

保尔住到奥库涅夫那儿去了,他在铁路工厂里当电气装配工的助手。

保尔同奥库涅夫争论了很久,最后终于说服了他,同意保尔暂时不担任领导工作。

“我们人手不够,你却想在车间里消消闲闲过日子。你别老在我面前拿你的病做挡箭牌,我自己也得过伤寒,病好以后,有一个月时间还不是拄了根棍子去区委上班的。保夫卡,我可是了解你的。这绝不是原因。你告诉我,真正的原因是什么?”奥库涅夫逼他说出真情。

“科利亚,原因是我想学习。”

奥库涅夫得意扬扬地叫起来了:

“呵……原来是这样啊!你想学习,难道你以为我不想学习吗?老弟,这是利己主义。这就是说,让我们忙得不亦乐乎,而你却去学习?这可不行,亲爱的,明天就到组织指导部去。”

经过长时间的争论,奥库涅夫还是让步了。

“好吧,给你两个月时间,暂不安排工作,这是我对你的照顾,你要明白。不过你和茨韦塔耶夫不会合得来的,他这个人非常自负。”

茨韦塔耶夫对柯察金回厂来工作的确抱有戒心。他确信,柯察金一回来,必然就有一场争夺领导权的斗争,于是,这个自尊心特强的人做好了反击的准备。但是,没过几天,他就断定自己的推测错了。当柯察金听说厂团委打算让他参加团委工作时,就亲自去找团委书记,以他和奥库涅夫的约定为理由,要求他们把这个问题从议事日程上撤销。在车间团支部,柯察金只肯负责一个政治学习小组,没有想担任团支委的工作。不过,可以看出,尽管保尔已正式离开领导岗位,但他对全厂团组织的影响却仍然存在。他还不止一次友好地、不动声色地暗中帮助茨韦塔耶夫摆脱困境。

有一次,茨韦塔耶夫走进车间,惊奇地看到支部的全体团员和三十几个非团员正在擦洗窗户和机器,刮掉多年积下的污垢,清除所有的废物和垃圾。保尔正用一个大拖把使劲擦那沾满各种油渍的水泥地面。

“你们干吗这样花力气大扫除呢?”茨韦塔耶夫困惑不解地问保尔。

“我们不愿意在肮脏的地方工作,这儿已经有二十年没有清扫过了,我们要在一星期内使整个车间面目一新。”保尔简短地回答说。

茨韦塔耶夫耸了耸肩,走了。

这些电气工人并不满足于打扫车间,他们又动手清理院子。这个大院子早就变成一个堆垃圾的地方,那里什么东西都有。几百个轮轴、堆积如山的废铁、钢轨、连接器、轴箱等等——成千上万吨钢铁放在露天里生锈。但是,收拾垃圾堆的事被厂领导制止了。理由是:“我们有比这更重要的任务,收拾院子的事不必着急。”

于是,电气工人们在车间门口铺了一小块砖地,又用铁丝做了一个刮鞋底污泥的网垫安在上面,这才住手。车间里面的清扫工作并未停止,每天下班后仍然继续进行。一星期之后,当总工程师斯特里日走进车间时,那里已经焕然一新了。由于擦掉了多年积累的灰尘和油垢,阳光透过嵌着铁框的大玻璃窗射进了机器房,照得柴油机上擦得干干净净的铜铸零件闪闪发亮。机器的大部件都涂上了绿漆,有人还在轮辐上仔细地画了黄色的箭头。

“嗯……好……”斯特里日惊讶地说。

在车间远处的角落里,几个人正在结束手里的活。斯特里日走了过去。柯察金手里提了满满一罐调好的油漆迎面走来。

“等一等,好小伙子,”工程师拦住了他,“你们这样做,我赞成。但是,油漆是谁给你们的?要知道,没有我的许可,不准动用油漆——这是紧缺材料。油漆机车的部件,要比你们现在所做的事重要得多。”

“油漆我们是从被扔掉了的空油漆罐里刮下来的。我们花了两天时间，刮到了大约二十五磅油漆。一切都是按规章制度办的，总工程师同志。”

工程师又嗯了一声，不过已经有点发窘了。

“那么，当然嘛，你们干吧！是啊，这还是很有意思的……你们这种自觉自愿去搞好车间清洁卫生的行动应当作何解释呢？你们这些事情都是下班之后做的，是不是？”

柯察金从总工程师的话音里听得出，他确实有点想不通。

“当然是的。那您是怎么想的呢？”

“我也这么想，不过……”

“斯特里日同志，这个‘不过’就说明您想不通了。谁告诉过您，布尔什维克会放着这些垃圾不管呢？您再等些时候，我们会把这项工作推广开来。那时还会有更多的事让您见了吃惊呢。”

说完之后，保尔小心地绕过工程师，不让油漆沾在他身上，然后朝门口走去。

每天晚上，柯察金都上公共图书馆去，待到很晚才走。他和图书馆里三位女管理员都混得很熟，于是想尽办法，磨嘴皮子，最后终于如愿以偿，得到了自由翻阅各种图书的许可。他把梯子靠在大书橱上，坐在梯子上，一连几小时一本本地翻看，找寻有趣的和他所需要的书。这里大部分是旧书，只有一个不大的书橱内放着新书，其中有偶然收到的内战时期的小册子，有马克思的《资本论》、杰克·伦敦的《铁蹄》，还有几本其他的书。在旧书里，柯察金找到了长篇小说《斯巴达克》。他花了两个晚上把它读完，再把书放到另一只橱里，同高尔基的一摞作品放在一起。他总是把那些最有意思和内容相近的书排在一起。

图书馆管理员从不干涉他的这种做法，她们反正无所谓。

乍看起来似乎是无关紧要的小事，突然搅乱了全厂共青团组织那种单调的平静：中修车间支部委员科斯季卡·菲金，一个麻脸、翘鼻子、动作迟钝的青年人，在铁板上钻孔时，弄坏了一只贵重的美国钻头。造成事故的原因是他的马虎草率，极端不负责任，甚至可以说是故意破坏。这事发生在早上。中修车间工长霍多罗夫让科斯季卡在一块铁板上钻几个孔。科斯季卡起初拒绝不干,但是工长坚持要他干,他就拿起铁板,开始钻孔。车间里的人都不喜欢霍多罗夫,因为他要求过于严格,近乎吹毛求疵。以前有个时期,他曾是孟什维克,现在任何社会活动都不参加,对共青团员有点冷眼相看。但是,他精通业务,而且忠于职守。霍多罗夫发现科斯季卡没有上油,在铁板上'干钻',就急忙走到钻床跟前,把机器关掉。

"你怎么,瞎了? 还是昨天刚来?!"他朝科斯季卡叫嚷着,因为他知道,照这样干下去,钻头肯定会出问题的。

但是科斯季卡却大骂工长,而且又开动了钻床。霍多罗夫到车间主任那儿告状去了,此时,科斯季卡没把钻床关掉,就跑去找注油器,想赶在领导到来之前,把一切都弄妥当。等他拿了注油器回来,钻头已经坏了。车间主任打报告要求开除菲金。车间团支部委员会却公开袒护他,认为这是霍多罗夫压制青年团积极分子。车间领导坚持自己的意见,于是这件事就转到工厂团委来讨论。事情就从这儿开始了。

团委的五个委员中,三人赞成给科斯季卡以申斥批评,并调动他的工作。茨韦塔耶夫是三个人中的一个。另外两人干脆认为科斯季卡没有过错。

委员会会议是在茨韦塔耶夫的办公室里举行的。房间里放了一张铺了红布的大桌子,还有几张长凳和小方凳,这些都是木工间的同志们自己做的。墙上挂着几幅领袖像,桌子后面挂着一面团旗,占了整整一面墙。

茨韦塔耶夫是个"脱产干部"。他的本行是锻工。由于过去四个月里表现出来的才干,他被提拔担任全厂共青团的领导工作,当上了区团委常委和省团委委员。他原来在机械厂工作,是新调到铁路工厂来的。他从一开始就把领导权紧紧抓在自己手里。他独断专行,一下子就扼杀了大家的积极性。他什么都要亲自过问,可又包办不了一切,于是就严厉批评其他几个委员,说他们游手好闲,无所事事。

就连布置这个房间也是在他亲自监督下进行的。

茨韦塔耶夫主持会议,他手脚伸开,懒洋洋地坐在唯一的一把从共青团红色文化室搬来的软椅里。这是一次内部会议。在党支部书记霍穆托夫要求发言时,外面有人敲了敲已用门钩闩住的门。茨韦塔耶夫不满意地皱皱眉头。敲门声又响了。卡秋莎·泽列诺娃站起来,把门钩拨开。门外站着的是柯察金。泽列诺娃让他进来了。

保尔已经朝一条没人坐的长凳走去,茨韦塔耶夫却叫住他说:

“柯察金,我们现在开的是内部会议。”

保尔的脸红了,他慢慢地朝桌子那边转过身去:

“这我知道。不过,我很想知道你们对科斯季卡事件的意见。我想提出一个与此有关的新问题。你是不是反对我出席会议?”

“我不反对。但是,你也知道,只有团委委员才能参加内部会议。人多了,不利于讨论问题。不过既然来了,就坐下吧!”

保尔还是第一次受到这样的侮辱。他紧皱着眉头,额上出现了一条很深的皱纹。

“干吗这样注重形式呢?”霍穆托夫很不赞成地说,但是保尔用手势拦住了他,在小方凳上坐了下来。“我想说说我的意见。”霍穆托夫开始发言,“关于霍多罗夫,大家的看法是对的,他太孤僻,不合群。但是,我们的纪律也真成问题。要是共青团员都随意弄坏钻头,那我们用什么工具来干活呢?这对团外青年会造成很坏的影响。我认为应该给菲金一个警告处分。”

茨韦塔耶夫没让他讲完,就表示反对。柯察金听了十分钟以后,就明白团委的观点了。当大家准备表决时,他要求发言。茨韦塔耶夫勉强克制住自己,同意了。

“同志们,我想谈谈我对科斯季卡事件的看法。”

柯察金说话的声音很严厉,他原先本想说得温和些。

“科斯季卡事件只是一个信号,主要问题并不在科斯季卡身上。昨天我收集了不少数字,”保尔从口袋里掏出一个笔记本,“这些数字是考勤员提供的。请大家注意听一听:有百分之二十三的团员每天上班迟到五至十分钟,这已经成了常规。有百分之十七的团员每月旷工一至两天,月月如此。而团外青年旷工的却只有百分之十四。这些数字比用鞭子抽我们还要厉害。我顺便还记了些其他的数字:党员每月旷工一天的占百分之四,迟到的也占百分之四。在非党的成年工人中每月旷工一天的占百分之十一,迟到的占百分之十三。损坏工具的人当中有百分之九十是青年工人,其中刚参加工作的生手占百分之七。由此可以得出结论：我们共青团员干活远不如党员和成年工人。不过，情况也不是各处都一样。锻工车间就应当表扬，电工车间也不错，其他地方的情况就大同小异，大抵都是如此了。依我看，关于纪律问题，霍穆托夫同志只说了四分之一。我们面临的任务是要纠正这些不正常的现象。我不想在这儿长篇大论说空话。但是，我们必须毫不留情地向这种懒散马虎、纪律松弛的倾向发起进攻。老工人们一针见血地说：过去替老板干活还干得好些，给资本家干活还干得仔细些，而现在，我们自己当家做主了，却出了这种事，这是不能原谅的。因此，有过错的首先不是科斯季卡，也不是别的什么人，而是我们这些人，因为我们不仅没有和这种不良现象严肃地进行斗争，相反，有时还用各种借口来包庇像科斯季卡那样的人。

"刚才萨莫欣和布特利亚克说，菲金是自己人，就像通常所说的'铁杆'自己人，因为他是个积极分子，担负社会工作。至于弄坏一个钻头，算了吧，那有什么了不起的，谁都可能弄坏东西的。况且，小伙子是自己人，而工长却是外人……其实，从来也没人对霍多罗夫做过工作……这个人是好挑剔，但是他已有三十年工龄。我们现在不谈他的政治观点。现在，在这件事情上他做得对：他，一个外人，知道爱护国家财产，而我们的团员却毁坏了从国外进口的宝贵工具。应当怎样来解释这种不合情理的怪事呢？我认为我们应当打响头一炮，并且从这里开始，发起进攻。

"我提议：把菲金作为好逸恶劳、不负责任、破坏生产的人，从共青团开除出去。要把他的事写出来，登在墙报上。同时，不要害怕任何议论，把我刚才说的那些数字也写在社论里，公布出去。我们有力量，我们有强大的后盾。共青团的基本群众都是优秀的工人，他们中间有六十个人还参加过博亚尔卡的筑路工程，那是一次最好的锻炼和考验。有他们的协助和参加，我们一定能够克服这些缺点，只是应当彻底地抛弃目前的这种工作方法。"

保尔素来沉静，不爱讲话。现在，这一席话却说得尖锐、激烈。茨韦塔耶夫第一次看到了保尔的本色。他意识到保尔是正确的，但是他对保尔怀有戒心，因此不愿赞同保尔的意见。他把保尔的发言看作是对整个团组织工作现状的严厉批评，是在破坏他，茨韦塔耶夫的威信，因此，他决定要击败保尔。他开始谴责保尔袒护孟什维克霍多罗夫。

激烈的争论持续了三个小时,直到很晚的时候才有了结果:茨韦塔耶夫被无可辩驳的大量事实所击败,他失去了大多数人的支持,大家转而同意保尔的观点了。这时茨韦塔耶夫竟然采取了一个错误的行动——压制民主:在进行最后表决之前,他要柯察金退出会场。

"好吧,我走,茨韦塔耶夫,尽管这对你来说并不是一件光彩的事。不过我要警告你,如果你仍然坚持自己的意见,那么明天我就把这个问题提交全体团员大会讨论。我相信,多数人都不会支持你的。茨韦塔耶夫,你错了。霍穆托夫同志,我想,你应当在全体大会召开之前,把这个问题提到党的会议上去讨论。"

茨韦塔耶夫以挑衅的口吻喊道:

"你有什么可吓唬人的?不用你说,我也知道该怎么办,我们还要讨论讨论你的问题呢。要是你自己不想干,那就别妨碍别人工作。"

保尔把房门关上,用手擦擦发烫的额头,穿过空无一人的办公室,往大门口走去。在街上,他深深地吸了一口气,点了一支烟,朝拔都山上托卡列夫住的那间小屋走去。

柯察金到了托卡列夫家的时候,他正在吃晚饭。

"讲给我们听听,你们那儿有什么新闻?达里娅,给他端碗饭来。"托卡列夫一面让保尔坐下,一面说。

托卡列夫的妻子达里娅·福米尼什娜长得跟丈夫相反,又高又胖。她把一碗黍米饭放在保尔面前,用白围裙揩揩湿润的嘴唇,温和地说:

"亲爱的,吃吧!"

以前,托卡列夫在铁路工厂工作的时候,柯察金经常上他家去,而且待到很晚才走。但是这次回城以后,他还是第一次来看老人。

老钳工专心地听着保尔所讲的情况,他自己什么也不说,只是忙着用匙子吃饭,时而嗯嗯地附和着。吃完饭之后,他用手帕擦擦胡子,清了清嗓子,对保尔说:

"当然,你是对的。我们早该好好抓一抓这个问题了。铁路工厂是区里的重点单位,应当从这个厂抓起。这么说,你跟茨韦塔耶夫发生冲突了?这可不好。那个青年人是自高自大,但你以前不是很会做青年工作的吗?

呵,对了,你现在在铁路工厂干什么?”

“我在车间。没什么特别的工作,什么都干一点。我在团支部里领导一个政治学习小组。”

“那你在团委里负责什么呢?”

保尔有点发窘,不知如何回答了。

“起初一段时间我身体不好,另外我还想多学点东西,没有正式参加领导班子。”

“你看,问题就出在这儿!”托卡列夫不满意地大声说道,“孩子,你知道,只有身体还没有复原还能算作一个理由,否则真要好好训你一顿。现在怎么样?你身体好点了吗?”

“好点了。”

“那么,你就好好地把工作抓起来吧!干干脆脆,别再拖了。谁见过站在旁边,不深入进去就可以把事情办好的?再说,谁都会说你是逃避责任,你也有口难辩。明天你就去把这种状况纠正过来。至于奥库涅夫,我也要好好说他一顿。”托卡列夫的语气显得不大满意。

“大叔,你别去责怪奥库涅夫,”保尔为奥库涅夫开脱,“是我自己求他别让我担任职务的。”

托卡列夫轻蔑地嘘了一声,说:

“你求他,他就答应了你,是不是?唉,那好吧,我真不知道拿你们这些团员怎么办……来吧,孩子,按老规矩给我念段报纸吧……我的眼睛越来越不行了。”

党委同意大多数团委委员的意见,向全体党团员提出了一项重要而艰巨的任务:每个党团员在工作中都应当以身作则,成为遵守劳动纪律的模范。茨韦塔耶夫在会上受到了严厉的批评。起初,他非常恼火,硬顶着不肯认错;后来,身患肺病,脸色苍白发黄的党委书记洛帕欣发言了,这位上了年纪的老同志把茨韦塔耶夫驳得哑口无言,他才气馁了,承认了一半错误。

第二天,铁路工厂的墙报上登载了几篇文章,引起了工人们的注意。他们大声朗读这些文章,并且议论纷纷。晚上,召开了团员大会,出席的人特别多。会上谈论的中心还是这些文章。

菲金被开除出团。团委会增补了一名新委员，负责政治教育工作。这个人就是保尔·柯察金。

会上，人们特别安静、认真地听取了省团委书记涅日达诺夫的讲话。他谈到铁路工厂已进入一个新阶段，谈到当前的几项新任务。

散会以后，柯察金在外面等候茨韦塔耶夫。

“咱们一起走吧，有些事我们要谈一谈。”他走到茨韦塔耶夫跟前说。

“谈什么？”茨韦塔耶夫粗声粗气地说。

保尔挽着他的胳膊，和他一起向前走了几步，在一条长凳子跟前站住了。

“咱们坐一会儿吧。”保尔自己先坐了下来。

茨韦塔耶夫手中的香烟忽明忽暗。

“茨韦塔耶夫，告诉我，你为什么老对我不满意？”

他们沉默了好几分钟。

“原来你要谈的是这个呀，我还以为是谈工作呢。”茨韦塔耶夫故作惊讶，不大自然地说。

保尔把自己的手掌紧紧按在他的膝盖上，说：

“算了，季姆卡，别装模作样了！只有外交家才来这一套呢。你回答我：我为什么老是不合你的心意？”

茨韦塔耶夫不耐烦地动了一下身子。

“你干吗缠住我？我有什么不满意呢？我曾经亲自建议你来工作。你当时拒绝了，可现在倒好像是我在排挤你。”

保尔听出他话里没有什么诚意，但仍旧把手放在茨韦塔耶夫的膝盖上，激动地说：

“既然你不想回答，那我来说。你认为我会挡你的道，认为我做梦都想当书记，对不对？如果你不是这样想的，那就不会为了菲金的事发生争吵。这种不正常的关系会把整个工作搞糟的。假如这仅仅影响我们两个人，那就随它去，没什么大不了的，你爱怎么想就怎么想好了。但是，明天我们还要在一起工作，这样会产生什么样的后果呢？唉，你听我说，我们之间没什么根本的利害冲突。你我都是工人。如果我们的事业对你来说高于一切，那你就把你的手伸给我,从明天起,咱们就做好朋友。要是你不愿把你头脑里那些乱七八糟的念头丢掉,一意孤行,还想搞钩心斗角那一套,从而给事业造成损失,那么,我会为每一个损失跟你展开无情的斗争。瞧,我的手就在这儿,握住它吧,现在这还是同志的手。”

柯察金非常满意地感觉到,茨韦塔耶夫那只骨节粗大的手放在他的手掌里了。

一星期过去了。正是下班的时候,区党委的各个办公室里都变得静悄悄的。但是托卡列夫还没有走,他坐在圈椅里,全神贯注地看着新收到的材料。这时,外面有人敲门。

“进来吧!”托卡列夫应声道。

柯察金走了进来,把两张填好的表格放在区委书记面前。

“这是什么?”

“大叔,这是要根除不负责任的表现。我想,是时候了。如果你同意的话,就请你支持我。”

托卡列夫看了看表格的名称,然后朝这个青年人注视了一会儿,默默地拿起笔来,在保尔·安德烈耶维奇·柯察金同志加入俄国共产党(布)的介绍人党龄一栏里,以刚劲的笔迹写上“一九〇三年入党”,又在旁边规规矩矩地签了自己的名字。

“拿去吧,孩子。我相信,你永远不会让我这白发苍苍的老头丢脸的。”

房间里又闷又热,大家都想尽快离开这儿,到车站附近的索洛缅卡区长满栗子树的林荫道上去!

“保夫卡,快结束吧,我都受不了啦。”热得满头大汗的茨韦塔耶夫央求保尔说。卡秋莎和其他人也齐声附和他。

柯察金将书本合上,小组学习结束了。

当大家起身要走的时候,墙上那架老式的埃里克松电话机令人不安地响了起来。茨韦塔耶夫提高嗓音,竭力压过屋子里的谈笑声,同对方交谈着。

他挂上听筒,转身对保尔说:

“车站上停了两节波兰领事馆外交人员乘坐的专车。他们的灯不亮了。一小时后车就要开出,需要修理一下电线。保尔,你带上工具材料去一趟吧,事情挺紧急。”

两节亮晶晶的国际列车停在车站的一号站台。一节用作客厅的车厢窗户很大,里面灯火通明,旁边一节车厢漆黑一片。

保尔走到富丽堂皇的普尔曼式客车跟前,抓住把手,打算走进车厢。

突然,有一个人从站房那儿飞快地跑过来,一把抓住他的肩膀,问道:

“公民,您上哪去?”

这声音挺熟悉。保尔回头一看,来人穿着皮夹克,戴着宽檐制帽,细长的鹰钩鼻子,目光警惕,流露出不信任的神情。

他是阿尔秋欣。这时,他才认出了保尔。于是,他的手从保尔肩上滑落下来,脸上的表情也不那么严厉了,但眼睛仍疑惑地盯着那只工具箱。

“你要上哪儿去?”

保尔简单说明了情况。这时,从车厢后面又出来一个人。

“我马上把他们的列车员叫来。”

保尔跟着列车员上了那节做客厅用的车厢。那儿坐了几个穿着时髦的旅行服装的人。一张桌子上铺着带玫瑰花图案的绸台布,桌子旁边坐了个女子,背对着门。保尔进去的时候,她正在与一个站在她对面的高个子军官交谈。保尔一走进去,他们就停止了谈话。

保尔迅速检查了车厢里通往走廊的电线,没有发现毛病。他从车厢里出来,继续检查。那个胖列车员寸步不离地紧随其后。这人脖子粗得像拳击手,制服上钉了许多刻有独头鹰的大粒铜纽扣。

“我们到旁边那节车厢去看看吧。这里没有毛病,电池也不坏。看来,问题一定出在那儿。”

列车员把门上的锁打开,他们走进了黑暗的走廊。保尔用电筒照着电线,很快找到了短路的地方。几分钟之后,走廊里的第一盏灯亮了,暗淡的灯光洒在走廊上。

“必须把这个包厢打开,那里的灯泡要换,都烧坏了。”柯察金对一直跟着他的人说。

“那我还得去找太太,钥匙在她那儿。”列车员不愿意让保尔单独留下,就让保尔跟在他的身后。

那女人第一个走进包厢,保尔跟在她的后面。列车员站在门口,他那肥胖的身子把门都给堵住了。首先映入保尔眼帘的是壁网里两只精致的手提皮箱,一件随意扔在沙发上的绸外套,窗旁小桌子上的一瓶香水和一个翡翠色的小粉盒。那女人在沙发的一角坐下来,整理了一下她那淡黄色的头发,留心地看保尔干活。

“太太,请允许我出去一会儿,少校先生要喝冰镇啤酒。”列车员一副奉承讨好的样子,说话时,费力地把那胖得像水牛般的脖子弯下来,鞠着躬。

那女人像唱歌似的拖长了腔调,娇声娇气地说:

“您去吧。”

他们说的是波兰话。

灯光从走廊里照射进来,落在那女人的肩膀上。她穿了一件巴黎第一流裁缝用最薄的里昂绸料精心缝制的连衣裙,肩膀和手臂都裸露着。耳垂上一颗水珠似的钻石来回晃动,闪闪发亮。她的脸在阴暗处,保尔只能看到她那仿佛用象牙雕塑出来的肩膀和手臂。保尔敏捷地用螺丝刀换好了车顶上的灯头插座,一会儿车厢里的灯就亮了。还得检查一下沙发上方的那盏电灯,可那女人恰好坐在沙发上。

“我必须检查一下这盏电灯。”保尔走到她跟前说。

“呵,是的,我坐在这儿妨碍您了。”这是一口纯正的俄语。说着,她轻盈地站起身来,几乎和保尔并肩站着。现在她整个的人都看得清楚了。那弯弯的眉毛和傲慢地紧闭着的双唇是保尔所熟悉的。毫无疑问,站在他面前的是内莉·列辛斯卡娅。这律师的女儿不能不注意到保尔惊愕的目光。保尔虽然认出了她,可她却还没发觉,这个电工就是她以前那个不安分的邻居。四年来,他已经长大了。

她轻蔑地耸了下眉毛,作为对他那惊讶神情的回答,然后走到包厢门口,站在那儿,不耐烦地用漆皮拖鞋的鞋尖敲着地板。保尔动手修理第二盏灯。他把灯泡取下来,对着亮光看了一下。突然,出乎他自己的意料,更出乎列辛斯卡娅的意料,他用波兰语问道:

“维克托也在这儿吗?”

柯察金问这话时没有回过身来,他看不见内莉的脸,但是她长时间沉默不语，这表明她局促不安了。

“难道您认识他？”

“甚至可以说非常熟悉。我和你们过去还是邻居呢。”保尔转过身来说。

“您是保尔，您母亲是……”内莉一时讷讷，没有再说下去。

“是烧饭老妈子。”保尔替她说了出来。

“您长得多快呀！我只记得当时您那个野孩子的样子。”

内莉放肆地从头到脚仔细端详着保尔。

“您为什么想知道维克托的情况？我记得，您跟他相处得并不好。”她用她那歌唱般的女高音说着，希望这意外的相遇能给她解解闷。

保尔一边用螺丝刀把螺丝钉拧进墙壁，一边说：

“维克托欠了我一笔债还没还。您什么时候遇到他，请转告他，我还指望跟他清算一下呢。”

“告诉我，他欠您多少钱，我来替他还。”

她知道，柯察金说的是什么“债”。彼得留拉匪兵抓保尔的全部经过她一清二楚。但她想要逗弄逗弄这个“下人”，因此就这样讥笑他。

保尔故意不理睬她。

内莉用带有忧伤的声调又问他：

“听说我家的房子给抢劫一空，都快塌了，告诉我，这是不是真的？大概那凉亭和花圃也都给毁了吧？”

“那房子现在是我们的，不是你们的，毁掉它对我们并没有好处。”

内莉讥讽地冷笑了一声，说：

“哎哟！看得出来，他们把您也调教出来了，对吗？不过，顺便说一句，这里可是波兰使团的专车，而且在这个包厢里我是主人，而您，像过去一样，仍然是个奴仆。您现在干活，也还是为了让我这儿有灯，让我能舒舒服服坐在沙发上看书。以前您的母亲给我们洗衣服，您给我们挑水。现在我们见面时，您和我的地位没有任何变化，跟以前一模一样。”

她说这些话时，一副扬扬自得、幸灾乐祸的样子。保尔一面用小刀削着电线的末端，一面以毫不掩饰的嘲笑的目光看着那波兰女人。他说：

“女公民，如果只是为了您，那我连一颗锈钉子也不会来敲的。不过，既然资产阶级发明了所谓的外交官,那我们也能按惯例办事,以礼相待,我们不会去砍他们的脑袋,甚至也不会像您那样,说出那样粗鲁难听的话。"

内莉顿时满脸通红。

"要是你们真的占领了华沙,你们会怎么对待我呢?是把我剁成肉泥呢,还是让我去做你们的小老婆?"

她站在门口,弯着身子,做出一副娇媚的姿势。她那吸惯了可卡因麻醉剂的敏感的鼻孔翕动着。沙发上方的那盏灯亮了,保尔挺直了身子,说道:

"谁要你们?用不着我们的军刀,可卡因就会让你们送命。你就是白给我当老婆,我都不要!什么东西!"

保尔拿起工具箱,两步就跨到了门口。内莉闪到一边。保尔走到走廊尽头,听见她压低了声音用波兰话骂道:

"该死的布尔什维克!"

第二天傍晚,保尔在去图书馆的路上,遇到了卡秋莎。她抓住保尔上衣的袖口,开玩笑地挡住了他的去路。

"你急急忙忙上哪去,政治家兼教育部长?"

"上图书馆去,老大娘,给让条路吧!"柯察金学着她的腔调答道。他轻轻地抓住她的肩膀,小心地把她推到路边。卡秋莎推开了他的手,和他并肩向前走。

"听着,保夫鲁沙,不能老是学习呀……哎,对了,我们今天去参加晚会,好吗?大伙都聚在济娜·格拉德什那儿。姑娘们早就要我带你去了。可你只热心搞政治,难道你就不想玩一玩,高兴高兴?去吧,要是你今天晚上不读书,头脑一定会轻松些。"卡秋莎竭力说服他。

"是什么晚会?大家在那里干些什么?"

卡秋莎令人发笑地模仿着他的口气,说道:

"干些什么?反正不是祷告上帝,不过是快快活活地消磨时光,仅此而已。你不是会拉手风琴吗?我从来没听你拉过,喂,你今天就让我听听,过过瘾吧!济娜的叔叔有只手风琴,但他拉得不好。姑娘们都对你感兴趣,可你只知道啃书本,啃得人都憔悴了。什么地方有这样的规定,共青团员不应当娱乐娱乐?我们还是去吧,别让我老是劝你,都把人给劝烦了,要不我就生气了,一个月不理你。"

长着一双大眼睛的女油漆工卡秋莎是一个好同志,也是个挺不错的团员。柯察金不愿意让她扫兴,于是就同意了,虽然还是觉得不习惯和有点别扭。

火车司机格拉德什家里挤满了人,十分热闹。大人们为了不妨碍年轻人,都到另一个房间里去了。在这个大房间里和通向小花园的凉台上大约聚集了十五个姑娘和小伙子。当卡秋莎带着保尔穿过花园走到凉台上的时候,他们已经在玩一种叫"喂鸽子"的游戏了。在凉台的正中间放了两把椅子,背靠着背。由主持这个游戏的女孩点两个人的名字,被点名的小伙子和姑娘就在椅子上坐下。主持人喊"喂鸽子吧!"背靠背坐着的这两个年轻人就转过头去,嘴唇相碰,当众相互亲吻。后来又玩"丢戒指"和"邮差送信",而每种游戏都少不了要接吻。尤其是玩"邮差送信"的时候,为了避免大家的监视,接吻不是在灯光明亮的凉台上,而移到暂时熄了灯的房间里了。对这些游戏感到不满足的人,还可以玩另一种游戏:在角落里的一张圆桌上,放了一套纸牌。纸牌名叫"花弄情"。坐在保尔旁边的一个女孩子,大约十六七岁,名叫穆拉,一对蓝眼睛脉脉传情地望着保尔,递给他一张牌,轻声地说:

"紫罗兰。"

几年以前,保尔曾见过这样的晚会。尽管他当时没有直接参加,但认为这是一种正常的现象。但是现在,当他和小城市里小市民的生活永远脱离之后,这样的晚会在他看来就有点不成体统,荒唐可笑了。

但是不管怎样,一张"花弄情"的纸牌已经放在他手里了。

在"紫罗兰"牌的背面,他看到上面写着:"我很喜欢您。"

保尔看了看姑娘。她并不感到害羞,也直视着他的眼睛。

"为什么?"

这个问题有点难以回答,但穆拉对此胸有成竹。

"玫瑰。"她递给他第二张牌。

在这张牌的背面写着:"您是我的意中人。"柯察金面对那姑娘,尽力使自己的语调温和些,问她:

"你干吗玩这种无聊的把戏?"

穆拉发窘了，不知所措。

“难道您对我的表白感到不高兴吗？”她撒娇地噘起了嘴唇。

柯察金没有回答她的问题。但他想知道，与他谈话的女孩是什么人。于是，他提了好几个问题，姑娘都乐意地回答了。几分钟之后，他已知道，她在七年制中学读书，父亲是车辆检查员。她早就认识保尔，而且想和他做朋友。

“你姓什么？”保尔问。

“姓沃伦采娃，名字叫穆拉。”

“你的哥哥是机务段的团支部书记，对吗？”

“是的。”

现在柯察金知道了，跟他谈话的人是谁。她的哥哥沃伦采夫是区里最积极的共青团员之一，但是显然他没有关心妹妹的成长，因此她渐渐成了个平庸的小市民。最近一年来，她开始参加女友们举办的这种接吻的晚会，而且达到了着迷的地步。她在哥哥那儿曾经好几次看见过保尔。

现在，穆拉已经感觉到保尔不赞成她的行为，因此当有人叫她去玩“喂鸽子”的游戏，她看到保尔脸上出现了嘲笑的神情，就断然拒绝了。他们又坐了一会儿，穆拉把自己的情况讲给他听。这时泽列诺娃走过来了。

“把手风琴拿来，你一定拉吗？”她又调皮地眯起眼睛，看着穆拉说：“怎么样？互相认识了吗？”

保尔让卡秋莎坐在旁边，乘周围的人都在谈笑、叫喊，对她说：

“我不打算拉手风琴了。我和穆拉马上就要走了。”

“哎哟！心里难受了，是不是？”泽列诺娃意味深长地拖长了声音说。

“是的，难受极了。你告诉我，这儿除了你和我之外，还有其他的共青团员吗？也许只有我们两人加入了这‘养鸽者’的队伍吧？”

卡秋莎用一种调解的口吻说：

“这种无聊的玩意儿已经结束了。我们马上跳一会儿舞吧！”

柯察金站起来说：

“好吧，你跳吧，老大娘，但是我和沃伦采娃还是要走的。”

一天晚上，安娜·博尔哈德来找奥库涅夫。但是，房间里只有柯察金一人。

“保尔,你很忙吗?愿不愿意和我一起去参加市苏维埃全体会议?两个人一起走不冷清,而且要很晚才能回来。”

保尔很快就准备好了。他的床头挂了一支驳壳枪,这支枪太重了,他就从抽屉里掏出奥库涅夫的那支勃朗宁手枪来,放在口袋里,还给奥库涅夫留了个条,把钥匙仍然藏进两人约定的老地方。

在会场上,他们遇见了潘克拉托夫和奥莉加。大家坐在一起,会间休息时,又在广场上散散步。正如安娜所料,会议一直开到深夜。

“怎么样,上我那儿去睡觉吧?已经很晚了,还得走很远的路呢。”奥莉加对安娜说。

“不,我跟保尔已约好了一起回去。”安娜谢绝了。

潘克拉托夫和奥莉加沿着马路往下走,而保尔和安娜顺坡向上朝索洛缅卡方向走去。

漆黑的夜,又闷又热,城市已进入梦乡。参加全会的人沿着寂静的街道四散走开,他们的脚步声和谈话声渐渐远去。保尔和安娜很快就离开了市中心的街道。在空寂无人的集市上,巡逻队把他们拦住了,检查了证件以后,才放他们过去。他们穿过林荫道,来到那条穿过旷地的小街,那里既无街灯,也无行人。然后向左拐弯,再沿着与铁路中心仓库平行的公路走去。中心仓库是长长一排水泥房子,显得阴森可怕。安娜不由得有点胆怯起来,她一直盯着暗处,断断续续,答非所问地回答着保尔的问话。直到发现一个可疑的阴影原来只是根电线杆时,她才笑了起来,并且把刚才的心情告诉了保尔。她挽着保尔的手臂,肩膀紧挨着他的肩膀,平静下来了。

“我还不到二十三岁,可是神经衰弱得像个老太婆。你可能会把我当成胆小鬼,这可不对,不过今天晚上我精神特别紧张。现在,我感觉到你在我身边,就不再害怕了。我居然这样提心吊胆,真不好意思。”

漆黑的夜、荒凉的旷地以及在剧院里开会时所听到的昨天在波多尔发生的凶杀案件,都使她觉得可怖。但保尔镇定沉着,他的烟卷闪现的火光照亮了他的脸庞和眉宇间刚毅的神情,这一切使安娜的恐怖情绪渐渐消失了。

仓库已经落在他们身后了。他们过了河上的小桥,就开始沿着车站旁的公路朝拱道走去。这条拱道在铁路下面,是市区和铁路工厂区的交界处。

车站远远地落在他们的右面了。这条拱道一直通到机车库后面的死岔线，这里已离家不远了。拱道上面，在铁路线上，不同颜色的指示灯、信号灯闪闪发亮。机车库旁边，一辆调度机车疲倦地喘息着缓缓离去，夜间它也要去休息了。

拱道入口处的上方，一盏街灯挂在生锈的铁钩上，被风吹得轻轻摇晃，那发黄的暗淡的灯光不时在拱道两边的墙上来回移动。

离拱道入口处大约十步的地方，紧靠公路，有一座孤零零的小屋。两年前，一枚炸弹落在这所房子上，里面全部被炸毁了，正面的墙也已倒塌。现在，这房子敞着巨大的窟窿，像是路旁的乞丐，向人们展示他的贫苦。这时，可以看见上面有一列火车正飞驰而过。

"我们差不多已经快到家了。"安娜松了一口气说。

保尔想悄悄地抽回自己的手。已经快到拱道了，保尔很自然地想把被安娜抓住的手臂挣脱出来。

但是安娜不放。

他们走过了那座被炸毁的小屋。

突然，后面传来了急促的脚步声。

柯察金赶紧想抽出手来，但安娜由于害怕，紧紧抓住不放。等用力挣脱出来时，已经迟了：保尔的脖子被铁钳似的手指紧紧掐住，又被往旁边猛力一拉，他的脸就转了过来，面对袭击他的人了。那人一只手把他制服上衣的领口紧紧一扭，然后掐住他的咽喉，另一只手拿手枪慢慢地划了个弧形，把枪口对准了他。

保尔的眼睛像着了魔似的，极度紧张地随着枪口转了个弧形。死神正从枪口里逼视着他，保尔没有力量，也没有勇气把眼睛从枪口移开哪怕百分之一秒。他等对方开枪。但是，枪没有响。于是，保尔睁得大大的眼睛，看见了匪徒的面孔：大脑袋，方下巴，满脸的黑胡子，只有一双眼睛隐藏在宽帽檐下看不清楚。

柯察金的眼梢瞄到了安娜那张惨白的脸。这时三个匪徒中的一个，正把她往那座倒塌的破房子里拖去。歹徒扭住她的双手，将她推倒在地上。保尔在拱道的墙上看见又有一个黑影掠过。他身后的破房子里正在搏斗。安娜拼死反抗，歹徒用帽子堵住她的嘴，叫喊声中断了。掐住保尔的那个大脑袋匪徒不乐意只做这种兽行的旁观者,他也极想把猎物弄到手。这人显然是他们的头,故而这样的“分工”可不合他的意。他觉得他抓住的这个小青年太嫩,看样子不过是机务段里的小徒工,这么个瘦弱的毛孩子对他不会有什么危险的。“用枪好好敲他几下脑袋,再指指通往旷地的路——他就会头也不回地拼命朝城里逃跑的。”匪徒想到这里,就松开手,对保尔说:

“你快滚……从哪儿来,就滚回哪儿去。只要说个不字,就一枪毙了你。”大脑袋匪徒用枪筒戳了一下保尔的额头。“快滚!”他哑着嗓子喝道,同时把枪口朝下,表示不打算从背后开枪。

柯察金连忙侧身后退了几步,眼睛还是盯住大脑袋匪徒。匪徒心想:“这小子还是害怕挨枪子。”于是他转过身,朝破房子走去。

柯察金马上把手伸进口袋。“但愿还来得及,但愿还来得及!”他一个急转身,赶忙平举左臂,枪口对准大脑袋匪徒,啪的就是一枪。

匪徒明白他犯了个错误,但为时已晚。还没等到他举起手来,一颗子弹打中了他的腰部。

这一枪打得他踉踉跄跄,身子撞到拱道的墙上。他低沉地号叫一声,用手抓着墙,慢慢地倒在地上。这时,从破房子里溜出一个黑影,往下面的深沟里逃去。保尔朝着这条黑影又打了第二枪。接着第二条黑影,弯着身子连跑带跳地逃往拱道的暗处。保尔又打了一枪,子弹将拱道墙上的水泥打得乱飞,撒落在歹徒身上,但他向旁边一闪,潜入黑暗之中消失了。保尔的勃朗宁手枪又朝他逃走的方向连放三枪,枪声惊动了寂静的夜,倒在拱道墙边的大脑袋匪徒,像蛆虫似的扭动着,正在垂死挣扎。

安娜被所发生的恐怖事件吓得惊慌失措。当保尔把她从地上扶起来的时候,她望着还在地上抽搐的匪徒,简直不相信已经得救。

保尔用力扶着她,把她拉到灯光照不到的地方,然后转身向城里走去。他们朝车站跑去。这时,在拱道旁边的路基上已经灯光闪烁。接着,铁路线上响起了报警的枪声。

他们终于回到了安娜的住所,这时,拔都山上的雄鸡已经啼鸣。安娜躺在床上,保尔坐在桌子旁边。他抽着烟,聚精会神地凝视着灰色的烟雾缭绕上升……刚才被他打死的匪徒是他一生中杀死的第四个人。

有没有完美无缺的勇敢呢？他回想自己刚才的种种感受和体验，不得不承认，最初几秒钟内，当匪徒用黑洞洞的枪口对准他的时候，他的心全凉了。还有两个匪徒逃走了，没有得到应有的惩罚。这难道仅仅是因为他一只眼睛失明，而且不得不用左手射击吗？不，当时双方的距离只有几步，本来可以射得更准，没有命中是由于自己的紧张和匆忙，这无疑是一种惊慌失措的表现。

台灯的光照着他的头，安娜注视着他，对他面部肌肉的任何细微变化也不放过。然而，他的眼神安详平静，只有额上那条深深的皱纹说明他正在十分认真地思考问题。

"保尔，你在想什么？"

他陡然一怔，思绪中断了，就像袅袅青烟从半圆形的灯影里飘了出去，消失了。他就把临时想到的第一句话说了出来：

"我必须上卫戍司令部一趟，应当把全部情况向他们报告。"

他强忍着疲劳，勉强站了起来。

安娜没有马上放开他的手，她不想一个人待在这里。现在保尔对她来说已经变得那么亲密，那么可贵。她把他送到门口，一直到他消失在夜色之中，才把门关上。

柯察金到了卫戍司令部以后，铁道警卫队毫无头绪的那个凶杀案才真相大白。尸体马上被辨认出来了：这是警察局早就记录在案的强盗和凶杀惯犯大脑袋菲姆卡。

第二天，大家都知道了拱道附近发生的事件。这件事出人意料地突然引起了保尔和茨韦塔耶夫之间的冲突。

在工作最紧张的时候，茨韦塔耶夫来到车间，先把保尔叫到跟前，又把他带到走廊上一个僻静的角落里，激动得一时不知从何谈起，最后才说：

"你说说昨天发生的事。"

"你不是都知道了吗？"

茨韦塔耶夫焦躁不安地耸耸肩膀。保尔不了解，为什么拱道附近发生的事件对茨韦塔耶夫的触动比他人更为强烈。他不了解，这个锻工对安娜·博尔哈德表面淡漠，实际上却有爱慕之心。对安娜怀有好感的人不仅仅是他，但茨韦塔耶夫对她的感情更加复杂。他刚从拉古京娜那儿听到了拱道附近发生的事情，思想上产生了一个苦恼的、不能解决的问题。他不能对保尔直截了当提出这个问题，但又很想知道答案。他有点意识到，他的担心是一种自私的低级趣味的表现，但是内心矛盾重重，经过斗争，还是原始的兽性般的感情占了上风。

“你听着，保尔，”他低声地说，“这次谈话只能你知、我知。我明白，为了不使安娜难过，你是不肯说的，但是你可以相信我。告诉我，那个匪徒掐住你的时候，其他两个匪徒是不是强奸了安娜？”说到这儿，他再也不敢正视保尔，将目光移向了别处。

保尔这时才开始模模糊糊地明白了茨韦塔耶夫的意思。“要是茨韦塔耶夫对安娜无动于衷的话，他就不会这样激动了。但是，如果安娜对他真是这样宝贵……”保尔替安娜感到受了侮辱。

“你干吗要问这个？”

茨韦塔耶夫有点支支吾吾，说不出话来。他觉得保尔已经明白了他的意思，就恼羞成怒地说：

“你干吗躲躲闪闪？我让你回答，你倒追问起我来了。”

“你爱安娜吗？”

一阵沉默。然后，茨韦塔耶夫很费力地说：

“是的。”

保尔勉强抑制住他的愤怒，头也不回，转身穿过走廊走了。

一天晚上，奥库涅夫不好意思地在他朋友床前来回转了一会儿，然后在床沿上坐下，用手遮住保尔正在看的那本书，说：

“保夫鲁沙，有件事我必须告诉你。一方面，这似乎是小事一桩，但从另一方面，可又完全相反。我和塔莉亚·拉古京娜不知怎么就好上了。是这样的，一开始我很喜欢她，”奥库涅夫抱歉地搔了搔额角，但他看到，他的朋友并没有笑他的意思，就鼓起了勇气说，“后来塔莉亚……也有这么个意思。总之，我不想一五一十地全部告诉你了，不说也清清楚楚，明明白白的。昨天我们决定建立我们共同的生活，体验一下它的甜蜜和幸福。我二十二岁，我们俩都已经有选举权了。我想在平等的基础上和塔莉亚建立共同的生活。你看怎么样?”

保尔思索了一会儿,说:

“尼古拉,我能说什么呢?你们俩都是我的好朋友,都是一样的出身。其他方面也都相同,塔莉亚又是个特别难得的好姑娘……这是理所当然的事情。”

第二天,保尔就把自己的东西搬到机务段的集体宿舍去了。几天以后,在安娜那里大伙举行了一个不备食物和饮料的晚会——祝贺塔莉亚和尼古拉结合的共产主义式的晚会。晚会上,大家追忆往事,朗诵最动人的作品选段,齐声高唱一首首优美动听的歌曲。这些战斗的歌声传得很远很远。后来卡秋莎·泽列诺娃和沃伦采娃把手风琴拿来了,于是浑厚深沉的男低音和手风琴银铃般清脆的乐曲声响彻整个房间。那晚,保尔演奏得十分出色。当大高个子潘克拉托夫令人惊奇地跳起舞来时,保尔也按捺不住了,琴声一改现在那种和谐深沉的新格调,又变得火一般热情奔放:

> 喂,街坊们,乡亲们!
> 坏蛋邓尼金伤心啦,
> 西伯利亚的肃反人员呀,
> 把高尔察克枪毙啦……

手风琴诉说着过去,诉说着如火如荼的战斗年代,也歌唱今天的友谊、斗争和欢乐。当手风琴转到了沃伦采夫手里,他奏起了嘹亮而热烈的“小苹果”舞曲。这时,有一个人像旋风似的跳起舞来,他不是别人,而是保尔。保尔疯狂地跳着切乔特卡舞,这是他一生中第三次,也是最后一次这样跳舞。

第4章

国境线就是两根柱子。这两根柱子面对面竖在那里，沉默地互怀敌意，代表着两个世界。一根柱子刨得很光滑，像警察岗亭那样漆上了黑白相间的线条，柱顶上牢牢钉着一只独头老鹰。这只嗜食尸肉的独头猛禽双翅舒展，仿佛要用利爪去攫取那漆有黑白条纹的界标；钩形的鹰嘴已经伸出，眼睛盯着对面的铁牌，虎视眈眈。对面六步之外竖着另一根柱子。这是一根粗大的橡木圆柱，深深埋在地里。柱顶上是一块铸有锤子和镰刀的铁牌。虽然两根柱子竖在平整的地面上，但这两个世界之间却隔着难以逾越的鸿沟。不冒生命危险，想要跨越这六步的距离是不可能的。

这里就是国境线。

苏维埃社会主义共和国的无声的哨兵，顶着铸有伟大的劳动标记的铁牌，像一条屹立不动的散兵线，从黑海起绵延数千公里，向极北地区伸展，直趋北冰洋。从那根钉着老鹰的柱子开始就是苏维埃乌克兰和贵族波兰的国界。在密林深处有一座孤零零的小镇别列兹多夫。小镇距国境线有十公里。国界那边是波兰的小镇科列茨。从斯拉武特镇到阿纳波利镇是边防军某营的防区。

这些排成一长条的国境界标，越过冰雪覆盖的田野，穿过林间通道，跌进幽深的峡谷，又缓缓地爬上山岗，然后伸向河边，从高高的河岸上注视着白雪皑皑的异国平原。

天寒地冻。冰雪在毡靴下面发出咯吱咯吱的响声。一个身材高大的红军战士，戴着威武的盔形帽，从铸有镰刀、锤子的界标开始，迈着有力的步伐,在他的防地内来回巡逻。这个魁梧的红军战士穿着灰色军大衣,佩戴着绿色的领章,脚上穿着长筒毡靴。大衣外面,又披着一件宽大的高领羊皮外套。他的头包在呢军帽里暖暖和和的。手上戴着羊皮手套。羊皮外套很长,一直拖到脚跟,即使在风天雪地之中,披着它,就不会感到寒冷。他的肩上背着步枪,在边境线上来回走动,津津有味地抽着马合烟,羊皮外套的下摆不时刮着地上的积雪。在这片开阔的平原上,苏维埃国境线上两个哨兵之间的距离是一公里,遥遥相望,彼此都能看见。而在波兰那面,哨兵相互间的距离是一至两公里。

一个波兰哨兵正沿着他的巡逻线迎面朝红军战士走来。他穿了双粗制的士兵军靴,灰绿色的军服,外面是一件缀有两排亮纽扣的黑色军大衣。头上戴着一顶四角军帽,军帽上缀着一只白鹰。呢制的肩章上也是鹰,领章上也是鹰,可是这些老鹰并不能使士兵暖和一些。寒气凛冽刺骨,他搓着冻得麻木了的耳朵,一边走,一边用一只脚跟踢着另一只脚跟。他的一双手,只戴着薄薄的手套,也早已冻僵了。波兰哨兵一分钟也不敢停下来,因为一站住,寒气立刻就会冻僵他的关节,因此他一刻不停地走着,有时还小跑几步。现在,这两个哨兵隔着边界线相遇了。波兰哨兵转过身来,沿着他那边的国境线与红军哨兵平排走着。

边界上禁止交谈。但是,周围荒无人烟,一公里之外才有人影,有谁知道,这两个人是默默地走着,还是违背了国际法呢?

波兰哨兵想要抽烟,但是他把火柴忘在军营里了,可风儿好像有意跟他过不去,把苏维埃边境上红军战士抽的马合烟的诱人香味吹了过来。波兰人不再搓那冻僵了的耳朵,他回头看了一下——有时候骑兵班长或是中尉会带领骑兵巡逻队突然从小山岗后面出现,到边界上来检查岗哨的。但这时周围空无一人,只有白雪在阳光下发亮,令人目眩。天空中,一片雪花儿也没有。

"同志,借用一下火柴。"他首先违反了神圣的公法。他把那支插着刺刀的法国制造的连射步枪背到肩上,费力地用冻僵的手指从军大衣的口袋里掏出一包廉价卷烟来。

红军战士听见了波兰人的请求,可是边防军条令明文禁止战士同境外的任何人交谈,再加他也不完全明白那士兵说的波兰话,因此,他继续走他的路，穿着暖和而柔软的毡靴的一双脚用力地踩在吱咯发响的雪地上。

“布尔什维克同志，借个火点根烟，丢一盒火柴给我吧！”这次波兰哨兵说的是俄语。

红军战士仔细看着他旁边的这个人。“看样子，寒气已钻进了‘波兰先生’的肝脏里去了。尽管是给资产阶级当兵，但他的日子也真够呛的。这么个大冷天，赶他出来放哨，只穿了一件又破又薄的军大衣，瞧他老像兔子似的蹦蹦跳跳，要是再没烟抽，可真要不行了。”于是，他连头也不回，就把一盒火柴扔过去了。波兰士兵急忙用手接住飞过来的火柴，划了几根，却总是弄断，最后总算把烟点着了。他又把那盒火柴用同样的方法扔过边界。这时，红军战士无意中也破坏了国际法，他说：

“火柴你留着吧，我这儿还有。”

但是从国界那边传来了这样的答话：

“不，谢谢！我要是留下这盒火柴，就得坐两年牢房。”

红军战士看看这个盒子：上面印了一架飞机，飞机头上画了一只有力的拳头代替螺旋桨，上面还写着：“最后通牒”。

“是的，确实如此，这东西给他是不合适。”

波兰士兵继续和红军战士并排巡逻。在这荒无人烟的旷野上，他一个人感到太孤寂了。

马鞍有节奏地吱吱作响，马儿平稳、轻快地小步跑着。那匹黑色公马的鼻孔周围已结了一层白霜，马呼出的白色水汽渐渐消失在空气之中。营长骑的那匹花马跨着优美的步子，不时弯下纤细的脖子，玩弄它的辔头。两个骑马的人身上都穿着灰色军大衣，束着武装带，他们的袖口上都有三个标志军衔的红方块。不过营长加夫里洛夫的领章是绿色的，而他的同伴的领章却是红色的。加夫里洛夫是个边防军人，他指挥的那个营就分布在这长达七十公里的防区的各个哨位上，他是这儿的“主人”。他的同伴是从别列兹多夫来的客人，军训营的政委柯察金。

夜里下过雪。地上的积雪又松又软，既没有马蹄印，也没有人的足迹。那两个骑马的人已经走出了小树林区，开始在旷野上策马小跑。侧面四十步左右的地方又是两根界标。

“吁!”

加夫里洛夫紧紧地勒住了缰绳,柯察金也拨转马头,想知道他为什么停下。加夫里洛夫从马鞍上弯下身子,仔细察看雪地上一连串奇怪的痕迹,好像有人用带齿的轮子在上面滚过似的。这是一只狡猾的小野兽从这儿过去留下的,它走的时候,后脚踩在前脚的脚印上,还故意绕来绕去,弄乱了它的足迹。很难辨别,脚印是从哪儿来的。但是营长停下来察看的不是这些野兽的脚印,而是两步以外的另一些足迹。足迹上面已薄薄地盖上了一层雪——有人从这儿走过。这个人并没有故意弄乱他的脚印,径直朝树林里走去。脚印清楚地表明,他是从波兰那边来的。营长驱马往前,循着脚印——一直走到巡逻线上。在波兰境内十步之外的地方,脚印还清晰可见。

“夜里有人越境了,”营长嘟哝着说,“又是在三排的防区里出的漏洞,可是早晨的报告上只字没提。这些鬼东西!”加夫里洛夫的小胡子威严地挂在嘴唇上。他的胡子本来有些花白,加上呼出的热气凝成的白霜,就变成银白色了。

有两个人迎面向他们走来,一个身材矮小,穿着黑色衣服,枪上的法国刺刀的刀刃在阳光下闪闪发亮;另一个身材高大,披着黄色的羊皮外套。花马感到主人的小腿紧夹了一下,就跑了起来,两个骑马的人很快就到了那两个巡逻人的跟前。红军哨兵整了整肩上的皮带,把烟蒂吐到雪地上。

“同志,您好!你们地段上有什么情况吗?”营长伸手给哨兵,他几乎不用弯腰,因为红军战士的个子很高。哨兵赶紧脱下手套。营长和他互相握手问好。

波兰哨兵从远处注视着他们。两个红军军官像好朋友似的向一个普通士兵问好。一瞬间,他仿佛觉得是他在同他的扎克尔热夫斯基少校握手问好,出于这个荒唐的想法,不由自主地回头张望了一下。

“我刚刚接岗,营长同志。”红军哨兵报告说。

“那边的脚印你看见了没有?”

“没有,还没有看见。”

“昨天夜里两点到六点是谁在放哨?”

“是苏里坚科,营长同志。”

“好吧,要提高警惕!”

临走时，他又严肃地警告红军战士说：

“少跟这些波兰兵并排走！”

当两匹马已经沿着由边界通往别列兹多夫镇的大路小步奔跑时，营长告诉保尔：

“边界上必须目光敏锐，稍有大意，就会后悔莫及。干我们这行，日夜都不能放松。白天偷越边界不容易，但到夜里就得把耳朵竖起来，十分警惕。您想想看，柯察金同志，我负责的这段边界有四个村子是跨界的，这儿的工作特别困难。不论你布上多少哨兵，一有婚嫁喜事或者什么节日，所有的亲朋好友就会跨越国界聚在一起。越界太容易了——边界两旁的房子相隔不过二十步，那条小河沟连母鸡也能蹚过去。走私的事也是难免的。当然，都是些小事情，譬如一个老太婆偷运两瓶波兰出产的四十度的茅香露酒什么的。不过，也有一些大的走私犯，他们资本雄厚。你知道那些波兰人都干些什么吗？他们在所有靠近边界的村子里都开了百货店：里面的商品应有尽有。当然，这些商店绝不是为他们那些贫苦的农民开的。”

柯察金很有兴趣地听营长讲这些情况。边境上的生活就像是从不间断的侦察工作。

“加夫里洛夫同志，告诉我，事情只限于走私吗？”

营长脸色阴沉地回答说：“问题就在这里嘛！……”

别列兹多夫是一座小镇。这个偏僻的小地方过去曾经划为犹太人居住区。两三百座小破房子乱七八糟地东一处，西一家。有一个很大的集市广场，中心地带开了二十来家小铺子。广场上很脏，到处是马粪。小镇周围是农民的房子。在犹太人居住区的中心，通往屠宰场的路上，有一座古老的犹太教堂。这座建筑物年久失修，一副衰败凄凉的样子。每逢星期六，虽然还不至于无人问津，但它的光景已今非昔比了。教堂里祭司的生活也完全不是他所希望的那样了。看起来，一九一七年发生了非常糟糕的事情，因为就是在这么偏僻的地方，青年人现在对祭司已缺少起码的尊敬了。诚然，老人们还没有“开戒”，但是许多小孩子已经吃起冒犯神明的猪肉香肠来了！呸，想想都让人恶心！一只猪正使劲用嘴在粪堆里拱着寻找吃食，祭司博鲁赫一气之下，上前踢了它一脚。是的，别列兹多夫成了区的中心，祭司对这点可不满意。鬼知道从哪儿来了这些共产党员，折腾个没完，不痛快的事儿一天多于一天。昨天他看见神父宅子的大门上挂了块新的牌子："乌克兰共产主义青年团别列兹多夫委员会"。

挂上这块牌子绝不会有好事的。祭司边走，边暗暗思忖，一直走到教堂门口，才突然发现门上贴了一张不大的布告，上面写着：

今天在俱乐部召开劳动青年群众大会，由苏维埃执委会主席利西岑和共青团区委代理书记柯察金同志做报告。会后由九年制学校的学生演出歌舞。

祭司发疯似的把布告从门上撕了下来。

"瞧，可真的干起来了！"

镇上的小教堂两面都紧靠着神父住宅的大花园，花园里有一座宽敞的老式房子。空空荡荡的房间里一股霉味，显得冷清落寞。过去神父和他的妻子住在这儿，他们和这所老房子一样老朽，空虚无聊，而且彼此早就嫌恶了。新主人一搬进来，空虚寂寞的气氛一扫而光。那间大厅，过去虔诚的主人只有在宗教节日里才用来接待客人，现在却天天都挤满了人。神父的宅第成了别列兹多夫区党委办公的地方。一进前门向右拐，有一个小房间，门上用粉笔写着："共青团区委会"。柯察金每天都在这里待上一段时间。他现在除了担任第二军训营政委之外，还兼任刚成立的共青团区委会的代理书记。

从他们在安娜家举行晚会以来，已经过去八个月了，但总觉得这还是不久之前的事。柯察金把一大堆文件放在一边，身子靠在椅背上，沉思起来……

屋子里静悄悄的。夜已深了，党委会的人都走了。最后一个离开的是区党委书记特罗菲莫夫，他刚走不久。现在只剩保尔一个人了。窗户上满是寒气凝成的奇妙的霜花。桌上点了一盏煤油灯，屋里炉火熊熊，烧得正旺。柯察金回想起不久前的种种事情。去年八月，工厂团组织派他作为共青团的负责人，随同抢修列车去了叶卡捷琳诺斯拉夫。直到深秋，这一百五十人的队伍由一个车站转到另一个车站，医治战争留下的创伤，清理被毁坏的车辆。他们的路线由锡涅利尼科沃到波洛吉。这一带从前是马赫诺匪帮的天下,破坏和掠夺的痕迹到处可见。在古利亚伊—波列他们花了一星期的时间修复了用石头砌成的水塔,用铁皮修补被炸漏的水槽。保尔是电工,并不懂钳工技术,也没有干过这种苦活,但他在这儿也亲手用扳手拧紧了几千个生锈的螺丝帽。

深秋时分,他们才回到工厂。厂里各车间都欢迎这一百五十个同志归来……

现在人们又经常可以在安娜那儿见到保尔了。他额上的皱纹舒展开来了,有时还可听到他那富有感染力的笑声。

满身油污的伙伴们又可以在学习小组里听他讲昔日的各种斗争故事了。他还给他们讲富有反抗精神的、被奴役的、衣衫褴褛的俄罗斯农民怎样试图推翻沙皇的宝座,还讲斯捷潘·拉辛和布加乔夫起义的故事。

一天晚上,安娜家里又聚集了许多青年人,保尔出人意料地戒掉了多年养成的不良习惯。他几乎从小就开始吸烟,可那天他突然斩钉截铁地宣布:

"我再不吸烟了。"

这件事来得很突然。起初不知是谁挑起了一场争论,说是习惯比人更厉害,抽烟就是个例子。大家各抒己见。保尔没有参加争论,但是塔莉亚硬把他也卷了进去,非要他发表意见不可。他就说了他的想法:

"人应当支配习惯,而不能受习惯支配。否则,我们会得出什么样的结论来呢?"

茨韦塔耶夫在角落里喊起来了:

"话说得挺响亮。柯察金就爱说漂亮话。要是戳穿了他的西洋景,结果会怎么样呢?他本人抽不抽烟?抽的。他知不知道,抽烟没有什么好处?知道的。那么应当戒掉——可又做不到。不久前,他还在小组里'宣传文明'呢。"说到这儿,茨韦塔耶夫变了一种语气,用冷嘲热讽的口吻说:"让他回答,他是不是还在骂人?认识保尔的人都会说:'他很少骂娘了,但一骂起来就非常厉害。'传道容易,当圣徒可难哪!"

一阵沉默。茨韦塔耶夫那种尖刻的语气使大家都很不愉快。保尔没有立刻答话。他慢慢地从口袋内取出烟卷,把它揉得粉碎,然后轻轻地说:

"我再不吸烟了。"

沉默了一会儿，他又补充说：

“我这样做既是为自己，多少也是为了茨韦塔耶夫。一个人如果不能改掉他的坏习惯，那他就一文不值。我还有一个骂人的坏习惯。同志们，我还没有完全克服这个坏毛病，但就连茨韦塔耶夫也承认，已经很少听到我骂人了。骂人容易脱口而出，比抽烟难改些，所以我现在还不说，马上连这个坏习惯也一起根除。不过，这骂人的毛病我也一定要彻底改掉的。”

入冬之前，从上游流放下来很多木排，把河道都快堵塞了。秋汛时，河水泛滥，把木排冲散，木材随着河水往下漂去。索洛缅卡区又派出自己的团员去打捞宝贵的木材。

柯察金已患了重感冒，但他不愿落后，于是，瞒着同志们仍然去参加劳动。一星期之后，码头附近的河岸上，木材已堆积如山，但冰凉的河水和秋天潮湿的气候又唤醒了他血液中处于半睡状态的敌人——保尔发烧了。他得的是急性风湿病。在医院里折腾了两个星期。当他出院回到工厂以后，只能“趴”在工作台上勉强干活。工长见了直摇头。过了几天，一个没有偏见的委员会断定他已丧失劳动能力，让他退职，并且给了他领取抚恤金的权利。但是，他气愤地拒绝接受抚恤金。

保尔怀着沉重的心情离开了自己的工厂。他拄着手杖，忍受着剧烈的疼痛，慢慢地挪动脚步。母亲曾不止一次来信，让他回家探望，现在他又想起老人家临别时对他说的话了：“只有在你们生病或者受伤的时候，我才能看到你们。”

他在省委会里领了卷在一起的两张组织关系证明信：一张是共青团的，一张是党的。为了避免引起更多的痛苦，他几乎没有跟任何人告别，就动身去母亲那儿了。一连两个星期，老太太不断地用热气熏，用手按摩来治疗他的两条肿腿。一个月之后，他走路已经可以不用手杖了。保尔心中充满了喜悦，绝望又变成了希望。列车把他送到了省会。三天以后，组织部交给他一份介绍信，派他去省兵役局在主管军训的部队里担任政治工作。

又过了一个星期，他来到了这冰天雪地的小镇，担任第二军训营的政委。共青团专区委员会又给了他一个任务：负责把分散在新区各处的团员集中起来,建立共青团组织。看,生活多么曲折多变啊!

外面很热。区执委会主席办公室的窗户敞开着,一枝樱桃树枝悄悄地伸了进来。在路的那边,执委会办公室对面是一座哥特式的天主教堂,尖顶钟楼上的镀金十字架在阳光下闪闪发亮。窗外小花园里,执委会看门人的妻子饲养的一群小鹅正在敏捷地觅食。它们跟周围的小草一样,淡淡的绿色,毛茸茸的,娇嫩可爱。

执委会主席读完了刚刚收到的紧急电报,脸上掠过一道阴影。他那骨节粗大的手指插在松软美丽的鬈发里,好久没有动弹。

别列兹多夫区执委会主席尼古拉·尼古拉耶维奇·利西岑才二十四岁,但是与他共事的党内外干部都不知道这一点。他魁梧强壮,不苟言笑,有时甚至过于严厉,看上去倒有三十五岁。他身体结实,粗壮的脖子上长着一个大脑袋,一双褐色的眼睛冷静而锐利,下颌的线条清晰有力。他穿着蓝色马裤,"见过世面"的佛朗奇式的灰军服,左胸口袋上挂着一枚红旗勋章。

十月革命以前,利西岑在图拉兵工厂"指挥"车床。他的祖父、父亲和他自己几乎都是从童年时代起,就在这个厂里干着切、削钢铁的活儿。

一个秋天的夜里,他这个一直只是制造武器的人第一次拿起了武器,从此就卷入了革命的风暴之中。为了革命和党的需要,他转战南北,身经百战。这个图拉兵工厂的工人走过了光荣的战斗道路,从一个红军战士成长为一名团的指挥员和政委。

战火纷飞的年代已经过去了。现在,尼古拉·利西岑在边防区工作,生活过得平静安宁。他常常工作到深夜,研究有关农作物收获情况的报告。可是,眼前这份电报仿佛又使他回到了战场。电文十分简短,上面写着:

绝密。别列兹多夫执委会主席利西岑:

现发现波兰多次派遣大批匪徒越境,可能骚扰边区。希采取防范措施。财务科贵重物品可转移至专区。勿滞留税款。

利西岑从办公室的窗户里可以看到每一个走进区执委会的人。这时,柯察金出现在台阶上。不一会儿,响起了敲门声。

"你坐下,我们谈一谈。"他握了握保尔的手,说。

整整一个小时,利西岑没有再接见第二个人。

保尔从他办公室里出来时,天已晌午。利西岑的妹妹妞拉从花园里跑了出来,保尔叫她阿妞特卡,她是个怕羞的女孩,严肃得跟她的年龄不相称。每次见到保尔,她总是很有礼貌地微笑着。这次她也是用孩子的方式笨拙地跟保尔握握手,一面将额上的一绺短发往后一甩。

"我哥哥那儿没人了吧?我嫂子早就在等他吃午饭了。"妞拉说。

"去吧,阿妞特卡,他一个人在那儿。"

第二天,离天亮还早,三辆套着壮马的大车已经赶到区执委会来了。车上的人低声交谈着。从财务科里搬出几只密封的口袋,装上了车。几分钟之后,响起了车轮在公路上滚动的声音。柯察金带领一支队伍护送这些大车。到专区有四十公里,其中二十五公里要穿过森林。他们安全到达,把贵重物品都存放到专区财务处的保险柜内。几天以后,有一名骑兵从边界向别列兹多夫疾驰而来。小镇上那些好看热闹的人惊讶地注视着这骑在马上的人和累得满身大汗的马。

在执委员会门口,骑兵咚的一声跳下马,手扶军刀,踏着笨重的靴子,咚咚几响,上了台阶。利西岑皱着眉从他手中接过信件,把它拆开,在信封上签了字。那个边防军人根本不让马有喘息的机会,立即又跳上马鞍,沿原路疾驰而去。

除了刚读过公文的执委会主席,谁也不知道公文的内容。但是,当地居民的嗅觉却像狗一般灵敏。这里,三个小商人中必有两个搞点走私活动,这种行当使他们有能够预测危险临头的本能。

人行道上,有两个人急急匆匆朝军训营营部走去,其中一个是柯察金。当地居民都认识他:他总是随身带着武器。但是,区党委书记特罗菲莫夫今天也束上了武装带,别上了左轮手枪——事情可就不妙了。

几分钟以后,从营部里跑出来十五个人,手里端着上好刺刀的步枪,快步朝十字路口的磨坊奔去。其余的党团员也都在党委会里武装起来了。执委会主席头戴哥萨克平顶皮帽,腰间照例挂着他那支驳壳枪,骑马飞驰而过。显然是出了什么不平常的事情。于是,大广场和小巷子全都变得死一般地沉寂,连一个人影也看不到。转眼间,小铺子全都挂上了中世纪式的大锁,护窗板也关上了。只有那些不知害怕的母鸡和热得浑身无力的猪,还在粪堆上使劲寻找吃的东西。

在镇边的几个园子里设了瞭望哨。前面就是田野,公路笔直,可以看得很远很远。

利西岑收到的那份报告字数不多:

昨夜百余骑匪携轻机枪两挺于波杜布齐强行窜入苏维埃国境。希即采取措施。匪徒潜入斯拉武特林区后失踪。本日将有百名红军哥萨克经别列兹多夫追击匪徒,切勿误会。特告。

边防军独立营营长加夫里洛夫

一小时之后,通往小镇的路上出现了一个骑马的人,在他后面一公里处,有一队骑兵在行进。柯察金聚精会神地注视着前方。这个骑兵行动十分小心,但没有发现园子里有埋伏。这是红军哥萨克第七骑兵团的一个年轻战士,干侦察工作他还是个新手。突然,有人从园子里跳出来,冲到路上,把他包围起来了。当他看到这些人的上衣上都佩戴着青年共产国际的徽章时,就难为情地笑了。简短交谈了几句,他就拨转马头向正在快步行进的马队奔去。岗哨给红军哥萨克放行之后,重又埋伏在花园里。

令人忐忑不安的几天过去了。利西岑接到报告说,匪徒大规模进行破坏活动的企图未能得逞,在红军骑兵部队的追击下,已被迫仓皇撤出边界,向境外逃窜。

这里的布尔什维克人数不多,全区只有十九人。他们紧张地投入全区苏维埃的建设工作。这个刚建立不久的新区,白手起家,一切必须从头开始。由于靠近国境线,大家丝毫不敢放松警惕性。

改选苏维埃、剿匪、开展文化活动、缉私、加强军队中的党的工作和共青团的工作,所有这一切使得利西岑、特罗菲莫夫、柯察金和团结在他们周围的为数不多的积极分子经常从清早一直忙到深夜。

白天,保尔跳下马背,就坐到办公桌旁边;离开办公桌,就到训练新兵的广场上去;还要上俱乐部、去学校,参加两三个会议。夜里,他又跳上马,腰间别着驳壳枪,厉声喝问:“站住!什么人?”注意监听偷越国境搞走私活动的马车辘辘的车轮声——第二军训营政委的白天和大多数夜晚就是这样度过的。

别列兹多夫共青团区委会由三个人组成：柯察金、莉达·波列维赫和任卡·拉兹瓦利欣。莉达出生在伏尔加河流域，长着一双小眼睛，现在担任妇女部长；任卡·拉兹瓦利欣是一个长得很不错的高个子青年，不久前还是中学生，但“少年老成”，喜欢离奇曲折的惊险故事，非常熟悉夏洛克·福尔摩斯的侦探故事和路易·布斯纳的作品。拉兹瓦利欣曾经在区党委当过事务长。四个月之前才加入共青团，但他在团员中间俨然以“老布尔什维克”自居。因为没人可派，经过长时间的考虑之后，专区党委决定派拉兹瓦利欣来别列兹多夫负责政治教育工作。

时间已快到中午了，酷热的暑气渗透到每一个最隐蔽的角落，所有的动物都躲到阴凉的地方，连狗也爬到谷仓檐下，热得浑身无力，懒洋洋地躺在那儿打盹。似乎所有的动物都已离开了这个村庄，只有一头猪钻到井边的小水洼里，舒服地躺在污泥里直哼哼。

柯察金解开缰绳，忍住膝盖的疼痛，咬着嘴唇跳上了马。女教师拉基京娜站在学校的台阶上，用手挡住刺眼的阳光，微笑着对保尔说：

“再见，政委同志。”

马不耐烦地跺了一下蹄子，伸直了脖子，绷紧了缰绳。

“再见，拉基京娜同志，就这么决定了，明天您开始上第一课。”

马儿感到缰绳松了，立刻小跑起来。这时柯察金听到了一阵凄厉的喊叫。只有村里失火时，妇女们才会这样惨叫。他用力拉了一下辔子，急速回过马来。这时，他看到一个年轻的农妇气喘吁吁地从村外奔来。拉基京娜走到街中间，把她拦住了。附近各家也都有人开门出来，大多是老头老太，年轻力壮的人全在地里。

“哎呀！乡亲们呵，那边出大事啦！真吓人哪，这可怎么办呀！”

柯察金骑马走到他们跟前，这时，人们已从四面八方跑了过来。大家围住了农妇，拉着她白衬衣的袖子，纷纷惊慌地向她提出问题，但是她语无伦次，大家一点也听不明白。她只是不断地嚷着：“杀人啦！他们用刀在拼啦！”这时，一个胡子蓬松的老头，一面用手提着他的粗布裤子，一面笨拙地跳着跑过来，责骂那个年轻妇女说：

“别喊了，像个疯婆子似的！说呀，哪儿打架啦？为的什么事？别乱叫了。呸，真见鬼！”

“我们村的人跟波杜布齐的人……在打架……为了地界。波杜布齐的人把我们的人往死里打呀！”

大家这才明白发生了什么不幸的事情。女人们在街上号啕大哭，老人们愤怒地大声叫喊。这消息像警钟似的很快传遍整个村庄，钻进家家户户：“波杜布齐的人强占地界，用镰刀砍我们的人啦！”于是，所有能走动的人都从家里冲出来，拿着叉子、斧头，或者从栅栏上拔根木棍充当武器，然后朝村外那个正在血战的地方跑去。这两个村子为地界纠纷年年都发生械斗。

保尔对马狠踢一脚，马立刻飞跑起来。保尔喊叫着催马快行，那马飞也似的跑得更欢，赶过了奔跑的人群。它的耳朵竖了起来，四脚奔腾，越跑越快。小山上有一座风车，风翼向四面张开，仿佛要挡住保尔的去路。风车右边，小山下面的河边上是一片草地。向左是一望无际的起伏不平的麦田。风从成熟了的裸麦上掠过，仿佛用手轻轻地抚摩着它。路旁的罂粟花开得红艳艳的。这里静悄悄的，但热得令人难受。只是从远处，从山丘下面，从那条如同在阳光下取暖的银蛇似的河流那儿，传来了人们的叫喊声。

马疯狂地飞下斜坡，向草地奔去。“要是马蹄被东西绊住，它和我都得完蛋。”保尔脑中闪过这样一个念头，但是要想勒住马已不可能，他只好紧紧贴住马的脖子。风在他的耳边呼呼直吹。

马像发疯似的奔到了草地上。一群愤怒得失去理性的人像野兽似的正在厮杀。有几个人已经满身是血，躺在地上了。

马的前胸把一个大胡子撞倒在地。当时，他拿着一截镰刀柄正在追赶一个满脸是血的青年。旁边一个长得很结实的黝黑的农民把对手打倒在地，正用笨重的靴子使劲地踹他，想把他置于死地。

柯察金飞马冲进正在厮杀的人群，把他们驱散开来。不等他们回过神来，又猛地横冲直撞，再次策马朝野兽般的人群冲去。他感觉到，只有用这同样野蛮而可怕的方法才能驱散这群打红了眼的人。他怒气冲冲地大声吼叫：

"你们这些该死的东西,散开! 我把你们统统枪毙,你们这些强盗!"

他从皮套子里拔出驳壳枪,朝一个气势汹汹的人脸上挥了一下,纵马向前,开了一枪。有些人丢掉镰刀,转身就逃。保尔就这样骑在马上,大声怒吼着,在草地上来回奔跑,不断地开枪。他终于达到了目的:人们急忙四散逃跑,离开草地,为了逃避责任,也为了躲避这个不知从哪儿冒出来的凶神恶煞和他手中那支连连射击的"瘟枪"。

不久,地方法院派人到波杜布齐来了。人民审判员传讯了证人,绞尽脑汁,调查了很长时间,但还是没能查出肇事者。幸好这场械斗中没有死人,受伤者也都痊愈了。审判员以布尔什维克的耐心长时间地、想方设法向那些皱着眉头站在他面前的农民说明,他们聚众械斗是野蛮的、违法的。

"审判员同志,问题全出在地界上。我们的地界给搞乱了! 就是为了这些地界我们年年都打架。"

但是,有几个人还是受到了惩罚。

一星期以后,专门成立的丈量队走遍了草场,在双方有争执的地界处钉上了木桩。一个年老的丈量员,由于天热,加之走了很多路,累得满身是汗。他一边卷着软尺,一边对柯察金说:

"丈量土地,我干了有三十个年头了。到处都为地界闹纠纷。您看看那条划分草地的界线,简直让人难以置信,歪来歪去,就是醉鬼走起路来也比它要直一些。再说那些耕地吧,一块地只有三步宽,相互交叉,插来插去,要想把它们分清楚,真要把人给急疯的。可是一年又一年地还在分下去,越分越小。儿子跟父亲分家了,这块地就得一分为二。我向您保证,再过二十年,田地就全都变成地界,庄稼都没处可种了。要知道,就是目前已经有十分之一的土地被地界占了。"

柯察金微微一笑,说:

"丈量员同志,再过二十年我们连一条地界也不会有了。"

老头宽容地看了看对方,说:

"您这是指共产主义社会吧? 可是您知道,这是在遥远的将来。"

"那您听说过布达诺夫卡集体农庄吗?"

"呵,原来您说的是农庄呀!"

"是的。"

“我去过布达诺夫卡……但这毕竟是个例外,柯察金同志!”

丈量队继续丈量土地。两个青年人在钉木桩。干草地的两边都站着农民,他们瞪大眼睛监视着,要让木桩准确地钉在原来的地界上,那条地界现在勉强可以看出来,有的地方只剩下稀稀拉拉露在草上的几根烂木头了。

马车夫是个喜欢说话的人,他用鞭子抽了一下瘦弱的辕马,转过身来,对车上的人说:

“谁知道是怎么回事,共青团在我们这儿也搞起来了。以前可没有。可以说,这一切全是那个叫拉基京娜的女教师搞起来的。你们说不定也认识她吧!这女人还挺年轻,可真是个害人精,她把村里的娘们都煽动起来,组织到一起,搞了不少名堂,结果闹得鸡犬不宁。要是你在气头上给老婆一个嘴巴,这是难免的,老婆不揍还能行呵。要在以前,她只好揉揉脸,不敢吭气;可现在,你还没碰她一下,就吵个没完。甚至还把人民法庭都抬出来。那些年轻一点的,还会跟你闹离婚,给你背什么法律条文。就拿我的老伴甘卡来说吧,她一向是个安安静静,不爱说话的女人,可现在也当起代表来了,大概是个娘们的头头吧!村里的女人都来找她。起初我想用马缰绳抽她一顿,可后来想想,不管她了。让她们见鬼去吧!随她们闹去!不过在管家务和别的方面,我那口子倒是挺不错的。”

马车夫搔搔从亚麻布衬衫开岔的领口里露出来的毛茸茸的胸脯,习惯性地在辕马肚子上随意抽了一鞭。坐在马车上的人是拉兹瓦利欣和莉达。他们到波杜布齐去,各有各的事情:莉达要召集妇女代表开会,拉兹瓦利欣是去安排团支部的工作。

“难道您不喜欢共青团员吗?”莉达开玩笑似的问马车夫。

他摸了摸胡子,不紧不慢地回答说:

“不,干吗不喜欢……年轻的时候玩玩是可以的,演演戏或搞点什么别的玩意儿。我自己就爱看滑稽戏,当然要演得好。开始我以为孩子们会胡闹,结果正相反,听人家说,他们对酗酒、耍流氓这类事管得很严。他们多半是学习。就是老找上帝的碴儿,把一个个教堂都要改成俱乐部。这可就不好啦。老年人为这件事都斜着眼睛看团员,记恨他们。别的还有什么呢?还有一件事他们办得不怎么样:他们只要村里那些穷光蛋,当长工的,要不就是一点家业都没有的人。有钱人家的孩子一个不收。”

马车下了山坡,到了学校跟前。

看门的女工把客人安排在自己屋里,为他们铺好床铺,自己到干草棚去睡了。莉达和拉兹瓦利欣开会开得很晚,刚刚回来。屋子里很暗。莉达脱下靴子,爬到床上,一会儿就睡着了。但是拉兹瓦利欣那双手粗鲁地不怀好意地触到她身上,把她惊醒了。

“你干什么?”

“轻点,莉达,你喊什么?你知道,我一个人躺着非常无聊,真受不了!你难道找不到比打呼噜更有意思的事儿吗?”

“放开手,马上从我的床上滚下去!”莉达推了他一下。她本来就受不了拉兹瓦利欣那猥亵的笑脸。莉达真想好好辱骂讥笑他一顿,但是她很困,眼睛又渐渐闭上了。

“你干吗装腔作势?瞧你这个知识分子的扭捏劲儿。你大概不是贵族女子学校毕业的吧?你真的以为,这么一来我就相信你了?别装傻了。你要是懂事的话,就先满足一下我的要求,然后再睡,想睡多久就睡多久。”

他认为不必多费口舌,就从那长凳上站起来,又坐到她的床边上,不由分说地伸手去扳她的肩膀。

“滚你的蛋!”她立刻惊醒了。“明天我一定把这事告诉柯察金,说到做到。”

拉兹瓦利欣抓住了她的手臂,低声气愤地说:

“我才不在乎你那个什么柯察金呢,别固执了,反正我非要不可。”

他们两人进行了短促的搏斗,静静的屋子里响起了清脆的耳光声,一下,又是一下……拉兹瓦利欣闪向一边,莉达摸黑奔到门口,用力推开门,跑到院子里去了。她站在明亮的月光下,简直气疯了。

“进屋来,傻瓜!”拉兹瓦利欣恼怒地喊着。

他把他的铺盖搬到了屋檐下,就在院子里过夜。莉达关上门,下了闩,蜷成一团躺在床上。

第二天早上,在回去的途中,拉兹瓦利欣和赶马车的老头子并排坐着,一根接一根地抽着烟。他心里想：

“这个动不得的女人可能真的会去告诉柯察金的。真是个酸气十足的洋娃娃，长得倒挺漂亮，可就是一点都不开窍。我得跟她和好，否则可能会捅娄子的。柯察金本来就瞧不起我。”

拉兹瓦利欣凑到莉达身旁坐下，装出一副羞愧的样子，连眼神都变得忧郁了。他编了一大堆自相矛盾的理由，为他的行为辩解，同时表示他非常后悔。

拉兹瓦利欣的目的达到了：他们快到小镇时，莉达答应不把昨夜发生的事情告诉任何人。

在边陲的村子里，共青团支部一个接一个地成立起来了。区团委的干部为这些共产主义运动的幼芽花费了很多心血。柯察金和莉达·波列维赫一整天一整天地在这些村子里活动。

拉兹瓦利欣不喜欢到村里去。他不善于接近农村里的青年，难以赢得他们的信任，经常把事情搞糟。可是保尔和莉达干这些工作却得心应手，十分自然。莉达把农村姑娘都团结在自己的周围，交了许多知心朋友，并且一直保持联系，使她们不知不觉对共青团的活动和工作产生了兴趣。区里的青年人都认识柯察金。第二军训营吸收了一千六百名即将应征入伍的青年参加军事训练。在各村的晚会上，在大街上，手风琴在宣传工作中发挥了前所未有的作用。手风琴使柯察金变得更加平易近人，同农村的青年人打成一片。他时而奏起雄壮热情，激动人心的进行曲，时而奏起抑扬婉转、轻柔温存又略带伤感的乌克兰民歌。许多乌克兰青年正是在这富有魅力的、悦耳动听的琴声感召下，走上了共青团的道路。青年们倾听着保尔的琴声，倾听着这位铁路工人出身的政委兼共青团书记的讲话。年轻的政委演奏的琴声和他的话语在他们的心中和谐地融为一体。各个村子里，都可以听到新的歌声了，各家除了祷告用的赞美诗集和详梦的书以外，也出现了一些新的书籍。

走私分子的处境越来越困难了。他们现在要提防的不仅是边防上的哨兵，因为苏维埃政府已经有了许多年轻的朋友和热心的助手。国境线上各村团支部的同志们由于渴望亲手捉到敌人，有时一时冲动，就会搞得过火。

碰到这种情况，保尔就只得出面去援救他们。有一次，波杜布齐村的共青团支部书记格里沙·霍罗沃季科，一个急性子、爱辩论、坚决反对宗教的蓝眼睛的小伙子，通过自己的特殊渠道得到消息，说夜里有一批走私物品要运来交给当地的一个磨坊主，他就把全支部的同志动员起来，带上他们训练时用的一支步枪和两把刺刀，由他领头，当夜悄悄地把磨坊包围起来，静候猎物落网。国家政治保安局的边境哨所也掌握了这个情况，并且派出了他们的哨卡。夜里双方冲撞起来。多亏边防军人沉着镇定，共青团员在这次格斗中才没有伤亡。对方只是解除了他们的武装，把他们带到四公里外的邻村关了起来。

当时，柯察金正在加夫里洛夫营长那里。第二天早上，营长把他刚接到的关于这件事的报告转告给他，于是这位共青团区委书记立即上马去搭救他的同志。

国家政治保安局的特派员笑着把夜里发生的事告诉他，然后又说：

“咱们这么办吧，柯察金同志，他们都是些好小伙子，我们不会给他们安上什么罪名的。但是为了使他们往后不要再来插手我们这个部门的事，你去泼泼冷水，吓唬吓唬他们！”

哨兵打开板棚的门，十一个小伙子从地上站了起来，难为情地站在那儿，两只脚的重心来回调换着。

“您瞧瞧他们，”国家政治保安局的特派员生气地将手一摊，说，“捅了那么大的娄子，现在我只好把他们押到专区去了。”

格里沙一听，激动起来了，他说：

“萨哈罗夫同志，我们干了什么坏事啦？我们只想尽力为苏维埃政府做点事。我们监视那个富农已经很久了，可是你们倒把我们当强盗给关起来。”他说着，委屈地把身子转了过去。

柯察金和萨哈罗夫好不容易板着面孔，装出一副严肃的样子，交涉一番，才结束了这场“吓唬”。

萨哈罗夫对柯察金说：

“假如你给他们担保，保证他们今后不再到边界上来活动，而是采用其他方式协助我们，那我们就客客气气地放他们走。”

“好的，我可以为他们作保。我想，他们以后不会再让我这么难堪了。”

这个支部的团员回去时,一路歌声不断。这件事没有声张出去。磨坊主不久还是被逮捕了,这次是依照法律办事的。

德国移民住在迈丹维拉一带的森林庄园里,生活很富裕。这些富农的庄园彼此相隔半公里。房子建造得很坚固,旁边还有附属建筑物,像是一座座小城堡。安托纽克匪帮就藏匿在迈丹维拉。安托纽克过去是沙皇军队里的一名上士,他网罗一些亲属,拼凑成“七人帮”,在小镇附近的大道上持枪抢劫。他们杀人不眨眼,既厌恶走私商人,也不放过苏维埃政府的工作人员。安托纽克行踪不定,出没无常;今天在这里抢劫了两个农村合作社的工作人员,明天又窜到二十公里开外,缴了一个邮递员的武器,还把他抢个精光。安托纽克跟另一个土匪头子戈尔季相互竞争,两人不相上下,一个坏似一个。专区警察局和国家政治保安局在他们身上花费了不少时间。安托纽克就在别列兹多夫一带活动,进城的大道都很不安全。可这个匪徒很难捕获:风声一紧,他就溜出国境,在那儿避避风头,然后又出其不意地重返故地。每次听到这个行踪诡秘、罪行累累的野兽又出来行凶抢劫,犯下血案时,利西岑就烦躁得直咬嘴唇。

“这条毒蛇还要作恶到何年何月?等着瞧吧,畜生,我一定要亲手逮住他。”他咬牙切齿地说。有两次,利西岑抓住线索,亲自带着柯察金和另外两个党员紧紧追踪这个匪徒,但是安托纽克还是逃脱了。

专区给别列兹多夫派来一支剿匪队,带队的是讲究穿戴的菲拉托夫。他傲慢得像只公鸡,认为没有必要按边防条例规定向当地苏维埃执行委员会主席报到,就直接把队伍开到了附近一个小村庄——谢马基村。夜里进村后,队伍就驻扎在村边的一个小屋里。这队全副武装,行动诡秘的陌生人引起了隔壁一个共青团员的注意,他立即跑去报告村苏维埃主席。村苏维埃主席事先对这支队伍的情况一无所知,就误认为他们是匪徒,急忙派一个团员飞马去区里报信。菲拉托夫做事这样马虎草率,差点让许多人白白丧命。利西岑一接到关于“匪徒”的敌情,连夜集合民警和十来个人骑马直奔谢马基村。他们悄悄来到村头,跳下马,穿过篱笆,冲到门口。门口的哨兵头上挨了一枪托,像个口袋似的倒在地上。利西岑用肩膀使劲一撞,房门哗的一声开了。他们随即冲了进去。房间的天花板上挂着一盏幽暗的灯。利西岑一只手举着手榴弹，准备投掷；另一只手紧握驳壳枪，大声怒喝，把玻璃震得直响：

“赶快投降，不然就把你们炸得稀巴烂！”

睡眼惺忪的人一个个从地板上跳了起来，再迟一秒钟，冲进屋来的人也许就要开枪射击，把他们统统撂倒！但是看到利西岑举着手榴弹杀气腾腾的样子，几十只手都举了起来。不一会儿，这队人只穿着衬衣全被赶到了院子里。菲拉托夫看见利西岑胸前的勋章，这才敢开口说话。

利西岑气得差点要发疯，愤愤地啐了一口，十分轻蔑地骂道：

“窝囊废！”

德国革命的消息传到区里来了。汉堡巷战的枪声传到了这里，边境上也不平静了。大家紧张地期待着，一遍遍阅读报纸。西方也刮起了革命风暴。要求参加红军的志愿书雪片似的纷纷送往团区委。柯察金花了很多时间说服各支部派来的代表，向他们说明苏维埃国家采取的是和平政策，目前并不打算跟任何邻国作战，但是收效甚微。每逢星期天，各个支部的团员都到镇上来，在神父的大花园里集合，举行全区团员大会。有一天中午，波杜布齐村团支部的全体团员列队行军来到区委大院。柯察金从窗户里看到了，就到台阶上去迎接他们。以格里沙为首的十一名团员都穿着长靴，背着大口袋，在门口站住了。

“怎么回事，格里沙？”柯察金惊奇地问道。

格里沙却对他使使眼色，和保尔一起进了屋。莉达、拉兹瓦利欣和另外两个团员马上围了过来。格里沙把门关上，严肃地皱起他那淡淡的眉毛，说：

“同志们，我在进行战斗的考验。今天，我对我们支部的团员宣布，区里来了一封电报，当然是绝密的。马上要同德国资产阶级开战，不久还要跟波兰资产阶级打仗。因此莫斯科来了一道命令——全体共青团员都要上前线，如果有人害怕，可以写申请报告，那就让他留在家里。我嘱咐他们，关于开战的消息，必须绝对保密；让每个人自备一个大面包和一块腌猪油，没有腌猪油的，那就带点大蒜或洋葱，一小时之后，在村外秘密集合。我们先去区里，由区里再上专区，在那儿领武器。这番话对大家可真起作用。他们向我问这问那,但我说,不要多问,就这么办!谁不愿去,写个申请。打仗是要自愿的。团员同志就四散回家了。那时,我心里直犯嘀咕:万一谁也不来呢?那我只好解散支部,自己一走了事。我坐在村外等着。他们一个一个地来了。有的人才哭过,但装着没事的样子。十个人全来了,没有一个人临阵脱逃,你们看,我们波杜布齐村的团支部怎么样?”格里沙用一种赞赏的口气结束了他的话,得意地用拳头捶了捶胸脯。

莉达十分生气,狠狠地批评了他一顿。他却莫名其妙地睁大了眼睛,看着她说:

“你干吗训我呢?这可是一种最好的考验呀!这样才能真正看准每一个人。为了搞得更逼真些,我曾想把他们拉到专区去,但大伙有点累了,就让他们回家吧。不过,保尔,你一定得给他们讲讲话,要不,这算什么呢?不讲话不合适……你就说动员令已经取消了。但他们表现得很勇敢,这值得大家自豪,应该受到表扬。”

柯察金很少到专区中心去,因为往返一次要耽误好几天,而区里每天都有不少工作需要处理。可是拉兹瓦利欣却一有机会就往城里跑。他每次进城都全副武装,暗暗把自己比作库柏小说中的主人公。他很喜欢这样的旅行,进了森林,就向乌鸦或机灵的小松鼠开枪,或者拦住那些单身的过路人,摆出一副地道的侦察人员的架势,煞有介事地仔细盘问,是什么人、从哪儿来、上哪儿去。靠近城边时,拉兹瓦利欣就收起武器,把步枪往干草堆里一藏,手枪塞到口袋里,然后以平常的模样走进专区团委。

“说说吧,你们别列兹多夫有些什么新闻?”费多托夫问他。

在专区团委书记费多托夫的房间里总是挤满了人。大家争先恐后地说话。在这样的环境里工作,必须眼观四路,耳听八方,要能同时听四个人说话,回答第五个人的问题,手里还写着东西。费多托夫非常年轻,可是一九一九年就入党了。只有在那种动乱的年代里,一个十五岁的少年才能成为党员。

拉兹瓦利欣对费多托夫的问题随随便便地答道:

“新闻一下子可说不完。我从清早一直忙到深夜,到处去堵漏洞。你们知道,那是个新区,工作一点没有基础,一切都得从头干起。我又建立了两个新支部。叫我来有什么事?”说着,他就大模大样地往圈椅里一坐。

经济部部长克雷姆斯基搁下正在处理的一大堆公文,回头看了看说:

“我们叫柯察金来一趟,并没有叫你。”

拉兹瓦利欣口中吐出一股浓浓的烟雾,说:

“柯察金不喜欢上这儿来,因此连这种差事也只好由我来替他干……有些当书记的真是舒服,什么事儿也不干,只有像我这样的笨驴,才让人骑着到处跑。柯察金一去边境,两三个星期也见不着他的人影,我就得把所有的工作都担起来。”

拉兹瓦利欣分明是要大家明白,只有他才是区团委书记最合适的人选。

“不知为什么我总是不大喜欢这个傲慢的家伙。”拉兹瓦利欣离开后,费多托夫直率地对专区团委的其他同志说。

拉兹瓦利欣背后捣鬼是无意中被拆穿的。有一次,利西岑顺便上费多托夫那里去取邮件。区里不论谁上专区去,都要替大家把信件捎回来。费多托夫与他谈了很长时间,于是拉兹瓦利欣的把戏就被揭穿了。

“不过,你还是让柯察金来一趟,我们这里的人几乎还不认识他。”利西岑临走时,费多托夫对他说。

“好的。但是有个条件:别想把他从我们那儿调走。这点我们是坚决反对的。”

这一年,边境上十月革命的庆祝活动盛况空前,柯察金被选为边境各村庆祝十月革命委员会主席。在波杜布齐举行了庆祝大会之后,邻近三个村子来参加大会的五千名男女农民,排成一个长达半公里的游行队伍,由军训营和管乐队开道,红旗招展,浩浩荡荡,穿过村子,朝边界前进。一路上,秩序井然,纪律严明,沿着界标在苏维埃国土上游行,向被波苏国境线一分为二的那几个村庄进发。边境上的波兰人从未见过这样的场面。营长加夫里洛夫和柯察金骑着马走在队伍的前面。在他们身后,铜号雄壮的乐曲声,风卷红旗的哗啦声以及游行队伍此起彼伏的歌声汇成一片。身穿节日盛装的农村男女青年全都兴高采烈,不时传来少女们银铃般的笑声。成年人表情严肃,老人们显得格外庄重。这股人流像一条大河,蜿蜒曲折往远处流去,一眼望去,看不到尽头。国境线就是这条长河的堤岸:队伍始终走在苏维

埃国家的土地上,寸步不离。柯察金停了下来,人流从他身旁拥过。响起了《共青团之歌》:

从西伯利亚的森林,
　到不列颠的海滨,
最强大的力量
　是我们的红军!

接下去,又是女声合唱:

嗨,那边山上收割忙……

红军的哨兵高兴地微笑着迎接这支游行队伍,波兰士兵显得惊慌不安。举行游行一事,虽然事先已经正式通知波兰方面的指挥部,但游行队伍的出现仍然引起他们的不安。野战宪兵骑巡队急忙四处巡逻。边界的哨兵比平时多了四倍。此外,为了应付意外事件,在洼地里还埋伏了后备队。然而,这支热闹欢乐的游行队伍始终在自己的国土上行进,到处飞扬着他们的歌声。

小丘上站着一个波兰哨兵。游行队伍迈着整齐的步伐走过来了。乐队奏起了进行曲。这个波兰哨兵放下肩上的步枪,枪贴在脚边,向大队行了个注目礼。柯察金清清楚楚地听见他用波兰语说:

"公社万岁!"

从哨兵的眼神里也可看出,这句话是他说的。保尔目不转睛地看着他。

是朋友!在这波兰哨兵的军大衣里面跳动的是一颗同情游行群众的心。于是,保尔轻轻地用波兰语说:

"同志,向你致敬!"

哨兵落在后面了。他注视着游行队伍从身旁走过,步枪依然贴在脚边,始终保持行注目礼的姿势。保尔几次回头,看看那个穿着黑衣的小小身影。前面又出现了另一个波兰哨兵,胡子已经花白,镶着镍边的帽檐下露出一双暗淡无光、毫无表情的眼睛。柯察金仍沉浸在刚才听见那句话后产生的激

动心情之中,他仿佛自言自语地,先用波兰话对他说:

“你好,同志!”

但是毫无反应。

加夫里洛夫笑了。原来,他全听到了。

“你的希望太大了,”他说,“在边界上除了普通的步兵之外,还有宪兵。你看见他的袖章没有?这是个宪兵。”

游行队伍的排头已经开始下坡,朝一个被边界分成两半的村庄走去。苏维埃境内的半个村子已做好隆重欢迎客人的准备。村民们都集合在界河上的小桥附近。道路的两旁,小伙子和姑娘们已排好了欢迎的队伍。在波兰境内那半边,屋顶上和棚顶上都站满了人,他们注视着河对面所发生的事。有些人家的门口和篱笆旁也聚着一群群人。当游行队伍走进夹道欢迎的人群里,乐队高奏《国际歌》。接着人们在一个草草搭起来的,挂满青枝绿叶的讲台上发表动人的演说,其中有初出茅庐的青年,也有白发苍苍的老人。柯察金也在会上用乌克兰语发表了演说。他的话飞越国界,对面的人都能听到。但是波兰当局唯恐这些讲话会打动人心,决定采取措施加以制止。宪兵巡逻队在村里来回奔跑,用马鞭把居民赶回家里,还朝屋顶上开枪。

街上没有人了。枪声一响,屋顶上的青年人也给赶跑了。这一切,苏维埃这边的人都看得一清二楚。大家皱起了眉头。这时,一个牧羊老人被青年们簇拥着上了讲台,他义愤填膺,激动地说:

“好哇!孩子们,你们瞧!他们过去一直就是这样对待我们的。现在,村子里这样的事已看不到了,再也没人用鞭子抽打农民了。地主老爷完蛋了,抽打我们脊梁的鞭子也见不到了。孩子们,要牢牢掌握好这个权哪。我老了,不会讲话,但想说的话好多好多。在沙皇的时候,我们一辈子就像老牛拉车一样,苦得很哪!看看那边的老百姓,我真为他们难过……”他用瘦得皮包骨的手指指着对岸,抽抽答答哭了起来,只有小孩和老人才会这样哭泣。

接着,格里沙·霍罗沃季科上台发言。加夫里洛夫一面听着他那愤怒的讲话,一面勒转马头,仔细观看对岸有没有人记录。但是,对岸空无一人,连桥头的岗哨也撤走了。

“看来，不会向外交人民委员部提抗议了。”他开玩笑地说。

十一月底，一个秋天的雨夜，安托纽克和他的“七人帮”终于恶贯满盈。这伙豺狼到迈丹维拉参加一个富裕移民的婚礼，被赫罗林的党团员跟踪追击，当场捕获。

女人们在闲谈时，把这些客人也来移民所住的大农庄参加婚礼的消息漏了出来。赫罗林的十二个党团员立刻集合，带上了所有的武器，赶着马车，直奔迈丹维拉。同时，又派一名通讯员骑马去别列兹多夫报告。报信人在谢马基遇到了菲拉托夫的剿匪队，于是，这队人马立即赶去。赫罗林的青年们已把农庄包围起来，并且同安托纽克匪帮交上火了。安托纽克和他的几个党徒躲在小厢房里，一发现有人，就开枪射击。他们曾冲出厢房，妄图突围，但是赫罗林的党团员一枪打倒了一个匪徒，又把他们赶了回去。安托纽克曾不止一次陷入这样的绝境，但每次他都安然逃脱：手榴弹和黑夜救了他的性命。也许，这次，差一点又会让他逃走，因为交战中赫罗林支部已经牺牲了两个同志。幸好菲拉托夫及时赶到，安托纽克明白，他已陷入绝境，无路可逃了。他们仍然负隅顽抗，从厢房的每扇窗户里向外射击，直到拂晓，才被抓住。七个匪徒中没有一个投降的。为了消灭这群豺狼，牺牲了四个同志，其中三人是新近建立的赫罗林共青团支部的团员。

柯察金的军训营奉命参加地方部队的秋季大演习。他们在一天之内，冒着倾盆大雨开到四十公里外的一个师的宿营地，从清早一直走到深夜。军训营营长古谢夫和政委柯察金骑马，八百名准备入伍的青年好不容易走到军营，立刻就躺下睡觉。师部给他们这个营的命令下达晚了，第二天清早就要开始演习，刚到的这个营应当接受检阅。他们在操场上集合整队。过了一会儿，从师参谋部来了几个骑马的人。这个军训营已经领到服装和枪支，现在面目一新了。古谢夫和保尔为训练这个营花费了许多精力和时间，因此信心十足。当正式检阅完毕，军训营已经完成了操练和变换队形的表演之后，一个相貌英俊但皮肉松弛的指挥员严厉地责问保尔：

“您为什么骑马？军训营的营长和政委演习时都不应当骑马。我命令把马送进马厩，徒步参加演习。”

“不骑马我就不能参加演习。”

“为什么?”

保尔明白,不说出真实原因就无法解释他拒绝步行的行为,于是闷声闷气地说:

“我的两条腿全肿了,不能奔走一星期。此外,同志,我还不知道,您是什么人?”

“我是你们这个团的参谋长,这是第一点。第二,我再一次命令您下马。如果您是残废,却还在军队里服务,那可不是我的过错。”

柯察金仿佛被人抽了一鞭,他猛地拉起辔子。但是,古谢夫那只强有力的手阻止了他。保尔感到受了侮辱,愤愤不平,但又觉得应当克制忍耐,心中矛盾,斗争了好几分钟。现在的保尔·柯察金已经不是以前那个不假思索就任意从这个部队跳到另一个部队的普通战士了。他现在是一个营的政委,这个营正站在他的身后。他的举动会给全营树立一个什么样的遵守军纪的榜样啊！况且,他训练部队又不是为这花花公子干的。这样一想,他就把脚退出马镫,跳下马来,忍着关节的剧痛,向队伍的右翼走去。

一连几天,都是罕见的好天气。演习已接近尾声。第五天,在终点站舍佩托夫卡附近进行最后一次演习。别列兹多夫营奉命从克列缅托维奇村方面夺取火车站。

柯察金熟悉这一带的地形,他把所有的捷径都告诉了古谢夫。全营分成了两路,深入迂回,神不知鬼不觉地包抄到“敌人”的后面,然后高喊“乌拉”,出其不意地冲进车站。根据评判员的意见,这次作战任务完成得非常出色。车站被别列兹多夫营占领,守卫车站的营队“损失”一半兵力,撤退到树林里去了。

柯察金负责指挥半个营。他和三连的连长、政治指导员正站在街心,部署他的人马。一个红军战士跑到他们面前,上气不接下气地向他报告:

“政委同志,营长问,机枪手是否已经把守各个道口。评判委员会马上就到。”

保尔和连队干部一起走向道口。

团部的人都已在那儿了。他们祝贺古谢夫作战胜利。战败的那个营的代表们自愧不如地站在那儿,显得手足无措,甚至都不打算为自己辩解。

“这不是我的功劳,柯察金是本地人,全是他给我们指的路。”

团参谋长策马走到保尔跟前,讥讽地说:

“同志,原来您的腿可以跑得很快。显然,骑马是为了出出风头吧?”他还想再说点什么,但是保尔的眼神使他顿住了,没再吭声。

团部的人走了以后,柯察金悄悄地问古谢夫:

“你知道他姓什么吗?”

古谢夫拍拍他的肩膀,说:

“算了吧,别理这个滑头。他姓丘扎宁,革命前好像是个准尉。”

这一天,保尔几次努力回忆,究竟在什么地方听到过这个姓名,但他怎么也想不起来。

演习结束了。军训营成绩优异,获得好评,回别列兹多夫去了。保尔却累垮了,他到母亲那里住了两天。他把马拴在阿尔青家里。两天里,保尔每天睡十二个小时。第三天他到机务段去看阿尔青。这座被煤烟熏黑的厂房使保尔感到特别亲切,他贪婪地闻着煤烟味。这气味对他有很大的吸引力,因为他从小就熟悉这种气味,是在这种气味里长大的,对它非常习惯。仿佛是失去了什么宝贵东西,保尔已经有几个月没有听到机车的吼叫声了。他就像与一望无际的蔚蓝色的大海久别重逢的水手一样,心情异常激动。这儿亲切熟悉的气氛,也在呼唤着他,这个昔日的火夫和电工。他心潮澎湃,久久不能平静。他和哥哥没谈多少话,发现阿尔青额上又增添了新的皱纹。阿尔青正在一座移动式熔铁炉前干活。他已经有了第二个孩子。看来,生活很艰难。虽然阿尔青没说,但这是显而易见的。

兄弟俩在一起干了两个小时,就分别了。在路口,保尔勒住马,朝车站望了很久,然后扬起鞭子抽了一下,驱赶他那匹黑马顺着林中的道路飞奔起来。

现在森林里很安全。大小匪帮已被布尔什维克肃清,他们的老巢也被捣毁,全区各村都过着平静的日子。

保尔骑马到达别列兹多夫已近中午。莉达在区委会的台阶上高高兴兴地迎接他。

“你终于回来了！你不在我们可真寂寞呵！”莉达说着，抱着他的肩膀，跟他一起走进屋子。

“拉兹瓦利欣在哪儿？”保尔一边脱大衣，一边问她。

莉达有点不大乐意地回答：

“不知道他在哪儿。喔，想起来了！他早上说，要上学校去代你上政治课。他说这是他分内的事，不是柯察金的事。”

这个消息使保尔感到奇怪，也不痛快。他一向不喜欢拉兹瓦利欣。“这个家伙到学校里去搞什么名堂？”保尔不满意地想。

“好，随他去吧！你说说，我们这儿有什么好消息。你到格鲁舍夫卡去过没有？他们那边的情况怎么样？”

保尔坐在沙发上休息，一面揉着两条疲劳的腿。莉达向他讲述了所有的情况。

“……前天已经批准拉基京娜当候补党员了。这使我们波杜布齐支部的力量更强了。拉基京娜是个好姑娘，我很喜欢她。你看，教师中间已经起了变化，他们有些人完全站到我们这边来了。”

晚上，在利西岑家的大桌子旁有三个人常常坐到深夜，他们是利西岑本人，柯察金和新到任的区党委书记雷奇科夫。

通往卧室的门关着。阿纽特卡和利西岑的妻子已经睡了，而他们三人却在桌旁埋头钻研一本不太厚的书——波克罗夫斯基的《俄国史》。利西岑只有夜里才有时间学习。保尔下乡回来，晚上就在利西岑家。当他看到其他两人学习进程跑在前面，心里就很苦恼。

有一天，波杜布齐传来了噩耗：夜里，格里沙·霍罗沃季科给人暗害了。保尔一听到这个消息，忘记了腿疼，一下就冲到执委会的马厩里，发疯似的急急忙忙备好马，用鞭子从两边猛抽着马肚，向边界疾驰而去。

在村苏维埃那间宽敞的屋子里，格里沙躺在一张饰有绿色枝叶的桌上，身上覆盖着红旗。门口有一名边防军战士和一名共青团员站岗。上级机关来人之前，任何人都不准进屋。保尔进了屋子，走到桌子跟前，掀开了红旗。

格里沙躺在那里，脸色苍白如蜡，两眼睁得大大的，依然是临死前的痛苦表情。头歪向一边，后脑被利器击碎，已用枞树枝盖上了。

是谁对这个青年人下了毒手？他是独生子，母亲守寡。父亲从前是磨

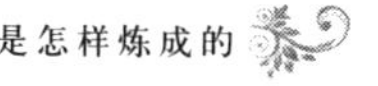

坊主的雇工，后来是村贫农委员会的委员，在革命斗争中牺牲了。

老母亲一听到儿子的死讯，立刻昏倒在地。现在，邻居们照看着不省人事的老人。可她的儿子却在这儿，一言不发，无法揭开自己的死亡之谜。

格里沙的死震动了全村。这个年轻的共青团的领导人，雇农的保卫者，在村子里他的朋友多于敌人。

拉基京娜对格里沙遇害十分震惊，她在自己房间里不住地哭泣。保尔走进房间时，她连头都不抬。

“拉基京娜，你看是谁杀害了他？”保尔沉重地坐在一张椅子上，低声地问她。

“除了磨坊老板那伙人，还会有谁！因为格里沙卡住了这些走私商人的脖子，就成了他们的眼中钉了。”

两个村子的人都来参加格里沙的葬礼。柯察金带领他的军训营和全体共青团员也来向自己的同志诀别。二百五十名边防军战士在加夫里洛夫的指挥下，列队站在村苏维埃的广场上。在悲壮的哀乐声中，人们把覆盖着红旗的棺木抬了出来，安放在广场上。内战时期人们在这里埋葬了布尔什维克的游击队员，如今在烈士墓旁又掘了一个新的墓穴。

格里沙的死使受他保护的人们紧密地团结起来了。贫苦的青年和村民保证坚决支持团支部。在葬礼上致悼词的人个个义愤填膺，强烈要求严惩凶手，抓住他们，并且就在这个广场上，在烈士墓前对他们公开审判，让每个人都看清敌人的真面目。

接着，放了三次排枪。新的烈士墓上铺盖了长青的松柏树枝。当天晚上，团支部选出了新的书记——拉基京娜。柯察金从国家政治保安局的边防哨所得到了消息，他们那里已经发现凶手的线索。

一星期以后，在别列兹多夫的剧院里召开了区苏维埃第二次代表大会。利西岑向大会做报告，他的神态严肃庄重：

“同志们，我怀着十分高兴的心情向代表大会报告，一年来我们大家齐心协力，完成了许多工作。我们大大巩固了本区的苏维埃政权，彻底清剿了土匪，狠狠打击了走私活动。各村的贫农组织发展壮大，进一步巩固了。共青团组织扩大了，团员人数增加了九倍。党的组织也大大发展了。最近富农分子在波杜布齐杀害了我们的霍罗沃季科同志，这个血案已破，凶手磨坊老板和他的女婿已经逮捕归案，不久就要由省法院的巡回法庭进行审判。大会主席团收到了各村许多代表团的建议，要求代表大会做出决议，将这些杀人犯判处死刑……”

会场上响起了震耳欲聋的喊声：

“我们赞成，处死这些苏维埃政权的敌人！”

这时，波列维赫出现在大厅边门的门口。她向保尔招招手。

她在走廊里交给他一封公函，上面写着“急件”。保尔拆开一看，上面写着：

别列兹多夫区团委：抄送区党委会。

省委常委会决定从你区调回柯察金同志，由省委另行分配，派他担任共青团的领导工作。

柯察金在这个区里已经工作了整整一年，现在要同它告别了。区党委会在最近一次会议上讨论了两个问题：第一，批准柯察金同志转为共产党正式党员；第二，免去他共青团区委书记的职务并且通过了给他做的鉴定。

利西岑和莉达紧紧地握着他的手，亲切地拥抱他。当他骑马由院子里走到街上时，十支手枪齐放，为他送行，向他致敬。

第5章

一辆电车十分费力地沿丰杜克列耶夫斯基大街向上爬去，马达老是响个不停。到了影剧院门口，车停下了。一群青年从车上下来。接着，电车又继续往上爬行。

潘克拉托夫催促落在后面的人。

“快走吧，同志们！真的，我们迟到了。”

到了剧院门口，奥库涅夫才赶上他。

“你还记得吧，伊格纳特，三年前我和你也是这样来这里的。那个时候杜巴瓦带了一批工人反对派回到了我们中间。[1] 那天晚上的会开得真好。可是今天我们又要跟杜巴瓦斗了。”

他们向入口处的检查人员出示了证件，走进大厅。这时潘克拉托夫才回答奥库涅夫说：

“是的，杜巴瓦事件又要在这个老地方重演了。”

会场上发出了嘘声，要他们肃静。他们只好就近找位子坐下——大会晚上的议程已经开始，站在讲台上的是个女同志。

“来得真巧，你快坐下，听听你的老婆说些什么。”潘克拉托夫用胳膊肘推推奥库涅夫，低声说。

“……确实，我们花了许多时间和精力来进行这场辩论，但是，参加辩论的青年人都学到了很多东西。我们很高兴地指出这样一个事实，就是在我们的组织里，托洛茨基信徒们的失败已是有目共睹。而且他们也没有理由抱怨，说没有给他们说话的机会，没有让他们充分发表自己的意见。实际上恰恰相反：他们滥用了我们给他们的行动自由，做出了一系列最严重的破坏党纪的事情。”

塔莉亚很激动，一绺头发掉在脸上，妨碍她说话。她使劲将头往后一甩。

“我们在会上听到来自各区的许多同志的发言，他们都谈到托洛茨基分子采用的种种手段。出席这次代表大会的托洛茨基派的代表为数不少。各区都特意给他们发了出席证，让大家能够在这里，在市的党员代表大会上再一次听取他们的意见。要是说目前他们发言不多，那可不能怨我们。他们在支部会上，在区里都败得很惨，因此多少吸取了一点教训。现在他们很难再跑到这个台上来，重复他们昨天说的那一套了。”

---

① 见附注27。

突然，在会场的右角有人打断了塔莉亚的话，尖声喊道：

“我们还要说话的！”

塔莉亚转过身去，对他说：

“好吧，杜巴瓦，你上台来说吧，让我们都听听。”她这样建议道。

杜巴瓦用阴沉的目光盯着她，神经质地撇着嘴唇。

“时机一到，我们会说话的！”他喊了一声，又想起了昨天在大家都熟悉他的索洛缅卡区里的惨败。

会场上发出一片不满的声音。潘克拉托夫忍耐不住了。他说：

“怎么，还想再一次来动摇我们的党吗？”

杜巴瓦听出了是潘克拉托夫的声音，但连头也没回，只是咬紧了嘴唇，把头低了下去。

塔莉亚继续说：

“就拿杜巴瓦来说吧，他就是托洛茨基分子破坏党纪的一个明显的例子。他是我们一个很老的团干部，很多人都认识他，兵工厂的工人更熟悉他。杜巴瓦现在是哈尔科夫共产主义大学的学生，但是，我们大家都知道，他和什科连科一起待在这儿已经有三个星期了。现在大学里学习正紧张，那么是什么把他们吸引到这里来的呢？在这个城市里，没有哪一个区，他们没去发表过演说。不错，什科连科最近几天来开始醒悟了。是谁派他们到这里来的呢？除了他们两人，我们这儿还有不少外地来的托洛茨基分子。他们以前都在这里工作过，现在来这里是为了挑起党内的斗争。他们所在的党组织是不是知道他们在什么地方呢？当然，并不知道。[①] 大会期待托洛茨基分子上台发言，承认错误。”塔莉亚竭力启发他们承认错误，她仿佛不是在台上讲话，而是在和同志谈心。她说：

“大家都还记得，三年以前，也是在这个剧院里，杜巴瓦和一批‘工人反对派’的成员回到我们队伍里来了。当时，他说：‘党的旗帜永远不会再从我们的手中掉落。’可是过了还不到三年，杜巴瓦已经又把党的旗帜扔掉了。是的，我公开这样说——他扔掉了。因为他说过：‘时机一到，我们会说话的。’言下之意是他和他的那些同伙——托洛茨基分子还要继续沿着

---

① 见附注 28。

错误的道路滑下去。”

后排有人说：

“让图夫塔谈谈晴雨表吧，他是他们的气象专家。”

会场上响起了愤慨的喊声：

“别开玩笑！”

“让他们回答：他们还搞不搞反党活动了？”

“让他们交代，反党宣言是谁写的？”

会场上的情绪越来越激昂，会议主持人不断地摇铃。

塔莉亚的讲话被嘈杂的人声盖没了，但很快大家又平静下来，她的话又可以听得见了：①

“我们经常收到各地同志的来信——他们都表示和我们站在一起，这使我们深受鼓舞。请允许我给大家读一段信。这是奥莉加·尤列涅娃写的，这儿许多人都认识她，她现在是专区团委的组织部长。”

塔莉亚从一沓信件中抽出一张信纸，很快地看了一下，开始读道：

日常工作已被丢在一边。四天以来，常委会的人都到各区去了，托洛茨基分子挑起了一场前所未有的激烈斗争。昨天发生的事件使专区全体党员都极为愤慨。反对派在城内所有支部里都没有得到多数人的支持，于是决定集中力量，在专区兵役局党支部发动进攻。专区计划部和教育部的党员也属于这个支部，总共有四十二名党员。所有的托洛茨基分子都聚集到那里，并且在会上发表反党言论，那都是我们前所未闻的。兵役局有个党员竟然直截了当、公开宣称：②“如果党的机关不投降，我们就用武力摧毁它。”反对派听到这种言论竟报以热烈的掌声。这时，柯察金就上台发言：“你们作为共产党员，怎么能为这个法西斯分子鼓掌呢？”他们不让柯察金讲下去，敲椅子，高声喊叫。支部的党员对这种流氓行为很气愤，要求让柯察金把话讲完，但是他刚要说话，又是一阵捣乱。保尔对他们喊道：“这就是你们的民主，真是妙极了！不管怎么样，我一定要讲下去！”有几个人就抓住

① 见附注29。

② 见附注30。

他，想把他从台上拖下来。结果竟然野蛮地动武了。保尔一面挣扎，一面继续往下讲，但有人把他拖到后台，打开边门，扔到外面的楼梯上。一个卑鄙的家伙把他的脸都打出血了。这个支部的党员几乎全体退出了会场。① 这个事件使许多人醒悟了……

塔莉亚说完，就走下讲台。

谢加尔担任党的省委宣传鼓动部部长已有两个月了。现在，他和托卡列夫并排坐在主席团的位子上，注意倾听市党代会代表们的发言，到现在为止，发言的全是目前还在共青团里工作的年轻党员。

"这些年来他们成长得多快啊！"谢加尔想。

"反对派已经招架不住了，"他对托卡列夫说，"可是重炮还没有投入战斗呢。现在激烈抨击托洛茨基分子的都是年轻人。"

这时图夫塔跳上了台。会场里的人对他发出一阵不满的喧嚷和短暂的哄笑。图夫塔转身对着主席团，想对此提出抗议，但是会场上这时已经安静下来了。

"刚才有人称我为气象学家。多数派同志们，你们就是这样来嘲笑我的政治观点吗！"他一下子就把这些话说了出来。

一阵哄堂大笑盖过了他的声音。图夫塔生气地面对主席团，用手指指会场。

"无论你们如何嘲笑，我还是要再说一遍，青年就是晴雨表。列宁在他的文章中曾经好几次提到过这一点。"

会场上立刻静下来了。

"列宁怎么写的？"有人问道。

图夫塔活跃起来了。

"准备十月武装起义的时候，列宁下过指示，要把那些最坚决的青年工人召集起来，把武器发给他们，并且把他们和水兵一起派到最重要的地方去。要不要我把这一段读给你们听听？我把原话都抄下来了，写在卡片

---

① 见附注31。

上。”图夫塔说着就要去开他的皮包。

“这个我们知道!”

“关于团结的问题,列宁是怎么写的?”

“还有关于党的纪律呢?”

“列宁在什么地方把青年人和老近卫军对立起来的?”

图夫塔无法回答,赶紧换了一个话题:

“刚才拉古京娜读了尤列涅娃的信。讨论会上出现一些不正常现象,我们可不能对此负责。”①

坐在什科连科旁边的茨韦塔耶夫非常气愤地低声说:

“硬让一个傻瓜去祷告上帝,那他会连头都磕破的,太过火了。”

什科连科也低声回答说:

“是呵,这个笨蛋会把事情全给弄糟的。”

图夫塔那又尖又细的嗓音非常刺耳,他继续说道:②

“既然你们组织了多数派,那我们就有权组织少数派!”

大厅里又掀起了一股巨大的浪潮。

图夫塔的话被一片愤怒的叫喊声所淹没。

“你讲什么?又来一次布尔什维克和孟什维克!”

“俄国共产党可不是议会!”

“他们是为那帮人在卖力气——从米亚斯尼科夫到马尔托夫!”

图夫塔仿佛在泅水似的挥动双手,激动而急促地说:

“是的,应当有组织党派的自由。否则我们这些持反对意见的人,怎么能捍卫自己的观点呢?怎么能同这样一个有组织、有纪律、团结一致的多数派进行斗争呢?”

会场上的吵嚷声越来越厉害了。潘克拉托夫站起来喊道:

“让他把话说完,听听大有好处!图夫塔说出了别人想说而不敢说的话。”

大家静了下来。图夫塔也意识到他的话说过头了。也许这些话现在还

① 见附注32。

② 见附注33。

不该说。他的脑子陡然一转，前言不对后语地说了下面几句话，想赶紧收场。①

“当然，你们可以开除我们，把我们往哪个角落里一塞。现在已经这么做了嘛。我就是从省团委里被排挤出来的。这没关系，究竟谁是谁非很快就会见分晓的。”说完，他就从台上跳下来，走下主席台。

杜巴瓦接到茨韦塔耶夫的一个纸条：

“德米特里，你马上去发言。当然，这已挽回不了局面，显然我们的败局已定。但是必须把图夫塔的话纠正过来。他简直是个蠢货，信口开河，乱说一通。”

杜巴瓦要求发言，立刻得到许可。

他走上主席台，会场上一片寂静，精神专注。在演说之前常有的这种沉寂却使杜巴瓦感觉到大家对他的疏远和冷淡。现在，他已经失去了在各个支部会上发言时慷慨激昂的劲头，情绪一天比一天低落，现在他仿佛是一堆被水浇过的篝火，冒着呛人的黑烟，——这黑烟就是他那被明显的失败和老朋友们坚决反击刺伤的、病态的自尊心，也是死不认错的顽固态度在作怪。他决心硬着头皮一干到底！虽然他也知道，这种做法只会使他同大多数同志离得更远。他发言时压低了声音，但很清楚：

“我请求大家不要打断我的话，也不要中间插话。我想完整地阐明我们的观点，虽然我早就料到，这是白费口舌，因为你们是多数。”②

在他结束讲话之后，会场上仿佛爆炸了一枚手榴弹，叫喊声像飓风似的向杜巴瓦袭来，愤怒的呼喊如同皮鞭般抽打着他的脸。

“可耻！”

“打倒分裂者！”

“够了！不许造谣诽谤！”

在一片嘲笑声中，杜巴瓦走下台来，这笑声使他感到绝望。如果大家义愤填膺，大呼小叫，他倒会感到满意。可是，现在人们在嘲笑他，就像嘲笑一个唱腔走调、表演砸了锅的演员。

---

① 见附注 34。

② 见附注 35。

“现在请什科连科发言。”大会主席说。

什科连科站起来说：

“我放弃发言。”

从后排传来了潘克拉托夫那低沉的声音：

“我要发言。”

一听到他的声音，杜巴瓦就猜出了潘克拉托夫现在的心情了。这个码头工人在受到严重侮辱的时候，就用这种声调说话。杜巴瓦神情忧郁地目送这高大而略微有点驼背的人快步走上台去，心中感到压抑不安。他知道潘克拉托夫要说什么。他想起了昨天他在索洛缅卡同老朋友们见面的情景，同志们都诚挚地与他谈心，劝他脱离反对派。同他一起去的还有茨韦塔耶夫和什科连科。大家聚集在托卡列夫那儿，在场的还有潘克拉托夫、奥库涅夫、拉古京娜、沃伦采夫、泽列诺娃、斯塔罗韦罗夫、阿尔秋欣。杜巴瓦对这种力求恢复统一的做法无动于衷，始终一声不吭。在谈论得最热烈的时候，他同茨韦塔耶夫却扬长而去，表示不承认他们的观点是错误的。当时什科连科留下来了，现在他又放弃发言。“软弱的知识分子！他们肯定把他拉过去了。”杜巴瓦气愤地想。在这场激烈的斗争中，他失去了所有的朋友。在共产主义大学，他和扎尔基之间多年的友谊破裂了，因为扎尔基在党委常委会上激烈反对“四十六人声明”。后来，他们的分歧进一步加深，他就不再和扎尔基说话。好几次，他看到扎尔基到他家里来找安娜。安娜·博尔哈德一年前成了他的妻子。他们各有一个单独的房间。安娜不同意他的观点，夫妻之间关系紧张，而且越来越恶化。但是杜巴瓦认为，扎尔基开始成为安娜的常客，也是他们夫妻关系日益恶化的原因之一。这里并无嫉妒之意，他恼火的是他和扎尔基已经断绝往来，安娜却和扎尔基保持着友谊。他把这一点和安娜说了，又发生了一场激烈的争吵，他们之间的关系也越发紧张了。他这次到这儿来，事先都没有告诉安娜。

潘克拉托夫把他的思绪给打断了，因为他已开始讲话：

“同志们！”潘克拉托夫把这三个字说得特别清楚响亮。他走上主席台，站在舞台的最前面。[①]“同志们：我们听反对派发言已有九天了。我要

① 见附注36。

直截了当地说，他们的发言不像是战友，不像是革命战士，不像是我们共同斗争中的同志和朋友了。他们的话里充满敌意，十分嚣张、恶毒，而且带有诽谤。是的，同志们，是诽谤性的言论！他们想把我们布尔什维克描绘成党内专制的拥护者，背叛本阶级利益和革命利益的人。他们诽谤我们党内最优秀的、久经考验的、光荣的老布尔什维克，那些锤炼和培育了俄国共产党、在沙皇的监狱里受尽了折磨的人，那些在列宁同志的领导下与国际上的孟什维克和托洛茨基进行斗争的人。他们妄想把这些人描绘成党内官僚主义的代表人物。[①] 如果不是敌人，谁能说出这种话呢？难道党和党的机构不是一个整体吗？你们说，这究竟是什么玩意儿？要是我们的队伍被敌人包围了，这时有人竟唆使年轻的红军战士去反对他们的指挥员、政委、司令部，那我们管这些人叫什么呢？又比方说，假如我今天是个钳工，按照托洛茨基分子的意见，我还可以被认为是个'正派人'，但是如果我明天当上了党委书记，那我就成了一个'官僚'和'机关老爷'了?！反对派高喊反对官僚主义，主张民主，可是他们中间就有这样一些人，比如不久前因为工作中的官僚主义被解职的图夫塔，以他的那种'民主'而闻名于索洛缅卡的茨韦塔耶夫，还有那个曾经因为在波多尔区搞强迫命令、高压政策而被省委三次解除职务的阿法纳西耶夫。同志们，这岂不是咄咄怪事？那些受过党纪处分的人现在都纠合起来进行反党活动，这是事实。至于托洛茨基的'布尔什维主义'是什么货色，让老布尔什维克们来说吧！现在必须让青年人了解托洛茨基反对布尔什维克的全部历史，了解他反复无常，经常从这一个阵营倒向另一个阵营的种种行径。同反对派的斗争使我们的队伍更加团结，使青年人的思想更加坚定。在这场反对小资产阶级倾向的斗争中布尔什维克党和共青团都在经受锻炼。反对派中一些歇斯底里、张皇失措的人预言，我们在经济上和政治上都将彻底破产。我们的未来会证明这种预言有多大价值。他们要求把我们的老前辈，像托卡列夫那样的同志都送到机器旁边去干活，而让像杜巴瓦这类将反党活动看作是英雄行为的完全失灵的晴雨表来接替他们的位置。不，同志们，我们决不能这样做。老一辈是要有人接班的，然而决不能让那些一有困难就疯狂攻击党的路线的人来接班。我们不

---

① 见附注 37。

允许任何人破坏我们伟大党的团结。青、老近卫军永远不会分裂。在列宁的旗帜下我们反对小资产阶级倾向的斗争必将取得胜利!"

潘克拉托夫走下讲台,人们报以暴风雨般的掌声。

第二天,在图夫塔家里聚集了大约十个人。杜巴瓦说:

"我和什科连科今天就回哈尔科夫,我们在这里已无事可做。你们千万不要散掉,我们只能等待时局发生变化。很明显,全俄共产党代表大会一定会谴责我们,但是我认为,暂时还不会镇压我们。多数派决定还要在工作中对我们进行考验。现在如果继续进行公开的斗争,特别是在代表大会之后,就会被开除出党,这不符合我们的行动计划。将来会怎么样,现在还很难说。好像,再没有什么可说的了。"于是杜巴瓦站起来,打算走了。

瘦瘦的、嘴唇薄薄的斯塔罗韦罗夫也站起来了。

"德米特里,我不太明白你的意思。"他卷着舌头,结结巴巴地说,"怎么,是不是大会的决议我们不一定要服从呢?"

茨韦塔耶夫粗暴地打断了他的话:

"形式上必须服从,否则会把你的党证收掉的。我们要看看风向如何。现在散会吧。"

图夫塔不安地在椅子里动了一下。什科连科脸色阴沉、苍白,由于失眠眼圈发青。他坐在窗户旁边啃着指甲。茨韦塔耶夫刚刚说完,他就停止了那种痛苦的动作,转过身来,对着大家。

"我反对这类阳奉阴违的做法,"他突然气愤地粗声说,"我个人认为,大会的决议我们必须服从。我们已经申述了自己的观点,但大会的决议应当服从。"

斯塔罗韦罗夫表示赞同地看了看他,小声地说:

"我的意思也是这样。"

杜巴瓦凝视着什科连科,故意用讥讽的口吻说:

"悉听尊便,没人对你阻三拦四。你还有机会到省代表大会上去认罪嘛。"

什科连科气得跳了起来:

"德米特里,你这是什么话!老实说,你这些话让人很反感,不得不重新考虑我过去的立场。”

杜巴瓦朝他挥了挥手，说：

“你也只有这条路了。快去认罪吧，现在还不迟。”

接着，杜巴瓦同图夫塔和其他人一一握手告别。

他走后，什科连科和斯塔罗韦罗夫很快也离开了。

一九二四年在冰天雪地的严寒中来到了。一月份，严寒袭击大地，到处冰封雪冻，月中又刮起暴风，大雪连绵不断。

西南的铁路线都被大雪封埋。人们同这残暴的自然灾害展开了艰苦的斗争。除雪机的铁犁头钻进小山般的雪堆里，为火车开道。严寒和暴风雨破坏了表层结冰的电报线，十二条线路只有印欧线和另外两条直通电报线还畅通无阻。

在舍佩托夫卡第一火车站的报务室里，三台“莫尔斯”电报机不停地发出嗒嗒的响声，只有经验丰富的内行人才能明白它说的内容。

两个女报务员都很年轻，从开始工作到现在，她们收发的电报纸条的总长度还不到两万米，而另一个老报务员的工作总量却已超过二十万米了。他不用像她们那样，皱着眉头去读那些纸条，拼那些难懂的字母和句子。他仔细听着电报机的嗒嗒声就能直接把电文译出来，逐字逐句抄在纸上。现在他正在收听并记录电文：“同文发往各站，同文发往各站，同文发往各站！”

报务员一面记录，一面想：“大概又是一个要求与风雪做斗争的通令。”窗外狂风呼啸，掀起团团白雪，扑打到玻璃窗上。报务员觉得有人在敲窗。他转过头去，不禁欣赏起玻璃上美丽的霜花来了。那些图案精巧别致，有枝有叶，如此精美的版画，是世上任何能工巧匠都雕刻不出来的。

他只顾欣赏美丽的景致，没有细听电报机的响声，因而当他的目光从窗户上收回以后，他急忙拿起纸条译着漏掉的那段电文：

一月二十一日晚六时五十分……

报务员急忙记录下来，然后放下纸条，用手托着头，继续往下听：

在高尔克村逝世……

他慢慢地记下来。一生中他不知收发过多少喜讯和噩耗，他总是最先获悉别人的悲哀和幸福。他对那些简略而不完整的句子早已不去多加思索,只是仔细地听着,机械地记录下来,根本不去考虑它的内容。

现在又有人死了,必须通知某人,如此而已。报务员忘记了这封电文的开头是:“同文发往各站,同文发往各站,同文发往各站!”收报机继续哒哒地响着,老报务员把它逐个译成字母:弗……拉……基……米……尔——伊……里……奇。他平静地坐着,有点儿疲劳了。某个地方有个叫弗拉基米尔·伊里奇的人死了,今天他要给某个人记下这个悲痛的消息,他会因绝望和悲伤而放声痛哭。但是,这与报务员毫不相干,报务员只是局外的旁观者。收报机继续响着:几个点之后是一画,又是几个点,又是一画。他从那些熟悉的嗒嗒声中已经知道这个词的第一个字母是“Л”,于是把它记在电报纸上。在这之后又写了第二个字母“Е”,然后,他工整地写了个“Н”,又把Н这个字母中间的一小横描了两次。Н后面又添上了字母“И”,最后一个字母很容易就写出来了,是“Н”。

收报机接着打出一个停顿符号。报务员只用十分之一秒的时间瞥了一眼他刚抄录的那个词——“ЛЕНИН(列宁)”。

收报机继续嗒嗒地响着,但是,老报务员又想起了他刚才瞥到的那个熟悉的姓名。他又看了一遍最后这个词:“列宁”。怎么?是列宁?他把电报纸拿远一点,看了一遍电报的全文。老报务员盯着那张纸,看了一会儿,在三十二年的报务员生涯中,他第一次不相信自己记录的东西。

他反复看了三次,但仍然还是那句话:

弗拉基米尔·伊里奇·列宁逝世。

老报务员跳了起来,手里拿着那螺线形的纸条儿,全神贯注地又看了一遍。两米长的小纸条证实了这个他无论如何也不能相信的消息。他脸色煞白,转过头来,对着两个女同事惊恐地叫道:

“列宁去世了!”

伟人逝世的噩耗从敞开的房门悄悄地溜出了电报房,飓风般迅速闯进车站,冲到暴风雪中,在铁道线、道岔口盘旋,然后随着一阵刺骨的冷风,钻进了机车库那扇半开的大铁门。

机车库里一号修理地沟上面停着一辆机车,抢修队正在修理。波利托夫斯基老头亲自下到地沟里,钻到他那辆机车下面,把有毛病的地方指给钳工看。扎哈尔·布鲁兹扎克同阿尔青正把弯曲的炉条锤直。布鲁兹扎克钳住炉条,放在砧子上,阿尔青一锤一锤地打着。

近年来,布鲁兹扎克老了不少,他所经历过的一切在他额上留下了一条深深的皱纹,两鬓斑白,背也驼了,那双深深陷下去的眼睛里总是显出忧伤的神情。

突然,有个人影从半开的门里闪了进来。但是,天色已晚,光线较暗,看不清是谁。铁锤敲打的声音盖住了来人的第一声呼喊。他奔到在机车周围干活的人们跟前时,阿尔青举着抡起的铁锤,没有敲下去。

“同志们,列宁去世了!”

铁锤慢慢地从阿尔青肩上滑下,他轻轻把铁锤放在水泥地上。

“你说什么?”阿尔青的手像钳子似的一把抓住报信者的皮外套。这个消息太可怕了。

报信人满身是雪,喘着粗气,用低沉而悲痛的声音又说了一遍:

“真的,同志们,列宁去世了……”

这次他没有高声喊叫,阿尔青才听清楚已成事实的噩耗。他仔细看看来人:原来是党的书记。

人们从地沟里爬上来,默默地听着这位世界闻名的人逝世的消息。

大门旁边有一台机车吼叫起来,大家不禁哆嗦了一下。车站尽头的一台机车立刻响应,也吼叫了起来,接着又是第三台……在这些机车强劲有力,但又充满了不安的呼唤声中又加上了发电厂又响又尖的汽笛声,仿佛榴霰弹在飞啸。一列客车正要离站开往基辅,它那快速漂亮的 C 型机车上响起了清脆嘹亮的钟声,盖过了其他的音响。

在舍佩托夫卡—华沙直达快车上,波兰司机知道了这些汽笛声的由来之后,侧耳听了一会儿,然后慢慢地举起手来,拉下了铁链,打开了汽笛的阀门。这出人意料的汽笛声倒把国家政治保安局的工作人员吓了一跳。波兰火车司机知道,这是他最后一次拉汽笛,他再也不能开这辆机车了。但是,他的手仍然拉住小铁链不放。机车的怒吼声使那些坐在软席包厢里的波兰外交信使和外交人员惊恐万状,坐立不安。

机车库里挤满了人。他们从各个门里拥进来。当这座巨大的建筑物挤得水泄不通时,在悲痛肃穆的气氛中有人开始讲话了。

讲话的是舍佩托夫卡专区党委书记,老布尔什维克沙拉布林。

"同志们! 全世界无产阶级的领袖列宁去世了。我们党受到了不可弥补的损失——那位缔造了布尔什维克党并教育全党同敌人毫不妥协地进行斗争的人去世了。党和阶级的领袖的逝世召唤无产阶级的优秀子弟加入我们的队伍……"

哀乐声响了,几百个人都脱下了帽子。十五年来从未流过泪的阿尔青也感到喉咙哽咽,他那宽厚的肩膀颤动起来。

铁路员工俱乐部的四壁似乎要承受不住那么多人的挤压了。外面天寒地冻,门口两棵枞树被雪覆盖着,上面还结着细长的冰柱。但是,大厅里又闷又热,荷兰式壁炉烧得正旺,六百个人聚在这儿参加党组织召开的追悼大会。

大厅里没有通常的喧嚷声和谈话声,巨大的悲痛使大家的嗓音暗哑,谈话的声音很轻。几百双眼睛里都流露出悲哀和不安的神情。仿佛聚集在这里的是一群失去了富有经验的领航员的船员,他们的领航员给狂风巨浪卷入大海了。

党委会的委员们也默默地走上主席台,各自轻轻坐下。矮胖的西罗坚科慢慢地拿起铃,只轻轻摇了一下,就把它放在桌上了。这就行了,一种令人压抑的沉寂渐渐笼罩了整个大厅。

报告完了以后,党委书记西罗坚科站了起来,讲了一件事情。虽然在通常的追悼会上不会有这样的议程,但谁也没有感到惊奇。他说:

"有一些工人请求大会审议他们的入党申请,在申请书上签名的共三十七人。"接着,他就宣读了那份申请书:

西南铁路舍佩托夫卡站布尔什维克共产党全体同志:

领袖的逝世号召我们加入布尔什维克的队伍。我们请求在今天的会议上对我们进行审查并接受我们参加列宁的党。

在这简短的几句话之后是两行签名。

西罗坚科开始念这些名字,每念一个都停顿几秒钟,让参加大会的人记住那些熟悉的姓名。

波利托夫斯基,斯坦尼斯拉夫·西格蒙多维奇,火车司机,工龄三十六年。

会场上发出一片赞成的声音。

柯察金,阿尔青·安德烈耶维奇,钳工,工龄十七年。

布鲁兹扎克,扎哈尔·瓦西里耶维奇,火车司机,工龄二十一年。

大厅里渐渐响起嘈杂声。台上仍在宣读申请人的姓名,他们都是长年跟钢铁和机油打交道的产业工人中的骨干。

当第一个在申请书上签名的人走上讲台时,大厅里顿时鸦雀无声。

波利托夫斯基老头讲起自己的经历时,无法抑制内心的激动。

“……同志们,我还能说什么呢?从前工人过的什么样的日子,大家都知道。一辈子当牛做马,到老了,还是个叫花子,两腿一蹬了事。唉,说实在的,刚刚闹革命那会儿,我觉得自己已经老了,又有家庭拖累,对入党这件事儿没大在意。虽然,从来没帮过敌人的忙,但也很少参加战斗。一九〇五年我在华沙车辆厂做工的时候,当过罢工委员会的委员,跟布尔什维克们一道干过。那时我还年轻,说干就干。过去的事儿不再提啦!伊里奇死了,我伤心透了,我们永远失去了我们的朋友和保护人。我再也不能说我岁数大这类话了!……让会说话的人来讲吧,我不会说话。我只想做一点保证:我跟定布尔什维克了,决不动摇。”

老司机倔强地点了下他那白发苍苍的头,灰白眉毛下面的那双眼睛坚定地、一眨也不眨地注视着大厅,仿佛等待着大家的裁决。

大家一致举手通过吸收这个白发矮个子老人入党。党委会请非党群众发表意见,他们也没有任何异议。

波利托夫斯基在离开讲台时,已经成为一名党员了。

会场上每个人都明白,正在进行的事情不同平常。刚才老司机站过的地方，又出现了阿尔青魁梧的身影。这个钳工不知道他那双大手该往哪儿放，老是揉那顶有耳罩的帽子。他那件边上已经脱毛的羊皮短外套敞开着，里面灰军服领子上的两颗铜纽扣扣得整整齐齐，显得非常整洁，好像在过节一般。阿尔青将脸转向大厅，突然看到一个熟悉的妇女的面容，这是石匠的女儿加林娜，她坐在缝纫厂来的工人中间。她向他谅解地笑了笑，笑容里包含着鼓励，嘴角上还有一种含蓄的只能意会的表情。

"阿尔青，说说你的经历吧！"西罗坚科对他说。

阿尔青感到不知从何说起，他不习惯在大会上发言。他只感到，无法将他一生的经历统统讲述出来，很难组成连贯的词句，心情又很激动，发言就更受影响了。他从来也没有体验过这种滋味。他清楚地意识到，他的生活道路已面临急剧的转折。以往的生活既艰辛又落后，现在他要跨出最后的一步，这一步将使他的生活变得温暖而有意义。

"我母亲生了我们四个。"阿尔青开始说。

会场里静静的，六百个人注意倾听着这个技工师傅的讲话。他身材高大，长着一个鹰钩鼻子，一双眼睛隐藏在乌黑的浓眉下面。

"我母亲在阔佬家当烧饭女用人。父亲我不大记得，他和我母亲合不来，经常喝得烂醉。我们跟母亲住在一起。养活那么多张嘴，她可真不容易。东家除了管饭，一个月只给她四个卢布。就为这几个钱，她得从清早累到深夜。我算走运，在初级小学念了两个冬天，学会了看书和写字。满九岁那年，母亲实在没有办法，只好把我送到一个小铁厂当学徒。没有工钱，干了三年，就只能混口饭吃……这家小工厂的老板是个德国人，姓费尔斯特尔。起初他不想要我，嫌我年龄小，但我长得挺结实，母亲又把我的年龄虚报了两岁，这才收下了。我在这个德国人那儿干了三年，什么手艺也没有教我，只支派我给他们干杂活，打酒。老板经常喝得烂醉……又差我去拉煤，又差我去拉铁……老板娘把我当成她的小奴才，叫我替她倒尿盆，削土豆。他们动不动就用脚踢我，常常无缘无故就踢人，就这么个德性。只要有一点儿不如老板娘的意，她就打我几个巴掌。因为男人常常喝醉，她对所有的人都有气。有时我就从她那儿冲到街上，但又能去哪儿呢？向谁去诉苦呢？母亲远在四十俄里以外，再说我也不能在她那儿安身……厂里的情况也差不多。那里的工头是老板的兄弟，这个混蛋老爱拿我开心。有一次，他指着墙角放熔铁炉的那个地方说：'去把那个铁垫圈给我拿过来。'我就跑过去，伸手就拿，谁知道这个垫圈是刚打的，才从炉子里取出来，放在地上看起来是黑的，手一碰上，皮都烫掉了。我疼得直叫，他却哈哈大笑。我实在无法忍受这种折磨，就逃到母亲那里去。但是母亲没有地方可以安顿我，只好又把我送回德国人那儿，她一路走，一路哭。到了第三年，他们才教我一点钳工的手艺，不过还是打我。我又逃跑了，到了旧康斯坦丁诺夫。当地的一家香肠厂雇了我，我在那里洗肠子，大约有一年半还多一点，过着猪狗似的生活。后来我们的老板赌钱，把这个厂输掉了，四个月没付我们一个工钱，就逃之夭夭。这样我才跳出了这个火坑。我坐上火车，到日梅林卡去找工作。多谢那里的一个铁路工人，他很同情我的遭遇。他听我说多少能干点钳工活，就让我冒充他的外甥，向上司说情，要他把我收下。我的个头大，他就说我十七岁了。这样，我就给一个钳工当下手。后来我又来这里干活，到现在已是第九个年头了。这就是我过去的情况。在这里的一段，你们大家都知道。"

阿尔青用帽子擦了擦额上的汗，深深地吐了口气，还有一件最重要的，对他来说也是最沉重的事情，应当讲一下，不能等有人问了才说。于是，他紧紧地皱起了浓眉，继续说道：

"每个人都可能问我，为什么在革命烈火刚烧起来的时候，我没加入布尔什维克的队伍？对这个我能说什么呢？以前就是没认清这一点。早在一九一八年，举行大罢工反对德国人的时候，我就应该走这条路的。有个叫朱赫来的水兵跟我们谈过不止一次。一直到一九二〇年，我才拿起了枪。后来战争结束了，我们把白军赶进了黑海，又回到家里来了。接着成了家，有了孩子……一下子陷到家务事里去了。但是，现在我们的列宁同志去世了，党发出号召，我回头看看自己的生活，搞清楚了我生活中缺少的是什么。仅仅保卫苏维埃政权是不够的，我们应当在一个大家庭里，接替列宁，让苏维埃政权像铁打的江山一样稳固。我们应当成为布尔什维克。这可是我们自己的党啊，不是这样吗？"

这个钳工结束了自己朴素而又极其诚挚的讲话，并为刚才那种不同平常的措辞感到不好意思。现在，仿佛卸下了肩上的重担，他挺直了身子，等待大家提问。

“也许,有人还想问点什么吧?”西罗坚科打破了寂静说。

座位上的人微微活动起来,但是大厅里没有人立刻答话。一个下了机车直接来开会的司炉工浑身黑得像只甲虫,干脆地喊道:

“还有什么可问的? 难道我们不了解他吗? 让他通过就得了!”

矮矮壮壮的锻工吉利亚卡,由于闷热和紧张,满脸通红,他用因伤风变得沙哑的声音说:

“他这样的人是不会出岔子的,他会成为一个坚强的同志。表决吧,西罗坚科!”

在后排共青团员集中坐的地方,有人站了起来。光线比较暗,看不清是谁。他问道:

“让柯察金同志说说,他为什么去种地? 农业劳动会不会使他的无产阶级意识变得淡漠呢?”

会场上发出一阵轻轻的不大赞成的议论声。有人表示反对说:

“说得简单明白些! 别在这儿卖弄……”

但是阿尔青已经在回答了,他说:

“没什么,同志。这个小伙子说得对,我在种田,这是事实,不过我并没有因此而失去一个工人的良心。从今天起,再也不会有这样的事了。我一定把家搬到工厂附近来,住在这里更牢靠点,否则这块田会压得我喘不过气来的。”

阿尔青看到许许多多的手都举起来了,他的心又一次颤动了。他感到浑身轻松,挺起了胸,走到自己的位子上去。身后传来了西罗坚科的声音:

“一致通过。”

布鲁兹扎克是第三个走上主席台的人。他不爱说话,以前是波利托夫斯基的助手,现在早当上司机了。他讲了自己艰难的一生,发言快结束时,又谈了最近的情况。他的声音很低,但大家都听得清楚。

“我有义务完成我的两个孩子没有完成的任务。他们牺牲了,可这不是为了让我坐在房子后面伤心发呆。他们牺牲以后,我还没有做什么。可领袖的去世擦亮了我的眼睛。过去的事情,你们别问我了。我打今天起,重新开始生活。”

布鲁兹扎克想起了往事,心绪不宁,愁眉不展。会上谁也没有提出尖锐的问题。大家一致举手通过他入党。这时他的眼睛又现出光彩,那已有白发的头又抬了起来。

讨论接受新党员的会议一直继续到深夜。只有大家都了解的、经过实践生活考验的、最优秀的人才被吸收入党。

列宁的去世使几十万工人成了布尔什维克。领袖逝世了,但是党的队伍没有涣散。一棵繁茂的根须深深扎入土中的大树,如果只折断了树梢,是不会枯死的。

第6章

旅馆音乐厅的门口站着两个人,其中一个戴夹鼻眼镜的高个子佩戴着“纠察队长”字样的红袖章。

“乌克兰代表团是在这儿开会吗?”丽达问。

那高个子带点官腔回答说:

“是的。什么事?”

“请让我进去。”

高个子堵住了半个门,他打量了一下丽达,说:

“您的出席证呢?只准正式代表和列席代表进去。”

丽达从包里掏出了一个印有金字的证件。高个子一看,上面印着“乌克兰中央委员会委员”。高个子立刻不再装腔作势了,马上显得既热情又有礼貌:

“您请进,左面有空位子。”

丽达在一排排椅子中间走过去,看到一个空位子,就坐下了。看来会议已近尾声。丽达仔细听着主席说话,那人的声音她听起来很熟悉:

“同志们,出席全俄代表大会各代表团首席代表会议的代表和出席代表团会议的代表已经选举产生,现在离开会还有两个小时。请允许我再次核对一下已经报到的代表名单。”

丽达认出来了,是阿基姆在那儿急急忙忙地念名单。

他每念一个人的名字,台下就有人举起一个红色的或白色的代表证。

丽达聚精会神地听着。

突然,她听到一个熟悉的姓:

“潘克拉托夫。”

丽达回头朝那只高高举起的手的地方看去。但是,在一排排坐着的人中间,她无法看清那码头工人熟悉的脸。一个个名字很快地念过去了,又有一个熟悉的姓名——奥库涅夫,接着又是一个——扎尔基。

她看到扎尔基了。他坐得离她不远,半侧着身子对着她。看,这就是他那几乎已被遗忘的侧影……是的,这是伊万。她已经几年没见到他了。

还在继续往下念名单。突然,有个姓名使丽达不由得哆嗦了一下。

“柯察金。”

在前面很远的地方一只手举了起来,又放下了。真奇怪,丽达极想看看那个和她那死去的朋友同姓的人。她目不转睛地注视着刚才那只手举起来的地方,但是所有的脑袋看起来都差不多。丽达站了起来,顺着墙边的通道朝前排走去。阿基姆已念完名单,会场上响起一阵挪动椅子的声音。代表们大声说起话来,青年人欢快地笑着。阿基姆竭力想压倒大厅里嘈杂的人声,高声喊道:

“大家别迟到!……大剧院……七点钟!……”

大厅门口挤满了人。

丽达明白,在这样的人流里,她无法找到刚才名单中听到的那些熟人。只有一个办法,就是牢牢盯住阿基姆,然后通过他再找到其他的人。她让最后一批代表们从身旁过去,自己朝阿基姆走去。

“柯察金,我们也走吧,老朋友!”她听到身后的讲话声。接着一个她那么熟悉、那么难忘的声音回答说:

“走吧!”

丽达迅速回过身来:一个身材高大、肤色黝黑的青年人站在她的面前。

他穿着茶色军服、蓝色马裤，腰里束了一条高加索的窄皮带。

丽达睁大了眼睛望着他，当他双手亲热地拥抱她，用颤抖的声音轻轻地叫了声“丽达”时，她才明白，这确实是保尔·柯察金。

“你还活着？”

这句话已经告诉了他一切。她一直不知道，关于他的死讯是个误传。

大厅里已经空了，从敞开的窗户里可以听到这个城市的主要干道特维尔大街上的喧嚣声。时钟洪亮地敲了六下，但他们两人似乎觉得见面才几分钟。可是钟声告诉他们该去大剧院了。他们沿着宽大的台阶往出口处走去，她又打量了一下保尔。现在他比她高出半个头了，仍然是从前那个模样，只是更富有男子气，更加稳重了。

“你看，我还没有问你现在在哪儿工作？”

“我现在担任专区团委书记，或者像杜巴瓦所说的，当‘官’了。”保尔说着微微一笑。

“你见过他吗？”

“我见过，不过那次见面给人留下了一个不愉快的印象。”

他们来到大街上。一辆辆汽车飞驰而过，响起阵阵急促的喇叭声，行人来来往往，熙熙攘攘。在去大剧院的路上，他们几乎没有说话，都在思量同一件事情。剧院周围人山人海。狂热而固执的人群不断向那座巨大的石头建筑物拥去，人人都想冲进红军战士把守的入口。但是，铁面无私的卫兵只放代表们进去。代表们自豪地手持代表证从两旁排列着卫兵的夹道中穿过去。

剧院周围的人都是共青团员，他们没有搞到旁听证，但还是想方设法要去参加代表大会的开幕式。有些机灵的团员混在代表们中间，手里拿着一张红纸片充当代表证，有时也能混到会场入口处，有的人还钻进了大门。但他们一碰到值班的中央委员或是纠察队长——他们在那里负责引导来宾和代表分别入座——就又被赶出来了，这使其他的无票者大为高兴。

希望参加大会的人太多，剧院连他们的二十分之一也容纳不下。

丽达和保尔好不容易才挤到了门口。代表们陆续到达，有的乘电车，有的坐汽车。会场门口挤得水泄不通，红军战士——他们也是共青团员——难以维持秩序了。他们被挤到墙边，大门前喊声响成一片：

“挤呀，鲍曼学院的小伙子们，快挤呀！”

“挤呀，老弟，咱们要胜利了。”①

“加——油——啊！……”

一个机灵的戴着青年共产国际徽章的小伙子，像泥鳅似的同保尔和丽达一起挤进了大门，躲过了纠察队长，急忙奔向休息室。一转眼，他就消失在一群代表之中了。

“我们就坐这儿吧！”他们走进正厅，丽达指指后排的座位说。

他们就在一个角落里坐下了。②

“我有一个问题，想得到答案，”丽达说，“尽管这已经是过去的事情了，但是我想，你会告诉我的：当初你为什么中断我们的学习和我们的友谊呢？”

他从见面的最初一刻起就预料到她会提出这个问题，但还是感到很不好意思。他们的目光相遇了。保尔看出来，她清楚是什么原因。

“我想你全知道，丽达。这是三年前的事了。我现在只能责备当初的保尔。总之，保尔·柯察金一生中犯过许多大大小小的错误，其中之一就是你刚才所说的。”

丽达笑了一笑，说：

“这是个很好的开场白。但我想听的是答案！”

保尔低声说：

“在这件事情上有过错的不仅仅是我，还有‘牛虻’和他的革命浪漫主义。有些书生动地塑造了一些英勇无畏、刚毅坚强、对革命事业无限忠诚的革命者的形象，给我留下了不可磨灭的印象，使我产生了成为他们这种人的愿望。因此，我当时就按‘牛虻’的方式来处理我对你的感情了。现在我不仅感到可笑，更主要的是觉得十分遗憾。”

“这就是说，你对‘牛虻’现在有新的评价了？”

“不，丽达，基本上没变。我否定的只是他用苦行僧的方式来考验自己

---

① 此句之后，尚有这样一句：“把恰普林和萨沙·科萨列夫叫来，他们会放我们进去的！”后被删去。恰普林（一九〇二——一九三八）和科萨列夫（一九〇三——一九三九）曾先后任共青团中央总书记。

② 见附注38。

的意志,这中间所含的不必要的悲剧成分罢了。‘牛虻’身上的主要方面,我是肯定的。我赞成他的英勇无畏、坚忍不拔,赞成他这类善于忍受痛苦,不向任何人表露的人。我赞成这种认为个人的私事与共同的事业决不可同日而语的革命者的典型。”

“保尔,这些话,你三年之前就该说了,可是直到现在才说,只能令人遗憾了。”丽达若有所思,微笑着说。

“丽达,你说令人遗憾,是不是因为对你来说,我永远不可能成为一个比同志更亲近的人呢?”

“不,保尔,你本来是可以成为一个比同志更亲近的人的。”

“这事还可以补救?”

“有点迟了,牛虻同志!”丽达开了句玩笑,微微一笑,然后解释说:

“我已经有了小女儿,她有个父亲,是我的好朋友。我们三人和睦地生活在一起,现在是不可分割的三位一体。”

她用手指摸摸他的手,以此对他表示关切。但她立刻意识到,这种做法是多余的。是的,这三年来,他的成长不仅仅是在体格方面。她知道,他现在很痛苦,这从他的眼睛里可以看出来,然而他平静地、真诚地说:

“不管怎样,我所得到的比我刚才失去的还是要多得多。”

保尔和丽达站了起来,现在该坐到离主席台更近一些的位子上去了。他们向乌克兰代表团的席位走去。乐队开始演奏。大红的巨幅标语鲜艳夺目,闪闪发亮的字母仿佛在喊叫:“未来是属于我们的!”正厅、包厢、楼上,几千个位子座无虚席,济济一堂。他们聚集在这里,形成了一个大功率的变压器,成为取之不尽、用之不竭的强大原动力。大剧院接纳了伟大的工人阶级的后代,青年近卫军的精英们。几千双眼睛闪动着火花,映出挂在厚重的帷幕上方的发光标语“未来是属于我们的!”

人们仍然不断地拥进会场。再过几分钟,这沉甸甸的天鹅绒帷幕将缓缓地拉开,全俄共产主义青年团中央委员会书记面对这无比庄严的时刻也会一时无法平静下来,①他将激动地宣布:“全俄共产主义青年团第六次代

① 此句原是:“全俄共产主义青年团中央委员会书记恰普林面对这无比庄严的时刻也会一时无法平静下来……”

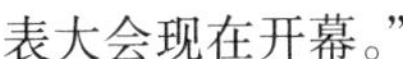

表大会现在开幕。”

保尔从来没有这样鲜明、这样深刻地感受到革命的伟大和革命的威力，他感到一种无法言喻的自豪和空前未有的喜悦。生活把他这个战士和建设者引导到这里，参加布尔什维主义青年近卫军隆重召开的胜利的大会，因而也就赐予他这种自豪和喜悦。

大会占去了与会者的全部时间，总是从清早开到深夜。保尔只是在最后一次会议上才又见到丽达。他看见她和一群乌克兰代表在一起。①

“明天大会闭幕以后，我马上就要走了。”她说，“我不知道，临别之前我们是否还有交谈的机会，因此，今天我把从前的两个日记本找了出来，还给你写了一封短信。你读完之后，把日记寄还给我。你从里面的内容可以了解到我没告诉你的一切。”

他紧紧地握了握她的手，凝视着她，仿佛要把她的面容铭记在心。

第二天，他们如约在正门入口处见面，丽达交给他一个小包和一封封了口的信。周围的人很多，他们告别时十分拘谨，保尔只是从她那双湿润的眼睛里看到了脉脉的温情和淡淡的忧伤。

一天以后，他们坐上火车，各奔东西。

乌克兰代表分坐在几节车厢里。柯察金和一群基辅代表在一起。晚上，大家都躺下睡了。旁边铺位上的奥库涅夫也已发出轻微的鼾声。保尔移到靠近灯光的地方，把信拆开。

亲爱的保夫鲁沙：

我本来可以把这些话当面告诉你，但是在信上谈更好些。我只希望一点：不要让大会开始前我们所谈的事在你生活中留下沉重的回忆。我知道你非常坚强，因此我相信你说的话。我对生活的看法不太拘泥形式，在私人关系上我认为有时可以破例，只要这种关系真正出于一种不平常的、深沉的感情。当然，这种情况极少。你是值得我为之破例的。但是，我还是克服了最初想偿还我们青春宿债的那种愿望，因为我感到这不会给我们带来很多

---

① 见附注39。

的欢乐。保尔,你不应当对自己过于苛刻,在我们的生活中不仅有斗争,而且还有美好的感情带来的欢乐。

对你生活的其他方面,也就是生活的基本方面,我一点也不担心。紧握你的手。

丽达

保尔沉思着,把那封信慢慢撕成碎片,然后将手伸到窗外,任凭风把手中的碎片吹走。

第二天凌晨,保尔读完两本日记,把它们卷起包好。到了哈尔科夫,一部分乌克兰代表下车了,其中有奥库涅夫、潘克拉托夫和柯察金。奥库涅夫要去基辅接塔莉亚。她住在安娜家。潘克拉托夫当选为乌克兰团中央委员,有事要去基辅。柯察金决定和他们一起乘车去基辅,顺便去看看扎尔基和安娜。他在车站邮局把日记本寄还丽达,耽搁了一点时间。出来时,朋友们都已走了。

保尔乘电车来到安娜和杜巴瓦的住处,他上了二楼,敲了敲左面的门——安娜就住在那里。但是没有人答应。一大清早安娜是不可能去上班的。“她大概还在睡觉。”他这样想。这时隔壁的门打开了一点,睡眼惺忪的杜巴瓦走了出来。他脸色灰白,眼圈发青,身上散发出刺鼻的洋葱味。保尔的嗅觉很敏锐,他还闻到了一股熏人的酒气。从半开着的房门里,柯察金看到床上有个胖女人,更确切地说,看见了一个女人赤裸的肥腿和肩膀。

杜巴瓦注意到了他的目光,用脚把门踢上。

“你怎么,来找博尔哈德同志吗?”他眼睛看着墙角,声音嘶哑地问道,“她已经不住在这儿了。你难道不知道吗?”

保尔皱着眉以审视的目光仔细端详着他。

“我不知道。她搬到哪儿去了?”保尔问道。

杜巴瓦突然发火了:

“我对此不感兴趣。”他打个嗝,又用喑哑的嗓音恶狠狠地说:“那你是来安慰她的? 那好,来得正是时候。恰好是个空缺,快行动吧! 况且,你不会遭到拒绝的。要知道,她不止一次亲口对我说过,她喜欢你,还有娘儿们常说的那种话。你要抓住时机,那你们精神上和肉体上就会都结合在一起了。”

保尔感到脸上发烧。他仍然克制住自己,轻声说:

“米佳,你怎么弄到这步田地!我没想到你会变得这么无赖。以前你可是个不错的小伙子,为什么变得这样粗野?”

杜巴瓦把身子靠在墙上。看来,他光脚站在水泥地上觉得冷了,所以把身子蜷缩起来。那扇房门开了,一个睡眼蒙眬、脸蛋胖胖的女人从门里伸出头来说:

“猫咪,快到这儿来呵,你站在那儿干什么?……”

杜巴瓦没让她说完,砰的一声把门关上,并用身子顶住。

“真是个好的开始……”保尔说,“你把什么人弄到家里来了?这会造成什么后果?”

显然,杜巴瓦对谈话已经厌烦,他大声喊道:

“你们还要来指示我该跟什么人睡觉吗?这些老调我都听够了。你从哪儿来,就滚回哪儿去!你去讲吧,杜巴瓦现在又喝酒,又嫖女人!”

保尔走到他跟前,激动地说:

“米佳,把这个女人赶走,我还想最后再和你谈一次……”

杜巴瓦把脸一沉,转身就回房去了。

“咳,坏蛋!”保尔低声骂了一句,慢慢走下楼去。

两年过去了。无情的时光一天天、一月月地流逝着,而生活,突飞猛进、丰富多彩的生活,总是给这些表面看来似乎单调的日子带来新的内容,每天都不一样,日新月异。一亿六千万伟大的人民在世界上率先成为自己那辽阔的土地和丰富资源的主人,他们英勇而紧张地劳动,恢复被战争破坏的国民经济。国家日益巩固,正在充实自己的力量。不久前工厂停产、烟囱不冒烟的毫无生气的萧条景象已经看不见了。

对柯察金来说,这两年过得飞快,简直不知不觉。他不会平平静静地生活,不会每天从容不迫、懒洋洋地打着哈欠迎接清晨,晚上准十点钟睡觉。他总是匆匆忙忙地过日子。不仅自己如此,还督促别人也这样生活。

他用于睡眠的时间很少,深夜还时常可以看到他房间的窗户里亮着灯光,几个人在那里埋头读书。这是他们在学习。两年里,他学完了《资本论》第三卷,弄清了资本主义剥削的最巧妙的手段。

拉兹瓦利欣被调到柯察金所在的那个专区来了。省委派他来,建议让他担任一个区的区团委书记。当时柯察金正出差在外,专区团委在柯察金缺席的情况下把拉兹瓦利欣派到一个区里。保尔回来,知道了这件事之后,什么也没说。

一个月以后,保尔突然到拉兹瓦利欣所在的区里去视察。他发现的问题不算太多,但其中已有这样的情况:拉兹瓦利欣酗酒,网罗了一些阿谀奉承的人,排挤好同志。柯察金把这些情况提到常委会上讨论,大家都主张给拉兹瓦利欣以严重警告处分,保尔却出人意料地说:

"我主张把他开除出团,而且永远不准重新入团。"

大家对此感到惊讶,觉得这样处分过于严厉。但是保尔坚持自己的意见:

"应当开除这个坏蛋。这个不成器的中学生,我们给过他好好做人的机会。他纯粹是混进团里来的投机分子。"保尔将他在别列兹多夫的所作所为讲了一遍。

"我强烈抗议柯察金的指责,这是报私仇。谁都可以捏造罪名陷害我。让柯察金拿出真凭实据来。我也可以捏造,说他搞过走私,那就该开除他了吗?不行,让他拿出证据来!"拉兹瓦利欣大喊大叫。

"等着吧,我们会给你证据的。"柯察金回答他。

拉兹瓦利欣出去了。半小时之后,柯察金得到了大家的支持,常委会一致通过决议:将异己分子拉兹瓦利欣开除出团。

夏天,朋友们一个接一个地去休假了。健康状况较差的人去了海边。一到夏天,大家全都渴望外出度假,因此柯察金就让同志们去休息,为他们张罗疗养证,申请补助。同志们离开时脸色苍白,疲惫不堪,但都心情愉快。他们留下的工作全都落到保尔身上,他就挑起重担,像一匹驯良的马拖着大车爬坡一样。一批人晒得黑黑的、精神饱满、精力充沛地回来了,另一批人又去疗养了。整个夏天,虽然总有人外出,但生活不能止步不前,柯察金也就天天坚守在自己的岗位上。

年年夏天都是如此。

保尔不喜欢秋天和冬天，因为这两个季节给他带来很多肉体上的痛苦。

这一年，他特别急不可待地盼望夏天到来。精力一年不如一年了，即使只是暗自承认这一点，也使他心中十分沉重。出路只有两条：或者承认自己已经没有能力担负繁重紧张的工作，承认自己是个残疾人，或者坚守岗位，直到完全不能工作为止。他选择了后者。

有一次在专区党委常委会上，专区卫生处处长巴尔捷利克，一个做过地下工作的老医生，凑到保尔跟前，对他说：

"保尔，你的气色不好。上医务委员会检查过没有？你的身体怎么样？你没去看过病吧？难怪我不记得呢。应当给你仔细检查一下，我的朋友。星期四，下午，你来一趟吧！"

保尔没去医务委员会，因为有事未能脱身。可是巴尔捷利克并没有忘记他，有一次，亲自把他带去了。医生给保尔仔细做了检查，巴尔捷利克也以神经病理学家的身份亲自参加，他们的处理意见如下：

医务委员会认为，保尔·柯察金必须立即休假，去克里米亚长期疗养并进一步认真治疗，否则难免会产生严重后果。

在处理意见的前面还罗列了一长串用拉丁文写的病名。保尔从中只了解到：他的主要病魔不在两条腿上，而在于中枢神经系统受到了严重损伤。

巴尔捷利克把医务委员会的诊断和治疗意见提交专区党委常委会讨论通过，大家一致赞成立即解除柯察金的工作，但是保尔本人建议，等专区团委组织部长斯比特涅夫休假回来，他再离职：他担心专区团委会工作无人主持。虽然巴尔捷利克反对这样做，但其他人都同意了。

离保尔一生中的第一次休假只剩下三个星期了，抽屉里面已经放着一张去叶夫帕托里亚的疗养证。

这些日子里，保尔工作抓得特别紧。他召开了专区团委全体会议，竭力想把所有的事都办妥，以便可以放心地离去。

可是就在他即将去休假，去看他生平从未见过的大海的前夕，发生了一件非常荒唐、十分可憎的事，这是他料想不到的。

下班以后,保尔走进党委宣传部的办公室,坐在书架后面窗户敞开的窗台上,等着参加宣传部的一个会议。他进屋时,里面一个人也没有。过一会儿,进来了几个人。保尔坐在书架后面,看不见他们,但是从说话的声音,他听出来其中有专区国民经济处处长法伊洛。法伊洛高高的个子,是个一副军人派头的美男子。保尔不止一次听人说,他爱喝酒,老是喜欢追逐漂亮的女孩子。

法伊洛曾经打过游击。一有适当机会,他就有声有色地吹嘘,说他每天砍下十个马赫诺匪徒的脑袋。保尔非常讨厌他。有一次,一个女团员去向保尔哭诉,说法伊洛曾经答应娶她,但是和她同居了一星期之后,甚至见面都不理睬她了。在专区党委监察委员会里,法伊洛逃脱了应有的惩罚,因为女孩子拿不出证据。不过,保尔相信她说的是事实。保尔仔细听他们谈话。进屋来的几个人没有看见保尔也在办公室里。

“喂,法伊洛,你的事情怎么样?搞出点什么新的名堂来没有?”

问话的是法伊洛的朋友格里博夫,与他一路货色。不知为什么格里博夫竟被认为是一个宣传家,虽然他十分浅薄、目光短浅,简直可说是个大笨蛋。然而他还是摆出一副宣传家的架势,总是不分场合地炫耀自己。

“你可以向我道喜了,昨天我已经征服了科罗塔耶娃。你还说我成不了事儿呢。不,兄弟,只要我看中哪个娘儿们,我就准能……”接着他说了一句脏话。

柯察金感到神经一阵寒战,这是极端愤怒的征兆。科罗塔耶娃是专区妇女部主任,她和保尔同时调到这个专区,在工作中他们成了好朋友。她是个深受大家欢迎的党务工作人员,富有同情心,对每一个妇女,每一个向她寻求保护或征求意见的人都很关心,受到专区委员会的工作人员的普遍尊敬。她还没有结婚。法伊洛谈的无疑就是她。

“法伊洛,你不是在撒谎吧?这有点不大像她的为人。”

“我说谎?!那你把我当成什么人呢?比她难缠的娘儿们我还不是弄得她们服服帖帖。只要有本事去弄。对不同的女人要采用不同的方法。有的女人第二天就顺从了,老实说,这种人是废物。有的不得不追上一个月。主要是必须学会打攻心战,针对每个人的心理使用特殊的手段。兄弟,这可是一门非常高深的学问啊,不过我可是这方面的专家。哈——哈——

哈！……”

法伊洛扬扬自得,笑得连气都喘不过来了。那些听众怂恿他继续讲下去,急于了解细节。

保尔站了起来,握紧拳头,感到他的心在狂乱不安地跳动。

“像科罗塔耶娃这样的女人,你想指望老天爷,随随便便就弄到手,那想也别想。但是把她放过去,我又不甘心。何况我跟格里博夫还赌了一打波尔图葡萄酒呢。于是我就开始运用战术。常去她那儿看看,一次,两次。可她总是斜着眼睛看我。当时对我有不少闲言碎语,可能也传到她耳朵里去了……一句话,从侧面进攻失败了。于是我就采取迂回战术,迂回过去。哈哈！……你明白吗?我对她说,我打过仗,杀过很多人,到处流浪。我说,我吃了不少苦头,可是连个贴心的女人都没找到,像一条狗似的过着孤苦伶仃的生活,没人体贴,没人关心……我就这样胡编乱造,如此这般地一味诉苦。一句话,向她的弱点进攻。我在她身上下了不少功夫。有一个时候,还真想去她妈的,结束这场滑稽戏算了。但这事可关系到我的原则呀！我不能放弃她,要坚持我的原则……最后终于把她搞到手了。天下无难事,只怕有心人嘛！结果我碰上的还不是婆娘,而是黄花闺女呢。哈哈！……嗨,太有意思了!”

法伊洛还在继续说他那令人作呕的故事。

保尔记不清他是怎样冲到法伊洛身旁的。他愤怒地喊道:

“你这畜生!”

“你偷听别人的谈话,我是畜生,还是你是畜生!”

保尔显然还说了些什么,因此法伊洛一把抓住他的胸襟,说:

“你竟敢侮辱我?!”

说着,他就给了保尔一拳。当时,他喝得醉醺醺的。

保尔抓起一只橡木小方凳,一下子就把法伊洛打倒在地。幸好当时他口袋里没有手枪,法伊洛才算保全了性命。

于是,居然发生了如此荒唐的事情:在保尔预定动身去克里米亚的那天,他却站在党的法庭上。

党组织的全体成员都在市剧院集合。宣传部里发生的事件惊动了所有的人,于是这次审判发展成一场关于道德问题的激烈争论。党员日常生活准则、人际关系以及党的伦理道德等问题成了辩论的中心，审理的案件反而退居次要地位。案件只不过是个信号。法伊洛在法庭上的举动是挑衅性的，他厚颜无耻地摆出一副笑脸，说他的案子人民法庭自然会审理清楚，柯察金打破了他的头应当判处强制劳动。他一概拒绝回答任何问题。

“什么，你们想要利用这件事来大做我的文章吗？对不起，办不到。你们可以随便把罪名硬加在我的身上，但妇女们对我如此攻击，那是因为我从不搭理她们。不值得小题大做。要是这事发生在一九一八年，我早就按我自己的方式跟这个疯子柯察金算账了。现在，没我在这儿，事情照样能解决的。”说完他就扬长而去。

法庭主席要柯察金讲述冲突的经过。保尔平心静气地开始叙述，但是大家都能感觉到，他在竭力克制自己。他说：

“这里所讨论的事情之所以会发生，那是因为我没有能控制住自己。以前，我用拳头多，动脑子少，但这样的时期早就过去了。现在又发生这样的意外事故，法伊洛脑袋上挨了一下之后，我才明白自己错了。近几年来，我这种游击作风还是头一次暴露。我痛恨自己的行为，虽然实际上他挨打是罪有应得。法伊洛的所作所为是我们共产主义者生活中一种极其丑恶的现象。我无法理解，一个革命者，一个共产党人，怎么可以同时又是一个淫棍，一个坏蛋，我永远也不会与这种现象妥协。这件事迫使我们开始讨论生活方式问题。这是整个事件中唯一有积极意义的方面。”

会议以压倒多数通过决议，将法伊洛开除出党。格里博夫由于做伪证受到严重警告处分，其余参加那次谈话的人都承认了错误，受到了批评。

巴尔捷利克把保尔神经系统的状况向法庭做了介绍。党的检察员建议给柯察金警告处分，举座哗然，剧烈反对。于是，他撤回了提议。保尔被宣布无罪。

几天之后，列车载着保尔向哈尔科夫飞驰。经他再三坚决要求，专区党委同意调他去乌克兰共青团中央委员会听候分配，给他做了一个不错的鉴定，然后他就动身了。阿基姆现在是乌克兰团中央书记之一。保尔到他那儿把全部情况向他做了汇报。

阿基姆看了鉴定。在对党无限忠诚的后面写着：具有党员应有的涵养，仅在个别场合，表现暴躁，甚至失去自制，因该同志神经系统受过严重损伤。

“保夫鲁沙，他们到底还是把这件事记在这份很好的鉴定上了。你别难过，即便很坚强的人，也难免发生这种事情。上南方去，把身体养养好。等你回来以后，我们再商量派你去哪儿工作。”

阿基姆紧紧握了握他的手。

这儿是中央委员会的“公社社员”疗养院，花园里有玫瑰花圃，水花四溅的喷泉，爬满了葡萄藤的楼房。休养人员都穿着白色的休养服或浴衣。一个年轻的女医生登记了保尔的姓名。他的房间在拐角上一所楼房里，非常宽敞，床单洁白耀眼，处处一尘不染，十分安静。保尔洗了澡，换上衣服，感到神清气爽，急忙上海边去了。

眼前是壮丽而宁静的大海。深蓝色的海面一望无际，像光滑的大理石一般。远处蓝天碧海相连，天水一色。熔化了的太阳照在水面上，反射出一片金光，仿佛是熊熊的火焰。远方群山连绵，重峦叠嶂，透过晨雾，隐约可见。保尔深深地吸着沁人心脾的清新的海风，目不转睛地凝视着这巨大而宁静的碧蓝色的世界。

懒洋洋的波浪亲昵地缓缓爬到脚下，舔着岸边金色的沙滩。

第7章

中央委员会疗养院旁边是中央医院的大花园。疗养院里的人从海边回来，总要经过这个花园。花园里一堵灰色石灰石高墙旁边，有棵枝叶繁盛的梧桐树,保尔喜欢在这树荫下休息。这儿极少有人来。从这里可以静观花园里林荫道和小径上来来往往的行人;晚上,又可静听音乐,避开那大疗养地烦人的喧闹声。

这一天,保尔又来到这个幽静的角落。他舒服地躺在一把柳条编的摇椅上。海水浴和阳光使他困乏无力,他打起盹来。一条厚毛巾和一本还没有看完的富尔曼诺夫的小说《叛乱》,放在旁边的摇椅上。刚来疗养院的头几天,他仍然处于神经质的紧张状态之中,一直感到头疼。教授们还在研究他那复杂而罕见的病情,多次的叩诊、听诊使保尔感到厌烦和十分疲劳。他的责任医师是个招人喜欢的女党员,她的姓很古怪,叫耶路撒冷奇克。她每次都费好大劲才找到这个病员,耐心地劝他跟她去找这个或那个医学专家。

“说老实话,这一切让我烦透了。”保尔说,“同样的内容一天内要重复叙述五次。您的祖母是否患有精神病?您的曾祖父是否患有风湿病?鬼知道他生过什么病!我可从来没见过他!而且每个大夫都想让我承认得过淋病或者什么更糟的病。说实话,为这我真想敲敲他们的秃头。请你们让我休息一下吧!要不,如果他们在这一个半月里老这样对我研究来研究去,那我会变成一个社会上的危险分子的。”

耶路撒冷奇克笑着,用玩笑来回答他。但是几分钟之后,她已经挽着他的手臂,一路上给他讲点有趣的事,把他领到外科医生那儿去了。

今天看来不会要去检查。离吃午饭还有一个小时。保尔在蒙眬中听到了脚步声,他没睁开眼睛,心想,“这人以为我睡着了,就会走开的。”可是希望落空了:摇椅吱咔响了一声,有人坐下了。一阵淡淡的香水味飘了过来,这说明旁边坐的是个女子。他睁开眼睛。第一眼见到的是白得耀眼的连衣裙、两只晒得黑黑的腿和穿着平底软皮鞋的脚。接着他看到的是像男孩子似的剪着短发的头,一对大眼睛和一排锐利的像小老鼠般的小牙齿。她不好意思地朝他笑了笑,说:

“对不起,大概我打搅您了吧?”

保尔没有答话。这不太礼貌,不过他仍然希望她会走开。

“这是您的书吗?”她翻着那本《叛乱》问他。

“是的,是我的。”

又是一阵沉默。

"同志,请问您是住在'公社社员'疗养院吗?"

柯察金不耐烦地动了一下。"从哪儿跑来了这么个人?这叫什么休息呵!大约马上要问我生的是什么病了,那我就只好走了。"他不大友好地回答说:

"不是。"

"可我好像在那里看见过您。"

保尔已经站起来了,这时后面传来了一个女人的响亮的声音:

"多拉,你躲到这儿来干什么?"

一个穿着疗养院的浴衣,晒得黝黑,体态丰满的金发女子在摇椅边上坐下。她瞟了保尔一眼,问他:

"同志,我在什么地方见过您。您是不是在哈尔科夫工作?"

"是的,在哈尔科夫。"

"干什么工作?"

柯察金决定要结束这没完没了的对话,就回答说:

"清洁工。"她们听了哈哈大笑,这使保尔不禁哆嗦了一下。

"同志,您这样说话,恐怕不能算是很有礼貌吧?"

他们的友谊就是这样开始的。后来,哈尔科夫市党委委员多拉·罗德金娜不止一次提起他们相识时这令人可笑的情景。

有一次,保尔在"塔拉萨"疗养院的花园里听日场音乐会,意外地在那儿遇到了扎尔基。而且真怪,使他们相逢的竟是一场狐步舞。

一个肥胖的女歌手,伴着疯狂的动作,演唱了一首《销魂之夜》以后,一对男女跳上了舞台。男的头上戴了顶红色圆筒帽,上身穿着雪白的胸衣,打着领带,半裸着身子,胯骨周围挂着五颜六色的扣环。一句话,他模仿的是野人,却又不像,真是拙劣可笑。女的长得不错,身上挂着很多的布条。这一男一女在舞台上踏着碎步,扭动腰肢,跳起了狐步舞。在疗养员的圈椅和躺椅后面,站着一群长着牛一样粗脖子的新经济政策时期的暴发户,他们乐得连声叫好。真难以想象还有比这更丑恶的场面了。那个戴着古怪圆筒帽的、养得肥肥胖胖的男人和那个女人紧紧贴在一起,做着各种下流淫猥的姿势。站在保尔身后一个肥猪似的胖子呼哧呼哧直喘气。保尔刚要转身走

开,前排紧靠舞台的地方有人站了起来,愤怒地喊道:

"别在这儿卖淫了！滚蛋吧!"

保尔认出他是扎尔基。

钢琴伴奏中止了,小提琴吱哑了一声也静默了,台上的一对也停止了扭摆。椅子后面的暴发户们气势汹汹地责骂方才喊叫的人。

"打断演出简直蛮不讲理!"

"整个欧洲都在跳嘛!"

"岂有此理!"

在"公社社员"疗养院休养的共青团切列波韦茨县委书记谢廖沙·日巴诺夫这时用四个手指头放进嘴里,打了一个绿林好汉式的呼哨,其他人齐声响应。于是,舞台上那对宝贝就像被风刮走了似的,消失不见了。卖嘴皮子的报幕人像一个善于察言观色的奴仆,跑上台来向观众宣布,歌舞团马上就走。

"夹起你的尾巴滚蛋吧！滚得越远越好!"一个穿疗养服的小伙子在大家的哄笑声中朝他喊道。

保尔跑到前排找着了扎尔基。两人在保尔房间里谈了很久。扎尔基现在在一个专区党委会里负责宣传鼓动工作。

"你知道,我已经结婚了,很快就要有孩子了。"扎尔基说。

"是吗？你的妻子是谁?"保尔惊奇地问他。

扎尔基从上衣侧袋里掏出一张照片给保尔看。

"认得出来吗?"

照片上是他和安娜·博尔哈德。

"杜巴瓦现在在哪儿?"保尔更加惊奇了,就问他说。

"杜巴瓦在莫斯科。他被开除出党之后就离开了共产主义大学,现在在莫斯科高等技术学校读书。听说,又给他恢复了党籍,真不应该！他已经不可救药了……你知道潘克拉托夫在哪儿吗？他现在是造船厂的副厂长。其他人的情况我不大了解。我们失去了联系。现在大家分散在全国各地工作。不过老朋友能见面,在一起谈谈往事还是非常愉快的。"扎尔基说。

这时,多拉带了几个人走进了保尔的房间。一个高个子的坦波夫人把门关上。多拉看了看扎尔基胸前的勋章,问保尔:

“你的这位同志是党员吗？他在哪儿工作？”

保尔不明白怎么回事，他简略地介绍了一下扎尔基的情况。

“那就让他留下吧。刚才从莫斯科来了几个同志，要给我们谈谈党内最近的情况。我们决定在你这儿开个会，算是个内部会议吧。”多拉解释说。

聚集在这房间里的人，除了保尔和扎尔基以外，都是老布尔什维克。莫斯科市党的监察委员会委员巴尔塔舍夫讲了有关以托洛茨基、季诺维也夫和加米涅夫为首的新的反对派的情况。①

“在这种紧张的形势下我们必须坚守自己的岗位。”巴尔塔舍夫最后说，“我明天就动身。”

在这次会议召开之后，过了三天，疗养院的人都提前走光了。保尔也提前出了院。

在团中央他没有耽搁很久。保尔被派到一个工业专区担任专区团委书记。一星期之后，城里的团员已经听到他发表的第一次演说了。

深秋时节，保尔和其他两名工作人员乘坐专区党委的汽车到离城很远的一个区里去。中途这辆车掉进路旁的水沟，翻车了。

车上的人都受了伤。保尔右腿的膝盖压碎了。几天之后，他被送进哈尔科夫外科学院，医生检查了他那红肿的膝盖，仔细看了 X 光片，进行会诊，认为必须立即动手术。

保尔表示同意。

“那就明天上午动手术吧。”主持会诊的胖教授做了最后的决定，起身走了。其他医生也跟着他走了出去。

一间小小的单人病房，光线充足，一尘不染，散发着他早已忘却的那种医院里所特有的气味。保尔四下打量，看到还有一只铺着雪白桌布的床头小柜和一张白色的小方凳，这就是全部家具。

护士送来了晚饭。

保尔谢绝了。他半躺在床上写信。腿疼得厉害，影响他思考，他也不想进食。

写完第四封信的时候，病房的门轻轻地打开了。保尔看到一个穿着白

① 见附注 40。

大褂,戴着白帽子的年轻女人,走到他的床前。

在暮色中,可以看见她那细细的眉毛和一对似乎是黑色的大眼睛。她一手拿着纸夹,另一只手中是纸和铅笔。

“我是您的责任医生,”她说,“今天我值班。现在我要仔细询问病情,因此不论您愿不愿意,都得讲出所有的情况。”

她有礼貌地笑笑,她的笑容减轻了“审问”给人带来的不愉快的感觉。保尔整整讲了一个小时,不仅讲了自己的有关情况,还讲到了祖宗三代的情况。

手术室里,几个人戴着大口罩。

镀镍的外科手术器械闪闪发亮,狭长的手术台下面放着一个大盆。保尔躺到手术台上去的时候,教授已快洗好手了。人们在他身后紧张地做着手术前的准备工作。保尔回头看了一下,护士正在安放手术刀和镊子。责任医生巴扎诺娃把他腿上的绷带解开。

“柯察金同志,请别往那儿看,这会刺激神经,使人不舒服……”她轻轻地对他说。

“您说的是谁的神经,大夫?”保尔含有讥讽意味地笑了笑。

几分钟之后,一只厚厚的面罩把他的脸全部蒙上,教授对他说:

“您别紧张,我们马上给您施行氯仿麻醉。请用鼻子深呼吸,开始数数。”

面罩下面传出低沉而平静的回答:

“好的。我事先向大家道歉,我可能会不由自主地说出一些难听的话来。”

教授忍不住笑了。

麻醉药水开始一滴一滴地下来了,散发出一股令人窒息而难闻的气味。

保尔深深地吸了一口气,开始数数,并竭力报得清楚些。他的生活悲剧的第一幕由此揭开。

阿尔青差点把信撕成两半,打开信封的时候,不知为什么他就感到忐忑不安。一看到信的开头,他就急急忙忙一口气读了下去:

阿尔青：

我们相互极少通信。一年只写一封，有时两封。但是难道通信次数的多少能说明问题吗？你来信说，已经带领全家从舍佩托夫卡搬到卡扎京机务段去了，为的是想从根上一刀两断。我明白，这些根子指的是斯乔莎和她的亲属那种小私有者的落后心理以及类似的东西。要把斯乔莎这类人改造过来是困难的，我担心，你未必能成功。你说，"人岁数大了，学习困难。"但这方面你做得不错。你这样固执地拒绝脱产担任市苏维埃主席的工作的做法，是不对的。你不是曾为建立苏维埃政权而战斗过吗？那么你就应该去掌握这个政权。明天就去担负起这个工作，开始好好干吧！

现在谈谈我自己的情况。我的情况不太妙。我开始经常住医院，开了两次刀，流了不少血，体力消耗很大。可至今谁都不能给我一个答复，这种状况什么时候才能结束。

我脱离了工作，给自己找了个新职业——当"病号"。我忍受种种痛苦，其结果却是右膝盖已不能活动，身上已有好几条手术刀痕。最近医生又发现，七年前我的脊椎受过暗伤。他们告诉我，为此我可能要付出很高的代价。我准备忍受一切，只要能够归队。

对我来说，生活中再没有比掉队更可怕的事了。对这点我甚至连想都不敢想。这就是为什么我准备忍受一切的原因。然而，病情至今并无起色，相反是情况越来越糟。第一次手术之后，我刚能行走，就回到工作岗位，但不久我又被送进医院。刚才我收到了去叶夫帕托里亚"迈纳克"疗养院的入院证。明天就动身。阿尔青，你别泄气，要知道，把我送进棺材是很不容易的。我的生命力足够顶上三个人。哥哥，我们还要干很多工作呢。你要注意身体，别一下再举十普特重的东西了，要不，党以后会花费很大的代价来给你修补的。岁月给了我们经验，学习给我们以知识，可这一切并不是为了让你到一个个医院去做客的。握你的手。

保尔·柯察金

当阿尔青皱起浓眉阅读兄弟来信的时候，保尔正在医院里同巴扎诺娃告别。她把手伸给他，问道：

"您明天就去克里米亚吗？那您今天在哪儿过呢？"

保尔回答说：

“罗德金娜同志马上要来，今天白天和夜里我都在她家里，明天早上她送我去火车站。”

巴扎诺娃认识多拉，因为她常到这儿来看望保尔。

“柯察金同志，您还记得吗，我们谈过您临行前跟我父亲见见面的事吗？我把您的身体状况详细告诉了我父亲，我想让他给您检查一下，今天晚上就行。”

保尔当即同意了。

当天晚上，巴扎诺娃把保尔带到了她父亲那间宽敞的工作室里。

这个著名的外科医生为柯察金做了认真的检查，巴扎诺娃也在旁边，她将医院里的X光片和所有的分析报告都带来了。巴扎诺娃听了她父亲用拉丁语说的一长段话之后，脸色突然变得十分苍白，这不能不引起保尔的注意。保尔注视着教授已经秃顶的大脑袋，试图从他那双敏锐的眼睛里探索点什么，可是巴扎诺夫医生是深不可测的。

保尔穿上了衣服，巴扎诺夫有礼貌地同他告别。他要去参加一个会议，嘱咐女儿把诊断结论告诉保尔。

在巴扎诺娃那间布置得很雅致的房间里，保尔坐在长沙发上等她说话。但是她不知道从何说起，说些什么，她很为难。父亲告诉她说，保尔体内有种致命的炎症正在发展，医学上暂时还无法可治。教授反对再进行外科手术。他说：“这个年轻人面临着瘫痪的悲剧，可是我们对此却无能为力。”

作为他的医生和朋友，她不能把全部情况和盘托出，只向他透露了一部分实情，而且措辞非常谨慎：

“柯察金同志，我相信，叶夫帕托里亚的泥疗法会使您的健康有很大起色，秋天您就可以恢复工作了。”

但她说这番话的时候，忘了有两只非常敏锐的眼睛正在注视着她。

“从您的话里，更正确地说，从您没说出来的话里，我已明白我的病情的严重性。您记得吗？我曾经请求过您对我永远要实话实说，不需要隐瞒任何情况。我决不会昏倒，也不会去自杀。但是，我非常想知道，我将来会发生什么情况。”保尔说。

巴扎诺娃和他开了个玩笑，搪塞过去了。

那天晚上，保尔到底还是没了解到他的真实病情。他们分手的时候，巴扎诺娃轻轻地说：

“柯察金同志，别忘了我们的友谊。您的生活中可能会发生各种各样的情况，如果将来您需要我的帮助或者帮忙出出主意，那就写信给我，我一定尽力而为。”

她望着窗外那穿着皮夹克的高大身影，艰难地拄着拐杖，从大门口慢慢地朝一辆轻便敞篷四轮马车走去。

又到了叶夫帕托里亚。又是南方的炎热天气，戴着绣金圆帽、晒得黑黑的喜欢高声喧嚷的人群。汽车在十分钟之内就把旅客送到那灰色的石灰石建成的两层楼房“迈纳克”疗养院去了。

值班医生把他们分别领进各个房间。

“同志，您的疗养证是哪个单位的？”他站在十一号房间门口，问保尔说。

“乌克兰共产党（布尔什维克）中央委员会。”

“那我们把您安顿在这儿，跟埃布纳同志一个房间。他是德国人，要求找一个俄罗斯人做伴。”医生解释了一下，就去敲门。

房间里的人用发音不准的俄语答道：

“请进。”

保尔进屋后，把手提箱放下，转过身来，看到床上躺着一个满头金发的男子，长着一双漂亮而生气勃勃的蓝眼睛。德国人友好地对他笑笑。

“Guten Morgen，Genosse①，我想说，你好。”他改用俄语说，同时把他那手指细长的苍白的手伸给保尔。

几分钟之后，保尔已经坐在他的床旁，两人用一种“国际”语言起劲地交谈起来。用这种语言谈话，词语只起辅助作用，难懂的地方都靠猜测、手势、脸部表情——总之借助没有文字的世界语的一切交际手段来解决。保尔了解到埃布纳是个德国工人。

在一九二三年的汉堡起义中，埃布纳股骨上中了一枪，现在旧伤复发，

① 德语：“早上好，同志。”

又卧床不起。虽然伤痛很重,但他仍精神振作。保尔对他立刻产生了敬意。

埃布纳是保尔最理想的病友,他不会从早到晚唠叨自己的病情,老是唉声叹气。相反,和他在一起,你会连自己的病痛都忘却的。

"可惜的是我对德文一窍不通。"他想。

在花园的一角有几把摇椅、一张竹桌、两把手推轮椅。五个病人每天治疗完毕,就在这里消磨一整天,大家称他们五个人为"共产国际执委会"。

一把轮椅里是半躺着的埃布纳,另一把里是柯察金,医生不准他下地行走,其他三人是:克里米亚共和国贸易人民委员部的工作人员,身粗体重的爱沙尼亚人魏曼;长着褐色的眼睛,看起来像个十八岁少女的年轻的拉脱维亚人玛尔塔·劳林以及两鬓斑白、高大魁梧的西伯利亚人列杰涅夫。的确,这里有五个民族:德国人、爱沙尼亚人、拉脱维亚人、俄罗斯人和乌克兰人。玛尔塔和魏曼会说德语,于是埃布纳就请他们当翻译,保尔和埃布纳由于住在同一间病房成了朋友。玛尔塔和魏曼与埃布纳由于语言相通接近起来,而使列杰涅夫和保尔成为朋友的是象棋。

因诺肯季·帕夫洛维奇·列杰涅夫来疗养院之前,柯察金是院里的象棋"冠军"。他经过顽强的拼搏,才从魏曼手中夺过了这个称号。魏曼被打败了,这个平时漫不经心的爱沙尼亚人为此却动了感情,一直对保尔耿耿于怀。不久,疗养院里来了一个高个子老头,虽然已年过半百,看起来却很年轻。他邀保尔下一盘棋。保尔没有料到他面对着一个强手。他沉着地开棋,以后翼弃子求势,列杰涅夫推进他的中卒进行回击。保尔作为"冠军"必须和每一个新来的棋手交锋。这时,总有许多人在旁观看。走到第九步的时候,保尔就发现列杰涅夫那些从容不迫向前推进的卒子已将他紧紧掐住。这时他才明白,遇到了一个危险的劲敌,后悔开局时有点掉以轻心。

双方鏖战了三个小时,尽管保尔尽力拼搏,结果仍然被迫认输。他比所有在一旁观棋的人更早看到了自己的败局。列杰涅夫看看自己的对手,宽厚而慈祥地微微一笑。显然,他也看出保尔这一局必将败北。那个爱沙尼亚人一直紧张地注视着战局的发展,公开表示他期望保尔输棋,可他却什么也没看出来。

"我向来都坚持战斗到最后一卒。"保尔说,列杰涅夫赞许地点点头,只有他一个人明白这句话的含义。

保尔跟因诺肯季·帕夫洛维奇三天内下了十盘棋,结果是七负两胜一和。

魏曼兴高采烈地说:

“好极了,谢谢你,列杰涅夫同志!这次你可是好好教训了他一顿!活该!他把我们这些老棋手全给打败了,这回可也栽在一个老头儿手里了。哈,哈,哈!……”

他又取笑那个战胜过他,如今却吃了败仗的棋手说:

“怎么样?输棋的滋味不好受吧?”

保尔丢掉了“冠军”称号。他虽失去了棋坛上的荣誉,但却得到了因诺肯季·帕夫洛维奇这个朋友,列杰涅夫后来成为他最亲近、最敬重的人。保尔这次输棋绝非偶然,他只懂得象棋战略的一些皮毛,这样一个普通棋手当然要败给精通棋艺的高手。

柯察金和列杰涅夫有一个共同的值得纪念的日期,柯察金出生的那年,恰好是列杰涅夫入党的年份。他们是两种典型人物——布尔什维克老战士和布尔什维克青年近卫军——的代表。一个有着极其丰富的生活经验和政治斗争经验,从事过地下斗争,尝过沙皇监狱的铁窗滋味,而后担任国家的领导工作;另一个有着烈火般的青春和仅仅八年的斗争经历,然而,他的业绩胜过常人一辈子的作为。而且这一老、一小都有一颗火热的心,健康状况也都十分糟糕。

每到晚上,埃布纳和保尔的房间就成了俱乐部,所有的政治新闻都是从这里传出去的。晚上,十一号房间热闹非凡。魏曼经常想要讲点黄色笑话,他对这类东西总是津津乐道,但是这立刻会遭到玛尔塔和保尔两人的抵制。玛尔塔善于用巧妙而辛辣的讥讽打断他的讲话,如果不能奏效,保尔便出面干涉。

“魏曼,你最好还是先征求一下我们的意见,也许你的那种‘幽默’根本不合我们的口味……”

“我简直不明白,像你这样的人怎么会喜欢……”保尔接着用不平静的声调插进去说。

魏曼噘起他的厚嘴唇,一双小眼睛含着嘲笑的目光从大家的脸上扫过，说：

“应当在中央政治教育委员会里设一个道德督察处，并且推荐柯察金担任督察长。对玛尔塔，我还可以理解，女同志嘛，当然会反对的。可是柯察金竟想把自己装扮成一个天真无邪的小男孩，像个共青团的小宝贝似的……再说，我可不喜欢鸡蛋教训母鸡！……”

经过这场关于共产主义伦理道德的激烈舌战，黄色笑话的问题就被作为一个原则问题提出来讨论。玛尔塔将各人的观点翻译给埃布纳听。

“我赞成保尔的看法，黄色笑话是不大好的。”埃布纳用不大正确的俄语回答说。

魏曼只好退却，虽然他嘴里打着哈哈，用玩笑敷衍搪塞，但从此以后，没有再说这类东西了。

保尔起初以为玛尔塔是共青团员，她的模样看上去不过十九岁。有一天，两人谈天时，保尔才知道，她已经三十一岁，一九一七年就入党了，而且还是拉脱维亚共产党的骨干。这使他大为惊讶。一九一八年白党分子曾判处玛尔塔死刑，但是后来苏维埃政府设法把她和另外一些同志赎换回来。现在她在《真理报》工作，同时还在大学学习，即将毕业。他们是怎么接近起来的，保尔没有留意，不过这个常来看望埃布纳的小个子拉脱维亚女子已成为“五人团”中不可分割的一分子了。

一个老地下党员埃格利特也是拉脱维亚人，时常调皮地和她开玩笑说：

“玛尔塔，你那可怜的奥佐尔在莫斯科可怎么过呢？可不能这样啊！”

每天早晨，起床铃响之前，疗养院里总有只公鸡大声啼叫。这是埃布纳在学鸡叫，学得惟妙惟肖。疗养院的工作人员竭力想把这只不知从哪儿跑来的公鸡找出来，可是毫无结果。这使埃布纳非常高兴。

到了月底，保尔的病情恶化了。医生让他卧床静养。埃布纳感到很难过。他已喜欢上这个乐观开朗、从不垂头丧气的年轻布尔什维克了，他是那样朝气蓬勃，但这么年轻就失去了健康。当玛尔塔告诉埃布纳，医生预言保尔的未来异常悲惨时，埃布纳焦急不安。

直到保尔离开疗养院，医生一直禁止他下床行走。

保尔竭力不让周围的人察觉他的痛苦，只有玛尔塔从他极其苍白的脸色上猜到几分。出院前一周，保尔收到了乌克兰共青团中央委员会的一封信,信中通知他,休养期限延长两个月,根据疗养院的报告,按照他目前的健康状况,恢复工作是不可能的。随信还汇了一笔钱来。

保尔经受住了这第一次的打击,就像以前学习拳击时经受住了朱赫来的拳击一样:当时他也常常被击倒在地,但是立刻就站起来了。

这时,他出乎意料地收到了母亲的一封来信。老人家在信中说,她有个老朋友叫阿尔宾娜·丘察姆,住在离叶夫帕托利亚不远的一个港口城市。她们已有十二年没见面了,她很希望儿子去看看阿尔宾娜。这封偶然的来信对保尔的生活产生了重大的影响。

一星期之后,疗养院里的人都到码头上欢送柯察金。分手时,埃布纳像兄弟似的拥抱他,亲吻他。玛尔塔躲了起来,因此保尔没能同她告别。

第二天早上,一辆四轮马车载着柯察金离开码头驶往一座带花园的小房子跟前。柯察金让陪送他来的人去打听,丘察姆家是否住在那里。

丘察姆一家共五人。母亲阿尔宾娜·丘察姆是个胖胖的上了年纪的妇女,一对大大的黑眼睛露出抑郁的神情,衰老的脸上还残留着昔日的风韵;她有两个女儿:廖莉亚和达雅。另外还有廖莉亚的小儿子和丘察姆老头①,一个像头骟猪的、令人讨厌的胖子。

老头在合作社做事,小女儿达雅出去干点粗活,大女儿廖莉亚过去是个打字员,不久前同她的丈夫,一个酒鬼和流氓,离了婚,现在失业,她成天在家照顾孩子,帮助母亲料理家务。

除了两个女儿之外,阿尔宾娜还有个儿子若尔日,在列宁格勒。

丘察姆一家都殷勤地接待保尔。只有老头儿以一种不是善意的戒备的目光打量来客。

柯察金耐心地把他所知道的家事一一告诉了阿尔宾娜,同时顺便也问了她家的生活情况。

廖莉亚二十二岁,她很淳朴,留着栗色短发,脸庞宽阔,心地开朗。她和保尔一见如故,很乐意地把家里的私事都告诉了他。保尔从她那儿了解到老头子专横暴虐,控制着全家,压制所有的主动精神,不给别人以任何自由。他是个目光短浅,心胸狭窄,好吹毛求疵的人,他的专制使这个家庭总是处

---

① 见附注41。

于一种恐怖的气氛之中，儿女们因此都非常厌恶他。妻子二十五年来一直反对他这种暴虐行为，对他也恨之入骨。女儿们总是站在母亲一边，家中不断争吵，生活很不愉快，天天都过着这种没完没了地为大大小小事情生气的日子。

若尔日是家里的二号魔头。从廖莉亚的话里可以知道，这是个典型的花花公子，只讲究吃喝穿戴的、自负傲慢的家伙。若尔日是母亲的宠儿，九年制中学毕业之后，就向母亲要钱去京都。

"我要去上大学。叫廖莉亚卖掉她的戒指，你的东西也卖掉。我需要钱，至于你们上哪儿去弄，我可不管。"

若尔日清楚地知道，母亲对他总是有求必应，因此就厚颜无耻地利用这点。他对待姐妹很傲慢，总是居高临下，认为她们比他低一等。母亲总是把自己从老头儿那儿抠来的钱，再加上达雅挣来的工资全都寄给儿子。但是他的入学考试考砸了，未被录取，如今却逍遥自在地住在舅舅家里，不断打电报催逼母亲寄钱。

一直到晚上很迟的时候，保尔才看到小女儿达雅。母亲在门廊里低声告诉她来了客人。她腼腆地把手伸过去，同保尔握手问好，在这个陌生的青年人面前羞得满脸通红。保尔没有立刻放开她那只有力的、长着老茧的手。

达雅已满十八周岁，她称不上是美人，但是那一双深棕色的大眼睛，两道蒙古画像里那样的细眉毛，漂亮端正的鼻子，艳丽刚毅的嘴唇使她显得楚楚动人。一件带条纹的工作服紧紧地绷在她那年轻丰满的胸脯上。

姐妹俩各住一间很小的房间。达雅的房里放了一张狭长的铁床、一个衣柜，上面摆着许多小摆设和一面不大的镜子，墙上挂着大约三十张相片和画片。窗台上摆着两盆花：深红色的天竺葵和粉红色的翠菊。薄纱窗帘用一条淡蓝色的绦带束了起来。

"达雅是不喜欢让男人进她的房间的，可是您瞧，她为您竟破例啦！"廖莉亚开她妹妹的玩笑说。

第二天晚上，全家都在老两口住的那间房间里喝茶，只有达雅留在自己房里，听大家谈话。丘察姆老头专心致志地用匙子搅着茶杯里的糖，从眼镜上方凶狠地打量着坐在他面前的客人说：①

---

① 见附注 42。

“我反对眼下家庭里时兴的那套规矩,想结婚就结婚,想离婚就离婚。完全自由。”

老头呛了一下,咳起来了。喘过气来之后,指指廖莉亚说:

“没有得到家里同意,就跟那个流氓同居;也不问问家里,又同他离了婚。现在可好,我们得养活她和一个野孩子。真不像话。”

廖莉亚痛苦地涨红了脸,目光避开保尔,不让他看到那满眼的泪水。

“怎么,照您的意思,她应该跟那个寄生虫继续过下去?”保尔问道,他那闪着怒火的眼睛盯住老头儿。

“在嫁人之前,就该看看清楚,嫁的是什么样的人。”

阿尔宾娜插嘴了。她竭力抑制住自己的怒气,断断续续地说:

“我说,老头,你干吗要在外人面前谈这件事呢?可以不谈这事,谈谈别的嘛。”

老头猛地凑到她跟前说:

“该谈什么,我自己知道。打什么时候起你开始教训起我来了?”①

夜里,保尔对丘察姆家里的事情想了很久。偶尔的机缘把他带来这里,成了这幕家庭悲剧的目击者。他在考虑,怎样才能帮助母亲和两个女儿摆脱这种处境。可他自己的个人生活已快要停滞了,他面临许多悬而未决的问题,因而目前要采取果断的行动,比任何时候都困难。

出路只有一条,就是拆散这个家庭,让母亲和两个女儿永远离开这老头。但这件事并不那么简单。他没有能力发动这场家庭革命,过几天他就要走了,而且可能今后再也不会同这些人见面。那么,是否还是一切听其自然,不去吹动这小房子里的灰尘?然而老头那令人憎恶的模样使他无法安静下来。他拟订了若干方案,但是似乎都不切实际。②

第二天是星期日。保尔从城里回来,只有达雅一个人在家,其他人都到亲戚家做客去了。

保尔走进她的房间,他觉得累了,在椅子上坐了下来。他问达雅:

“你为什么不出去玩玩,散散心呢?”

---

① 见附注43。

② 见附注44。

“我哪儿也不想去。”她低声回答说。

他想起了夜里拟订的那些方案，决定试探一下，是否可行。

为了不受别人的打扰，他匆匆忙忙、直截了当地说：

“达雅，你听我说，我们彼此可以用‘你’来称呼，干吗要那样拘礼呢？我很快就要走了。这次我跟你们见面，恰好不是时候，我自己也困难重重，否则情况就完全不同了。要是在一年之前，我们就可以一起离开这里。像你和廖莉亚这样能干的人，一定可以找到工作。你们应该和老头子一刀两断，他这样的人，是劝说不过来的。但是现在还不能这么做。我连自己的未来会是什么情况，都不清楚，因此，可以说我目前无能为力。那么究竟怎么办呢？我要力争恢复工作。那里的医生对我的病情，鬼知道写了些什么，同志们硬让我无限期地治病。我们一定先把这个情况扭转过来……我会给我母亲去信联系的，然后我们到时再看，怎样结束这件麻烦事。无论如何我不会就这样扔下你们不管的。只是有一点，达尤莎，你们的生活，包括你的生活，必须彻底来个大转变。你有没有力量，愿不愿意这样做呢？”

达雅抬起低垂的头，小声回答说：

“愿望是有的，有没有力量，我也不知道。”

她回答得那么犹豫不决，保尔懂得她的心情。

“没关系，达尤莎！只要有愿望，就好办。告诉我，你对这个家庭很留恋吗？”

达雅没有马上回答这个突然提出的问题。过了一会儿，她说：

“我很可怜母亲。父亲欺负了她一辈子，现在若尔日又老是折磨她，我很可怜她……虽然她并不像爱若尔日那样爱我……”

那天他们谈了很多。家里的人快要回来了，保尔开玩笑地说：

“真奇怪，老头儿怎么没把你嫁出去，赶走了事呢？”

达雅害怕地将手一甩，说：

“我决不嫁人。廖莉亚的事我就看够了。我无论如何也不嫁人。”

保尔笑了笑说：

“就是说，发誓一辈子不嫁人了？假如突然有个小伙子来追求你，一句话，一个好小伙子盯住你，那怎么办呢？”

“我也不！他们在追求你的时候，都是不错的。”

保尔将一只手放在她的肩膀上,让她平静下来:

“好了,好了。没有丈夫也可以过得不错。只是你对小伙子未免过于苛刻了。幸好你并不怀疑我在向你求婚,要不,我真有点下不了台了。”说着,他友爱地用他冰冷的手掌抚摸了一下那发窘的姑娘的胳膊。

“像你这样的人,不会找我们做妻子的,”她轻轻地说,“我们这样的人对你们有什么用呢?”

几天之后,火车把柯察金送到了哈尔科夫。达雅、廖莉亚和她们的母亲,还有姨妈萝扎都到火车站为他送行。临别时,阿尔宾娜要他答应不忘记她的女儿,设法帮助她们跳出火坑。他们像亲人一样地道别,达雅眼中含着泪水。火车开出好远了,保尔从车窗里还可以看到廖莉亚挥动的手帕和达雅那件带条纹的工作服。

保尔到了哈尔科夫,不愿去打扰多拉,就住到他的朋友彼佳·诺维科夫那里。休息了一下,就到中央委员会去了。他在那里等了一会儿,见到了阿基姆。当只剩下他们两人时,保尔要求立刻给他分配工作。阿基姆摇摇头,表示不同意。

“保尔,这可办不到!我们这儿有医务委员会和党中央的决定,决定里写着:鉴于保尔·柯察金病情严重,将其送往神经病理学院治疗,不予恢复工作。”

“阿基姆,算了,他们爱怎么写就怎么写好了。我恳求你——让我工作!靠医院过日子,有什么用。”

阿基姆还是拒绝了。他说:

“我们不能违反决定。保夫鲁沙,你要明白,这样对你更好些。”

但是保尔一再坚持自己的意见,阿基姆最后只好同意了。

第二天,柯察金已经在中央委员会书记处机要部门工作了。他本来以为,只要开始工作,已经失去的精力就会恢复。但是从第一天起,他就发现这种想法是错的。他在办公室里往往一坐就是八个小时,也不吃饭,因为他没有力气从三楼下去到隔壁的食堂去吃早饭,进午餐:不是这只手发麻,就是那只脚木了。有时甚至整个身子都不能动弹,而且还发烧。到了该上班的时候,他却突然起不来了。当这阵发作过了以后,他才绝望地发现,已经迟到了整整一个小时。最后终于因为经常迟到而受到了申斥。这时他才明白,他一生中最可怕的事开始了——他将被迫离队。

阿基姆曾经两次帮助他,调他到其他部门去工作,但是不可避免的事终于还是发生了:到了第二个月,保尔又卧床不起了。这时他想起了巴扎诺娃临别时对他说的话,就给她写了封信。她当天就来了,从她那儿保尔知道了最重要的一点:他不一定非住院治疗不可。

"这就是说,我的健康状况已经好得不必再治疗了。"他想开句玩笑,但并不使人感到好笑。

体力刚刚有些恢复,保尔又来到中央委员会。这一次阿基姆的态度非常坚决。他一定要让保尔住院,保尔却低沉地回答说:

"我哪儿也不去。这毫无用处。我是从权威人士那里了解到这一点的。我只剩下一条路:领抚恤金退休。但是我决不走这条路,你们无法让我离开工作岗位。我才二十四岁,我不能靠残废证过一辈子,明知没用,还到处求医问药。你们应当给我一个适合我干的工作。我可以在家工作或者就住在机关里……只是不能让我当一个只在发文簿上登记号码的文书。我需要一个能使我有所寄托,使我不感到游离在集体之外的工作。"

保尔的声音越来越激动,越来越响亮。

阿基姆很理解这不久前还是个生龙活虎的青年人的感情。他理解保尔的悲剧,知道像保尔这样把自己短促的生命献给党的人,如果脱离斗争,转到大后方,有多么可怕,因此他决定尽力帮助他。

"好,保尔,别着急。明天我们书记处开会,我一定把你的问题提出来。我保证,一定尽我的力量去办。"

保尔艰难地站起来,把手伸给他。

"阿基姆,难道你真以为生活能把我赶进死胡同,把我压垮吗?只要我的心脏还在跳动,"他突然用力将阿基姆的手拉过来,按在自己的胸上,于是,阿基姆清楚地感觉到他那心脏微弱而急速的跳动,"只要心脏还在跳动,就不能使我离开党。只有死亡才能使我停止工作。你要记住这一点,老兄!"

阿基姆默不作声。他知道,这不是漂亮话,而是一个身负重伤的战士的呼喊。他理解,像保尔这样的人只会说这样的话,只会怀有这样的感情。

两天之后,阿基姆通知保尔,一个中央刊物的编辑部里有个重要的工作岗位,但必须面试一下,看他是否合适在文艺战线工作。保尔在编辑委员会里受到了亲切的接待。副总编辑是个做过多年地下工作的老党员,也是乌克兰共产党中央监察委员会主席团成员。她向保尔提了几个问题:

"同志,您是什么文化程度?"

"小学三年。"

"有没有在党政学校学习过?"

"没有。"

"呵,没关系,也有不少没有学历的人照样培养成优秀的新闻工作者。您的情况阿基姆给我们谈过。我们可以给您一个不一定在这儿上班,而在家里干的工作。总之,提供对您方便的工作条件。但是这个工作必须具备广泛的知识,特别是文学和语言方面的知识。"

这些话预示着保尔即将失败。经过半小时的谈话,证实他的知识贫乏;在他写的一篇文章里,这位副总编用红笔画出了三十多个修辞上的错误,还指出了不少拼写错误。

"柯察金同志,您很有才气,如果好好进修一下,您将来能够成为一个文学工作者,但是现在您的文章不够通顺。从您这篇文章中可以看出,您还没有掌握好俄语。这并不奇怪,因为您没有时间学习。非常抱歉,我们不能任用您。可是我要再重复一遍:您很有才气,如果把您写的这篇文章,在文字上好好修改润色一下,不必更改内容,就是一篇佳作。可是,我们需要的是能够修改别人文章的人。"

柯察金拄着拐杖,站了起来。右眉在抽动,他说:

"没什么可说的,我同意您的意见。我怎么能成为一个文学工作者呢?我曾经是个好的司炉工,一个不错的电工。我过去还很会骑马,善于鼓动共青团员。但是,在你们这条战线上我却是个不称职的战士。"

他同她握手告别,走出了房间。

在走廊转弯的地方他差点摔倒,一个拿着公文包的女同志扶住了他。

"同志,您怎么啦?您的脸色这么苍白?"

保尔镇定了一下,轻轻挣脱了那女同志的手,拄着拐杖走了。

从那一天起,保尔的生活每况愈下。工作是根本谈不上了,他多半是整天卧床不起。中央委员会解除了他的工作,要求社会保险总局发给他抚恤金。除了抚恤金,还发给他一张残废证。中央委员会另外又给了他一笔钱,个人档案也交给他随身携带,他有权去任何想去的地方。这时,他收到了玛尔塔的一封信,邀请他去做客,休养一下。即使没有她的邀请,保尔也想去一趟莫斯科,他怀着一线希望,想在联共中央委员会里能交上好运,也就是能找到不用走动的工作。但是,在莫斯科人们还是劝他治疗,答应送他去一个好医院。他谢绝了。

保尔不知不觉在玛尔塔和她的女友娜佳·彼得松合住的寓所里待了十九天。他整天都是一个人待在屋子里。玛尔塔和娜佳一早就离开,到晚上才回来。保尔如饥似渴地成天读书——玛尔塔有许多书。一到晚上,就有玛尔塔的女友,有时也有男同志前来看望。

他常收到那个黑海港口城市的来信。丘察姆家邀请他到她们那儿去。生活越来越艰难了,她们期待着他的帮助。

一天早上,保尔离开了古夏特尼科夫胡同那所安静的住宅。列车载着他奔向南方,奔向大海,载着他离开了潮湿多雨的秋天,奔向克里米亚南部温暖的海岸。他注视着车窗外,一根根电线杆在眼前闪过。他紧紧地皱着眉头,一双黑眼睛中深藏着顽强的精神。

第8章

海浪在他脚下拍打着零乱的石堆,从遥远的土耳其刮来的干燥海风吹拂着他的脸。港湾的海岸呈不规则的弓形,一条钢骨水泥筑成的防波堤挡住了海浪。蜿蜒起伏的山脉延伸至海滨突然中断。城郊一幢幢白色小屋排列在山峰之中，伸展到很远的地方。

古老的郊区公园里静悄悄的。秋风扫下的枯黄的枫叶缓缓地落在已很久无人清理、杂草丛生的小径上。

一个波斯老马车夫把保尔从城里拉到这里。他扶着这位古怪的乘客下车时，忍不住问道：

“你干吗到这儿来？这儿没有姑娘，也没有剧院，只有胡狼在这儿转悠……你在这儿干什么呢？我真不明白！同志先生，还是坐我的车回去吧！”

柯察金付了车钱，那老头儿也就走了。

公园里空寂无人。保尔在海边找了张长凳坐下，把脸对着阳光，太阳已不那么晒人了。

他坐车来到这个僻静的地方，为的是考虑如何安排他今后的生活。是该进行总结和做出决定的时候了。

随着他的再次到来，丘察姆家的矛盾激化到了极点。老头子听说他又来了，大动肝火，在家里又吵又闹，胡搅蛮缠。带头进行反抗的自然是保尔。老头子没有料到会遭到妻子和两个女儿的强烈反抗，于是从保尔第二次来到的那天起，这一家就分开过了，双方互相敌对，彼此仇视。通向老两口房间的过道已经钉死，一小间厢房租给了柯察金。房租已预先付给了老头。他似乎很快就平静下来了，因为两个女儿独立出去，就不再要他负担生活费用了。

出于外交方面的考虑，阿尔宾娜还和老头子住在一起。老头子从不上年轻人住的那边去，他不愿跟那个可恨的人碰面，然而在院子里他却像火车头似的，噗噗噗地大声喷烟，以此显示，他是这里的主人。

老头子去合作社工作之前，会两门手艺——鞋匠和木匠。现在，他把板棚当成作坊，一有空就在里面干活，挣点外快。他很快就把工作台移到保尔的窗户下面，有意要为难这个房客。他使劲敲着钉子，心里乐滋滋的。他知道，这样可以妨碍保尔看书。

“你等着吧，总有一天我要把你从这儿撵走……”他时常低声地自言自语。

远处，在接近地平线的地方，轮船喷出的烟柱像一片乌云似的舒展开来。一群海鸥尖叫着向海面俯冲。

柯察金双手抱头,陷入沉思之中。他的一生,从童年时代一直到现在,一幕幕地在他眼前闪过。他这二十四年生活得怎么样?好呢,还是不好?他一年又一年地回顾,像一个铁面无私的法官检查着自己的一生。结果他十分满意,他这辈子过得还挺不错。当然,由于愚蠢,由于年轻,更多的是由于无知,也犯了不少错误。但最主要一点是,在火热的斗争年代,他没有睡大觉,在夺取政权的残酷搏斗中找到了自己的岗位,而且在革命的红旗上,也有他的几滴鲜血①。

在精力全部耗尽之前,他没有离开过队伍。现在他的身体垮了,不能再坚守阵地,唯有一条路可走——进后方医院。他还记得,在华沙附近的激战中,有个战士被子弹射中,从马上摔下来,跌倒在地上。同志们急忙包扎好他的伤口,把他交给救护人员,又继续向前飞奔,追赶敌人去了。这个骑兵连并没有因为失去一个战士而停止前进。为了伟大的事业进行斗争时,就是这样,而且也应该这样。当然,也有例外,他就见过没有双腿的机枪手,坐在机枪车上坚持战斗,他们是使敌人闻风丧胆的勇士,他们的机枪给敌人送去死亡和毁灭。他们凭着钢铁般的意志和百发百中的枪法成为各个团队的骄傲。不过这样的人并不多见。

现在,他的身体彻底垮了,归队已经无望。他应当如何处置自己呢?他终于从巴扎诺娃口中了解到了真实病情:应当有思想准备,将来他还会遇到更可怕的事。那么,究竟应该怎么办?这个没有解决的问题犹如阴森森的黑洞摆在他的面前。

既然他已失去了最宝贵的东西——战斗的能力,那活着还有什么意义?在今天,在凄凉的明天,他用什么来证明自己不是在虚度光阴呢?用什么来充实自己的生活呢?光是吃、喝和呼吸吗?仅仅作为一名无能为力的旁观者,看着同志们战斗前进吗?就这样成为这个队伍的累赘?② 该不该毁掉这个已经背叛了他的肉体?只要朝心口打一枪,一切难题都解决了!过去能够生活得不错,现在就应当能够及时结束这个生命。一个垂死的战士不

① 见附注45。

② 见附注46。

愿再痛苦挣扎,有谁能指责他呢?

他的手在口袋里摸着勃朗宁手枪扁平的枪身,手指习惯地握住了枪柄。他慢慢地掏出了手枪。

"谁能想到,你会有这么一天?"

枪口轻蔑地望着他的眼睛。保尔把手枪放在膝上,狠狠地骂了起来:

"老弟,这是冒牌的英雄主义!干掉自己,任何一个笨蛋,任何时候都可以做到。这是摆脱困境的最怯懦最容易的一种办法。生活不下去,就一死了之。[1] 你有没有试试去战胜这种生活呢?为了挣脱这个铁环,你已经竭尽全力了吗?你是不是已经忘了,在沃伦斯基新城附近,一天发起十七次冲锋,不是终于排除万难攻克了那座城市吗?把手枪收起来吧,这件事永远也不要告诉任何人。即使生活到了难以忍受的地步,也要善于生活,[2]并使生活有益而充实。"

他站起来,向大路走去。一个赶着四轮马车进城的山里人,把他顺路带上。在十字路口他买了一份当地的报纸。报上登载着一个通知:要城里的党员到杰米扬·别德内依俱乐部开会。保尔回到家已是深夜。他在会上发表了讲话。他没有想到,这是他最后一次在大会上演说。

达雅还没有睡觉,她很着急,因为保尔出去了这么久,一直没回来。他怎么啦?他在哪儿呢?今天,她发现保尔总是生气勃勃的眼睛里有一种冷漠严峻的神色。他很少谈自己的情况,但她感觉到,他正遭受某种不幸,十分痛苦。

母亲房里的钟敲了两下,栅栏门上响起了叩门声。她披上短上衣,跑去为他开门。廖莉亚睡在自己的房间里,喃喃地说着梦话。

"我已经在为你担心了。"保尔一走进门廊,她就低声对他说。保尔终于回来了,这使她很高兴。

"达尤莎,我是到死也不会出事的。怎么,廖莉亚睡了吗?你知道,我现在一点也不想睡觉。我想把今天的事情讲给你听。我们上你屋里去吧,

① 见附注 47。

② 见附注 48。

否则会把廖莉亚吵醒的。”保尔也低声地说。

达雅有点犹豫。深更半夜还跟他谈话，怎么能这样呢？如果让母亲知道了，她会怎么想呢？但是这话又不能对他直说，他会生气的。再说，他究竟想讲什么呢？她一边这样想，一边已经朝自己房里走去了。

“达雅，是这么回事，”他们在黑暗的房间里面对面坐下，彼此离得很近，她甚至都能听到保尔的呼吸。保尔压低嗓音，开始说道：“生活竟这样变化莫测，有时我都感到有点奇怪。这些天来，我情绪一直很坏。我不知道，我在这个世界上怎么活下去。我这一生中从来没有像这几天那样苦闷，感到前途渺茫。但是，今天我召开了一次我个人的‘政治局会议’，做出了极为重要的决议。我把这些告诉你，你可不要感到奇怪。”

保尔把自己最近几个月来的痛苦心情以及今天在郊外公园里的许多想法都告诉了她。

“情况就是这样。现在我要谈最重要的事了。你们的家庭纠纷才刚刚开始，你应该挣脱出来，离这个窝远点，到外面透透新鲜空气。应该重新开始生活。既然我已经卷入了这场斗争，那就让我们一起干到底。现在你我的个人生活都不愉快，我决定给它放一把火。你明白我的意思吗？你愿意做我的终身伴侣，做我的妻子吗？”

达雅一直非常激动地听着，最后一句话来得如此突然，她不禁哆嗦了一下。

“我并不要求你今天就给我答复，达雅。你要全面地好好考虑一下。你一定不理解，怎么能一点不献殷勤，就马上说这种事呢？可说那些甜言蜜语有什么用！好姑娘，我把自己的手伸给你，就在这儿。要是这次你相信我，你是不会受骗的。我有许多你所需要的东西，反过来你也有许多东西是我所需要的。我已经决定了：我们的结合要一直延续到你成为一个真正的人，成为我这样的人。我一定要做到这点，否则我就分文不值。在这之前，我们不应当破坏我们的结合。不过，一旦你成熟了，你就可以完全自由，不受约束。谁知道呢，也许有一天我会变成一个完全残废的人。你记住，就是在这种情况下，我也决不限制你的行动，决不拖累你。”

他稍稍沉默了一下，又继续亲切而温柔地说：

“现在，我把我的友谊和爱情献给你。”

他始终握着她的手,心情十分平静,仿佛她已经表示同意了似的。

“你不会抛弃我吗?”

“达雅,口说不足为凭。你只要相信一点:我这样的人是不会背叛朋友的……但愿他们也别背叛我。”他辛酸地结束了他的话。

“我今天什么也不能对你说,这一切都来得太突然了。”她回答说。

保尔站起来说:

“达雅,睡吧,天快亮了。”

他回到自己房间,和衣躺下,头刚靠到枕头,立刻就睡着了。

保尔的房间里,靠窗有一张桌子,上面放着几摞从党委图书馆借来的书,一大沓报纸和几本写得满满的笔记簿。还有房东借给他的一张床、两把椅子。通到达雅的那扇门上挂了一幅很大的中国地图,上面插了许多小黑旗和小红旗。当地党委同意保尔借阅党委资料室的书刊。此外,他们还答应指定城里最大的港口图书馆馆长担任他的读书指导。不久,他就开始从那里借回大包大包的书了。廖莉亚惊奇地看到,保尔从早到晚一直埋头读书、记笔记,只有吃饭的时候才稍事休息。每天晚上,他都和这姐妹俩在廖莉亚房里谈天,他时常把读过的东西讲给她们听。

每到后半夜,夜深人静时,老头子走到院子里,经常都能看到这个不受欢迎的房客的窗缝里透出一线灯光。他踮着脚,轻轻走到窗前,从窗缝中往里面窥视,总看见保尔正埋头读书。

“别人都睡了,可这儿的灯整夜亮着。大模大样,倒像他是个当家人。两个丫头也敢顶撞我了。”老头子很不高兴地想着,走开了。

八年来,保尔第一次不担任一点职务,有这么多空闲的时间。他怀着一个初学者的强烈愿望,如饥似渴不停地读书。一昼夜可以埋头读上十八个小时。如果不是达雅,那么长此以往,对他的健康会产生什么样的影响是很难预料的。幸好有一天,达雅仿佛不在意地对他说:

“我已经把衣柜移到别的地方,通你房间的门现在可以开了。假如你有什么事要和我谈,可以直接进来,用不着穿过廖莉亚的房间了。”

保尔高兴得脸上放出了光彩。达雅快乐地对他微微一笑——他们的结合成功了。

半夜里老头子再也看不到厢房的窗子里透出灯光,但母亲却发现达雅眼中流露出无法掩饰的喜悦。那双闪耀着爱情之火的亮晶晶的眼睛下面有两条明显的暗影——这是长夜不眠的痕迹。小屋里经常可以听到吉他的琴声和达雅的歌声了。

达雅获得了爱情的快乐,但也感到苦恼,仿佛他们的爱情是偷来的。每一个细微的动静都会使她战栗,以为是母亲的脚步声。她老是担心,万一有人问她,为什么一到晚上就把房门用钩子扣上,那该怎么回答呢?保尔看出了她的心思,温柔地安慰她说:

"你怕什么呢?要知道如果仔细分析起来,我和你就是这里的主人。你安心睡吧!别人无权干涉我们的生活。"

她把脸贴在他的胸前,双手抱住心爱的人,安心地睡熟了。保尔久久地倾听着她的呼吸声,丝毫不敢动弹,生怕惊醒了她的好梦;他对这个把一生托付给他的姑娘怀着无限的柔情。

姐姐第一个知道了达雅的眼睛变得如此明亮的秘密。从那天起,姐妹俩就开始疏远了。接着,母亲也知道了,更确切地说,是猜到了。她警觉起来,她没料到保尔会这么做。

"达尤莎跟他不相配,"有一次她对廖莉亚说,"这件事会有什么结果呢?"

她心烦意乱,但又下不了决心去跟保尔谈一谈。

青年们开始来找保尔了。小房间里有时显得太挤,蜂群般的嗡嗡声不时传到老头子的耳中。有时他们还齐声歌唱:

我们的大海一片荒凉,
日日夜夜不停地喧嚷……

有时唱起了保尔所喜爱的歌曲:

茫茫世界被泪水洒遍……

这是工人党员积极分子学习小组的聚会。保尔写信给当地党委,要求承担点宣传工作，党委就让他负责这个小组。保尔就是这样打发时光的。

现在，保尔的双手又把住了舵轮，而生活呢，经过几番波折，又朝着一个新的目标前进，这个目标就是通过学习，掌握文学知识，然后重新归队。

但是生活中的麻烦事接踵而来。每次遇到波折，他都十分不安，担心这些麻烦事会影响他实现自己的目标。

突然，那个不走运的大学生若尔日带着妻子从莫斯科回来了。他住在沙皇时代当过律师的岳父家里，但不时回来从母亲那儿刮钱。

若尔日一回来，家庭关系大大恶化。他毫不犹豫站到父亲一边，而且还同那个有反苏维埃情绪的岳父一家串通一气，搞阴谋诡计，想方设法要把保尔从家里赶出去，让达雅同他断绝关系。

若尔日回来两个星期以后，廖莉亚在邻区找到了工作，她带着母亲和儿子一起离开了。保尔和达雅也搬到了离这儿很远的一个海滨小城。①

阿尔青很少收到他弟弟的来信。每当他在市苏维埃办公桌上见到一个灰色信封和他所熟悉的有棱角的字体时，就会失去往常的平静，一遍又一遍地反复读信。现在，他一边拆开信封，一边深情地想道：

"呵，保夫鲁沙，保夫鲁沙！要是我跟你住在一起，那就好了。小兄弟啊，你可以经常替我出出主意，对我一定大有帮助。"

保尔在信上写道：

阿尔青：

我想把我经受的一切都告诉你。我想，除你之外，我不会给任何人写这样的信。你了解我，对我说的每一句话都能理解。生活仍然对我有很大的压力，我继续在为健康而斗争。

我受到的打击一个接一个。一次打击之后，刚刚站起来，另一个更厉害的打击又落到我头上。最可怕的是我无力反抗，左臂已不听使唤，这本来够沉重的了，可接着我的两条腿也不能活动了。本来我就只能勉强在室内走动，现在连下床走到桌子旁边都困难，要知道这大概还不算结束。今后还会

① 见附注49。

发生什么情况,不得而知。

我已不再出门,只能从窗子里望见大海的一角。当一个人的肉体背叛了他,不再听他使唤,但他那颗布尔什维克的心、布尔什维克的意志却仍然渴望劳动,渴望和你们在一起,加入正在全线进攻的大军,走上展开滚滚铁流般巨大攻势的战场,世上还有比这更可怕的悲剧吗?

不过,我仍然相信,我能归队,在冲锋陷阵的队伍里还会出现我的刺刀。我不能不相信这点,我没有权利不相信。十年来,党团组织教给了我反抗的本领,我们的领袖说过:没有布尔什维克攻克不破的堡垒,这句话对我也同样适用。①

现在我的生活就是学习。除了书,还是书。阿尔青,我已读了很多书。我读完了主要的古典文学作品,修完了共产主义函授大学一年级的课程而且通过了考试。晚上和党内青年小组一起学习。通过这些同志我和党组织的实际工作保持联系。此外,还有达尤莎,她的成长和进步,当然,还有我这好伴侣对我的爱和亲切的照顾。我们在一起生活得很和美。我们的经济收入也很简单,就是靠我的三十二个卢布的抚恤金和达雅的工资过活。她正沿着我走过的道路在争取入党,以前她做过女用人,现在在食堂里做洗碗女工(这个小城市里没有工厂)。

前几天,达雅带回来她首次当选妇女部代表的证件,得意扬扬地拿给我看。对她来说,这不是一张普通的硬纸片。我注意观察她,看到一个新人正在不断成长,我尽自己的力量帮助她。总有一天,她会被一个大工厂,一个工人集体接受,并在那儿变得完全成熟。目前,我们住在这里,她只能沿着这条唯一可行的道路前进。

达雅的母亲来过两次。她不自觉地总想拉达雅的后腿,想让她回到那个狭窄孤独的小圈子里去,仍然去过那种忙于个人琐事的庸俗生活。我曾经竭力说服她的母亲,告诉她,她生活中的黑暗不应成为女儿前进道路上的阴影,但是徒劳无益。我觉得,达雅的母亲有一天会成为她女儿走向新的生活道路上的障碍,同她的斗争是不可避免的。握你的手。

你的保尔

---

① 见附注50。

老马采斯塔的第五疗养院。这是一座石砌的三层楼房，建造在从悬崖上开辟出来的一块平场上。周围绿树环抱，一条曲曲折折的道路通往山下。房间的窗户敞开着，阵阵微风，吹来了山下硫黄矿泉的气息。保尔独自一人在房间里。明天有新同志来，那时他又有伴了。窗外传来了脚步声，有几个人在谈话，其中一人声音很耳熟。他在什么地方听到过这深厚的男低音呢？他竭力思索着，忽然想起那在记忆中藏得很深但并没有忘记的名字："列杰涅夫，因诺肯季·帕夫洛维奇。肯定是他，绝不会是别人。"保尔确信不会弄错，就喊了他一声。不一会儿，列杰涅夫已经坐在他的身边，高兴地握着他的手了。

"呵，你还活着？有什么让我高兴的事说给我听听？呵，你怎么，当真成了重病号了吗？我可不赞成。你得向我学习。医生早就预言我该退休了，但我好像故意同他们为难似的，还在坚持工作。"说着，列杰涅夫温厚地笑了起来。

保尔在他的笑声里察觉出隐含的同情和忧虑。

他们兴奋地谈了两个小时。列杰涅夫讲了许多莫斯科的新闻。保尔从他那儿第一次了解到党内一些重要的决议：农业的集体化、农村的改造等等。他如饥似渴地听着他所说的每一句话。

"我还以为你在你家乡乌克兰的什么地方忙着呢，哪知道这么糟糕。不过，没关系，我原先的情况比你还糟，已经完全卧床不起了。可现在，你看，精神抖擞。现在，你要知道，决不能无精打采地过日子。这样不成！我有时有过不该有的念头：是不是应当休息休息，喘口气啦！毕竟已经上了年纪，再一天工作十至十二小时，有时真感到吃力。可是，每次考虑到这个问题，甚至已经着手要卸掉部分担子，但结果都是一样：你想卸些担子，办移交就得花很长时间，晚上在十二点之前都别想回家。机器转得越快，它的轮子转得也越快。现在我们前进的速度与日俱增，结果我们这些老头儿也只好像青年人一样生活了。"

列杰涅夫用手摸了摸他那高大的额头，用慈父般的口吻亲切地说：

"好了，现在说说你的情况吧！"

列杰涅夫仔细听着保尔叙述他自己的生活，保尔觉察到列杰涅夫看着他的目光很有生气，含有赞许的神情。

在浓密的树荫下，在凉台的一角，聚集着几个疗养员。赫里桑夫·切尔诺科佐夫坐在一张大桌子旁边，紧皱着浓眉，在读《真理报》。他穿了件黑色的竖领衬衫，戴了顶老式的便帽，瘦削的脸庞，晒得黑黑的，胡子很久没刮了，一双蓝眼睛深深凹陷进去——所有这一切都表明他是个地道的矿工。十二年前，他被调到边区担任领导工作，放下了铁镐，可是他的样子就好像才从矿井里出来一样。他不改矿工本色，这从他的举止、言谈以及使用的语汇里都可以看得出来。

切尔诺科佐夫是边区党委委员和政府委员。他腿上生了坏疽，这种痛苦的疾病不断消耗着他的体力。切尔诺科佐夫痛恨这条病腿，就因为这条腿，他已经在床上躺了差不多半年了。

坐在切尔诺科佐夫对面，抽着烟卷，若有所思的是亚历山德拉·阿列克谢耶夫娜·日吉列娃。日吉列娃今年三十七岁，入党已有十九年了。在彼得堡做地下工作的时候，人们都叫她“金工姑娘舒罗奇卡”。几乎还是个孩子，她就已经尝过流放西伯利亚的滋味了。

坐在桌旁的第三个人是潘科夫。他在埋头读德文杂志，间或扶正鼻梁上那副好大的玳瑁眼镜，他头部的侧影很美，有点像古希腊罗马的艺术人像。当你看到这年方三十的大力士抬起他那不听使唤的右腿时竟那么费劲，真会觉得难以置信。米哈伊尔·瓦西里耶维奇·潘科夫是位编辑、作家、教育人民委员部的工作人员。他熟悉欧洲，通晓几门外语。他的知识很丰富，就是持重的切尔诺科佐夫对他也很敬重。

“这就是你同房间的那个同志吗？”日吉列娃朝坐在轮椅里的保尔那边点点头，轻声问切尔诺科佐夫。

切尔诺科佐夫丢下报纸，脸色豁然开朗。

“是的，他就是保尔·柯察金。舒拉，应当介绍你们认识一下。是病魔在跟他捣蛋，要不然把这个小伙子放在困难的岗位上是很能发挥作用的。他是最早一批加入共青团的。总之，要是我们帮他一把，我已决定这样做了，那他还能再工作的。”

潘科夫仔细听着他们的讲话。

“他生的是什么病？”舒拉·日吉列娃又轻声地问。

“是一九二〇年内战时期留下的病根。他的脊椎骨有毛病。我跟这儿的医生谈过,你知道,他们担心,这种暗伤有可能使他完全瘫痪。真够呛!”

“我马上把他推到这儿来。”舒拉说。

他们就这样相识了。就连保尔也没想到,日吉列娃和切尔诺科佐夫以后都成了他最亲近的人,后来,在他病情非常严重的那几年里,他们都是他最有力的支柱。

生活依然照旧。达雅做工,保尔读书。他还没来得及着手做小组的工作,一个新的不幸又悄悄向他袭来:他的双腿全瘫痪了。现在他能使唤的只有右手。他做了长时间的努力,仍然徒劳无益。他终于明白:他再也不能走动了。他咬紧嘴唇,直到咬出血来。达雅勇敢地掩饰着内心的绝望和由于无法帮助他而产生的痛苦。可是保尔却怀有歉意地微笑着对她说:

“达尤莎,我们俩只好离婚了。咱们并没有约定,遇到这种倒霉的情况还得在一起过下去。好姑娘,我今天得好好考虑一下这个问题。”

她不让他再说下去。她一时无法控制自己,不禁失声痛哭。她哽噎着,把保尔的头紧紧抱在怀里。

阿尔青得知弟弟又遭到新的不幸,写信告诉了母亲。玛丽亚·雅科夫列夫娜立刻扔下一切,到保尔这里来了。于是,他们三个人在一起生活,老太太和达雅相处得很融洽。

保尔继续学习。

一个阴冷潮湿的冬天的晚上,达雅带着她第一次获得胜利的好消息回到家里——她当选为市苏维埃委员了。从此,保尔在家里很少见到她。她常常从当洗碗女工的工作地——疗养院的厨房直接去妇女部,去苏维埃,直到深夜才能回来,虽然十分疲劳,但却接受了许多新鲜事物。接受她作为候补党员的日子已经临近,她怀着十分激动的心情,迎接这个日子的到来。但是,这时新的不幸又从天而降:保尔的病情继续恶化,他的右眼发炎,疼得火烧火燎,接着左眼也感染了。保尔有生以来第一次尝到了失明的滋味——周围的一切仿佛都蒙上了一层黑纱。

现在,一个无法逾越,从而特别可怕的障碍已经悄悄地横在道上,使他无法前进。保尔的母亲和达雅感到无限悲痛,他却极其冷静,暗自下了决心:

“应该再等一等。要是确实不可能再向前进,要是失明把我过去为恢复工作所做的一切努力全部勾销,毁灭了重新归队的希望,那就应该结束生命。”

保尔写信给他的朋友们。他们都回信鼓励他要坚强,要继续同疾病做斗争。

就在他十分痛苦的日子里,一天,达雅无比兴奋而激动地告诉他:

“保夫鲁沙,我是个候补党员了。”

保尔听她讲述支部如何讨论吸收她这个新同志入党,不由得回想起自己刚刚入党时的种种情形。他使劲握着她的手说:

“好啊,柯察金娜同志,这么说,我和你可以组成一个党小组了?”

第二天,他写了封信给区委书记,请他有便来一趟。晚上,一辆溅满了泥浆的汽车停在门口。沃尔默,一个上了年纪的拉脱维亚人,长着满脸的大胡子,握着保尔的手说:

“怎么样,过得好吗?你的表现怎么这样不像话?起来吧,我们马上就派你下地干活去。”他说着就笑起来了。

区委书记在保尔家里待了两个钟点,把晚上还要开会的事儿都忘了。他一面听着保尔激动的讲述,一面在房间里来回踱步。最后他说:

“你别再谈领导学习小组的事了。你需要的是休息,再把眼睛的病情弄弄清楚。也许,还有希望。你是不是去一趟莫斯科,怎么样?你考虑一下……”

保尔打断了他的话,说:

“沃尔默同志,我需要的是人,活生生的人!我孤单单一个人无法活下去。我现在比任何时候更需要和大家在一起。你派些年轻人来吧,就是那些还不成熟的小青年。他们在你们乡下老想搞得‘左’一点,想组织共产主义公社,嫌集体农庄不够味。要知道,这些共青团员,如果不照管好,往往就会冒进。我从前也是这样的,我了解这一点。”

沃尔默站住了。

“你从哪儿知道这些情况的?这消息今天才由区里传来嘛。”

保尔笑了笑说:

“也许,你还记得我的妻子吧?昨天刚刚入党。是她说的。”

“啊,柯察金娜,那个洗碗女工吗?这么说,她是你的妻子?哈哈,我以前可不知道!”沃尔默稍稍考虑了一下,用手拍了拍自己的额头,说:“有了,我们可以派个人给你,就是列夫·别尔谢涅夫。他是最合适的人了。你们两人连性格都很相近,就有点像两个高频变压器。你知道,我以前当过电工,所以喜欢用这些字眼和这些譬喻。而且列夫还可以给你装一个无线电收音机,他是个无线电专家。你知道,我经常在他那儿戴上耳机一直听到夜里两点钟。连我妻子都疑神疑鬼了,说:‘老鬼,你每天夜里究竟上哪儿去闲逛了?’”

保尔笑着问他:

“这个别尔谢涅夫是个什么样的人呢?”

沃尔默走累了,就在椅子上坐下来,说:

“别尔谢涅夫是我们这儿的公证人。但是,他当公证人,就像我当芭蕾舞演员一样,不在行。不久前,他是个担任要职的大干部。他一九一二年就参加革命,十月革命时期入党。内战时期在集团军军部,负责骑兵第二集团军革命军事法庭的工作;在高加索消灭过‘白’虱子。他还到过察里津,到过南方战线。在远东掌管共和国最高军事法庭。他吃尽千辛万苦。后来患了肺结核,病倒了。他是从远东到这儿来的。在高加索,他担任过省法院院长和边区法院的副院长。最后,两个肺损坏得很厉害,有了生命危险,才把他送到这儿来。这就是我们这个不平常的公证人的来历。公证人的职务很清闲,因此他还活着。我们今天悄悄塞给他一个支部,让他负责,明天又让他参加区委会,接着又叫他领导一个政治学校,还要他参加监察委员会;不论成立什么解决棘手难题的委员会,都必定有他参加。此外,他还是个爱打猎的人,一个热心的无线电迷。别看他只有一叶肺,但很难使人相信,他是个病号。他的精力非常充沛。我相信,他要是死,大约也会死在从区委赶到法院的路上。”

保尔打断了他,提出一个尖锐的问题:

“那你们为什么还要给他这么多的工作呢?他在你们这儿,比从前做得还要多。”

沃尔默眯起了眼睛,瞟了保尔一眼,说:

“要是我们让你领导一个小组或者还派你干一点别的工作,列夫也会说:‘你们为什么给他这么多的工作?’可是对自己,他却说:‘在热火朝天的工作中活一年,胜过在病床上苟且偷安地混五年。’看来,珍惜人只有在建成社会主义之后,才能做到呢。”

“他说得对。我也赞成好好活一年,不去混五年。不过,我们有时会任意挥霍精力,这是错误的。我现在才明白,与其说这是英勇,还不如说是任性和不负责任。直到现在我才明白,我没有权利这样糟蹋自己的身体。原来,这根本不是什么英雄行为。要是我不那么热心效法斯巴达人的生活方式,也许我还能再支持几年。一句话,左派幼稚病,这对我来说,是一个主要的危险。”

“他现在只是说说而已,要是明天能够起床行走,早就把什么都忘了。”沃尔默心中这样想,但他没有说出来。

第二天晚上,列夫到保尔这里来了。他们谈到半夜才分手。列夫在离开他的新朋友时,觉得他所遇到的仿佛是失散多年的亲兄弟。

次日上午,有几个人爬上屋顶,架设了天线。列夫一面在房间里安装收音机,一面讲述他生活中最有趣的一些事情。保尔看不见他,但根据达雅的描述,他知道列夫长着淡黄色头发,浅色的眼睛,身材匀称,动作敏捷,就跟保尔在他们刚见面那最初几分钟里想象的完全一样。

黄昏时分,房间里三只电子管亮了。列夫郑重其事地把耳机递给保尔。太空中传来一片嘈杂声。港口的莫尔斯电报机的响声像小鸟在啁啾,从某个地方,好像就在近海,又传来轮船上火花式无线电发射机的声音。然后,可变电感器线圈从杂乱的噪声中突然收到了一个平静而自信的声音:

“注意,注意,莫斯科广播电台……”

小小的收音机,通过天线,可以收到世界上六十个电台的播音。疾病久已把保尔同生活隔绝,但现在生活突然从听筒的膜片中冲了进来,让保尔摸到了它那强劲有力的脉搏。疲劳的别尔谢涅夫看到保尔的眼睛里显出喜悦的神情,微微地笑了。

家里的人都已睡熟了。达雅在梦中轻轻地呓语着。她很晚才回到家,又累又冷。保尔很少见到她,她越是沉浸在工作中,晚上空闲的时间就越少。保尔不禁想起别尔谢涅夫说的话:

“如果一个布尔什维克的妻子是个党内同志,他们互相就难得见面。这有两个好处:既不会互相厌烦,又没时间吵架。”

他能表示反对吗?这是意料之中的事。以前,达雅把她的每个晚上都给了他,对他有更多的照顾,更多的温存。但是,那时她仅仅是他的朋友和妻子,而现在她则是他的学生和党内的同志。

他明白,随着达雅的成长,她相伴他的时间就会越来越少。他觉得这是理所当然的事情。

保尔接受了辅导一个小组的任务。

每到晚上,屋子里又热闹起来。跟青年们在一起度过的时光是使保尔振作起来的力量源泉。

其余的时间他都用来听收音机。母亲喂他吃饭,要费好大劲才能把他的耳机摘下。

无线电把双目失明夺走的东西又送还给他——他又可以学习了。于是,这种能排除万难的强烈的愿望使他忘记了持续的高烧,浑身剧烈的疼痛,忘记了两眼火烧火燎的炎肿,也忘记了生活对他的残酷无情。

当他从无线电里听到,在马格尼托戈尔斯克钢铁企业建筑工地上,继保尔这一代共青团员之后,新的青年一代在共产国际的旗帜下,建立了新的功勋,他感到无比幸福。

在他的想象中出现了狼群般残暴的大风雪,那乌拉尔地区可怕的严寒。狂风怒吼,但在这风雪弥漫的黑夜,由第二代共青团员组成的突击队,在极其明亮的弧光灯下,在巨大厂房的屋顶上安放玻璃,从冰雪严寒中抢救那世界闻名的联合企业刚建成的第一批车间。基辅第一代的共青团员冒着风雪铺设的用以运输木柴的铁路同它相比似乎微不足道了。国家壮大了,人民也成长了。

在第聂伯河上,洪水冲垮了钢闸,汹涌澎湃,淹没了机器,威胁着人们的安全。与这场自然灾害进行斗争的仍然是共青团员。他们废寝忘食,经过两天两夜的苦战,终于战胜了洪水,把它赶回了闸口。在这场大规模的斗争中新一代的共青团员站在最前列。在那些英雄模范人物的名单中,保尔高兴地听到了一个他十分亲切的名字——伊格纳特·潘克拉托夫。

第9章

保尔和达雅到了莫斯科，在一个机关的档案库里住了几天。这个机关的负责人帮助保尔住进了一所专科医院。

直到现在，保尔才明白：当一个人年轻力壮的时候，做到坚强是比较简单而容易的事；如今，当生活像铁环似的把你紧紧箍住的时候，仍然能够坚忍不拔，那才是光荣的业绩。①

从保尔住进档案库的那天晚上到现在，已经一年半过去了。这十八个月来他所遭受的痛苦是难以用言语表达的。

在医院里，阿韦尔巴赫教授直截了当地告诉保尔，恢复视力已不可能。在希望渺茫的将来，如果炎症能够消失，可以试试做瞳孔手术。他建议先做外科治疗，消除炎症。

他们征求保尔的意见。保尔表示，凡是医生认为需要做的，他都同意。

当他躺在手术台上，手术刀割开他的颈子，切除一侧的副甲状腺时，死神的黑色翅膀曾经三次触及到他。然而保尔的生命力非常顽强。达雅焦急不安地守候在外面，几个小时以后，她看见丈夫的脸色像死人般苍白，但仍然很有生气，而且像往常一样平静温存：

“好姑娘，你别担心，我可不会这么容易就进棺材的。我还要活下去，哪怕有意跟那些医学权威的预言捣捣蛋也好嘛。他们对我病情的诊断完全

---

① 见附注51。

正确,但是写个证明,说我百分之百失去了劳动能力,那就大错特错了。我们走着瞧吧!”

保尔坚定地选择了一条道路,决心通过这条道路回到新生活建设者的队伍中去。

冬天过去了,窗外已春意盎然。保尔动完了最后一次手术,总算死里逃生,但已毫无血色。他觉得自己再也不能待在医院里了。他在各种病人的痛苦和垂死者的呻吟、哀号之中生活了这么长的时间,这比忍受自身的痛苦更为艰难。

医生建议他再做一次手术,他冷冷地、生硬地说:

“到此为止。我可够了。我已经向科学献出了我的一部分鲜血,剩下的留给我作点别的事吧。”

当天,保尔就给中央委员会写了封信,请求帮助他在莫斯科安家,因为他妻子在当地工作,而且他本人再继续到处住院已毫无用处。他有生以来第一次请求党组织帮助。莫斯科市苏维埃拨给他一间房子。于是保尔离开了医院,当时他的唯一希望就是永远不再回来。

那间房子在克鲁泡特金大街一条僻静的巷子里,很简朴,但在他看来,已经非常奢侈了。夜里醒来时,他常常还不相信,他已经远远地离开了医院。

达雅已经转为正式党员。她工作非常努力,尽管个人生活非常不幸,但她并没有落在其他先进工人的后面。工人们信任这个寡言少语的女工:她当选为工厂委员会的委员。保尔为他的终身伴侣成为一个布尔什维克感到自豪,这减轻了他的痛苦。

有一次,巴扎诺娃因公出差,到了莫斯科,前来探望保尔。他们谈了很久。保尔热情地向她讲述了他所选择的道路,正是通过这条道路,他将能回到战士的行列。

巴扎诺娃发现柯察金两鬓已有银色的发丝,便轻轻地说:

“我看得出,您经受了不少痛苦,但是您仍然没有失去那永不熄灭的热情。还有什么比这更可贵呢?您已经准备了五年,现在决定动笔了,这很好。但是您怎么写呢?”

保尔笑着安慰她说:

“明天他们会给我送一块刻好格子的板子来,是用硬纸板做的。没有这块板子我没法写字,会把不同行的字重迭在一起。我想了很久,才想出这么个办法,就是在硬纸板上刻出一条条空格,这样我的铅笔就不会写到直行的格子外面。我看不见所写的东西,写起来是很困难,但也不是没法做到。我对这一点深信不疑。我试了好长时间,开始一直写不好,但是现在我慢慢地写,每个字母都仔细地写,结果写出来的字挺不错了。”

保尔开始工作了。

他计划写一部关于英勇的科托夫斯基骑兵师的中篇小说,书名不假思索就出来了:《暴风雨所诞生的》。

从这一天起,保尔把整个身心扑在这部书的创作上。他缓慢地,一行又一行、一页又一页地写着。他忘却一切,全部身心都沉浸在书中的人物形象当中,也初次尝到了创作的艰辛:有时候那些鲜明生动、难忘的景象清晰地重新浮现在他的脑海里,但他无法用笔墨表达,写出来的字句显得那样苍白无力,缺少生气和激情。

已经写好的部分,他必须逐字逐句全部记住。否则,线索一断,工作就要受到阻碍。母亲忐忑不安地注视着儿子的工作。

在工作过程中,他必须凭记忆整页整页,甚至整章整章地背诵,因此母亲有时觉得他疯了。保尔写字的时候,她不敢走近他,只在乘着替他捡起滑落在地上的手稿时,才怯生生地说:

“保夫鲁沙,你最好还是做点别的什么事吧。哪里见过像你这样的,老写个没完没了……”

保尔见母亲如此不安,不由得笑了起来,并安慰老太太说,他还没到完全“发疯”的地步。

计划中的这部小说已经写好了三章。保尔把它寄到敖德萨给科托夫斯基师的一些老同志看看,征求他们的意见。他很快就收到了回信,大家都给予好评。但是手稿在寄回的途中竟被邮局丢失了。六个月的心血付之东流。这对保尔是个很大的打击。他当时没有留一份副本,把仅有的一份底

稿寄走了,现在后悔不迭。他把手稿丢失的事告诉了列杰涅夫。列杰涅夫说:

“你怎么那么不小心?现在冷静下来吧,骂人也没用了,还是重新开始吧!”

“怎么能不生气呢?因诺肯季·帕夫洛维奇!我六个月的心血全给毁啦!这是我每天紧张工作八小时的成果呵!你看,现在还有这样的寄生虫,他们真是罪该万死!”

列杰涅夫尽力安慰他。

一切只得重新开始。列杰涅夫给他弄来了一些纸,帮助他把写好的原稿拿去打字。一个半月之后,第一章又重新写成。

跟柯察金同住一套房子的人家姓阿列克谢耶夫。他家的大儿子亚历山大在市里的一个团区委担任书记。亚历山大有个十八岁的妹妹叫加莉亚,刚从工厂技校毕业。加莉亚是个朝气蓬勃的姑娘。保尔托母亲跟她去商量,问她是否愿意帮助他,做他的‘秘书’。加莉亚很乐意地答应了。她面带笑容,十分亲切地过来了。当她知道保尔在写一部中篇小说,便说:

“柯察金同志,我很愿意帮助您。这可跟替我父亲写要求大家保持住房清洁卫生的通知截然不同,那些东西真没意思。”

从这一天起,文学创作的进度加快了一倍。一个月里竟然完成了那么多,连保尔自己都感到惊奇。加莉亚十分同情保尔,积极帮助他工作。她的铅笔在纸上沙沙作响,遇到她特别喜爱的段落,她总要反复念上好几遍,真诚地为他的成功感到高兴。在这所房子里,几乎唯有她一人相信保尔的工作定会获得成功,其他人都认为他这样做是徒劳无益的,只不过因为无所事事,才不得不努力设法消磨时间罢了。

去外地出差的列杰涅夫回莫斯科来了,他读了小说的头几章之后,说道:

“继续干吧,朋友!胜利一定属于我们。保尔同志,你还会有大喜事的。我坚信,你归队的理想不久就会实现。孩子,千万别泄气。”

这位老人看到保尔精力非常充沛,十分满意地走了。

每次加莉亚来后,她的铅笔便在纸上沙沙作响,一行一行的字句不断增多,追叙着令人难忘的往事。每当保尔凝神深思,沉浸在回忆之中的时候,加莉亚都会看到他的睫毛在颤动，眼睛的神情随着他的思想活动过程不断变化。简直令人难以置信，他已双目失明，因为那对清澈无瑕的瞳孔是多么富有生气啊。

一天的工作结束之后，加莉亚把当天写下的东西念给保尔听。她看到保尔全神贯注地仔细谛听，反应敏捷，时而皱起眉头。

“柯察金同志，您为什么皱眉头呢？您瞧，写得多好啊！”

“不，加莉亚，写得不好。”

他认为写得不成功的段落就亲自动手重写。有时他被纸板上窄小的格子束缚得难以忍受，就把它扔掉。他十分憎恨生活夺去了他的双眼，常常气得把铅笔一支支弄断，把嘴唇咬得出血。

工作越接近尾声，他越难以控制自己，那些平时被他用坚强的意志禁锢起来的各种感情都蠢蠢欲动，力图摆脱控制。忧伤，以及各种热烈的、温柔的人之常情，几乎人人都有权利抒发的各种感情，唯独他必须加以控制。他要是屈服于其中任何一种感情，那么事情就会以悲剧而告终。

达雅经常晚上很迟才从工厂里回来，她跟玛丽亚·雅科夫列夫娜低声交谈几句，就躺下睡觉了。

最后一章写完了。加莉亚花了几天时间把这部小说给柯察金通读一遍。

明天就要把手稿寄到列宁格勒的州委文化宣传部去审阅了。要是那里同意给这本书发“通行证”，就会把它送交出版社——那时……

他的心在不安地跳动。那时……就是新生活的开始，这是用多年紧张而顽强的劳动所得来的啊。

这本书的命运决定着保尔的命运。假使手稿被完全否定，那将是他生命的终结。假如作品部分不够成功，还可以进一步修改加工，那他立刻就发动新的进攻。

母亲把沉甸甸的包裹送到了邮局。紧张的等待开始了。保尔有生以来从未像现在这样焦急、这样痛苦地等待来信。每天，他等了早上的邮班，又等晚上的邮班。可是列宁格勒一直没有回音。

出版社的沉默令人惊恐不安，失败的预感一天比一天强烈。保尔暗自承认，如果书稿被彻底否定，那就是他的灭亡。那时无法再活下去，活下去已毫无意义。

这时，他不禁想起了郊外海滨公园里的情景，一次又一次地问自己：

“为了挣脱这个铁环，为了能够归队，使你的生命变得有益于人民，你竭尽全力了吗？”

他的回答是：

“是的，我似乎已经竭尽全力了。”

许多天过去了，就在等待已经变得令人无法忍受的时候，他那焦急不安不亚于儿子的母亲突然在房门口激动地喊道：

“列宁格勒来消息了！！！”

这是州委发来的一封电报，电报纸上只有极简短的几句话：

小说大受赞赏。即将出版。祝贺成功。

保尔的心怦怦直跳，他梦寐以求的理想终于实现了！铁环已被砸碎，现在他已经拿起新的武器，又重新回到战斗的行列，开始了新的生活。

附　注

1 “……终因害怕被赶出教室而没敢说话。”这句之后，手稿中还有：

“保尔是信教的。他的母亲是个教徒，常常给他讲《圣经》上的道理。因此他深信不疑世界是上帝创造的，而且不是一百万年之前，完全是不久之前的事情。”

删掉这几句话显然是为了使几乎生来就选定了自己生活道路的保尔形象更趋完整。类似情况在其他章节里也能遇到。

2 “还有那个黄毛小子，一定要给他一记耳光，一定要揍他。”

在手稿中，对保尔性格的描写更加形象：

“还有那个黄毛小子，我一定要狠狠地抽他那张狗脸。要不是怕人家把我撵出去，我真是现在就想揍他。反正早晚一定得给他点颜色看看。”

3 在“……我给你照看大锅。”之后，手稿中还有整整一个章节，描写克里姆卡对保尔讲述普罗霍尔答应给弗萝夏三百卢布，终于说服她同穆辛-普希金一起过夜的情节。

4 “布尔什维克组织的游击队已达十支之多。”在青年近卫军出版社一九三五年的版本中，这句话稍有不同：“游击队已达十支之多，其中一部分是布尔什维克组织的。”第五版里把“一部分”这个词去掉了。而在作者手稿中，我们发现了第三种更加完整，从而也更加清楚的方案：“省里的游击队开始活动了。已经有近十支游击队,一部分是布尔什维克组织的,一部分是乌克兰社会革命党人组织的。”后来所作的修正明显歪曲了原意,会使读者对那个时代的复杂性缺乏正确的认识。正因为这些游击队是由不同的政党和团体所组织的,因此各支游击队之间也会相互为敌。手稿中后面的内容可以证明这一点。

5　在“尖锐、残酷的阶级斗争席卷着乌克兰。”这句的前面,在手稿中还有关于冬妮亚(手稿中用的名字是伊拉)和保尔的一个有趣的故事:

雨点滴滴答答敲打着窗户。屋顶上的雨水潺潺地往下直淌。劲风阵阵,吹得花园里的樱桃树摇摇晃晃,树枝弯了下来,不时碰在窗玻璃上,伊拉不止一次抬起头来留神谛听,是不是有人敲窗。当她确定这仅仅是风在作怪,就皱起了眉头。风声雨声搅得她无心再写。她闷闷不乐,怅然若失。她面前的桌子上放着几张写得满满的信纸。写完最后一页,伊拉把披巾裹得更紧些,拿起刚写好的信,重读一遍。

亲爱的塔尼娅:

碰巧我爸爸的助手要上基辅去,我请他捎这封信给你。

好久没给你写信了,请原谅。

现在的日子动荡不安,一切都乱七八糟,叫人理不出头绪。而且即使你想写信,也没人给捎,邮路不通。

你已经知道了,爸爸不同意我再回基辅。我要在本地的中学里念七年级了。

我很想念朋友们,尤其是你。我在此地的中学生里没有一个朋友。他们大多是些庸俗乏味的男孩和一些土里土气、既傲又蠢的女孩。

前几封信里,我告诉过你关于保夫鲁沙的事。塔尼娅,我想错了。过去我以为对这个小锅炉工的感情不过是年轻人的胡闹而已。一时喜欢,转眼即忘,这种情况在我们生活中随处可见。但事实并非如此。是的,我们两人都很年轻,加起来只有三十三岁,可是这中间却有一种更为严肃的东西。我不知道,该叫什么,不过这决不是胡闹。

眼下,正是深秋时节,阴雨连绵,泥泞难行。在这个寂寞无聊的小城里,我对这肮脏的小火夫突然产生的感情竟占据了我的整个身心,给我这单调乏味的生活增添了色彩。

我已经长大了。本来我是一个不守本分,有时甚至任性古怪的女孩,总是在生活中寻找某种光彩夺目,不同凡响的东西。我读过一大堆的小说,这些小说常常使你对生活产生一种特别的好奇心,促使你努力追求一种更加绚丽、更加充实的生活,而不满足于我周围的圈子里绝大多数女性习惯的那种令人厌烦嫌恶、千篇一律、平淡无味的生活。正是在对这种光彩夺目、不同凡响的追求中,我产生了对保尔的感情。在我熟悉的年轻人中间,我从没见过有谁具有像他那样坚强的意志,那种明确而独特的生活见解。而我们之间的友谊本身也非同一般。正是因为我追求不同凡响的东西,加上我那种想"考验考验"他的任性古怪的念头,有一天差点让这个青年人送了命。这事回想起来,至今我都觉得十分羞愧。

这是夏末的事。我和保夫鲁沙来到湖边的悬崖上,这是我很喜爱的地方,还是那个迷我心窍的鬼东西使我忍不住想再考验一下保尔。那座悬崖十分陡峭,这你是知道的,去年夏天我带你去过那里,足有五俄丈高。你知道,我真是疯了,居然对他说:

"你不敢从这儿跳下去的,你害怕。"

他向下看了看湖水,摇摇头说:

"活见鬼!干吗?难道我不要命了吗?谁要是活得不耐烦了,那就让他去跳好了。"

他不认为我是故意挑逗,以为我在开玩笑。虽然我好几次亲眼看见他的确很勇敢,有时甚至过于大胆,但这时我却觉得他不敢冒生命危险,做出真正具有大无畏精神的举动,他的勇气,也不过就是打打架,冒冒险,偷支手枪,做点诸如此类的小事而已。

后来就发生了使我今后再也不敢有这种古怪愚蠢举动的糟糕事情。我对他说,我怀疑他胆怯,只是想检验一下,他是否真有胆量从悬崖上跳下去,不过并不强迫他这样做。我当时简直对这事着了迷,为了进一步激他,还提出了这样一个条件:假如他确实胆量过人,而且想赢得我的爱,那就跳下去。只要跳下去,他就可以得到我。

塔尼娅,我现在深深地意识到,这种做法很不好。他对我的建议十分惊讶，向我凝视了片刻。我还没来得及跳起来，他已经猛地甩掉了脚上的凉鞋，纵身从崖上跳了下去。

我吓得狂叫起来，但是已经迟了。他那挺直的身躯已向水面飞落下去。短短的三秒钟，对我来说仿佛长于百年。当水面溅起巨大的浪花，淹没了他的身体那一瞬间，我惊恐万分，顾不得自己也有失足从悬崖上落下的危险，俯身注视着水面上向四周荡漾的圈圈波纹，伤心至极。仿佛经过了无穷无尽的等待之后，水面上终于露出了那颗我心爱的黑色头颅，我失声痛哭，朝通向湖边的小路奔去。

我知道，他跳崖并不是为了要得到我，我许下的愿至今没有偿还，而是为了永远结束这种考验。

树枝不时地叩着我的窗子，不让我再写下去。我今天的情绪一点也不好，塔尼娅。周围的一切都是阴沉沉的，这也影响我的心情。

车站上列车一直来来往往。德国人正在撤退。他们从四面八方汇集到这里，然后再分批登车离去。据说，离这里二十俄里的地方，起义者同正在撤退的德国人交火了。你是知道的，德国也发生了革命，他们急于想回国。火车站上的工人都快跑光了。以后还会出什么事，我不清楚，但是心中惶惶不安。等你的回信。

爱你的伊拉

一九一八年十一月二十九日

6　在“惊慌失措，不知根底的居民急忙跳出热乎乎的被窝，脸贴着窗户向外张望。”之后，作者手稿中还有一个细节，描写小市民把匪徒之间的交战误认为新政权已经来临时的心情：

阿夫托诺姆·彼得罗维奇抬起头来，侧耳细听。不，他没弄错，是有人在打枪，于是，他立刻跳下了地，将脸贴在窗上向外张望，他就这样站了一会儿。毫无疑问，城里正在交战。

应该马上把谢甫琴科（十九世纪乌克兰诗人——译者注）肖像下面的小旗子拿下来。挂彼得留拉的小旗，红军来了要倒霉的，谢甫琴科的肖像倒没关系，不论是红军还是白军都很尊重。塔拉斯·谢甫琴科真是个好人：挂他的肖像，你不用提心吊胆，不管谁来，都不会说三道四。可那些小旗子就是另一码事了。他阿夫托诺姆·彼得罗维奇可不是傻瓜,也不是格拉西姆·列昂季耶维奇那样的糊涂蛋。既然有这么个灵便的办法,干吗要挂列宁像来冒险呢?

他慢慢地把旗子往下扯,但是钉子钉得很牢。他就用力去拉,失去了平衡,咕咚一声重重地摔在地上。妻子被响声惊醒,吓得跳了起来……

“你怎么,发疯了吗?这老笨蛋?”

阿夫托诺姆·彼得罗维奇摔在地上,撞痛了骶骨,正疼得不可开交,就冲着妻子大喊大叫:

“你就知道睡倒头觉。要上天国,你也会睡过头的。城里鬼知道出了什么事,可她只管倒头睡大觉。又要我挂旗,又要我摘旗,这事跟你就不相干?”

他的唾沫星子直飞到妻子脸上。她用被子蒙上了头,阿夫托诺姆·彼得罗维奇听见她在低声嘟哝:

“白痴!”

枪声渐渐稀落了,但回音仍然像榔头敲击着窗框。城边上,蒸汽机磨坊附近,一挺机枪像狗吠似的断断续续地响着。

7 这一段在作者手稿中有所不同,对当时动荡不安的时代气氛描绘得更加具体:

丑恶的、阴沉的夜。

乌云宛如远方大火腾起的团团浓烟,在蓝黑色天空中缓缓移动,渐渐靠近一座宝塔,徐徐将它遮掩起来。宝塔变得模糊不清,如同给抹上了一层污泥,而不断逼近的乌云又继续不停地为它上色,越来越浓。昏黄的月亮发出微微颤动的光,接着也沉没在乌云之中,仿佛掉进了黑色的染缸。

在这种时刻,即使你把眼睛睁得大大的,也透不过那重重夜幕。于是,人们只能冒着掉进壕沟,跌扭脖子的危险,伸手去摸,用脚去探,瞎碰瞎撞地走路。

在这种时刻,如果有人鬼使神差地迈出家门,到大街上去乱逛,那跌得头破血流的还会少吗?更何况这是在一九一九年四月这样的年头,脑袋上、身上让子弹打个窟窿或者被枪托敲掉几颗牙齿,本来就是极其平常的事。

市民们都知道，在这种时候应该待在家里，无事不要点灯：灯光会招惹不速之客。有人见了灯光，就会不请自到，那就免不了灾祸临头。最好就待在黑暗之中，这样更安稳些。要是有人在这种时候非要出去，那就让他去好了。这种不安分的人总是有的，那就随他们的便，让他们见鬼去吧。这跟小市民毫不相干。不过小市民自己可不外出。请放心，他们决不会出去乱跑的。

可就是在这样一个黑夜，有个人影匆匆行走在街道的中间。他的腿不时陷在泥里，遇到特别危险的地方，嘴里就骂骂咧咧吐出几句粗话。

8 “保尔在布鲁兹扎克家坐立不安，虽然他们竭力留他吃饭，但他还是走了。”在作者手稿中，对这个细节的描写有所不同：

保尔打算走了。瓦莉娅知道，他最近几天在家挨饿，因为保尔家为了换吃的，能卖的东西全都卖了，现在再也没什么可卖的了。她强迫保尔留下来吃午饭，威胁他说，不然就要跟他吵架。保尔也确实感到饥肠辘辘，于是留下来饱饱地吃了一顿。

9 在“我求求你，妈妈，现在就让他住在我们家吧。”之后，在作者手稿中还有女主人公坚决要求母亲把保尔留下的一段文字：

“也许，只要住几天，他又饿又疲劳。好妈妈，如果你爱我，你就不要反对，我恳求你了。”

女儿用央求的眼光望着母亲，母亲也以试探的目光注视着女儿。

10 在“……他们照样会把他当作大人枪毙的。”之后，作者手稿中对冬妮亚母亲的性格还作了比较深入的分析：

她们彼此没有再说一句话。叶卡捷琳娜·米哈伊洛夫娜一生中经受了许多痛苦。她的母亲是个严厉刻板，落后守旧的妇女，对她管束很严，成天向她灌输虚伪的“礼仪”和“修养”。旧礼教毁了她的青春年华，叶卡捷琳娜·米哈伊洛夫娜对此至今记忆犹新，因此在对女儿的教育问题上，她摒弃了小市民阶层的许多偏见和陋习，让女儿能够自由发展。尽管如此，她仍密切地，有时甚至忧心忡忡地关注着女儿的成长，并且不动声色地帮助她摆脱各种困境。

现在,叶卡捷琳娜也为保尔要住在她家惴惴不安。

11　在“而这个偶然邂逅的姑娘就是他最大的幸福。”之后,在作者的手稿中还有下面一段文字,描写保尔纯洁和完整的性格:

最后的几小时他们是紧挨在一起度过的。

“你还记得我为你跳崖而许的愿吗?”她的声音轻得几乎听不见。

他闻到了她的发香,似乎也看到了她的眼神。他当然记得。

“可是难道我能让自己要你还愿吗?我是多么的尊重你,冬妮亚。我不知道怎么跟你说,我不善于表达。但是我知道,你是不在意才说了那句话的。”

他无法再往下说了。是的,熟悉的、火一般的热吻封住了他的嘴。她那如同弹簧般柔软的身体是那样顺从……但是青春的友谊高于一切,比火更明亮。要抵挡住这种诱惑是困难的,难于上青天。但只要性格坚强,友谊忠贞,那也可以做到。

12　在“腰间扎着模压皮带的瘦高个儿以强制的口吻对多林尼克说……”之后,在作者手稿中还有下面一段文字,对当时的复杂情况刻画得更加详细,更加生动:

“废话别说,给我弄一百车草料。马都快饿死了。真没法跟白匪打仗了。你要是不给,把你们全砍了。”

多林尼克生气地将两手一摊,说:

“同志,半天时间叫我打哪儿去给你弄一百车草料呢?这得上村子里去拉。两天时间都不够。”

高个子眼睛露出凶光:

“你给我听着,到了晚上,要是不见干草,把你们的脑袋统统砍掉。你这是反革命行为。”他说着,砰的一声在桌子上捶了一拳。

多林尼克也恼火了:

“你别吓唬人。我也不是吃干饭的。明天以前不会有干草。听明白啦?”

“晚上一定要有干草。”高加索人丢下这句话，走了。

谢廖扎和两名红军战士被派去征集干草。不料，在村子里突然遭到富农匪帮的袭击。富农分子解除了红军战士的武装，把他们打得半死。由于谢廖扎年龄尚小，富农分子手下留情，所以他的伤势轻一点。后来，贫农委员会的成员把他们送回城里。

当天晚上，来了一队高加索士兵，因为没拿到干草，就包围了革命委员会，把所有的人全逮捕了，包括一名清洁女工和一名饲养员。他们把所逮捕的人带到波多尔火车站，一路上还偶尔抽他们几马鞭，然后把他们关进一节货车车厢里。革命委员会的院子里还进驻了一队高加索红旗师的巡逻队。要不是师政委拉脱维亚人克罗赫马尔同志积极出面干预，革委会那些人可就糟了。克罗赫马尔提出最后通牒式的断然要求，他们才被释放。

13 “说着，她突然搂住谢廖扎长着浅色头发的头，不由分说地吻住他的嘴唇。”这个细节在作者手稿中描写得更加充分，将在紧张的革命斗争时期，恋人关系的复杂性表现得更为鲜明：

她突然一下子紧紧搂住了他那长着浅色头发的头，不由分说地吻住他的嘴唇。

这个突如其来的举动使谢廖扎不知所措，如果把他拉去枪毙，也许他还不会这么心慌意乱。当时，他什么都不明白，只知道丽达，就是那个过去他连握手都不敢超过一秒钟的丽达在吻他。

“谢尔盖，”她轻轻地把他那晕乎乎的脑袋推开，对他说，“我现在就把自己交给你，这只是因为你充满了青春的活力，你的感情像你眼睛一样纯洁，也因为未来的日子有可能夺去我们的生命。所以，趁现在我们还有几个钟点能够自由支配，我们可以相爱。在我的生活里你是我第二个……”

谢尔盖打断了她的话，向她探身过去。他陶醉了，克制住内心的羞涩，抓住了她的双手……

曾几何时还是难以理解的丽达现在却成了他，谢廖扎心爱的妻子。

对丽达深沉的、博大的同志般的爱突然闯进了谢廖扎的生活，占据了他那颗充满斗争激情的心。开头几天，这青年人的正常生活给打乱了，可是紧张繁忙的工作却刻不容缓。于是他又投入了工作。

秋天已在眼前。至今,生活只赐给他们三四次相聚的机会。这几次相聚都令人心醉,难以忘怀。

14　在“……打出了用密码下达的命令……”之后,在作者手稿还有一个军事命令,具体指明了军事行动的日期、地点,军事指挥员的姓名。这些资料可能同奥斯特洛夫斯基本人在红军部队中的经历有直接关系,对研究作者经历中尚未研究的部分有参考价值:

狭长的纸条上打出了用密码表达的各种命令,其基本内容是:“骑兵第一集团军的集结切勿引起波军注意”。只有当波兰白军的推进可能迫使布琼尼骑兵部队卷入战斗的地区,才采取一些积极的军事行动。司令部的整体部署反映在下面这道简要的命令中:

第三五八号命令(密件第八九号)

革命军事委员会委员拉科夫斯基,革命军事委员会主席托洛茨基,第十二、十四和骑兵各集团军总指挥兼集群司令亚基尔同志:

乌克兰境内的波兰军队分两个集群行动:基辅集群和敖德萨集群,其部分兵力部署在第聂伯河左岸。主要兵力,其中包括科尔尼茨基将军(原外阿穆尔骑兵团团长)由十个骑兵团组成的突击混成骑兵师以及陆续开到的波兹南军团,则集中在白采尔科维、沃洛达尔卡、塔拉夏、拉基特诺一带。敖德萨集群在日梅林卡——敖德萨铁路和布格河之间我第十四军防线附近活动。在上述两集群之间,大体在拉沙、捷季耶夫、布拉茨拉夫一线,分散部署着波兹南一师的部队。罗马尼亚人继续持消极观望态度。我西方战线各集团军已突破敌方防线,乘胜向莫洛杰奇诺和明斯克方向推进。西南战线各集团军的主要任务是击溃并消灭乌克兰境内的波兰军队。

利用敌军兵力分散之弱点,考虑其主力移向基辅地区,同时在政治上具有重大影响这一具体情况,决定以敌方基辅集群为主要打击对象。

现命令:

一、第十二集团军攻占铁路枢纽站科罗斯坚,主力在基辅以北地段强渡第聂伯河。近期目标为切断博罗江卡站和捷捷列夫站一带的铁路线,阻止敌军往北撤退。

在战线的其余地段应坚决牵制敌人，紧紧追击退却敌军并伺机进占基辅。五月二十六日开始行动。

二、亚基尔同志的集群应于五月二十六日凌晨向白采尔科维、法斯托夫方向全线发动强攻，旨在与左翼骑兵集团军相互配合，尽量诱使敌基辅集群投入更多兵力。

三、骑兵集团军的主要任务是击溃并消灭敌基辅集群的有生力量，夺取其技术装备。于五月二十七日凌晨向卡扎京方向发动强攻，切断敌基辅集群和敖德萨集群之间的联系，以凌厉的攻势，坚决扫清沿途相遇的一切敌人，于六月一日前占领卡扎京、别尔季切夫地区，并以旧康斯坦丁诺夫卡和舍佩托夫卡方面为屏护，向敌人后方挺进。

四、为保证主力突击部队战斗顺利，第十四集团军应将其主力集结于右翼，发起强攻，于六月一日前占领文尼察——日梅林卡地区。战斗行动应于五月二十六日开始。

五、各部队活动分界线见我第三四八号命令(密件)。

六、收到命令后即报。

西南战线司令叶戈罗夫
革命军事委员会委员别尔津
西南战线参谋长佩京
一九二〇年五月二十三日
于克列缅丘格

15 “我们十个人……其余十六个……”按作者手稿为：当时共被捕二十九人，其中三人被绞死，十七人被枪决，还有九人被赦免。书中将被赦免的人数错印成十人，以后几个版本，为了与被捕总人数相符，将被枪杀的人数由十七人改为十六人。现根据手稿予以更正。

16 “保尔……想起了……命令的结尾处写道……”，在手稿中还有这一命令的全文：

……故此命令：

一、以口头和书面印发的方式不倦地，反复地向红军部队，特别是新组建的部队宣传解释：波兰士兵也是波兰、英法资产阶级无奈的牺牲品，我们有义务善待被俘的波兰士兵，把他们当作误入歧途和受蒙蔽的兄弟，促使他们醒悟，以便将来把他们遣返解放了的祖国波兰。

二、凡有有关虐待波兰战俘以及欺凌当地居民的传闻、消息、报告，不论其来源如何，均应严加追查，一查到底。

三、各部队指挥人员和政工人员必须充分认识到，严格执行此项命令是他们应有的责任。

17　“他才十七岁……”此处系无意或有意地使保尔同奥斯特洛夫斯基本人年龄有所差异，作者一九二〇年九月刚满十六岁。因此，书中主人公保尔要比作者大一岁。

18　“……一个已经磨破的乌克兰共产主义青年团团员证，号码是九六七”在作者手稿中此句为：一个磨破了的乌克兰共产主义青年团第九六七一号团证，入团时间是一九一九年。

19　在“我现在已经不是从前的那个保夫鲁沙了。”之后，在作者手稿中还有下面一段文字，使主人公的性格表现得更加充分：

我曾经为了你的眼睛从悬崖上跳下去，现在回想起来，感到十分羞愧。如果是现在，那我无论如何不会去跳。冒生命危险只能为别的事情，为伟大的事业，而不是为姑娘的眼睛。

20　“波兰贵族地主的白色政权幸存下来，建立一个波兰苏维埃社会主义共和国的理想暂时未能实现。”在一九五四年五月二十六日的文学遗产委员会会议第一号记录中有以下一段话：“尼·阿·奥斯特洛夫斯基当时显然不了解我军从华沙撤退的真正原因，这一情况在对季诺维也夫、布哈林及其同伙一案审理之后，方为人知。主要原因在于托洛茨基的背叛活动（见《联共（布）党史》简明教程，国家政治出版社，一九五四年版，二三

○——二三一页)。但这可以加注说明。问题并不在这里,我们的军队一九二○年同波兰交战时并没有把在那里建立苏维埃政权作为自己的任务。我建议将上面两句去掉,以免产生模棱两可的解释。”

当时,根据书刊检查人员的意图决定把这两句话删去。这个例子表明,在作者去世之后,编辑上的问题有时是用什么方式决定的。不能排斥手稿中其他删节现象也可以用同一理由加以解释,这种可能性是存在的。

21 在“在一个多雨、潮湿的秋夜……偷袭龟缩在要塞内的敌人。”之后,作者手稿中还有以下文字:率领他们的是威震天下的科托夫斯基和布柳赫尔同志。数万名战士跟随着两位将领勇敢前进,去砸烂蜷曲在克里米亚半岛上的最后一条毒蛇的头,它的舌头已经伸向琼加尔附近。

22 在“保尔在家里只待了两个星期……那儿有许多工作等待着他呢。”之后,在作者手稿中有以下一大段关于保尔·柯察金政治上的动摇的叙述。缺少这个段落,对后面手稿中多处删节就无法理解。

共青团铁路工人区委员会新调来一位书记扎尔基。保尔在书记办公室见到他时,首先映入眼帘的是勋章。初次见面的感觉,保尔一下子说不清楚,但在思想深处多少有点妒忌。扎尔基是红军的英雄,就是他,在乌曼战斗一打响时就立下头功。他英勇善战,屡建战功。现在扎尔基成了团区委书记,保尔的顶头上司。

扎尔基把保尔当作老朋友,友好地接待了他。保尔对自己心头掠过的妒意感到惭愧,也同他紧紧握手问好。

他们在一起工作协调,成了众所周知的好朋友。在共青团省代表会议上,铁路工人区团委有两人当选为团省委委员——保尔和扎尔基。保尔在厂里搞到了一间不大的住房,四个人搬进去住在一起:扎尔基、保尔,厂团支部宣传鼓动员斯塔罗沃伊和团支部委员兹瓦宁,他们组成了一个公社。白天大家都上班,直到深夜才回到家里。

有关党的新政策的消息最初是在团省委里听到的,但只是一些零零星星的说法,还未形成完整的概念。几天以后,在第一次研究讨论政策提纲的会上就出现了意见分歧。保尔对提纲的精神实质不十分理解,带着怀疑、难以置信的沉重心情离开了会场。他在铸造车间遇到矮而结实的杜达尔科夫,他是工长,也是共产党员。杜达尔科夫的脸朝着亮光,眨着暗淡无神的眼睛,拦住保尔问道:

“这究竟是怎么回事?还要让资产阶级再回来吗?据说,又要开店了。要大做买卖。总之,打是打了,最后,可倒好,一切照旧。”

保尔没有回答,但是心中的疑团越来越大。

他不知不觉站到了党的对立面,而且一旦卷入反党活动,就表现得十分激烈。他在共青团省委全会上的第一次发言就引起了一场激烈的争论,立刻形成了少数派和多数派。接下来是让人晕头转向的、痛苦的日日夜夜。所有的党、团组织都展开了激烈的辩论,达到了白热化的程度。保尔和他的一伙人的顽固立场在团省委里造成一种令人无法忍受的气氛。

团省委书记亚基姆[①]身体结实,额角很高,浑身充满活力,政治上也很成熟。他和丽达·乌斯季诺维奇一起找保尔和跟保尔观点相同的人个别谈心,讨论问题,但是毫无结果。保尔直截了当粗鲁地提出以下论点:

“亚基姆,你回答我,资产阶级是否有权继续生存下去。我对那些高深的理论弄不清楚。我只知道一点,新经济政策是对我们事业的背叛。我们以前进行斗争决不是为了这个目的,因此我们工人不同意,而且要竭尽全力反对这种政策。也许你们甘心当资产阶级的奴才!那就请便!”

亚基姆恼火了。

“保尔,你要弄清楚,你都说了些什么。你是在侮辱全党,诽谤全党。你得的是狂热病,还要固执己见,不想理解简单的道理。要是继续战时共产主义政策,那就会葬送革命,就会给反革命分子以可乘之机,让他们煽动农民来反对我们。可你不想理解这点。既然你不愿按布尔什维克的方式来探讨研究问题,而要用斗争来加以威胁,那我们只好奉陪。我们本来就已经在你们身上白白浪费了许多时间。”

他们分手的时候,已经反目成仇。

在全区党员大会上,来自中央的工人反对派代表发表了演说,遭到了大多数与会者的反对。在这之后,保尔作了令人无法容忍的、言辞尖锐激烈的

---

① 此处亚基姆即阿基姆,系别人笔录时的笔误。下同。

发言，指责党背叛了革命。

第二天，省团委会召开紧急全会，通过决议，将保尔和其他四名同志清除出省团委会。保尔和扎尔基互相不再讲话，他们分别属于两个不同的阵营。而且，保尔在他的支部里还将扎尔基整了一整，因为保尔在那里拥有多数。斗争深入了，结果保尔又被清除出团区委会，还撤销了他团支部书记的职务。这下子引起了轩然大波。有二十来人交出团证，宣布退团。最后，保尔和他的追随者终于一起被开除了团籍。

保尔最痛苦的日子从此开始了，在他的生活中，从未有过如此暗淡无光的时光。

扎尔基离开了公社，搬走了。脱离了生活常轨的保尔，心情异常压抑。他站在车站的天桥上，呆滞的目光望着下面来来往往的机车和车辆，可他却什么也没看见。

有人拍了拍他的肩膀。这是满脸雀斑、疙瘩的奥列什尼科夫。他是共青团员，但善于钻营，又自命不凡，目空一切。保尔过去就不喜欢他。他是砖瓦厂的团支部书记。

"怎么，把你给开除了？"他问，两只暗淡无光的眼睛在保尔脸上溜来溜去。

"是的。"保尔简单地回答说。

"我过去经常这样说，"奥列什尼科夫迫不及待地接着说，"你图个什么？到处都是犹太佬。他们无孔不入，到处发号施令。开铺子，办店他们有利可图。要知道在前线打仗的是你，那时他们都在家坐着。可现在倒把你给开除了。"他厌恶地冷笑了一下。

保尔的目光充满了仇恨，他看着奥列什尼科夫，感觉到要发生糟糕的事了，可是又无力控制自己。他用手一把抓住奥列什尼科夫的胸部，发疯似的将他摇得东倒西歪。

"你这个彻头彻尾的白卫分子，可恶的婊子，你说什么？你是跟谁在说这些话，你这个骨子里的富农？混蛋，你知不知道，我们城里被白军枪毙的布尔什维克里，有一半以上是犹太工人。哼，你呀！你跟谁说话？你也是反对派的人吗？这些坏蛋都该枪毙。"

奥列什尼科夫挣脱出来，拼命地往桥下飞奔。保尔恶狠狠地望着他迅速远去。"看看吧,赞成我们观点的都是些什么人!"

剧院里挤满了人。人流仿佛是一条条小溪从各个入口处源源不断地涌进大厅和上面的楼座。这里正在召开全市党团联席会议,对党内斗争进行总结。

剧院的休息室里,大厅的过道里,谈论的话题是今天有一批工人反对派的成员要回到党的队伍里来。前排坐着朱赫来、丽达·乌斯季诺维奇和扎尔基,他们也在谈论这个问题。丽达回答扎尔基说:

"他们一定会归队的。朱赫来说,已经出现转机。省委决定,只要他们检讨自己的错误,愿意回来,我们欢迎所有的人归队,要创造一种同志式的气氛,而且为了表示相信归队的同志是真心诚意的,打算在即将举行的省代表大会上吸收柯察金同志为团省委委员。我十分激动,期待着这一时刻的到来。"

会议主席摇了好一会儿铃。会场上安静下来之后,他说:

"现在听了省党委的报告之后,我们请共青团里的反对派代表发言。由柯察金同志发言。"

一个穿保护色军服的人从后排站了起来,快步从台阶跑上讲台。他仰起头,走到台口栏杆跟前,用手摸了下额角,仿佛在回想什么,然后倔强地摆了一下他那长满鬈发的脑袋,两手紧紧按在栏杆上。

保尔看见剧场里坐得满满的,他感到几千只眼睛都注视着他,宽敞的大厅和五个楼层都肃静无声。人们期待着。

他默默地站了几秒钟,竭力克制内心的激动。他太激动了,以至一下子说不出话来。

离讲台不远的前排,在丽达旁边的椅子上坐着身躯庞大的省肃反委员会主席朱赫来。他用期待的目光望着保尔,突然向他微微一笑,表情既严肃又含有鼓励。看到这么一个魁梧的壮汉,上衣的一只袖子却是空荡荡的,由于毫无用处被塞进了口袋,真让人揪心。朱赫来上衣的左口袋上,镶在深红色缎带中间的椭圆形红旗勋章闪闪发亮。

保尔把目光从前排移开,应该说话了,大家都在等待。他仿佛处于临战状态，全力以赴，用发自内心的响亮的声音对整个大厅说：

“同志们！”他顿时心潮澎湃，感到浑身热血沸腾，又似乎大厅里亮起了千百盏吊灯，光芒烧灼了他的身体。他那充满激情的话语，如同厮杀呐喊声，在大厅里震荡。这些话语又感染了数千听众，他们也随之激动万分。这年轻的、响亮的、热情洋溢的声音迸发出阵阵火花，一直飞溅到拱顶下面最高的楼层，最远的座位上。

“今天我应当讲讲过去。你们都期待着我，我得讲一讲。我知道，我的话会使有些人感到不安，但这大概不能认为是政治宣传，这是发自内心的声音，是我和我现在代表的所有人的心里话。我要讲讲我们的生活，讲讲革命的烈火。这把革命烈火像巨大的炉膛点燃煤炭一样，把我们点燃，使我们燃烧。我们的国家依赖这烈火生存，我们的共和国依赖这烈火取胜，依靠我们心中燃烧的烈火，用我们的鲜血击溃了并且消灭了乌合之众的敌人。我们年轻的一代和你们一起，被这烈火席卷着，去经风雨，见世面，使大地更新，换了人间。我们一起在我们伟大的、举世无双的、钢铁般的党的旗帜下进行了艰苦卓绝的战斗。两代人，父辈和子辈，过去生死与共，浴血疆场，今天又一起聚集在这里。因此，虽然我们作为你们的战友，竟然制造动乱反对自己的阶级，反对自己的党，破坏党的钢铁般的纪律，犯下了滔天的罪行，但请你们还是对我们寄予希望吧！你们在等待答案吗？正是为此党把我们赶出了自己的队伍，赶到了远离人类生活，偏僻荒凉的角落。

“同志们，怎么会发生这样的事——我们经受过革命烈火的考验，却差点背叛了革命？怎么会发生这样的事呢？我们同你们，党内多数派斗争的全过程，你们都是知道的。我们这些人在共和国最艰难的日子里从不落在你们后面，可如今却制造了动乱，怎么会发生这样的事呢？

“我们所受的教育，使我们对资产阶级怀有刻骨仇恨，不共戴天，因而就把新经济政策视为反革命。党的新经济政策的过渡，实际上是无产阶级反对资产阶级斗争的一种新形式，仅仅是用另外的方式，从另外的角度来进行斗争，但我们却把它看作是对无产阶级利益的背叛。而在老布尔什维克近卫军中有些人也起来反对党的决定，因此我们就有恃无恐，顽固不化，因为我们青年人知道他们长期从事革命工作，我们曾跟随他们前进，把他们看作是真正的布尔什维克革命家。原来，光有热情，光有对革命的忠诚是不够的,还要善于理解大规模斗争中最复杂的策略和战略。应当懂得,正面进攻并不是任何时候都是正确的,有时,这样的进攻恰恰是对革命的背叛,可是这一点我们现在才弄清楚。连我们的领袖,引导我们走上新的道路的列宁同志的名字都没能使我们及时醒悟,可见我们受迷惑之深。我们为花言巧语所蒙骗,加入了工人反对派,自以为在为真正的革命进行正义的斗争。我们在团内大肆活动,动员和组织力量反对党的路线。大家知道,经过激烈的较量之后,我们几个团省委委员被开除出团省委,于是我们又转到各个区去活动。我们在区里也被击败了,尽管他们的斗争也够艰苦的。接着我们又到各个支部去占领阵地,拉了不少青年到我们这边来。特别是我担任书记的那个团支部更是执迷不悟,顽固不化。在我们最后的几个据点注定要被摧毁的前夕,我们的对抗达到登峰造极的地步。

“是的,同志们,对我们来说,这些日子是沉痛的。因为当时我们心中的疑团弄得自己晕头转向,脑海里常常浮现出一个问题:你是在对谁进行斗争?在这种思想状况下反对自己的党确实是非常痛苦的。党内斗争使我们党受到两面夹攻,这会导致什么结果?我想起一次谈话,内心感到非常羞愧。朱赫来同志大概还记得这次谈话。有一次他在街上遇见我,把我带到他的车上。我当时正被斗争冲昏头脑,对他说:‘既然有人背叛革命,我们就该进行斗争,必要的时候,甚至应当使用武力。’朱赫来简单地回答我说:‘那我们就把你们当作反革命枪毙。当心点,保尔,你已经站在最后一级台阶上了。再跨出一步,那你就到街垒那边去了。’说这话的,是我最亲爱的人,我的启蒙老师,由于他的英勇刚毅深受我敬重的人,是我在肃反委员会工作时的老领导,我没有忘记他的这些话。当我们这些死硬分子被开除出组织之后,我们每个人才开始懂得,什么叫政治上的死亡,是的,是死亡。因为离开了党我们无法生存。因而,我们公开地、直截了当地,以工人的纯朴对党说:‘还给我们生命吧。’于是我们又回到了党的队伍里。这几个月来,我们认识了自己的错误。离开了党,我们就没有生命。我们每个人都明白了这一点。没有比当一名战士更大的幸福,没有比你意识到自己是革命队伍中的一员更值得自豪。我们永远不再离开无产阶级起义者的队伍。没有什么宝贵的东西我们不能献给党的。一切的一切——生命、家庭、个人的幸福——我们都要献给我们伟大的党。党也对我们敞开了大门,我们就又回到了你们中间,回到了我们这个强大有力的大家庭里。我们将和你们一起重建这千疮百孔、血迹遍地、贫穷饥饿的国家,重建我们的朋友和同志用鲜血换来的国家。而已经发生的这件事只会是对我们坚定性的最后一次考验。

“让生命永远存在,我们的双手将和千万双手一起,明天就开始重建我们被毁的家园。同志们,让生命永远存在！我们要重建一个新世界！心中有强大动力的人是战无不胜的！胜利一定属于我们!”

保尔哽住了,全身颤抖,走下了讲台。大厅震撼了,响起了震耳欲聋的掌声,仿佛房基塌陷,大厅墙壁向下倾倒一般。阵阵的呼喊声宛如波浪从拱顶往下涌来,千百双手在挥舞,整个大厅如同滚开的水锅在沸腾。

保尔看不清台阶,他朝一个边门走去。他感到血涌向头部,为了防止跌倒,他抓住了侧面沉甸甸的天鹅绒帷幕。有人用双手扶住了他,他感觉到被人紧紧抱住了。一个熟悉的声音向他轻轻说道:

“保夫鲁沙,朋友,把手给我,同志！我们牢固的友谊今后再也不会破裂了。”

保尔感到头部剧烈疼痛,几乎要失去知觉,但他还是竭力振作起来,回答扎尔基说:

“我们还要生活,伊万。我们还将一起大踏步前进。”

没有任何力量能把他们紧握在一起的手掰开。将他们团结在一起的不仅仅是友谊……

23　在作者的手稿中和小说的第五版中,不是什科连科,而是舒姆斯基。在文学遗产委员会会议(一九五四年五月二十六日记录第二号)上是这样说的:

尼·阿·奥斯特洛夫斯基一九三六年十月十九日给基辅出版社编辑维利霍夫斯基的信中写道:‘来信收到。印刷时请仍用什科连科代替舒姆斯基。’从时间上来看,这封信与我们对小说《钢铁是怎样炼成的》进行必要的修改的时间差不多是吻合的。一九四九年之前,所有的乌克兰文版本都用什科连科这个姓,而在俄文版上则都用舒姆斯基。因此对俄罗斯的读者来说，什科连科将成为一个新的人物。我希望委员会认真研究这一问题。

现根据作者的信件予以改正，以免继续造成混乱。

24　在“总不能坐着什么也不干，等着冻死。”的后面，手稿中还有以下几段：

丽达的日记本里又写了满满两页。

我们正在动员组织人力去修筑窄轨铁路，这项工作已进行两天多了。索洛缅卡的团组织几乎全部出动。团省委派去三名委员：杜巴瓦、潘克拉托夫和柯察金，这项工程的重要性由此可见。这三个人是朱赫来同志亲自选定的。我和阿基姆曾两次去他那里，谈了很长时间。他说，这项工程极其艰难；但是如果失败，就会有一场大灾难。后天运送筑路工人的专列将开往工地。昨天在即将出发去工地的党团员大会上，托卡列夫发表了很精彩的演说。省党委把领导这项工程的重任交给了这位老人。这个人选非常合适。总共去四百人，其中团员一百名，党员二十名，工程师和技术员各一名。今天扎尔基和柯察金到交通专科学校去动员学生。是的，就是那个柯察金。如果不是那次图夫塔可恶地故意挑起事端的话，我也许还不会知道，他就是谢廖扎多次谈起的那个保夫卡。图夫塔由于公报私仇在常委会上受到申斥。就是在常委会上，他也没有完全放弃对保尔的指责。这件事发生在积极分子会议上。

当时正在挑选去工地的人员。突然，图夫塔对保尔提出异议，他的理由使大家都很吃惊。图夫塔声称，保尔同资产阶级分子有联系，鉴于这一点以及过去他曾参加过反对派，因此不能让他担任小队的领导。

我望着保尔。当图夫塔按大家的要求提供证据，说出以下一番话来时，保尔眼睛里的神情先是惊讶，后来变成了愤怒。图夫塔说的是：

粉碎反革命阴谋那一次，图夫塔和柯察金编在一个小队里，他们去搜查一个教授的住宅。这个教授的女儿原来是保尔的熟人。图夫塔偷听到他们两人的谈话。她问保尔：“难道真的是您派他们来搜查我们家的吗，柯察金同志？如果真是这样，这对我是一种莫大的侮辱。您对我们家似乎是相当了解的。”柯察金回答她说，要是在她家找不到任何可疑的人，那小队会离开的。图夫塔要求保尔做出解释，他怎么会同资产阶级的小姐这么熟悉、这么接近。

保尔表现得不错。他控制住了满腔的怒火，做到这点真不容易。他狠狠地驳斥图夫塔说：“同志们，要是你们中间任何人对我说这种话，我会非常恼火的，但是图夫塔这样做，那就是另一回事了。我们大家都忙得不可开交，可为什么这位同志不和大家一起做好工作，却在那里乱咬人呢？鬼知道！我现在来，当然，是对你们，我的朋友们，而不是对他，解释一下是怎么回事。一九二〇年我租过这个教授家的房子，这就是我们互相认识的原因。这家人没有做过什么坏事。至于我过去政治上犯的错误，那我至今还牢记在心。没有哪个同志再提起这事，图夫塔现在的这种做法是不对的。到了工地上，我们会有机会来证明这一点的。”

保尔的话给打断了，大家不让他再说下去。大家把图夫塔狠狠训斥了一番。我想在保尔出发去博亚尔卡之前同他见次面。

交通专科学校那座两层的大楼里，人声鼎沸，各年级的班长正在召集全体学生开会。不知什么人拉了拉保尔的袖子：

“保夫鲁沙，你好，什么风把你给吹来了？”一个目光严肃的小伙子招呼他说。这个小伙子戴了顶学校的制帽，帽子下面有一绺鬈发耷拉在额上。

这是阿廖沙·科汉斯基。他是保尔的同乡，两人同岁。阿廖沙的哥哥在机务段当钳工，跟阿尔青在一起。科汉斯基家想尽一切办法，让阿廖沙上学，这小伙子就一边上学，一边干活，读完了技工学校的高级班，然后来基辅了。阿廖沙把他来上学的种种波折对保尔大略地讲了讲：

“当时我们城里一共有六个人来这儿。这些人你大概全认识：舒尔卡·苏哈里科、扎利瓦诺夫、沙拉蓬，一只眼睛的小滑头，还记得吗？还有萨什卡·切博塔里和万卡·尤林。我们就出发了。他们几个，家里把路上吃的东西准备得足足的，又是香肠，又是果酱，又是各种各样的甜饼儿，而我只装了满满一盒子黑面包干就上路，其他再也没什么可带的了。一路上，这些中学生老是挖苦嘲笑我，把我气得要命，真恨不得把这几个坏蛋狠狠揍一顿。虽然他们这些狗东西一共有五个，我也许会倒霉，但是我想，只要捞到一个就够本了。你知道,实在让人受不了。那些人说:'龟孙子,你硬往哪儿钻?傻瓜,还是待在家里挖土豆吧!'唉,总算到了。他们全带着介绍信各自去找这个首长,那个领导的,而我直奔军区参谋部。我想学当飞行员。我做梦也看见自己在空中开着飞机打转转。"

保尔笑了笑说:

"你觉得在地上太挤了吗?"他开玩笑地问科汉斯基。

阿廖沙也笑了,露出一口雪白的牙齿说:

"参谋部的人也是这么说的:'你干吗非要往云里钻呢?在地上更保险些。'大家都取笑我。我可还从县团委弄了份介绍信带着,请他们帮助跟空军联系。有个搞军需供应的政委姓安德烈耶夫,在我们家住过,他在介绍信背面还写了几句:'本人认为科汉斯基同志有觉悟,总的说来,是个挺不错的小伙子。头脑也很机灵,工人家庭出身。既然他愿意飞行,就让他去学习,以便支援世界革命。'后面是他的签名:'第一三〇博贡师军需队政委安德烈耶夫。'就是这么写的,一字不差。"

保尔由衷地笑了。阿廖沙也哈哈大笑,引得学生们都围了过来。阿廖沙边笑,边接着说:

"是啊,飞行员的事没办成。参谋部里的人向我解释,眼下没有飞机可以给我开,暂时学点技术也不错。他们说,当飞行员什么时候都不会嫌晚的。我就上这儿来了,递了份申请书,可是要入学,还得通过考试选拔。那五个家伙也来了。离考试还有两个星期。我一看,事情不妙。一个名额有八个人争,而且大多是城里人。他们都去教授家里进行模拟考试,有的像我们这几位一样,都是中学七年制的毕业生。我就赶紧把书翻了一遍,恢复一下记忆。还得打工,起初是卸一车皮木柴,就够两天的饭钱了。后来没有木柴可卸了,只好勒紧裤腰带。可我们那几位呢,天天跑剧院,深更半夜才回宿舍。房间全空着,学生几乎全在过暑假。要是这帮家伙回宿舍了,就没法学习:又是叫,又是笑。先卡·扎利瓦诺夫领他们去轻歌剧院,介绍他们认识了几个女演员,三天时间,这些女演员就把他们口袋里的钱掏得一个不剩。他们没东西吃了,就捞走了另一个考生的四十个鸡蛋,还趁我不在,把我剩下的面包干也一下吃个精光。

"考试的日子终于到了。第一门考的是几何。给我们每个人一张考卷,上面都盖上了图章,要求三十五分钟内把题目解出来。我看看黑板上的题目,全会做,再看看那几个中学生,全傻了眼了:一个个愁眉苦脸,坐立不安,仿佛有人在他们椅子上钉了木桩 。那个沙拉蓬的汗往下直淌,他那张脸傻里傻气的,一只独眼东张西望。我心想,啊哈!狗崽子,这可不像你拧姑娘的大腿那么容易。”

阿廖沙笑得透不过气来,又继续说下去:

“我做完了题目,站起来,去把考卷交给教授,苏哈里科和扎利瓦诺夫像鹅叫似的压低了声音说:‘递张小抄过来。’

“我径直朝桌子走去,路过切博塔里身旁时,他低声用粗话骂我。他们这几个人两天里四门课都考了两分,就退出了考试。我沉住气继续参加考试。他们在干什么呢?苏哈里科到我这儿来,对我说:‘别在这儿泡时间啦,我们私下跟老师打听到,你已经得了两个两分,你反正是考不上的,跟我们一起去考建筑学校吧。那儿比较容易,现在还不晚。’我差点信了他的话,但是没有放弃考试。反正还有两门了,那时就知道结果了。哪知道他们是在骗我。我考上了,他们几个为了糊弄家里人,就进了专科学校附设的二年制的技校。没要他们参加入学考试,因为那里只要求二年级的文化水平。他们领到了学生证、免票卡,就在各条铁路线上来来去去跑单帮,搞投机倒把。他们口袋里的钱足足的,整天大吃大喝。在城里已经搬过三次家了,因为他们酗酒、闹事,到哪儿都被赶出去。万卡·尤林离开他们躲到一边,他进了建筑学校。”

走廊里越来越挤。大教室里的年轻人越来越多。保尔和阿廖沙也往那里走。路上,科汉斯基又想起了什么,笑得都喘不过气来说:

“不久前,万卡顺路去看他们,他们在赌牌,万卡也凑上去,出乎意料他倒赢了。你猜怎么着?他们把他的钱一起抢光,狠狠打了他几个嘴巴,撵了出来。这真叫活该。”

在这宽敞的大教室里,为了争取大多数学生,会一直开到将近半夜。扎尔基做了三次发言。大多数学生对去工地的事连听都不想听。那些穿着专科学校制服,戴着有锤子领章的学生,大喊大叫乱起哄,两次中断投票表决。扎尔基在这里没人可以依靠。两名团员对五百名学生,而且他们中间三分之二是“爸妈的心肝宝贝”。民主空气最好的是一年级,科汉斯基是他们的班长。还有机械系一年级的班长丹尼洛夫,也支持去工地,这个青年人长着一对充满幻想的眼睛。这两个年级多数人投了赞成票。到了第二天早上,学校团组织答应一定派四十名学生去支援工地。

25　在"硬纸片烧着了,蜷缩成一根发黑的小管子。"之后,在作者手稿中接下去还有很大的一个片段,叙述了正当共青团员在窄轨铁路建筑工地全力奋战的时候,沙拉蓬跟他那帮人却在基辅打牌消遣,冬妮亚·图曼诺娃的女朋友丽莎·苏哈里科也是其中之一。

26　在"说良心话,我跟你现在已经没什么可谈的了。"之后,作者手稿中继续叙述了沙拉蓬那伙人的情况。他们纵酒作乐,过着糜烂的生活,不时搞走私、暴力、抢劫等罪恶活动。在酒后还强奸了亚历山大·苏哈里科的表妹娜佳·戈罗德尼亚克。

27　"那个时候杜巴瓦带了一批工人反对派回到了我们中间。"手稿中是:那时柯察金和杜巴瓦回到我们队伍里来了。

28　在"他们所在的党组织是不是知道他们在什么地方呢?当然,并不知道。"后面手稿中有以下段落:

从台下传来了舒姆斯基(舒姆斯基即什科连科,见附注23。下同——译者注)的声音:

"我们没有办法,都在灌木丛里打小工,我们没有地方办公。"

会场上响起了一阵哄笑声。舒姆斯基自己也在笑。

舒姆斯基的玩笑话暂时缓和了场内的紧张气氛。大家都在等待托洛茨基分子上台发言,承认自己的错误。尽管这些同志激烈地反对多数派,但他们同出席市党代会的四百名代表之间毕竟曾经有过许多共同之点。只是反对派顽固坚持错误立场,并且猛烈攻击党和共青团的领导,才使这种共同性一天天逐渐减少。在这次代表会议上,压倒多数派和分裂出来的少数派已经如同陌路人了。不过,如果杜巴瓦、舒姆斯基和其他的人现在就真心诚意承认错误,和解的可能仍然存在。然而,他们没有承认错误。

塔莉亚还在想方设法让他们认识错误。她说：

“同志们，你们是不是还记得，三年前，就在这个剧院里，杜巴瓦同志和一批原先的工人反对派回到了我们中间？当时柯察金说过：‘党的旗帜永远不会从我们手中掉落’，这个发言同时也是受杜巴瓦的委托做的。过了不到三年，杜巴瓦同志就把党的旗帜扔掉了。刚才他说，‘我们还会说话的’，这表明他和他的同伙还要继续滑下去。

“我再回过来谈一谈杜巴瓦在佩乔拉区党代会上的发言，听听他说了些什么。我念一下速记记录：

‘青年人不能进入党的领导班子。各处党委会都由上面指派，党的机关已经僵化，变成了官僚机构，种种迹象表明，老干部已蜕化变质。只能由极少数专职党务人员担任党的领导，这种法定的特权必须废除。我们应当向党的机关日益衰老的躯体输送新鲜血液，输送年轻的血液。但是，党的机关拼命抓住自己掌权的权利。这正是在托洛茨基大胆地说出：青年是党的晴雨表之后，党的管理机关对他加以猛烈抨击的原因。’”

会场上的喧嚷声更响了。

缺少这个段落，不易理解下文中晴雨表的含义。

29　在“但很快大家又平静下来，她的话又可以听得见了：”之后，作者的手稿中还有以下段落：

“托洛茨基分子抱怨说，他们受到了严厉的指责。那他们期待的是什么呢？近年来，我们党和共青团思想上成长了，壮大了。党内大多数青年积极分子极端仇视托洛茨基分子，我们只能以此而自豪。当辩论深入到广大的党员群众中去以后，托洛茨基分子的失败更加惨重。基层干部并没有受这些夸夸其谈、蛊惑人心家伙的欺骗。杜巴瓦和舒姆斯基同志在他们许多朋友中间也没有找到支持者。这可不是我们的过错。

“一九二一年舒姆斯基和我们站在一起与杜巴瓦进行斗争，现在他们同流合污。茨韦塔耶夫以前参加过‘工人反对派’，现在他又一次反对我们。斯塔罗韦罗夫风吹两边倒，摇摆不定。斗争使我们得到了锻炼，青年人在思想上成长起来。

“我还想说这么一点。我们收到各地许多同志的来信。他们表示和我们站在一起,这使我们深受鼓舞。我们是一个家庭的成员,无论失去哪一个同志,我们都感到痛心。”

30　在“兵役局有个党员竟然直截了当、公开宣称：”之后,作者手稿中原来有以下几段：

“内战时期我们就跟随托洛茨基。如有需要,现在我们还会这样做。为了健全肌体,有时需要进行手术。如果党的机关不投降,我们就用武力摧毁它。”

反对派听了这番话,热烈鼓掌。这时,柯察金发表了义愤填膺的演说,我没法把它全部转达出来。他揭露了敢于向工人阶级政党挥舞大刀的反对派分子的真面目。他指责反对派说：

“你们身为布尔什维克党的党员,怎么能为这样一个法西斯分子鼓掌呢?”

他们不让柯察金再讲下去,又是敲椅子,又是大声喊叫:“机关老爷、官僚、共青团里的当官的!”

支部里的一些党员,看到那么些“外人”拥到他们会场上来,非常生气。他们要求让柯察金把话讲完,可是保尔刚一开口,那帮家伙又都起哄。

保尔对他们喊道:“瞧,这就是你们的民主,真是妙极了！不管怎么样,我还是要讲,哪怕是为了那些中托洛茨基的毒还不太深的人也要讲。”

31　在“这个支部的党员几乎全体退出了会场。”之后,作者手稿中还有这样一段：

这个事件促使许多人退出了反对派……

塔莉亚放下拿着信纸的手,又激动地说：

“我们跟谢加尔观点相同的同志听到保尔·柯察金和我们站在一起,感到非常高兴。”

会场上顿时混杂的叫喊声响成一片,只能听清其中的几句：

“他们居然用拳头来争取民主。”

“让他们说说,他们到底想干什么。”

塔莉亚发言的时间到了,她走下台去。

大家在等待下一个人发言。大会主席团由十五人组成,其中有托卡列夫和谢加尔。

谢加尔到省党委担任宣传鼓动部部长已经有两个月了。他注意地听着党代会上代表们的发言。到现在为止,发言的全是年轻党员。

“三年前这些人还都是共青团员,又细又嫩的柳枝芽儿。这三年来他们成长得多快啊。”谢加尔对身旁几个年纪大的人说。

“反对派竭力想破坏新老近卫军的团结,却碰到了这么大的阻力,让人看了心里真痛快。我们的重炮还没有投入战斗呢。”托卡列夫听谢加尔又在俏皮地说。

这时,图夫塔连蹦带跳跑上了台。

32　在“讨论会上出现一些不正常现象,我们可不能对此负责。”之后,作者手稿中还有以下一段:

“至于说柯察金被撵到门外,我表示赞成。一九二一年的时候,他也是反对派,他们的人把党委的几个代表,其中包括我本人也赶出门外,他并没有加以阻止。工厂里两个小伙子抓住我的胳膊,无视我的抗议,把我撵出大门。舒姆斯基可以作证,他当时在场。就该让柯察金尝尝,看这种滋味好受不好受。”

33　在“图夫塔那又尖又细的嗓音非常刺耳,他继续说道……”之后,作者手稿中还有下面几句话:

“你们在这里指责我们是分裂分子。我们有什么办法呢?既然党的多数派手里掌握着党的机关,把这作为武器,那么我们也应该找到相应的对策。”

34　在“……前言不对后语地说了下面几句话,想赶紧收场,”之后,作者手稿中图夫塔发言的结尾不同,是这样的:

“托洛茨基迫使中央全会承认党内生活不正常,是他逼迫中央做出了关于党内民主的决定。当然,你们可以开除我们,把我们随便往哪个角落里一塞。这种情况已经开始了:安东诺夫-奥夫谢延科的共和国革命军事委员会政治部主任的职务不是已被撤掉了嘛,可奥夫谢延科和托洛茨基一起领导过十月革命。还有我呢,也被排挤出了团省委。究竟谁是谁非,很快就见分晓。我们不怕你们指责我们破坏党内团结。孟什维克也这样指责过列宁。在莫斯科有百分之三十的党组织支持我们,我们还要战斗下去。”接着,他跳下了主席台。

35　在“我想完整地阐明我们的观点,虽然我早就料到,这是白费口舌,因为你们是多数。”之后,作者手稿中接下去是杜巴瓦的一段发言。他试图阐明分歧的实质所在:

“我尽量说得简短点。这十天来讲得不少了。

“你们都知道《四十六人声明》这个文件。托洛茨基同志以及许多党内著名的领导干部在这个文件里尖锐地批评了中央的工业政策。我们要求工业的高度集中——这是一。其次,我们认为财政改革和发行垄断性的纸币会导致危机。对于农民的小资产阶级自发势力本应加以抑制,运用无产阶级专政的全部威力迫使农民交出他们的全部财产,可是中央非但没有这样做,反而否决了提高工业品价格的建议。确实,在国内也已发现农民对此有一定的对抗情绪——他们拒绝购买工业品。

“反对派提议用日用消费品‘入侵’的办法,也就是全部消费品都从国外进口的办法来制止农民的抵制行动。但是中央拒绝向农民施加压力,恐吓我们说,这会破坏同这个,这么说吧,不可靠的同盟军的联盟。而我们认为,应当把这股自发势力里面的油水全部榨干,一滴不剩,再把这些钱财全部投入社会主义工业。历史将证明我们是正确的。

“其次,在党内一些问题上我们也存在分歧。刚才拉古京娜读了我发言的一部分速记稿,我还想再重复说一说。

“为什么党的机关攻击托洛茨基?因为托洛茨基反对党的官僚主义。高等学校的青年全都支持托洛茨基,他说的‘青年是党的最重要的晴雨表’是真理。

“是的,同志们,托洛茨基是我们可以信赖的人。他是十月革命的领袖。他跟季诺维也夫和加米涅夫不同,在武装起义面前并没有胆怯。他跟布哈林同志也不同。一九一八年签订布列斯特条约期间他没有破坏党的统一,而布哈林,据说为了缔结对德和约,甚至曾经打算逮捕列宁和其他同志。托洛茨基在一九〇三年是第一个布尔什维克,是他领导红军取得了胜利。他同列宁一样,是世界上最著名的革命家。当然,如果不是中央压制托洛茨基,那我们早就向国际上的反革命发动进攻了。为了实现真正的党内民主,应当让所有的集团,所有的派别都有权发表自己的意见,而不仅仅是多数派有发言权。

"党的机关已经成为我们的不幸,领导人全部是老近卫军,这个情况已使我们党面临蜕化变质的危险。托洛茨基举出考茨基和保罗·勒维作为活生生的例子是正确的。"

会场上的喧闹和愤怒的叫喊声只能刺激杜巴瓦。到目前为止,大家还在耐心地静听他的发言,只有大厅里一排排人头焦躁的晃动,表露出与会者紧张激动的心情。

"这么说吧,同志们,权力会毁掉一个人。因此我们建议党的机关干部,特别是那些当头头的都重新下厂去开机器,这也是很有道理的。"

茨韦塔耶夫坐在位子上幸灾乐祸地喊道:

"说得对!让他们去闻闻机油味,要不,办公室成了他们的避风港啦!"

没有人搭理他。大家都在等待,看杜巴瓦还说些什么。

"我们再次声明,中央的政策会使国家走上毁灭的道路。如果一意孤行,继续执行这个政策,那么要不了多久我们的财政和工业就会崩溃,农民就会给我们以致命的打击。此外,中央和你们这些支持中央的人正在分裂我们党……"

大厅里仿佛爆炸了一枚手榴弹。怒吼声如同暴风雨般朝杜巴瓦扑来,人们义愤填膺,愤怒的斥责叫喊声就像鞭子抽在他的脸上。

"可耻!"

"打倒分裂者!"

"够了,不许血口喷人!"

喧闹声静下来之后,杜巴瓦结束他的发言说:

"是的,要说这番话,必须是一个有足够勇气的人。我谈的都是真实的情况。当然,你们会找我算账的,但是我无所畏惧。最多再让我去当个车工,还能怎么样?我上过战场,从来不是胆小鬼,现在你们也吓不倒我。"

他用拳头捶了捶胸，决定示威一下再离开，于是高喊：

“十月革命的领袖托洛茨基万岁！打倒机关老爷和官僚！”

一片嘲笑声……

36　在“他走上主席台，站在舞台的最前面。”之后，在作者手稿中潘克拉托夫发言的开头部分是这样的：

“我们进行激烈的辩论，今天已经是第九天了，各个支部通宵达旦地开会，我们看见的、听到的都很多。现在市里辩论已快结束。我们这里再召开一次会议也要散了。我现在把那些无关紧要的枝节问题搁置一边，只说说最主要的东西。昨天我们讨论了中央关于经济问题的决定。去年九月，四十六名反对派向中央递交了他们臭名昭著的声明。这个声明已经成了从工人反对派的残余到民主集中派所有敌对集团和派别的反党旗帜。这些形形色色的集团和派别都是托洛茨基和他的信徒领导的。显然，杜巴瓦仔细研究过这个文件。那么，托洛茨基分子对我们说些什么呢？他们说，中央和党内的多数派已在把党引向毁灭，而他们则是救世主。”下面同书稿。

37　在“……他们妄想把这些人描绘成党内官僚主义的代表人物。”之后，作者手稿中还有这样几段：

“有一个类似‘党内贵族’的特殊阶层，独揽党的大权。除了敌人，谁能说出这样的话？那么，现在托洛茨基分子还能干什么呢？只能干一件事：抓、砸、砍。他们中有的人说漏了嘴。尤列涅娃在这里提到过这点。这场斗争向我们表明，我们队伍里有些人随时准备破坏党的统一，践踏党的纪律，稍有风吹草动他们就兴风作浪，瓦解党的队伍。让我们来揭露这些反对派的真面目。

“难道中央在决议里面没有指出某些党的组织存在官僚主义和过分集中的现象吗？难道十二月五日没有做出关于工人权利的决定吗？都这样做了，而且托洛茨基也投票赞成的嘛。党内的每一个布尔什维克对我们工作中的缺点都可以发表自己的意见，提出改进的建议。只要在我们统一的党的大家庭里讨论一下，共同克服困难，向前推进就行了嘛。

“可是托洛茨基做了些什么呢？前一天他完全同意并且投票赞成党的

决议。但在决议通过的第二天，他就越过中央，直接向党员群众发出了他那份令人气愤的声明。接着，党内所有的反对派便疯狂地向党发动进攻。不去认认真真地讨论我们的经济工作和党内生活中的问题，反而挑起一场党内斗争。托洛茨基妄图将青年武装起来反对老一辈的革命家。他想破坏青老两代近卫军之间牢不可破的团结。托洛茨基及其追随者力图诬蔑中央和老革命家。党内多数同志对这种前所未有的搞突然袭击的反党行径十分气愤，对反对派无情地给予了全面反击。于是，他们就进行诽谤，说我们压制他们，可是有谁相信呢？现在，在我们基辅的托洛茨基派的宣传鼓动家不下四十人。有从莫斯科来的，有一帮是从哈尔科夫来的，甚至还有从列宁格勒来的两人。我们都让他们发言了。我们确信，没有哪个支部，他们没去干过造谣污蔑的勾当。杜巴瓦、舒姆斯基以及另外几个过去的干部，我们都给他们发了参加各区和市党代会的代表证，尽管按照党章规定，他们已属外地的党组织，无权出席这些会议。我们给了他们充分发表意见的机会。如果他们受到党内多数同志尖锐的毫不留情的谴责，那不是我们的过错。

“请大家听听，他们居然起了这样一个侮辱性的绰号‘机关老爷’。这里包含着多少仇恨！难道党和党的机关不是一个整体？他们对青年人说：‘这种机关——就是你们的敌人。向他们进攻吧！’

“这像什么呢？说这种话的人只能是颓废的无政府主义者，而不是布尔什维克。

“请你们说说，如果有人煽动年轻的红军战士起来反对他们的指挥员、政委和司令部，而且是在队伍已被敌人围困的时候，大家管这些人叫什么呢？

“还有，如果我今天是个钳工，那么按托洛茨基的说法，我还能算是个‘正人君子’，但是如果我明天当了党委书记，那我就是个‘官僚’和‘机关老爷’了。这是什么逻辑？

“你们是不是明白，这样的诽谤会使托洛茨基分子落到什么下场？他们必然会变成无产阶级革命的敌人。

“我们的各级党委过去是，将来也仍然是我们的司令部。我们把最优秀的布尔什维克派到那里工作，决不允许任何人损害他们的威信。”

潘克拉托夫喘了口气，用手擦去额上的汗。

“反对派要求有结派的自由,实际上是要求在党内有可以拉帮结派的自由,这意味着什么呢?这就意味着要把我们的党变成争论不休的俱乐部。这意味着今天党做出一项决议,明天就有某一派要求撤销这项决议。于是又再来进行争论。也就是说我们都将变成一群糊涂蛋。

“我们的党是执政党。一旦做出决议,所有党员都应该贯彻执行。只能如此。否则,我们就不能成为一股不可动摇的力量。布尔什维克决不允许有结派的自由。

“还有一点应当指出。反对派在自己的周围拉拢了一些什么人?相当大的部分是高校的青年学生。托洛茨基称他们为晴雨表,是党的基础。可是我们这里每个小孩都知道,党的基础是老一辈的革命者和产业工人。

“反对派里有图夫塔,他是不久前由于官僚主义严重被撤职的,茨韦塔耶夫的那套民主在索洛缅卡人中间是出了名的,还有阿法纳西耶夫,因为在波多拉区搞强迫命令和压制民主他被省委三次撤销职务。同志们,在反对派里有这样一些人,这岂非咄咄怪事?

“当然,反对派里也有来自生产第一线的工人。但是,那些由于工作方法问题受过党的批评处分的人全都纠集起来进行反党斗争,这毕竟是事实。这构成了一幅什么情景呢?杜巴瓦和舒姆斯基带领一帮被他们引入歧途的工人打头阵,在他们两翼,是昨天还是官僚主义者和形式主义者,今天却在强烈地反官僚主义的图夫塔之流。谁能相信他们呢?

“托洛茨基成了反对派的旗帜。我们千百次地听他们重复说:‘托洛茨基是十月革命的领袖。’‘他是击败反革命的胜利者’‘他是我党最早的领导人。’

“他们迫使我们谈谈这个问题,并且把托洛茨基在我们革命中的作用也彻底弄弄清楚。反对派谈论十月武装起义的时候,极少提到列宁同志的名字,这绝非偶然。他们也不提中央委员会,也不提彼得格勒的布尔什维克,彼得格勒的革命工人、水兵和士兵。在他们的心目中只有一个人——托洛茨基。

“反对派企图以一九一七年才转到布尔什维克这边来的托洛茨基偷偷取代世界无产者的伟大领袖列宁,取代我们的党。他们为什么要这样做?仍然是出于派别斗争的需要,是为了蒙骗那些不熟悉我党历史的人,把他们拉过去。为了达到目的,他们不择手段。

“对反对派来说,在国内战争时期,列宁不存在,党不存在,为了保卫苏维埃政权而英勇斗争的千百万战士也不存在。对他们来说只存在一个人——托洛茨基。这也绝非偶然。但是,我们都亲身参加了这个斗争,因此我们知道是谁领导我们取得了胜利。是我们的党和党的领袖列宁,是我们光荣的布尔什维克党中央委员会领导我们无产阶级战胜了敌人,是我们的红军指战员战胜了敌人。这一伟大的胜利是劳动人民的子弟用鲜血换来的,而不是某一个人取得的。”潘克拉托夫说得十分激昂有力。说到这里,他暂时停顿了一下。

全场对他的讲话报之以暴风雨般的掌声。这掌声像正在吞没堤岸的、汹涌奔腾的洪流,巨大而迅猛,势不可挡。

杜巴瓦已经不止一次听到这洪流的咆哮声。这些日子他参加各支部和区党代会的会议,总是遭到这股洪流的袭击,因而深知它的威力。过去,当他和大家步调一致的时候,他的身心不止一次也曾是这势不可挡的洪流中的一滴。现在,他和他那一小撮同党逆潮流而动,过去使他产生共鸣的东西,现在却向他猛冲过来,把他扔到了浅滩上。是潘克拉托夫在讲话,字字句句都使杜巴瓦产生了一种病态的反响。他十分痛苦,希望现在能够这样讲话的是他杜巴瓦,而不是这个从第聂伯河畔来的码头工人。这个码头工人,一身铮铮铁骨,完美无缺,不像他杜巴瓦,已产生裂变,自相矛盾,正在失去立足之地。

“至于十月革命前托洛茨基的布尔什维主义是什么东西,还是让老布尔什维克来讲吧。年轻人对这知道得很少。现在,既然有人把他抬出来同党对抗,那么就有必要让我们了解托洛茨基反对布尔什维克的全部历史,了解他是怎样反复无常,经常从一个阵营跳到另一个阵营的。党应该了解,是谁纠合了所有的少数派,结成八月联盟来反对列宁和布尔什维克的。这些问题应该写成书印出来。既然托洛茨基成为分裂的组织者,那我们就应该揭露他,还他的历史的和现在的真面目。

“十月革命期间,托洛茨基在斗争中表现不错,因此党对他委以重任。党为他树立了威信,给他高度的信任。如果说这个人某个时候曾经是个英雄,那也是在同我们步调一致的时候。十月革命之前,托洛茨基并不是布尔什维克，因此在革命之后，不论是缔结布列斯特和约问题，还是有关职工会的争论，他的立场总是摇摆不定，现在终于向党发动了一场空前规模的进攻。

“同反对派的斗争，使我们的队伍更加团结，使青年们的思想更加坚定。布尔什维克党和共青团在反对各种小资产阶级的思潮中得到锻炼。反对派中患有歇斯底里恐慌症的先生们预言，我们明天在经济上和政治上必将全部破产。未来会向我们证明这种预言究竟有多大价值。

“他们要求把我们的老同志，例如托卡列夫和谢加尔等派去看机床，而让类似杜巴瓦这种把反党活动当成英雄行为的失灵的晴雨表来接替他们的位置。不，同志们，我们决不能这样做。老同志是要有人接班的，但是决不能让那些一有风吹草动，就疯狂向党进攻的人来接他们的班。我们决不允许任何人来破坏我们伟大的党的团结统一。青、老两代近卫军永远不会分裂，他们如同人的肌体，是一个不可分割的整体。我们强大，我们坚强，正是因为我们团结一致。同志们，前进，迎着困难，朝我们的目标迈进！在列宁的旗帜下，同各种小资产阶级的思潮进行斗争，我们必将取得胜利！”

潘克拉托夫走下讲台，会场上许多人站了起来，自发地唱起了无产者的国际歌，这庄严的歌声越来越嘹亮。

38　在“他们就在一个角落里坐下了。”之后，作者手稿中有这样一段：

丽达看了看表。

“离开会还有四十分钟，给我讲讲杜巴瓦和安娜的情况吧。”丽达说。保尔目不转睛地望着她，她有点不好意思。

“我不久前去参加全乌克兰代表会议，曾利用这个机会去看过他们。同安娜见过好几次面，同杜巴瓦只见了一次，这一次还不如不见，反倒好些。”

“为什么？”

保尔沉默不语。他右眼的眉梢微微颤动了一下。丽达知道眉梢颤动的来由，这通常是他内心激动的征兆。

“告诉我吧，我一点也不了解。”

“丽达，我现在真不想谈这个，可你坚持要我说，那我就服从吧。他们是当着我的面彻底决裂的。而且照我的看法，安娜也没有别的选择。他们之间积累的矛盾、分歧那么多，断绝关系是唯一的出路。感情破裂的起因是他们在党内问题上的分歧。杜巴瓦一直是反对派。我在哈尔科夫就听说了他在基辅的发言，他是和舒姆斯基一起上基辅去的。”

“怎么，难道舒姆斯基也是托洛茨基分子？”

“是，他以前是的，不过现在退出了。我和扎尔基跟他谈了很长时间。他现在和我们站在一起。可杜巴瓦的情况绝非如此。他是越陷越深了。咱们还是回过头来谈谈安娜吧。她把所有的情况全告诉我了。杜巴瓦一头扎进反党活动的泥潭，安娜常被他用带侮辱性的话奚落，例如什么‘你是党的一匹小灰马，主人叫你往东，你就不会往西。’还有比这更难听的。几次冲突以后，他们就疏远了，成了陌路人。当安娜提出分手时，杜巴瓦显然不想失去她，就向她保证，说他们之间不会再不和睦了，求她别扔下他不管，帮助他渡过难关。安娜就同意了。有一段时间，她觉得，一切都会顺利解决的。她没再听到他说恶意攻击的话，她向他讲道理，他也默不作声，并不反驳。于是，安娜相信，他在认真重新考虑他过去的那些观点。

“她从扎尔基那里了解到，杜巴瓦在共产主义大学里也不再捣乱，和扎尔基的私人关系也开始和解。可不久前有一次，安娜上班时，感觉身体不大舒服（她已快要当母亲了），就回家去，关上门躺下了。她和杜巴瓦住一个套间，两个房间有门相通，不过两人商量好把门钉死了。

“过了不多一会儿，杜巴瓦带了一大帮同志回家来了，于是她无意中成了一个有组织的托派分子小组会议的见证人。安娜听到了许多她做梦也想不到的东西。而且，为了在全乌克兰共青团代表会议上发难，他们还印了一份宣言之类的东西，准备藏在衣襟内，到会上偷偷向代表分发。安娜这才恍然大悟：杜巴瓦原来是在耍手段。

“等大家都散了，安娜把杜巴瓦叫到她房间里，要求他解释刚才发生的一切。

“我恰好那天到哈尔科夫去参加代表会议，在中央委员会遇到了基辅的代表。

“塔莉亚给了我安娜的地址：她就住在附近。我决定午饭前抽空去看她，因为在她工作单位党中央妇女部我们没找到她。她在那里担任指导员。

“塔莉亚和其他的人也答应去看她。你瞧，真是凑巧，我就在这个当儿到了他们那里。”

保尔苦笑了一下。

丽达听着，微微扬起了双眉，臂肘支在座位的天鹅绒把手上。保尔默不作声。他望着丽达，回想她以前在基辅时的模样，又同眼前的她进行比较。他又一次发现丽达已长成了一个风华正茂，健美而迷人的青年女子。她身上那件终年不变的军便服不见了。取而代之的是一件朴素的，但缝制得很雅致的蓝色连衣裙。她的手指抓住了他的手，轻轻地碰了一下，让他再继续往下讲。

“我听着呢，保尔。”

他又接着说下去，他也抓住了她的手指，不再松开。

“安娜见到我，掩饰不住内心的喜悦，可是杜巴瓦却是一副冷冷的样子。原来，他已经知道我同反对派作斗争的情况了。

“这次见面不同一般，我得充当一个类似法官的角色。安娜不停地讲给我听，杜巴瓦则在房间里来回踱步，一支接一支地抽烟，显然，他又烦躁，又恼火。

“‘你看，保夫鲁沙，他不仅欺骗我，还欺骗党。他组织什么地下小组，继续搞他那套钩心斗角的把戏，但是对我却说洗手不干了。要知道他在共产主义大学里也公开表示，他认为代表会议的决议是正确的。他自称是个正直的人，可同时却厚颜无耻地进行欺骗。当然，我们之间已没有任何共同之处。我要把今天的事写信向省监察委员会报告。’安娜气愤地对我说。

“杜巴瓦透过牙缝轻蔑而不满地挤出几句话来：

“‘有什么了不起？去吧，去报告吧。你以为，我就那么想当这个党的党员。这种党，连老婆都当特务，偷听丈夫的谈话。’

“这种话对安娜来说当然太过分了，她气得大声喊叫，让杜巴瓦滚开。杜巴瓦出去之后，我对安娜说，我想跟他谈谈。她说这是白费口舌。但我仍然去了。我和他毕竟曾经是好朋友。我当时认为，他还没到不可救药的地步。

“我上他房间去了。他躺在床上，马上警告我说：

“‘你别再宣传大道理，我对这一套厌烦死了。’

“但是我还是得说。

“我回想起了过去的事，说：

“‘难道你从我们以前所犯的错误中没有吸取到任何教训吗？德米特里，你记不记得，小资产阶级的自发性是怎么把我们推上反党的道路的？’

“你想他怎么回我的？他说：

“‘保尔，当时我和你都是工人，没有什么顾虑，心里怎么想，嘴上就怎么说，而我们那时的想法也并不错。在实行新经济政策之前，是真正的革命，而现在却是一种半资产阶级的革命。新经济政策时期的暴发户个个脑满肠肥，穿金戴银，可是国内失业的人不计其数。我们党和政府的上层人士也靠新经济政策发迹了，还跟一些女资本家勾搭上了。整个政策目标就是发展资本主义，说到无产阶级专政就羞羞答答，遮遮掩掩，对农民采取自由放任的态度，培植富农，要不了多久富农在农村里就会当家作主。你瞧着吧，再过五六年，苏维埃政权就会在不知不觉中被埋葬，跟法国热月政变之后一个样。新经济政策的暴发户会当上资产阶级共和国的部长，而我和你这样的人，如果再敢骂骂咧咧，那就要掉脑袋了。一句话，很快就要走上绝路了。’

“你看，丽达，杜巴瓦没想出任何新鲜货色，全是托洛茨基的陈词滥调。我们谈了很长时间。

“后来我明白了，跟他争论毫无用处。照我看，杜巴瓦是拉不回来了。为了跟他谈话，代表团开会我都迟到了。临分手时，他想让我‘高兴一下’，奉承地说：

“‘保夫卡，我知道你还没有僵化，也没有成为怕丢乌纱帽而投赞成票的官僚，不过，你是那种除了红旗之外，什么也看不到的人。’

“晚上，基辅的代表，还有扎尔基和舒姆斯基，都到安娜那里去了。她已去过省监察委员会，我们都肯定她的做法是正确的。我在哈尔科夫待了八天，在中央委员会见到安娜好几次，她调换了住房。我从塔莉亚那里得知，安娜打算作人工流产。显然，同杜巴瓦分手的事已成定局。塔莉亚在哈尔科夫又留了几天，帮她处理这件事。

“我们动身去莫斯科那天，扎尔基打听到，党的三人小组给杜巴瓦严重警告处分。共产主义大学党委常委会也同意这个决定。离最高处分只差一步，这样杜巴瓦才没被开除出党。”

会场里渐渐拥挤了，可是人流还是不断往里拥来。周围一片谈话声、笑声。巨大的剧场正在接纳这前所未见的充满活力的人流，这些年轻的布尔什维克热情奔放，朝气蓬勃，勇往直前，宛如山间奔腾不息的急流。

嘈杂声越来越大。保尔似乎觉得，丽达并不在听他说话，但是他刚一沉默，她就说：

“我想，杜巴瓦的事我们今天就谈到这里为止。我们干吗要把剩下的时间都化在这上面呢！这里这么明亮，这么富有生气……”

丽达朝他身边挪了一下，他们挨得很近，但讲话声却越来越难以听到，为了避免大声叫喊，她朝保尔探过身去。

39　在“他看见她和一群乌克兰代表在一起。”之后，作者手稿中还有一段文字，描述了晚上共青团员在丽达哥哥那里的一次聚会。在这次聚会上，丽达说：

“朋友们，我确信就是最近几年里，共青团会从自己的队伍中推出几位语言大师，他们将用艺术形象来表现我们英勇的过去，表现我们毫不逊色的光辉的今天。谁知道呢，也许，我们在场的诸位中间就有人会拿起锐利的笔把我们也描绘一番……”

40　“莫斯科市党的监察委员会委员巴尔塔舍夫讲了有关以托洛茨基、季诺维也夫和加米涅夫为首的新的反对派的情况。”这段文字在作者手稿中是这样写的：

莫斯科市监察委员会委员巴尔塔舍夫是个矮矮壮壮的人，五十岁左右，过去在乌拉尔当过翻砂工。他开始发言，说话声音不高：

“是的！事实俱在，我们早有预感的事终于发生了，出现了‘新的反对派’。至于说到他们的领导人，季诺维也夫和加米涅夫所联合的不是别人，就是托洛茨基。他们相互勾结，狼狈为奸，现在这帮形形色色的反对派拼凑成的大杂烩就要开始行动了。”

从坦波夫来的检察员打断了巴尔塔舍夫的话，说：

“第十四次代表大会上我就对同志们说过：‘你们记住我的话吧，季诺维也夫和加米涅夫还会跟托洛茨基联姻的。'因为当季诺维也夫领着一帮列宁格勒的代表总是跟大会唱反调时，托洛茨基在旁边一言不发，只是看热闹，心里大概在想，你们这些狗崽子，因为'十月革命的教训'，老是攻击我，要把我彻底打垮，而现在自己也掉到这个泥坑里去了。那时有人不同意我的看法，说季诺维也夫和加米涅夫跟托洛茨基主义斗争了多年，在各个转折关头都公开谴责托洛茨基主义是党内的异己派别，他们永远也不会背叛布尔什维主义，决不会听命于他们与之长期进行无情斗争的人。

"可是结果怎么样呢？昨天的敌人和思想上的对头今天已经成了朋友，因为他们都在狂妄地反对布尔什维克的党中央，为此目的他们不惜联合任何人，不惜牺牲自己所有的原则，放弃过去的立场。这些原则和立场现在已被他们所唾弃。虽然同托洛茨基联盟会玷污他们过去的布尔什维克的称号，但他们怎么还能顾得上呢？这个无原则的联盟同一九一二年八月联盟有许多相似之处。不论是现在，还是那时，挥舞指挥棒的都是托洛茨基。季诺维也夫和加米涅夫这次的表演，其卑劣程度不亚于他们在十月革命武装起义前夕所表现出来的胆怯畏缩。这种人，"坦波夫人瞥了一眼多拉，忍住了，一句骂娘的粗话没说出来，"见鬼，差点没骂出脏话来！这种不成体统的事，老实说，我真还没见过。"坦波夫人结束了他的发言。

"各种迹象表明，这个联合起来的反对派最近就要向党发动进攻了。这些不断冒出来的小集团，专干一个勾当，就是制造混乱，破坏党的团结统一。我不明白，我们什么时候才能把他们全部了结掉。我们对他们实在过于放任宽容了。依我看，应该把这些专职捣乱分子和反对派统统清除出党。我们在跟这些反党分子的斗争上化费了多少精力和时间呵。"多拉激烈地说。

老人梅伊兹一直默默地在听大家的发言，这时，他说：

"朋友们，我们不能再耽搁了，得准备上路。在疗养院多住几天，少住几天，关系不大，但在这样紧要的关头我们必须坚守自己的岗位。我明天就动身。"

41　丘察姆老头——这个主人公的原型是马秋克·波尔菲里·基里洛维奇。人名或名称前后变更的情况在奥斯特洛夫斯基书中不止一例。如舍佩托夫卡这个城市在手稿中曾叫作“阿克沃捷佩什”。老头的姓在手稿中先用“马秋克”,后用丘察姆。

42 “丘察姆老头专心致志地用匙子搅着茶杯里的糖,从眼镜上方凶狠地打量着坐在他面前的客人。”这段文字在作者手稿中原是:

波尔菲里·科尔涅耶维奇·丘察姆专心致志地搅着杯子里的糖,从眼镜上方凶狠地打量着坐在他对面的来客。

“还是个乳臭未干的毛孩子,脑袋都已经打开花了,看来是个地地道道的浪荡子。来我们家已经两天了,吃我的,喝我的,一声都不吭,就像该他的。不知他在这儿搞什么名堂?这全是阿尔宾娜干的蠢事。应该给他们点厉害看看,好让他快点滚蛋。在合作社里,这帮党员也让我恶心,什么事都要插一杆子,就好像合作社主任不是我,而是他们。这下可好,鬼知道打哪儿又冒出来一个,钻到我家里来了。”他很生气地寻思着,为了让客人难受难受,就挖苦地问道:

“今天的报纸看了没有?你们的领导在对咬呢。这么说来,别看他们是高层的政治家,相互脚下使绊子可不比我们普通老百姓差,真有意思。起先是季诺维也夫和加米涅夫一起整托洛茨基,后来这两人降了职,他们几个人又一起联合起来对付那个格鲁吉亚人,哦,那个叫斯大林的。

“嘿嘿!有句老话说得好:老爷打架,小人遭殃。”

保尔还没喝完茶,他把杯子推开,眼中闪着怒火,盯住老头子。

“你说的老爷指的是谁?”他一字一顿地问。

“随便说说的。我是个非党人士,这些事跟我不相干。以前我年轻时也当过傻瓜。一九〇五年扯了几句闲话,还坐了三个月的牢房。后来我看清楚了——应该为自己着想,不去为别人操心。显然谁也不会白白给你饭吃的。现在我是这么个看法:我给你干活,你就拿钱来。谁给的好处多,我就赞成谁。什么社会主义啊,这些空话,对不起,全是说给傻瓜听的。什么自由啊,你给白痴自由,他哪弄得清是怎么回事呢?我对现在的政府不满,是因为不赞成眼下时兴的那套家庭规矩,还有其他的一些说法,结果搞得道德败坏,不成体统。想要结婚就结婚,想要离婚就离婚,完全自由。”

43 在“打什么时候起你开始教训起我来了?”之后,作者手稿中还有下面几段:

“眼下这世道,不管你说什么,听了都让人生气。

“比如昨天,我仔细听了保尔·安德烈耶维奇的讲话,好像我没弄错,是他在开导我的两个女儿。您的嘴皮子真行,能说会道,这我没说的,但是漂亮话喂不饱肚子。您号召她们去过新的生活。这两个傻瓜,随便什么话都能灌到脑子里去的。可是这新生活对廖莉娅连饭碗也没给一个。周围失业的人多得要命。您最好先把她们喂饱,然后再来给她们洗脑筋,年轻人。您对她们说,不能继续这样生活下去。那么就把她们带走,养她们吧。眼下她们在我这儿,那就得按我的意思办。”

阿尔宾娜感到风暴即将降临,就竭力想缓和气氛。她说:

“波尔菲里,廖莉娅够倒霉的了,你不能再埋怨她,以后她会找到工作的,再说……”

老头儿气得脸红脖子粗,他根本不想克制自己的怒火:

“你干吗用以后来糊弄我?到处只听到:以后怎么的,将来怎么的,那是以前的神父老是对我们嚷嚷,说以后死了上天堂,现在又来了另一帮神父。我打心眼儿里瞧不起你们的那个将来!到那时我都不在人世了,它对我有什么用?我干吗应该受苦,而让别人过好日子?还是让每个人为自己操操心吧!谁也没有想方设法让我过好日子,我倒应该去替别人创造什么幸福。带着你们的空头支票滚你妈的蛋!早先每个人为自己忙,积下钱,什么都有,可现在这些人来建设共产主义,倒全完蛋了。”丘察姆恶狠狠地喝了一口茶。

保尔坐在这胖墩墩、汗津津的大肉墩旁边感到一种生理上的厌恶。这个老头是旧时代苦役般世界的缩影。在那个世界里,人和人都是仇敌,兽性的利己主义经常赤裸裸地暴露在外。保尔把到了嘴边的激烈的言辞又咽了回去,他只剩下一个愿望——给这个讨厌鬼来个下马威,把他赶回刚刚爬出来的老窝里去!他松开咬紧的牙关,使劲靠在桌子边沿上,说:

“波尔菲里·科尔涅耶维奇,您很直爽,请允许我也直言相告,我们的国家里不会向像您这样的人征求意见,问你们愿不愿意建设社会主义。我们有一支人数众多,力量强大的建设大军。国际上的帝国主义都无法阻挡他们史无前例的进军,他们手中的力量总比你们要大吧。世界上没有任何一种力量能够阻止这场变革。而像你们这样的人,不管是否愿意,都只能被迫去为建设新社会而工作。”

丘察姆怀着无法掩盖的仇恨心情,看了看保尔:

“要是他们不服从呢?知道吗,强制会引起反抗的。”

保尔的手重重地压在茶杯上。

“那我们就把他们……”保尔使劲把杯子一压,咔嚓一声,薄薄的玻璃碎了,没有喝完的茶从碎杯里流进了茶碟。

“年轻人,拿杯子的手放轻点,一只玻璃杯要八十六戈比呢。”丘察姆恼火了。

保尔慢慢地仰靠在椅子背上,对廖莉娅说:

“请您明天代我买十只带棱的茶杯,玻璃要厚一点。”

44　在“他拟订了若干方案,但是似乎都不切实际。”之后,作者手稿中还叙述了拉雅(即达雅。下同。——译者)在家里的生活情况以及她在保尔来她家以后的思想状况。

“他的床搭在厨房里。他在床上辗转不眠,隔壁房间里的拉雅也是心事重重,无法入睡。她想起了昨天晚上,她、廖莉娅和保尔在她的小房间里一直谈到深夜。庆祝五一和十月革命节时站在主席台上的那些人,以前她只是远远地见过,现在其中有一个就在她的身旁,离得这么近,这在她一生中还是第一次。这个人似乎来自另一个世界。她父亲立下的规矩,将她们同周围的一切都隔绝,只生活在自己家庭的小圈子里,脱离了社会。

她在码头上缝粮食口袋,下班以后就得马上赶回家去;一小时之后,又得赶去父亲工作的合作社里打扫房间,擦洗地板,一直忙到深夜。只有星期天她才有几个钟点的空闲待在自己的房间里,偶尔同女友去看看电影。

她的生活如同一条暗淡的灰色带子。母亲只爱儿子,他长得像母亲。这种爱是盲目的,偏心的。若尔日长成了一个懒汉,不论是吃的,还是穿的,最好的总是他的。母亲对两个女儿很淡漠。不论是拉雅,还是廖莉娅都猜不透,为什么母亲对子女如此偏心眼?不过母亲的这种偏爱使两个女儿非常委屈。特别苦的是拉雅,因为在这个家里,认为她只配干吃力不讨好的粗重活的，不只是兄弟一人。这样，渐渐地干粗重活就成了她一个人的差事了。凡是其他人不肯干的，她都得包下来。只要她对这点稍有不满，若尔日马上就会厚颜无耻地眯起右眼——这个表示轻蔑的神情他是跟加里·皮尔学的——不屑地说："这种人居然也要来论理？真是太阳从西边出了！"

可是突然来了个小伙子，带来了一股清新而强有力的风。她对他承认，两年来她没有看过一张报，对共青团只有个模糊的概念，而且多半还是听父亲说的，而父亲是从不放过机会辱骂那些女团员的，他管她们叫"放荡姑娘"。她对保尔叙说这些情况时，心中非常难过。

拉雅知道，父亲对保尔来他们家十分不满，而父亲的狂妄、专断，已经把母亲气得发过一次心脏病了。

"大概他明天就要走了。今天同父亲有过这样一次谈话之后，他是不会再留下的。他一走，我们这儿又一切照旧。我真是傻瓜，想他干什么呢？有一个人偶然来了，又走了，再过一天之后，就把我们这些人全忘了。"拉雅怀着一种莫名的忧伤寻思着。想到这儿，不知为什么感到十分难过，就把头埋到枕头里面，痛哭起来。

45　在"……而且在革命的红旗上，也有他的几滴鲜血。"之后，作者手稿中还有这样一些段落：

我们的旗帜在全世界飘扬，

红旗飘扬，壮丽而辉煌，

我们的热血像火一样放射光芒……

他低声念着这首他喜爱的歌词，难为情地笑了一下。"老弟，你那种英雄浪漫主义还没去掉。连普普通通，明明白白的东西你都常常要给它蒙上一层绚丽的色彩。老弟呵，你就是缺少辩证唯物主义的钢铁般的逻辑。同志，要生病嘛，再过五十年也不晚，而现在，正是学习的大好时机。眼下最主要的是活下去，真他妈的。我怎么这么早就倒霉了呢？"他十分痛苦地想着，五年来第一次又恶狠狠地骂娘了。

难道他能料到会有这种灭顶之灾吗？老天爷可是给了他一个强壮有力，能吃苦耐劳的身体。他记得，小时候他跑得飞快，跟风比赛，爬起树来像猴子那样灵活，四肢有力、肌肉发达的身子可以轻轻巧巧地从一根树枝跳到另一根树枝上。但是动乱的年代要求人们付出超越常人的精力,经受超越常人的紧张。他毫不吝啬地献出了自己的全部精力,献给了以扑不灭的火焰照亮他整个生活的斗争。他献出他所拥有的一切,到了二十四岁,风华正茂之时,正当胜利的浪潮把他推到充满了创造性幸福的生活顶峰的时候,他却被打伤了。他没有立刻倒下,而是像一个强壮的战士,咬紧牙关,跟上正在胜利进攻的无产阶级的钢铁大军。在精力没有全部耗尽之前,他没有离开队伍。现在,他被击倒了,他不能再在前线坚持战斗,唯一能做的事是进后方医院。

46　在“就这样成为这个队伍的累赘?”之后,作者手稿中还援引了一个实际生活中的例子:

于是他想起了基辅无产阶级的领袖叶夫根尼娅·博什(叶夫根尼娅·波格丹诺娃·博什,一八七九——一九二五,系俄国革命运动活动家,1901年起为苏共党员,是乌克兰建立苏维埃政权的领导人之一),这位久经考验的地下工作者,由于患肺结核,失去了工作能力,不久前自杀身亡。她在简短的留言中说明了自尽的原因:“我无法接受生活的施舍。既然成了我们党的一个病人,我认为就没有必要再活下去。”那他也把这已经背叛的肉体消灭掉,怎么样?……

47　在“生活不下去,就一死了之。”之后,在作者手稿中还有一句话:

对于懦夫来说没有比这更好的出路了。

48　在“即使生活到了难以忍受的地步,也要善于生活。”之后,作者手稿中还有这样一句话:

要竭尽全力,使生命变得有益于他人。

49　在“……保尔和达雅也搬到了离这儿很远的一个海滨小城。”之后,作者手稿中有如下段落:

一年半过去了。国家开始进行大规模的建设。社会主义即将迈进现实生活,由理想变为人类智慧和双手创造的巨大成果。这座规模空前、宏伟壮丽的大厦正在奠定它那钢筋混凝土的地基。

“钢、铁、煤”这三个富有魅力的词越来越频繁地出现在这个正在进行伟大建设的国家的报纸上。

“要么我们赶上技术发达的资本主义国家，消灭与他们之间的差距，用最短的时间建立起自己的强大的工业，使我们在技术方面不依赖资本主义世界；要么我们就被踩死，因为没有钢、铁、煤，不要说建成社会主义，就是要保住正在进行社会主义建设的国家，也是办不到的。”这是领袖的讲话，党的号召。于是，在全国各地掀起了为钢铁而战的空前热潮，群情激奋，如火如荼，世所未见。“速度”一词也成为强有力的号召，促使人们加快行动。

远古时代，在霍尔季察岛近旁，有座威震四方的扎波罗热营地，一支哥萨克军的独立分队曾在这里驰骋纵横，直杀得贵族波兰和当时还很强大的土耳其入侵者闻风丧胆，失魂落魄。现在另一支军队在这里安营扎寨。这是布尔什维克的部队，他们要拦腰切断古老的第聂伯河，迫使它那桀骜不驯的水力去转动钢铁制成的涡轮机，迫使这条像生活一样源远流长的河流为社会主义工作。人向大自然开战了，在险恶的第聂伯河的急流处，把它那难以驾驭的力量用钢筋水泥控制起来。

在向河流开战的三万大军中，在这支大军的指挥员中，有一名过去的基辅码头工人，现今的建筑工段段长伊格纳特·潘克拉托夫。这支大军从两岸向河流夹攻，从战斗一开始起，两岸之间就热火朝天地开展社会主义竞赛，这是工人生活中的新事物。

潘克拉托夫那粗大的身躯轻快地在跳板上来来去去，他时而在混凝土搅拌机旁同弟兄们说上几句俏皮话，时而消失在土沟里，时而又突然出现在卸水泥和钢梁的站台上。一清早，他那驼背拱肩的身影就出现在“困难”的工段，直到深夜，他那疲惫不堪的巨大身躯才倒在行军床上。

有一次，他凝视着晨雾弥漫的河面，看着河岸上目光所及之处堆得满满的建筑材料，不禁想起森林中小小的博亚尔卡。那时的大工程现在只能算作一个儿童玩具了。

“瞧，我们已经发展到什么地步，多么了不起啊，伊格纳特老弟！把第聂伯河这匹烈马给套住了。老爷子们再也不用吃这急流险滩的苦啦。给你一百万千瓦电，没说的！我们的生活从这儿才真正开始，伊格纳特！”他仿佛猛地喝了杯烈性酒似的，胸中陡然涌起一股暖流。“博亚尔卡那帮弟兄们在哪儿呢？要是保尔，还有扎尔基两口子都到这儿来，那多棒啊！那我们就能给左岸的人一点厉害看看啦！”想起博亚尔卡，他不禁又想起了朋友们。

那些跟他一起在数九寒冬里大战博亚尔卡的人，还有那些共同创建共青团组织的人，如今分散在全国各地，从热火朝天的新建工地到辽阔的祖国的穷乡僻壤，都在重建生活。他们那批最早的共青团员约有一万五千人。有时在茫茫人海中相遇，真像亲兄弟般情谊深长。如今，他们那小小的共青团组织已发展壮大，犹如巨人一般。过去只有一个团员的地方，现在可以编成整整一个营了。

“小鬼们啊，跟我们真是一模一样！不久前还在桌子底下钻来钻去呢。我们已经上了前线，他们大概还在让妈妈用衣襟擦鼻子呢，可是一眨眼，他们都已长大了，而且还一心想在工地上把你撵到乌龟壳里去。对不起，这个想法行不通，咱们还得走着瞧！”潘克拉托夫深深吸了一口河边的新鲜空气，感到十分舒畅，同时，他的心头有一种满足感，因为今天晚上他要把由二十岁的共青团员安德留沙·托卡列夫担任支部书记的左岸第七工段甩到自己的后面。

50　在“没有布尔什维克攻克不破的堡垒。”之后，作者手稿中还有下列几段：

阿尔青，你会说我信里有许多像熔化了的金属那样过于热烈的话语。但是，要知道，我们的生命之火也并不是用蛤蟆的冷血点燃的。我要你跟我一样相信保夫卡还会回到你们中间的，哥哥，我们还要在一起干的。不可能不是这样。否则，当可恶的旧世界已经在我们的马蹄下声嘶力竭地呻吟，国内战争的烈火为什么还能使我们热血沸腾呢？如果我们的生活变得异常艰难，有时甚至残酷无情，我们就屈膝投降，承认自己失败，那么我们工人的坚强意志何在呢？

阿尔青，当朋友们听到我这些话时，我看见他们当中也有人流露出惊讶的神情。谁知道呢，也许有人认为我一味耽于幻想，不能正视现实。他们不理解我的期望。

现在再简单谈谈其他情况。现在的情况是：我的生活固定在一块小小的军事基地上，这就是我的学习——读书，读书，还是读书。阿尔青，我读了很多书，收获不小，获益匪浅。国内的、国外的作品都读。

51　在“……当生活像铁环似的把你紧紧箍住的时候，仍然能够坚忍不拔，那才是光荣的业绩。”之后，在第五版中还有下面一段文字：

“保尔，你知道，在动身之前妈妈给我来信说，父亲已被合作社开除，现在工地上当木匠……”

这一段从意思上与上下文毫无联系。文学遗产委员会决定（一九五四年五月二十六日第二号记录），“作为作者删除大段文字时无意中遗留下来的段落”将其删掉。

现将这一段援引于下：

“保尔，你知道，在动身之前妈妈给我来信说，父亲已被合作社开除，现在工地上当木匠。”

保尔微微颤抖了一下。

“拉雅，在这个最艰难的时刻，让我们再捅一下这个臭虫窝，作为最后的决裂。你写两封信，一封给父亲，另一封信给若尔日和他那一伙人……”

拉雅走到跟前抓住了他的双手，坐下来说：

“我马上就写，我明白，这件事正是现在应该做的。”

他敏感地仔细听她写字时笔尖发出的声音，闭紧嘴唇，想道：

“她永远离开她父亲和兄弟了，这两个人再也不能拖她的后腿了。现在只剩下母亲。”

接着，手稿中详细展现了保尔同丘察姆一家的相互关系，引用了拉雅写给家人表示同他们决裂的一些信件。这段文字发表在这部小说一九三四年乌克兰文版上。

这里应当提醒的是：虽然奥斯特洛夫斯基在书中描写了许多真人真事，但跟任何一部文艺作品一样，总是虚构与真实相结合的。其中，保尔·柯察金的童年时代与尼古拉·奥斯特洛夫斯基本人的童年相比，就具有许多重要的不同特征，目的在于更好地塑造形象。因此，也不能完全根据小说来判断尼·奥斯特洛夫斯基同他岳父一家的关系，例如赖莎·波尔菲里耶夫娜的弟弟弗拉基米尔·马秋克是懒惰的若尔日的原型,但是这部小说的前五章有很多页就是在尼古拉·阿列克谢耶维奇口授下由他记录的。还有赖莎·波尔菲里耶夫娜·奥斯特洛夫斯卡娅在回忆作者的遗言时说:"……我默默地听着。他要我别荒废学业……后来他又想起了我们两位老母亲,说:'两位老人家为我们牵挂了一辈子……我们欠她们的实在太多太多了……又没来得及报答她们。你要想着她们,拉尤莎,好好孝敬她们……'"

经典译林

Yilin Classics

书名	单价	书名	单价
癌症楼	78.00 元	艾青诗集	35.00 元
爱的教育	39.00 元	爱丽丝漫游奇境	29.00 元
安娜·卡列尼娜	65.00 元	安徒生童话选集	42.00 元
傲慢与偏见	36.00 元	奥德赛	92.00 元
八十天环游地球	32.00 元	巴黎圣母院	42.00 元
白洋淀纪事	39.00 元	百万英镑	35.00 元
包法利夫人	38.00 元	悲惨世界（上、下）	98.00 元
背影	28.00 元	被侮辱与被损害的人	39.00 元
边城	36.00 元	变色龙：契诃夫中短篇小说集	39.00 元
变形记 城堡	38.00 元	草叶集：惠特曼诗选	39.00 元
茶馆	32.00 元	茶花女	35.00 元
查拉图斯特拉如是说	38.00 元	沉思录	29.00 元
城南旧事	29.00 元	大卫·科波菲尔（上、下）	79.00 元
当代英雄	45.00 元	稻草人	29.00 元
地心游记	32.00 元	飞鸟集·新月集：泰戈尔诗选	39.00 元
飞向太空港	39.00 元	福尔摩斯探案集	58.00 元
复活	42.00 元	傅雷家书	49.00 元
富兰克林自传	36.00 元	钢铁是怎样炼成的	39.00 元
高老头	39.00 元	格列佛游记	35.00 元
格林童话全集	49.00 元	给青年的十二封信	38.00 元

书名	单价	书名	单价
古希腊悲剧喜剧集（上、下）	118.00 元	海底两万里	38.00 元
红楼梦	69.00 元	红与黑	49.00 元
呼兰河传	35.00 元	呼啸山庄	39.00 元
基督山伯爵（上、下）	108.00 元	纪伯伦散文诗经典	42.00 元
寂静的春天	35.00 元	假如给我三天光明	32.00 元
简·爱	39.00 元	金银岛	35.00 元
经典常谈	29.00 元	荆棘鸟	45.00 元
静静的顿河	128.00 元	镜花缘	49.00 元
局外人·鼠疫	38.00 元	菊与刀	35.00 元
克雷洛夫寓言	32.00 元	宽容	32.00 元
昆虫记	39.00 元	老人与海	32.00 元
理想国	45.00 元	聊斋志异	55.00 元
列那狐的故事	39.00 元	猎人笔记	38.00 元
林肯传	39.00 元	鲁滨逊漂流记	39.00 元
鲁迅杂文选集	36.00 元	绿山墙的安妮	36.00 元
罗马神话	16.80 元	罗生门	39.00 元
骆驼祥子	32.00 元	美丽新世界	35.00 元
名人传	39.00 元	拿破仑传	49.00 元
呐喊	29.00 元	牛虻	38.00 元
欧·亨利短篇小说选	36.00 元	欧也妮·葛朗台	32.00 元
彷徨	32.00 元	培根随笔全集	38.00 元
飘（上、下）	88.00 元	普希金诗选	42.00 元
骑鹅旅行记	36.00 元	乞力马扎罗的雪	39.80 元
热爱生命·海狼	38.00 元	人间草木：汪曾祺散文精选	49.00 元

书名	单价	书名	单价
人类群星闪耀时	36.00 元	人性的弱点	39.00 元
日瓦戈医生	68.00 元	儒林外史	42.00 元
三个火枪手	59.00 元	三国演义	59.00 元
沙乡年鉴	42.00 元	莎士比亚喜剧悲剧集	49.00 元
少年维特的烦恼	28.00 元	神秘岛	48.00 元
神曲（共三册）	128.00 元	十日谈	68.00 元
世说新语（上、下）	89.00 元	双城记	45.00 元
水浒传	69.00 元	四世同堂（上、下）	78.00 元
苔丝	39.00 元	谈美	35.00 元
谈美书简	36.00 元	汤姆·索亚历险记	32.00 元
汤姆叔叔的小屋	45.00 元	唐诗三百首	39.00 元
堂吉诃德	78.00 元	天方夜谭	42.00 元
童年	38.00 元	童年·在人间·我的大学	49.00 元
瓦尔登湖	36.00 元	我是猫	39.00 元
乌合之众	35.00 元	物种起源	42.00 元
雾都孤儿	44.00 元	西顿野生动物故事集	38.00 元
西游记	62.00 元	希腊古典神话	49.00 元
乡土中国	36.00 元	小妇人	45.00 元
小王子	29.00 元	星星离我们有多远	35.00 元
喧哗与骚动	58.00 元	羊脂球	38.00 元
一九八四	36.00 元	一间自己的房间	36.00 元
伊利亚特	82.00 元	伊索寓言：555 则	36.00 元
尤利西斯	58.00 元	约翰·克利斯朵夫（上、下）	98.00 元
月亮和六便士	45.00 元	战争与和平（上、下）	108.00 元

书名	单价	书名	单价
朝花夕拾	22.00 元	中国民间故事	39.00 元
子夜	49.00 元	最后一课	36.00 元
罪与罚	66.00 元